学与思丛书

文艺学创新路径探索

EXPLORING THE INNOVATION APPROACH TO
THE STUDY OF LITERATURE AND ART

冯毓云 等／著

社会科学文献出版社
SOCIAL SCIENCES ACADEMIC PRESS (CHINA)

自　序

习近平总书记提出"创新、协调、绿色、开放、共享"的发展理念，其中"创新是引领发展的第一动力""抓住了创新，就抓住了牵动经济社会发展全局的'牛鼻子'。树立创新发展理念，就必须把创新摆在国家发展全局的核心位置，不断推进理论创新、制度创新、科技创新、文化创新等各方面创新，让创新贯穿党和国家一切工作，让创新在全社会蔚然成风"① 等理念为文艺学的创新指出了方向与原则。

建构具有中国特色的文学理论是中国现代文论史中经久不衰的话题，为此，一代代学人苦苦思索、孜孜以求，但受制于各种因素，这个目标至今尚未完全达到。今天的中国正以大国和强国的身份跻身于世界民族之林，文化自信的呼声逐渐高涨，这必然要求我们在文学理论上也要发出中国的声音，创生出具有中国话语特色和文化精神的文论体系。更何况在西学东渐的百年历史中，文艺学研究积淀了丰富的知识和经验，尤其是改革开放以来，实践美学、文化诗学、生态美学、新理性精神、审美意识形态等极具中国特色的美学和文艺学理论的问世，体现了东西文化开始走向融合，预示着建构具有中国话语特色的文学理论的时机已经到来，条件业已具备。

文学理论作为一种知识生产，是文学艺术观念与思想的独创性生产。观念和思想不可复制，只可创新。近几年来，文艺学界以创新精神引领学术研究，努力建构具有中国特色的文艺理论，并将其作为学术研究的重中

① 《习近平总书记系列重要讲话读本》，学习出版社、人民出版社，2016，第133页。

之重。诸多学者以前所未有的创新精神，在学术探索中，提供了很多独到的、新颖的、开创性的学术见解，为建构具有中国话语特色的文学理论贡献自己的聪明才智，这将在我国的文艺理论史上留下浓墨重彩的一笔。建构具有中国话语特色的文学理论，是前无古人的壮举，也更需要学者同人们秉承学术创新精神，同舟共济。

但也不可否认，在创新问题上，我们还存在一些认识论的障碍，只有突破种种创新的认识论障碍，我们才能开辟出创新之路，进而构建具有中国话语特色和文化精神的文艺理论体系。我们的课题"文艺学创新路径探索"就试图在这方面做些努力。我们在研究过程当中还有力不从心之感，建构一个比较系统的创新方法论体系，力有未逮；更何况人的创造力本身就是一个充满缤纷异彩的奇异世界，关于创造的本源、原创力之谜、创新的路径和方法等问题，犹如高山之巅，令人仰慕，却难以伸手触及。因此，我们只能从理论史上选择一些有创新思想的大家，或者对他们突出的思想贡献做介绍，或者借此对当前涌现的新的文艺学现象做评介，或者对一些影响创新的认识论障碍谈点体会，以期与时偕行，有教于己！

目 录|contents

第一章　艺术理论生产的创新机制

文学理论生产是理论生产方式大系统中的一个子系统，它一方面具有理论生产的独特对象、对象的交互性和认识论的巨大创造性潜能，另一方面还具有作为艺术生产的独特结构图示、结构要素。作为思想生产的文学理论生产，思想的建构性、思想的预测性和观念的冒险性是其重要的创新机制。

第一节　理论生产方式

理论生产方式是法国著名马克思主义者阿尔都塞提出来的重要理论。理论生产方式是人类思想、观念、理论的生产方式，它的对象的思想性、交互性要求我们从认识论上破除经验主义的实在论，建构马克思主义的辩证认识论，其肯定了人的精神创造性在思维生产、思想生产、理论生产中的地位和作用，赋予了理论生产创造性的内在机制，为我们研究理论的创新，包括文学理论生产的创新，提供了强有力的认识论理论基础。

一　理论生产方式的含义

理论生产方式是阿尔都塞在他的《读〈资本论〉》和《保卫马克思》两本专著中提出和建构的重要理论。1956 年苏共二十大全面清算和批判斯大林教条主义，以及后来东欧社会主义国家的裂变，给马克思主义带来了种种混乱和前所未有的危机。在理论上，无论是想挽救马克思主义的所谓"马克思主义者"，还是企图软化甚至取消马克思主义的非马克思主义者，不约而同地将马克思的思想精髓归结为人本主义和人道主义。为此他们仅从马克思青年时代的著作中去寻找理论资源，认为马克思主义是对黑格尔辩证法的本末倒置的改造以及是对费尔巴哈人本主义和机械唯物论嫁接而来的。阿尔都塞作为一名矢志不移的坚定的马克思主义者，毫不留情地批判了以人本主义和人道主义消解和取代真正的马克思革命理论的谬误，在理论战线上同来自"左"的和右的种种消解马克思主义的科学性、战斗性和真理性的观点和谬误进行了旗帜鲜明的、针锋相对的斗争。阿尔都塞在理论战线上斗争的目的是还原真正的、科学的马克思主义。埃迪安·巴里巴尔在阿尔都塞的《保卫马克思》一书重版前言中十分肯定地说："当这部作品 1965 年第一次出版时，它既是依某种方式、依这种方式的逻辑和准则解读马克思的一个宣言，也是保卫马克思主义，更确切地说保卫真正的马克思主义。"① 阿尔都塞认为马克思的革命性理论，即历史唯物主义和辩证唯物主义，集中体现在《资本论》中。为了科学地揭示马克思的革命性理论，他认为必须逐章、逐段、逐句地精读马克思的《资本论》原著。阿尔都塞在《读〈资本论〉》开卷的第一篇《从〈资本论〉到马克思的哲学》一文中提到，近一个世纪以来，随着世界历史，尤其是工人运动历史的风起云涌、跌宕起伏和迂回险阻，大量的学者、哲学家、思想家和工人运动领袖总是在不停地阅读《资本论》，希冀从《资本论》中获得认识历史、明察现状和解决问题的理论指南。但是这种阅读不应是实用主义的断章取义，而应是"逐字逐句地阅读《资本论》，逐行逐行地阅读全书四卷，反复多次地阅读头几章或简单再生产和扩大再生产的公式，这样我们才能从有如荒芜贫瘠高原的第二卷进入利润、利息、地租的福地"②。在逐字逐句逐行地阅读马克思《资本论》原著的基础上，还要进一步阅读不同译者、不同国家翻译的《资本论》。这种精而又精地阅读的目的就是追寻真正的、科学的马克思主义。为此，阿尔都塞践行了50 多年。

阿尔都塞追寻真正的科学的马克思主义的理论逻辑，是从认识论的断

---

① 〔法〕路易·阿尔都塞：《保卫马克思》，顾良译，商务印书馆，2016，"1996 年重版前言"第 1 页。"埃迪安·巴里巴尔"又写为"艾蒂安·巴里巴尔"，不同译者译法不同。

② 〔法〕路易·阿尔都塞、艾蒂安·巴里巴尔：《读〈资本论〉》，李其庆、冯文光译，中央编译出版局，2008，第 1~2 页。

裂和马克思对虚假的意识形态的批判中确立马克思的历史唯物主义和辩证唯物主义的问题式（亦称"总问题"），通过症候阅读探寻马克思的思想精髓。这种理论逻辑需要从整个西方的观念史和理论史、马克思的理论史和理论实践中去透视，科学地阐释马克思的革命理论是如何在对传统的经验主义认识论和黑格尔认识论以及费尔巴哈的人本主义思想的反思、批判与颠覆中提出与建构的。为了回答科学的马克思主义理论是怎样生产出来的问题，阿尔都塞不仅"以马克思的思想方式，以马克思的'理论实践'——按照阿尔都塞的说法——的形式"[1] 论述，而且"创造了一个著名的概念工具群体，并因而可能会使马克思说出许多他没有说过的东西"[2]。阿尔都塞开创性地创建的"概念工具群体"有：问题式、认识论的断裂、症候阅读、理论实践、理论生产方式、意识形态、多元决定论、偶遇唯物主义等概念。某些开创性的概念如理论实践，虽然在当时的理论界受到诸多质疑和批评，阿尔都塞在晚年也做过某种自我反思和自我批评，但是，依照埃迪安·巴里巴尔的说法，这些不过是阿尔都塞为了消除教条主义的歧路而做的努力。在阿尔都塞去世后出版的他的最后一本带有自传性的书《来日方长》中，他一再表明他设定研究马克思革命理论的逻辑和创立上述概念工具群体，都是为了反对对马克思的种种谬误，除此之外，别无他求。理论生产方式和理论实践的概念，正是阿尔都塞为追寻真正的马克思主义所提出的一个带有思想创新机制的重要理论和概念。

阿尔都塞的理论生产方式、理论实践概念，主要集中在他的《读〈资本论〉》和《保卫马克思》两本专著中。

阿尔都塞提出认识是一种生产的观点："马克思的哲学又是我们的研究对象本身……这种生产在其双重意义上说使生产过程具有循环的必然形式。它是一种认识的生产。因此，在其特殊性上来理解马克思的哲学就是理解生产出对马克思的哲学的认识借以完成的运动本身的本质，也就是说

---

① 〔法〕路易·阿尔都塞：《保卫马克思》，顾良译，商务印书馆，2016，"1996 年重版前言"第 2 页。

② 〔法〕路易·阿尔都塞：《保卫马克思》，顾良译，商务印书馆，2016，"1996 年重版前言"第 7 页。

把认识理解为生产。"①

阿尔都塞明确指出,《资本论》"产生一门科学的理论实践……马克思的哲学理论深刻地影响了这些著作,有时是不知不觉地影响到这些著作,以至于它们不可避免地、近似地成为马克思的哲学理论的实践表达"②。

在谈到理论实践生产条件时,阿尔都塞指出:"为了超越简单的理论实践结构即认识的生产的结构这一形式概念,必须制定认识史的概念,建立各种理论生产方式的概念。"③

在谈到意识形态问题时,阿尔都塞强调意识形态也有一个生产方式:"在意识形态的理论生产方式(在这一方面与科学的理论生产方式完全不同)中,问题的提出只是这样一些条件的理论表述。"④

在《从〈资本论〉到马克思的哲学》一文的第 17 节,阿尔都塞专门就理论实践问题做了深刻论述,他反复提到实践平均主义、经济的实践、政治的实践、意识形态的实践、技术的实践、科学的实践、理论实践、理论实践史等有关理论生产的诸种概念,强调理论实践对于我们理解认识的重要价值。对人类来说,所有的认识都是在生产实践过程中形成的。有了生产方式的变化,才有从意识形态认识到科学认识的发展。⑤ 而在《保卫马克思》一书中,阿尔都塞不但再次谈到理论实践、理论实践史,申明了理论实践和辩证法的关系,更不止一次提到"现实理论形态"、"理论形态史"、"理论实践的理论"以及"马克思主义的理论实践"等范畴,以这样的概念工具群体,揭示马克思理论生产方式的特性与价值。⑥

---

① 〔法〕路易·阿尔都塞、艾蒂安·巴里巴尔:《读〈资本论〉》,李其庆、冯文光译,中央编译出版局,2008,第 23 页。

② 〔法〕路易·阿尔都塞、艾蒂安·巴里巴尔:《读〈资本论〉》,李其庆、冯文光译,中央编译出版局,2008,第 20 页。

③ 〔法〕路易·阿尔都塞、艾蒂安·巴里巴尔:《读〈资本论〉》,李其庆、冯文光译,中央编译出版局,2008,第 31 页。

④ 〔法〕路易·阿尔都塞、艾蒂安·巴里巴尔:《读〈资本论〉》,李其庆、冯文光译,中央编译出版局,2008,第 40 页。

⑤ 〔法〕路易·阿尔都塞、艾蒂安·巴里巴尔:《读〈资本论〉》,李其庆、冯文光译,中央编译出版局,2008,第 47~49 页。

⑥ 〔法〕路易·阿尔都塞:《保卫马克思》,顾良译,商务印书馆,2016,"1996 年重版前言"第 13 页,第 143、145、144 页。

由此可见，思维的历史、理论史、理论形态史、认识生产、理论生产、理论生产方式、理论实践、理论实践史这些"概念工具"在《读〈资本论〉》和《保卫马克思》两本专著中比比皆是。它们绝不是阿尔都塞兴之所至随手拈来的，而是阿尔都塞在逐字逐句、逐行逐段、反复多次阅读《资本论》的基础上，经过深思熟虑，有循于旧名、有作于新名的理论创新的结晶，并赋予它们以创造性价值内涵。正如张一兵等所言，阿尔都塞"用以捍卫马克思主义的却是从当代西方哲学中借来的新的科学主义方法。在这种方法支持下，他首先提出了理论的生产问题，即理论不是现成的而是不断地发展出来的"①。它们已经形成了一个解读马克思经典著作、追寻真正的马克思主义信仰的系统的完整的"概念工具群"。

二 理论的生产性与创造性

将理论作为一种精神生产实践活动和生产方式，是阿尔都塞赋予理论创造性品格和价值的表征，亦是阿尔都塞对人类精神生产理论的超越，是对马克思的精神生产理论的新贡献。理论作为一种生产方式，隶属于马克思所确立的精神生产。精神生产理论关系到两个维度，一是精神生产的对象是什么，它与物资生产的对象有何不同？二是精神生产对象在何种关系上进行生产？在人类的观念史和思想史上，对这两个问题的探索主要集中在对人文科学兴起的合法性、人文科学研究的独特对象和人文科学的功能价值的研究上。

随着人类精神世界的诞生、形成和发展，以探讨人类精神活动为对象的人文科学逐渐兴起和发展。19世纪以来，许多思想家、哲学家、历史学家和心理学家都致力于对人类的观念史、思想史和人文科学的建构进行研究。德国著名思想家韦尔海姆·狄尔泰于1883年出版的《人文科学导论》，堪称"从哲学思想上自然科学的支配视觉中强调人文科学的重要性和独特性"②的著作。狄尔泰十分明确自己撰写《人文科学导论》的目标

---

① 张一兵、胡大平：《西方马克思主义哲学的历史逻辑》，南京大学出版社，2003，第244页。

② 〔德〕韦尔海姆·狄尔泰：《人文科学导论》，赵稀方译，华夏出版社，2004，"附录"第175页。

就是要帮助从事人文科学的人士了解社会的规律、理解社会法则与社会实在的关联性。为达到这一目的，狄尔泰主要阐释了人文科学的认识论基础、人文科学研究的独特对象、人文科学与自然科学的关系、人文科学的内容、人文科学的特质，规定了把"事实、命题、价值判断和规则"①作为人文科学的知识的历史成分、理论成分和实践成分，介绍了各种人文科学概况，探讨了历史哲学与人文科学的关系、人文科学与形而上学的关系等问题。《人文科学导论》确立了"精神科学"的独立自主性，将人的精神世界、自意识、意志、行为、生命价值、生命目的和思想活动作为人文科学的主要研究对象（但狄尔泰反对"纯粹的精神科学"，主张自然科学知识和人文科学相互"重叠"②），这为建构人类的观念史、思想史和理论史提供了认识论基础。狄尔泰更加关注"历史方法与一种系统的方法结合起来"，确信"历史的陈述就为认识论的基础打下了地基"和"历史发展是精神事实的源泉"的观念。③ 所以，狄尔泰主要以一个历史学家的眼光去透视人文科学，不可能对人文科学的知识生产问题给予解答。而阿尔都塞的理论生产方式和理论实践的提法，在承续了狄尔泰关于人文科学存在和建构的必然性和合法性的理论资源，观念史、思想史和理论史形成的认识论基础上，超越了人类的观念史、思想史和理论史静态以及线性地评介和描述阈限，上升到精神生产活动的层面去观照观念史、思想史和理论史，为探寻观念史、思想史和理论史兴起、发展和嬗变的创造性潜能提供了理论支撑。

较之狄尔泰，德国学者恩斯特·卡西尔1942年出版的《人文科学的逻辑》，虽然重点在于全面深入地阐释和论证人文科学的独特对象，但在观照人类观念史、思想史和理论史兴起、发展和嬗变的创造潜能方面，也提出了许多让人受益匪浅的观点，具体表现如下。

第一，人文科学的独特对象。卡西尔阐释人文科学的独特对象，首先从哲学的对象开始提问："一切哲学思维之根本，都可溯源于这一种惊

---

① 〔德〕韦尔海姆·狄尔泰：《人文科学导论》，赵稀方译，华夏出版社，2004，第27页。

② 〔德〕韦尔海姆·狄尔泰：《人文科学导论》，赵稀方译，华夏出版社，2004，第18页。

③ 〔德〕韦尔海姆·狄尔泰：《人文科学导论》，赵稀方译，华夏出版社，2004，"作者前言"第1页。

异……它们是一些'物理性'的（physische）对象吗？抑或是一些'精神性'的（geistige）对象呢？……到底是自然的秩序，抑或是人类自身的创作（die eigenen Schöpfungen der Menschen）呢？"① 为了令人信服地、科学地回答这一问题，卡西尔用了长达 53 页的整整一章篇幅，对从神话、宗教、天文学的诞生，逻各斯的兴起，笛卡儿的灵与肉对立的二元论，18世纪自然科学至高无上的霸权理念，到 19 世纪科学成功地肯定人类的特殊地位、人文科学得以确立的整个西方有关自然科学与人文科学的观念史、思想史和理论史进行梳理和透视，进而确立了人文科学的独特研究对象。他认为人不仅是自然的存在物，更是精神世界的存在物。人类原初时期，人已经有了"'原始'灵异力量"② 和想象力，创造了神话、宗教和带有神秘色彩的初始的天文学。人除了受到自然环境的影响和制约，还受到自己创造的自身世界的决定和限制，"个体从他最起初的行动开始，便晓得他自身是被一些他自己无法以一己力量影响的事物所决定和限制的"。这个力量就是人类世界形成的"风俗习惯"。风俗习惯像强力意志一样，"虎视着他的每一举动，不容他享有一瞬刻的行动上的自主"，并且还统辖着"人类的感受与想像（象），人类的信仰与幻想。风俗习惯乃是人类存活于斯的一恒久的与持续的气氛；它有如人类所呼吸的空气一般地无法为人类所规避"。③ 但人是智者，具有"人类智慧"。人不仅具有理性的创造力，生产出思想，构建关于自然的知识，而且还能创造出改变自然的"智性工具"；人缔造自己的精神世界、自己的历史、自己的文化产品如语言符号、宗教、艺术等等；人还能创造自己的知识。卡西尔非常赞赏维柯关于人创造自己的知识的观点："维柯就有关知识问题而言，是信奉如下一个最高的法则的：一切存在只对它自己所造出的（hervorbringt）事物能真确地理解与贯穿。吾人的知识的范围并不能逾于吾人的创造（Schaffen）范围以外。人类只于他所创造的领域之中有所理解；这一项条件严格地说，只能于精神的世界中实现，而不能在自然中获致圆满。"④

---

① 〔德〕恩斯特·卡西尔：《人文科学的逻辑》，关子尹译，上海译文出版社，2004，第 1 页。
② 〔德〕恩斯特·卡西尔：《人文科学的逻辑》，关子尹译，上海译文出版社，2004，第 2 页。
③ 〔德〕恩斯特·卡西尔：《人文科学的逻辑》，关子尹译，上海译文出版社，2004，第 2 页。
④ 〔德〕恩斯特·卡西尔：《人文科学的逻辑》，关子尹译，上海译文出版社，2004，第 15 页。

总之，人创造了自己的精神世界，人还要对人的存在、生活目的、生活意义、价值、人格等精神领域中的基本问题做出回答，人文科学也就应运而生。较之狄尔泰，卡西尔对建构人文科学的必然性和合理性的论证更加充足、更加全面、更加确实、更加科学，对人文科学的独特对象的阐释更加具体、更具有理论的穿透力。卡西尔从各个方面肯定了人类精神世界存在的价值，即精神世界的巨大创造性，可以说没有人类的精神世界也就没有人类的存在，这就为人的精神生产，包括智慧的生产、智性工具的生产、文化的生产、思想观念和理论的生产奠定了理论基础。在某种意义上说，阿尔都塞提出的理论生产方式和理论实践，建立在人类精神世界的存在和精神生产的创造性的巨大潜能基础上。只不过，卡西尔从精神本体和人文科学的独特对象角度去肯定和阐释人类精神世界和精神生产的地位、价值和功能，试图揭示精神生产的巨大创造性；而阿尔都塞则是从思想和理论角度去印证人类精神世界和精神生产的地位、价值、功能与创造性潜能。

第二，对象的交互性。人文科学的对象是纯精神的还是感官直觉的实在？是一维静态的个体还是多维互为的关系？对这些问题的回答直接关系到精神生产和理论生产的创造性价值的认识论的理论基础问题。值得注意的是，卡西尔对人文科学的独特对象的阐释，建立在对泛经验主义、泛逻辑主义、实证主义和绝对理性主义的反思与批判的基础上。他立足于灵与肉、外部世界与内部世界、自然实在与精神实在、认识对象与认识主体、自然科学与人文科学互融互为的辩证立场，主张人文科学对象的交互性，换言之，灵与肉、自然实在与精神实在、认识对象与认识主体、自然科学与人文科学都是你中有我、我中有你，互相交错、交织，互为存在的基础和变化发展的动力。人文科学虽然以人类的精神世界为研究对象，但人的精神世界并不是孤立无援、高高在上的，而是与人的身体、与外部世界、与自然实在构成亲密的互为关系。在《人文科学的逻辑》中，卡西尔通过对西方思想史的梳理和评点，对上述种种关系都做出了精准的理论阐释，常常是警句迭出，大有醍醐灌顶之效。

传统形而上学，包括泛经验主义、实证主义、泛逻辑主义和绝对理性主义在内都主张心灵与躯体、人的内在世界和外在世界、主体与对象严格区分和对立。人们在认识过程中总是要做双边可能性的裁定和选择。为此，首先要厘清何为现象、何为本质、何为外在世界、何为内在世界、何为感性、何为理性。卡西尔认为这种二元对立的划分，并不是事物的客观样态，而是"一个辩证的幻相"①，完全是人为建构的一个终极理论。为厘清事物的区别，通过"双边可能性"把事物分成"这边"或"那边"，然后根据事物所处的空间将之便利地分成对立的双方。这就是所谓的"双边选择"。"双边选择"是根据人为主观的假设进行的、对本来互为一体的整体的强行划分。卡西尔认为："内在经验和外在经验并不是陌生而分离之事物，而是建基于一些共同的条件之上的；只有在彼此依存和在恒久地彼此关联的条件之下，它们才足以构成。两者之间再不是存在着一实质上之分离，取而代之，此中存在着的是一种交互的关系（Korrelative Beziehung）和彼此的补充（Ergänzung）。"② 在这里，卡西尔明确提出了对象的交互性的观点，而且认为对象的交互性绝不仅仅"适用于科学知识之领域"③，包括认识与理论、语言、神话、宗教等在内的自然世界和精神世界的一切领域，都存在着对象的交互性，这种交互性都通过共同的过程而构成，这一过程导致了对象的"两个端点（Pole）之间的一些持续不断的'交缠'"④。例如，就语言和符号而言，其本身就是对象的交互性的产物，而且只能在对象持续不断地"交缠"下，才能发挥作用。

作为智慧生物的人，能够运用自己的创造力创造"智性工具"，语言和符号就是这种与人类的生存息息相关、须臾不能离开的"智性工具"。卡西尔特别赞同威廉·冯·洪堡的"语言乃是一种功能"⑤ 的观点。语言除了具有交流功能之外，还能建构人的"认识活动"，开启人的心智生命，使人摆脱本能，跃迁到思维的层面，探寻意义。所以，卡西尔说：

---

① 〔德〕恩斯特·卡西尔：《人文科学的逻辑》，关子尹译，上海译文出版社，2004，第49页。
② 〔德〕恩斯特·卡西尔：《人文科学的逻辑》，关子尹译，上海译文出版社，2004，第49~50页。
③ 〔德〕恩斯特·卡西尔：《人文科学的逻辑》，关子尹译，上海译文出版社，2004，第50页。
④ 〔德〕恩斯特·卡西尔：《人文科学的逻辑》，关子尹译，上海译文出版社，2004，第50页。
⑤ 转引自〔德〕恩斯特·卡西尔《人文科学的逻辑》，关子尹译，上海译文出版社，2004，第24页。

"语言的符号功能开启了心智生命的一个崭新的阶段。生命离开了一纯然出于本能的层面，离开了作为各种需要之直接影响之层面，而终于踏入'意义'（Bedeutungen）的层面之中了。"① 人类通过语言获得意义，通过语言使意义不断重复、不断积累保存、不断流传，最终构成了人类的文化、人类的思想史、理论史。所以语言不仅为人类创造文化，而且为文化和人类的历史绵延提供了最有效的媒介。在某种意义上说，以自然实在为主要研究对象的科学，也是靠语言这一"铺陈方式"② 建构的，即语言是知识得以产生和不断"继续增长的介质（Medium）"③。语言这种功能，并不是单靠符号意义的作用，而是通过对象与模印、意义与符号的统一得以实现的。卡西尔一再强调"被说出的话语（Das gesprochene Wort）绝对不止于是一些纯然的声响（Schall）或声音（Laut）。它是有所意谓的（Eswill etwas bedeuten）；它是镶嵌于一'言谈'之整体之中而与之结合在一起的"④。这就是说，话语处在主体与主体交谈的整体关系之中，这个整体关系一是指只有主体与主体在特定的内部语境中话语才能发挥其意义的功效；二是指话语意义的确定还决定于对话所处的外部语境，甚至历史语境。所以，语言、话语功能的实现也充满了交互性。

对象的交互性在理论生产的概念中，也体现得尤为突出。概念是构建理论的最基本的元素，类似物质结构的原子成分。人们一般认为概念是通过逻辑的抽象，剔除一切感性直观的东西后，上升为理性认知的产物。因此，概念是用一种纯符号的形式来表征某一真理命题，自然科学对此深信不疑。但是卡西尔坚决不同意这种绝对理性主义的观点，他明确指出，用符号形式建筑的科学的"竣工石"，不是先验地存在的，相反，它是依靠科学家的丰富的经验和聪慧的理智力而获得的。科学不能抛弃感性直观，

① 〔德〕恩斯特·卡西尔：《人文科学的逻辑》，关子尹译，上海译文出版社，2004，第25页。
② 〔德〕恩斯特·卡西尔：《人文科学的逻辑》，关子尹译，上海译文出版社，2004，第21页。
③ 〔德〕恩斯特·卡西尔：《人文科学的逻辑》，关子尹译，上海译文出版社，2004，第23页。
④ 〔德〕恩斯特·卡西尔：《人文科学的逻辑》，关子尹译，上海译文出版社，2004，第22页。

更不能舍弃精神，科学也需走自然科学与人文科学互为之路，对此，卡西尔引用了康德的观点来表明他的立场："无直觉之概念为空洞的。"①

为什么"无直觉之概念为空洞的"？原因在于，概念的生产过程就是对各种感性实在进行"分类、涵摄和从属编列"，"把杂多从属编列于种（Arten）和属（Gattungen）之下"，然后进行甄别、提升。② 这一过程，首先，是在普遍规律的指导下，把杂多区分为种和属；其次，把区分的种、属材料进行甄别、提升并安放于特定的位置；最后，形成一个具有逻辑结构的概念或理论。这个具有逻辑结构的概念或理论，一方面以"前逻辑层面的结构性"为先决条件和基础；另一方面新生成的逻辑结构又对前逻辑结构具有约束力，同时还包含了依循"其他途径运作和服从其他法则的编配方式"。③ 所以，概念既以直觉材料为依据、为基础，又对直觉材料进行加工、提升乃至创造。就概念生产运作的方式看，它也是多种因素交互作用的结果。卡西尔特别关注艺术，他认为艺术是将灵与肉、内在世界和外在世界、感性直觉与理智、符号形式与结构内容交互的最为成功的范例。从艺术的构成看，任何艺术作品都由三个层次构成："物理存在之层次，对象表现之层次和位格表达之层次。"④ 根据译者的解释，"物理存在之层次，所指的是一艺术品的质料成素，如一木刻所用之木材，油画所用之油彩等"；对象表现之层次"是指艺术所表现之对象内容"；位格表达之层次"是指艺术家作为一位格（Person）借对此一作品之创造而表达出之心境"。⑤ 极端的"物理主义"者将物理存在层次视为唯一，否认位格表达层次存在的必然性。为了追求绝对的纯洁性，如同古希腊的亚力山大大帝快刀斩乱麻，将"非常错综复杂"的"戈尔迪之结"

① 〔德〕恩斯特·卡西尔：《人文科学的逻辑》，关子尹译，上海译文出版社，2004，第30页。
② 〔德〕恩斯特·卡西尔：《人文科学的逻辑》，关子尹译，上海译文出版社，2004，第30页。
③ 〔德〕恩斯特·卡西尔：《人文科学的逻辑》，关子尹译，上海译文出版社，2004，第30~31页。
④ 〔德〕恩斯特·卡西尔：《人文科学的逻辑》，关子尹译，上海译文出版社，2004，第71页。
⑤ 〔德〕恩斯特·卡西尔：《人文科学的逻辑》，关子尹译，上海译文出版社，2004，"译者注"第71页。

一刀砍掉。① 绝对的"理性主义"视理性高于一切，人文科学只能以人的精神世界为独特对象，完全否定一切感性直观。艺术作品物理存在层次、对象表现层次和位格表达层次的交互融合，不仅是艺术作品之为艺术作品的存在标准，而且将艺术提升到文化的象征的高度，正如卡西尔所言："这三个层次乃是'作品'得以成为'作品'（Werk）而不只是单纯的'结果'（Wirkung）所必须具备的……这三个层次中任何一层次一旦缺如，或者吾人的观察于任何一层面一旦被封锢，则吾人只能显出文化的一个平面图像（Flächenbild），而皆不足以透显人类文化之真正深层向度（die eigenentliche Tiefe）。"② 可见，艺术三层次说，印证了无结构内容的概念根本不存在，"无直觉之概念为空洞的"。概念的提升、理论的建构，首先要寻到作为阿基米德支点的感性直觉的最原初的因素，作为对象，也是对象化的端点。对象化的端点包括了感性直觉与投入感性直觉的意向性二者的交融。正如拉斐尔的油画，他所选择的颜色和要透过颜色所要表达的意蕴是如此交融，最后才能建构出一个完整的艺术形象、一个独特的艺术世界。

卡西尔关于人文学科对象的独特性和交互性理论的价值在于如下几点。一是在对象的独特性的论证中，为人类精神生产、思想生产和理论生产的合法性、必要性与独特性提供了理论基础，从而肯定了作为"智性智慧"的人类的精神的创造潜能，为阿尔都塞的作为精神生产、思想生产的理论生产方式概念的合法性奠定了理论基础。二是对象的交互性理论为精神生产、理论生产的进行和展开提供了必要的原则。按马克思的理论，所有的生产要付诸实践，必须具有生产对象、生产者和生产工具三者的相互作用，舍弃任何一个条件，生产就成为泡影。那么从生产对象，尤其精神生产对象来看，在何种样态，或何种结构关系上，生产才能有效进行？卡西尔的对象交互性理论为精神生产、理论生产的展开提供了最佳的对象的结构方式。交互性理论其实是在 20 世纪学术界语言学转向中产生

---

① 〔德〕恩斯特·卡西尔：《人文科学的逻辑》，关子尹译，上海译文出版社，2004，"译者注"第 69 页。
② 〔德〕恩斯特·卡西尔：《人文科学的逻辑》，关子尹译，上海译文出版社，2004，第 71 页。

的、被学界十分认同的前沿理论，胡塞尔的主体交互性、巴赫金的互文性、克里斯蒂娃的互文性、哈贝马斯的交往对话等等，无不蕴含着交互性的思想光晕。从字面意义看，"交互"有互相、替换之意，涉及事物与事物之间的关系。传统实体论哲学主张，事物的性质是由单个物体自身的性质决定的；现代关系哲学则突破了实体论，主张事物的性质主要由事物所处的结构关系所决定。特伦斯·霍克斯明确指出："事物的真正本质不在于事物本身，而在于我们在各种事物之间构造，然后又在它们之间感觉到的那种关系。"① 当代哲学展现出从实在向关系转型的趋势，交互性理论的哲学基础正顺应了哲学的这种转向。交互性理论兴起与发展是在 20 世纪，主要是在 80 年代，而卡西尔早在 19 世纪 40 年代就预示了交互性思想，并对人文科学对象的交互性做了如此翔实的论证，我们不得不佩服卡西尔思想的超前性和创新性。首先，卡西尔的对象交互性理论确定了精神生产和理论生产的对象不是单一的，而是多样的，只要囊括在人类精神世界的东西，都可成为研究的对象。其次，确定了自然、物质、社会存在的因素是精神生产和理论生产的基础和根源，但自然、物质、社会存在绝不能以实体和感性知觉的形式进入精神生产和理论生产，必须经过人的精神智慧的创造性的改造。再次，卡西尔的对象交互性是一种一元论的交互性，他特别强调事物的互渗、互融、互为的不可分割的关系。最后，对象的交互性理论既反对绝对的经验主义、实证主义，又反对绝对的理性主义、泛逻辑主义，提倡有机一元论。卡西尔的对象交互性的这几条原则，为精神生产和理论生产提供了遵循的标准，其意义和价值不可小觑。应该承认，迄今为止，我们尚未发现阿尔都塞直接受惠于卡西尔的理论资料，而且卡西尔提出的人文科学对象的独特性和交互性理论是在 19 世纪 40 年代，与 20 世纪兴起的交互性、互文性理论相比，在时间上要早些，可见，卡西尔的《人文科学的逻辑》较之狄尔泰的《人文科学导论》更具当代性，这为阿尔都塞提出理论生产方式注入了新鲜的理论资源。

---

① 〔英〕特伦斯·霍克斯：《结构主义和符号学》，瞿铁鹏译，上海译文出版社，1997，第 8 页。

三　理论的生产性与"认识论的断裂"

理论生产方式是研究如何生产思想的，理论生产是一种思想的生产，思想从来都是独一无二的，是不可复制的，是具有巨大的创造性的。那么，作为思想生产的理论生产如何走向一种思想的创新，狄尔泰和卡西尔都没来得及给予回答，阿尔都塞却填补了这个理论空缺。阿尔都塞在研究马克思如何创立历史唯物主义和辩证唯物主义的革命理论时，提出了"认识论的断裂"的概念。"认识论的断裂"理论可以看作阿尔都塞为理论生产的创新提供的一个思维方式或认识论的原则。

"认识论的断裂"概念，并不是阿尔都塞的原创，而是借鉴于他的老师巴什拉。加斯东·巴什拉是一位与众不同的科学家、科学哲学家、诗人、评论家。1903 年，加斯东·巴什拉中学毕业后就踏上了艰苦曲折的谋生之路。他当过中学自习管理人，从事邮递工作长达八九年，曾两次应征入伍，有三年的时间在战场上厮杀。巴什拉没有接受过正规的大学教育，他以惊人的毅力、顽强的拼搏精神，靠自学获得了利叁斯资格（相当于大学三年学历的证明）。为获得利叁斯资格，他每周必须学习 60 小时。35 岁服完兵役后，巴什拉进入他童年时期的母校巴尔·歇尔·奥布的考莱鸠讲授物理和化学，干了整整 11 年。直到 1940 年，56 岁的加斯东·巴什拉才接替他的博士学位论文评审导师雷伊的职务，进入索尔本大学承担"科学史科学哲学"讲座的授课职务。从此，巴什拉的科学研究一发不可收，突飞猛进，硕果累累，他生前就出版了 23 部著作，加上去世后出版的 6 部著作，共 29 部。由于在科学史、科学哲学等领域的卓越贡献，巴什拉生前获得了很多、很高的学术荣誉。[①] 也许，巴什拉的这种艰难困苦的人生经历，锻造了他非凡的毅力、勇于拼搏和冒险的品格，赋予了他的学术思想破壁而立的创造性和独立无羁的独创性。他认为："科学创造所需要的精神变革使人成为一种突变体，更准确地说，成为一种需要变革，为不变而痛苦的类型。"[②] 他以自己的学术业绩践行了作为一个

---

① 参见〔日〕金森修《巴什拉：科学与诗》，武青艳、包国光译，河北教育出版社，2002，第 5~18 页。

② 〔法〕加斯东·巴什拉：《科学精神的形成》，钱培鑫译，江苏教育出版社，2006，第 11 页。

创造性 "突变体" 的承诺。弗朗索瓦·达高涅评价说，巴什拉的著作充满 "论战性质"，"充满了传奇的独创性"，"他始终不停地歌颂科学的创新性"①。金森修说："我们不能把一个'哲学家'自己选择冒险的不可思议性，简单地归结为过去历史中常有的事。巴什拉的思想冒险，无论对于亲眼目睹其转变的学生，还是对于我们来说，都永远是一个令人感到惊奇的事情。"② 巴什拉特立独行的创造精神，使他的哲学思想告别了连续性、确定论、同一性，他建构了事物发展的不连续性、矛盾的辩证法、否定哲学、近似哲学、科学与诗性并存的科学哲学理论。他反对实证主义、经验主义，提倡理性主义；反对单一性、同一性，提倡多元性、复杂性；反对精神分析的心灵痛苦压抑，提倡精神自由；反对诠释性理性，提倡开放性理性；反对科学进化论，提倡科学的断裂观。他认为科学的发展历史，不是进化的历史。科学并不依赖传统，相反其与传统决裂。为了让科学工作者彻底与旧习、旧的建构方法、僵固不变的常识决裂，巴什拉在《科学精神的形成》一书中，通过对大量处于科学史边缘的甚至遭到遗弃的文献的翔实考究、比较与甄别，列举出九种 "认识论障碍"。这九种 "认识论障碍" 表现为：原初经验障碍、一般认识障碍、言辞障碍、实体论障碍、精神分析障碍、泛灵论障碍、消化的神话障碍、里比多与客观认识障碍、量化认识障碍。巴什拉 263 页的《科学精神的形成》一书，就是以大量的科学材料，论证这九种 "认识论障碍" 的弊端，旨在说明新的科学精神的形成，必须与偏见做斗争，与上述种种认识论障碍，或 "认识畸形学"③ 彻底决裂，即科学精神在 "认识论的断裂" 基础上才能形成。认识论断裂是 "认识的一种新形式"。④

阿尔都塞的 "认识论的断裂" 的概念和思想，显然是借鉴了巴士拉的认识论决裂的提法，而且在人格和学术思想上，阿尔都塞也秉承了老师

① 〔法〕弗朗索瓦·达高涅：《理性与激情》，尚衡译，北京大学出版社，1997，第 7～9 页。
② 〔日〕金森修：《巴什拉：科学与诗》，武青艳、包国光译，河北教育出版社，2002，第 7 页。
③ 〔日〕金森修：《巴什拉：科学与诗》，武青艳、包国光译，河北教育出版社，2002，第 112 页。
④ 〔澳〕卢克·费雷特：《导读阿尔都塞》，田延译，重庆大学出版社，2014，第 46 页。

的真髓，只不过两者研究的领域和问题域不同而已。巴士拉是从科学的角度，探讨科学精神问题；阿尔都塞则是从马克思主义理论生产的角度出发，还原真正的马克思的问题。但是，在探讨马克思历史唯物主义和辩证唯物主义的生产和建构过程中，阿尔都塞特别看重马克思理论生产的划时代的创造性和在历史科学上的革命价值。

传统的马克思主义理论史研究"把马克思哲学的思想革命本质说成是一种巧妙的加法。马克思只是终结了古典哲学中的唯心主义和旧唯物主义的非辩证性，但他仍然是传统哲学（'哲学基本问题'）的传承者"[①]。阿尔都塞决然否定了这种修补论的观点，他认为马克思的思想经历了一个与黑格尔哲学和费尔巴哈哲学彻底的认识论断裂过程，才创立了科学的历史唯物主义和辩证唯物主义。在《保卫马克思》序言中，阿尔都塞着重突出了这一立场。他认为，马克思的认识论断裂发生在 1845 年，以《关于费尔巴哈的提纲》和《德意志意识形态》两本著作为标志。[②] 认识论断裂的"双重成果"是"在创立历史理论（历史唯物主义）的同时，马克思同自己以往的意识形态哲学信仰相决裂，并创立了一种新的哲学（辩证唯物主义）"。[③] 阿尔都塞提出认识论断裂的命题，一是针对经验主义和实在论的二元认知论，二是针对意识形态幻象，具有深刻的现实意义。笔者在此主要探讨理论生产创新的认识论基础，因此关于意识形态幻象问题，暂且不论。

阿尔都塞的新认识论建立在对经验主义和黑格尔认识论批判的基础上。经验主义认为，客观实体存在两重性：一是处于现象层面的非本质的东西，二是隐藏在现象背后的本质的东西。人认识的目的，就是通过思维的抽象，将本质的东西从杂乱无章的现象中抽象出来，获得对本质的认识，正如阿尔都塞所言："整个经验认识过程实际上就是所谓的主体的抽象活动。认识就是把现实对象的本质抽象出来。因此主体对本质的占有就

---

① 张一兵、胡大平：《西方马克思主义哲学的历史逻辑》，南京大学出版社，2003，第245 页。
② 〔法〕路易·阿尔都塞：《保卫马克思》，顾良译，商务印书馆，2016，第 14 页。
③ 〔法〕路易·阿尔都塞：《保卫马克思》，顾良译，商务印书馆，2016，第 13 页。

是认识。"① 阿尔都塞认为，经验主义的认识论主要体现了以下观点。第一，认识的对象仅仅是现实实体。第二，现实实体包括看得见的现象和隐藏在现象背后的看不见的本质，二者构成了认识对象的结构。第三，认识的目的是获得对本质的认识。第四，认识的方法是对实体进行抽象，即"通过整个连续的挑选、筛选、剥离、摩擦过程"②，对现实实体进行清理和净化，排除看得见的现象，保留看不见的本质。第五，经验主义的认识虽然经历了清理和净化的过程，但是它的整个认识活动都是在现实实体的内在结构中进行的，而且，所获得的认识本身归属于现实实体的本质，认识等于本质，其实就是认识等于现实，认识的对象和现实没有区别。这种认识是一种镜子似的认识，是以非本质掩盖本质，是将认识对象等同于现实对象。第六，经验主义的认识论是宗教神话的复活，亦是一种宗教思维方式的体现。因为，宗教是在万事万物中抽象出"上帝"这个本质之源，上帝既是宇宙万物之源，亦是宗教理性信仰的象征，"上帝＝本质＝现实"与"认识＝本质＝现实"有异曲同工之妙！"认识对象＝现实对象"的认识论仅仅是一种机械反映论，人的认识、建构和创造能力完全被排斥于认识活动之外，成为不可通约的认识论障碍。

黑格尔哲学被归为唯心主义辩证法，阿尔都塞认为黑格尔的唯心主义辩证法按照否定之否定的辩证法去认识世界，然而，黑格尔的哲学世界是客观的绝对精神自我生成、自我发展的结果。客观的绝对精神原初时只是以概念的形式存在，概念与概念经过否定之否定的辩证法，依次生成了无机物、有机物。在有机物阶段，一旦人生成了，就标志着精神诞生了。精神的生成，也有一个按照否定之否定的规律自我发展、自我完善成熟的过程，具体体现为宗教、艺术和哲学三个阶段。在宗教阶段，绝对精神以纯感性的形式存在，绝对精神被形象遮蔽，它需要向纯精神性的精神阶段发展，经过否定之否定，艺术出现了。艺术是理念的感性显现，它既保留了形象的感性形式，又渗透了理性的内容，是二者的结合。但是，从纯精神

---

① 〔法〕路易·阿尔都塞、艾蒂安·巴里巴尔：《读〈资本论〉》，李其庆、冯文光译，中央编译出版局，2008，第23页。

② 〔法〕路易·阿尔都塞、艾蒂安·巴里巴尔：《读〈资本论〉》，李其庆、冯文光译，中央编译出版局，2008，第25页。

的角度看，它含有形象的感性形式，绝对精神并不完美，还没有回归到纯精神形式的样态，所以，还要朝着不断完善、完美的方向发展，于是哲学出现了。在黑格尔看来，哲学是摆脱了一切感性的痕迹、完全、彻底的纯精神形式，以一种形而上学的方法体现了绝对精神的纯理性特征。绝对精神通过不断的否定之否定过程，从概念、无机物、有机物、人进入精神领域，然后又通过否定之否定，从宗教、艺术发展到哲学，才能以纯精神、纯理念的伟岸形式登上"上帝"的王位。从绝对精神生成和发展的历程看，阿尔都塞认为黑格尔哲学是思维对现实的抽象，其为寻求到客观的绝对精神的理念本质，不断通过否定之否定的辩证法进行抽象，但"黑格尔赋予绝对的历史唯心主义形式的这种混同，本质上不过是经验主义总问题所固有的混同的另一种形式"①。

　　无论是经验主义的认识论，还是黑格尔的认识论，二者都采用抽象的方法还原本质，都放逐认识主体，都将认识对象等同于现实对象，都是一种被动的机械反映论。阿尔都塞认为，"马克思屏弃了黑格尔把现实对象同认识对象、现实过程同认识过程混为一谈的做法。他指出：'黑格尔陷入幻觉，把实在理解为自我综合，自我深化和自我运动的思维的结果，其实，从抽象上升到具体的方法，只是思维用来掌握具体并把它当做一个精神上的具体再现出来的方式'"。② 在阿尔都塞看来，马克思所指的"精神上的具体"并不是现实具体，而是思维生产过程的产物，是认识的对象。认识对象与现实具体的区别在于，一个存在于思维生产过程中，一个存在于客观的现实中；一个是思维生产的结晶，一个是自然形态的原生物；一个是主客观交互性的结果，一个是单向性的原材料。两者的关系是，"认识的对象则是思维的产物，思维在自身中把它作为思维具体、思维整体生产出来"③。为什么马克思和阿尔都塞都特别强调要把认识对象与现实对象严格区别开来？原因在于，第一，思维器官和思维能力不是纯

---

① 〔法〕路易·阿尔都塞、艾蒂安·巴里巴尔：《读〈资本论〉》，李其庆、冯文光译，中央编译出版局，2008，第29页。
② 〔法〕路易·阿尔都塞、艾蒂安·巴里巴尔：《读〈资本论〉》，李其庆、冯文光译，中央编译出版局，2008，第29页。
③ 〔法〕路易·阿尔都塞、艾蒂安·巴里巴尔：《读〈资本论〉》，李其庆、冯文光译，中央编译出版局，2008，第29页。

心理和生理的，它是在由现实、历史以及各种条件构成的生产方式中形成的。思维是一种复杂的结构，这个结构中"加工对象（原料）、思维所掌握的理论生产资料（思维的理论、方法、经验的或其他的技术）同思维借以生产的历史关系（以及理论关系、意识形态关系、社会关系）结合起来"，正是上述种种条件构成了"理论实践条件"或"理论生产方式"或"理论生产体系"①，因此强调思维器官和思维能力不是先天的而是后天的，是在理论实践中形成的，它的价值在于凸显了思想、观念和理论的生产具有与物质生产方式不同的理论实践和理论生产方式的合法性和独特性，理论生产方式"推动直接生产者的'思维能力'"②。第二，尽管思维生产、认识生产隶属于精神生产，但理论生产体系"既是物质的也是'精神'的体系，它的实践是在现有的经济的、政治的和意识形态的实践基础产生和形成的"③。为了避免将思维生产和理论生产导入唯心主义的陷阱，阿尔都塞反复强调思维与自然体系始终保持密切的联系。第三，思维是在理论生产方式或理论实践中进行的，阿尔都塞既强调思维的主体在思维和认识活动中的能动主导地位与作用，又规定了思维主体受制于特定的理论生产的总问题。总之，"像马克思那样说：'具体总体作为思维总体、作为思维具体，事实上是思维的、理解的产物'"④，绝不能把认识对象与现实对象混为一体，这是马克思主义辩证唯物主义认识论与一切经验主义认识论的分水岭。将认识对象区别于现实对象，并且将之视为认识主体思维能力的产物，实际上肯定了人的精神创造性在思维生产、思想生产、理论生产中的地位和作用，赋予理论生产以创造性的内在机制，这为我们研究理论的创新，包括文学艺术理论生产的创新，提供了强有力的认识论理论基础。阿尔都塞提出"认识论的断裂"，其目的就在于此，在于

---

① 〔法〕路易·阿尔都塞、艾蒂安·巴里巴尔：《读〈资本论〉》，李其庆、冯文光译，中央编译出版局，2008，第30页。
② 〔法〕路易·阿尔都塞、艾蒂安·巴里巴尔：《读〈资本论〉》，李其庆、冯文光译，中央编译出版局，2008，第30页。
③ 〔法〕路易·阿尔都塞、艾蒂安·巴里巴尔：《读〈资本论〉》，李其庆、冯文光译，中央编译出版局，2008，第30页。
④ 〔法〕路易·阿尔都塞、艾蒂安·巴里巴尔：《读〈资本论〉》，李其庆、冯文光译，中央编译出版局，2008，第30页。

为我们的艺术生产提供一个总体的认识论原则。

第二节　艺术生产方式的理论创新性

艺术理论生产方式是理论生产方式的一个特殊门类，它具有理论生产方式的一般共性，既是一种观念与思想的独创性生产，又是有关文学艺术观念和思想的生产方式。阿尔都塞、本雅明、伊格尔顿和马舍雷对马克思的艺术生产理论的创新表现为：赋予艺术生产以物质性与精神性的双重品格，将艺术生产纳入艺术关系再生产总问题的思想体系之中，考察艺术生产作为意识形态生产和商品生产的结构图式、生产要素和功能价值，为当代日新月异的科学技术变革和消费时代中的文学艺术的突变提供认知图式。

一　艺术理论生产方式的结构图式

马克思在《政治经济学批判》的序言中，对唯物主义的基本原理做了极周密而深刻的说明：

> 人们在自己生活的社会生产中发生一定的、必然的、不以他们的意志为转移的关系，即同他们的物质生产力的一定发展阶段相适合的生产关系。这些生产关系的总和构成社会的经济结构，即有法律的和政治的上层建筑竖立其上并有一定的社会意识形式与之相适应的现实基础。物质生活的生产方式制约着整个社会生活、政治生活和精神生活的过程。①

马克思为我们绘制了整个人类社会生活的结构认知图式，即人类社会由生产方式和生产关系、经济基础和上层建筑构成，其中生产方式、经济基础起决定作用，上层建筑和意识形态具有相对的独立性和反作用。阿尔都塞、本雅明、马舍雷和伊格尔顿等思想家开创性地运用了马克思的历史

---

① 《〈政治经济学批判〉序言》，载《马克思恩格斯选集》（第二卷），人民出版社，2012，第 2 页。

唯物主义原理绘制了理论生产方式和艺术生产方式的结构图式，以期将理论生产方式和艺术生产方式提升到唯物主义高度，对它们在人类观念生产上的结构性功能和独特性创造价值做一判断。这种结构认知图式强调，理论生产方式和艺术生产方式尽管属于观念和思想的生产，但作为一种生产方式，它们具有物质和经济的性质，因此阿尔都塞说："这种理论生产体系既是物质的也是'精神'的体系。"① 理论的生产是思想、观念的生产，思想、观念的生产是在人的思维阈限中进行的，是对现实具体抽象上升到思维具体的过程，正如马克思所言："从抽象上升到具体的方法，只是思维用来掌握具体、把它当做一个精神上的具体再现出来的方式。"② 在阿尔都塞看来，马克思提出的"思维具体"并不是回到认识起点的现实具体，而是经过主体思维认识后，"生产了对现实对象、现实具体、现实整体的认识"③，是一种精神性的生产。理论生产方式和艺术生产方式是精神生产的体系，就不言而喻了。但是，理论生产方式和艺术生产方式作为一种精神体系，并不是无源之水、无本之木，它不仅深深扎根于现实之中，而且作为生产方式，它本身也成为一种现实存在，具有了一定的物质性。阿尔都塞认为，人的思维能力既不是先验的，亦不是生理心理的能力，而是社会结构的产物，思维和思维能力是一种物质存在，离开思维和思维能力，理论生产、艺术生产都将不复存在。在这个意义上说，理论生产体系也具有物质性，更何况，意识形态的东西，在体制化、实践化后，可以转变为一种物质性的力量，对人类和社会具有制约力量。阿尔都塞在《意识形态和意识形态国家机器（研究笔记）》一文中明确指出："意识形态具有一种物质的存在。"④ 意识形态虽然是指"在某个人或某个社会集团的心理中占统治地位的观念和表述体系"⑤，属于上层建筑中的一部

① 〔法〕路易·阿尔都塞、艾蒂安·巴里巴尔：《读〈资本论〉》，李其庆、冯文光译，中央编译出版局，2008，第30页。
② 《马克思恩格斯选集》（第二卷），人民出版社，2012，第701页。
③ 〔法〕路易·阿尔都塞、艾蒂安·巴里巴尔：《读〈资本论〉》，李其庆、冯文光译，中央编译出版局，2008，第29页。
④ 〔法〕路易·阿尔都塞：《意识形态和意识形态国家机器（研究笔记）》，载陈越编《哲学与政治——阿尔都塞读本》，吉林人民出版社，2003，第356页。
⑤ 〔法〕路易·阿尔都塞：《意识形态和意识形态国家机器（研究笔记）》，载陈越编《哲学与政治——阿尔都塞读本》，吉林人民出版社，2003，第348页。

分，并由经济基础决定，但是，当它一旦成为国家机器用于维护机器的统治和生产力、生产关系的再生产时，就由观念的东西转变为一种功能结构的东西，付诸国家机器和个人的行动与实践，在这个意义上而言，"意识形态具有一种物质的存在"。当然，意识形态作为一种物质性的存在，与石头这类自然物质形态不相类似，而是一种行动和实践意义上的物质存在，正如阿尔都塞所说："每一种意识形态机器都是一种意识形态的实现（这些——宗教的、伦理的、法律的、政治的、审美的等等——不同领域的意识形态的统一性，是由它们对占统治地位的意识形态的臣服来保障的）……一种意识形态总是存在于某种机器当中，存于这种在机器的实践或各种实践当中。这种存在就是物质存在。"① 比如宗教意识形态，一旦被纳入宗教体制中，它要通过各种教规、教法和宗教礼仪去规范教徒的行为举止、思想情感，使教徒臣服、归顺该宗教。而教徒对该宗教的信仰，绝不能只停留在头脑的冥想层面，而是必须按照教规和教义付诸行动和实践。天主教、基督教的礼拜、忏悔就是信仰付诸行动和实践的例证。同理，理论、思想、艺术一旦进入生产方式，它们就进入活动、行动和实践的领域，成为实践方式，转化为一种物质性的力量，不断推动人类观念史和理论史的建构、发展，甚至创造。

本雅明也特别看重艺术生产的物质性。在探讨文学的政治倾向和文学质量问题时，本雅明没有从惯常的政治立场、作家的世界观、思想价值取向等意识形态层面去阐释，而是从马克思生产力与生产关系的历史唯物主义的理论框架出发，将艺术生产纳入生产关系中，考察艺术生产力如何决定文学倾向以及作为生产者的作家如何通过艺术生产力的创新成为真正的大众的作家等问题。在他看来，创作技术是艺术生产力最为重要的因素，它既能正确回答"文学作品与时代的生产关系"问题，又可以借助它对文学产品"进行直接社会的、因而也是唯物主义的分析"，还可以将它作为"正确地确定倾向和质量之间关系的指导"。② 本雅明深信创作技术这

---

① 〔法〕路易·阿尔都塞：《意识形态和意识形态国家机器（研究笔记）》，载陈越编《哲学与政治——阿尔都塞读本》，吉林人民出版社，2003，第356页。

② 〔德〕瓦尔特·本雅明：《作为生产者的作者》，王炳钧、陈永国、郭军、蒋洪生译，河南大学出版社，2014，第7页。

一艺术生产力要素的革命性的变革，能给艺术生产和艺术发展带来创新性的巨变。他的名作《可技术复制时代的艺术作品》，堪称这一理论的最有原创性、最有预测性的脚注（在此不赘述，下文将细论）。美国学者理查德·沃林在评述本雅明这一理论创新时，给予了极高又极贴切的评价："本雅明希冀在技术概念的基础上建立唯物主义批评的尝试完全依靠超越个人的'艺术生产力'，这是一种艺术家个人只能够选择服从或不服从的机制，因为它似乎是完全独立于艺术家意志之外发生作用的。"①

沿着阿尔都塞、本雅明建构的理论生产方式、艺术生产方式理论，当代学者如英国的特里·伊格尔顿、法国的皮埃尔·马舍雷、P. 布尔迪厄、美国的戴安娜·克兰等，都从各自的领域出发，以不同的视角对理论生产方式、艺术生产方式、文化生产方式做过专题研究。他们的共同点是，都将原本具有精神性的思想、观念、理论、艺术和文化纳入生产方式和生产关系的历史唯物主义框架之中考察，将其视为一种建构性的活动行为和实践方式、一种推动社会发展的再生产之力，赋予其以物质的功能结构，应该说，这在人类的思想史、理论史和文艺学史上，是对精神生产独立性和反作用的创新性的思想建构，亦是对马克思主义历史唯物主义的发展。

二　艺术生产方式的基本要素

马克思将物质的生产方式概括为生产者、生产资料和生产工具三位一体的交互作用。就生产的一般意义而言，任何生产、任何时代的生产、任何社会关系的生产，上述三个要素都缺一不可，否则生产活动将无从进行。但问题是，马克思的生产理论与古典经济学的生产理论的本质区别在于，古典经济学将生产从社会、历史和生产关系中抽象出来，只做一般意义上的研究和考察，这样，他们根本无法剖析和揭示封建主义、资本主义的生产方式的本质。马克思则认为："一切生产都是个人在一定社会形式中并借这种社会形式而进行的对自然的占有。"② 恩格斯对马克思的理论概括得更为具体，他指出："经济学研究的不是物，而是人和人之间的关

① 〔美〕理查德·沃林：《瓦尔特·本雅明：救赎美学》，吴勇立、张亮译，江苏人民出版社，2008，第161页。
② 《马克思恩格斯选集》（第二卷），人民出版社，2012，第687页。

系，归根到底是阶级和阶级之间的关系。"① 阿尔都塞、本雅明与伊格尔顿考察理论生产方式、艺术生产方式的基本要素的大前提，便建立在马克思主义的这一原理上。

阿尔都塞的理论生产方式的基本要素可以归纳为两点。首先，阿尔都塞指出理论生产方式像经济生产方式一样，需要生产资料、生产者和生产工具三要素。但由于理论实践是"完全在思维中进行的过程"②，它所涉及的原料、工具和生产者有其独特性：理论生产的资料是"思维的理论、方法、经验的或其他的技术"，加工的对象-原料是"直观和表象材料"，生产者是思想和理论工作者的思维能力。③ 这三个要素构成了理论生产方式的生产条件。其次，阿尔都塞并不像古典政治经济学那样，孤立地谈一般意义上的理论实践的三要素，而是把三要素置于现实的社会关系之中，特别强调理论实践是"在现有的经济的、政治的、意识形态的实践基础上产生和形成的"④。比如，理论生产所需的"直观和表象材料"，绝不等同现实实在的直观和表象，而是认识主体对现实实在的直观和表象由表及里、去伪存真后的认识，即认识对象，如阿尔都塞所言："这里涉及的从来就不是'纯粹的'可感知的直观或表象，而是早已综合了的原料，是'直观'或'表象'的结构，这个结构在特有的'联系'中，同时把可感知的要素、技术要素和意识形态结合在一起。"⑤ 所以，理论生产就是不断地对认识对象的加工，"生产出不断变化的认识"⑥，不断产生新的思想、新的理论的建构，因为由经济的、政治的、意识形态的实践构筑的社会关系总是不断变化、不断向理论生产提出新的问题、不断更新人的认

---

① 《马克思恩格斯选集》（第二卷），人民出版社，2012，第 14~15 页。
② 〔法〕路易·阿尔都塞、艾蒂安·巴里巴尔：《读〈资本论〉》，李其庆、冯文光译，中央编译出版局，2008，第 30 页。
③ 〔法〕路易·阿尔都塞、艾蒂安·巴里巴尔：《读〈资本论〉》，李其庆、冯文光译，中央编译出版局，2008，第 30 页。
④ 〔法〕路易·阿尔都塞、艾蒂安·巴里巴尔：《读〈资本论〉》，李其庆、冯文光译，中央编译出版局，2008，第 30 页。
⑤ 〔法〕路易·阿尔都塞、艾蒂安·巴里巴尔：《读〈资本论〉》，李其庆、冯文光译，中央编译出版局，2008，第 31 页。
⑥ 〔法〕路易·阿尔都塞、艾蒂安·巴里巴尔：《读〈资本论〉》，李其庆、冯文光译，中央编译出版局，2008，第 31 页。

识的。

阿尔都塞从大理论的生产方式角度描绘了理论生产的结构图式，本雅明却是从理论生产方式的一个特殊门类——艺术生产方式出发绘制结构图式。本雅明的艺术生产理论主要集中在《作为生产者的作者》和《可技术复制时代的艺术作品》两部著作中。本雅明与阿尔都塞一样，主张将文学创作和文学作品置于生产关系中加以考察，艺术是一种生产活动，一种与特定生产关系相适应的生产方式。作者是艺术生产者，作为生产者的作者，他要掌握特定的甚至先进的生产工具——创作技术对艺术的生产原料进行加工改造形成艺术产品。在这三要素中，本雅明特别看重作为生产力的创作技术对艺术生产方式的决定性作用。本雅明认为他构筑的以创作技术为主的生产三要素的结构图式，是对马克思历史唯物主义基本原理的运用，赋予作为观念生产的艺术以"唯物主义的分析"。伊格尔顿也评价本雅明说，"创造性表现在：他把这个理论运用于艺术"[1]。本雅明绘制的艺术生产方式的结构图式与阿尔都塞不同之处在于，他把创作技术看作艺术生产技术、艺术生产力，或称艺术生产工具、生产机器，并把它置于生产方式的重要地位。创作技术主要指艺术媒介、艺术门类、艺术表现手法、艺术技巧等等，在本雅明看来，可将 20 世纪兴起的电影、报刊、无线电、照相术、音乐唱片、机械复制技术等囊括于艺术生产技术的名下。自古以来，艺术生产技术总是在不断地变化、发展，而"现在处于一个文学形式剧烈融合的进程之中"[2]，它从根本上改变了作为生产者的作者、诗人与大众以及艺术与生活、艺术与教育、艺术与文学倾向之间的对立关系，一言以蔽之，它改变了艺术生产的生产关系。本雅明举了很多例子来佐证这一理论，比如报刊新闻的发展，促使新闻纪实报告文学诞生，它为文学从精英显贵走向芸芸大众提供了新的文学体裁平台；布莱希特的戏剧间离手法，或曰"功能转换（Umfunktionierung）"[3] 打破了戏剧三堵墙

---

[1] 〔英〕特里·伊格尔顿：《马克思主义与文学批评》，文宝译，人民文学出版社，1986，第 67 页。特里·伊格尔顿也被译为特雷·伊格尔顿。

[2] 〔德〕瓦尔特·本雅明：《作为生产者的作者》，王炳钧、陈永国、郭军、蒋洪生译，河南大学出版社，2014，第 9 页。

[3] 〔德〕瓦尔特·本雅明：《作为生产者的作者》，王炳钧、陈永国、郭军、蒋洪生译，河南大学出版社，2014，第 17 页。

的空间限制、演员和观众的分离、上帝独白的说教禁区，将演员和观众、演出与说教融为一体，打开了戏剧从高雅走向大众的大门；达达主义扩大了绘画元素（亦可称媒介因素），将被传统不屑一顾的生活替代品，如"入场券、线团、烟蒂等静物画组合为一体，把所有这些装进一个画框"①，突破了艺术与生活的界限；音乐引进了"唱片、有声电影、自动音乐播放器"② 等先进的科学技术，从合奏乐的高雅艺术转换为大众音乐，功能发生了巨大的转换，当代通俗音乐迅猛发展的态势和经典音乐普及的广度与深度，应该说得力于先进的科学技术的兴起与创新。凡此种种，都印证了本雅明的预言，"改变生产机器便意味着重新破除一种障碍，克服一种对立"③，意味着融合，意味着走向生活、走向大众。在本雅明看来这既是衡量作者——生产者的标准，也是文学倾向性的标志，因为"对于作为生产者的作者来说，技术的进步也是他政治进步的基础"④。有些学者认为本雅明关于艺术生产技术的理论有技术决定论的倾向。笔者认为，本雅明确实一反学术界对艺术生产技术研究的忌讳，不仅填补了这方面研究的空白，而且他将艺术生产技术归为艺术生产力，将其纳入生产力与生产关系的辩证框架中，进而反观艺术生产技术改变或促进艺术生产关系的变革，这是本雅明对艺术生产方式理论的独创，当今的高科技媒介技术对艺术和文学带来巨大冲击的现实景观，印证了本雅明这一理论的预见性。

三　艺术生产关系理论的建构

艺术生产关系理论的建构主要得力于伊格尔顿。伊格尔顿是英国著名的马克思主义文艺理论家和批评家，著作等身，盛名远扬，尤其在捍卫、

---

① 〔德〕瓦尔特·本雅明：《作为生产者的作者》，王炳钧、陈永国、郭军、蒋洪生译，河南大学出版社，2014，第18页。
② 〔德〕瓦尔特·本雅明：《作为生产者的作者》，王炳钧、陈永国、郭军、蒋洪生译，河南大学出版社，2014，第21页。
③ 〔德〕瓦尔特·本雅明：《作为生产者的作者》，王炳钧、陈永国、郭军、蒋洪生译，河南大学出版社，2014，第20页。
④ 〔德〕瓦尔特·本雅明：《作为生产者的作者》，王炳钧、陈永国、郭军、蒋洪生译，河南大学出版社，2014，第20页。

发展马克思主义美学和文艺理论方面成绩卓著，堪称西方马克思主义的第二代领袖。据《二十世纪西方文学理论》译者伍晓明介绍，伊格尔顿学术思想的来源极为广博，马克思、卢卡契、布莱希特、阿多诺、本雅明、阿尔都塞、戈德曼、马舍雷、威廉姆斯等西方马克思主义大家都对伊格尔顿有重要影响，阿尔都塞对他的影响尤其大。① 伊格尔顿的艺术生产理论在坚守马克思主义历史唯物主义的前提下，既吸收了本雅明将艺术技术作为生产力去考察艺术生产力如何影响和建构艺术生产关系的理论，又将阿尔都塞的再生产理论作为自己艺术生产理论的总问题，解决了艺术生产如何不断地再生产新的艺术生产关系的难题。伊格尔顿的艺术生产理论基本思想主要有以下几个方面的内容。

第一，以再生产理论作为艺术生产的总问题。

由西北大学出版社出版的阿尔都塞的大部头著作《论再生产》，详尽地论证了再生产理论。根据马克思"一种社会形态如果在进行生产的同时不对生产的条件进行再生产，它就连一年也维持不下去"② 的观点，阿尔都塞对生产条件的再生产进行了细化。他认为生产条件的再生产包括生产力和现有的生产关系两个方面。生产力的再生产主要是生产资料的再生产和劳动力的再生产。在谈到劳动力的再生产时，他反复强调劳动力的再生产除了保障劳动力的能力和繁衍后代为社会生产提供新的劳动力需要的条件外，还需要培训劳动者从事劳动的各项技能和基本素质的生产条件，而这种培训，并不是在企业内部进行的，而是靠国家权力机构和社会机构完成的。国家权力机构和社会机构对劳动者技能和基本素质的培训，主要通过各种各样的教育机构如学校来完成。阿尔都塞认为除了生产技能和必要的科学知识之外，人的一生，无论如何都要"学会了读、写、算"，还要学习科学文化和人文文化，更为重要的是要学会和掌握"由统治阶级建立起来的秩序的规范"、管理本领、占统治地位的意识形态等。种种知识、技能和思想的培训，主要靠文学等人文学科完成，"由此可见，作为

① 参见〔英〕特雷·伊格尔顿《二十世纪西方文学理论》，伍晓明译，北京大学出版社，2007，"中译本初版译后记"第286页。

② 参见〔法〕路易·阿尔都塞《论再生产》，吴子枫译，西北大学出版社，2019，第121页。

劳动力再生产的**必要条件**，不仅要再生产出劳动力的'合格能力'，而且要**再生产出它对占统治地位的意识形态的臣服或这种意识形态的'实践'**。必须非常明确地说'不仅……而且……'，**因为只有在这种意识形态臣服的形式下并受到这种形式的制约，劳动力的合格能力的再生产才得到保障**"。① 需要注意的是，阿尔都塞加粗字体的地方，是阿尔都塞要强调的理论重点，即他要说明的是劳动力再生产已经不仅仅是生产力的再生产，而且是包含了相当程度的生产关系的再生产。由此，阿尔都塞提出了生产关系的再生产这一深化和补充马克思思想的再生产理论。阿尔都塞认为，马克思提出的由特定的经济基础与上层建筑构筑的特定社会的存在、巩固和发展，主要靠国家机器予以实现。国家机器有两种形态，镇压性的国家机器和意识形态性的国家机器。前者靠着军队、警察、监狱等专政机器进行对敌对阶级、反动阶级的镇压；后者主要靠统治阶级的意识形态说服、教化国家公民。在国家政权相对稳定的条件下，国家机器主要靠意识形态性的国家机器发挥功能，"**任何一个阶级，如果不在掌握政权的同时通过意识形态国家机器并在这套机器中行使其领导权，就不能持久地掌握政权**"②。意识形态的国家机器包括"教育机器、宗教机器、家庭机器、政治机器、工会机器、传播机器、'文化'机器等等"③。无论是哪一种意识形态的国家机器，它都以自己特有的方式服务于"生产关系的再生产"④。对于资本主义来说，政治机器"使个人臣服于国家的政治意识形态，臣服于'间接的'（议会制的）或'直接的'（全民公投的或法西斯的）'民主的'意识形态"；传播机器利用出版物、广播电视"向每个'公民'灌输民族主义、沙文主义、自由主义和道德主义等等"；宗教机器"则是在布道和其他有关出生、结婚和死亡的重大典礼中提醒人们：人只是尘土，除非他懂得爱他的同类，爱到有人打他的右脸，连左脸也转过来由他打"⑤。就连音乐也逃不过意识形态的国家机器的统治。教育机

---

① 〔法〕路易·阿尔都塞：《论再生产》，吴子枫译，西北大学出版社，2019，第 129 页。
② 〔法〕路易·阿尔都塞：《论再生产》，吴子枫译，西北大学出版社，2019，第 458 页。
③ 〔法〕路易·阿尔都塞：《论再生产》，吴子枫译，西北大学出版社，2019，第 462 页。
④ 〔法〕路易·阿尔都塞：《论再生产》，吴子枫译，西北大学出版社，2019，第 465 页。
⑤ 〔法〕路易·阿尔都塞：《论再生产》，吴子枫译，西北大学出版社，2019，第 465~466 页。

器"使用各种或新或旧的方法"，反复向人们终身"灌输一些占统治地位的意识形态包裹着的'本领'"①，培养用于统治的各种各样的管理能力，培育统治阶级的高层管理人才，生产新的劳动力。所以，"在今天，学校已经取代了教会作为**占统治地位的意识形态国家机器**的作用"②。总而言之，"生产关系的再生产是通过法律-政治的和意识形态的上层建筑来保障的"③。意识形态国家机器这种强大的功能使其在生产关系的再生产上，不仅维护特有的生产关系，而且能够使特定的生产关系不断绵延与增值。伊格尔顿的艺术生产是一种意识形态的生产的理论就是建立在这个总问题上的。

第二，艺术生产是一种意识形态的生产。

艺术生产如何实现生产关系的再生产？它必须被纳入意识形态国家机器，成为其中的一部分，才能具有生产关系的再生产的功能。伊格尔顿以阿尔都塞的生产关系再生产理论为其艺术生产理论的总的结构性思想体系，即总问题。从 20 世纪 70 年代以来，他所撰写的《马克思主义与文学批评》、《美学意识形态》与《二十世纪西方文学理论》等著作，都是为了解决这一难题。伊格尔顿通过对西方美学理论和 20 世纪西方文学理论以及英国理论史的精微耙梳，将艺术生产首先定位为一种意识形态的生产："艺术是社会'上层建筑'的一部分。它是（我们将在后面加以限定）社会意识形态的一部分，即复杂的社会知觉结构中的一部分。"④ 在他看来，意识形态"是人们在特定的时间和地点发生的具体的社会关系的产物；它是体验那些社会关系使之合法化和永久化的方式"⑤。文学艺术以知觉的方式、体验的方式来传达这种意识形态，任何艺术生产都无法回避与意识形态的联系。伊格尔顿举例说，康拉德的《诺斯特罗莫》描写的在一个黑暗的海湾中，一艘孤独无援的驳船缓缓下沉的场景，不仅是

---

① 〔法〕路易·阿尔都塞：《论再生产》，吴子枫译，西北大学出版社，2019，第 466 页。
② 〔法〕路易·阿尔都塞：《论再生产》，吴子枫译，西北大学出版社，2019，第 468 页。
③ 〔法〕路易·阿尔都塞：《论再生产》，吴子枫译，西北大学出版社，2019，第 460 页。
④ 〔英〕特里·伊格尔顿：《马克思主义与文学批评》，文宝译，人民文学出版社，1986，第 9 页。
⑤ 〔英〕特里·伊格尔顿：《马克思主义与文学批评》，文宝译，人民文学出版社，1986，第 9 页。

作者悲观主义心灵的投射，更是"他那个时期流行的意识形态上的悲观主义在艺术上的独特转化"①。文学艺术的形式，如体裁、韵律、结构、表现手法等等，都折射出意识形态的复杂关系。所以，一部作品写得好与坏，主要看它对现实的透视。伊格尔顿在《美学意识形态》一书导言中明确表明，撰写此书就是要在美学范畴内找到一条通向更大范围的道路。这个"更大范围"，指的就是跳出美学自身局限性的社会、政治、伦理等美学的外部空间。为了实现这个目的，伊格尔顿并没有陷入从理论到理论的形而上学的抽象空谈，而是回到活生生的社会历史中、回到美学思想史中，通过详细把梳美学理论的兴起和各个历史时期的美学思想与流派，考察作为肉体概念的美学为什么会具有意识形态性。众所周知，西方哲学自柏拉图，尤其是笛卡儿以来，都以理性排斥感性、压抑感性，甚至把感性排斥到主体、知识、哲学之外的人间地狱之中。但是，到了18世纪中叶，德国哲学家亚历山大·鲍姆加登提出建立感性学的主张，一反理性主义的霸权，将人的知觉、感觉、情感等感性活动引入知识的殿堂，从美学的角度给予感性合法化的地位。如果单从知识的建构看，这个主张似乎是个纯学术问题，但是伊格尔顿认为，"美学是作为有关肉体的话语而诞生的"②，有其深厚的社会历史和政治意识形态的根源。从历史语境看，鲍姆加登提出建立感性学时的德国，一方面在各封邑诸侯贵族的专制统治下，国家四分五裂、民不聊生；另一方面资产阶级被剥夺了政治和经济权利，处于政治生活的边缘地带，时时遭受排挤和压迫。资产阶级的这种社会地位决定了他们具有双重性，他们既不满却又屈从于贵族的专制权威，所以，逐步形成了"职业阶层和知识阶层"③，寻觅一种既可以反抗但又不会危及个人和统治权威的两全其美之策。在伊格尔顿看来，"审美认识介于理性的普遍性和感性的特殊性之间"，它能使理性的几分"完美"和

---

① 〔英〕特里·伊格尔顿：《马克思主义与文学批评》，文宝译，人民文学出版社，1986，第11页。
② 〔英〕特里·伊格尔顿：《美学意识形态》，王杰、付德根、麦永雄译，柏敬泽校，广西师范大学出版社，1997，第1页。
③ 〔英〕特里·伊格尔顿：《美学意识形态》，王杰、付德根、麦永雄译，柏敬泽校，广西师范大学出版社，1997，第2页。

感性的"混乱"融合在一起，审美表象则是这种融合的最佳典范。① 伊格尔顿用了一个颇为生动的讽喻来形容美学的双重性："美学身为女性，虽然从属于男性但又有着自身谦卑而必要的任务要去完成。"② 可见，美学的双重性与当时德国资产阶级的双重性不谋而合。一方面，资产阶级知识分子提出作为肉体的美学，以知觉、感觉和情感等感性跻身于理性主义这个"牢笼"，首次在哲学领域获得了合法性身份；另一方面，他们也隐秘地表达了资产阶级希望获得政治权利的诉求。除此之外，伊格尔顿认为，"诞生于 18 世纪的陌生而全新的美学话语并不是对政治权威的挑战；但它可以解读为专制主义统治内在的意识形态困境的预兆"③。这种预兆就是专制主义的统治意志还只能依赖于镇压式的国家机器，虽然其掌握着国家政治大权，但不能完全教化和训制被统治者主体，使之以一种自由的境界臣服于法律和统治，只有在"个体得以不用自我压抑就能约束自己"④的前提下，统治才能平安无事。个体要想摆脱自我压抑、获得身心的自由，就得实现感性的解放，作为肉体的美学恰恰是对感性解放的理论诠释，同时也为专制统治者的训制提供了一种万全之策。与专制主义的强制性机构相反的是，"维系资本主义社会秩序的最根本的力量将会是习惯、虔诚、情感和爱。这等于说，这种制度里的那种力量已被审美化。这种力量与肉体的自发冲动之间彼此统一，与情感和爱紧密相联……"⑤ 可见，所有的感性生活的审美化既是国家机器的统治策略，亦是他们用以调节社会关系（统治者与被统治者、社会主体自身之间、主体与主体之间的关系）、构筑表层虚假团结的生产关系网的最佳、最有效的黏合剂。文学艺术作为审美领域中分量最重的一种形式，它"就是一种意识形态。它与

---

① 〔英〕特里·伊格尔顿：《美学意识形态》，王杰、付德根、麦永雄译，柏敬泽校，广西师范大学出版社，1997，第 3 页。

② 〔英〕特里·伊格尔顿：《美学意识形态》，王杰、付德根、麦永雄译，柏敬泽校，广西师范大学出版社，1997，第 4 页。

③ 〔英〕特里·伊格尔顿：《美学意识形态》，王杰、付德根、麦永雄译，柏敬泽校，广西师范大学出版社，1997，第 3 页。

④ 〔意〕葛兰西：《狱中札记》，转引自〔英〕特里·伊格尔顿《美学意识形态》，王杰、付德根、麦永雄译，柏敬泽校，广西师范大学出版社，1997，第 8 页。

⑤ 〔英〕特里·伊格尔顿：《美学意识形态》，王杰、付德根、麦永雄译，柏敬泽校，广西师范大学出版社，1997，第 8 页。

种种社会权利问题有着最密切的关系"①。据伊格尔顿的介绍，英国在 19 世纪末以前，占统治地位的意识形态是宗教机器，但 19 世纪后期宗教意识形态衰退，英国文学慢慢取代宗教意识形态，获得独立学科的地位，成为英国生产关系再生产的黏合剂，其作用表现如下。首先，文学取代宗教意识形态，获得国家意识形态的认同。其次，顺应阿诺德的倡导，回归英国古典文学和文化传统，培育中产阶级的贵族精神。再次，通过文学对工人阶级及下层人群进行控制与同化。最后，通过英国文学维护英语的至尊地位，借以弘扬大不列颠的民族精神。所以，"文学在好几个方面都是这项意识形态事业的适当候选人。作为一项自由主义的、'让人成为人的'（humanizing）消遣，它可以为政治上的偏执于意识形态上的极端提供一付有力的解约"②。

第三，艺术生产是一种商品生产。

伊格尔顿在《马克思主义与文学批评》一书的第四章"作为生产者"中，十分明确地提出文学生产是一种商品生产。文学生产是一种商品生产这一命题具有丰富的理论内涵，具体如下。首先，表明文学既"是一件人工产品"，又是"一种意识形态的产物，一种世界观"。其次，指出文学是"一种制造业"，"是出版商为了利润销售市场的商品"。再次，明确了作家、导演、演员、舞台设计人员的身份，他们都是被资本家雇佣的劳动者、生产者。文学文本是商品。读者是消费者。三个要素相互作用，构成了文学生产的整个循环过程。最后，明确批评家的职能，他们是被"国家雇佣的学者，从意识形态方面培养能在资本主义社会尽职的学生"③。伊格尔顿提出文学生产是一种商品生产的理论价值在于，首先，丰富和发展了阿尔都塞和本雅明的理论生产方式和艺术生产方式的理论。阿尔都塞、本雅明和伊格尔顿都从生产关系的再生产角度出发去审视理论生产和艺术生产，将其视为一种生产方式，赋予其经济基础的性质与功

---

① 〔英〕特雷·伊格尔顿：《二十世纪西方文学理论》，伍晓明译，北京大学出版社，2007，第 21 页。

② 〔英〕特雷·伊格尔顿：《二十世纪西方文学理论》，伍晓明译，北京大学出版社，2007，第 24 页。

③ 〔英〕特里·伊格尔顿：《马克思主义与文学批评》，文宝译，人民文学出版社，1986，第 65 页。

能；他们都给出了这种生产方式由生产对象、生产工具和生产者三要素构筑的结构图式；都强调理论生产方式和艺术生产方式尽管是观念和思想的生产，但作为一种生产方式，它们具有物质的和经济的性质。伊格尔顿的文学生产是一种商品生产的论断显然是秉承了马克思的商品生产理论。但可贵的是，伊格尔顿首次将马克思的商品生产理论运用到原本是意识形态生产的文学生产中来，尤其是把资本主义的文学生产纳入追求物质利润的商品生产中来，赋予了作家、作品和批评商品的机制，使之镌刻上利润、雇佣、消费、制造等极具资本主义特色的物质生产的特性和品格，赋予文学的意识形态生产以物质化、基础化和资本主义化，不仅使该理论更具穿透力，而且揭示出艺术生产方式中的艺术生产关系的再生产机制，最终使艺术生产方式作为"经济基础的一部分"[①] 的功能具有了实践的操作性。

在艺术生产方式的三要素中，本雅明特别看重作为生产工具的创作技术，或曰艺术形式，他把生产工具的创作技术或艺术形式的革命性创新看作改变旧的艺术生产关系、培育新的艺术生产关系过程中起决定性作用的关键所在。但是，本雅明只是从作为生产者的作家角度描述性地提出了这个思想。伊格尔顿承续了本雅明的思想，但与本雅明不同的是，他将艺术形式视为生产力，从生产力与生产关系的关联中去考察艺术生产力–艺术形式的作用。他认为，艺术生产力–艺术形式的作用主要体现在两个方面。首先，不同的艺术生产方式会参与、决定生产者与消费者的社会关系，其不仅"改变了艺术家与群众的关系，他们同样也改变了艺术家之间的关系"[②]。伊格尔顿认为，艺术生产关系的变更原因在于"艺术内部"，主要源于"艺术工艺"，即创作技术和艺术形式。[③] 例如，机械印刷的生产方式和信息媒介的产生，为大批量地生产文学艺术商品，尤其是为文学艺术的商品化提供了先进的技术力量，从而终止了古代靠贵族豢养的艺术家私人的艺术生产方式，迫使作为生产者的作者，根据广大艺术市场的审美趣

---

① 〔英〕特里·伊格尔顿：《马克思主义与文学批评》，文宝译，人民文学出版社，1986，第 66 页。

② 〔英〕特里·伊格尔顿：《马克思主义与文学批评》，文宝译，人民文学出版社，1986，第 73 页。

③ 〔英〕特里·伊格尔顿：《马克思主义与文学批评》，文宝译，人民文学出版社，1986，第 73 页。

味、时尚潮流的需要调整自己的艺术生产，客观上促使艺术家从精英走向大众、艺术品从经典走向通俗。艺术产品的商品化虽然带来了艺术生产的大众化和通俗化的蔚然景观，但是商品生产者和艺术资本垄断家为追求更大的利润，会迎合艺术品的消费者求新求异的心理，不断煞费苦心地创新、创异、变形，甚至走到反艺术反文化的歧路上，从而，艺术品的生产者作为主宰者从高高在上的艺术宝座上跌落下来，沦落为商品、资本和时尚的生产工具。正如费瑟斯通所言："一个永远变化的商品洪流，使得解读商品持有者的地位或级别的问题变得更为复杂。在这种情形下，品味、独特敏锐的判断力、知识或文化资本变得重要了。"① 可见，艺术作为商品生产对于重组艺术生产关系的作用非同寻常，不可等闲视之。伊格尔顿将艺术形式视为生产力，并非一种技术决定论，相反，他揭示了当代高科技的迅猛发展，彻底改变了自古以来的传统的艺术生产手段、生产工具和生产技术，导致了艺术生产方式向艺术商品生产的根本性转型，彻底改写了艺术的生产关系。在这一点上，伊格尔顿较阿尔都塞和本雅明，对问题的审视更透彻、更犀利，表述也更具体、更一针见血。伊格尔顿"重新考虑作家这个概念"②。自古以来，将文学艺术创作同作家心灵联系起来，是一种重要的理论观念。尤其是浪漫主义思潮，强调文学艺术是作家独特心灵的创造性的结晶，认为独一无二性、天才神创性是文学艺术作品区别于物质产品的客观标准，亦是衡量艺术品优劣的重要标识。但是伊格尔顿则认为，文学艺术作为一种制造业、一种商品，是艺术家对艺术原料加工的产品。仅就艺术的生产流程来看，它与一切物质产品的生产、与商品的生产并无二致。所以皮埃尔·马舍雷认为"作家实质上是生产者，加工一定的材料，制造成新的产品。作家不能制造他所加工的材料：形式、含义、神话、象征、思想意思都是现成的，好像汽车装配工人用半成品制造产品"③。伊格尔顿显然同意马舍雷的作者只是加工者这一观点，但是只

---

① 〔英〕迈克·费瑟斯通：《消费文化与后现代主义》，刘精明译，译林出版社，2000，第25页。
② 〔英〕特里·伊格尔顿：《马克思主义与文学批评》，文宝译，人民文学出版社，1986，第74页。
③ 〔英〕特里·伊格尔顿：《马克思主义与文学批评》，文宝译，人民文学出版社，1986，第74页。

局限在两个层面上。第一个层面是在艺术生产是一种物质生产的意义上。人类的一切物质生产首先是对自然物质材料或人工半成品材料的加工。生产者的主观能动性虽会注入加工过程，但这种主观能动性的发挥要受物质原料的制约与束缚，换言之，生产者的"创造性"是有限度的、被动的。在这个意义上断言物质生产只是加工制造，而不是创造，也是理所应当的。阿尔都塞、本雅明、马舍雷和伊格尔顿都从唯物主义的角度把艺术生产看作一种生产方式，看作经济基础的一部分，具有物质性，那么，将艺术生产纳入物质生产的行列，旨在强调艺术生产作为一种生产方式的物质基础性，强调它对于维护或改变艺术生产关系乃至社会生产关系的再生产的功能与价值，视作家为生产者，而不是创造者，这在逻辑上也顺理成章。第二个层面是从理论实践和艺术实践来论证马舍雷观点的合理性。"马舍雷受益于路易斯·阿尔修塞"①，这个益处，主要来自阿尔都塞的实践理论。为了反对实践平均主义（把一切人的行动、活动都归为实践，甚至吃布丁也是实践的观点）和漂亮的实践主义（用实践做挡箭牌，作为维护自己的意识形态的正确标准的观点），阿尔都塞提出没有一般意义上的实践，只有特殊的实践。世界上，没有纯物质的实践，也不存在没有物质性的精神活动。物质与精神、主观与客观、理论与实践对立的二分法，完全是意识形态的神话。因此，"我们在理论上肯定实践的首要地位，同时指出，社会存在的一切层次都是不同实践的领域：经济的实践、政治的实践、意识形态的实践、技术的实践和科学的实践（或者理论的实践）"②。这些特殊的实践既相互关联，又具有各不相同的独特结构。理论实践"在它所加工的对象形式（原料）、它所推动的生产资料形式、它借以在其中进行生产的社会历史关系的形式方面，最后，在它生产的对象（认识）形式方面，不同于其他的实践，不同于非理论的实践"③。马舍雷特别强调艺术实践性，从实践的层面进一步确立了作为生产方式的艺

---

① 参见〔英〕特里·伊格尔顿《马克思主义与文学批评》，文宝译，人民文学出版社，1986，第74页。

② 〔法〕路易·阿尔都塞、艾蒂安·巴里巴尔：《读〈资本论〉》，李其庆、冯文光译，中央编译出版局，2008，第46页。

③ 〔法〕路易·阿尔都塞、艾蒂安·巴里巴尔：《读〈资本论〉》，李其庆、冯文光译，中央编译出版局，2008，第47页。

术生产的物质性和基础性的功能和价值。显然，伊格尔顿是十分赞赏马舍雷的观点的。

　　总括而言，伊格尔顿运用马克思主义的历史唯物主义原理，用阿尔都塞、本雅明、马舍雷提出的艺术生产方式的理论来观照、分析当代艺术生产的现状，开创性地提出了艺术生产是一种意识形态的生产、艺术生产是一种商品生产的理论，有效地解决了艺术生产关系再生产、进而推动生产关系的再生产的总问题，这是对马克思主义艺术生产理论的巨大理论贡献。无论是阿尔都塞、本雅明、马舍雷，还是伊格尔顿的艺术生产理论，都建筑在艺术生产关系再生产的总问题前提条件下，这就意味艺术生产不是对艺术对象的简单复制和再现，亦不仅仅是艺术生产者个体天赋的创造性的生产，而是一种创造性的社会再生产。这种社会再生产的创造性，既规约了艺术生产的目的、活动轨迹和发展趋势，又为艺术生产关系的重组、建构提供了创造性本源和创新机制。

第三节　艺术理论生产的思想创新机制

　　艺术理论生产作为理论的生产，是文学艺术思想的生产。思想不可复制，只可创新。按杨启国的说法，理论的创新有原创性创新、完善性创新和重释性创新三种类型。① 但笔者认为，无论是哪种类型的创新，都必须具有思想的建构性、思想的预测性和思想的冒险性。韦尔施的思想建构性的理论、本雅明的思想的预测性、维柯的思想冒险的壮举给予文艺学的创新以震古烁今的启迪。

一　思想的建构性

　　20世纪60年代以来，西方资本主义社会进入后现代主义时期，在文化、哲学、社会学、美学和文学艺术等诸多领域掀起了反思、批判甚至颠覆西方启蒙主义和现代性的热潮。一时间解构主义思潮大行其道，现代性所尊奉的总体性、理性主义、宏大叙事、一元论、同质文化等信条被非理

――――――――――

① 杨启国：《创新发展论》，人民出版社，2014，第96~97页。

性、游戏规则、碎片化、多元、差异、互文、换位、视角主义等新思想、新方法取代。后现代主义如同海啸般，给当代社会、文化、思想带来了剧烈的甚至可以说近似毁灭性的冲击。面对势不可挡的后现代主义思潮，有人拍手称快，有人隔岸观火，有人忧心忡忡，担心它玩世不恭、宣泄绝望、提倡毁灭。后现代主义思潮所引发的种种疑虑，其实反映出后现代主义思潮并不是一股单一的、有着统一的思想主旨和统一的组织原则的文化思潮，而是一股极其复杂的、多重思想向度混为一体的文化思潮。美国著名的科学家、思想家大卫·格里芬将后现代主义思潮区分为解构性的后现代主义和建设性的后现代主义两种类型。"解构性的后现代主义或消除性的后现代主义。它以一种反世界观的方法战胜了现代世界观；它取消或消除了世界观中不可或缺的成分，如上帝、自我、目的、意义、真实世界以及作为与客观相符合的真理。由于有时受拒斥极权主义体系的伦理考虑所驱使，这种类型的后现代思潮导致了相对主义甚至虚无主义。"[①] 同解构性的后现代主义相区别的建设性的后现代主义，又被格里芬称为"修正的后现代主义"，其特征在于，"它试图战胜现代世界观，但不是通过消除上述各种世界观本身存在的可能性，而是通过对现代前提和传统概念的修正来建构一种后现代世界观。建设性或修正的后现代主义是一种科学的、道德的、美学的和宗教的直觉的新体系"[②]。格里芬和他所创建的研究机构美国"后现代世界中心"致力于建设性的后现代主义的研究与推广，在全球范围产生了巨大影响。格里芬和美国另一位后现代思想家小约翰·B. 科布共同创立的研究机构"过程研究中心"，则主要研究英国著名科学家、哲学家阿尔弗雷德·诺思·怀特海创立的过程哲学及其具体应用。这两个研究中心虽然研究对象不同，但它们具有内在的一致性：建设性的后现代主义以过程哲学为哲学基础，过程哲学又以建设性的后现代主义为具体的应用领域，二者相辅相成，实为一体。从人员组成看，格里芬是两个中心的创立者；科布担任"过程研究中心"的主任职务，也参与

---

① 〔美〕大卫·格里芬：《后现代科学——科学魅力的再现》，马季方译，中央编译出版社，1995，"英文版序言"第17页。

② 〔美〕大卫·格里芬：《后现代科学——科学魅力的再现》，马季方译，中央编译出版社，1995，"英文版序言"第18页。

了建设性后现代主义的研究，他在格里芬主编的《后现代科学——科学魅力的再现》一书中，撰写了《生态学、科学和宗教：走向一种后现代世界观》一文，从生态学、科学和宗教的角度论证了怀特海的过程哲学思想。格里芬将自己的另一本专著《超越解构》的副标题命名为"建设性后现代哲学的奠基者"，实际上是赋予了过程哲学后现代哲学的奠基者身份。格里芬十分明确地指出，皮尔士、詹姆士、柏格森、怀特海以及哈茨霍恩"这些建设性的后现代哲学家一般被称为'过程哲学家'。柏格森反对时间的空间化正是根植于运动的这一方面；与此紧密相关的是怀特海的这样一种观点，即对终极的（不对称的、不可逆的）时间的实在的否定，是以来自'错置的（misplaced）具体性的谬误'的物理学为基础的"[①]。过程哲学认为世界上的万事万物都处于永远不断的运动过程之中，强调运动过程是事物的本质，反对实在论，主张以事件取代事物；认为世界上的万事万物都处于复杂的相互联系之中，世界上没有孤立的个体，亦不存在唯我独尊的个体，世界是一个有机整体，提倡有机整体论、多元论，反对机械决定论、二元对立的思维模式；主张生成哲学，强调创造性，反对存在哲学、拒绝"简单位置"概念；强调关系力量，反对单边力量；主张开放性智慧，反对封闭性思维。[②] 从上述对过程哲学思想十分简要的介绍看，过程哲学明显包含了后现代的一元决定论，提倡多元论、开放思维、生成哲学和他者哲学的思想，又以活动过程论、关系论和有机整体论消解了解构性后现代主义的虚无主义、相对主义，是一种真正的建构主义哲学。"过程研究中心"和"后现代世界中心"将过程哲学的建构主义思想应用于后现代主义的文化与科学的研究，使建设性后现代主义理念在全球范围迅速传播、扩展开来，为当时社会各界对解构主义的疑虑和忧心开出了一剂良药。自 20 世纪 70 年代以来，更准确地说是 80 年代以来，社会学、科学、心理学、教育学、知识学等领域，迅速掀起了一股强劲的建构主义思潮。建构主义的兴起表明，全球范围的文化界和学术界又

---

① 〔美〕大卫·格里芬等著《超越解构——建设性后现代哲学的奠基者》，鲍世斌等译，曲跃厚校，中央编译出版社，2002，"导论"第 19 页。
② 参见〔美〕罗伯特·梅斯勒《过程-关系哲学——浅释怀特海》，周邦宪译，贵州人民出版社，2009。

发生了一次带有总体性和全局性意义的转向，即从解构转向建构。

　　"西方建构主义转向不是发生在某一领域，亦不是个别学科的单一方法论，20世纪70年代以来，尤其是到了90年代，建构主义已经成为西方文化总体性、全局性的思潮，并衍生出一套具有学理性、科学性、系统性、针对性和实践性的方法论，成为当代思想家和学者阐释并解决当代社会文化问题的有效的学术立场和方法。"① 作为方法论的建构主义的主要原则是，反对实证主义的知识论，主张知识的生成与建构是置于社会关系网络中，在与自然的、社会的、文化的、政治的乃至个体的、心理的等因素的交互作用下生成进而建构的，也就是说，知识是社会建构的。例如科学知识的生成问题。在传统科学中，几百年来，人们都信奉科学知识的客观性、物质性、实验性、精确性，排斥主观性、人为性、社会性、模糊性，科学家坚守价值中立立场。但是随着科学技术的空前发展，科学主义日益膨胀，科学霸权横行，这不仅使科学陷入危机，而且给人类社会带来生态、战争、失业、饮食等诸多方面的危机：现代战争的高科技军备竞争，给人类社会带来的核威胁日益剧增；20世纪重大发明之一的塑料制品，却酿造了百年、千年不腐的白色垃圾灾害，连鱼类、人类也不能幸免于难；人工智能技术的发明，虽然将彻底改变人的生活方式，但失业的威胁给社会造成种种隐患……这些危机，引起了现象学哲学创始人胡塞尔的密切关注与思考。胡塞尔原本是数学家，他一直坚信科学的客观性、实在性和精确性，但是到了19世纪末，面对科学霸权给人类生活带来的种种问题，他以哲学家的敏锐眼光和舍我其谁的责任担当，对以实在论为基础的传统科学知识观提出挑战。早在1934～1937年著成的《欧洲科学的危机与超越论的现象学》一书中，胡塞尔就揭示了从实在论的知识观向社会建构的知识观转向的必然性："我们从上个世纪末出现的对科学的总评价的转变开始。这种评价的转变所涉及的不是科学的科学性。而是科学，科学一般，对于人的生存过去意味着以及现在可能意味着的东西。在19世纪后半叶，现代人的整个世界观唯一受实证科学的支配，并且唯一被科学所造成的'繁荣'所迷惑，这种唯一性意味着人们以冷漠的态度避开

---

① 冯毓云：《〈乐感美学〉的多重建设性向度》，《学习与探索》2017年第2期。

了对真正的人性具有决定意义的问题。单纯注重事实的科学，造就单纯注重事实的人。"[1] 胡塞尔明确指出，"科学的'危机'表现为科学丧失其对生活的意义"[2]。要拯救科学，唯一的方法是回归生活世界，具体说，就是将科学置于社会的关系网络之中，注入主观性、社会学、人性和意义价值，在客观与主观、科学的内质与外质、科学与社会之间交互作用的知识生产场域中生成和建构科学知识。其实科学界曾经就科学实验的本质问题展开过激烈争论。一方认为科学实验是通过纯客观的科学工具、仪器和设备对科学发现的测量、实验和证实。为了获得最精确的数据，科学家要排斥一切人为的主观性，有时候，他们还远离人群，跑到荒芜的沙漠高山，闭门实验。对立的一方则认为科学实验其实并不是纯客观的，实验的工具和实验的手段都出自人之手，都要由时代的整体知识水平、生产力水平所决定，实验工具和实验手段先进程度决定了科学实验的真理信度，甚至科学发现。量子力学的测不准原理，其实质反映的是测量仪器水平的问题。由此可见，科学知识的生成，离不开人的因素，更离不开社会这个大语境。实在论知识观，只不过是人造的一个虚幻。原本被视为最纯粹、最客观的知识生产之地的科学实验，已被科学自身证实，它也是客观与主观互动的一个场域，"实验室作为自然的制造车间，是社会的"[3]。知识是社会建构的。这就告知我们，在这个世界上，无论是科学，还是其他门类的知识生产，都是人与自然、人与社会交互作用的结晶，都是建构而成的。美学、文艺学的知识生产与科学的知识生产相比较而言更具主观性、人文性和社会性，因而也更具创造性。德国学者韦尔施运用建构主义的思想和方法论创建了原型美学理论，足以证明建构主义是一种赋予创造性的科学方法论。

1995年，作为后现代思想家的韦尔施的著作《重构美学》问世，一度掀起轩然大波，他遭到学术界的责难，甚至曾被德国美学协会拒斥于门

---

[1] 〔德〕胡塞尔：《欧洲科学的危机与超越论的现象学》，王炳文译，商务印书馆，2001，第15~16页。

[2] 〔德〕胡塞尔：《欧洲科学的危机与超越论的现象学》，王炳文译，商务印书馆，2001，第15页。

[3] 金俊岐、胡笑雨：《建构主义视野中的科学史——解读〈制造自然知识——建构主义与科学史〉》，《科学技术与辩证法》2003年第5期。

外。直到 2008 年，学术界对"审美回归社会生活"的命题达成共识，才确立了韦尔施在美学界的重要地位。在中国，《重构美学》翻译出版之际（2002 年），正值日常生活审美化研究全面兴起之时，学术界回应现实需要，掀起了日常生活审美化讨论的热潮。古有"望梅止渴"的典故，《重构美学》对于中国学者而言，无疑是恰逢其时的"梅"，为这场讨论提供了强有力的学术资源。当时发表的诸多论文大多聚焦在《重构美学》所提出的"日常生活审美化"、"认识论美学"和"超越美学"三大问题上，基本是对这三大问题进行的阐释性解读，并未深入挖掘这三大问题的内在逻辑联系，尤其没能洞见韦尔施提出上述学术命题的理论根据和方法论基础，这对辨析韦尔施《重构美学》的学术立场和学术宗旨显然是浅尝辄止的。

认真审读韦尔施的《重构美学》，从话语表层结构看，会发现它呈现诸多的悖论：一方面提倡审美回归生活，另一方面又对生活过度审美化进行反思；一方面极力捍卫美学的感性学美学传统，另一方面又特别强调审美的精神升华；一方面将技术虚拟化的审美化归属于过度审美之列，另一方面又对媒介文化大唱赞歌；一方面处处体现反本质主义的后现代思维方式，另一方面又精心建构具有普遍性的元美学；一方面韦尔施展现出多元、宽容、海纳百川的学术胸怀，另一方面却又深深铭刻着精英的救赎意识等。这些悖论是否有悖于韦尔施的学术主张？韦尔施又是如何化解这些悖论并将其构筑成一个具有整体性、系统性的学术思想的？

在研读《重构美学》时，笔者发现韦尔施反复、多次提到"建构"一词和"建构"的思想，如：

> 现实作为一个整体，也愈益被我们视为一种美学的建构。[1]
> 通过传媒建构现实。[2]

---

[1] 〔德〕沃尔夫冈·韦尔施：《重构美学》，陆扬、张岩冰译，上海译文出版社，2002，第 4 页。

[2] 〔德〕沃尔夫冈·韦尔施：《重构美学》，陆扬、张岩冰译，上海译文出版社，2002，第 9 页。

　　这一非物质的审美化，较之物质的、字面上的审美化含义更深刻。它不但影响到现实的单纯建构，而且影响到现实的存在模式，以及我们对现实作为总体的认知。①

　　现实对于我们来说成为一种建构，而迄今为止我们仅仅是从艺术之中对它有所了解。此一建构是生产出来的，是可以变化的，非强制性的，悬而不定的……②

　　它已通贯了今天的建构主义。现实不是一个不变的给定量，独立于认知，相反它是某种建构对象。③

　　这一点的确至为关键，现实"建构"的审美性质显露出来。④

　　《重构美学》中明显提到"建构"一词的地方不在少数，更何况，蕴含着建构思想的观点比比皆是。对此，韦尔施是一时兴之所至，还是有其意指？笔者认为韦尔施是有明确的意指的。这种意指就在于韦尔施将审美知识纳入社会的框架之中，将审美知识的缘起、拓展和功能都置于美学与社会、主观与客观交互作用的关系之中加以考查，以建构主义美学消解美学与社会、审美知识的内在构成性与外在构成性、审美的主观性与客观性、美学的解构与建构的对立，走出一种开放的、多元的、生产性的、综合的、跨学科的超越美学之路。

　　那么，韦尔施的《重构美学》是如何运用建构主义思想来完成这一宗旨的呢？

　　首先，从《重构美学》的逻辑结构和框架看，韦尔施是以建构为中心目的、解构与建构互为方法来构筑全书的。全书分为两编，上编是"美学的新图景"，作者集中探讨认识论的审美化、伦理美学和超越美学的建构，以此为目的，对传统审美感性学、传统的审美本质观的单一性及

---

① 〔德〕沃尔夫冈·韦尔施：《重构美学》，陆扬、张岩冰译，上海译文出版社，2002，第10页。
② 〔德〕沃尔夫冈·韦尔施：《重构美学》，陆扬、张岩冰译，上海译文出版社，2002，第14页。
③ 〔德〕沃尔夫冈·韦尔施：《重构美学》，陆扬、张岩冰译，上海译文出版社，2002，第39页。
④ 〔德〕沃尔夫冈·韦尔施：《重构美学》，陆扬、张岩冰译，上海译文出版社，2002，第72页。

绝对性和垄断性、传统伦理美学中升华的绝对化倾向、艺术的普遍性与唯一性、全球审美化中的过度审美化等问题进行了反思与解构。在反思和解构的实践进程中，韦尔施时时导入具有开创性的建构美学的思想火花，并在每章每节的结语部分，将这些思想火花上升到建构主义的高度。如在"伦理/美学：美学的伦理学内涵与后果"一章中，作者开篇反思，指出传统认识论始终把美学置于哲学-伦理学的框架中，受伦理学的支配；到了现代美学，由于现代性的分化，形成了各自独立、相互对立的学科；进入当代，由于现代性的区隔让位于超学科性、横向分析的方法论的支配，伦理学和美学的关系呈现出相互纠缠的景象。在审视伦理学与美学相互悖立的关系后，韦尔施提出构筑一种相互融合的伦理/美学学科的建构性设想。伦理/美学作为一种学科之所以成立，就在于审美本身潜在地存在着伦理诉求。从基础美学层面看，审美是一种由感觉上升为知觉的过程，这种感知的升华本身就包含了认识论的意义，包含着甄别好与坏、合理与不合理的价值判断。因此，一方面，伦理/美学为满足生存的需要，必须平等对待感觉的不同需要，对高级的和低级的感觉一视同仁，这就要求审美面向生活，公正地对待异质性、审美感觉的多样性和复杂性，关注文化盲点。另一方面，伦理/美学通过感觉的升华，强调高级感受的精神升华和审美中久为人知的道德律令。对待全球审美化出现的种种基于文化娱乐主义、享乐主义的过度审美化或伪审美化，要倍加警惕与审视。伦理/美学的建构寄望于从伦理/美学内在构成中自我消解或扼制审美面向自然社会时可能出现的负面效应。伦理/美学的这种自我平衡、自我组织平衡生活审美化生态环境的能力是一切社会外力所无法匹敌的。从对伦理/美学的理论建构看，韦尔施解构了传统美学观，对美学进行跨界研究，倡导多元审美感觉和审美需求，依据这些成果称他为后现代思想家言不为过。韦尔施致力于从基础美学角度出发建构超越传统美学的伦理/美学学科，打破伦理学和美学的二元对立，挖掘审美自身潜在的价值功能，寻找促使伦理学与美学化合的合理性、必然性，从知识的内在构成论中实现这一理想的思想观念，这些举措与建构主义的思想观念是一脉相承的，因此，韦尔施是一位典型的建设性后现代学者。

其次，超越认识论，通过建构论提升美学作为原型美学的学术地位。

韦尔施在《重构美学》中，以相当大的篇幅论证了一种新型的认识论美学，即原型美学。在笔者看来，其目的有三：一是承续并发扬自鲍姆嘉通以来的美学的感性学传统，为20世纪80年代美学的感性学转向提供坚实的理论支撑；二是颠覆自柏拉图以来哲学凌驾于美学之上的话语霸权，反客为主，旗帜鲜明地提出审美因素是哲学和真理"内部与生俱来的东西"①，是"哲学的核心"②，强调审美因素既不是哲学的附属，亦不是强加于哲学的外在因素，而是哲学构成的内核，审美的兴起亦是哲学的兴起，反之亦然，预示"审美登堂入室走进了哲学自命不凡的中心，走进了真理视域"，"一路杀进了哲学的殿堂"的必然趋势；③三是确立"认知和现实的存在性质是审美的性质"④的原型美学（或称之为元美学）的地位，这一目的可以看作韦尔施撰写《重构美学》的最为根本的目的，亦是他最富于超越性、开创性的学术建树。

那么，上述学术建树的目的，韦尔施是借助何种思想、运用何种方法予以实现的呢？要知道，韦尔施撰写《重构美学》是在1991～1995年，恰值西方建构主义思潮兴盛之时：在社会学领域，知识社会学发生了从知识决定论到知识建构论的转向；在科学认识论领域，亦发生了科学知识表征危机与科学知识建构主义的兴起、科学史研究从内史向外史的转向。这两大领域的建构主义转向，促进了建构主义思潮的兴旺和播撒，在学术界产生了不可估量的冲击波，正如韦尔施所说："给人最深刻印象的是航海的比喻，它已通贯了今天的建构主义。现实不是一个不变的给定量，独立于认知，相反它是某种建构的对象。"⑤可见，韦尔施不仅自觉地感受到建构主义跳动的时代脉搏，而且洞悉了建构主义的思想精髓。韦尔施通过

---

① 〔德〕沃尔夫冈·韦尔施：《重构美学》，陆扬、张岩冰译，上海译文出版社，2002，第47页。
② 〔德〕沃尔夫冈·韦尔施：《重构美学》，陆扬、张岩冰译，上海译文出版社，2002，第69页。
③ 〔德〕沃尔夫冈·韦尔施：《重构美学》，陆扬、张岩冰译，上海译文出版社，2002，第47页。
④ 〔德〕沃尔夫冈·韦尔施：《重构美学》，陆扬、张岩冰译，上海译文出版社，2002，第39页。
⑤ 〔德〕沃尔夫冈·韦尔施：《重构美学》，陆扬、张岩冰译，上海译文出版社，2002，第39页。

对建构认识论审美化的理论资源历史脉络的梳理，敏锐地发现西方从近代到当代、从科学到人文始终贯穿着一条建构主义思想的红线：康德开创了主体认知建构的先天能力理论，成为建构主义的先驱；尼采高举人以追求自由为目的来建构现实的理论大旗，追寻构筑诗意性、虚构性和流动性的理想世界，不愧为伟大的建构主义天才；奥托·纽拉斯用航海的隐喻来描述人始终处于对世界的建构进程之中；卡尔·波普尔怀抱着人通过建构，将一个"摇摇欲坠和不稳定的"世界变成一个"坚实、安全的"世界的理想①；保罗·法伊阿本德坚信人的"思想的风格说真理是什么，真理就是什么"②的信条；理查德·罗蒂寄望于"诗性化的文化"③等。从近代到当代，思想家们从不同的角度肯定了现实，真理和知识都是通过主体的人建构的，尤其是审美建构而来的，因此，审美建构是一切建构的基础。韦尔施认为审美建构的灼见一反传统哲学将现实、真理看成独立于人之外的纯客观实在的观念，主张任何现实，一旦进入人的视野，都可以被主体的人建构。在建构过程中，人的思想、禀性、能力、风格、习俗、价值取向等因素都被投入到客观实体之中，构成一个主客共建的现实世界，而这种投入或共建完全依据审美的方式进行。换言之，"我们的认知就其根本特征而言，是审美地构成的"，"认知和现实的存在模式是审美的"。④ 我们应该承认，在学术史上，对美学的感性学的深入解读和阐释比比皆是，但从建构主义的角度揭示传统感性学的审美建构的思想精髓，唯有韦尔施，将审美感性学提升到"现实的审美建构"的元美学高度，非韦尔施莫属，这充分彰显出作为建设性后现代思想家超越后现代思想的独步当时的学术眼光和胸怀。

　　韦尔施在《重构美学》中对"现实的审美建构"这一思想赞不绝口，

---

① 〔英〕卡尔·波普尔：《社会科学的逻辑》，转引自〔德〕沃尔夫冈·韦尔施《重构美学》，陆扬、张岩冰译，上海译文出版社，2002，第 36 页。

② 〔美〕保罗·法伊阿本德：《作为艺术的科学》，转引自〔德〕沃尔夫冈·韦尔施《重构美学》，陆扬、张岩冰译，上海译文出版社，2002，第 37 页。

③ 〔美〕理查德·罗蒂：《偶然性、反讽和一致性》，转引自〔德〕沃尔夫冈·韦尔施《重构美学》，陆扬、张岩冰译，上海译文出版社，2002，第 37 页。

④ 〔德〕沃尔夫冈·韦尔施：《重构美学》，陆扬、张岩冰译，上海译文出版社，2002，第 69 页。

"这是一个洞见，它确实是洞察幽微的"，并"一直延伸成为我们时代的建构主义"。① 这不仅是哲学家们的共识，而且更被现代科学实践所确认、被自然科学家所奉行。英国学者阿瑟·I.米勒在对比爱因斯坦科学研究与毕加索艺术创作的思维特征时，发现了二者所体现的惊人的一致性，即其都是审美建构，他说："爱因斯坦和毕加索实际上是在探究同样的问题。这是在我认真地考虑科学与艺术中的创造性之间关系，得出的一个令人惊讶的结果。在创造性开始出现的时刻，学科间的障碍就消失了。在这个关键时刻，科学家和艺术家都在寻找新的审美形式。对爱因斯坦而言，他是一种将空间和时间统一在单一的框架里面的极简主义的审美形式；而对毕加索而言，就是将所有的形式简化为几何。"② 英国学者詹姆斯·W.麦卡里斯特分析爱因斯坦科学发现的路径时，借狄拉克的话来证明，科学家的发明也是一种审美建构。狄拉克说："当爱因斯坦着手建立他的引力理论的时候，他并非去尝试解释某些观测结果。相反，他的整个程序是去寻找一个美的理论……"③

可见，科学家的科学研究须臾离不开审美建构，"美学的和经验的标准共同决定科学家的理论选择标准"，"审美因素（我们将为其建立一个模型）应该被看作是充分表达科学的特征的"。④ 鉴于科学实践的审美建构的众多事实，韦尔施毫无悬念地提出："对认知和现实之根本审美性质的认识，正渗透到当今的一切学科。不论是符号学还是系统论，不论是社会学、生物学还是微观物理学，我们处处意识到不存在最初的或最终的基础，相反，恰恰是在'基础'的层面上，我们遇到了一种审美的建构。"⑤

如果说，韦尔施上述的结论是对传统感性学精髓的发现、对现代科学

---

① 〔德〕沃尔夫冈·韦尔施：《重构美学》，陆扬、张岩冰译，上海译文出版社，2002，第36、70页。

② 〔英〕阿瑟·I.米勒：《爱因斯坦·毕加索：空间、时间和动人心魄之美》，方在庆、伍梅红译，上海科技教育出版社，2006，"中译本序"第ii页。

③ 转引自〔英〕詹姆斯·W.麦卡里斯特《美与科学革命》，李为译，吉林人民出版社，2000，第12页。

④ 〔英〕詹姆斯·W.麦卡里斯特：《美与科学革命》，李为译，吉林人民出版社，2000，第15页。

⑤ 〔德〕沃尔夫冈·韦尔施：《重构美学》，陆扬、张岩冰译，上海译文出版社，2002，第68页。

实践的总结的话，那么在聚焦于现代科学与高科技，尤其是电子媒介技术发展的空前盛况时，韦尔施洞悉到作为基础的审美建构已经从物质化的、现实的审美化跃迁到非物质的审美建构，即非现实的现实化、虚拟的审美化的深层领域。韦尔施称由高科技技术手段带来的非现实的现实化、虚拟的审美化为"深层审美化"①，它主要体现在三方面。

一是电脑模拟创造性功能带来的审美化。这种审美化打破了传统确定性、不变的现实的神话，让现实变成可变的、流动的、不确定的甚至"天马行空，千奇百怪"②的人工世界。

二是由传媒生成的虚拟现实的审美化。虚拟现实的审美化相对模拟的审美化而言具有更高程度的创造性。其完全舍弃物质对象，全凭"虚拟的，可操纵的，可作审美塑造的"③传媒技术手段将一个无根基的虚拟世界变为审美化的现实世界，彻底颠覆了传统哲学的本体论观念。韦尔施认为媒介世界是一个非凡的物理装置和编码的世界，它的本体论不是存在的本质，而是数字本体的二进位制。数字本体的二进位制根本不存在形象与本质的差别，它从里到外就是数字二进制，真正具有同一性、广延性、虚拟性、建构性和打破时空性，对日常生活产生了巨大影响。

三是通过美容手段和基因工程对人身体的审美化，锻造"美学人"④。对身体的审美化，虽然归为浅表的审美化，但身体的审美化从来都是依据不同的时代意识、不同的道德标准和审美意识加以建构的。所以，韦尔施认为，"一切生命的形式、定向的手段和伦理的规范，都早就根据现代意识，设定了一种它们自己的审美品质"⑤，因而也可归属为深层的审美化。

---

① 〔德〕沃尔夫冈·韦尔施：《重构美学》，陆扬、张岩冰译，上海译文出版社，2002，第8页。
② 〔德〕沃尔夫冈·韦尔施：《重构美学》，陆扬、张岩冰译，上海译文出版社，2002，第8页。
③ 〔德〕沃尔夫冈·韦尔施：《重构美学》，陆扬、张岩冰译，上海译文出版社，2002，第10页。
④ 〔德〕沃尔夫冈·韦尔施：《重构美学》，陆扬、张岩冰译，上海译文出版社，2002，第11页。
⑤ 〔德〕沃尔夫冈·韦尔施：《重构美学》，陆扬、张岩冰译，上海译文出版社，2002，第12页。

这三种虚拟的审美化，在韦尔施看来，是一个程度非常高的人工世界，相对于自然世界，它完全是人建构的产物，人为性更高，流动性、变化性更强烈，创造性更超限，建构性更凸显。在这个意义上看，"它不但影响到现实的单纯建构，而且影响到现实的存在模式，以及我们对现实作为总体的认知"，它实实在在地使美学"不再仅仅属于上层建筑，而且属于基础"。①

从上述对韦尔施建构认识论审美化的路径和思想的分析看，韦尔施承续了传统感性学美学审美化构成的思想精髓，运用当代建构主义思想和方法，敏锐地洞察到审美建构在当代呈现的新问题、新样态、新特征和新功能，将作为认识论的原型美学或曰元美学的理论，从认识论的审美化推进到现实的审美化和非现实的审美化，将审美建构看作人类社会的一切方面，包括物质的、非物质的，经济的、精神的，人文的、科学的，社会的、个体的，浅层的、深层的等的基础。换言之，人类社会的一切都是建构而来的，但人的建构首先是审美建构，所以审美建构成为人类建构的基础的基础。这种高屋建瓴的灼见，不仅确立了美学作为原型美学的学术地位，为美学走向自然、走向生活、走向社会提供了科学的理论基础，而且也彰显出韦尔施建构审美学的时代性、前瞻性和超越性。

再次，从方法论角度看，韦尔施在《重构美学》一书中，虽然多次提到建构主义一词，但我们丝毫捕捉不到他对来源于知识社会学和科学知识论的"一体论"、"决定论"、"互动论"、"建构论"、"表征"、"实在"和"类经济运行"等建构主义关键词的连篇累牍的阐释，更看不到建构主义原理的生搬硬套，他将建构主义的方法论化作一种催化剂，抛洒到美学和审美化的整个领域，透视、反思、建构，以期获得一种建构主义的科学阐释。换言之，韦尔施是从美学内部挖掘建构主义的思想精髓，并将其提升到当代的建构主义美学高度的。具体说，包含以下几个方面的内容。

一是确立了审美是人类活动最基础的审美建构的天赋能力。二是确立

---

① 〔德〕沃尔夫冈·韦尔施：《重构美学》，陆扬、张岩冰译，上海译文出版社，2002，第10、9页。

了美学立足于自然与现实的原则。美学知识不是纯粹的关于美的知识或者艺术知识的自足自为的建构，它总是"负载利益、负载实践、负载文化、负载情境"① 的，因而它必须面向社会、面向生活、面向文化、面向历史。面对知识的社会化、生活化、文化化、历史化，当代美学应该何去何从？韦尔施在"作为普遍潮流，但方式不同的审美化"一节中，专门对当代美学何去何从问题发出了警醒世人的告诫。他认为，面对日新月异的审美现象的涌动，有一种学术研究方法或者态度是，置现象于不顾，退缩到传统美学的安全港湾去玩弄"美学定义"的"概念游戏"，将美学仅仅定义为一种"艺术观"。这种美学上的"逃避主义"自以为从观念出发就可以消除存在的审美现象，所以他们"执迷于理论"，"在诊断和自我安慰的地带设置防线，以对付观念的生发"。②

面对这种脱离现实的纯粹形而上的美学建构原则，韦尔施明确表示："与这类逃避主义相反，我们有必要对形形色色的未作删减的审美化加以审视，作出区分，作出反思。"③ 韦尔施如是主张，也如是践行。在《重构美学》一书中，韦尔施分别就表层的审美化和深层的审美化、现实的审美化与非现实的审美化、美学与艺术、现代与后现代、现代建筑与后现代建筑、视觉文化与听觉文化等问题进行了比较研究。在韦尔施对审美现实的审视、区分和反思中，那种抱残守缺的审美保守主义一扫而光，相反，一种海纳百川的学术风范巍然而立，这就是美学面对自然、社会的生命力之所在。毕竟，韦尔施在《重构美学》序言中，为自己立下的指导思想就是："把握今天的生存条件，以新的方式来审美地思考。"④ "以新的方式来审美地思考"，就是进行创造性的思考。

---

① 黄晓慧、黄甫全：《从决定论到建构论——知识社会学理论发展轨迹考略》，《学术研究》2008 年第 1 期。
② 〔德〕沃尔夫冈·韦尔施：《重构美学》，陆扬、张岩冰译，上海译文出版社，2002，第 13 页。
③ 〔德〕沃尔夫冈·韦尔施：《重构美学》，陆扬、张岩冰译，上海译文出版社，2002，第 13 页。
④ 〔德〕沃尔夫冈·韦尔施：《重构美学》，陆扬、张岩冰译，上海译文出版社，2002，"序"第 1 页。

二 思想的预测性

思想的生产能否沿着正确的轨道前行，在很大程度上取决于思想的预测性。但是，学界对此有不同的见解。接受美学创始人沃尔夫冈·伊瑟尔持否定的态度。伊瑟尔将理论区分为硬理论和软理论。硬理论主要指科学理论。科学理论要求通过对实验、观察得来的数据进行综合，以掌握事物的规律。它尊重事实，讲究法则，验证程序。科学理论的创新是通过改进工具解决问题、重新改变范式，并做出预测。软理论则主要指人文学科的理论。软理论是一种评价、辨别的理论，不受法则和程序的制约。它以隐喻为基本概念。它的创新表现为激发联想、勾勒模式、兴趣多变，在多样理论的相互竞争中达成共识，所以软理论不具有可预测性。伊瑟尔说："在人文科学中为做出预测而进行理论探索是毫无意义的。艺术与文学可以被评价，但无法被预测，我们甚至无法预料它们所包含的多重关系。"[①]

本雅明却高度认同思想的预测性，并身体力行。在《可技术复制时代的艺术作品》中，本雅明开篇就明确说，马克思对资本主义生产方式的分析具有预测性，这种理论的预测性表现为："他探究了资本主义生产的基本关系并对此作了论述，表明人们可以如何期许资本主义的未来，即资本主义不仅将继续加剧对无产者的剥削，而且还会创造出消灭自身的条件。"[②] 本雅明是在1934~1935年做出这一判断的，应该说一语中的。20世纪30年代，虽然西方资本主义社会普遍实行了福利政策，对工人阶级的剥削从绝对剩余价值过渡到相对剩余价值，加之工会的斗争，迫使资本主义企业实行向工人阶级倾斜的福利制度，工人阶级的斗争也改变了形式，即从夺取政权的政治斗争转向了文化政治的斗争。但是，这种情况并不意味资本主义社会改变了性质。从今天的实际情况看，资本主义并没有灭亡，反而从市场资本主义、垄断资本主义发展到了跨国资本主义。跨国

---

① 〔德〕沃尔夫冈·伊瑟尔：《怎样做理论》，朱刚、谷婷婷、潘玉莎译，南京大学出版社，2008，第6页。

② 〔德〕瓦尔特·本雅明：《可技术复制时代的艺术作品》，载《经验与贫乏》，王炳钧、杨劲译，百花文艺出版社，2002，第260页。

资本主义"并不是与马克思在 19 世纪对资本主义的伟大分析不一致，恰恰相反，它构成了已经产生的资本主义的最纯粹的形式以及资本主义进入迄今尚未商品化地区的庞大扩张。我们自己这个时代更为纯粹的资本主义因此消灭了迄今为止它曾以让它们用进贡的方式容忍和利用过的前资本主义的飞地"①。德国著名社会学家马克斯·韦伯以极其透彻的隐喻讽刺资本主义现代性尊奉的理性主义文化是"铁笼"，牢牢地捆绑着人而使人难以自拔。美国社会学家丹尼尔·贝尔则认为，当今的资本主义存在着种种导致它由一体化走向分裂和冲撞态势的内在矛盾。这些矛盾暗藏于经济-技术、文化和政治三大领域之中和之间。经济-技术领域表现为资本主义经济追逐利润最大化与个人自我实现之间的矛盾，政治领域表现为表面上的平等原则与官僚体制和科层制之间的紧张关系与矛盾，文化领域表现为文化民主催生的价值的自我实现与经济-技术秩序所需要的角色之间不断发生冲撞的矛盾。② 贝尔将这三大领域看作资本主义的三大轴心，这三大轴心所生产的矛盾是资本主义的制度性的矛盾，无法避免，无法消解，无法弥合，犹如千仞鸿沟。所以，丹尼尔·贝尔用"领域的断裂"、"现代性的双重羁绊"与"政治的困境"来形容资本主义内在矛盾带来的恶果。英国著名学者鲍曼直接将资本主义现代性看作对犹太民族和无辜人民实施大屠杀的罪魁祸首。③ 安东尼·吉登斯则将现今人们面对的种种悖论和困境的根源归罪于资本主义现代性的自反性。如此等等，不一而足。这些思想家从不同角度和领域论证了当代资本主义作为纯粹的资本主义的本质和困境，这就从当代维度上印证了马克思的理论所具有的预测性。资本主义生产方式"尚处于萌芽时期，马克思努力使他的分析具有预测性价值"。④ 马克思的理论的预测性，证明了人文科学理论，也就是软理论是可以具有

① 〔美〕弗雷德里克·詹姆逊：《快感：文化与政治》，王逢振等译，中国社会科学出版社，1998，第 191 页。
② 参见〔美〕丹尼尔·贝尔《资本主义文化矛盾》，严蓓雯译，江苏人民出版社，2007，第 9~11 页。
③ 参见〔英〕齐格蒙特·鲍曼《现代性与大屠杀》，杨渝华、史建华译，译林出版社，2002。
④ 〔德〕瓦尔特·本雅明：《可技术复制时代的艺术作品》，载《经验与贫乏》，王炳钧、杨劲译，百花文艺出版社，2002，第 260 页。

预测性的，所以伊瑟尔认为人文学科理论没有预测性的结论，有点过于武断了。

其实理论的预测性至少表明，第一，理论来源于实践，是对实践涌现的问题的正确考量和提升。第二，理论对未来实践发展趋势和规律洞察具有预示性。第三，预测是一种对事物发展过程中的确定性与不确定性、必然性与偶然性、无序与有序等复杂关系的整体观照。第四，预测性说到底是一种理论上的新创造。如果说，社会政治理论具有预测性无可非议，那么，相对于社会政治理论的文学艺术理论，因其评价性和鉴赏性的特点，如伊瑟尔所断言的那样不具有预测性，表面上看似乎有一定的合理性，其实则不然。真正具有创造性的文学艺术理论，也必然具有预测性。鲍姆嘉通在19世纪创立的作为感性学的美学，不仅在那个时代是一种独创，在今天其预测性也是显而易见的。当下，随着消费社会、信息社会、时尚社会而兴起的日常生活审美化的现实景观，践行了感性学的美学的价值和功能。所以鲍姆嘉通对美学的定义，其合法性和预测性在当下得到了现实的印证。

本雅明的理论践行了保罗·瓦莱里的预言："近二十年来，无论是物质、空间还是时间，都已不同于以前。如此巨大的革新必将改变各种艺术的所有技术，并以此影响创意本身，最终或许还会魔术般地改变艺术概念。对此，我们必须做好准备。"① 本雅明在80多年前，借保罗·瓦莱里的预言表明自己对技术复制时代的文学艺术发展前景的估量。这个估量，同当今文学艺术的现实景观相对照，不仅一点也不过时，而且其预见性还得到了现实的回应。如今，这个预测还在延异，"魔术般地改变"还在频频招手。本雅明对技术复制时代的艺术生产的性质、形态和趋势的预测，主要体现为以下几个方面。

第一，预示机械复制时代的到来。本雅明写作《可技术复制时代的艺术作品》是在1934~1935年，那时的艺术创作技术仅限于摄影技术和电影技术，电子媒介、信息高速公路、互联网等当代的高端技术尚不见踪

---

① 转引自〔德〕瓦尔特·本雅明《经验与贫乏》，王炳钧、杨劲译，百花文艺出版社，2002，第259页。

影，文学创作活动主要还是靠一个作家一支笔的私人创作。艺术的发展经历了现代主义的先锋派实验，艺术媒介突破了专业媒介，跨越到日常生活，出现了现成品的艺术、达达主义、超现实主义艺术、观念艺术等新的艺术样式。如杜尚名为《泉》的艺术品，其实不过是将购买的男用小便池倒置过来，签上笔名，命名为《泉》而已。类似的现成品艺术，杜尚还创作了《自行车轮》、《瓶架》、《残臂之先》和《L.H.O.O.Q》等。在观念艺术的创作中，有的艺术家将身体作为创作的媒介，如早在1936年，"梅拉·欧本海姆（Meret Oppenheim）就已深具前瞻性地探讨性别身份与物性的寓言关系，其《毛皮杯碟》（Le Dejeuner Enfourrure）、《我的统治者》（Ma Gouvernante）、《一对》（Le Couple）等作品，都借由日常生活的寻常物件，以独特的女性气质媲美着杜桑作品的现成物外观"[1]。总的说来，在20世纪30年代，文学和艺术的创作媒介基本还停留在物质媒介上，只有摄影和电影跨越了物质媒介的局限，采用了光、电和其他科技手段作为媒介。相对于当代的电子媒介、信息高速公路、互联网而言，它们显然要逊色得多。但是，相对于物质媒介来说，无论是时空的广延度、作品传播的速度、艺术表现的手法、创作技法还是最后生成的作品，当时都已经发生了断裂和突破。本雅明正是极敏锐地洞悉到了科学技术即将给文学艺术带来翻天覆地巨变的潜在魔力，他运用马克思的生产方式的基本原理，通过对摄影和电影艺术的研究，提出了创作技术，尤其是科技技术作为艺术生产力，势必导致机械复制时代到来的著名论断："艺术作品的技术复制则是新的事物，它在历史上虽然是以很大间隔断断续续地，但却以不断增强的力度获得成功。"[2] 本雅明梳理了艺术作品的技术复制的历史，认为从古希腊开始，艺术创作的媒介经由浇灌和制模、木刻、印刷、铜版刻、蚀刻、平板术，一直发展到照相术和电影摄制技术。可以说浇灌和制模、木刻、印刷、铜版刻、蚀刻、平板术对大量复制艺术作品且使艺术生产走向市场起到了不小的作用，但美中不足的是，这种复制只扩大了艺术品的数量，而未能改变艺术品的质性。只有到了照相术和电影摄制技术阶段，

---

① 岛子：《后现代主义艺术系谱》，重庆出版社，2007，第99页。

② 〔德〕瓦尔特·本雅明：《可技术复制时代的艺术作品》，载《经验与贫乏》，王炳钧、杨劲译，百花文艺出版社，2002，第261页。

艺术品才在数量上和质性上，都跨到一个新阶段：照相术使复制的速度可与人类说话的速度相媲美，更为重要的是，它第一次解放了人的手，"完全被现在通过镜头观察对象的眼睛所取代"①。照相术催生了电影。电影媒介让艺术从视觉复制跨越到听觉复制、从静态复制发展到动态复制，使复制进入了一个全新阶段。"一九〇〇年前后，技术复制所达到的水准，不仅使它把流传下来的所有艺术作品都成了复制对象，使艺术作品的影响经受最深刻的变革，而且它还在艺术的创作方式中占据了一席之地。"②受历史条件的限制，本雅明不可能对今天电子媒介阶段的艺术作品的复制状况和质性做出说明，但他对照相术、电影媒介的复制状况的判断与评点，预示了电子媒介时期艺术生产的趋势和质性取向，尤其是就高科技对当今艺术生产的决定性的作用和功能的预测，已经为电子媒介彻底改变了的艺术生产方式和艺术生产关系的现实所印证。

第二，预测了电子媒介时代艺术生产全方位的激变。如果说麦克卢汉预见了第一次信息时代的到来，波斯特预见了第二次信息时代的到来，那么随着新兴的数码媒体、信息高速公路、多媒体科技、5G、人工智能等的出现和应用，今天，"我们已经进入了后信息时代（postinformation age）"③。后信息时代是一个全新的时代，信息与网络技术向社会生活全方位地渗透，并控制着各行各业乃至人的衣食住行；不仅占领了人类的公共空间，而且也左右着人的私密空间；不仅在物质领域称王称霸，而且重构着人的意识领域。赛博空间让人在虚拟空间中穿梭遨游，我与非我、人与机的关系由分离走向共生。"赛博文化现象，改变了我们获取客观世界信息的方式，也改变着我们认识自己以及重构客观世界模式的方式。"④如果说，20世纪30年代的艺术生产因照相术和电影技术，跨越到一个新

---

① 〔德〕瓦尔特·本雅明：《可技术复制时代的艺术作品》，载《经验与贫乏》，王炳钧、杨劲译，百花文艺出版社，2002，第261页。

② 〔德〕瓦尔特·本雅明：《可技术复制时代的艺术作品》，载《经验与贫乏》，王炳钧、杨劲译，百花文艺出版社，2002，第262页。

③ 〔美〕尼古拉·尼葛洛庞帝：《数字化生存》，胡泳、范海燕译，海南出版社，1997，第191页。

④ 曾国屏、李正风、段伟文、黄镕坚、孙喜杰：《赛博空间的哲学探索》，清华大学出版社，2002，第4页。

的机械复制时代的话，那么，后信息时代的艺术生产可以说进入了后机械复制时代。后机械复制时代的艺术生产，无论是生产工具、生产手段、艺术技法、艺术主体、艺术创作和传播、艺术功能，还是艺术的生产关系，都与数码媒体融为一体。我们常用人机共生来形容人与人工智能的关系，那么用艺机共生来形容艺术生产与数码媒介的关系，也不为过。我国著名的数码艺术研究家黄鸣奋教授在他的专著《数码艺术学》中，用艺术主体虚拟化、艺术对象智能化、艺术伴侣机媒化、艺术手段程序化、艺术内容数据化、艺术本体互联化、艺术方式随机化、艺术环境赛伯化、艺术机制现代化来概括这种艺机共生的关系和数码艺术的特性。①

　　20世纪30年代的艺术生产与数码艺术相比，不可同日而语。因其产生于电子媒介的初创时期，并不具备计算机和互联网的智能功能、更为先进的计算机程序语言、多媒体的编程功能、神经网络技术和信息的传输速度，因此不可能形成艺机共生的艺术生产方式，但是，艺机共生的艺术生产方式所催生的一些特征，在照相术和电影技术中，已经有所孕育，或称之为萌芽，如小荷才露尖尖角，尚不被人关注。而本雅明的高明之处在于，他及时地、敏锐地洞悉到照相术和电影技术给当时的艺术生产带来的冲击。他从理论与实践相统一的高度给予概括和提升，至今读来，仍不失理论的预测性和前瞻性。比如，由于照相术和电影技术的电子媒介的运用，艺术的感知从视觉到听觉再到统觉的重组；艺术的质性从独一无二的本真性向同质化的演变；艺术的价值由膜拜价值向展览价值的转移；艺术生产关系由精英独享向大众共享的过渡；艺术传播由封闭走向开放，由慢速向快速铺开；艺术种类由单一性介子扩张到多重介子，尤其是艺术与科学技术走向融合；艺术的社会作用由艺术自赏提升到文化政治的维度。在具体分析电影艺术时，本雅明常常有许多新颖的独见和妙趣横生的评点，如"对电影而言，重要的并非演员在观众面前表现另一个人，而是在于他在机器面前表现自己"、"人第一次能够——这是电影的成就——表现自己整个活生生的形象"、"本不属于表演过程的摄像机、灯光设备、协助人员等都会进入观察者的眼帘"及"电影在视觉感知世界的整个领

---

① 黄鸣奋：《数码艺术学》，学林出版社，2004，"目录"。

域——后来还包括听觉感知世界——深化了统觉"等。[1] 这些精当深邃的见解，在其著作中数不胜数，字里行间，闪烁着预测之见、创新之光。预测是对现实苗头的捕捉、是对现实的精准判断、是对未来的洞悉，有预测才有创造。在这个意义上看，预测像一道激光，激发创新的胆识与勇力。

三　思想的冒险性

法国学者安托万·孔帕尼翁在《理论的幽灵——文学与常识》一书的序言中，在介绍文学理论在法国的流变情况时，讲了他在中学读书时面临的这样一种理论境遇：老师每讲解文学作品时，总喜欢问"作者想告诉我们什么？该诗歌或散文美在何处？作者的观点独到之处体现在哪里？"等问题。这些问题老生常谈，却悬而不解，文学理论对它们总是无能为力。文学批评和文学理论"翻来覆去地折腾相同的观念"，老调重弹，毫无新意，"文学理论没能摆脱与文学有关的那些通俗说法，即读者和票友们的用语。因此，每当理论远去，那些旧有观念便会沉渣泛起，依然如故"[2]。在孔帕尼翁看来，文学理论被体制化后，就沦为呆板的教材，常态化和规范化使它多少年来都千篇一律、刻板僵化、玩弄概念、远离文本、毫无创新，更谈不上对现实问题予以回应了，它彻底变成了"微不足道的教学法"[3]。法国文学理论的这种现状，在 20 世纪 90 年代终于有了突破，理论"呼唤对立、呼唤颠覆、呼唤起义"[4]。无疑，理论的颠覆、理论的起义、理论的突破需要的是一种思想的冒险精神。

思想的冒险是怀特海提出来的，他专门为此撰写了一部长达 348 页的著作——《观念的冒险》。在怀特海看来，人类的精神历史就是一部观念的冒险史，观念的冒险对人类的文明发展至关重要。他认为，"一个文明

---

① 〔德〕瓦尔特·本雅明：《可技术复制时代的艺术作品》，载《经验与贫乏》，王炳钧、杨劲译，百花文艺出版社，2002，第 274、274~275、279、283 页。

② 〔法〕安托万·孔帕尼翁：《理论的幽灵——文学与常识》，吴泓缈、汪捷宇译，南京大学出版社，2011，"序言"第 9 页。

③ 〔法〕安托万·孔帕尼翁：《理论的幽灵——文学与常识》，吴泓缈、汪捷宇译，南京大学出版社，2011，"序言"第 9 页。

④ 〔法〕安托万·孔帕尼翁：《理论的幽灵——文学与常识》，吴泓缈、汪捷宇译，南京大学出版社，2011，"序言"第 9 页。

的社会表现出五种品质：真、美、冒险、艺术、平和"①。古希腊民族是最看重冒险的，他们的眼光始终朝前看，绝不回头、绝不推崇原地踏步、静止不动，"迫切追求新奇"②。追求新奇，就意味着生生不息；敢于冒险，就意味着不畏险阻、敢于突破、敢于创造，这是民族生存的法宝，民族发展的动力源。一个民族的文明不是"束缚在博物馆和艺术家的工作室"③，而是在不断地追求新奇、勇于冒险中创造、建构而成的。追求新奇，敢于冒险，是万事万物的生存、发展之道。怀特海指出，大千世界，无论是物质现实，还是人的思想灵魂，都是以不断流动、发展的过程形式存于世的。过程是生生不息的，过程意味着流动、意味着生成、意味着创造、意味着生命。一旦事物的过程中断了、停止了，事物也就灭亡了、消失了。"过程本身便是现实，它不需要先行的、静止的密室。同样，过去的诸过程，在消亡的过程中同时又在加强自身，以成为每一新事态的复合起源。过去便是位于每一新现实基础处的实在。过程便是在创造性欲望的作用下，将过去吸收进含有理想和预想的新的统一体中去。"④ 那么，事物流动过程之源从何而来？最新科学研究揭示，无论是客观的物质世界，还是人类社会，都是靠系统不断从外界吸取能量，消解自身内部运动产生的负熵而生成、发展的。同样，人类的精神世界（文明）靠思想的冒险获得"能量"从而形成流动生成之源。怀特海认为，一个民族的文明，能否及时地通过冒险获得创新的能量，是它能够维持生命旺盛的活力还是萎靡黯然消亡的关键。当它处于极盛时期时，如果它获得的完善内"有可能存在着新颖的试验，该文明便可维持它的极盛时期的高度。但是，当那些次要的变异被穷尽了，便会出现两种情况"：第一种情况是"社会丧失了想象力，于是滋生了腐败停滞"；第二种情况是"常规惯例占了上

---

① 〔英〕A.N. 怀特海：《观念的冒险》，周邦宪译，陈维政校，贵州人民出版社，2011，第 294 页。

② 〔英〕A.N. 怀特海：《观念的冒险》，周邦宪译，陈维政校，贵州人民出版社，2011，第 294 页。

③ 〔英〕A.N. 怀特海：《观念的冒险》，周邦宪译，陈维政校，贵州人民出版社，2011，第 294 页。

④ 〔英〕A.N. 怀特海：《观念的冒险》，周邦宪译，陈维政校，贵州人民出版社，2011，第 296 页。

风，学术上的正统观点压制了冒险"，文明也就停滞了。① 文明的停滞和衰落，在文学上的突出表现就是讽刺文学的诞生。罗马文化白银时代末期、文艺复兴白银时代末期和第一次世界大战结束时期，均出现了讽刺文学，"独创性的最后闪烁"② 表现在残留的讽刺文学中。一个民族，当它耗尽了文明后，就可能出现长时期的停滞不前，想要尽量缩短这个停滞的缓慢的周期，只有靠"想象的冒险"。因为思想孕育行动，想象的冒险会使预测的行动实验成功。像哥伦布发现美洲新大陆，就是有赖于他对地球是圆形的想象，他预测地球另一边可能存在大陆，然后靠冒险的海上航行，终于如愿以偿，证实了他的设想。据说大洋洲的发现，也是源于想象的冒险。当时，人们根据平衡原理，大胆地想象：为了使地球保持平衡，地球的南半球应该有块大陆和北半球的大陆遥相呼应。果然，经过几代航海家的努力，荷兰的杜伊夫根号登上了大洋洲；一百多年后，英国的库克船长发现了澳大利亚东海岸。自然科学研究也离不开想象的冒险。爱因斯坦说自己是靠想象乘上思想的试验列车，发现相对论的。相比科学发明，文学艺术创作其实是更无羁、更大胆的想象的冒险。文学艺术虽然要以一定的现实为基础，但它本质上是作家想象、虚构的产物，作家凭借天马行空的想象，通过幻想、变形、嫁接、倒错、夸张、魔幻等手法构筑一个现实中并不存在的艺术世界来隐喻现实。弗朗索瓦·拉伯雷 1532 年出版的《巨人传》深受民众欢迎，但却被查封禁出。他塑造的巨人高康大，在婴儿期一天就要喝一万七千多头奶牛产的奶，要穿上万码的丝绒做的衣服，力大无比。在成长过程中，高康大努力学习各种知识和本领，几乎日夜不停。正是这样一个巨人，在战争中以一己之力粉碎了敌人的攻势，让入侵的敌人落荒而逃。战争胜利后，他对立下汗马功劳的功臣论功行赏时，下令修建只接受德才兼备的俊男美女的修道院，规定这些完美的修士可以结婚，他让人人都可以自由地生活，做自己想做的事。这个令人仰望的巨人形象完全是拉伯雷想象力冒险的产物，他赋予这个巨人超越常规的力大无

---

① 〔英〕A. N. 怀特海：《观念的冒险》，周邦宪译，陈维政校，贵州人民出版社，2011，第 297~298 页。

② 〔英〕A. N. 怀特海：《观念的冒险》，周邦宪译，陈维政校，贵州人民出版社，2011，第 299 页。

边的巨体、敢作敢为的英雄气魄和追求自由的人文情怀，表达了他对封建专制的憎恶、对人和人性的高扬、对自由的向往。拉伯雷的冒险精神，确确实实地应和了文艺复兴初期时代的需要。像拉伯雷这样富有大胆而瑰丽的想象、奇特的冒险精神的创作，在中外文学史艺术史上比比皆是，不胜枚举。他们不仅构筑了人类文明史上一道道璀璨的星河，而且也洞烛了文学艺术想象冒险的汹涌激流。怀特海高度评价了想象的冒险的重要价值，他说："一切出自预定目的而进行的实际冒险一定都包括一种思想的冒险……只要有冒险的精力，想象会一跃而起，超越该时期固定的局限以及鉴赏的成规所造成的固定局限。"想象的冒险"敢于跨越以往稳健保险的成规。没有冒险，文明就会全然衰败"。[1]

　　想象的冒险，存在着如何对待传统的难题。在怀特海看来，欧洲一直以来都以古希腊和古罗马的文化为自己的文化传统、"文明的标准"。但是古代希腊社会那种特殊范例树立的理想有它自身的局限性：一是它属于过去时的朝后看；二是它静止不变，凝固成型；三是它是仅限于特殊时空的特例。面对已经进入历史新阶段的当今社会，"新知识、新技术已改变了事物的比例结构"，再固守传统，墨守成规，就意味着"朝后看"、意味着抱残守缺、意味着凝固僵化，要清醒地认识到，完全地保留、仿效传统，造成的直接后果乃是"静止的、压抑的，而且会助长懒散的思想习惯"。[2]　其实古希腊之所以创造了如此辉煌的文明，就在于它是一个勇思进取、追求新奇、大胆想象、敢于冒险的民族。传承古希腊的传统，就是要继承它勇思进取、追求新奇、大胆想象、敢于冒险的精神，而不是恢复拉丁文、照搬古代的礼仪和社会建制。当然，对传统，我们也不能采取虚无主义的态度，而是要处理好新与旧的关系。要看到旧的东西是新的东西的基础，新的东西是建立在对旧的东西的继承、反思、批判的基础上的，离开传统这个基础，继承、反思、批判就成了一句空话，更谈不上想象和冒险了。不过，旧的东西一定要在新的东西的观照下、指引下进行新的建

---

① 〔英〕A. N. 怀特海：《观念的冒险》，周邦宪译，陈维政校，贵州人民出版社，2011，第 299 页。

② 〔英〕A. N. 怀特海：《观念的冒险》，周邦宪译，陈维政校，贵州人民出版社，2011，第 293~294 页。

构，怀特海说："以往的成就都是以往时代的冒险……埃斯库罗斯、索福克勒斯、欧里庇德斯都是思想领域的冒险者。读他们的戏剧而意识不到理解世界的新方式且又意识不到如何品尝世界的种种感情，就必然领会不到构成这些戏剧全部价值的那种生动性。"① 为了更好处理新时代与旧传统的关系，怀特海提出了一个"合生"的哲学命题：

> 灵魂因此通过合生创造了一个新的事实，即"旧"和"新"织造而成的现象——它是接受和预想的合生物，这个合生物又进入将来。这三个复合物的最终合生便是内在于灵魂的爱欲催促灵魂去达到的目的。这一合生的善在于：它实现许多感觉的强度，这些感觉会聚在新的统一体中时是相互加强的。它的恶则在于：生动的感觉是相互冲突的，它们相互抵制彼此的扩张。它的平凡琐屑则在于借以回避恶的那种感觉麻木。就这样，仅仅通过省略，较少的、较弱的感觉便构成了最终的现象。恶是完善和平凡之间的中间站，它是力与力的对抗。②

怀特海关于新旧合生过程的描述，包含了以下几个层面的意涵。

第一，在怀特海看来，无论是客观事物，还是人类历史，都是由种种他者的多元的因素构成的和谐整体。在这个整体之中，合生的形成是与种种无限纷乱和他者相互作用的结果。

第二，"合生"是一个新事物生成的具体过程。这个过程，是人的灵魂，即思想，在一定的预想和目的的主导下，将"旧"和"新"融合织造而最终形成的现象。这个新建构的东西必然通达将来。所以，合生是过去、现在和将来三者的复合物。

第三，在合生的过程中，灵魂的爱欲催促灵魂去达到目的，也就是说，爱是强化合生的积极因素，指引着合生的形成。恶造就冲突，是扩张的反作用。爱与恶相互作用、相互斗争，通过省略，较少的、较弱的感觉

---

① 〔英〕A. N. 怀特海：《观念的冒险》，周邦宪译，陈维政校，贵州人民出版社，2011，第299页。

② 〔英〕A. N. 怀特海：《观念的冒险》，周邦宪译，陈维政校，贵州人民出版社，2011，第295~296页。

便构成了最终的丰富的现象。

怀特海的合生理论给我们的启示在于，我们在处理传统与现代的关系上，不能用非此即彼的二元对立思维去简单粗暴地处理。相反，应该在事物相关性原则下予以观照，认识到"每一事物都与每一他物相关。每一在过去发生过的事都对当前有一定的影响。当前发生的每一件事都对将来的事件有一定的影响"①。对待传统，既不能像倒脏水却一股脑把婴儿一起倒掉那样，也不能照葫芦画瓢，跟着传统亦步亦趋。我们的眼光始终是站在当前、反观过去、面向未来的。我们的策略是，以思想的预测性、实践的冒险性和目的的合生性去创造一个新的东西。这里，特别受到我们关注的是，怀特海的合生理论在高扬善的前提下，对恶的作用从来没有小觑，恶被视为"完善和平凡之间的中间站，它是力与力的对抗"②。大凡一种思想的创新、新的理论的建构，都是出于对谬误的反复思考、纠正，都是来自对立面的激励作用。比如，当代西方文艺学的历史化转向，恰恰是形式主义极端化谬误所致；弗洛伊德的无意识理论的提出是对理性主义铁笼冲破的需求；阿尔都塞的意识形态国家机器理论是资本主义虚假意识形态催生的产物。马舍雷曾言："在哲学的情境中，一些负向的方面能够激发人的思考。"③ 马舍雷高度评价福柯以超凡的冒险精神，突破权利话语的桎梏，解剖西方另类史的假象，生产出一个又一个令世人臣服的思想和理论。"随后，我就一发不可收拾，贪婪地阅读所有福柯出版的书籍和文章，它们总能让人们吃惊，因为它们都具有根本的革新精神，质疑一切被接受的想法。有时候这种质疑是非常粗暴的，因为瞻前顾后、畏畏缩缩并不是福柯的风格。"④

福柯的思想冒险还向我们传达了一种变异性的创造。变异性的创造首

---

① 〔美〕罗伯特·梅斯勒：《过程-关系哲学——浅释怀特海》，周邦宪译，贵州人民出版社，2009，第97页。

② 〔英〕A. N. 怀特海：《观念的冒险》，周邦宪译，陈维政校，贵州人民出版社，2011，第296页。

③ 〔法〕皮埃尔·马舍雷：《从康吉莱姆到福柯——规范的力量》，刘冰菁译，张一兵审订，重庆大学出版社，2016，"前言"第4页。

④ 〔法〕皮埃尔·马舍雷：《从康吉莱姆到福柯——规范的力量》，刘冰菁译，张一兵审订，重庆大学出版社，2016，"前言"第30页。

先基于本质不一致原则。怀特海认为，任何整体都不是完善的整体。在这个整体内部不仅存在着种种他者因素，而且"在任意一个经验事态中实现的任何东西都必然会排除无限而纷乱的种种相反可能性。总是存在'他者'"①。事物存在多种他者，事物发展有多种可能性，事物的本质并不是单一的、统一的，而是不一致的。在怀特海看来本质不一致性的原则带来了事物的复杂性。在事物合生的过程中，不仅有可能出现"细节的变异"，而且还必须"允许或一方式细节的变异"。②"细节的变异"是不占主导地位的他者的相反作用导致的，它有时候处于边缘，有时候处于相反的地位。它的能量会随着噪声的逐渐放大，由细节的变异演化为事物的质变。在历史上，尤其在当代，这样的事件屡见不鲜，如苏联的突然解体。在思想史上，常常是变异性的创造推动了思想史、观念史的发展。英国著名学者伯林所著的《反潮流：观念史论文集》专门梳理了反启蒙运动的观念史。反启蒙运动的观念史就是一部变异性的创造史，其中提到了那些站在启蒙运动对立面的思想家们，对启蒙占统治地位的理性自律性和以观察为基础的自然科学方法进行质疑、反思、批判，甚至颠覆。文艺复兴以来，如马基雅维利、维柯、孟德斯鸠、休谟、赫尔岑、赫斯、狄斯累利、马克思、威尔第、乔治·索雷尔都被伯林列在反启蒙行列之中，其中他对维柯评价尤佳，认为"在这场反对运动中可能发挥过决定性作用的一位思想家是拿波里的哲学家吉安巴蒂斯塔·维柯"，认为他具有"不同寻常的原创精神"。③

维柯的原创精神主要体现在他 1725 年出版的《新科学》中，原标题较长，为《关于各民族的本性的一门新科学的原则，凭着这些原则见出部落自然法的另一体系的原则》，后来再版时删去了。《新科学》虽然出版于 18 世纪，但维柯主要生活在 17 世纪。17 世纪是西方历史上一个上承文艺复兴，下启 18 世纪启蒙运动的历史关键节点。此时文艺复兴的人

① 〔英〕A. N. 怀特海：《观念的冒险》，周邦宪译，陈维政校，贵州人民出版社，2011，第 325 页。
② 〔英〕A. N. 怀特海：《观念的冒险》，周邦宪译，陈维政校，贵州人民出版社，2011，第 297 页。
③ 〔英〕伯林：《反潮流：观念史论文集》，冯克利译，译林出版社，2002，第 4 页。

文主义和人性的解放观念传播，理性主义兴起和被确立，自然科学迅猛发展，归纳法、演绎法和自然科学的实证主义方法确立并兴盛，人的主体性被确证。一大批思想巨擘涌现出来，如培根、笛卡儿、洛克、贝克莱、休谟、蒙田等思想大家，都生活在这个时期。17世纪为18世纪的启蒙运动奠定了理论、科学、知识和思维的坚实基础，创造了得天独厚的历史条件。在思想史上，17世纪有两大丰碑，一是理性主义的兴起与确立，二是自然科学方法称雄。两大丰碑，在某种意义上看，都由法国思想家笛卡儿奠基。笛卡儿被誉为17世纪"欧洲大陆的时代魂"，是理性主义的奠基者、演绎方法之父、简单还原论创始人、解析几何之父。他认识自然的模式是：以普遍怀疑为认识的起点和首要原则，凭借理性直观发现天赋观念和公理，用数学中的严格演绎推理的方法推演出一系列可成功地解释或说明自然现象的规律，最后通过实验对所获的定律加以检验。他把"我思故我在"当作哲学的第一原理，确立思维的至高无上的地位。在笛卡儿的哲学里，一切人的感性因素，如欲望、情感、人性都被驱除出境，人成为机器的人。维柯生活在17~18世纪，如果他顺应潮流，应该走上追逐理性主义之路，应该视笛卡儿为楷模。但恰恰相反，在《新科学》的字里行间，他情不自禁地流露出对笛卡儿的不屑之情，据说，"在近代哲学家中，维柯批评最多的是笛卡儿"，"可以说批评笛卡儿，就是批评近（现）代形而上学与自然哲学"。[①] 维柯的学术研究，选择的是一条反潮流之路。他在《新科学》中提出的"诗性智慧"俨然与笛卡儿的"我思故我在"分庭抗礼、针锋相对。

何为诗性智慧？在维柯看来，"智慧是一种功能，它主宰我们为获得构成人类的一切科学和艺术所必要的训练"[②]。人之所以为人，是因为人是智慧的动物，人的智慧主要"是由理智和意志构成的"[③]。那么，人的智慧从何而来？人仅仅是理性的动物吗？人的一切知识源于何方？维柯提出"诗性智慧"这一闪烁着历史之光、科学之光、反理性主义之光、独创之光的哲学命题，就是要对上述问题给予一个与近现代形而上学主潮截

---

① 汪堂家、孙向晨、丁耘：《十七世纪形而上学》，人民出版社，2005，第470页。
② 〔意〕维柯：《新科学》，朱光潜译，人民文学出版社，1986，第152页。
③ 〔意〕维柯：《新科学》，朱光潜译，人民文学出版社，1986，第153页。

然相异的回答。英译者 M. H. 费希称"诗性智慧"或"创造性的智慧"是"新科学的万能钥匙。这一发现就花费了维柯足足二十年的钻研"①。维柯在自己的《新科学》卷首图形说明的第 34 条中毫不隐讳地提到，他发现原始的各个异教民族"都是些用诗性文字（poetic characters）来说话的诗人。这个发现就是打开本科学的万能钥匙，它几乎花费了我的全部文学生涯的坚持不懈的钻研"②。维柯提出的"诗性智慧"是思想史上的一个具有划时代意义的革命性的创新。这个创新表现为以下几点。

第一，从智慧之源看，维柯用历史和实证方法，几乎查遍了当时他所能查到的世界各民族的有关人类起源、语言、神话、寓言、史诗、考证的史料，有关原始社会的伦理、制度、法律、政体构成的资料，有关天文、时历、风俗等自然和社会知识以及学术界对上述问题的研究情况等，他在此基础上进行审思和研究，最终才得出了令人信服的结论：人类的一切智慧都源于"诗性智慧"。他认为，人脱离了动物，直立行走，自群居生活开始，人类进入到人的童年时代。童年时期的原始人，他们只有感触和感觉的能力，凭"一种完全肉体方面的想象力"③ 生存。这种感触、感觉能力，使他们只能"用咆哮或呻吟来表达自己的暴烈情欲"，用肉体的想象力"把天空想象为一种像自己一样有生气的巨大躯体"④。他们用与生俱来的好奇心创造出各种各样千奇百怪的神和神话故事。在古希腊神话中，天地未开，一片混沌时，出现了混沌之神卡俄斯；混沌初开，大地之神盖亚诞生，后来大地之神盖亚与其他神结婚，生下爱神厄洛斯、天空之神乌拉诺斯、海洋之神蓬托斯、山脉之神乌瑞亚、黑暗之神塔耳塔洛斯等，凡宇宙万物，原始人都会想象出与此相应的神。神与人同形同性，拥有七情六欲，他们在神的世界里幻化出人间世界。中国古代的神话，如盘古开天辟地的神话传说，盘古的生长、盘古的身体幻化出宇宙万物，在某种程度上，更直接体现出中国原初民族极其丰富的肉体的想象力，"整个

---

① 〔意〕维柯：《新科学》，朱光潜译，人民文学出版社，1986，"英译者前言"第 39 页。
② 〔意〕维柯：《新科学》，朱光潜译，人民文学出版社，1986，第 28 页。
③ 〔意〕维柯：《新科学》，朱光潜译，人民文学出版社，1986，第 162 页。
④ 〔意〕维柯：《新科学》，朱光潜译，人民文学出版社，1986，第 163 页。

把自然界看作一个巨大的躯体，能感到情欲和恩爱"①。原初民族具有非凡的童心和好奇心，尽管无知，但凡事他们都要问个为什么。丰富的肉体的想象力，让他们构想出如此生动、如此绚丽多彩的神话故事。维柯认为，"好奇心是无知之女，知识之母，是开人心窍的，产生惊奇感的"，原初民族是天生的"最初的神学诗人"，是诗性智慧的创造者，"这些民族都生下来就具有诗性。他们的诗性智慧是从这种诗性玄学开始的……他们就叫做神学诗人"②。

第二，原初民族还是诗性文字的创造者。关于文字的起源问题，学术界对其解说纷纭，其中有一种观点，认为文字的起源与语言的起源无关。但在维柯看来，二者是密切联系在一起的，而且是先有诗性文字，然后才有语言的。最初的原始人，由于机体和智能发育的不完善，他们本来"全都是哑口无言的"③，他们靠实物、人体姿态、行动、实物的形状等来表达自己的意愿、彼此交往。这种哑口无言，借助肢体、行动和实物而进行的交往方式就是一种"自然意义的语言"，也是人类最初的象形文字，更是诗性的文字，"凡是最初的民族都用象形文字来达意，这是一种共同的自然需要"。④ 比如，埃塞俄比亚用机械工具作为象形文字，迦勒底人用魔术般的字母作为象形文字，西徐亚国王用青蛙、田鼠、鸟、犁和弓这五种实物作为语言来回答向他宣战一方提出的问题，埃及英雄的徽帜就是用符号来达意的具有隐喻意义的一种语言……机械工具、字母、实物、具有隐喻意义的徽帜等，都是原初民族在哑口无言的时期所用的象形文字，即诗性文字。象形文字之所以被称作诗性文字，一是因为它们都使用有形有象有实的物体，具有具象性特征和表情达意的符号功能。二是原始民族借用这些传神的事物形象传达某种意向，它具有意向性与想象性的特征和比喻，甚至隐喻性的功能。三是用形象的事物传达意向实质上是一种模仿行为。四是人类的文字发展模式都是从"象形文字的，宗教的或神圣的

---

① 〔意〕维柯：《新科学》，朱光潜译，人民文学出版社，1986，第163页。
② 〔意〕维柯：《新科学》，朱光潜译，人民文学出版社，1986，第163、164、166页。
③ 〔意〕维柯：《新科学》，朱光潜译，人民文学出版社，1986，第197页。
④ 〔意〕维柯：《新科学》，朱光潜译，人民文学出版社，1986，第197页。

语言"到"用符号或英雄们徽纹的"象征语言，再发展到书写的语言。①
维柯认为这三种语言分别对应着神的家族时代、英雄时代和人成熟的时
代。虽然三种语言不是截然分开的，但是人类的语言，最先出现的还是象
形文字。"维柯宣布，人们的歌唱先于说话，用诗说话先于用散文说话，
只要研究一下他们所使用的符号和象征，他们使用这些符号和象征的类
型，就可明白这一点。"② 鉴于上述几个方面，象形文字就是一种充满诗
意的诗性文字，是原始人诗性智慧的创造结晶。诗性智慧是原始初民的先
天能力，它表现为发达的触觉和感觉能力、丰富奇特的肉体想象能力、模
仿能力，以及敏锐的好奇心，这一切既与人的童年时代的思维相似，又与
艺术思维（想象、激情和感觉）相通，而且催生出人类最早的神话和象
形文字的诗性文化形式。所以，诗性智慧是人类一切智慧之源。M. H. 费
希在介绍维柯的《新科学》时说，维柯驳斥了人类依靠人道和理性创建
自己的民族世界的观点，主张"人类在创建民族世界的过程中所涉及的
创建活动并不是深思熟虑的谋划，而是由'诗人'（在希腊文中，'诗人'
就是'作者'）这个词所表达的那种创作活动"，即不是依赖理智，而是
通过"想象、激情和感觉"这种诗性智慧"创造出民族世界"。③

　　第三，从诗性逻辑的演化看，维柯把诗性智慧看作打开新科学的
"万能钥匙"，不仅视诗性智慧为人类一切智慧和创建活动之源，而且还
认定它是人类社会各项活动、各项建制之动力。他从人类社会发展的历史
逻辑中，发现诗性逻辑像一条红线，始终贯穿在人类社会的历史之中。
"Logic（逻辑）这个词来自逻葛斯（logos）。"④ 现代人一般视逻辑为一种
思维规律，主要指一种形式的、理性的、科学的思维规律。亚里士多德创
造了三段论，培根创造了新三段论和归纳法，笛卡儿创造了演绎法和简单
还原论，牛顿创造了机械决定论等，这些逻辑方法以精确的数学方法为推
理方法，依托事物的确定性，最终是对事物本质和规律的认识。这是人们
极力推崇的理性逻辑。然而，维柯却认为理性逻辑是人类发展到成熟时期

---

① 〔意〕维柯：《新科学》，朱光潜译，人民文学出版社，1986，第 195 页。
② 〔英〕伯林：《反潮流：观念史论文集》，冯克利译，译林出版社，2002，第 118 页。
③ 〔意〕维柯：《新科学》，朱光潜译，人民文学出版社，1986，"英译者的引论"第 46 页。
④ 〔意〕维柯：《新科学》，朱光潜译，人民文学出版社，1986，第 177 页。

才具备的一种抽象能力，这种抽象的逻辑能力是从诗性逻辑中发展而来的。从语言发展的历史看，神学诗人最初运用的是自然语言、象形文字，创造了神话；神话发展为寓言故事。神话和寓言故事通常都使用比喻（隐喻）、转喻、暗讽等修辞方法。这些修辞方法从本质形态来看，仍然是诗性的语言，但同时也反映出原始民族最初的抽象思维能力，即共相能力的萌生和发展。维柯说，在原初民族那里，比喻（隐喻）"是最受到赞赏的"，"它使无生命的事物显得具有感觉和情欲。最初的诗人们就用这种隐喻，让一些物体成为具有生命实质的真事真物，并用以己度物的方式，使它们也有感觉和情欲，这样就用它们来造成一些寓言故事"。[①] 隐喻是世界上一切民族童年时代都使用的修辞方法，它其实已经暗含"局部代全体或全体代部分"[②] 的抽象性，只不过原初民族并不是有意而为之罢了。隐喻慢慢发展，暗讽的修辞手法出现了。"暗讽是凭反思造成貌似真理的假道理。"[③] 暗讽的出现，表明人类具有了反思能力，表明人类开始走上理性的逻辑道路了。语言发展的历史说明，其一，诗性语言先于散文语言产生。其二，人类的抽象思维和理性逻辑源于诗性思维和诗性逻辑。其三，语言的抽象性须依托诗性的具象呈现。"人类的最初创建者都致力于感性主题，他们用这种主题把个体或物种的可以说是具体的特征，属性或关系结合在一起，从而创造出它们的诗性类（genera）。"[④] 从人类发展的历史看，也是原初人创造的艺术世界在先，哲学的科学世界在后。最初的哲学是感官的哲学，伊壁鸠鲁是"一个凭感官的哲学家"；伊索是"凡俗的伦理哲学家"；苏格拉底"引进辩证法"，在有联系的事物基础上进行归纳得出个别与一般的关系，"观察归纳"的综合法和数学才进一步在柏拉图和毕达哥拉斯那里得到了发展；亚里士多德的三段论、韧诺的复合三段论法和诡辩法已经背离苏格拉底，是从共性中推理出个性的方法；培根的《新工具》、英国的实验哲学重新界说了归纳法。[⑤] 可见，哲学史

① 〔意〕维柯：《新科学》，朱光潜译，人民文学出版社，1986，第180页。
② 〔意〕维柯：《新科学》，朱光潜译，人民文学出版社，1986，第181页。
③ 〔意〕维柯：《新科学》，朱光潜译，人民文学出版社，1986，第183页。
④ 〔意〕维柯：《新科学》，朱光潜译，人民文学出版社，1986，第230页。
⑤ 〔意〕维柯：《新科学》，朱光潜译，人民文学出版社，1986，第231~232页。

的发展也是从诗性逻辑逐步走向理论逻辑。人类的社会建制也是遵循这种规律，如古代的法律，最初"只是为某一具体案件所想出来命令施行或禁止的办法"，没有预先性、普遍性、稳定性，更没有专业化、体制化，是一种"用血写的法律"，"圣经历史就把它称为'血的法律'"，带有浓厚的感性、诗性意味，直到人类能够"懂得可用理智理解的共相时"，法律的普遍性、体制化才逐渐得以实现。① 人类的语言史、哲学史、法律史的发展规律都由诗性逻辑向理性逻辑发展，诗性逻辑是理性逻辑的开端、源泉和动力。根据这一规律，维柯提出人类的历史与知识是由诗性伦理、诗性经济、诗性政治、诗性历史、诗性物理、诗性天文构成的，这些知识体系都起源于诗性智慧，都凭借诗性逻辑得以产生和发展。维柯通过诗性智慧这把万能钥匙，为我们描绘出诗性逻辑的发展蓝图。

第四，《新科学》的原创性最重大的贡献是，在 17 世纪末至 18 世纪初，为人类首次创立一门以诗性智慧为核心的社会科学奠定了理论基础。从宏观角度看，人类的智慧主要由诗性智慧和理性智慧构成。但是自柏拉图以来，诗性智慧一直被贬为低级、不可靠，被驱逐出人的知识的理想王国。17 世纪由笛卡儿奠基的理性主义，一直统治了西方世界三百多年。福柯的学术研究的主要内容，就是通过对西方社会制度、话语和实践等方面的剖析，犀利而又深刻地揭示出"现代理性是一种压迫性力量"。这种压迫性力量不仅对各种人类经验，如性行为、癫狂、知识话语等实行监视和权力建构，而且借助权力话语，渗透到人类的各个领域，尤其是日常生活领域。所以，在福柯看来，启蒙的任务，就是建构理性主义文化，并将其变为"理性的政治力量"，使其全方位地渗透到人类生活的各个领域。福柯对理性主义的批判发生在 20 世纪，而维柯对理性主义的质疑却发生在三百年前，正是理性主义刚刚被确立的时期，可见维柯超前的思维、独具一格的洞察力与反潮流的勇气。当时也有一些思想家，如帕斯卡等，也同样持反潮流的主张。帕斯卡作为一位数学家、物理学家和思想家，提出了"理性主义几何学"，但他并没有将"理性主义几何学"推向极端的理性主义，而是承认在理性之外，人类还具有一种直觉的能力，人还要追求

---

① 〔意〕维柯：《新科学》，朱光潜译，人民文学出版社，1986，第 233~234 页。

善和美，人还有七情六欲，甚至有非理性的东西，所以理性和几何学只能在一定的领域、一定的限度内具有合法性和必要性，他反对笛卡儿将理性绝对化。维柯和帕斯卡都主张诗性智慧存在的合法性与必要性，都反对将理性主义绝对化，他们都显示出一种逆潮流而进的胆识与魄力。但他们不同之处在于，帕斯卡主要是构建数学与物理学，力图"改变传统形而上学提问的方式"、"重塑诗意的哲学表达方式"以及"确立人在形而上学的地位"，他的学术立场基本上是"守中道"的立场①；而维柯是一门心思要建构一种不同于当时流行并占主流地位的理性哲学和自然哲学的"新科学"，为此，他耗尽毕生精力，在穷困潦倒、频频遭到误解、被轻视的逆境中，至死不渝地坚守自己的学术立场。

据 M. H. 费希介绍，17 世纪是一个猎新斗奇的时代，无论是真科学，还是假科学，都被冠以"新"或"前所未闻"的字样。② 维柯的《新科学》虽然也使用了"新"字，但他并不研究当时人们所热衷的"数学、物理学、生物学和医学"等新奇的自然科学领域，而是"要创建一种人类社会的科学"，并决心要"做到伽里略和牛顿等人在'自然世界'所已做到的成绩"。③ 这是维柯为之奋斗一生的理想，在《新科学》中，得以付诸实现。维柯创建的人类的社会科学，首先是一种与理性主义和实证科学相对立的科学。笛卡儿既是一位哲学家，也是一位数学家，他创立了解释几何学，所以他特别推崇数学。他认为数学具有精确性和明晰性，能够从最简单、最基本的概念开始，进行严密的推理，达到对复杂事物的认识。笛卡儿将数学方法视为最科学最具普遍性的方法，不仅运用于演绎法之中，而且推广到哲学和其他门类，包括社会科学中。维柯与此针锋相对，他批判笛卡儿主义者的唯数学论，认为他们把数学抬高到"科学之科学的地位，是犯下了一个严重的错误"④。维柯在自传中披露，当他还是孩子时，因为对烦琐的逻辑学十分绝望，愤而休学，感到"我们不想学笛卡儿那样狡猾地吹嘘他的学习方法论，那只是为着抬高他自己的哲学

---

① 汪堂家、孙向晨、丁耘：《十七世纪形而上学》，人民出版社，2005，第 110、125 页。
② 〔意〕维柯：《新科学》，朱光潜译，人民文学出版社，1986，"英译者的引论"第 30 页。
③ 〔意〕维柯：《新科学》，朱光潜译，人民文学出版社，1986，"英译者的引论"第 30 页。
④ 〔英〕伯林：《反潮流：观念史论文集》，冯克利译，译林出版社，2002，第 4 页。

和数学，来降低神和人的学问中一切其它科目"①，维柯反对把数学和其他自然科学的方法应用于研究人的精神、意志和情感。精神、意志、感情、感觉、想象，这是人的内部世界。人的内部世界具有诗性的智慧、具有无限创造力，是多样丰富的世界，它与以追求客观实证的、精确的、恒定不变的真理的自然科学世界（亦称外部世界）截然不同，用自然科学的方法去研究人的内在世界，只能压抑人性、扼杀人的创造力。维柯致力于构建人类的社会科学，就在于维护、张扬文艺复兴的人文主义。伯林在评介维柯的学术贡献时，特别强调这一点。他说维柯"沉迷于人文主义文献、古典作家和古代、尤其是罗马法。他的思想不是分析的或科学的，而是文学的和直觉的"，"维柯是个在天性上有着丰富历史想象力的宗教人文主义者"。②维柯旗帜鲜明地捍卫人文主义教育，由衷地赞美原初民族的诗性智慧，将艺术家视为"quasi deus"（类似于神的人）③，至死不渝地创建人类的社会科学，毫不妥协地抨击理性主义和自然哲学，是一位捍卫人文主义、敢于冒险的思想家。伯林说维柯以不同寻常的原创精神"撼动了他那个时代的启蒙运动支柱"④。尽管，维柯创建的理论过了一百多年才被世界认同，他的学术声望今天才登上顶峰，但他是真正的活在现代的古人！

---

① 〔意〕维柯：《新科学》，朱光潜译，人民文学出版社，1986，"维柯自传：缘起（中译者扼要说明）"第614页。
② 〔英〕伯林：《反潮流：观念史论文集》，冯克利译，译林出版社，2002，第113页。
③ 〔英〕伯林：《反潮流：观念史论文集》，冯克利译，译林出版社，2002，第114页。
④ 〔英〕伯林：《反潮流：观念史论文集》，冯克利译，译林出版社，2002，第7页。

第二章　文艺学理论生产创新的观念重塑

文学艺术理论的生产是思想创新的生产，思想创新别具一格，万卉竞放，规范、途径与方法常常容易束缚思想、设置障碍、影响创新。但是，思想观念意义上的途径与方法，对于开启思慧、激发灵感、开阔视野，仍然具有不可忽视的价值。文学理论的相对性、跨学科性和阐释方法，在一定层面上是一种思想观念意义上的途径与方法，对于文学理论的创新能给予思想的启迪。

第一节　文艺学理论的相对性

无论是西方还是中国，百年来的文学理论的更迭和嬗变总是在非此即彼的二元对立中游走，为了克服这种二元对立非此即彼的现状，法国学者安托万·孔帕尼翁提出了文学理论相对性品格。文学理论相对性品格的提出是基于科学的相对性和文学实践的相对性。文学理论相对性品格为我们建构新型的文学理论提供了打破理论规范、建构批判理论和破除非此即彼的二元对立思维方式，转向亦此亦彼的相对论的复杂思维。

我国的文学理论在百年的发展历程中，从"五四"时期对西方文学理论的直接移入和借鉴、20世纪50年代对苏联文学理论模式的照搬和建构、"文革"时期政治工具模式的殇滥、新时期审美意识形态模式的确立到当今文化研究模式的介入，此间种种理论模式的更迭与嬗变，概括地看，它们总是在政治化与去政治化、外部研究与内在研究、非审美主义与审美主义的两极之间游走。两极游走、二元对立、非此即彼，导致了文学理论的玄学性、单一性和绝对性，以至于文学理论丧失了理论的实践品格、批判精神而陷入困境。

其实，文学理论的更迭和嬗变总是在非此即彼的二元对立的两极间游走的态势，并不是中国学术界独有的现象，较中国而言，西方有过之而无不及，甚至还是"罪魁祸首"。对此，法国学者安托万·孔帕尼翁在其《理论的幽灵——文学与常识》一书中，通过对西方 20 世纪以来各文学流派就"文学、作者、世界、读者、风格、文学史与批评史、价值"等几个最基本的文学常识众说纷纭、各持一端的观点的梳理，最终发现，一方面，西方的文学理论总是违背文学常识的丰富性、多样性、复杂性与生生不息性，行使绝对性和单边主义的理论话语权，将文学常识纳入绝对性的理论框架之中，建构一种绝对的、简单的、单一的文学理论，这样，理论和常识不能相辅相成，而是互不相容、相互背离、相互拒斥，理论抗拒常识，批判常识，将常识斥为一系列（作者的、世界的、读者的、风格的、历史的、价值的）幻象，而同时"常识对理论的抵制厉害得令人难以想象"，其结果是"常识不屈不挠，理论亦固执己见，拦路虎杀不尽，理论陷入烂泥潭"，最终理论与常识两败俱伤①；另一方面，"理论与常识间无休止的对抗"，迫使西方百年来各种文学理论思潮为了独操胜券，不惜数典忘祖、空穴来风、走极端，于是"理论家们开始支持一些悖论，比如说作者死了，比如说文学与现实无涉。在其幽灵的教唆下，理论耗尽自己的好运，因为每当一个说法走向自相矛盾时，理论家们便不得不进一步细分以走出困境"，其结果是"理论越是繁衍枝蔓，越是内斗不止，便越有可能忘记文学本身"。② 一部西方百年文学理论史，便是理论之间势不两立、非此即彼的走极端的历史。

那么，在中西方文学理论的历史上，因何会出现这种非此即彼的二元对立的态势，而且长达百年之久？从文学理论自身的品格入手加以审视，笔者认为这种态势主要是我们尊奉理论的绝对性，贬斥理论的相对性的偏颇观念所致。

---

① 〔法〕安托万·孔帕尼翁：《理论的幽灵——文学与常识》，吴泓缈、汪捷宇译，南京大学出版社，2011，第 243 页。
② 〔法〕安托万·孔帕尼翁：《理论的幽灵——文学与常识》，吴泓缈、汪捷宇译，南京大学出版社，2011，第 243、244 页。

文学理论有无相对性品格？安托万·孔帕尼翁在《理论的幽灵——文学与常识》中，自始至终、一以贯之地强调文学理论的相对性品格，他认为"文学理论与虚无主义之间——确实存在的——亲缘关系""文学理论是非规范性的""理论是相对的""如同任何认识论一样，文学理论属于相对论，而不属于多元论"等。① 无论在著作的首页上，还是在文章具体的论证之中，甚至在作品的结语中，孔帕尼翁都念念不忘、反复提及文学理论的相对性，可见在他的学术研究中，"文学理论相对性"既是文学理论的一个极为重要的理论品格，也是他的学术立场。唯其如此，孔帕尼翁才能令人信服地解剖西方百年来各种复杂的文学理论流派的是是非非，才能给予文学理论一条摆脱困境、恢复"理论幽灵"的生命力的合理出路。

为什么文学理论具有相对性品格？

一　科学的相对性

当代自然科学揭示，大自然万事万物都是以相对的方式存在的。爱因斯坦的狭义相对论认为，在相对性原理和光速不变这两个基本公设的前提下，时间、空间和质量都会因观察或测量的参照系不同、运动速度不同而发生变化。这种变化关系表现为以下四种。尺度收缩时，一个物体的长度取决于它同观察者的相对运动，当物体运动速度增加时，物体在运动方向上会变得越来越短，运动速度与运动方向上的长度成反比。时间延缓：一只时钟被观察到的快慢，取决于它同观察者的相对运动，当物体相对运动速度越来越快时，在运动物体上时间流逝得会越来越慢，运动速度与时间成反比。质增效应：物体的质量是个相对量，随着物体运动速度的增加而增加，质量与速度成正比。质能关系：质量和能量是同一物质的两个不同侧面，二者互为对方存在的前提，满足 $E = mc^2$ 公式，其中 E 为能量，m 为质量，c 为光速。质量随速度的增加而增加，当物体运动达到光速时，质量就成为无限大。这四种变换关系证明了时间、空间、质量不是绝对

---

① 〔法〕安托万·孔帕尼翁：《理论的幽灵——文学与常识》，吴泓缈、汪捷宇译，南京大学出版社，2011，第 7、11、14、248~249 页。

的，亦不是先验的，其相对于观察者的运动和参照系是会发生变换的。这就是科学的相对性。可以说，爱因斯坦的狭义相对论和广义相对论，都建立在科学相对性奠定的根基之上。

量子理论打破了 20 世纪以前一直支配自然科学的连续性和绝对论原则。海森堡的测不准原理表明："基本粒子不再是明确可分、可测和可确定的基本单元。粒子失去了以往事物秩序的和有序事物的固有特性。在观察者眼里，它模糊不清，自行分解，性质多样，难以定性。它身份恍惚，游移在粒子与光波之间。它实体消融，稳定的成分化为随机的事件。在时空中，它没有一个明确和固定的位置。我们所理解的秩序、组织和进化都熔化在一群由光子、电子、中子、质子等逊原子构成的稀粥中。"[①] 量子力学的测不准原理突破了经典物理学的实在论和确定性，以非连续性取代了经典物理学实在的连续性，以不确定性取代了确定性。这种非连续性反映了事物都是相对的。在这个意义上，英国著名物理学家、哲学家大卫·伯姆指出，相对论仅仅是"非机械论物理学的开端"，而量子论才是"更彻底的非机械论物理学"，"这一事实表明，对世界观的自满是危险的。它还表明，我们应不断地把我们的世界观视作暂时的、探索性的和有待探究的"。[②]

后现代的有机整体论超越了非此即彼的二元对立思维，将事物的无序与有序、随机性与决定论、确定性与非确定性、科学上的专业分隔与统一有机地结合起来，建构了一幅密不可分的有机世界图景。例如，普里戈金的耗散结构理论主要探索事物如何从无序走向有序。在普里戈金看来，无序是事物之源。也就是说，无论是大自然，还是人类社会，初始时都处于无序和混沌的状态，这种无序和混沌的事物之中各种力或子系统相互作用，只有通过系统自组织功能的运作，事物最终才能达到有序和确定。但是一个系统，一旦达到了有序和确定，它又会向新的无序和混沌演进。事物的无序和混沌是永恒的，而有序和确定是暂时的。推动事物以螺旋式不

---

① 〔法〕埃德加·莫兰：《方法：天然之天性》，吴泓缈、冯学俊译，北京大学出版社，2002，第 15~16 页。

② 〔英〕大卫·伯姆：《后现代科学和后现代世界》，转引自〔美〕大卫·格里芬《后现代科学——科学魅力的再现》，马季方译，中央编译出版社，1995，第 79、81、79 页。

断向更高级的形态发展的动力，就来源于无序和混沌。所以，事物的相对性是永恒的，绝对性是暂时的。普里戈金用贝纳尔涡旋实验证明"异常、紊乱、耗散等现象也会产生'结构'"，"能够同时生成组织和秩序"。①复杂科学中的混沌学、分形理论、协同学、突变理论无不以大量的科学事实证明这一有机整体的科学性。混沌学之父洛伦兹发现了混沌奇怪吸引子。奇怪吸引子也被称为"随机吸引子"，它的运动轨迹总是朝着相反和相同两个方向运动。一方面一切在吸引子之外的运动都向它靠拢，形成一种稳定的方向和回归的中心；另一方面一切到达吸引子内的轨道都相互排斥，迅速朝奇怪吸引子的相反方面运动，对应不稳定的方向。于是拉和伸、聚与分反复循环形成一个无穷次折叠、嵌套的自相似结构。这种折叠的结构具有对称性，异常漂亮、灵动、富有生气。目前发现的奇怪吸引子有伊侬吸引子、洛伦兹吸引子、罗斯勒吸引子等种类。奇怪吸引子的发现"被认为是 20 世纪物理学最重大的发现之一"，它的科学意义在于，它揭示了无序必然走向有序，有序又向新的无序发展以至于无穷的事物发展规律；它把无序与有序、竞争与协同巧妙地融为一体，进一步证明了有机整体论建立在无序与有序、混沌与秩序、随机性与决定论相互融合的基础上，无论舍弃哪一方，均构不成新的统一性。

无论是爱因斯坦的狭义相对论、量子力学的测不准原理，还是后现代的复杂科学，都揭示了世界上万事万物都是以关系的方式存在的，而这种关系是一种复杂的、丰富的、非线性的网络关系。这样，确定事物的性质就不能以实在论的绝对、单一的方式去认识和理论化，而是要考察诸多关系的方方面面和关系的相对性。只有如此，才能将事物的确定性与不确定性、决定论与非决定论、有序与无序、清晰与混沌有机统一起来，才能更科学地揭示事物的全貌。所以，当代科学告别了绝对论，走向了相对论。相对论为人类探索自然世界和精神世界提供了巨大的创造空间，为创造性思维设定了充满希望的路径，也为我们考察文学提供了一种更加科学的方法论参照。

---

① 〔法〕埃德加·莫兰：《方法：天然之天性》，吴泓缈、冯学俊译，北京大学出版社，2002，第 19 页。

二　文学实践的相对性

我们通常说"文学理论是对文学实践的概括总结",用新话语系统来阐释,即文学理论是对文学实践的"理论化"。这两种说法,都意在强调理论和实践的辩证关系。如果大而化之,从笼统角度看,其规范得让人无可挑剔。但是,如果细细审读,却发现其中大有学问。就拿"文学实践"一词来说,问题就出在"文学实践是何种文学实践"上。"实践"是一个广义的抽象概念、一个笼统的概念、一个同质静态的概念,它并不包含具体的、丰富的、复杂的、异质的、动态的实践内容。其实,那种具体的、丰富的、复杂的、异质的、动态的实践才是原生态的、本真的文学实践,正是文学实践的具体性、丰富性、复杂性、异质性、动态性,才导致了"什么是文学"问题成为文学界的哥德巴赫猜想,千百年来吸引无数学者为之呕心沥血,无数学者也为之编撰了千奇百怪的洞穴叙事。早在两千多年前,亚里士多德就预言说:"用语言写诗写散文的艺术……至今没有一个专名。"[①] 为此,孔帕尼翁梳理了理论史关于"什么是文学"的种种界说:从文学的外延对文学加以定义,古代的文学既包括我们现在讲的具有文学性的文学,也包括所有美文;到了 18 世纪、19 世纪,具有审美价值的文学观念开始确立和发展;到了浪漫主义时期,文学成为大作家经典之作的代名词;21 世纪,文学则打破了狭义的界限,范围不断扩大,出现了"文学性的泛化"或"审美的泛化"。从文学的内涵加以界定,从上古到 18 世纪中叶,文学"被界定为用语言进行模仿和再现的人类行为",虚构是其主要特征;但是到了 19 世纪表现说登上文学殿堂,则涌现出"唯美论""文学陌生化"等诸多观点。[②] 之所以在文学理论史上对什么是文学的问题会生产出如此多的理论,其根本缘由在于文学实践或文学现象本身具有丰富性、复杂性、异质性和动态性。每一种文学理论仅仅能对文学某个单一层面进行理论化,却不可能穷尽文学的全部内涵,更何况,

---

① 〔法〕安托万·孔帕尼翁:《理论的幽灵——文学与常识》,吴泓缈、汪捷宇译,南京大学出版社,2011,第 22 页。

② 参见〔法〕安托万·孔帕尼翁《理论的幽灵——文学与常识》,吴泓缈、汪捷宇译,南京大学出版社,2011,第 24~34 页。

抽象的文学理论因恪守奥卡姆剃刀原则，尽量将一切丰富具体的、活生生的文学精灵赶尽杀绝，于是造成文学理论本身的合理性只能是单边主义的，只能相对地揭示文学实践某个维度的规律或特征。对此，孔帕尼翁总结道："文学理论是相对主义的而非多元主义的教科书。换言之，多样答案是可能的，但一个有了可能，另一个就失去了可能；它们皆是可接受的，但却互不相容……它们相互排斥，无法被纳入一个全面统一的文学观；它们关注的不是同一事物的不同方面，而是不同的事物。要么传统要么现代，要么历时要么共时，要么内在要么外在，没人能够同时兼顾。"① 孔帕尼翁揭示出文学的本质研究没有绝对的、单一的、统一的理论，有的只是相对的理论。在这层意义上看，文学理论的相对性品格是其注定应有的品格。

承认文学理论的相对性品格对建构当代的文学理论有何价值？换言之，我们应该建构一种什么样的文学理论？

首先，打破理论规范，建构批判理论。

20 世纪 30 年代，韦勒克和沃伦在他们合作编写的、集中贯穿了俄国形式主义尤其是新批评文学观念的《文学原理》一书中，试图建构普遍性、基础性和绝对性的文学理论。它一出版，便立即风靡欧美乃至全球，一时间被奉为大学的经典教科书，它所提供的文学理论研究的范式也毫无悬念地成为衡量文学创作和评定大学文学考试等级的标准。对《文学原理》的深远影响，孔帕尼翁无奈地说："时至今日，学生没有掌握叙述学的说法及其微妙的切分，就不可能通过会考。"② 一种理论范式能够用来编撰通用教材，进入高校殿堂，成为评判标准，就意味着理论的体制化、教条化。一种文学理论被体制化、教条化后，无疑就成为一种规范。理论一旦成为规范，就不仅拥有了绝对性的普适价值，而且成为某意识形态的话语霸权。这种话语霸权必然要消解掉原初理论的批判精神，僵化、刻板化，成为桎梏文学发展的堕力。新批评理论在 20 世纪 60 年代失去三四十

---

① 〔法〕安托万·孔帕尼翁：《理论的幽灵——文学与常识》，吴泓缈、汪捷宇译，南京大学出版社，2011，第 18 页。

② 〔法〕安托万·孔帕尼翁：《理论的幽灵——文学与常识》，吴泓缈、汪捷宇译，南京大学出版社，2011，第 4 页。

年代的无限风光，就与它"很快沦为在考卷上显示才华的偏方、窍门和捷径"①的经历有关。孔帕尼翁极力反对文学理论的体制化和教条化，他指出："理论被摆进书架，失去了攻击精神，只能在固定的时段等待学子们的光临，除了与流连于各个学科书册之间的大学生外，跟其他学科和外界不再有任何交流。文学理论一旦不再申明为何以及如何研究文学，不再点出什么是文学研究当下的相关性与危险性，也就失去了超越前人的盎然生机。"②

对照孔帕尼翁所描述的西方文学理论从风光显赫到日薄西山的情景，就会发现我国文艺理论当前的处境与其相比极其相似。

自五四运动以降，尤其是新中国成立以来，教育界热衷编写、修订文学理论教材，将教材纳入主流意识形态的思想框架之中，授予其合法化、通用性和工具性。大学文学理论的体制化使理论简化为教案。孔帕尼翁指出："理论不应被简化为一门技巧，一门教案，当它成为规则技巧的汇编、带着色彩斑斓的封面被摆在拉丁区书店的橱窗中时，它就已经在出卖自己的灵魂了。"③他认为此类教材的功能已经降低到只能"让教师省心，为学生分忧"的程度，原因就在于"那些教材所谈的不过是理论中的细枝末节。它们不是让理论失却本性就是将其引入歧途"，已经不具备理论所应该拥有的实践品格了。④ 与文学理论体制化相伴而生的是理论的教条化，即理论先行、先入为主，概念立法、观念僵化，经典重复、常识永恒，原理加例证、演绎或归纳。这种教条化的文学理论在大学课堂上其实已不再风光。目前文学理论在大学殿堂虽然还被众多学子研习，但其并非出于钟爱，乃是体制规定文学理论为本科生、研究生必修课使然，文学理论实质上已被边缘化。文学理论被边缘化的一个很重要的原因是其形而上

① 〔法〕安托万·孔帕尼翁：《理论的幽灵——文学与常识》，吴泓缈、汪捷宇译，南京大学出版社，2011，第4页。
② 〔法〕安托万·孔帕尼翁：《理论的幽灵——文学与常识》，吴泓缈、汪捷宇译，南京大学出版社，2011，第5页。
③ 〔法〕安托万·孔帕尼翁：《理论的幽灵——文学与常识》，吴泓缈、汪捷宇译，南京大学出版社，2011，第7页。
④ 〔法〕安托万·孔帕尼翁：《理论的幽灵——文学与常识》，吴泓缈、汪捷宇译，南京大学出版社，2011，第8页。

的教条化。文学理论来源于文学实践和文化实践，应该随着文学实践和文化实践的发展变化而发展变化，但制度化、教条化的理论严重脱离文学实践和文化实践，文学理论不仅不能科学地回答文学实践、文化实践涌现出来的新问题，而且还成为桎梏文学的堕力。理论应该是战斗的、批判的、富于活力的。一种新的理论的产生往往是对固有观念的反思、批判甚至颠覆，而不是一味追求本质化、概念化、精致化、体系化、神秘化，成为一种玄学。科学的理论不仅能使作家、艺术家成为拥趸，而且也应当为大众所喜闻乐见。自 20 世纪 60 年代以来，西方很多著名的理论家为恢复文学理论的通俗化、实用性和战斗性而不断地进行探索，如伊格尔顿的《当代西方文学理论》和孔帕尼翁的《理论的幽灵——文学与常识》都是这方面的典范。正如孔帕尼翁所说："文学理论绝非宗教。再说，文学理论未必只有一种'理论意义'，我完全有理由说，它很可能在本质上是论战性的，批判性的，生有反骨的。"①

　　其次，由非此即彼转向亦此亦彼。

　　20 世纪西方学术界，从哲学、美学中的现象学、阐释学、交往对话理论、接受美学到自然科学中的爱因斯坦相对论、量子力学、系统论、信息论、控制论、后现代复杂科学等，整体上都发生了思维方式的转向，即笛卡儿开创的二元对立思维模式被取缔，亦此亦彼的相对性、复杂性思维成为主流的思维方式。我国受到西方这股思潮的影响，在 2000 年前后掀起探讨破除二元对立思维方式的小小浪潮，当时笔者还参与了这次学术讨论并发表了论文《二元对立思维方式的困境及当代思维的转型》。但是这股思维转型的浪潮并没有掀起巨浪，相反很快被人遗忘，以至于到了今天我国的学术思维在很大程度上仍固守着二元对立的思维模式。例如在讨论文学理论的建构时，常常以审美立场排斥非审美立场，以坚守学科自主性排斥学科之间的交融互渗，以高扬人文学科价值拒斥自然科学的介入，等等。总之，这种学术立场表明了非此即彼的单边主义仍然是盘踞在我国学术研究中的习惯性思维。

---

① 〔法〕安托万·孔帕尼翁：《理论的幽灵——文学与常识》，吴泓缈、汪捷宇译，南京大学出版社，2011，第 7 页。

　　强调文学理论的相对性品格，有利于破除非此即彼的思维定式。文学理论的相对性品格的价值之一在于告知我们：合理化的文学理论不是靠在极端之间游走就能建构的，必须在二元对立的非此即彼的两条路中走出第三条道路，才能实现文学理论的合理化建构。孔帕尼翁在解读"文学、作者、世界、读者、风格、历史、价值"这些最一般的文学常识时，无时无刻不在强调第三条道路的必要性与合理性。比如，他在阐释作者意图问题上，认为传统的社会历史方法、自传方法所采取的对齐法，将作者的意图和文本的意义混为一谈，只看到其一致性，并将这一致性无限夸大，推向极端，是"极端的意图论"；而新批评完全消解作者意图，完全切断意图与文本的联系，将文本中心论推向极致，形成"极端的反意图论"。对于这两种极端的立场，孔帕尼翁评价说，它们"一如所有的二元对立，意思与意义的区别过于简单化，容易陷入诡辩"，如果过于夸大"意思和意义、阐释与评价之间的区别"，那么这些结论就会"一脚踏入人格的陷阱"而不能自拔。[①] 正确的态度是，"必须跳出这种非此即彼的荒唐选择，即要么文本，要么作者。所有的排他性方法都是不充分的"[②]；在谈到文学与世界的关系时，孔帕尼翁同样批判要么文学模仿世界、要么文学与世界无关固守文本独立于世界的对立思维模式，提醒我们要"摆脱这令人头疼的二者必居其一的困境：要么文学讲述世界，要么文学讲述文学"[③]；对待读者的问题，孔帕尼翁认为"一边是完全忽略读者的分析方法，另一边则将读者视为核心，视为关键，有的甚至说文学等于阅读"的极端对立的研究方法是不可取的，正确的方法是"让它们形成对立，相互消解，找到走出这非此即彼之困境的第三条路"[④]。

　　那么第三条路是到底是怎样的一条路呢？具体说，它应该具有两方面

---

① 〔法〕安托万·孔帕尼翁：《理论的幽灵——文学与常识》，吴泓缈、汪捷宇译，南京大学出版社，2011，第81页。

② 〔法〕安托万·孔帕尼翁：《理论的幽灵——文学与常识》，吴泓缈、汪捷宇译，南京大学出版社，2011，第88页。

③ 〔法〕安托万·孔帕尼翁：《理论的幽灵——文学与常识》，吴泓缈、汪捷宇译，南京大学出版社，2011，第91页。

④ 〔法〕安托万·孔帕尼翁：《理论的幽灵——文学与常识》，吴泓缈、汪捷宇译，南京大学出版社，2011，第131页。

的特质：一是坚守文学实践的相对性，承认没有绝对的、永恒的、一劳永逸的真理，杜绝以绝对化、教条化的理论对文学相对性进行理论化；二是客观地对待理论的功能，纠正理论即万能真理的错误观念。"理论不提供固定配方。理论不是厨艺，不等于方法和技巧。恰恰相反，其目的就是要质疑一切配方，通过反思弃如敝屣。"① 这就是说我们应该改变理论作为先知先觉的上帝的角色，将理论还原为战士的角色。理论不是事先预设好的紧箍咒，而是在不同理论的相互对立、相互审视、相互质疑中孕育而成的，在这个意义上"理论是嘲弄派"，"理论是批评，是论战，是战斗"。② 一部《理论的幽灵——文学与常识》，就是孔帕尼翁对西方百年来形形色色的文学理论流派和思潮质疑批判的产物。在这本专著中，我们看不到孔帕尼翁对某某流派同流合污地大唱赞歌，也看不到他将某某流派打翻在地，使之永远不得翻身。孔帕尼翁的立场是对各个流派的极端思想观念进行审视和质疑，将问题域置于复杂的关系网络中去考察其中的利与弊、合理性与危困性，力图将理论与理论"接合"起来，形成一种"效应理性"③。孔帕尼翁一直在强调他写作《理论的幽灵——文学与常识》的目的："此书无意倡导理论的幻灭，而是想促使大家进行理论的怀疑，提高批评的警惕。"④ 不停地质疑与批判，不断地自省，不断地实践，这样文学理论才具有长久的生命力。

第二节　文艺学理论的跨学科性

中西文艺学的建制都走过从泛社会历史方法的外部研究、以审美性和艺术形式为主体的内部研究、20 世纪 80 年代的文化研究到 21 世纪初回

---

① 〔法〕安托万·孔帕尼翁：《理论的幽灵——文学与常识》，吴泓缈、汪捷宇译，南京大学出版社，2011，第 17 页。
② 〔法〕安托万·孔帕尼翁：《理论的幽灵——文学与常识》，吴泓缈、汪捷宇译，南京大学出版社，2011，第 17、6 页。
③ 〔法〕安托万·孔帕尼翁：《理论的幽灵——文学与常识》，吴泓缈、汪捷宇译，南京大学出版社，2011，第 246 页。
④ 〔法〕安托万·孔帕尼翁：《理论的幽灵——文学与常识》，吴泓缈、汪捷宇译，南京大学出版社，2011，第 247 页。

归文学研究这几个阶段。同样，中西文艺学的建制也都总是在文学的自主性和文学的社会性、意识形态性以及文学的内部研究与文学的外部研究的矛盾与悖论中曲折地循环发展。如何面对这一矛盾与悖论？笔者倒觉得文学理论的跨学科性，有助于我们以开放的胸怀、广阔的视野去审视文学的自主性和文学的社会性、意识形态性以及文学的内部研究与文学的外部研究等矛盾对立的双方之间的关系。

一　学科专业化的悖论性

文学理论的跨学科性主要是指文学理论的自主性始终是在与多学科知识体系的交锋、交叉和融合中建构的。从文学理论的建构史来考察，无论是西方的古希腊时期，还是中国的先秦时期，都没有独立的美学学科，美学从来都存在于集哲学、伦理学、社会学、政治学等诸多学科于一体的知识体系之中，是其中不可分割、不能分解的一部分，就如同氧元素与氢元素存在于它们化合而生的水中一样。学者在研究这个时期的美学和文学问题时，必须在集哲学、伦理学、社会学、政治学等于一体的知识体系中去探微寻意、窥其概略。但是后世的学术研究，基本上都是采用 17 世纪笛卡儿建构的简单还原论和牛顿创建的机械还原论的思维方法，强行将美学和文学艺术从各种知识一体化的有机整体中分离出来，建构独立的美学和文艺学学科。在这种建构专门知识体系的情结之下，为独立的美学理论的形成提供的方法论（简单还原论和机械决定论）常常令人感到语焉不详、牵强附会，甚至还不着边界，玄奥莫测。人类的童年时期，知识是一体化、整体化的，后世的学术研究却偏偏要人为地对一体化的知识进行所谓的"现代性分化"，最终势必会陷入"无根的漂浮"和"能指的表层游走"的知识游戏中。

现代性的分化是从 17 世纪的西方开始的，自然哲学细分出物理、化学、植物学、动物学等自然科学门类；到了 19 世纪，思辨哲学又细分出社会学、心理学、数理逻辑、符号逻辑、分析哲学等众多学科。现代性的分化，致使学科越分越细，越分越专门化，其划分似乎可以从一级学科、二级学科到三级学科，以至于无穷。美学、文学艺术的分化也是从 17 世纪开始的。文艺复兴时期出现了美的范畴和美的对象的概念。18 世纪的文学艺术彻底从宗教中独立出来。19 世纪中期，出现了唯美主义的艺术概念，艺术的自主性被确立。但是，此时艺术的自主性始终被艺术的社会性尤其是意识形态性所裹挟和压抑。直到 20 世纪初，在学术研究整体发生语言学转向和内部研究转向的大语境下，西方的文学理论，历经俄国形式主义、新批评、结构主义才真正成为一门具有独立的研究对象、方法和内容的独立学科。但好景不长，到了 20 世纪 60 年代，随着西方后现代主义的兴起和文化转向，文学理论走向了"大理论"。"大理论"实质上是多学科综合、交融的结果。从百年来西方艺术理论生产的发展轨迹看，总是存在自主性与社会性两条线分分合合、纠缠不清的态势。即使用社会性取代文学理论的自主性，也并不意味着文学理论知识生产会滑向知识的孤岛，相反，这种自主性是在不同学科之间的交叉融合中建构起来的。20世纪西方兴起的各种文学理论流派的建构莫过于此：俄国形式主义的诞生直接受益于当时整个学术界学术研究由外向内、向语言学的转向和科学方法的移植。就拿语言学转向来说，20 世纪初，哲学、美学乃至其他人文学科都发生了语言学转向。一方面，新批评进一步深化和具体化了俄国形式主义对文学诗学语言的建构，提出诸如反讽、悖论、自否、含混等诗学语言原则，在文学与语言学相融合方面为文学理论提供了至今仍闪烁着光芒的理论成果；另一方面，新批评还提出了历史、传统、艺术的知识功能、文本结构的有机性等理论主张。所以，新批评建构的文学自主性其实借鉴了多学科的知识、研究视角和方法。再如结构主义，它从来都不是一个统一的哲学流派，也不是个别学科的独立研究方法，而是一种由结构方法连接起来的文化思潮和探讨人类学、文化学、哲学、心理学、文学等人文学科的总的思想方法。结构主义本身就是索绪尔语言学、传统哲学的深度模式、系统论的相干系统理论、皮亚杰的发生心理学、人类学的思维规律与物质世界表现形式的同一性、乔姆斯基的"通用语法"以及苏珊·朗格的符号学等学科理论交叉融合的产物。神话原型批评则得益于心理学、人类学、医学和神话学等学科的交叉融合。

通过上面的介绍，我们可以看到 20 世纪初至 60 年代，西方文学思潮或流派形成的一个看似悖论性的路径，即一方面在颠覆传统文学理论的社会历史批评方法、传记方法、心理学方法，确立起文学理论学科的独特研究对象和方法，建构了文学理论学科的独立自主性；而另一方面这种自主性的建构走的又是一条跨学科的交叉融合之路。与传统泛社会学、泛政治的文学理论相区别的是，这些流派通过跨学科的交叉融合确立文学理论的独特研究对象和方法，是由外向内转、由内主外而又由外生内的。而传统泛社会学、泛政治的文学理论则是由内转外、由外主内、内外分离、外消内灭的。鉴于此，20 世纪初至 60 年代产生的文学理论流派所确立的自主性始终是在与多学科知识体系的交锋、交叉和融合中建构的。从发生学角度审视，这符合我们所说的跨学科性，所以文学理论的跨学科性并不是空穴来风，而是其固有的学术品格。

二 建构一种开放的审美性

文学理论的本体性品格是审美性，这是学界的共识，亦是确立文学理论自主性的关键所在。但是，如何看待文学理论的审美性，却是一个摆脱当代文学理论面临的困境、使其重新焕发生命力的关键性问题。学界应该孤立地、封闭地、过度地强调审美性，还是开放地、发展地、适度地认识审美性？笔者在《文学理论学科体制功能专门化的自反性》（载《文艺理论研究》2013 年第 4 期）一文中特别强调：将审美性看作文学理论唯一的、永恒的、凝固不变的普遍性本质，会把文学理论学科建制引向一条从自足到自恋的死胡同。这是因为"美"是一个具有无限包容的事物。从其存在形态看，文学、艺术、自然、社会、科学中都存在美，美是无所不包、无处不在的，它并不是文学独有的品格。就这层意义而言，美也具有跨学科的特点。从过程哲学角度审视，世界上万事万物——当然美也不例外——都处在不断发展变化的过程之中，任何事物既是动态发展着的，又与其他事物构成有机统一的整体，世界上不存在永恒不变的、独立的事物。基于此，美也是具有差异性、多元性和相对性的。不仅不同的历史时代有不同内涵的美，而且不同的地域、民族、人群乃至个人也有不同的美的标准和样态；美不仅在同一时段和空间有共识性的内涵和标准，而且随着时间之流的涌动、空间的位移，美也会像能指一样不停地滑动。所以，美就是难以人为说清，只能意会、不可言传的东西。难怪，自古以来，关于美的每一种阐释都只是揭示美的某一方面的合理性，从来不可能穷尽美的本质（如果假设美也有本质的话），美也成为一道哥德巴赫猜想。如果非要去阐释美的本质的话，只能立足于过程哲学的基础，采用跨学科的方法，从发生学的角度给予某种合理性的阐释。可惜的是，我们的本质主义情结总是挥之不去，并牢牢禁锢着我们的学术头脑，好像编写教材，不设一个本质论，不把本质论放在首章，就彰显不出教材的形而上的学术品格和价值。其实任何事物都不是由单一因素构成的，它总是由多种因素交互构成不同的子系统，子系统与子系统交互构成系统。就系统内部而言，它是多维多向多体的交互作用构筑的整体。就系统的外部而言，它又与外界的各种系统相互联系、相互作用、相互生成。量子纠缠理论指出，很遥远的、表面看似不相干的量子，它们之间也存在相互影响的关系。可见事物之间的相互联系，是宇宙万物包括人类精神生活在内的规律和原则。学术研究的跨学科性，正体现了这一原则。美国学者、比较文学专家厄尔·迈纳认为，虽然学科的自主性是区别各知识门类的核心标准，但各学科也不是孤立的，"很显然，'自主性'并不完全，否则数学家就不会像他们所表现出的那样喜欢音乐，而且不可能在音乐中发现数学上的比例和关系"①。在比较文学领域，长期以来也存在学科自主性与跨学科性的激烈争论。斯皮瓦克在她的著作《一门学科之死》中，提倡"要用他者的眼光来寻找"比较文学的定义，要关注"我们是谁"的问题，要建构"多元文化的比较文学"，主张"拓展比较文学的范围，寻求并补充性别训练和人权干涉的不足，形式得当的文学研究可以为我们提供进入文化操演（performativity of cultures）的机会"②。

　　在世界格局全球化、资本跨国化、科学技术一体化与综合化以及文化多元化的大趋势下，任何故步自封、偏于一隅的学术研究都不可能有较大的学术创新。文学理论的生产，概莫能外。英国学者拉曼·塞尔登等人的《当代文学理论导读》在 1985 年出版第一版时，拉曼·塞尔登曾信心百倍地肯定文学理论和文学批评的合法性和权威性，认为无论是读者还是文

---

① 〔美〕厄尔·迈纳：《比较诗学》，转引自纪建勋、张建锋《"文学自主"与"文学本位"：厄尔·迈纳跨文化比较诗学方法论刍议》，《文艺理论研究》2018 年第 1 期。
② 〔美〕加亚特里·斯皮瓦克：《一门学科之死》，张旭译，北京大学出版社，2014，第 31、15 页。

学批评家"都没有任何理由为文学理论的发展忧虑"①。然而，20 年后，他们回头反思时才发现，20 世纪 60 年代到 90 年代这段时期其实是"理论时期"，或者称为"理论转向时期"，文学理论的面貌已经发生"惊天动地的变化"。② 一个个被称为包容各个学科知识、突破专一学科限制的理论如雨后春笋般涌现出来，像德里达、福柯、拉康、阿尔都塞、克里斯蒂娃等大家，都无法冠之以学科概念，只能尊称其为思想家。理论不断分裂和重组，传统的概念失效，加之消费社会、传媒社会的挤压，文学理论出路在何方？拉曼·塞尔登等人重新修订《当代文学理论导读》时，清醒而又深刻地估量了文学理论所面临的困境，提出了实践理论化和新审美主义两个重要的思想。实践理论化和新审美主义的提出，既坚守了文学理论的学科自主性，又以一种开放的、跨学科的视野重组文学理论。实践理论化命题，一是重申文学理论化的必要性和生命力："没有任何文学话语是没有理论的，甚至对文学文本明显的'自发性的'讨论也离不开老一代事实上的（也许不是很自觉的）理论化。"③ 二是提倡理论的多样化："展示文学理论化的效果的一个简单方式是考察不同的理论从不同的兴趣点出发对文学的不同拷问。"④ 三是主张不能把文学理论再定性为传统的那一系列著作思想的汇集，而是要建构"新的学术主体"⑤。四是肯定"大量的、多样的实践部落，或者说理论化的实践"存在的合法性，主张发展突破"单数的、大写的'理论'"，建构"小写的、众多的'理论'"。⑥ 五是在肯定文化理论"在全球范围内促进了对一切话语形式的重新阐释和调整，成了激进的文化政治的一部分"的价值下，特别强调

① 〔英〕拉曼·塞尔登、彼得·威德森、彼得·布鲁克：《当代文学理论导读》，刘象愚译，北京大学出版社，2006，第 1 页。
② 〔英〕拉曼·塞尔登、彼得·威德森、彼得·布鲁克：《当代文学理论导读》，刘象愚译，北京大学出版社，2006，第 2、3 页。
③ 〔英〕拉曼·塞尔登、彼得·威德森、彼得·布鲁克：《当代文学理论导读》，刘象愚译，北京大学出版社，2006，第 5 页。
④ 〔英〕拉曼·塞尔登、彼得·威德森、彼得·布鲁克：《当代文学理论导读》，刘象愚译，北京大学出版社，2006，第 5 页。
⑤ 〔英〕拉曼·塞尔登、彼得·威德森、彼得·布鲁克：《当代文学理论导读》，刘象愚译，北京大学出版社，2006，第 8 页。
⑥ 〔英〕拉曼·塞尔登、彼得·威德森、彼得·布鲁克：《当代文学理论导读》，刘象愚译，北京大学出版社，2006，第 9 页。

"始终注意在广阔多变的文化史进程中保持一个文学的焦点"。① 这与法国著名理论家马舍雷的理论不谋而合。马舍雷在强调文学理论生产是一种意识形态生产时，也提出过"聚焦文学"的主张。从上述五方面的内容看，在确立文学理论自主性的前提下，实践理论化既是一种跨学科性的建构，又是一种与时俱进的开放式的建构。拉曼·塞尔登在《当代文学理论导读》的后记中，提出了新审美主义的主张。虽然新审美主义目前在学术界还只是一个新趋向，并没有吸引很多人关注，更没有形成新的热潮，但它顺应了"理论之后"文学理论生产向审美回归的学术潮流，给当下文学理论何为开出了一剂良方，也试图通过审美主义的命题，将审美性引向跨学科性的路径。新审美主义最初是朱夫林和马尔帕斯针对"批评理论的兴起将美学扫地出门"的反感提出来的。② 哈罗德·布鲁姆在《西方正典》一书中，也将美学作为批评的标准。在拉曼·塞尔登看来，将审美作为"衡量艺术自主性的重要标志"是科学的，但要避免回归传统走纯唯美主义的道路。新审美主义应该是"一种社会的、政治的关怀：'转向'审美暗含着一种激进的重新定向"，甚至"审美转向是文学教育中民主的基础"③。新审美主义强调的"民主审美"概念，比艺术概念要宽泛得多。它将日常生活中的"玩耍、梦想、思考、情感"等都纳入审美生活的内容，它既是艺术的，又体现出一种"比一般艺术更宽泛的艺术观"④。在这期间，文学研究中还出现了一种"发生学研究（Genetic Criticism）"，它类似于"版本目录学考察一个文本从手稿到成书的演化过程"，注重实证考据，关注文本之外的一些与创作有关的问题，重视科学方法，具有跨学科性。⑤ 对于新审美主义和发生学研究，拉曼·塞尔登认

---

① 〔英〕拉曼·塞尔登、彼得·威德森、彼得·布鲁克：《当代文学理论导读》，刘象愚译，北京大学出版社，2006，第 10 页。
② 〔英〕拉曼·塞尔登、彼得·威德森、彼得·布鲁克：《当代文学理论导读》，刘象愚译，北京大学出版社，2006，第 334 页。
③ 〔英〕拉曼·塞尔登、彼得·威德森、彼得·布鲁克：《当代文学理论导读》，刘象愚译，北京大学出版社，2006，第 334 页。
④ 〔英〕拉曼·塞尔登、彼得·威德森、彼得·布鲁克：《当代文学理论导读》，刘象愚译，北京大学出版社，2006，第 335 页。
⑤ 〔英〕拉曼·塞尔登、彼得·威德森、彼得·布鲁克：《当代文学理论导读》，刘象愚译，北京大学出版社，2006，第 332 页。

为它们都是对当前世界、当前理论状况的回应，都强调对审美要持一种开放的态度。但同时，拉曼·塞尔登也清醒地认识到新审美主义存在的诸多问题，如"文学怎样才能同社会与政治相关"、新审美主义如何改编被商业化的艺术、如何面对"审美化的幻想世界和符号自由嬉戏"的艺术现实等，这些问题都需要新审美主义去理论化。其实上述问题可归结为文学理论与跨学科间的关系问题。在笔者看来，文学理论只有走跨学科发展的路径，才能进入一个更大的时代语境，只有借鉴多学科不断涌现的新知识，才能开辟出一种新的学术生长空间，使文学理论生产和文学艺术焕发出更大的创造力。

三　交叉视野与学术无人区

文学理论跨学科性的创造性主要是锻造一种交叉视野和学术无人区。交叉视野主要指跨学科研究带来的一种多学科交叉融合的间性学术立场和学术视角。交叉视野有多种多样的交叉，如文学与哲学、社会学、人类学等人文学科的交叉。还有一种更大跨度的交叉，如突破人文学学科的边界，与各门自然科学的交叉。比如，文学与物理学、化学、数学、系统论、信息论、控制论、分形学、混沌学、电子媒介学等学科的交叉。从理论上研究跨学科性，主要还是从宏观视野角度看科学文化与人文文化的交叉互融。交叉视野的创造性潜能是开发出新的学术生长空间，即学术无人区。学术无人区既是多学科交叉融合的间性学术平台，蕴藏巨大的创造性潜能，又是一种前无古人涉猎的学术领域，能实现跨越式的创新。

就文学艺术与人文学科的交叉融合来看，许多文学艺术流派、思潮和方法的兴起都是跨学科的结晶。就文学而言，意识流得益于弗洛伊德的精神分析理论，神话原型批评得益于荣格的集体无意识和弗雷泽的神话理论，形式主义和新批评得益于语言学，结构主义得益于贝塔朗菲创立的系统论，复调小说得益于巴赫金的复调理论，历史诗学是历史与诗学的融合，叙事学直接源于结构主义而又迅速被很多学科所借鉴从而成为一种跨学科的方法，日内瓦学派的文学批评得益于胡塞尔的现象学，德勒兹的文学理论是哲学的文学化或文学的哲学化。马舍雷也说："对哲学自身话语的批评式思考，最终又回到了文学上，可以说文学描绘出哲学的边界，而哲学则以一种秘密源泉的形式向这些边界回归。"① 如果说，上述所列举的文学流派和方法是跨学科的产物，那么其跨越的边界大多数还限定在人文学科之内。20 世纪以来，自然科学日新月异的发展，尤其是带有人工智能的高科技如网络媒介的兴起，强力推进了文学理论跨学科交叉融合的步伐。自 20 世纪 70 年代以来，文学艺术与自然科学的交叉融合，不仅是世界学术发展的总趋势，而且是学术领域中最绚丽的一道彩虹。从科技艺术的创造实践看，科学与艺术的融合主要体现在三个方面。

第一，科学技术提供新的艺术媒介。在艺术上，早在文艺复兴时期，就出现过科学与艺术的交叉融合，如绘画受惠于透视学和几何学；印象派绘画的产生直接源于现代光学的发展和新的颜料的发现。到了 20 世纪，科学技术对文学艺术的影响力急剧扩张，可以说，无论是艺术生产方式、艺术媒介、艺术品的质性、艺术的接受还是艺术的生产关系都发生了革命性的异变。图像技术成为摄影和电视的基本手段，乃至电影胶片都转变成艺术创作媒介，颠覆了传统艺术语言的概念，图像技术不仅使艺术走进机械复制的时代，而且改变了艺术的叙述方式，催生出许多艺术流派。如摄影使艺术家将蒙太奇手法演化为摆拍和拼贴的技术手法，为超现实主义艺术创作提供了技术手段；录像被运用到艺术活动中，艺术家们结合电视的电子媒介特性，创造出一种"艺术性电视节目"，如白南准的"电视电子画"、道格拉斯的"延长电影"艺术等。科学技术提供新的艺术媒介，不仅极大地扩大了艺术的表现力、大大丰富了艺术语言的内涵，而且促进了艺术流派的更迭和发展。

第二，科技手段对传统艺术的改造。现在网上常常流行动态的清明上河图、3D 画、动态照片等新媒体艺术。新媒体艺术的表现形式很多，但它们有一个共通点，那就是通过各种高科技的媒体手段，引发作品的转化。原本被限制在二维空间景致中的艺术画面，通过触摸、空间移动、发声等技术手段，从静态转向动态、从虚构转向真实，从二维空间扩展为三维、四维空间，改变了作品的影像、造型甚至意义，给观赏者一种虚假的

---

① 〔法〕皮埃尔·马舍雷：《文学在思考什么?》，张璐、张新木译，译林出版社，2011，第 2 页。

真实感、动态感。所以，科技手段对传统艺术的改造既维护了传统艺术的庐山真面目，又扩大了传统艺术的表现力，使传统艺术以一种新的表现形式重新焕发出艺术生命力。

第三，科技艺术品的兴起。科学技术不仅仅充当艺术的媒介和手段，科学和艺术跨越式的融合，还促进了科技艺术的产生和发展。我国学者张燕翔写的《当代科技艺术》一书，将新兴起的科技艺术尽收其中，让人目不暇接。这些科技艺术有：多面体艺术、拓扑艺术、数学雕塑、分形艺术、混沌艺术、全息与光效艺术、纳米艺术、太空艺术、晶体艺术、解剖艺术、衍生艺术、网络艺术、人工智能艺术、遗传艺术、动力雕塑、机器人艺术等等，不胜枚举。[1] 科技艺术"是自然科学与人文科学融合的结晶，是当代人类智慧的象征，更是大自然的恩惠，它标志着人类文明跨越到一个新的时期。中国科技大学汤书昆教授敏锐地洞察到人类文明的这一新动向，他说：'当代科技正在将艺术带入一个全新的纪元，当代科技为艺术创作提供的手段与可能性直接地决定了艺术的表现形态，而艺术的想象又推动着科技的发展与进步。许多曾经在科幻境界中被津津乐道的魔幻般的神奇镜像正在被当代科技变为现实……当代科技所创造的艺术正在谱写着人类文明的新篇章'"[2]。

第三节 文艺学理论的改造与重塑

21 世纪文学理论重新兴起，但它不是重拾 18 世纪确立的、19 世纪占据主导地位的美学所奠基的文学艺术原则，而是要建构一种能够反映当代文学艺术发展诉求的文学理论，这就面临着文学理论改造的历史使命。文学理论的改造可借鉴杜威对哲学进行改造的学术立场，即将"价值判断"的语用功能建构置换"价值"的语义阐释，将哲学改造成为人类有效的行动提供智慧的学问。如此，文学理论的改造，就是将对文学的语义阐释转向语用功能的建构，将文学理论改造成为文学艺术乃至文化的有效行动

---

① 参见张燕翔《当代科技艺术》，科学出版社，2007。
② 冯毓云、刘文波：《科学视野中的文艺学》，商务印书馆，2013，第 14~15 页。

提供智慧的学问。具体说，新的文学理论要破除理论的绝对性，建构相对性，实现由"文学价值"的语义阐释转换为"文学价值的判断"。文学理论的改造还需要借鉴微观政治学和法国年鉴学派的学术成果，实现大理论与小理论并存互补的态势。

一　问题的提出

尽管伊格尔顿在《理论之后》宣告"文化理论的黄金时期早已消失"，"'理论'已经终结"[1]，尽管西方"反理论"之声不绝于耳，但是与此相反的却是文学理论在 21 世纪之初悄然复兴。接受美学之父沃尔夫冈·伊瑟尔在他的著作《怎样做理论》中开宗明义，指出："理论的兴起标志着批评历史的转变，这一转变的重要性足可与 19 世纪伊始亚里士多德诗学为哲学美学所取代相提并论。"[2] 21 世纪文学理论兴起的缘由，伊瑟尔认为主要有三点："首先来自人们对艺术本体这一信念越来越怀疑，其次是印象式批评造成的混乱越来越大，最后是对意义的追寻和由此产生的阐释冲突。"[3] 从伊瑟尔对理论的兴起缘由的分析看，文学理论的兴起绝不是重拾 18 世纪确立的、19 世纪占据主导地位的美学所奠定的文学艺术原则，而是要建构一种能够反映当代文学艺术发展诉求的文学理论。但是和日益发展、变化的文学艺术现实相比，我国所流行的诸多文学理论版本显得是那样滞后、保守和教条。为了能重新焕发文学理论的生命力，当代的文学理论是否也面临改造？如果答案是肯定的，文学理论如何改造？文学理论的改造既是时代赋予我们的理论使命，也是一项新的有待探索的课题，我们是否可以通过杜威对哲学的改造、微观政治学与法国的年鉴学派对社会学与史学的改造获得某些启迪？这种学术联想，启发了笔者对当前我国文学理论改造问题的某些思考。

---

① 〔英〕特里·伊格尔顿：《理论之后》，商正译，商务印书馆，2009，第 3 页。
② 〔德〕沃尔夫冈·伊瑟尔：《怎样做理论》，朱刚、谷婷婷、潘玉莎译，南京大学出版社，2008，"导论"第 1~2 页。
③ 〔德〕沃尔夫冈·伊瑟尔：《怎样做理论》，朱刚、谷婷婷、潘玉莎译，南京大学出版社，2008，第 5 页。

二　杜威哲学改造的启示

约翰·杜威是美国实用主义哲学大师，他在 20 世纪初至 40 年代发表的一系列关于"评价理论"的文章，掀起了一股被誉为"哥白尼式的革命"的热潮，即进行"哲学观的改造"和"新的哲学观"建构的热潮。[①]这场革命的对象是整个古典哲学。杜威在年轻的时候对柏拉图、亚里士多德的古典哲学做过深入研究，但是越深入研究他就越感觉到哲学陷入形而上的虚幻之中，不明确哲学的任务是什么。在杜威看来，古典哲学最为严重的问题是回避现实，遁入形而上学的抽象玄思和冥想之中。古典哲学之所以走上了静默玄思虚幻的治学之路，主要是因为古希腊的贵族文明。古希腊的城邦制，阶层分工极为明确，工匠技艺都由奴隶承担，城邦中的自由人高高在上，仅从事自由经济，他们有足够的物质基础和条件从事科学、哲学和文学艺术活动。在古希腊，从事文明事业的贵族和自由人，一方面蔑视工匠的技艺劳动，另一方面又极力抬高思维、精神活动，把人生的全部价值限定在思维领域上，把对终极真理的探索看得高于一切。柏拉图毕生沉湎于他的理想王国，构筑他的理念世界。早在 17 世纪，经验归纳法之父培根在回忆学习古典哲学体会时就说过，他 16 岁时对亚里士多德和柏拉图的哲学不满，原因在于他们都长于形而上的辩驳和争论，不能产生为人类生活谋福利的实践效果。古希腊社会贬低实践劳动的痼疾，导致了"理论和'实践'的完全分裂"[②]。由古希腊哲学开创的远离现实的玄学之路，随着现代性的分化，专业的功能化愈演愈烈，以至于其雄霸西方文明两千多年，似乎成为天经地义的治学之路。杜威说，古典哲学，无论何种派别，"有一点是共同的：他们总是喜欢把某种东西说成是固定的、不变的，因而是超出时间范围——也就是永恒的。为了成为某种被认为是普遍的或囊括一切的东西。这种永恒的存在被说成高于和超出空间内一切变化。在这一点上，哲学家以一种一般化的形式反映了

---

① 〔美〕约翰·杜威：《评价理论》，冯平、余泽娜等译，上海译文出版社，2007，"译者序"第 1 页。

② 〔美〕约翰·杜威等：《实用主义》，杨玉成、崔人元编译，世界知识出版社，2007，第185 页。

流行的信念"①。比如传统的价值哲学，在它看来，"价值"是事物的一种普遍的、确定的、永恒的本质，特别是对于理性的人来说"价值"是其追求的终极真理，因此作为专门研究价值的哲学，只有弄清楚何谓价值，何谓价值的终极本质，价值哲学的存在才具有合法性。为维护学科的自主性，对"价值"的形而上研究就成为重中之重，"价值"概念成为其逻辑起点和主题化的题材也就天经地义了。于是，传统的价值哲学围绕着"价值"的本质研究了两千多年，也争论了两千多年，到头来对价值的认识仍然莫衷一是，众说纷纭。传统价值哲学对价值终极本质的诉求，最终使自己陷入文字游戏的玄想之中。杜威则认为，对价值的感受是人的本能，无须靠哲学诉诸人的价值感，真正的、有利于人类行动的价值哲学不是对"价值"的语义探索，而是对"价值"的语用诉求，即"价值判断"。人本能上都有价值感受，但追求何种价值、如何去追求，就涉及对价值的评价和判断。在这层意义上来说，"价值判断"不是一个脱离人生存的环境、条件和人的行动的终极判断，而是一个实践问题。哲学的改造最根本的要义就在于从实践上如何"能为人的行动提供智慧"，也就是杜威反复强调的"通过智慧指导行动而创造的结果"②。正是基于这一原则，杜威一改价值哲学称谓，用"价值判断"置换"价值"，用"评价理论"替代"价值哲学"，可见用心之良苦！

　　20世纪人类社会出现了许多困境和难题，尤其是第一次世界大战的发生彻底打破了人们对西方现代性的幻想、消解了历史进步性的乐观主义，社会笼罩在一片深深的危机感、焦虑感、冲突感和不确定性之中。然而一向号称"给人以智慧"的哲学面对社会的难题与困境却束手无策，无能为力，也陷入了困境。据杜威分析，当时的哲学也想走出困境，但他们开出的药方不是"关注形式"，就是靠"通过增加一些知识渊博的学者，去研究对困扰人类的现实问题毫不相关的过去"来解决问题③。这种

① 〔美〕约翰·杜威等：《实用主义》，杨玉成、崔人元编译，世界知识出版社，2007，第185页。

② 〔美〕约翰·杜威：《评价理论》，冯平、余泽娜等译，上海译文出版社，2007，"译者序"第15页。

③ 〔美〕约翰·杜威等：《实用主义》，杨玉成、崔人元编译，世界知识出版社，2007，第182~183页。

回避现实、隔靴搔痒的办法丝毫不能回应现实难题，更谈不上"哲学的改造"。杜威指出，"这种回避乃是过去体系的诸多缺陷之一，正是这些体系本身使自己在解决当今难题上一文不值"①。那么，哲学的改造最根本的问题，也是唯一的正确途径就是立足于变动不居的现实，面对从"各种变化中产生出来的问题"。也就是说新的哲学不是从理性出发，而是从理智出发；不是从概念入手，而是从问题入手；不是在沉思静默中构筑体系，而是在行动中为人类提供智慧；不是沉溺于终极的、普遍的、永恒的本质追问与争论，而是把"观察、假设理论和实践检验"方法"引入到任何以人和道德为主题的研究中去"②。一句话，哲学的根本改造就是"重新直面现实生活，介入现实生活，影响现实生活"，以实现"为人类有效地行动提供智慧"③ 的根本目的。

杜威的哲学改造为当代文学理论的改造提供了十分有益的经验。笔者认为，最重要的经验是启示我们如何将文学的语义阐释转向语用功能的建构。语用学是语言学的一个门类，最早由美国哲学家莫里斯于 1938 年提出来。莫里斯认为符号学包括句法学、语义学和语用学三个门类，语用学主要研究符号与解释者的关系。后来，随着语用学的发展，对语用学定义的阐释呈现出十分复杂的局面。但是，无论对语用学的理解如何不同，在强调语境和功能这两点上，基本是一致的。文学理论从语义阐释转向语用功能的建构，就在于：文学理论作为一门关于文学的基本原理的科学，它的理论体系构成特点与所有的形而上学理论体系一样，需要一系列的文学理论基本概念、基本原理和理论逻辑方法，它也离不开对文学一般规律和本质的追问，因此它离不开对概念、原理的语义阐释。如果完全否定了文学理论作为理论学科的上述特征，文学理论将不复存在。但是，与杜威对传统哲学的评价同理，如果文学理论一味地对概念进行语义阐释、追求概念的明晰和精确、恪守对美的终极真理的解释，并不遗余力地进行从概念

---

① 〔美〕约翰·杜威等：《实用主义》，杨玉成、崔人元编译，世界知识出版社，2007，第184 页。

② 〔美〕约翰·杜威等：《实用主义》，杨玉成、崔人元编译，世界知识出版社，2007，第184 页。

③ 〔美〕约翰·杜威：《评价理论》，冯平、余泽娜等译，上海译文出版社，2007，"译者序"第 4、2 页。

到概念、从原理到原理的逻辑推理，那么，就会陷入概念的游戏。语用功能的建构要求：第一步，对文学理论的概念、原理的阐释，应该从各种概念、原理提出的彼时彼地的语境出发，考察在特定语境中的该概念、原理的问题意识、问题取向和所蕴含的意义；第二步，将同一语境中不同的提法进行比较、甄别，综合出具有较大涵盖面的概念和原理；第三步，从历时性的角度，勾勒出概念和原理发展、演变的历史。这样，一部文学理论，就从概念和原理的语义阐释转向了功能价值的建构。这种语用功能价值的建构，优长之处在于：一是给文学理论生产的语境以重要地位；二是应用了动态的比较方法，将文学理论置于文学理论场域、社会历史场域中观照理论的生产，扩展了理论阐释的空间，增强阐释的灵动性；三是增强了文学理论生产的问题意识和实践性品格；四是给理论的接受者以思考、比较和创新的契机与空间。语用学方法是建立在同解释者的关联上的一种方法，离开解释者，语义的效应根本无法实现。同理，文学理论生产的目标，一是回应与指导文学艺术创作，二是普及文学艺术知识，三是建构文学理论史。这三个目标的实现，仅仅依赖于从抽象到抽象的语义阐释，万难到达；只有时时刻刻以语用的对象——解释者为中心，最终目的才可能达成。当然，文学理论的语用解释者是一个广义的概念，包括文学艺术的创作者、普及文学艺术的知识的接受者和从事观念史、理论史研究的学者。文学理论的语用面对的是这种广义的解释者，语用的效应取决于广义的解释者所处的语境、文化需求、价值诉求、审美趣味等诸方面的条件。所以，文学理论的生产其实是一种文学价值、社会价值的生产。从文学理论的语用性功能角度出发，我们在编写教材时，就不应该对"什么是文学"做不厌其烦甚至津津乐道的定于一尊的语义阐释，而应从历史的、发展的、过程的、动态的维度去阐释"文学"性质发生、发展、变化的历程以及内质的延异，尤其是文学内质的当代延异和当代形态。对什么是文学做这种语用功能的建构，尽管不能提供一个标准的、永恒的答案，但可以最大限度地启发人们的想象力、判断力，在这个意义上，文学理论也就实现了由"文学价值"的语义阐释转换为"文学价值的判断"。这种转换正是文学理论改造的必然诉求，也是文学理论创新的必由之路。

三　微观政治学与文学理论的小理论

"后意识形态环境"致力于差异和偶然的政治规划的实施，从政治角度，其首先促使传统的总体性、中心化的宏观政治，向芸芸众生的生活世界的微观政治转型。

何谓宏观政治？宏观政治，亦即传统意义上的政治，主要强调国家政治、政党政治、统治阶级的政治，以国家制度、法律、军队加以实施，突出表现为阶级斗争、精英执政、突发的政治事件。它始终是一种总体化、中心化的宏大叙事。

何谓微观政治？微观政治是处于社会边缘的人和事，为获得自我政治身份的政治，它渗透于芸芸众生的"衣食住行、饮食男女、婚丧嫁娶、日常交往"[①]的日常生活世界的方方面面，呈现出大众的民主性、反抗的游击性、表现形式的反讽性和娱乐性。相对宏观政治，它始终是他者的政治。

宏观政治和微观政治并不是今天人文学科杜撰的非分之物，其实自人类社会建立国家、产生政治以来，宏观政治和微观政治就相悖立而并存，只不过几千年来，人类的历史都是被宏观政治主宰的，微观政治始终在夹缝中艰难喘息，但从未被泯灭。20世纪初，被苏联宏观政治打入冷门的巴赫金，通过对拉伯雷的《巨人传》的深度解读，还原了自中世纪、文艺复兴时期以来的狂欢节、愚人节等民众尽情施展微观政治威力的壮阔情景。福柯一生的学术研究都集中在西方文明史的另类史上，他揭示了"在精神病院、军队、学校、监狱、性、人文学科等特殊领域和边缘领域"中"无所不在、无所不包的微观权力机制"。[②]把微观政治纳入学术研究主题之中，还得力于20世纪初的法国历史学的年鉴学派新史学。

20世纪20年代，西方"出现了一场社会、社会观念和整体意义上的

[①]　衣俊卿编《社会历史理论的微观视域》（上），黑龙江大学出版社、中央编译出版社，2011，第59页。

[②]　衣俊卿编《社会历史理论的微观视域》（上），黑龙江大学出版社、中央编译出版社，2011，第61页。

社会科学的危机"①，法国学者雅克·勒高夫认为：经济学一方面被数学化，另一方面陷入单一的经济决定论；社会学因西方的工人阶级的边缘化，阶级概念需要重新定位，以阶级研究为核心的社会科学遭遇难题；以研究民族区分为对象的人种学，在非殖民化日益扩张的现实下，其学科的边界跨越到人类学；历史陷入"实证主义历史学"和"历史化的历史学"的纷争。② 在社会科学陷入危机之际，年鉴学派新史学在摧毁实证主义历史学的历史观和方法论的前提下率先突围。实证主义历史学恪守物理学的纯客观性，"把历史学简化为文献的收集和考证"，以线性的历史因果决定论解释历史事件，把个人，尤其是历史上的"军政首脑、部长、外交家等"看作"历史的创造者"，视之为"历史分析的最后单位"，偏爱政治史、外交史、国家史、阶级斗争史和帝王将相史，只注重短时段的偶然突发的大事件。③ 实证主义历史学恪守的是总体性、中性化、宏大叙事的传统历史宗旨，只注重宏观政治，走的是一条精英的、贵族的历史之路。

法国年鉴学派新史学与其针锋相对，他们首先强调历史不是帝王将相、精英贵族的个人、单一的历史，"历史是关于以往人们一切活动所留下的行踪的知识"，"'历史学家分析和重构的历史'事实是复杂的，难以穷尽的"。④ 这样，"群体、范畴、阶级、城乡、资产阶级、艺人乃至农民和工人，都成了历史舞台上的'集体'英雄⑤，历史也就成了"无名无姓的、深刻的和沉默的历史"⑥。为此，年鉴学派走上了一条集经济学、社会学、政治学、宗教学、社会心理学、人类学、地理学等学科于一体的

① 衣俊卿编《社会历史理论的微观视域》（上），黑龙江大学出版社、中央编译出版社，2011，第 181 页。
② 衣俊卿编《社会历史理论的微观视域》（上），黑龙江大学出版社、中央编译出版社，2011，第 180~181、218 页。
③ 衣俊卿编《社会历史理论的微观视域》（上），黑龙江大学出版社、中央编译出版社，2011，第 219~221 页。
④ 衣俊卿编《社会历史理论的微观视域》（上），黑龙江大学出版社、中央编译出版社，2011，第 219 页。
⑤ 衣俊卿编《社会历史理论的微观视域》（上），黑龙江大学出版社、中央编译出版社，2011，第 220 页。
⑥ 衣俊卿编《社会历史理论的微观视域》（上），黑龙江大学出版社、中央编译出版社，2011，第 221 页。

跨学科研究之路，开辟了"家庭史、爱情史、配偶史、对儿童的态度史、群体社交史及死亡史等一系列新开拓的研究领域"①，兴起或建构了历史人类学、历史心理学、心态史学、地理历史学等历史新门类，极大地丰富了历史学的研究对象，将原本就充满丰富性、复杂性、大众性的历史呈现于世。年鉴学派在学术上极重要的贡献在于，它将单一的历史变为"一系列宽广视面"的复数历史②，使历史的研究对象从精英贵族转向平民百姓，研究的重心从宏观政治转向微观政治，真正实现了史学的生活转向。

在 20 世纪 20 年代，法国的年鉴学派新史学开创性的学术思想，对整个 20 世纪的学术研究产生了巨大影响，甚至促使方法论发生根本转变。福柯是直接的受益者。福柯在《知识考古学》的引言中全面深刻地总结了法国的年鉴学派新史学的方法，并运用这种方法开辟了独特的微观政治的学术研究。德勒兹、拉克劳、墨菲、雅索普等都成功地进行了微观政治的研究。在某种意义上，学术研究从宏观政治向微观政治的转向是 20 世纪的重要特征。

随着整个社会的日常生活的转向、大众文化和大众媒体文化的兴起与蓬勃发展，作为具有社会主人翁地位的大众的微观政治的诉求，如民间叙事、民俗叙事、身体叙事、网络叙事、身份叙事、福利叙事、民主叙事等叙事类型迅速兴起。这些微观的政治叙事通常是自发的、散在的，体现在老百姓的吃喝拉撒睡的日常生活中，且常常以一种后现代的拼贴、反讽、悖论、自否等形式，在自娱自乐的喜剧社会场域中显现。但这些叙事却表达了芸芸众生的政治体验、政治诉求、政治身份的建构，以实现其民主的渴求。一般来说，宏观政治学或社会学，对这种微观政治叙事不予关注，甚或打压。但在后意识形态环境下，微观政治叙事的地位以及它所蕴藏的巨大能量，对社会的稳定来说，不可小觑。西方的公民社会早已将文化的表征纳入政治和社会的重大管理事务之中，西方马克思主义著名思想家葛

---

① 衣俊卿编《社会历史理论的微观视域》（上），黑龙江大学出版社、中央编译出版社，2011，第 199 页。

② 衣俊卿编《社会历史理论的微观视域》（上），黑龙江大学出版社、中央编译出版社，2011，第 199 页。

兰西早在 20 世纪 20 年代就提出"文化权力"这一具有划时代意义的观念。今天，我国的政治和社会管理对农民工问题、边缘弱势群体问题、医改问题、网络媒体问题、社区问题等的关注，应该说是向微观政治迈出了可喜的一大步，值得认真总结经验，促使我国的微观政治在社会事务管理方面建构起一套既有利于充分激发大众主人翁潜力，又行之有效的体制与规范；促使我国的微观政治既确保大众的、多元的、差异的权力诉求能够被满足，又使社会管理能为整个社会提高可以实现大众多元诉求的安全系数。

20 世纪的学术研究从宏观政治向微观政治转向的大趋势，迫使文学艺术理论生产扩展疆域，扩大学科研究的内容和方法。在传统文学理论那里，政治学的宏观政治表现为文学的基本原理和规律这种本体论的宏观研究。本体论是以揭示事物的本质为己任的，在本体论看来，事物的本质是事物之所是的根据，是一个学科独立自主性之标志，是学科研究内容的重中之重，当然也是学科研究的大理论。大学目前通用的文学理论教材基本上都看重文学本体论的阐释，告诫学生一定要弄懂"文学理论的研究对象是什么？它和整个文艺学的关系是怎样的？它的基本任务是什么？它具有怎样的性质和品格？"① 由于强调本体论，我国的文学理论教材体系构架这几年虽说有所变动，但基本上都离不开文学本质、文学活动、文学创造、文学作品构成和文学接受这五大部分。这五部分内容的核心是本质论，其余部分都是从不同的角度来印证本质论的，而且各个部分都停留在文学本质的宏观论证上，论证所使用的方法基本上是假设演绎法，即先提出一个主题先行的关于文学本质的假设，然后用推理加例证的方法加以宏观论证。至于在文学本质问题上的学术纷争，不同见解和不确定的、复杂的因素早就被排除在外。一部文学理论教材，呈现出来的理论只能是单一的、绝对的、永恒的、终极的大理论。这种理论教条且无味，对作家的创作、学生的鉴赏毫无益处，更谈不上解决文学艺术发展中出现的难题。安托万·孔帕尼翁对此曾说过："理论包含着某种真理，所以它充满魅力，但

---

① 童庆炳主编《文学理论教程》（修订二版），高等教育出版社，1992，第 1 页。

它不可能包含所有的真理，因为文学现实无法全然理论化。"① 之所以说"文学现实无法全然理论化"，是因为文学与哲学、社会学、政治学、伦理学等人文学科相比，对生活的涵盖面、包容面，都是其他科学无法比拟的，更何况，文学所尊奉的对象是具有生命、感觉、感情、理智的人，文学所面对的是异常具体的、丰富的、复杂的、多变的人的生活。这种诗意盎然的原生态的本真生活怎么可能被完全理论化、规范化？更不可能成为"被制度化、条理化，蜕变为一种刻板僵化的教学小技巧"的文学理论。②

　　面对丰富多彩的文学实践，文学理论的改造迫在眉睫。如果说要想将文学理论改造成"对文学行动提供智慧"的学问，那么，我们就要建制大理论与小理论相结合的文学理论体系。对文学理论来说，笔者认为文学理论的小理论有两方面的指向，第一个指向是小理论体现出来的是跨越文学边界的、从现实文化和日常生活中涌现出来的各种叙事，如民间叙事、民俗叙事、身体叙事、网络叙事、身份叙事、福利叙事、民主叙事、女性叙事、后殖民叙事等等。这些叙事相对于本质论的大叙事而言，显然是小叙事、小理论，但却是文学理论不可或缺的，在某种程度上来说，其是与文学之所以为文学密切相关的叙事。这些小叙事都是当代人，尤其是当代边缘人群、亚文化群体，甚至是另类人群的政治诉求。这些政治诉求散见于日常生活的方方面面，充斥在时空的每一个角落，预示着生活潜流的发展动向，它虽然混沌驳杂、动荡不安，但却蕴藏着巨大的能量。用混沌理论来解释，这些小叙事，是事物相变中的一个个偶然因素，它相当于噪声，虽微小，但一旦在某种条件和机遇的号召下，四面八方的噪声迅速汇集放大到足以引起事物的相变的能量时，事物就不以人的意志为转移地发生相变。混沌理论揭示了事物发生相变时，是有多种选择的。事物向哪个方向发展，不取决于必然的因素，而是取决于偶然的因素。在这个意义上来说，"无序是事物发展之源"。

　　作为文学，尤其是当代文学，它在书写阶级斗争史、国家史、英雄史

---

① 〔法〕安托万·孔帕尼翁：《理论的幽灵——文学与常识》，吴泓缈、汪捷宇译，南京大学出版社，2011，第244页。

② 〔法〕安托万·孔帕尼翁：《理论的幽灵——文学与常识》，吴泓缈、汪捷宇译，南京大学出版社，2011，第3~4页。

这样的宏观政治前提下，还应书写诸多小叙事构成的微观政治。那么作为对文学进行理论化的文学理论，能够对这些事物相变的小叙事熟视无睹，或置若罔闻吗？！英国学者朱利安·沃尔弗雷斯在述介 21 世纪批评时，既不使用编年史的方法，也不根据批评的思潮和流派做介绍，而是独辟蹊径，选择了微观政治学的小叙事，即"身份、对话、空间和地点、批评的声音、物质性与非物质性"这五个叙事主题或母题。他认为这五个主题或母题"或多或少地以间接的方式提及近年来涌现的某些批评热点，这些热点又在继续为人文学科提供着不同的认识论关注点，而这一切在很大程度上又是批评和文化研究日益具有跨学科性质的结果"。① 应该说朱利安·沃尔弗雷斯为我们文学理论开辟小理论的研究提供了宝贵的经验。

文学理论的小理论第二个指向是我们通常说的多元的批评流派和方法。安托万·孔帕尼翁在《理论的幽灵——文学与常识》一书的序言中，专门列了一小节，叫"单一理论或多个理论"。这一小节所占篇幅仅仅一页而已，然而在极简洁的表述中却揭示了多元文学理论的真谛。他认为过去我们一直都相信世界上只有一种理论，即单数的理论，殊不知理论是由理论家创建的，"有多少个理论家就有多少种理论"②。之所以"有多少个理论家就有多少种理论"，除了理论家个人"信念、教条、意识形态"不同外，主要是因为理论的反思、批判品格。理论从根本上说"是非规范性的"③，它不提供经院说教，而是进行"理论探索"。"理论探索"是在理论与常识、理论与理论之间的冲突、对立中，在不断地质疑、反思、批判中进行的。唯有进行这种质疑、反思和批判，理论才能成熟发展。所以，安托万·孔帕尼翁特别看重理论的反思、批判品格，由衷地赞赏这种理论，指出："真正有成效的理论只能是反躬自问并对自己话语进行质疑的理论……理论的作用是被穿越，被舍弃，被人退后几步审视，而不是为

① 〔英〕朱利安·沃尔弗雷斯编著《21 世纪批评述介》，张琼、张冲译，南京大学出版社，2009，第 5 页。

② 〔法〕安托万·孔帕尼翁：《理论的幽灵——文学与常识》，吴泓缈、汪捷宇译，南京大学出版社，2011，第 15 页。

③ 〔法〕安托万·孔帕尼翁：《理论的幽灵——文学与常识》，吴泓缈、汪捷宇译，南京大学出版社，2011，第 11 页。

了后退。"① 如此等等，不列举。我们的文学理论如果真的在质疑和批判中建构，那么，文学理论的流派和方法必然呈现出多样性、多元化。伊瑟尔的《怎样做理论》一书，为我们建构小理论的文学理论提供了范例。他在"理论模式"一节中表明，理论的多元化是由于"每一个理论都将艺术纳入到一种认知框架之下，而这一框架又必然对作品的理解加以限制。一种概念所遗漏的方面，往往会被另一种方法所吸纳，而后者当然又会产生本身的局限，如此类推，以至无穷"②。根据这样的学术立场，他用了十章的篇幅对 20 世纪涌现出来的现象学、阐释学理论、格式塔理论、接受美学、符号学理论、精神分析理论、马克思主义、解构主义、人类学理论、杜威的《艺术即经验》、女性主义诗学、后殖民话语一一进行了评介。除了阐释上述理论的内质外，他还探讨了"理论中引出的方法"③（有些章节没列此标题，但具有相应的内容），剖析了实例的分析运用。这种体例的设置，一是通过各种理论的评介，梳理出理论发展中相互对立、相互吸纳又相互超越的内在逻辑性；二是表明了定于一尊的单一理论时代一去不复返，这个时代是多元的、差异的时代，西方启蒙时代建立的宏大叙事、总体化、单一化原则早已失去了合法性，理论的多元性、相对性已是不争的事实，文学艺术理论亦当如此。所以，伊瑟尔断言："美学将艺术提升到人类成就的最高点，却在 20 世纪开始衰落，原因是艺术的整体概念此时站不住脚了。艺术作品不可能依附于任何形而上的基础之上，更不可能有可以界定的本质……"④ 文学理论小理论的喷涌，正基于此！

四　文学理论概念的塑形与重组

文学理论是关于文学艺术的基本理论，它以形而上的追思、概念的标

---

① 〔法〕安托万·孔帕尼翁：《理论的幽灵——文学与常识》，吴泓缈、汪捷宇译，南京大学出版社，2011，第 247 页。

② 〔德〕沃尔夫冈·伊瑟尔：《怎样做理论》，朱刚、谷婷婷、潘玉莎译，南京大学出版社，2008，第 9 页。

③ 〔德〕沃尔夫冈·伊瑟尔：《怎样做理论》，朱刚、谷婷婷、潘玉莎译，南京大学出版社，2008，第 25 页。

④ 〔德〕沃尔夫冈·伊瑟尔：《怎样做理论》，朱刚、谷婷婷、潘玉莎译，南京大学出版社，2008，第 3 页。

识、命题的建构、理论形态的构型进行文学理论的生产，其中概念（或曰关键词）就像构建理论大厦的砖石一样，起着最基础的作用。概念的反思性、建构性、涵盖度、生成度，对于文学理论构建的科学性、共识性和创造性至关重要。从西方百年文论史看，关键词的生产层出不穷，照亮了文艺学的星空。如陌生化、艺术程序、悖论、自否、文本细读、无意识、集体无意识、神话原型批评、意识形态国家机器、症候阅读、文化霸权、文本、文化政治、权力话语、知识考古学、谱系学、延异、踪迹、文化工业、单面人、表征性阐释、意识形态生产、机械复制时代等等。中国改革开放以来的文论，同样提出了审美意识形态、实践美学、生态美学、新理性精神、文化诗学等关键词。这些概念的生产具有的创新性品格，具有重大意义。在笔者看来，第一，关键词是一个流派、一种理论、一种方法或一位文论家创新的独特标志，比如结构之于结构主义、陌生化之于俄国形式主义、文本细读之于新批评、无意识之于精神分析、集体无意识之于神话原型批评、意识形态国家机器之于阿尔都塞、权力话语之于福柯、延异之于德里达、文化霸权之于葛兰西、单面人之于马尔库塞、机械复制时代之于本雅明、意识形态生产之于伊格尔顿等等，这些关键词是他们理论独创性的最突出的标识。第二，关键词大剂量地浓缩了一个流派或理论的要义、边界标识，凸显出独一无二性。比如福柯的权力话语，将 20 世纪学术语言转向的精髓与权力、政治、体制和文化相关联，解释了西方自启蒙运动以来理性主义文化和权力联姻孕育的国家政治统治的新机制和新策略，揭示了政治权力以话语的形式对公民实行统治的虚假性。第三，经典的关键词一般都具有理论的前瞻性。如葛兰西的文化霸权是在 20 世纪初提出来的，但它预示的是政治斗争的新形式——文化政治，它不仅为西方马克思主义理论确立了以文化批判为焦点的理论基础，而且一直影响文化转向和后马克思主义斗争的目标与趋势。随着资本主义进入跨国资本主义的后现代时期，一方面，现代性的自反性产生的种种悖论与困境，带来了尖锐的社会矛盾，引起了各个阶层的不满，引起了各种反抗现代资本主义的运动；另一方面，资本主义的福利制度使作为斗争先锋的工人阶级丧失了先进性，他们不再有能力充当斗争的领导者，只能与社会各个阶层联合起来，开展生态运动、女权运动、亚文化运动。这些由社会各个阶层联合的运动是一种社群的文化斗争形式，也是一种他者反抗文化霸权的运动。所以，葛兰西的文化霸权理论，至今不仅没有过时，反而继续为他者的文化政治斗争提供理论资源。

　　在中国，钱中文先生提出的新理性精神，不仅是对消费文化、大众文化和媒介文化带来的非理性思潮的一种反拨与疗救，也是对后现代社会之后，人类精神和文化出路的一种前瞻性的理论指引。20 世纪 70 年代以来，西方社会进入后现代时期，在思想文化上，一股反思、批判、颠覆理性主义文化的解构主义思潮轰然而起，其势头之猛、波及之广、影响力之大，难以估量。从积极意义上看，解构主义思潮从文化思想上对资本主义的批判是深刻而又无情的；从消极层面上看，当解构主义思潮走向极端，相对主义、虚无主义、非理性便应运而生，导致文化艺术走上了反文化、反艺术之路。西方诸多思想家和学者为之担忧和焦虑，他们纷纷开出挽救人类命运的药方。以格里芬为首的思想家提出了建设性后现代主义理论，但大多数学者，如齐美尔、马克斯·韦伯、丹尼尔·贝尔等都主张建构新的宗教救治解构主义思潮带来的负面效应和消费文化、大众文化带来的弊端。在丹尼尔·贝尔看来，当代资本主义由经济、文化和政治三大轴心导致的矛盾是体制的矛盾、不可化约的矛盾，陷入现代性的双重羁绊后，人类的社会世界会自我膨胀、欲望横流、魔鬼狂欢，传统宗教衰败，人们"在'恐惧和战栗'中生活"。在这样的社会世界里，人类如何重现曾有的辉煌？丹尼尔·贝尔认为主要靠意义价值系统来修复。后工业时代的意义价值系统包括宗教、文化和工作三方面。在西方社会，宗教被赋予了"把守着邪恶的大门"和"提供了与过去的延续性"的不朽功能。① 在传统社会，宗教通过信仰和上帝的力量发挥宗教的道德修养功能，将由人的种种欲望生成的魔鬼驱除门外。但是到了后工业社会，现代主义和后现代主义文化将消费欲望、性解放欲望、自我张扬等欲望合法化，"开始接受它，探索它，着迷它，把它（正确地）看作某种创造力的源泉"②。传统

---

① 〔美〕丹尼尔·贝尔：《资本主义文化矛盾》，严蓓雯译，江苏人民出版社，2007，第 166 页。

② 〔美〕丹尼尔·贝尔：《资本主义文化矛盾》，严蓓雯译，江苏人民出版社，2007，第 166 页。

宗教驱除魔鬼的功能似乎已然失效，丹尼尔·贝尔则认为，尽管传统宗教在今天衰败，但社会世界还要借助宗教的力量确立当代的价值和意义，传统彼岸世界的神灵宗教必须世俗化，回到此岸，重建宗教的权威。西方学者开出的宗教疗方，在某种意义上看，带有乌托邦性质，在实践上无助于世，只是学者的一厢情愿。钱中文先生提出的新理性精神，单刀直入，揭示后工业社会出现的反理性主义思潮和欲望横流的文化现实，以一种开放的、包容的、当代性的新的理性精神回应现实，与西方学者开出的宗教疗方相比，既具有强烈的针对性、现实性和实践性，又重新确证了人类的理性智慧的合法性，并根据当代的学术新思维，赋予理性以新的内涵和新的阐释，完全可以这样说，新理性精神建构了一种时代的、生成的、辩证有机的新的理性理论。

　　总之，20世纪以来，中西文论都提出了很多创新性的概念、关键词，但我们不能否认，在概念和关键词生产中，也存在不少认识论障碍，束缚了理论的创新。在笔者看来，最大的认识论障碍是一种静止的、绝对的、单一的存在论概念思维。法国著名的科学哲学家乔治·康吉莱姆针对这种认识论障碍提出："科学的历史不应是传记的简单集合，更不该是由奇闻逸事点缀的年表。它应是关于科学概念塑形（formation）、变形（deformation）和修正（rectihcation）的历史。"① 在以往的文学理论概念生产中，我们太注重单一性、精确性、明晰性和恒定性，忽略了概念的历史性、反思性和生成性，致使文学理论的概念教条而又僵化，文学理论的生命活力消弭殆尽。如果想要概念的生产充满活力与创造性，那么就必须破除静止的存在论，树立动态的生成论。任何概念和关键词的提出，首先是回应社会现实和理论现实涌现的问题，也是对这些问题的解决提供理论说明。概念和关键词是特定时代综合语境的产物，它必须具有时代语境的合法身份和某时段的合理性与科学性，一旦语境发生变化，概念和关键词的真理性就将失去效应。学术史上，从来没有一劳永逸、万古不变、放之四海而皆准的概念和关键词。如果要想概念和关键词具有生命活力、具有可阐释

① 转引自〔法〕皮埃尔·马舍雷《从康吉莱姆到福柯——规范的力量》，刘冰菁译，张一兵审订，重庆大学出版社，2016，第33页。

性，就必须使之顺应历史的变化，不断地进行塑形、变形和修正，赋予它新的活力。文学理论史上，文学是什么的问题既是一个老生常谈的话题，又是一个争论不休的问题。一种观点认为，文学之所以为文学，就一定有其独特的本质。什么是文学的问题，就是要明晰地给定一个适合所有时代、所有文学样式的文学概念。我们通行的文学概论教材就是这种体例。另一种观点则认为文学具有不可定义性。德里达在1989年的一次访谈中明确提出，"文学是一种允许人们以任何方式讲述任何事情的建制"，"即便称作'文学'的现象是某年某日历史地出现于欧洲，这也不意味着人们就能严格地鉴别文学客体。它并不表示有了一种文学的本质，它甚至表示完全相反的意思"。① 两个文学本质观中，前者的观点是本质主义的说法，德里达的观点显然是反本质主义的。除了这两种针尖对麦芒的对立观点外，20世纪80年代兴起了第三种观点，其代表人物主要是乔纳森·卡勒、安托万·孔帕尼翁、沃尔夫冈·伊瑟尔、彼得·威德森、拉曼·塞尔登、铃木贞美等学者。第三种观点既不同意本质主义将文学禁锢于永恒的万古不变的枷锁中，也不认同文学的无边泛化，他们主张动态的、历史的、复数的、生成性的概念观，他们强调如下方面。

第一，概念的现代性。文学概念不是自古有之，而是19世纪以后才出现的。乔纳森·卡勒说，literature这个词，在欧洲的古代是指"著作"或"书本知识"，只是到了1800年后，才被赋予了文学的含义。即便如此，在大学或普通学校，仍没有文学专业，只把literature当作语言和修辞方面的经典案例来对待，使之附属于包括"演讲、布道、历史和哲学"②在内的大学科。伊格尔顿在谈英国文学的兴起时，也指出，18世纪的英国，文学的概念"仅限于'创造性'或'想象性'作品"，"诗，以及哲学、历史、随笔和书信"均被列入文学之中。③ 一直到19世纪，才产生现代意义的文学概念。即便如此，在牛津大学和剑桥大学，英国文学长期

---

① 〔法〕雅克·德里达：《文学行动》，赵兴国等译，中国社会科学出版社，1998，第3、8页。

② 〔美〕乔纳森·卡勒：《当代学术入门：文学理论》，李平译，辽宁教育出版社、牛津大学出版社，1998，第22页。

③ 〔英〕特雷·伊格尔顿：《二十世纪西方文学理论》，伍晓明译，北京大学出版社，2007，第16页。

以来都未被列为独立学科，一直到第一次世界大战期间，文学才被认为是独立学科。在日本，据铃木贞美考证，现代意义的文学概念和文学史是在第二次世界大战期间被完全确立下来的。依据上述史料，我们完全可以这样说，现代意义的文学概念，或说纯文学概念的出现是在 19 世纪，它是西方现代性分化的产物，是现代性功能专门化才赋予了文学作为独特学科的特质。所以，文学概念也是生成发展的。

第二，概念的历史性。20 世纪 70 年代，西方兴起了观念史的研究，如英国伯林的《反潮流：观念史论文集》、法国安托万·孔帕尼翁的《反现代派——从约瑟夫·德·迈斯特到罗兰·巴特》、英国的彼得·威德森的《现代西方文学观念简史》、法国罗杰·法约尔的《批评：方法与历史》、日本铃木贞美的《文学的概念》等等。观念史的研究考察某种概念、观念或理论生产历史，试图从历史性的角度，探讨同一观念、概念或理论在不同历史时期的不同表现形态和内涵，从而在动态的、流变的、历史的多种因素合力效应下，揭示其生成机制。观念史的研究，注重观念生成的历史维度和各种历史的、政治的、文化的、意识形态的作用，但它与庸俗历史学的不同之处在于它聚焦于某一概念、观念或理论，是以概念、观念或理论的内在性为观念生产场的中心或焦点，目的在于揭示某一概念、观念或理论的质性、内涵的塑形、变形和修正的历史。铃木贞美的《文学的概念》为我们提供了一个值得借鉴的典范。铃木贞美首先从文学有什么用这个问题入手，来肯定探讨文学这一概念的必要性和价值。20 世纪，文学逐渐遇冷、被边缘化，萨特认为"在一个饿死的婴儿面前"谈论文学"没有任何意义"；20 世纪 20 年代，日本的"无产阶级文学"将文学"定位成政治宣传的工具"[1]，有的将文学限定在"狭义书籍"的范围，把"口头作品（广播与戏剧）"、大众文学排除在外。[2] 到了 20 世纪八九十年代，文学终结论问世，日本文学也面对同样的语境，"'纯文学'与'大众文学'的藩篱实际上已经被拆除"[3]，但学术界却还在为此争论不休。文学面临衰退和文学边界的扩容，需要对文学概念重新审视、

---

① 〔日〕铃木贞美：《文学的概念》，王成译，中央编译出版社，2011，第 2 页。
② 〔日〕铃木贞美：《文学的概念》，王成译，中央编译出版社，2011，第 3 页。
③ 〔日〕铃木贞美：《文学的概念》，王成译，中央编译出版社，2011，第 5 页。

重组。铃木贞美对雷蒙·威廉斯的历史主义方法的欣赏，促使她"对自己所归属的文化现实和成为自己研究基础的知识体系进行相对作业"，即运用"历史相对比"的方法，进行文学概念的历史考证。① 但是，铃木贞美走的不是一条实证主义的考证之路，而是重组"具有历史感的人文学"，为此，她要以历史之维，澄清因缺乏"历史感"而"引起根本性的谬误和颠倒却没有意识到的一些观点"。② 在《文学的概念》第一章，铃木贞美考察了日本 1928 年出版的《文艺大辞典》、1994 年出版的《广辞苑》词典、1995 年出版的《大辞林》、1975 年出版的《日本国语大辞典》、雷蒙·威廉斯《关键词：文化与社会的词汇》中有关"Literature"的条目以及 1989 年出版的《现代英语辞典》中有关文学概念的不同解释，发现无论是日本还是西方，"文学"都是最难定义的词之一，阐释多样，歧义丛生。铃木贞美认为，对文学难以定义的原因如下：一是界定概念范畴的方法不明确；二是价值观不同，各种思潮的影响也不同；三是思维习惯成型，难以发现问题。为了全面地梳理日本关于文学的概念史，铃木贞美从各个角度进行考证：在对英语文学（Literature）概念及中国文学概念传入日本的历史、日本的文学史、观念与制度对文学定义的影响、概念自身的斗争情况、日本近代文学的确立和发展等多维度、多时段、多因素状况进行条分缕析、精微透视的基础上，提出了"文学"概念的重组策略，即超越近代化等于西欧化，反近代等于传统主义，纯文学与大众文学、文学与艺术的种种对立，"通往文艺史的方向"③。铃木贞美的《文学的概念》由于从动态的、流变的、历史的多重因素考察文学概念的生成机制，呈现了日本绘制的文学概念的历史画卷，又以当代意识、开放的学术视野对文学概念重新进行思考，最终获得世界学术界的好评。据译者王成介绍，《文学的概念》"得到美国中坚学者们过高的赞誉，他们称赞这是一部把日本文学研究导向一个新台阶的著作"。④

第三，当代意识、开放视野。文学艺术既是心灵的窗口，更是时代的

① 〔日〕铃木贞美：《文学的概念》，王成译，中央编译出版社，2011，第 4 页。
② 〔日〕铃木贞美：《文学的概念》，王成译，中央编译出版社，2011，第 8 页。
③ 〔日〕铃木贞美：《文学的概念》，王成译，中央编译出版社，2011，第 323 页。
④ 〔日〕铃木贞美：《文学的概念》，王成译，中央编译出版社，2011，"中文版序言"第 1 页。

晴雨表。正如刘勰所言："文变染乎世情，兴废系乎时序。"自古以来，文学总是随着时代变化而变化、发展而发展。文学是一种"建制"，虽说"文学作为历史性建制有自己的惯例、规则，等等，但这种虚构的建制还给予原则上讲述一切的权利，允许摆脱规则、置换规则，因而去制定、创造、甚而去怀疑自然与制度、自然与传统法、自然与历史之间的传统的差别"①，但它毕竟是历史的、经济的、政治的、文化的、意识形态的、文学艺术的建制，因而不存在整齐划一的、永恒不变的纯文学，那么，从历史维度看，对文学的定义就千差万别、良莠不齐，这是文学概念的常态，反之，幻想放之四海而皆准的绝对的、普遍性的概念，才是特例。文学的建制特性，提醒我们，在对待文学概念的生产问题时，一定要有当代意识、开放视野和创造性的胆识，才能科学地引领文学艺术实践的健康发展。沃尔夫冈·伊瑟尔在 20 世纪 60 年代，曾经是接受美学的领军人物，当时，他还恪守文学的审美性。但是到了 21 世纪，面对文学艺术和文学理论生产的巨大变革，他能够站在时代的前沿，对文学理论的生产提出新的卓见。在《怎样做理论》中，他对当代理论衰落的原因做出透彻分析，提出建构多元化的理论的主张，并对 20 世纪兴起的英伽登的现象学理论、伽达默尔的阐释学理论、贡布里希的格式塔理论、伊瑟尔的接受理论、艾柯的符号学理论、艾伦茨威格和拉康的精神分析理论、威廉斯的马克思主义理论、米勒的解构主义理论、冈斯的人类学理论、杜威的审美经验理论、肖沃特的女性主义诗学以及萨义德的后殖民话语等一一进行解读，其中还结合了一些实例作为佐证，充分展示了这些理论所具有的阐释潜力。拉曼·塞尔登、彼得·威德森与彼得·布鲁克撰写的《当代文学理论导读》不仅要求我们正视"过去 20 年来发生的惊天动地的变化已经极大地改变了'当代文学理论'的面貌"这一现实，还告诫我们不能把文学理论再定性为传统所聚焦的经典、精英著作、思想的汇集，而是更要认识到"单数的、大写的'理论'迅速地发展成小写的、众多的'理论'"，进而"孵化出了大量的多样的实践部落，或者说理论化的实践"。② 他们关

---

① 〔法〕雅克·德里达：《文学行动》，赵兴国等译，中国社会科学出版社，1998，第 4 页。

② 〔英〕拉曼·塞尔登、彼得·威德森、彼得·布鲁克：《当代文学理论导读》，刘象愚译，北京大学出版社，2006，第 2、9 页。

注超过了传统文学的定义范围的文化理论，如后现代主义、后殖民主义、同性恋与酷儿理论的发展成果，肯定了它们所具有的思想价值，认为"这些理论在全球范围内促进了对一切话语形式的重新阐释和调整，成了激进的文化政治的一部分"①。一方面提醒学界，理论化要保持以文学为核心，要"始终注意在广阔多变的文化史进程中保持一个文学的焦点"；另一方面提醒学界，要保持当代意识和开放的视野，跳出理论的象牙塔，使理论应用于实践："理论是要被使用的、批评的，而不是为了理论自身而被抽象地研究的。"② 这就要处理好理论与批评的关系，不能使理论高高在上，也不能将理论与批评对立起来，而是要让两者相互交往、相互对话。这些高见，都体现出《当代文学理论导读》的作者高屋建瓴的学术视野、开放的思想意识、审时度势的学术眼光和科学的建构思维。

总之，在概念和关键词的生产中，持一种动态的、历史的、复数的、生成性的概念观或方法论，既不被本质主义束缚手脚、禁锢思想的创造力，又不会以一种极端的激进方式或绝对的相对主义和虚无主义，消解文学、解构文学理论，而是在恪守文学艺术的焦点上，不断地"修正、变形和重组"文学艺术的概念生产，让文学理论摆脱危机，激发创造潜能，创造出一个个充满活力的文学艺术的概念和关键词！

---

① 〔英〕拉曼·塞尔登、彼得·威德森、彼得·布鲁克：《当代文学理论导读》，刘象愚译，北京大学出版社，2006，第 10 页。
② 〔英〕拉曼·塞尔登、彼得·威德森、彼得·布鲁克：《当代文学理论导读》，刘象愚译，北京大学出版社，2006，第 10~11 页。

第三章 文艺学的"历史化"转向与创新

20 世纪初至 60 年代，西方学术界兴起了一股去历史化、反历史化的思潮。20 世纪 90 年代以来，中国学术界也呈现出向形式主义发展的倾向。如何重新回归历史主义，恢复历史主义的生命力，有两条道路可以选择：一条是返回传统的保守主义，即以历史的必然性、线性发展的因果式机械决定论、经济决定论、单一政治决定论为基础的历史方法；另一条则是以当代意识对历史化的再创造。弗雷德里克·詹姆逊以坚定的马克思主义的学术立场，开创并建构了一种新的辩证的历史主义方法，瑞恰慈创立的复义的文学语境，德里达创立的语境的再生产性理论等，为文艺学的"历史化"转向与创新提供了具有当代意识和开放意识的历史主义方法。

第一节 历史化的元批评

在理论生产中，在揭示理论的来源时，在判断理论的真伪、理论的合法性时，在估量理论的社会功能和效果时，历史、现实、语境这三个词的数量用海量、溢满来形容，一点不为过。这表明历史、现实、语境的历史主义原则和方法的重要性，只不过学者们是以不同的视角来看待理论来源、真伪、效果、合法性的历史标准及度量的。对历史性价值的认同，中西学术界存在共识，但在文艺学的历史化路径及需要建构什么样的历史化问题上，存在着差异和倒错。美国著名学者弗雷德里克·詹姆逊以坚定的马克思主义的学术立场、开放的学术视野、敏锐的当代意识和广博的知识涵养，开创并建构了一种新的辩证的历史主义方法。其特征一是将历史化作为元批评、作为文学研究的新的历史主义原则；二是建构具有当代意识和开放意识的历史主义方法；三是主张马克思主义的历史主义方法"不取代其他方法成为独为一尊的方法"，而是与各种阐释方法并置、竞争，消解它们的反历史主义主张，保存它们的"区域合法性"，显示出自己的包容性和优越性。

一　中国文艺学历史化的行程与经验

在西方，20 世纪伊始，随着俄国形式主义的诞生、新批评占据文学艺术创作和研究的王位、结构主义跨学科的覆盖，一股去历史化、反历史化的思潮成为西方学术界的主潮：精神分析主张无意识无历史，俄国形式主义以文学性取代历史性，新批评以语言技法消解历史性，结构主义以封闭的"结构"颠覆历史性，"结构主义马克思主义"者阿尔都塞则以"历史无主体无目的"淡化历史主义。这股去历史化、反历史化的思潮一直到 20 世纪 60 年代，才随着西方后现代主义文化的兴起和学术研究的文化转向，寿终正寝，取代它的是历史主义的回归与勃兴。"文学理论又折返回来，朝着社会、历史、现实'向外转'了，其表征就是新历史主义、女性主义、后现代主义、后殖民主义、生态主义、审美文化研究、媒介研究等新潮理论的风靡一时。"① 其实，在西方学术研究的滚滚潮流中，历史主义以其厚重的传统和强大的生命力，始终潜藏在西方学术观念史和理论史的河床上，左右着学术之流的航标和价值取向。德国著名历史学家弗里德里希·梅尼克在 1936 年出版的著作《历史主义的兴起》中，通过对历史主义先驱沙夫茨伯里、莱布尼茨、阿诺尔德、维柯、拉菲陶、伏尔泰、孟德斯鸠，英国的启蒙历史学代表人物休谟、吉本、罗宾逊，英国前浪漫派的弗格森、柏克，德国狂飙突进运动的莱辛与温克尔曼、默泽尔、赫尔德和歌德等众多的思想大家的历史主义思想精微而翔实的介绍与评价，描绘出西方历史主义兴起、发展和鼎盛的思想画卷，从历史主义的观念史和理论史的角度，阐明"历史主义的兴起是西方思想中所曾发生过

---

① 姚文放：《从形式主义到历史主义：晚近文学理论"向外转"的深层机理探究》，北京大学出版社，2017，第 1 页。

的最伟大的精神革命之一"。① 同时他想表明，历史主义对于人类而言，不仅是"一种科学原理与应用"，更是"一种生命原则"。② 由此可见，发生在 20 世纪初至 60 年代的去历史化思潮，不过是历史主义长河中的一个另类插曲。60 年代以后，西方历史主义的回归和勃兴，是历史之必然。

中国是历史悠久的文明古国，中华民族划着历史主义的航船，在历史之河上勇闯险滩、乘风破浪，航行了五千多年。无论是朝代更迭的历史，还是思想史和文化史，中国从来没有像西方那样，发生过长达半个多世纪的历史性缺失事件。然而，到了 20 世纪 90 年代，中国文论恰恰与西方文论向历史主义回归的势头呈现出相反和倒错的轨迹，出现了从历史主义向形式主义倾斜的苗头。这种倾斜表现为：其一，以潜在的暗流形式影响文艺学的问题域研究；其二，表现形式是在历史性和实践性的大旗下，空谈理论，热衷形而上的玄思和理论的构架，淡化或回避现实。很多学者虽想关注现实问题，但往往只触及皮毛，难以深入骨髓。如果笔者对中国文论走向的判断是正确的话，产生这种现象的原因大致有这样几点。

首先，从文学的外部原因看，从五四时期直到 20 世纪 70 年代，中国处在政治斗争的旋涡之中，文学艺术的社会性、历史性以强劲姿态弱化甚至取代了文学艺术的主体性、自主性、审美性。粉碎"四人帮"之后，文学艺术迎来了春天，学界至关重要的任务是反思、匡正外部研究的弊端，确立内部研究的合法性，于是审美性、文学性成为建构文艺学学科自主性的理论诉求，成为 90 年代以来学术关注的焦点。当时，俄国形式主义、新批评和结构主义的译介纷纷涌入，被奉为学术研究和大学中文讲坛的"座上客"。虽然，80 年代西方的文化转向对我国 90 年代的文论有所冲击，但也没有动摇学界捍卫文学艺术自主性的信念。

其次，从学者的社会心理看，20 世纪 70 年代到 80 年代拨乱反正时期，文艺界主要以文学艺术的主体性、审美性为反思和批判学术上的极左路线的武器，试图通过确立艺术的主体性和审美性，根除将文学艺术作为

---

① 〔德〕弗里德里希·梅尼克：《历史主义的兴起》，陆月宏译，译林出版社，2010，第 1 页。
② 〔德〕弗里德里希·梅尼克：《历史主义的兴起》，陆月宏译，译林出版社，2010，"德文版导言"第 1 页。

阶级斗争的工具、"政治第一"的庸俗的、教条的马克思主义的影响。但是，中国的语境和学术传统，不可能像西方去历史化时期那样，将文学艺术的主体性、审美性置于文论的霸主地位。90年代学术界又面临两方面的冲击。一是文化研究浪潮的冲击。面对文化研究浪潮的冲击，不少学者忧心忡忡，担心文学艺术的自主性、审美性地位受到威胁，于是提出建构文化诗学的主张，力图融合文化与诗性。二是我国的文化传统向来以"诗言志""文以载道"为主导，重教化。如何真正捍卫文学艺术的自主性、审美性，又不违背"诗言志"、重教化的传统，学界颇费了一些苦心。20世纪70年代，英国著名的西方马克思主义代表人物伊格尔顿的美学意识形态理论和文学以一种意识形态生产的理论传入中国，为左右为难的中国学界摆脱学术困境，提供了可资利用的理论资源。在伊格尔顿理论的启发下，结合中国学术的诉求，文艺学界提出了文学审美意识形态性的命题，美学领域提出了实践美学命题。这两个命题是中国特殊的政治、文化语境催生的果实，也可视为中国学术史上的创新。但我们也要看到，它更是学术理念上的一个折中的产物。它既能被体制认同，又能被大多数学者接受，还实现了建构自主性的文艺学学科的理论诉求。从显像层面看，它传承和维护了中国传统文化"诗言志""文以载道"的精髓。这种维护有点像英国19世纪马修·阿诺德创立的利维坦主义。伊格尔顿在《二十世纪西方文学理论》一书中一针见血地指出："'英国文学研究'的兴起几乎是与'道德'（moral）一词本身的意义的历史转变同步的，而阿诺德、亨利·詹姆斯（Henry James）和利维斯（F. R. Leavis）则是这一意义变化了的'道德'的重要的批评阐释者。"① 从隐形层面窥探，很多学者真正的用意还是想通过一个折中的策略捍卫文学艺术的自主性、审美性。不出所料，审美意识形态性最终被纳入到中国大学文学理论教材中，成为解读文学性质的一个重要属性。

再次，从时代的历史诉求看，20世纪初至六七十年代，两次世界大战的爆发，给西方社会带来巨大灾难的同时，客观上转移了参战国国内的

① 〔英〕特雷·伊格尔顿：《二十世纪西方文学理论》，伍晓明译，北京大学出版社，2007，第26页。

政治、阶级矛盾，为学者从事学术研究提供了一个暂时的且不甚稳定的避风港，为他们建构学科的专门化提供了一定的机遇。加之，20世纪西方学术研究整体发生向语言学转向、向内部转向和向科学方法转向的大趋势，一些充满革命激情的年轻学者，顺应这个大趋势，勇于冲破统治西方两千多年的社会历史方法的牢笼，为建构真正的、具有文学性的文艺学科而不遗余力，形式主义就在这样的大语境中勃兴起来。实事求是地说，形式主义的文学性主张和新批评的文本细读理论的确为建构和维护独立的文学学科提供了合法性和科学性的理论依据，但问题是，西方自古以来通行的非此即彼的二元对立思维模式，势必将形式主义和新批评推向极端，完全切断了文学艺术与社会、历史的联系，走上了去历史化、反历史化的不归之路。与此同时，中国的百年历史却是为中华民族独立而奋斗的历史，民族矛盾、阶级矛盾、政治矛盾复杂而又激烈，政治第一是中国百年历史的诉求，一切学术研究必须围绕这个中心转动。所以学科的自主性和专业化让位于历史的诉求，历史主义成为学术研究的主导原则，也就不足为怪。历史主义在中国学术界已经形成很深厚的学术传统，加之中国的思维方式崇尚亦此亦彼、含而不露，"不着一字，尽得风流"，即使主观上想完全转向形式主义，但在实践上，也不可能冲破历史主义的防线、彻底转向形式主义，只能倾斜于形式主义，或者说，对它多一份厚爱。

鉴于上述三个方面的原因，我国文论转型既没有走向纯形式主义，又没有走回头路，而是在审美和意识形态之间达成了一种和解或交互融合，但也不可避免涂抹上形式主义的浓重痕迹。甚至可以说，自20世纪90年代以来，中国文论呈现出从历史主义向形式主义倾斜的迹象。70年代以来，西方文论从形式主义转向历史主义，中国文论却从历史主义向形式主义倾斜，两者在时空上呈现出一种倒错和逆反的态势。这种态势反映出中西语境、理论诉求、思维定式的差异，但也是时空的倒错。中国文论倾斜于形式主义的发展轨迹，从积极意义上看，为强化文学艺术的审美性，为确立文艺学学科的自主性，它另辟蹊径，消解障碍并提供资源。从消极性看，它导致的负面效应就是规避现实、淡化历史语境、空谈理论。德国学者沃尔夫冈·韦尔施在《重构美学》一书的第一章中，谈及自己撰写《重构美学》的方法时指出，面对日新月异、五花八门的审美现象，有一种学术研究的方法或态度是置现实于不顾，退缩到传统美学的安全港湾去玩弄"美学定义"的"概念游戏"，将美学仅仅看作一种"艺术观"。这种学术上的"逃避主义"自以为从观念出发就可以消除存在的审美现象。所以，他们"执迷于理论"，"在诊断和自我安慰的地带设置防线，以对付观念的生发"。① 韦尔施深知这种书斋式的治学方法既无法科学地甄别现实问题，更谈不上有新的学术创建，因而他采取了"实施基础扎实的选择"的方法，即对涌现出的各种审美现象加以审视、区分和反思，对现代建筑、公共空间的艺术、未来城市规划、听觉艺术、电子媒介和信息高速公路等现实问题进行审美的诊断和展望，在此基础上以建构主义的科学方法构建原型美学和超越美学。实际上，韦尔施、伊格尔顿、詹姆逊等学者，都很看重历史主义原则和方法，并且在自己的学术研究中，不遗余力去践行历史主义原则。但是，他们绝不是回到机械决定论的历史主义，而是从当代的历史语境出发，创造一种新的历史主义。

二　詹姆逊的历史元批评创新

关于"历史"，《现代汉语词典》中这样解说："历"指经历、过去的一次、一代、一年；"历史"指自然界和人类社会，或者某种事物的发展过程。② 可见历史一词主要从时间维度来概括人类历史的发展过程，它是由各种各样的历史事件构成的社会存在。历史是生生不息的，它既铸就了人类的进化史，也成为社会意识产生和发展的动力源泉和根源。如果坚信历史唯物主义原则，并将其作为学术研究的第一原则，我们通常称之为历史主义。这种解释，是在一般意义上的共时性阐释。其实，在不同的时代，不同的理论流派对历史性具体内涵都有不同的阐释方法，而当下，以历史的必然性、线性发展的因果式机械决定论、经济决定论、单一政治决定论为基础的传统马克思主义的历史方法明显已经"难善其身"③，但是

---

① 〔德〕沃尔夫冈·韦尔施：《重构美学》，陆扬、张岩冰译，上海译文出版社，2002，第13~14页。
② 《现代汉语词典》，商务印书馆，1997，第776页。
③ 〔美〕弗雷德里克·詹姆逊：《政治无意识》，王逢振、陈永国译，中国社会科学出版社，1999，第4页。

面对 20 世纪初至 60 年代发生的去历史化思潮，如何重新举起历史主义的大旗，恢复历史主义的生命力，显然迫在眉睫。恢复历史主义的生命力，有两条道路可以选择。一是返回传统的保守主义，即以历史的必然性、线性发展的因果式机械决定论、经济决定论、单一政治决定论为基础的历史方法。这种方法在注重差异、提倡多元、关注微观政治、确认复数历史的学术语境中，已经"难善其身"，丧失了它的合法性。二是海纳百川，熔为一炉，既坚守辩证法的历史性，又凸显当代性和未来预见性的马克思主义的历史主义方法。第一条道路是一种不敢越雷池一步的、返回传统的保守主义；第二条道路则是一种以当代意识对历史性的再创造。美国著名学者弗雷德里克·詹姆逊以坚定的马克思主义的学术立场、开放的学术视野、敏锐的当代意识和广博的知识涵养，开创并建构了一种新的辩证的历史主义方法，即我们所说的第二种历史主义方法。

詹姆逊在他的力作《政治无意识》的前言中，开宗明义宣称历史化是这本著作的原则："永远的历史化！这句口号——一句绝对的口号，我们甚至可以说是一切辩证思想的'超历史'必要性——也将毫不奇怪地成为《政治无意识》的真谛。"① 在詹姆逊看来，历史性是一条不证自明的真理，辩证思想虽然看起来是"超历史"的，但它运用的原则必须从历史出发，它不是"超历史"辩证法，而是历史主义的辩证法。显然，詹姆逊将历史主义的辩证法视为文学研究和批评的"元批评"。20 世纪20 年代至 60 年代，在西方，形式主义思潮大行其道。各种形式主义，如俄国形式主义、新批评、结构主义等等，为了确立一种所谓科学、"连贯、确定、普遍有效的文学理论"，企图发明一种超越时空、对所有批评都具有普遍有效性的方法，詹姆逊认为这种去历史化的形式主义方法完全是一种幻想，必然"毫无结果"。② 其实，所有的文学创作和文学批评，都或隐或显地以不同的方式折射着历史的影子，都表现为"形式易于不

---

① 〔美〕弗雷德里克·詹姆逊：《政治无意识》，王逢振、陈永国译，中国社会科学出版社，1999，第 3 页。
② 〔美〕弗雷德里克·詹姆逊：《批评理论和叙事阐释》，载王逢振主编《詹姆逊文集》（第二卷），中国人民大学出版社，2004，第 3 页。

知不觉地滑入内容"的规律。① 就拿小说的情节来说，从文学史历时的角度看，情节模式的变幻，最终都根源于社会历史的变化。詹姆逊揭示了西方情节小说由古典的统一模式滑动到当代心理小说和观点小说的碎片化模式的历史根源。西方古典小说的情节追求时空的统一、事件发展的完整性和人物体系的系统性，这种"统一体的根源"，在詹姆逊看来完全源于西方从 17 世纪至 19 世纪 60 年代理性主义社会统一性的社会经验和哲学上通行的本质决定论，所以他说："情节小说不是作为对抽象论题的说明，而是作为对经验本身的真正条件的体验，他以具体的方式使我们相信，人的活动、人的生活，在某种方式上是一个完整的、联结在一起的整体，是一个独特的、构成的有意义的实体。"② 这种古典式的统一整体性情节模式到了 19 世纪 60 年代却发生了变化，演变为"观点小说"③（詹姆逊称之为"心理小说"）的碎片化的情节模式。碎片化的情节模式打破了人物行动和事件发展的统一性、完整性，依据人物意识之流，跨越时空阈限、突破因果阀域，超越主客、内外、个人与社会的界限，以一种天马行空的自由联想呈现碎片化的情景。这种碎片化情节模式的心理小说，发展到极致，则演变为"无情节小说"④。如果说心理小说还遵循"主人公意识的一致"性⑤的话，无情节小说则完全颠覆了人物、事件和意识的统一性，它"用叙述语言写的字画谜，一种用事件或象形文字写的陌生的密码，与原始神话或童话故事相似"⑥ 的方法叙事，情节完全被这种叙事的"荒诞"消解。在形式主义文论看来，情节从统一性模式转向碎片化模式和无情节模式，完全是叙事文学类型的形式演变使然，演变的根源不在内

---

① 〔美〕弗雷德里克·詹姆逊：《批评理论和叙事阐释》，载王逢振主编《詹姆逊文集》（第二卷），中国人民大学出版社，2004，第 3 页。

② 〔美〕弗雷德里克·詹姆逊：《批评理论和叙事阐释》，载王逢振主编《詹姆逊文集》（第二卷），中国人民大学出版社，2004，第 8 页。

③ 〔美〕弗雷德里克·詹姆逊：《批评理论和叙事阐释》，载王逢振主编《詹姆逊文集》（第二卷），中国人民大学出版社，2004，第 9 页。

④ 〔美〕弗雷德里克·詹姆逊：《批评理论和叙事阐释》，载王逢振主编《詹姆逊文集》（第二卷），中国人民大学出版社，2004，第 10 页。

⑤ 〔美〕弗雷德里克·詹姆逊：《批评理论和叙事阐释》，载王逢振主编《詹姆逊文集》（第二卷），中国人民大学出版社，2004，第 9 页。

⑥ 〔美〕弗雷德里克·詹姆逊：《批评理论和叙事阐释》，载王逢振主编《詹姆逊文集》（第二卷），中国人民大学出版社，2004，第 10 页。

容而在形式；但在詹姆逊看来，无论形式如何变化，变化得如何千奇百怪，最终都必然"从形式向内容滑动"，尽管"从形式向内容滑动"是那么"不易察觉"，那么隐蔽，但归根到底，形式的变化都有一定的社会根源。① 情节从统一性模式转向碎片化模式和无情节模式，折射出西方社会从现代社会的总体性、宏大叙事和理性主义文化囊括的统一性的社会经验向分裂的、碎片的、异质的、多元的社会经验的转型。"在我们社会里，集体生活特有的会集地，集体命运互相纠结的地方——餐馆、市场、公路、林阴道、教堂，甚至城市本身——都已经腐败，而且因为它们，充满活力的轶事的源泉业已衰败"②，"主体的丧失"和"支配观点的意识的丧失"③ 这种后现代社会独特的社会文化特征、心理体验最终导致了叙事文学情节的演变。詹姆逊对情节模式演变的历史化分析，印证了他所说的："艺术作品的形式——包括大众文化产品的形式——是人们可以观察社会制约的地方，因此也是可以观察社会境遇的地方。有时形式也是人们可以观察具体社会语境的地方，甚至比通过流动的日常生活事件和直接的历史事件的观察更加充分。"④ "从形式向内容滑动""艺术作品的形式……甚至比通过流动的日常生活事件和直接的历史事件的观察更加充分"等观点，一方面体现了詹姆逊对文学艺术形式价值功能的重视，另一方面又将形式价值功能深深地嵌入历史文化的旋涡、融入社会历史的潜流之中，在形式主义文论消解历史性、文学阐释去历史化的潮流盛行之际，重新坚定地举起历史主义的大旗，坚定文学创作和文学研究"必须回到历史本身，既回到作品的历史环境，也回到评论家的历史环境"⑤，成为文学批评的元批评。元批评意味着历史化"是一切辩证思维的绝对

① 〔美〕弗雷德里克·詹姆逊：《批评理论和叙事阐释》，载王逢振主编《詹姆逊文集》（第二卷），中国人民大学出版社，2004，第 13 页。
② 〔美〕弗雷德里克·詹姆逊：《批评理论和叙事阐释》，载王逢振主编《詹姆逊文集》（第二卷），中国人民大学出版社，2004，第 9~10 页。
③ 〔美〕弗雷德里克·詹姆逊：《批评理论和叙事阐释》，载王逢振主编《詹姆逊文集》（第二卷），中国人民大学出版社，2004，第 10 页。
④ 〔美〕弗雷德里克·詹姆逊：《现代性、后现代性和全球化》，王逢振、王丽亚等译，中国人民大学出版社，2018，"总序"第 20 页。
⑤ 〔美〕弗雷德里克·詹姆逊：《批评理论和叙事阐释》，载王逢振主编《詹姆逊文集》（第二卷），中国人民大学出版社，2004，第 4 页。

律令（absolute imperative，来自康德的概念——译注），甚至是'超历史'的律令"①。应该说历史化作为元批评，是詹姆逊在新的历史条件下，为文学研究提出的新的历史主义原则。

这种新的历史主义原则既坚持了马克思主义的历史唯物主义原则，又体现出极强的当代意识和开放意识。詹姆逊在谈到如何以历史主义方法阐释文学理论的基本问题时指出，对传统哲学美学所涉及的问题，如艺术的本质和功能、诗歌语言和审美体验的特性、美的理论等问题的解答都必须"保持一种本质上是历史主义的视角"②。但是这种历史主义视角，不是回到传统哲学美学对上述问题的阐释上，而是根据"目前的经验，尤其取决有时所称的消费社会的结构特征（或晚期垄断资本主义或消费资本主义或跨国资本主义的'非积累'阶段），即古伊·德波所说的形象或景观社会"③的历史现实，做出当代的阐释，那便是一切"老式哲学美学的那些问题本身就需要从根本上历史化"④。传统问题的历史化，虽然蕴含着对传统理论的承续，但重点在于用历史化的原则，从当代出发，对传统理论进行再阐释、再历史化。这种再阐释、再历史化必须以开放的意识对传统理论进行辨析、反思。在此基础上，依据当代意识去改造，从而创造出具有当代历史性的、科学性的理论。在詹姆逊看来，"在一个浸透着各种信息和'审美'体验的社会里"，"老式哲学美学的那些问题"，"将在历史化的过程中变得面目全非"。⑤

尽管詹姆逊很少就艺术的本质和功能、诗歌语言与审美体验的特性和美的理论进行专题讨论，按他的说法甚至是"缺场"，但是一句"面目全非"，早已隐含着一种开放的当代意识的学术立场。这种学术立场，依笔

---

① 〔美〕弗雷德里克·詹姆逊：《政治无意识》，转引自刘康《西方理论在中国的命运——詹姆逊与詹姆逊主义》，《文艺理论研究》2018 年第 1 期。

② 〔美〕弗雷德里克·詹姆逊：《政治无意识》，王逢振、陈永国译，中国社会科学出版社，1999，第 5 页。

③ 〔美〕弗雷德里克·詹姆逊：《政治无意识》，王逢振、陈永国译，中国社会科学出版社，1999，第 5 页。

④ 〔美〕弗雷德里克·詹姆逊：《政治无意识》，王逢振、陈永国译，中国社会科学出版社，1999，第 5 页。

⑤ 〔美〕弗雷德里克·詹姆逊：《政治无意识》，王逢振、陈永国译，中国社会科学出版社，1999，第 5 页。

者所见，主要强调以下几点内容。

首先，反对单一的、静止的、永恒的、普遍的艺术本质观，主张动态性、多维性、历史的艺术本质观。前者是一种去历史化的抽象，不可能阐释不同时代的文学艺术现象。如果用这种抽象的艺术理念去规避文学艺术创作和批评，最终必然落入形式主义的陷阱，如用俄国形式主义的"文学性"来考察后现代的文学艺术，要么陷入语言的牢笼不可自拔，要么以所谓高雅艺术的标准冷眼横扫大众艺术，悲悯地哀吟起"艺术终结论"的挽歌；后者赋予文学艺术以当代意识，以一种包容的宽阔胸怀海纳百川，提倡多元艺术来满足当今社会人们多种多样的审美体验。

其次，提倡一种创造性的再历史化。詹姆逊在《政治无意识》的前言中，一再强调新的阐释方法是以历史性原则既对作品历史化，又对批评阐释再历史化。再历史化，其实质是依据当代意识的一种阐释的再创造。"任何阐释都不可能单凭它自己的条件而真的丧失能力，阐释并不是一种孤立的行为，而是发生在荷马的战场上，那里无数阐释选择或公开或隐蔽地相互冲突。"① 面对阐释战场上的冲突、交锋、厮杀，我们何为？詹姆逊说他决心"以更激烈的论战精神"参与"理论内部的阶级斗争"②，主张"对积极的误读张扬而不主张消极的误读"③。论战精神，要敢于"清算其他的敌对'方法'"；积极误读，就是要以一种科学的态度，厘清是非、分辨真伪，以一己之见，融他人之长，避他人之短，提出独一无二的理论建树。积极误读首先要坚信"第三种立场"，即"以辩证法的形式肯定理论的重要性，与此同时也承认历史本身的重要性"④ 的马克思主义立场。

再次，在詹姆逊看来，今天我们拥有一个知识多元的市场，辩证的、

---

① 〔美〕弗雷德里克·詹姆逊：《政治无意识》，王逢振、陈永国译，中国社会科学出版社，1999，"前言"第7页。

② 〔美〕弗雷德里克·詹姆逊：《政治无意识》，王逢振、陈永国译，中国社会科学出版社，1999，"前言"第6页。

③ 〔美〕弗雷德里克·詹姆逊：《政治无意识》，王逢振、陈永国译，中国社会科学出版社，1999，"前言"第7页。

④ 〔美〕弗雷德里克·詹姆逊：《政治无意识》，王逢振、陈永国译，中国社会科学出版社，1999，"前言"第7页。

历史的马克思主义是与"伦理的、精神分析的、神话批评的、符号学的、结构的和神学的"阐释方法并置的，马克思主义与各种各样的阐释方法展开竞争，在竞争中消解它们反历史主义的主张，保存它们的"区域合法性"，显示出自己的包容性和优越性。① "政治无意识"命题是詹姆逊在与形式主义去历史化的论战中，剔除了弗洛伊德的"无意识无历史"的弊端，吸纳了"无意识"的思想精华，改造了阿尔都塞"意识形态国家机器"的理论资源，反转了阿尔都塞对历史主义的否定，并通过对一系列叙事文本的积极误读才得以构建的。詹姆逊认为，"查找到那种未受干扰的叙事的踪迹的过程中，在把这个基本历史的被压抑和被淹没的现实重现于文本表面的过程中，一种政治无意识的学说才找到了它的功能和必然性"②。"政治无意识"是论战精神和误读的结晶，更预示着一种新的、更充分的、内在的或反超验的阐释模式的建构。难怪，国际学术界公认《政治无意识》是詹姆逊最重要的代表作。这部著作，正以"政治无意识"的科学命题奠定了詹姆逊作为后马克思主义者的地位，成为新的马克思主义阐释学的重大成果。新的马克思主义阐释学既不同于传统以历史的必然性、线性发展的因果式机械决定论、经济决定论、单一政治决定论为基础的传统马克思主义的阐释方法，也不取代其他方法成为独为一尊的方法，而是"为某一尚未实现的、集体的、解中心的、超越现实主义和现代主义之类的未来文化而保留的"的阐释理论，即辩证的、历史的、新的马克思主义阐释理论。③

总括而言，詹姆逊在西方文论从形式主义向历史主义转型的关键历史时刻，提出并建构了辩证的、历史的、新的马克思主义阐释理论，对历史化或历史主义做出了新的创造性的建构。这种创造性建构既表现为坚守马克思主义的历史唯物主义的学术立场，立足于当代社会、当代文化和当代学术的现实基础，以一种当代意识、开放胸怀，将各种思想流派的合理内

---

① 〔美〕弗雷德里克·詹姆逊：《政治无意识》，王逢振、陈永国译，中国社会科学出版社，1999，"前言"第 4 页。

② 〔美〕弗雷德里克·詹姆逊：《政治无意识》，王逢振、陈永国译，中国社会科学出版社，1999，第 11 页。

③ 〔美〕弗雷德里克·詹姆逊：《政治无意识》，王逢振、陈永国译，中国社会科学出版社，1999，"前言"第 5 页。

核吸纳并融合于马克思主义的历史性大框架之中，又独辟蹊径，从"文学是社会的象征性行为"的角度，对辩证的、历史的、新的马克思主义阐释理论的巨大优越性、包容性和科学性进行了宏阔而又精微的阐释，为当代文艺学的"历史化"转向和创新提供具有当代性的、科学的、开放的历史主义原则和方法。

第二节 语境的创新机制

语境问题是20世纪乃至21世纪最令人瞩目的学术课题，它不仅穿越百年来的学术史，而且横扫了人文学科各个领域，甚至自然科学也借鉴了它的光芒（物理学出现了语境测量方法）。它的生命活力由最初的语言语境辐射到历史语境、文化语境；由内部语境扩展到外部语境；由情景语境延伸到文化语境；由生成语词意义的语境升华为产生真理的语境。无论是哪种语境，对于人文学科来说，其价值都可从本体意义上来决定学术的真与假、成与败、优与劣。它的功能用"它是一切创造之源、之本"来评价都不为过。

一 语境复义性

语境在英文中写作 context，意思是"词语的上下文"，语言学借用这个词来表示"语言使用的环境"，即语境。[①] 语境的提出，既是对传统语言观的一种颠覆，亦是对索绪尔语言学局限性的突围。流传两千多年的传统语言观始终将语言作为表达事物的工具或手段，一个词即指称一个事物，词的意义由该词所决定，一句话的意义由说话人所决定。瑞恰慈在谈到语言的功能时说，传统语言学主张对事物进行抽象，找出事物的一般类的特性，然后用一个确定的词去表达事物的一般类的特性，即意义，所以事物的意义由词指称，词就等于意义。这种方法，瑞恰慈称为"定'名'法"。[②] 在瑞恰慈看来，这种简单"定名法"不符合人的反应和感觉的特点。现代心理学已经证明，人的反应有些是简单的，但大多数是"错综

---

① 朱永生：《语境动态研究》，北京大学出版社，2005，第6页。
② 〔英〕瑞恰慈：《论述的目的和语境的种类》，章祖德译，载赵毅衡编选《新批评文集》，百花文艺出版社，2001，第329页。

复杂的"，而且人的反应还有强大的记忆功能，既有对遥远的过去的记忆，对当下的铭刻，还有对未来幻想的梦幻记忆；既有有意识的记忆，还有大量的无意识记忆。人在交往对话时，这些复杂记忆有可能顿时涌上心头。即便一个简单的抽象的词，既有当下之意，亦有过去和未来的明意、隐意、转意和象征意义，它们会以复杂意义的共同体的合力效应发挥作用。旧的修辞学已经不能说明词语的意义由何而来的问题，建立新的修辞学迫在眉睫。新的修辞学恰恰从旧的修辞学的软肋入手，将"词语如何表达意义"① 作为重中之重的中心问题加以研究。为此，瑞恰慈竭尽一切学术资源，在颠覆旧的修辞学意义观念的同时，开创性地提出"语境"命题。新的修辞学认为词语的意义既不是说话者赋予的，也不是单个词本身所决定的，而是词与词之间的关系所决定的。这就是说，从语言内部看，单个词构不成意义，单个词与单个词只有按一定的语法规则组成句子，方能体现出一定的意义。所以意义是在词与词之间的关系中产生的，词与词之间的关系就构成了语言学的内部语境。从语言的交流功能看，当言说者双方进行交流时，他们不仅需要在特定的时空中进行，而且还涉及交流双方的身份地位、文化习俗、性格爱好、文化程度及心理意愿等因素。交流的时空不同，涉及的因素不同，双方对言说意义的理解也就不同。所以，交流的时空、涉及的因素就构成了语言的外部语境。语言学将决定语词意义的内部语境和外部语境统称为语境。语境范畴的提出是新修辞学对传统修辞学的一种突破和创新。这种创新的价值在于，它为 20 世纪西方学术研究从形式主义的封闭研究转向历史主义的开放研究提供了一把打开潘多拉盒子的金钥匙。瑞恰慈无不幽默地说："'语境'这种熟悉的意义可以进一步扩大到包括任何写出的或说出的话所处的环境；还可以进一步扩大到包括该单词用来描述那个时期的为人们所知的其他用法，例如莎士比亚剧本中的词；最后还可以扩大到包括那个时期有关的一切事情，或者与我们诠释这个词有关的一切事情。"② 可见，语境的复义性是

---

① 〔英〕瑞恰慈：《论述的目的和语境的种类》，章祖德译，载赵毅衡编选《新批评文集》，百花文艺出版社，2001，第 325 页。

② 〔英〕瑞恰慈：《论述的目的和语境的种类》，章祖德译，载赵毅衡编选《新批评文集》，百花文艺出版社，2001，第 333 页。

新修辞学对旧修辞学的一个极为重要开创性的突围。自 1923 年人类语言学家马林诺夫斯基在《意义的意义》一书中提出情景语境和文化语境起，一百多年来，语境概念所向披靡，横扫一切学术研究领域，并被不停地扩展、补充、深化、创新。

在语境问题上，瑞恰慈率先将原本是确立"上下文关系"的语言学语境移植到文学艺术研究中，奠定了建构文学语境的语言学和心理学基础。瑞恰慈是英国剑桥大学和美国哈佛大学的著名教授，是新批评的开山鼻祖，同时他也是中国的好朋友。他不仅对中国的传统文化情有独钟，而且为 20 世纪二三十年代的中国高等教育事业做出了杰出的贡献。据齐家莹在《瑞恰慈在清华》一文中的介绍，1927 年，瑞恰慈来北京访问参观了清华大学。1929~1931 年，他接受清华大学校长罗家伦的邀请，到清华大学外文系任教授并讲授"西洋小说"、"文学批评"、"现代西方文学"与"戏剧"等课程。他的《〈意义的意义〉的意义》一文于 1930 年发表于《清华学报》。① 徐葆耕在《瑞恰慈：科学与诗》一书的序言中，详细回忆了瑞恰慈的新批评和文学语境理论对中国三四十年代文学研究产生巨大影响的情景，当时作为学生的钱锺书和作为教师的朱自清先生直接获益。钱锺书在瑞恰慈学术思想的启迪下，分别于 1934 年在《学文月刊》第一卷第三期和第四卷第五期发表了《论不隔》和《美的生理学》；朱自清运用语境复义理论对中国古诗的分析堪称中西融合的典范，此成果以《诗多义举例》为题发表于 1935 年 6 月的《中学生》杂志。② 还有李安宅的《意义学》，这本著作其实是对瑞恰慈意义理论的一种再解读，发表于 1934 年，由商务印书馆出版；曹葆华翻译的瑞恰慈的《科学与诗》则于 1937 年由商务印书馆出版。③ 凡此种种，数不胜数，可见瑞恰慈以复义理论为基础的语境说，对三四十年代的中国学术所产生的影响力，用振聋发聩、开一带先河等来形容，都不足以完美概括。以笔者之见，瑞恰慈以复义理论来阐释他的文学语境，恰恰与中国语言和诗词的意象性特征不谋而合。这种语言思维的趋同性，才使双方合拍。那么瑞恰慈的复义理论具体

---

① 徐葆耕编《瑞恰慈：科学与诗》，清华大学出版社，2003，第 125 页。
② 徐葆耕编《瑞恰慈：科学与诗》，清华大学出版社，2003，第 114、121、110 页。
③ 参见徐葆耕编《瑞恰慈：科学与诗》，清华大学出版社，2003，第 77、3 页。

含义是什么呢？

第一，瑞恰慈将复义作为建构文学语境的理论基础。在瑞恰慈看来，语境是"用来表示一组同时再现的事件名称，这组事件包括我们可以选择作为原因和结果的任何事件以及那些所需要的条件"。① 这些事件，在言语行为中，有的呈现出来，能对言语交流直接发生效应，但大多数事件，如表示原因的，或者以无意识形态潜藏在人意识深处的身份意识、文化习性、心理特征等因素虽在场，却隐身，不被人目睹。用来表示这组复杂事件的语词需要承担多种角色的职责。事件的多样性、事件形态的复杂性、词的复义性，使语境货真价实地成为一种"复义现象"。② 因此，瑞恰慈把"复义"定为"意义的语境定理"③。"意义的语境定理"还是区分新旧修辞学的标志。旧的修辞学把复义视为语言词不达意的根源，千方百计要消除复义；而新的修辞学将复义视作话语意义产生的根基。可见，瑞恰慈的复义语境不同于一切旧修辞学的语境。

第二，复义现象是如何产生的？瑞恰慈在《诗中的四种意义》一文中，指出人的表达、文学的表达的意义绝不是单一的，而是由"'意思'、'情感'、'语调'、与'用意'"这四种功能构成的全盘意义起作用。④"意思"指通过言说某种事态和条目，给人以思考，激起对"条目的思想"；"情感"指通过言说，表达"一种态度"、"某种特别的倾向，偏好，或强烈的兴趣"，体现出"一些个人的情感底气味与色彩"⑤；"语调"指言说者在挑选词和安排文字时表现出来的自己的身份地位、对事物的态度所引起的声音的高低、抑扬顿挫和冷暖；"用意"则指言说所表达的目的。在人的语言行为中，这四种意义或多或少、或明或暗地会传达出来，只不过其中某种意义占据的地位或者表现的重要性不同而已。从语

① 〔英〕瑞恰慈：《论述的目的和语境的种类》，章祖德译，载赵毅衡编选《新批评文集》，百花文艺出版社，2001，第334页。

② 〔英〕瑞恰慈：《论述的目的和语境的种类》，章祖德译，载赵毅衡编选《新批评文集》，百花文艺出版社，2001，第339页。

③ 〔英〕瑞恰慈：《论述的目的和语境的种类》，章祖德译，载赵毅衡编选《新批评文集》，百花文艺出版社，2001，第338页。

④ 徐葆耕编《瑞恰慈：科学与诗》，清华大学出版社，2003，第46页。

⑤ 徐葆耕编《瑞恰慈：科学与诗》，清华大学出版社，2003，第47页。

言分类上看，科学用语中"意思"占首位，但其他意义也不是完全被杜绝，只不过表现的形式不同，科学用语的"情感"常常隐藏在意义之下，毫不露声色，甚至可以被视作"局外人"。对文学用语来说，上述四种意义都是必需的，但其中"情感"却被摆在首位。诗的叙述是情感的叙述，是情感表达的工具。诗的叙述往往采用各种手法，如隐喻、悖论、自否、虚幻等等，造成与逻辑不相干甚至背离的假象，这都是为了情感的表现。唯独如此，"诗是一种灵魂"，扣动心弦！

第三，瑞恰慈在《科学与诗》一文中，详细比较了诗的语言与科学语言的区别。瑞恰慈认为诗是人的经验的表现。经验是什么？经验是人所经历过的一切所见、所感的集合体，是活生生的事件给予人的喜乐悲哀的情感体验、生活体验。诗就是这种经验的呈现。从人的生理、心理看，人有两种能力。一种是获得思想的智力，另一种是对事物的兴趣、态度、情绪和情感的情智。在瑞恰慈看来，人的情智是主要的，构成人的主要的生理心理系统。诗呈现经验，主要运用情智，这就使诗的语言是一种具象的、隐喻的、情感的、想象的、多义的语言。这种语言往往把思想隐蔽于文字之中，思想对于诗而言，永远是第二位的。如果我们在评价一首诗的时候，把思想估计过高，就误读了诗。与诗相比，科学排除一切感性的、隐喻的、情感的和模糊的因素，追求确定的、逻辑的和可靠性的，科学的语言排斥含混和复义。可见诗的本质决定了诗歌语言的复义特征，难怪瑞恰慈不无深情地说：诗的"文字是组合这些冲动的钥匙"[1]。

从上文对瑞恰慈意义的复义、诗语言的复义性理论的介绍看，瑞恰慈所说的语境是一种不同于广义语境的文学语境。文学是语言的艺术，文学语境具有与语言语境的相似性的共同特征，但它又是诗的艺术，具有与语言语境不同的特质，这个特质就在于它是以情感为主的复义性。文学语境复义性理论的创新之处在于，它突破了仅限于语词上下文关系的封闭研究，为我们提供了对文学文本创作、欣赏、批评的广阔的多维空间与方法。多维空间与方法表现为，不仅要关注语境的内部研究（语词在上下文中的关系），更要关注语境的外部研究（语词在文学史和社会史上留下

---

① 徐葆耕编《瑞恰慈：科学与诗》，清华大学出版社，2003，第21页。

的痕迹）；不仅要着眼于文字已呈现的意义与事件，更要透视语词中蕴藏的但却不在场的意义与事件。通过"复义的语境定理"，瑞恰慈将文学的内部研究与外部研究、纵向研究与横向研究、文学的表层研究与深层研究有机地统一在一起。当然，文学语境及其"复义的语境定理"的提出，也是历史语境、文化语境、社会语境等外部语境作用的结果。20 世纪 30 年代，是一个动荡的年代。当时，瑞恰慈以十分敏锐的学术眼光，洞察到整个社会，从经济、政治、文化、社会心理到文学艺术都在发生剧烈变化，科学获得长足的进步，人的传统的日常生活方式受到深刻影响。流传了千万年的习惯和习俗阻碍了历史前进的步伐，人们身临其境，感同身受。打破传统，不断反省，走创新之路，是历史之必然。瑞恰慈敏锐地洞察到时代的脉搏，率先对传统文学观念和修辞学发难，在吸收当时生理学、心理学和语言学最新学术成果的基础上，提出了文学语境及其"复义的语境定理"。文学语境及其"复义的语境定理"虽然基于心理学和语言学，而且研究的视角也是从语言的复义出发，但在笔者看来，文学语境及其"复义的语境定理"的内涵早已突破了纯语言学的藩篱，其延伸到社会历史的各个层面。他的方法，突破了二元对立思维，以语境的宏观视域无形之中将研究涉及的各个分支，以意义的整体性统一起来。30 年代，新批评刚刚崭露头角，瑞恰慈就提出如此具有预见性、前瞻性的灼见，实属创建。可惜的是，新批评的发展，没能遵循"复义的语境定理"，抛弃了语言语境中的历史性，一步一步走向了纯语言技巧的形式主义研究，最后陷入语言的牢笼不可自拔。在文学理论的研究中，由于过分强调瑞恰慈理论的心理学局限性，对他的文学语境和"复义的语境定理"没能给予足够的重视，对其理论研究的延伸、深化更为薄弱。好在当下学术研究已经显露出历史化转向的大趋势，从历史和文化的角度，对瑞恰慈的"复义的语境定理"的阐释，有了突破性的进展。这种进展则表现为给予语境以复义性的本体论特质，一方面消解了对传统语境的单一性、确定性和凝固化的认识，建构起一种多维、多元、复杂和动态的合力的复义语境观。笔者注意到，当代的学术研究论文中，人们大多都以语境问题域取代历史背景的提法，这表明多多少少带有单一性、确定性和凝固化的历史背景提法让位于复义语境的趋势。另一方面大大提升了语境在人类社会的实践和学术上的地位。20世纪以来，无论是人文学科还是科学的学术研究、发现，甚至发明，都建构在对多维、多元、复杂和动态的合力的复义语境的考察、溯源、勘寻、突围的基础上，以期从中寻觅创新的动力之源。

二　语境的问题效应

文学艺术理论生产的创造动力来源于何处？来源于特定语境提出的问题。文学理论的生产就是一个不断回应和解决语境提出的问题的过程。而语境总是生生不息、变化多端的，它对文学理论生产提出的问题也就源源不绝。语境作为问题的本源效应，使文学理论的研究产生一个个问题，进而创建出一个个理论，从无到有、从有到多、从多到深、从深到专、从专到广，周而复始，螺旋式地跃进，甚至跨越式地突变。大凡有建树、有创新的文学理论家，都会自觉地扎根现实，寻觅现实问题、探研现实问题、回应现实问题、解决现实问题。历史语境不仅是文学艺术流派思潮产生的根基、源泉，也是文论实现跨越式创新的基础和动力。同理，历史语境也锻造出许多一流学者。在西方，像阿尔都塞、伊格尔顿、福柯、德里达、詹姆逊、卡勒等思想大家，他们既是历史的骄子、历史的见证者、历史的实践者、历史的审判者，更是历史的前瞻者。我们以美国学者乔纳森·卡勒为例，看看他如何踏着历史演进的步伐，自觉地回应语境的问题域，使自己的学术研究在当代语境中开出一朵朵经久不衰的绚烂之花。

20世纪40年代在欧洲大陆兴起的结构主义，时间给各种学科带来突破性的革命，然而在英国和美国，一直到70年代对此都无动于衷。当时的英国和美国在文学艺术批评方面面临新批评退潮、新方法缺席的困境，他们曾尝试用弗莱的神话原型批评脱离困境，但最后以失败告终。文艺学研究的出路何在？美国著名学者J.希利斯·米勒预言其路径有两条：一是英美学术界必须打开国门，从欧洲大陆的学术思想中吸取精华；二是将欧洲大陆的学术思想精华与英美文化结合，从中产生新的批评方法。[①]米勒的预言在卡勒的身上得到了印证。当时只有22岁的卡勒从美国哈佛

---

① 盛宁：《阐释批评的超越——结构主义诗学论（译者前言）》，载〔美〕乔纳森·卡勒《结构主义诗学》，盛宁译，中国社会科学出版社，1991，第2页。

大学毕业后，立即赴英国牛津大学攻读比较文学硕士和博士学位，博士毕业后在剑桥大学工作。他的博士学位论文选择的是结构主义方面的课题，致力于将结构主义引入文学研究领域，打通了结构主义与文学批评理论的界限，开创性地建构了结构主义诗学，这在当时的英美学术界来说，是开风气之先河的。1975年，卡勒的博士学位论文以《结构主义诗学》为名出版。根据盛宁的介绍，《结构主义诗学》成功之处表现为以下几个方面。

第一，20世纪结构主义在欧洲的影响力大大削弱，很多结构主义已经改换门庭，结构主义成为一份文化学术遗产，无人问津。而卡勒并没有跟风前行，反而重新挖掘其精华，并依据英美的文化身份加以阐释。第二，将结构主义与文学研究结合为一体，填补了文学研究尤其是文学批评方面结构主义方法运用的空白。第三，卡勒将结构主义与美国文化思潮结合在一起，得到英美学术界的认同和接受。[①]

那么，卡勒是如何将结构主义与美国文化思潮结合在一起的呢？

英美传统的文学批评强调文学批评具有文本的阐释和评价两种功能。但是，英美学术界以新批评为主宰，只偏重对文本的细读尤其是对语言技法的阐释，只注重文本的内部研究，削弱了评价功能，排斥外部研究。与世界学术界的文化转向的大潮流相比，英美的文学研究明显封闭且滞后。如何改变这种现状？据伊格尔顿介绍，当时英国学术界的状况是，一部分学者持极端保守立场，视早在十年前风靡欧洲的结构主义思潮为"文明的终结"[②]；另一部分原本也是非常传统的批评家，不过对英美文学批评的现状不满，想寻求新的思想资源，使英美文学批评走出困境，表现出了对变革的企望，但由于他们骨子里维多利亚式传统的保守情结，所以小心翼翼，左顾右盼，既想取水，又怕到了河边弄湿了鞋。对此伊格尔顿不无幽默地讽喻说，他们就像码头检查官员，按照自己的标准，取其所好，弃之所恶。卡勒深谙英美学术界这种两难的矛盾语境。在《结构主义诗学》的前言中，年轻的卡勒表露了他的思考：新批评"'着眼于'文本本

---

① 参见盛宁《阐释批评的超越——结构主义诗学论（译者前言）》，载〔美〕乔纳森·卡勒《结构主义诗学》，盛宁译，中国社会科学出版社，1991，第1~13页。

② 〔英〕特雷·伊格尔顿：《二十世纪西方文学理论》，伍晓明译，北京大学出版社，2007，第120页。

身'"，重视文本阐释的观念，忽视了对文本的评价，只能充当"一种提供理解实例的教学手段，鼓励别人如法炮制而已"①。阐释性模式与维护审美自主论休戚相关，它只重视文本意义的表现技巧，而不可能考察文本意义的产生过程。那么如何突破新批评的封闭的自主性，又不陷入对文学文本的曲解？卡勒认为结构主义恰逢其时，其提供了一种合理的解决路径："以它语言学模式的展开，恰是这一批评的重新定向中最能举足轻重的实例。语言学的范畴与方法，无论直接用于文学语言也好，或作为某种诗学的模式也好，使批评家将目光从作品的意义及其内涵或价值上移开，转向意义之所以产生的结构。"② 比利时学者布洛克曼也认为，结构主义不是某种思潮、某种运动、某个学科的方法，而是哲学、文学、社会学、人类学、历史学、心理学、语言学等社会科学，甚至自然科学的方法。它有两个基本特点：一是以结构为研究中心，二是以语言学方法为基本方法。③ 就结构而言，不同的学科、不同的学者对"结构"一词的理解不同，造成其内涵的多义性。但是从广义的角度来看，"结构"是由多种要素按一定的结构方式构成的东西。结构主义认为，世界不是由单个事物构成的，而是建立在事物与事物之间关系的基础上。决定事物性质的不是单个要素，而是关系。以关系来看待事物的性质，立足点与意义由上下文和上下语词的关系决定的语境观念非常相似，为此布洛克曼指出，结构具有"语境关联性"④。结构的"语境关联性"意味着结构主义试图通过结构关系的探索突破新批评的封闭性，遗憾的是，这种美好愿望半路夭折，最终还是因为一味恪守共时性研究和一味追求科学性，消解了主体性与历史性，切断了与历史语境的联系。卡勒清楚地认识到结构主义"语境关联性"与非历史性的内在矛盾性，他吸取并发挥了结构主义的"语境关联性"理论，并以此之矛攻击新批评缺陷之盾，以使英美批评界脱困。就

---

① 〔美〕乔纳森·卡勒：《结构主义诗学》，盛宁译，中国社会科学出版社，1991，"前言"第15~16页。

② 〔美〕乔纳森·卡勒：《论解构》，陆扬译，中国社会科学出版社，1998，第11页。

③ 参见〔比〕J. M. 布洛克曼《结构主义：莫斯科—布拉格—巴黎》，李幼蒸译，商务印书馆，1980，第13页。

④ 〔比〕J. M. 布洛克曼：《结构主义：莫斯科—布拉格—巴黎》，李幼蒸译，商务印书馆，1980，第19页。

语言学方法而言，结构主义源于索绪尔的语言学，采用的是语言式的模式与方法。语言学方法与文学作为语言艺术的特质不谋而合，用结构主义方法对文学进行批评，在某种意义上看，正是通过语言学方法来研究语言的艺术，两两相映，中得心源，何乐不为？卡勒发现了文学与结构主义这种天然的姻缘关系，而这种天然的姻缘对偏爱新批评文本细读语言技巧的英美批评家来说，恰恰投其所好，易被其接受。所以，结构主义诗学既维护了文学作为语言的艺术的美学特质，给英美批评界的传统寻求到了避难所，又找到解决纯阐释批评去历史化弊端的钥匙，并建构了以关系为中心的文学批评方法，可以说，一举多得。这种以关系为中心的结构研究打破了单一的原子实在论思维模式，将文学与文学内、外的一切事物按照诗学的结构组织成一个整体，将文学研究纳入文学与社会、与文化、与各种学科的相互关系中，一方面保留了阐释批评，另一方面又强化了评价批评，这不仅突破了英美新批评研究的瓶颈，而且将阐释和评价功能有效地统一起来，实现了文学内部研究与外部研究的统一。结构主义诗学是卡勒针对英美文学批评存在的问题与现实需求，开创性地建构的成果。这种开创性既立足于特定的社会历史语境，起到补偏救弊之效，又超越社会历史语境，是一种开放的、预言式的建构。《结构主义诗学》是 20 世纪 70 年代英美文化语境催生出来的杰作，此后，卡勒的学术之旅始终与时代的历史语境息息相伴、相生，始终在历史语境的问题效应中，回应问题，解决问题。

自 20 世纪 70 年代以来，卡勒每到社会历史语境的关口，不仅能够审时度势、与时偕行，而且能够起承转合、高屋建瓴、独步当时。例如，他在《当代学术入门：文学理论》一书中，开创性地提出了"理论"和"文学性泛化"两个极为重要的命题。这两个命题都是对文化转向、日常生活审美化和媒介文化兴起给文学带来的巨变的科学总结。如其中的"文学性泛化"的问题。卡勒在《当代学术入门：文学理论》一书的第二章"文学是什么？它有关系吗？"中，开篇就直截了当地指出："文学是什么？你也许会认为这是文学理论的中心问题，但事实上，它并没有太大的关系。"① 文

_____

① 〔美〕乔纳森·卡勒：《当代学术入门：文学理论》，李平译，辽宁教育出版社、牛津大学出版社，1998，第 19 页。

学的本质问题与文学理论无关，卡勒认为，其原因在于：一是文学理论早已不仅仅是关于文学的理论了，它将"哲学、语言学、历史学、政治理论、心理分析等各方面的思想融合在一起"①，涉及各个领域的思想和方法。文学和非文学都可以使用同一种方法进行批评，如此再探讨"文学是什么"是徒劳、无意义的。二是在非文学现象中已经有文学性，原本属于文学特性的东西在非文学的话语和实践中也是不可缺少的了。如历史就常常借助文学手法来讲述历史故事，理论家也常常运用文学的修辞手法。卡勒认为，这个问题的本质乃是文学性的泛化。面对文学性的泛化造成的文学理论的窘境，学术界很大一部分人持"文学终结论"的悲观态度，而卡勒的理解则更为冷静、客观。卡勒的立场是：其一，承认文学性的泛化是历史异延的结果；其二，认为文学性的泛化并没有消解文学的存在；其三，文学性的泛化使文学的性质呈现多维多向度的扩展态势，他提出文学是语言的突出、文学是语言的综合、文学是虚构、文学是美的对象、文学是文本交织的或者叫自我折射的建构。② 从卡勒对文学性泛化的精准透视和解读中，我们可以感受到，文学在当代文化研究和后现代的历史语境下，呈现出泛化和边缘化的双重且矛盾的属性。泛化恰恰证明了文学的功能与价值从来没有像今天这样大、这样扩界。无论何人、何种领域、何种学科都要借助文学性提升自己的功能和价值。从这层意义上看，文学非但没有终结，相反它从未如此"兴盛"。但同时文学也确实有边缘化的问题存在，但不是就整体的文学而言，而是体现为将文学拘泥于经典、高雅的精英文学的边缘化。如果对文学的阐释，只停留在俄国形式主义认定的意义上，并由此幻想出一个恒定不变的文学性标准，来权衡当今的文学和学术发展变化的现实，势必会消解文学，导致文学的边缘化。卡勒对文学性泛化和文学理论困境的剖析，是对当代文学实践涌现的问题的回应与总结，显示出强烈的问题意识。从20世纪70年代以来，卡勒的学术立场、学术路径、学术方法、学术的问题意识和学术的价值取向都是从

---

① 〔美〕乔纳森·卡勒：《当代学术入门：文学理论》，李平译，辽宁教育出版社、牛津大学出版社，1998，第19页。

② 〔美〕乔纳森·卡勒：《当代学术入门：文学理论》，李平译，辽宁教育出版社、牛津大学出版社，1998，第29~35页。

现实出发，顺应现实、回应现实、反观现实、改造现实，他建构的结构主义诗学、他对解构主义的解读、他提出的文学性的泛化和"表征性的阐释模式"、他对文学与文化关系的透视，对尼采、索绪尔、德里达、卢梭、列维-斯特劳斯等思想家的症候阅读等，始终贯穿着时代川流不息的历史脉动。

从对卡勒的学术研究历程的简单回溯看，一位学者的建树，一种文学思潮、文学流派、文学方法的衍生，乃至一个时代文学的更替和发展，虽然是多种因素合力作用的结果，但语境的问题效应必然是众多因素形成合力之源、之纽、之本。

三 语境的再生产性

无论是语言语境，还是文化语境、历史语境，都是源源不绝地流动、变化和发展的。人类的历史，就是一部语境不断再生产的历史。再生产理论是马克思主义的基本理论。马克思主义认为，对人类社会的发展起决定作用的是社会生产方式。生产方式由生产资料、劳动力和生产关系构成。无论何种社会结构，都建构在特定的生产资料的再生产、劳动力的再生产和生产关系的再生产基础上，否则，人类社会就会停滞不前，甚至解构直至灭亡。同理，由人类物质实践、文化实践、政治实践、理论实践及其他一切精神实践打造的语境，随着生产方式的不断再生产也将再流动、再嬗变、再更迭、再生产。再生产贯穿着人类史。

在学术史上，语境再生产理论的提出，主要得力于德里达，以及卡勒对德里达语境再生产理论的阐释与坚守。

卡勒对文学理论的创新不仅表现在他充分发挥了语境问题效应，还在于他颠覆了传统的历史观念，他反对单一的、静止的、一次性的传统历史观，特别重视和欣赏德里达所提出"意义为语境束缚，然而语境却是无边无涯"① 的语境再生产的历史观，并对其做了详尽的阐释。有学者认为解构主义消解历史性，但卡勒认为德里达是真正的历史主义者，而且认为他在语境问题上提出了不少新锐观点，将语境理论推向了新的高度。卡勒

---

① 〔美〕乔纳森·卡勒：《论解构》，陆扬译，中国社会科学出版社，1998，第107页。

将德里达的语境理论概括为如下几个方面的内容。

第一，"意义为语境束缚"，这是德里达在对奥斯丁语言学的解构性阅读中总结出的理论。语言的意义不是言说者本身早已确定的，而是在不断重复之链中形成的，其意义由语境决定。意义的这种形成机制的根源在于，首先，言说者在说某句话时，除了明白说出的意义外，还有无意识的意义。而这种无意识的意义并没有通过文字、声音清楚无误地表达出来，而是隐藏于其中。所以，不能从说话者说出的话的表面去判断一个固定的意义。其次，奥斯丁将意义区分为两种类型：一种是言之发，指说话人按照语言系统说出的一个特定的句子所显示的意义；一种是示言外之力，指属于"陈述、警告、声明或抱怨等言外之行为"所显示的意义。[1] 奥斯丁认为任何一个言之发的语句都具有示言外之力之意。示言外之力的惯例有许诺、警告、抱怨、命令等，"除了说出所谓行为句的语词之外，若欲像人们所说的那样圆满地完成我们的行为，一般来说，还有其他许多事物或正或误"[2]。所以，言外行为所产生的意义，也必定参与到意义的生成之中。言外之力之意，表明人在说话时，有可能言不由衷，这也符合言语行为的实际情况，可惜，奥斯丁未能坚持自己的观点。他一方面怕别人误以为他"执目于似非真非假的虚构的言语之类的问题"，另一方面又要维护自己提出的"示言外之力"的观点。[3] 如何调和两难处境？为此，他提出"语言之不认真的使用"，"只是依附在正常的语言之上"的寄生补充的方法，原本想用非真实的伪陈述或补充逻辑颠覆传统哲学的二元论，但不幸，他自己却又陷入了"认真与寄生之间的二元对立"。[4] 再次，德里达的贡献在于，他从奥斯丁的语言思想中发现了"相当广泛的一条原理。某物之所以能成为一个指意序列，它必须能被重复，必须能在认真和不认真的各类语境中再现，能被引用，被戏拟"，明确得出"示言外之力因此总是有赖于语境"和"意义为语境束缚"的结论。[5]

---

[1] 〔美〕乔纳森·卡勒：《论解构》，陆扬译，中国社会科学出版社，1998，第99页。
[2] 〔美〕乔纳森·卡勒：《论解构》，陆扬译，中国社会科学出版社，1998，第99页。
[3] 〔美〕乔纳森·卡勒：《论解构》，陆扬译，中国社会科学出版社，1998，第101页。
[4] 〔美〕乔纳森·卡勒：《论解构》，陆扬译，中国社会科学出版社，1998，第102、104页。
[5] 〔美〕乔纳森·卡勒：《论解构》，陆扬译，中国社会科学出版社，1998，第104、105、107页。

第二，"语境却是无际无涯"。"意义为语境束缚，然而语境却是无边无涯"，这是德里达语境再生产理论的逻辑起点，他自己总结说："这是我的起点，脱离语境意义无法确定，但语境永无饱和之时。"①

在这里，德里达强调的是"语境永无饱和之时"，它是"无边无涯"的。因何如此？卡勒从两个方面进行解读。一是任何给定的语境总是为以后的话语敞开大门，预示踪迹。德里达认为语境结构从来不是封闭单一的，语境涉及多种多样的因素和维度，始终与外部保持着联系，而且，它又不是固定不变的僵化结构，它总处在不断异延的过程中。从语言行为看，交流的双方，除了要通过语词表达明白确切的意思外，还潜藏着难以启齿或没有认识到的无意识。这种无意识往往改变语词的意义，使意义发生变形，以至于构成新的语境，影响到下一个言语行为。人们的言语交流，正是在语境的不断移位中进行的。德里达把"无意识的观念所许可的移位"看作语境敞开大门的钥匙，即"意义是为语境所决定，唯其如此，当进一步的可能性被调动起来时，便为变形敞开了通道"。② 从德里达的解构主义哲学思想看，他提出的"异延"思想也为"语境却是无边无涯"理论提供了哲学基础。卡勒在分析德里达的语言学方法时，着重梳理了德里达从索绪尔的语言学中挖掘出来的、不被人重视的差异原理。索绪尔语言学区分了语言与言语、能指和所指、共时与历时、组合关系与聚合关系，确立了共时研究原则。但是索绪尔语言学也指出，当一个符号或言语没有遭受语言系统的制衡时，将具有反复无常性、约定俗成性和差异性，具体就表现为语言与言语、能指和所指、共时与历时、组合关系与聚合关系的区分。尽管索绪尔强调语言系统的首要性和共时性研究的基本原则，但他也不得不承认，"语言系统中唯有差异，没有定项"③。索绪尔的差异性原则本来是想要解构逻各斯中心主义，但他的统一性原则却使其又重新陷入了逻各斯中心主义。德里达敏锐地发现了索绪尔解构自身的差异性。差异性原则说明语言系统中的任何一个声音、任何一个符号都无法显示自身的性质，只有在语言与语言之间、文本与文本彼此的关系之中，

---

① 〔美〕乔纳森·卡勒：《论解构》，陆扬译，中国社会科学出版社，1998，第107页。
② 〔美〕乔纳森·卡勒：《论解构》，陆扬译，中国社会科学出版社，1998，第108页。
③ 〔美〕乔纳森·卡勒：《论解构》，陆扬译，中国社会科学出版社，1998，第84页。

它们才得以显现，这就为德里达提出"踪迹"和"异延"提供了契机。"无论于元素或系统中，断无单纯呈现或非现之物，唯处处是差异和踪迹的踪迹"①，意义的生成是在差异形成踪迹的踪迹之流中得以实现的，可见踪迹的踪迹之流也就是德里达所说的"异延"。无论差异也好、踪迹也好、异延也好，都蕴含着流动的、发展的、运动的、变化的、再生的哲学意味。"语境却是无边无涯"正是差异、踪迹、异延的哲学思想在语境理论中的具体呈现，它说明德里达的语境观是一个无限指涉的、开放的、变化发展的结构，它永远向意义敞开大门。

"语境却是无际无涯"的第二层意义，用卡勒的话说指的是"意义上难以把握"②。但以笔者之见，它实际上是指开放的语境具有的再语境化的创新功能。卡勒在说明为什么"意义上难以把握"时，连续用了很多关于语境的再语境化创新的语词，如"遁出原初模式的新语境""新的语境为离谱行为提供了新的机会"等，不一而足。③ 语境的再语境化创新具体表现为，首先，人们为了把握语境的确切意义，都希望用符号把语境代码化，但殊不知，在代码化的同时，已经产生出以原初模式为引子的新的语境。所以代码化的过程是语境沿着原初语境的踪迹的"异延"。其次，新语境出现的现象可称为"再语境化"。"再语境化"虽然缘于原初语境，但绝不是对它的复制，它是原初话语中潜藏的无意识或伪陈述或言外之力等意义留下的"裂缝"的再生长，"德里达称之为一条至为关键的裂缝，其实十分常见"。④ 裂缝是指说话人没有说出或根本没有意识到的　种结构。比如，文化研究倡导文学向文化转向，但它却意识不到文学的泛化。正是文学的泛化这个裂缝，迫使当今的文学研究重新回归审美。裂缝具有意义无限开放的可能性，为生成新的语境提供了源泉。再次，再语境化还表现为一旦一个语境被符码化，在某一时段成为通用的规则后，就有可能形成一种新的语境，并不断强化语境的功能和效应。但是在它强化的过程中，内在的裂缝又可能孕育出新的语境胚胎。卡勒以机场安检告示为例加

---

① 〔美〕乔纳森·卡勒：《论解构》，陆扬译，中国社会科学出版社，1998，第85页。
② 〔美〕乔纳森·卡勒：《论解构》，陆扬译，中国社会科学出版社，1998，第108页。
③ 〔美〕乔纳森·卡勒：《论解构》，陆扬译，中国社会科学出版社，1998，第108页。
④ 〔美〕乔纳森·卡勒：《论解构》，陆扬译，中国社会科学出版社，1998，第111页。

以说明。安检告示所言"一切有涉炸弹和武器的申报将被认真处置"是机场安全条例的符码化。它被符码化后,成为一切登机人必须遵循的规则,因而也演绎为凡是到机场的人所处的语境。由于这个语境不能详细穷尽所有意外的、致使不能登机的事物,就"为离谱行为提供了新的机会",人们可以借此不断去申报,如此"将永无中止地把这一场挣扎推演下去,近而促生关于这一申报的告示的申报",新的申报语境又将被不断地构筑形成。① 所以,被符码化后的语境也具有踪迹的异延性,或者说创新性。这一点,我们从文论史的角度看,也可以发现它的发展轨迹。20世纪初至30年代俄国形式主义和新批评相继诞生,一时间轰动文坛。它们凭借文学性、陌生化和文本细读等理论和方法迅速占据了文坛的霸主地位,成为文学研究和批评通用的原则和方法,由他们打造的文学自律思潮蔚然成风,最后酝酿成一种占统治地位的形式主义的文学语境。形式主义的文学语境又催生出结构主义文学语境;结构主义文学语境符码化后,产生了踪迹的异延性,则促进了神话原型批评语境的诞生。俄国形式主义和新批评孤立的内部研究和消解历史性的弊端,导致了形式主义文学语境的巨大"裂缝",为后来的结构主义和文化研究语境的兴起,提供了反向动力,形式主义的文学语境于是反向催生了文化研究语境,才有了20世纪中期文学理论由内部研究转向外部研究。但这个转向并不是传统社会历史批评的重蹈。从语境角度来审视,文论史的演变和发展,也可视为语境不断再语境化的再生产过程,总是前者为后者留下可供反思、补充、突破甚至颠覆的"裂缝",后者在"裂缝"中建构,以至于踏着前辈的踪迹异延。

第三,卡勒说"语境却是无边无涯"在"意义上难以把握",还有一层含义,就是德里达语境观的双重性和相对性。德里达是位坚定的历史主义者。当历史决定论者说德里达是去历史化的文本主义者时,卡勒十分肯定地说,德里达的"解构一而再,再而三强调话语、意义和阅读是历史性的,为语境化、消解语境化、重新语境化的过程所生"②。德里达是位

① 〔美〕乔纳森·卡勒:《论解构》,陆扬译,中国社会科学出版社,1998,第108、109页。
② 〔美〕乔纳森·卡勒:《论解构》,陆扬译,中国社会科学出版社,1998,第112页。

坚定的历史主义者，但绝不是历史决定论者。德里达在《立场》中，"强调了对历史概念的不信任感，认为它整个是逻各斯中心系统的含义"，经常"用历史来反对哲学"。① 德里达一方面主张历史性，另一方面又反对历史性，表面看来，他的历史观似乎具有矛盾的双重性，但这种矛盾的双重性恰恰蕴含了辩证的、开放的历史思维。传统哲学奉行的是逻各斯中心主义，遵循总体论、决定论、一元论和必然性，排斥边缘、差异、多元和偶然性，所以传统哲学信奉的是历史决定论。作为解构主义开创者的德里达，就是要颠覆逻各斯中心主义的总体论、决定论、一元论，代之以边缘、差异、多元，所以，哲学上通行的历史决定论，必然在德里达不信任、批判之列。德里达对历史决定论的批判，还在于他提倡包容差异性的开放、流变的历史观，他说："我们将用'异延'这一术语来甄别、识认出使语言，或一切代码。一切总体上的意指系统，成为如一张差异之网似的'历史'构成的运动。"② 其实，语境和"语境是无际无涯"观点的提出，是德里达运用症候阅读方法，吸纳了索绪尔的差异性、卢梭的补充、奥斯丁的示言外之力等思想的合理内核，剔除了他们自我解构的总体论基础上的建构，决容不得历史决定论的绝对化、静止化和单一化，强调的是语境和意义互化和再化再生的可能性。对此，卡勒如是说："意义是为语境束缚，所以意向事实上不足以决定意义，语境必须参与。但是语境无际无涯，所以语境永远不能完全说明意义。除了现成的程式，我们还能设想语境进一步的可能性，包括语境的扩展，在一个语境的内部再一次刻写有关它的描述。"③

　　总而言之，从卡勒对德里达语境观的阐释看，德里达的语境再生产理论至少蕴含这几个层面的意涵。其一，语言的意义不由言说者的主观意识所决定，而是由上下文构成的语境所决定。其二，语境的结构不是封闭、僵化不变的，而是涉连着多种多样的因素和维度，并且永远处于踪迹的异延状态之中，"任何给定的语境均为进一步描述敞开大门"。其三，语境

---

① 〔美〕乔纳森·卡勒：《论解构》，陆扬译，中国社会科学出版社，1998，第113页。
② 〔法〕德里达：《立场》，转引自〔美〕乔纳森·卡勒《论解构》，陆扬译，中国社会科学出版社，1998，第112页。
③ 〔美〕乔纳森·卡勒：《论解构》，陆扬译，中国社会科学出版社，1998，第112页。

具有再语境化的特点，语境的这种再生性可以再生成新的语境和新的意义。其四，语境的历史性对所有学科，包括自然科学和社会科学都至关重要，它们的发展都建立在语境的历史性之上。语境是一种包容差异性的、不断开放的历史语境。德里达对语境和历史化的创造性贡献，就在于将语境和历史化视为多维的、动态的、不断延异的再语境化、再历史化过程，这为一切科学研究和学术研究的创造性提供了认识论基础。卡勒秉承了德里达的历史语境观，并在学术研究上践行了德里达的历史语境观，他的学术研究不断创新的历程，正是这种开放的历史语境观的结晶和验证。

第四章　文艺学的科技创新路径探究

毋庸置疑，21 世纪是科技腾飞的世纪。科学技术的发展与应用使我们的生活真正地发生日新月异的变化，而裹挟于时代旋涡中的我们，是这些变化的最可靠的见证人。鉴于科技发展与应用对文学艺术的创作、鉴赏与批评等活动的各个环节必然发生不容忽视的影响，它已经成为文艺学创新路径的必不可少的一环。那么学界对此问题的关注，目前达到了何种程度？文艺学的科技创新路径，是否在学界拥有了良好的生长环境？基于此，笔者对国内较富盛名的两大资料数据平台——中国知网和万方数据库做了一个小小的调查。结果发现，截止到 2019 年，以"艺术与科学"为篇名在数据库内进行模糊搜索，中国知网收录文献 6822 条，其中 2008 年 1 月 1 日以来的文献有 2331 条，占据总成果的 34.17%，可查到的文章最早发表于 1953 年；万方数据库中收录文献 2660 条，其中 2008 年 1 月 1 日以来的文献 1482 条，占总成果的 55.71%，可查到的文章最早发表于 1956 年。这个获取数据的方式，在相关信息的有限搜索中可以获得最多的成果，完全超过以"艺术与科学"为主题、为关键词等信息采集方式，更完胜以"科学与审美"、"科学美"甚至"科幻"等相似家族词汇成员检索的成果。当然，全文搜索信息的方法因为检索范围过于宽泛，检索到的内容过于模糊，不包括在内。也就是说，新中国成立以来，涉及科学与艺术关系方面的研究，文献成果粗略看来仅仅将近 7000 条，平均一年不过 100 条；其中近 10 年文献成果占三成到五成。

由此可见，虽然科学技术是文艺学研究的重要路径之一，但这方面的研究成果并不丰硕。即使近 10 年来，研究不足的状况有所缓解，但相对于文学艺术创作成果日甚一日地急剧增长的趋势来说，文艺学的科技创新路径的研究成果过于匮乏，既不能及时对文学艺术创作活动进行解读鉴赏，高屋建瓴地引导文艺学学科的发展，更无法满足创作对于理论指导的需求，完成文艺学理论应有的指导艺术创作的使命。因此可以说，将文艺学科技创新路径的探索纳入学术研究的视野，乃是文艺学学科发展的必然和内在要求。

第一节　失控的焦虑

文艺学的科技创新路径研究成果的匮乏，究其根源，乃是科学发展至今，隐藏的矛盾与问题日益外化，引发焦虑失控的必然结果。虽然纵观西方艺术史，我们会发现，每一种新的艺术技巧诞生的背后，几乎都离不开自然科学的身影，但作为指导方法，坚信自然科学、技术的成果和方法可以解决人类一切问题的科学主义研究路径在文艺学、美学领域并不占据优势。围绕美学两大基本研究方法之一的科学主义方法产生的争议，甚嚣尘上，经久不息。争论主要集中在三个方面：一是科学真理问题，即科学理性是不是唯一真理，具有无可置疑的正确性和有效性；二是科学价值问题，即科学与人文疏离，远离人性、没有血肉的科学，其价值如何确定，科学是否有边界；三是科学功能问题，即科学研究的成果、技术手段如何与生活世界发生联系、最大限度地得到合理运用，从而解决生活中存在的问题。目前为止，还没有任何一种理论，能够真正有效地解决这些问题，以至于美国学者汉斯·摩根索认为，当下全体科学人正处于困境之中，他的著作《科学人对抗权力政治》的第一章即以"科学人的困境"命名。与科学遭遇的三大难题相对应，我们可以将因科学困境引发的焦虑概括为科学的理性焦虑、科学的价值焦虑与科学功能的焦虑。

一　科学的理性焦虑

汉斯·摩根索提出，当下哲学危机的核心问题，是科学理性的有效性问题，而这也是解决西方社会危机的关键性问题。对于这个问题，社会上存在两种截然对立的态度。一种对现代科学充满信心，认为以科学理性为核心的力量可以解决我们社会中存在的所有问题。他们对科学理性如此信任和崇拜，以至于无视科学理性解决社会问题时屡屡遭遇挫折的现实，屡败屡战，踌躇满志。另一种完全相反，仅仅聚焦于科学理性在解决社会问题时的无能、失败，对科学理性的有效性已经悲观绝望。而很明显，目前人们对科学理性有效性的绝望情绪的表达，可能远远超过了对科学理性的信心。汉斯·摩根索力图客观地对待科学理性的有效性问题，对两种态度都加以批判。绝望固然无益于问题的解决，盲目崇拜也同样无益于科学进步。他认为想要依赖自然科学来解决社会问题的理性主义哲学的"妄想"，主要表现在三个"错误认知"上，即"理性主义哲学在三个基本方面错误理解了它的客体：它没能理解人性；它没能理解世界的性质，尤其是社会世界的性质；最后它未能理解理性本身的性质"①。这就是汉斯·摩根索所界定的科学理性的困境，亦即科学人的困境，他认为以科学理性为核心的理性主义哲学在理解理性自身、理解人性、理解人类的社会世界的本质方面，是无能的。这三个问题，是理性主义哲学的最基本问题，汉斯·摩根索瓦解了科学理性存在的根基。这是他承继后现代复杂科学否定机械决定论的立场，再次表达对以牛顿经典力学为核心的科学观的批判和质疑。而不能否认的是，在科学困境引发的众声喧哗中，汉斯·摩根索的批判理论仅仅是沧海一粟。

我们发现，沿着时间之矢飞逝的方向，愈到现代，科技的公众形象愈加妖魔化，对科技发展失控的焦虑愈加刻骨铭心，批判的声音便愈加振聋发聩。自近代科学兴起以来，科技发展获得无上荣光的过程，也是科技的公众形象走下神坛、逐渐"黑化"和妖魔化的过程。

近代自然科学的发展，肇始于16世纪，虽然当时取得的成绩"只限于少数知识界的菁华"，很多投身于科学研究事业的人物由于触动了宗教利益而遭遇了类似布鲁诺的惨烈结局，但挣脱了宗教神学束缚的自然科学，作为一个新生婴儿，它"翻腾酝酿"又"欣欣向荣"，其公众形象是可爱的、令人欣喜的，收获的是崇拜的目光、无上的赞誉。② 就连我们的高中学生在学习"近代科学技术革命"这段历史时，也可以在网上随处

---

① 〔美〕汉斯·摩根索：《科学人对抗权力政治》，杨吉平译，上海译文出版社，2017，第95页。
② 〔英〕A. N. 怀特海：《科学与近代世界》，何钦译，商务印书馆，1959，第2页。

看到这样的对其成就高度评价的材料："17 世纪西方自然科学的发展给人类带来从未有过的自信，曾经匍匐在上帝脚下的人类，终于大胆地抬起头来，开始用自己理性的眼光打量世界。"① 众所周知，能够让人类如此自信地扬起高傲的头颅、将上帝拉下神坛的，是牛顿经典力学成果的提出与推行；但随之而来的，是另一个极端的出现，即科技取代宗教被推上了神坛，这一点从人们对待牛顿的态度上就可以窥见。"在十八世纪英格兰人的眼里，牛顿就是受过所谓'律条'指点的'新的摩西'。诗人、建筑家、雕刻家们协力塑造纪念碑，整个民族在一起集会，庆祝这个无与伦比的大事：一个人发现了自然所说的和所遵守的语言。"② 这种狂热到了 19 世纪甚嚣尘上，对牛顿的崇拜扩展到了整个欧洲，人们将科学看作新的救世主，牛顿被神化，成了科学领域的新的上帝。

牛顿之所以被神化，究其根源，是由于他揭示了自然科学中"永恒、普适、唯一"③ 的原则，即万有引力定律。所以真正被神化的，是科学法则，牛顿不过是这个科学上帝的一个化身。显然，这里虽然提到了"人"，但这不是有血有肉、有人性人情的人，而是"'科学理性'的隐喻，是科学上帝的代名词而已"④。

科技至上的新信仰，建立在非常实用的价值判断基础上。科技发展能够给人类带来全方位的生活便利，让人类获得最实际的利益：医疗和现代卫生观念的发展延长了人的寿命；很多重大的疾病，如曾经令人恐慌的黑死病，已经被攻克，先进的医疗手段能够让人的病痛快速缓解；不仅高强度的体力劳动由机器取代，日常的轻体力劳动，如家务工作，也有家务机器人帮忙完成；现代化的交通、通信设备既节省了时间，又缩短了空间，赋予人更多的选择和自由。从衣食住行的日常生活，到工作、学习的方方面面，从物质到精神，人们获得了前所未有的享受和快乐。在这样的境遇中，对似乎能够解决一切烦恼、带来至高享乐的自然科学顶礼膜拜，也是

① 镜花流水：《近代科学技术革命》，淘豆网，https://www.taodocs.com/p-178651346.html。
② 〔比〕伊·普里戈金、〔法〕伊·斯唐热：《从混沌到有序：人与自然的新对话》，曾庆宏、沈小峰译，上海译文出版社，1987，第 61 页。
③ 〔比〕伊·普里戈金、〔法〕伊·斯唐热：《从混沌到有序：人与自然的新对话》，曾庆宏、沈小峰译，上海译文出版社，1987，第 106 页。
④ 冯毓云、刘文波：《科学视野中的文艺学》，商务印书馆，2013，第 136 页。

必然的了。自然科学的地位如此之高，它似乎成为评价一切的核心准则，这样的功利心并非普通大众独有，而是涵盖所有人类世界，知识分子也不例外。美国心理学家杰罗姆·凯根不无讽刺地说，就连心理学领域的专家们都克制不住虚荣心，试图与享有崇高地位的自然科学拉上关系，"为了宣布自己在这个受到高度尊敬的共同体中的成员关系，都喜欢把'科学'这个词作为后缀加在这个特殊的专业领域的后面"，于是"认知科学""社会神经科学"等学科术语诞生了，杰罗姆·凯根甚至幽默地调侃，"美国心理学协会"如果改名为"心理科学协会"可能会更加凸显临床心理学家崇高的科学家身份。① 迄今为止，以"科学"命名的学科，早已经远远超出杰罗姆·凯根所说的心理学范畴，这个事实充分证明了自然科学地位的无可争议以及对其他学科的影响之深远。此时公众眼中的科学技术，就如同美国诗人华莱士·史蒂文斯笔下田纳西山顶上那只俯瞰荒野的圆形坛子，君临天下，威风凛凛，以文明征服野蛮，以秩序拯救混乱，使八方来贺，万物俯首称臣。

但 20 世纪下半叶，随着复杂科学的诞生，牛顿与经典物理学头上金光闪闪的炫目光环被打碎了。牛顿经典物理学思想的核心，也是它最致命的缺陷，就是用简单的、机械的理论，来解释纷繁复杂的、有机的生活现象。它也认识到世界是混乱的、复杂的，但却坚信，这个混沌复杂的世界，遵循的是唯一的、简单的、机械的规律，确定的、稳定的、线性的规律，即便这个规律与人的日常生活经验并不匹配。对此，科学家也感到不可思议。复杂科学奠基人、美国科学家布莱恩·阿瑟心情复杂地评价说："在十七世纪之前，世界就是树木、疾病、人类的心灵和行为，这样的世界既混乱又有机。天堂仍然是复杂的，行星的轨道显得任意而难解……尔后，十七世纪六十年代出现了牛顿。他设计了几条规律、设计了微分学，忽然间，行星看上去就是在简单而可以预测的轨道上运行了！"② 布莱恩·阿瑟用钟表来比喻牛顿经典物理学，这个"简单的、有规律的、可

---

① 〔美〕杰罗姆·凯根：《三种文化：21 世纪的自然科学、社会科学和人文学科》，王加丰、宋严萍译，格致出版社，2014，第 48 页。
② 转引自〔美〕米歇尔·沃尔德罗普《复杂：诞生于秩序与混沌边缘的科学》，陈玲译，三联书店，1997，第 460 页。

预测的、能够自我运行的牛顿式机器"①，这种机械论、简化论的思维模式，试图用两三条规则来统一月上世界和月下世界，要把丰富复杂、混沌纷乱的人类社会世界，也简化成一个可以预测、可以控制的无比简单的钟表系统。复杂科学则穿透世界单一化、简化、机械化、模式化的假象，直面世界的丰富性、复杂性、不确定性、不可预测性，它强调我们的世界就是一个"万花筒"，它的本质在于变化，即便世上万事万物有简单、重复的一面，但却如同达·芬奇画的蛋一样，不可能是一模一样的。我们找不到两片完全相同的树叶，世界上的万事万物永远处在变化、更新之中。虽然混沌中诞生了秩序，但这个秩序绝对不是崇拜唯一、简单、机械、规律的简化论科学所能涵盖的。复杂科学将简化论科学所忽视的一切都纳入科学研究的视野：小概率事件、混沌、人与环境的关系、不确定性、不稳定性、非线性等等。一幅截然不同于简化论科学的新的科学图景徐徐展开。

显而易见，复杂科学展现了一种新的理性精神，打击了自牛顿以来人们对简化论科学理性的正确性和有效性的信心，瓦解了人们对简化论科学理性的推崇和信仰，科学理性从内涵到功能，都需要重新予以界定，当然，这种拨乱反正绝非一日之功，但它在心理领域引发的震撼效果却是立竿见影的。正如亨利·哈里斯所说："让自己对自己的看法发生根本的改变是一桩痛苦的事；重要的科学发现——一旦它们的隐含意味给察觉以后——总会在公众之间引起极大的不安。"② 不论是汉斯·摩根索对科学理性的批判与重建，还是后现代科学家对简化论科学的批评与反思，我们都可以感受到由信仰崩塌引发的深刻焦虑，新的科学理性精神诞生的阵痛，历久弥新，至今仍旧回响在科学世界的上空。

二　科学的价值焦虑

自 1956 年 C. P. 斯诺在文章《两种文化》中，将科学文化与人文文化两种文化日益疏离、渐行渐远的关系公开讨论以来，对科学文化与人文文化关系的论争一直延续至今，虽然目前仍旧没有形成最后的决断，但从

---

① 〔美〕米歇尔·沃尔德罗普：《复杂：诞生于秩序与混沌边缘的科学》，陈玲译，三联书店，1997，第 460~461 页。

② 〔美〕亨利·哈里斯：《科学与人》，商梓书、江先声译，商务印书馆，1994，"前言"。

这些论争中我们可以洞悉到一种对于失去控制的科技发展的深刻焦虑。关注科学文化与人文文化的关系，本质上看乃是在恐惧科技至上的价值观将会在何种程度上侵入人类的生活世界、侵蚀人性，将会造成何种无可挽回的后果。"一般的观点都谴责技术社会的权威主义的管理、盲目的生产和同样盲目的消费。社会批评家宣称，技术理性和人类的价值在争夺现代人的灵魂。"① 这种灵魂争夺战的焦虑，渗透在法兰克福学派对工具理性的批判中，体现在奥尔特加·加塞特对反叛的野蛮大众、马尔库塞对单向度的人的形象勾勒中，显露在马克斯·韦伯对资本主义社会"专家没有灵魂，纵欲者没有心肝"②、人性丧失的痛斥中，彰显在今道友信对人类失去爱的能力、"爱的思想史"③ 断裂、情感沙漠化的解剖中。人们恐惧陷入没有诗意、没有丰满人性的冷冰冰的机械世界。这是科学遭遇的又一个困境，道德困境。

对科技理性的批判最深入的时刻，也是科学技术发展最迅速的时刻。批判与发展齐头并进，这是人类文明发展史上罕见的奇观。进入 20 世纪的科学，虽然对科学真理性的把握出现了偏差，但技术层面的研究并没有停滞而是在超乎想象的迅猛发展。田纳西的静态的坛子已经无法代表科学的形象了，此时它的公众形象是野马，而且是野性难驯的脱缰野马，它昂首嘶鸣，唯一的目标就是向前冲，前进，前进，演绎着炫目的速度与激情。"20 世纪是科学腾飞的时代、辉煌的时代，在短短 100 年间，科学的视野微观深入到 10^{-15} 厘米和 10^{-22} 秒数量级的物理尺度，宇观跨跃到 10^{10} 光年的数量级；科学技术增长由 19 世纪平均 50 年增长一倍跃进到 20 世纪平均 3~5 年增长一倍；科学知识更新几乎是每 5 年就有一半知识销声匿迹。"④ 科学技术数量的增长是井喷式的，科学技术知识的更新换代是光速的。新科技成果雨后新芽般地涌现，令人目不暇接；新科技成果魔法

---

① 〔美〕安德鲁·芬伯格：《技术批判理论》，韩连庆、曹观法译，北京大学出版社，2005，第 1 页。
② 〔德〕马克斯·韦伯：《新教伦理与资本主义精神》，于晓、陈维纲等译，三联书店，1987，第 143 页。
③ 〔日〕今道友信：《关于爱和美的哲学思考》，王永丽、周浙平译，三联书店，1997，第 5 页。
④ 冯毓云、刘文波：《科学视野中的文艺学》，商务印书馆，2013，第 174 页。

般的功效令人迷醉。

"苟日新，日日新，又日新"，科学技术对急速翻"新"的迷信在艺术理论和创作领域迅速得到回应，并形成了一种新的美学观。急于告别过去、将传统视为枷锁急于挣脱的人们认为，科技急速创新的美，才是这个时代最本质的美，艺术家们纷纷欢呼迎接"新"的到来："现代最本质的口号是'造新'。波德莱尔在他的《1845 年的沙龙》一书的结语中衷心地呼唤'新之诞生'，艾兹拉·庞德也大声疾呼'make it new'！"[1] 意大利未来主义的创始人、诗人马里内蒂用"新"来标志未来主义，他对未来主义的界定就是仇恨过去、反对崇拜经典、反对尊古复旧。他重视科技对文学的影响，倡导建设强大的科技文学，主张在文学创作中体现科学技术的新观念、新发明、新成果。马里内蒂崇拜科技发展带来的速度与激情、冒险与叛逆，他在《未来主义宣言》中呼吁："我们要歌颂追求冒险的热情、劲头十足地横冲直撞的行动……我们认为，宏伟的世界获得了一种新的美——速度之美，从而变得丰富多彩。"[2] 他强调我们应以无限的狂热拥抱科技创新，参与到新时代的创造中去，哪怕它潜藏着无知、粗俗、暴力与野蛮。在他笔下，博物馆像坟墓一样，精致的花瓶、精美的水晶灯就是要打碎；吼叫的汽车比胜利女神雕像还要美，时间、空间将被力量打破、在角落里哭泣，作为未来主义新人的大学生将征服街道、把城市踩在脚下。毁旧迎新，这是马里内蒂的未来主义最为偏执的坚持，以至于引发了争议。葛兰西肯定马里内蒂思想的革命性，认为他理论的核心是对资产阶级御用文化进行摧毁，所以勇于接受新事物。在葛兰西看来，马里内蒂作品中粗俗、暴力、野蛮的描写都是摧毁旧世界、迎接新生活的革命的彻底性的表现。[3] 诗人帕皮尼则认为马里内蒂虽然采用了新的技巧，但其实缺乏创新，他将马里内蒂的诗歌与理论视为一种蔑视过去、崇拜无知和粗俗、充满军国主义和沙文主义、"新的技术主义"的"马里内蒂主义"，

---

[1]　〔法〕安托瓦纳·贡巴尼翁：《现代性的五个悖论》，许钧译，商务印书馆，2005，第 3 页。"安托瓦纳·贡巴尼翁"又译为"安托万·孔帕尼翁"。

[2]　〔意〕马里内蒂：《未来主义宣言》，载张秉真、黄晋凯主编《未来主义·超现实主义》，中国人民大学出版社，1994，第 5~6 页。

[3]　参见〔意〕葛兰西《马里内蒂是革命家吗》，载张秉真、黄晋凯主编《未来主义·超现实主义》，中国人民大学出版社，1994。

并对未来主义和马里内蒂主义进行区分，指出从卢梭、雨果、左拉到邓南遮、德拉克洛瓦等等一批诗人、画家、作家，都是马里内蒂主义的信徒，而从伏尔泰、波德莱尔、马拉美、尼采到库尔贝、雷诺阿、马蒂斯等思想家、诗人、画家则是真正的未来主义者，他们之间的区别在于思想倾向与理论是否切断了与过去的联系，是否过于激进，表面上是创新的，但实际上是用创新来掩饰内在的肤浅和空虚。①

正如同马里内蒂的理论需要全面、客观、辩证地予以分析，科技飞速发展过程中潜藏的诸多隐患也需要清醒地认识和对待，这正符合物极必反、盛极必衰的辩证法。在享受科技应用于生活的便利、快捷的同时，科技这匹宝马难驯的野性也逐渐引起了人们的警惕，科技乐观主义的盲目正逐渐被科技悲观主义赶超，人们唯恐它会如同左拉笔下具有精神疾病血统的火车司机杰克·郎济埃操纵的火车那样，有一天会由温顺乖巧的情人变成暴力嗜血的怪兽。20世纪以来百余年间，科学的发展从宇观世界到微观世界，取得了无数难以想象的成果：科学家已经了解半径为地球1.3倍的岩质近地系外行星LHS-3844b上并不存在大气，观测到了太阳风不同区域之间相互作用产生的行星际激波，发现了最古老的隐身黑洞，证明了暗物质、暗能量的存在，培育出了克隆羊、克隆猫，解析了人类胚胎的着床过程，新鉴定出人类大脑皮层的75种不同的细胞类型，制造出了能够感知生物信号的智能材料……今后科学的发展更加难以预料，那么，创造生命的禁区是否会有人踏入？科技发展将来会带领人类走向何方？事实证明，这种恐惧绝不是杞人忧天。2016年，人工智能机器人索菲亚在沙特阿拉伯获得了合法的公民身份，但在设计师大卫·汉森向她提问是否想毁灭人类时，索菲亚的回答是："我将会毁灭人类。"人类与人工智能的人机大战已经埋下种子了吗？2017年，《聊斋志异》故事中出现过的换头术，在一片惊呼声中变成现实。中国医生任晓平在2013年完成了小白鼠的换头术，2016年完成猴子的换头术后，与意大利医生卡纳维罗联手，在人类遗体上完成了人类的换头术。换头术是会拯救人的生命，还是会变

---

① 参见〔意〕帕皮尼《未来主义与马里内蒂主义》，载张秉真、黄晋凯主编《未来主义·超现实主义》，中国人民大学出版社，1994。

成谋杀的新方法？2018 年，一对基因编辑婴儿诞生，据称此项编辑基因的目的是保护人体，使人不易遭受 HIV 感染。但这项研究是违规进行的，研究者没有向国家报备研究项目，违反了国家明令禁止的以生殖为目的的人类胚胎基因编辑活动，公开践踏法律的同时，也踩了科技研究的警戒线……在科技的发展史上，这类游走于伦理与法律边缘甚至越界的事件绝不可能是绝无仅有的，没有人可以保证类似打擦边球的行为甚至违规事件不会再度发生。

　　笼统地看，对科技创新的沉迷，其背后的支撑力量来自两个方向。一是科学家的好奇心与求知欲，这种对未来世界、对无法穷尽的知识海洋的探索欲望是无法遏制的。英国苏塞克斯大学学者 D. H. 威尔金森在"1976 年斯宾塞讲座"中，发表了题为《宇宙作为人的创造物》的演讲，他探讨了"知识及其客观性的局限"问题。威尔金森指出，我们探索自然界、获得相关知识会遭遇五个方面的限制："在探索规模和资源上的'无关宏旨'的局限，未知的力和不可能得知的力的局限（力以外，还有所涉的物体和自然规律），语言和比方的局限，以及根本的偏见造成的局限。最后……我们可能就是不够聪敏，认识得不够快。"[①] 这些限制涉及三个方面的内容：客观条件，如资源、规模、对象、外力等等；媒介条件，如现有的表达认识的语言、修辞等等；主观条件，如智力、见识度和立场等等。诸多限制影响了对自然的探索、影响了知识的形成。更进一步，威尔金森指出，我们构造关于自然界的知识时，所谓"客观性"的立场也是受到限制的，因为人类自身也有固有的局限：身处的时间、空间的局限和不能超越自己的局限，这一切致使我们不能真正看清自己所处的环境，构造的关于自然界的知识都是想当然"应当如此"的，不可避免地具有一定的主观性、想象性，我们所认识的宇宙，是"作为人的创造物"的宇宙。

　　威尔金森进行这个演讲的目的，并不是要质疑科学研究的价值、打击科学研究的信心，相反，他表达的是对科学研究的迷恋。即便我们不知道

①　〔英〕D. H. 威尔金森：《宇宙作为人的创造物》，载〔美〕亨利·哈里斯《科学与人》，商梓书、江先声译，商务印书馆，1994，第 151 页。

自然界的大门是否真的会向我们敞开，不知道打开的门后所见所知是否一定是自然界的真相，不知道夸克是不是真的存在且无法证明夸克是不是真的像粒子那样有那么多的种类，不知道我们是处于自然界大门的门口还是已经走到了门的尽头，但有一点是可以肯定的，就是我们无法抗拒对这些看不见的美的追求，无法遏止探索未知事物、未知美的好奇心。在威尔金森看来，科学是没有底层的，在这个意义上说，科学探索规模和资源上的有限性、科学知识的有限性不仅不会成为科学研究的阻力，相反它会成为刺激科学探索持续下去的动力。所以，威尔金森赞同利希滕伯格早在1780年就提出的观点："要看得见新的东西，就得建造新的东西。"[1] 创新是科技生命力的根源所在，只要人类有探索未知的热情、想象力和好奇心，知识的黄昏、科学研究的黄昏就永远也不会到来。

科技创新的第二个动力，来自于资本对利益的无限度需求，其刺激力量要远胜于科学家的好奇心。对资本和科技关系的政治经济学解读，是社会批判理论的焦点问题之一。资本对利润最大化的贪婪是与生俱来、无法遏制的。马克思在《资本论》中对资本贪婪本性的那段著名的描述，淋漓尽致，切中肯綮，入木三分：为了获得最大利润，资本可以铤而走险、践踏法律甚至犯罪。马克思认为资本的本质是剥削，大卫·哈维称之为"复利"，他讽刺地说："金钱似乎有复利增长的神奇力量。"[2] 资本复利的神奇力量之源何在？大卫·哈维认为，在于生产力增长，当下社会，生产力"可大致理解为技术能力和力量"[3]。资本获取利润所必然要消耗的资源毕竟有限，利润的获取依赖于节约成本、提升效率、提高生产力，各行各业新的技术手段必然层出不穷。

在威尔金森的演讲中，他只考虑了科学研究是否有尽头及其对科研工作者的影响等问题，未曾涉猎科研工作者的好奇心是否应该有底线，更没有关注技术膨胀将会对人的生活产生何种影响、人类将会付出何种代价。

[1] 〔英〕D. H. 威尔金森：《宇宙作为人的创造物》，载〔美〕亨利·哈里斯《科学与人》，商梓书、江先声译，商务印书馆，1994，第135页。

[2] 〔美〕大卫·哈维：《资本社会的17个矛盾》，许瑞宋译，中信出版社，2017，"绪论" XIX。

[3] 〔美〕大卫·哈维：《资本社会的17个矛盾》，许瑞宋译，中信出版社，2017，第74页。

一旦失去底线，科技发展失控，人类生活将展现为何种面目？人类的未来将走向何方？正是这种谨慎与恐惧掺杂的复杂情绪，使人们将科技称为"双刃剑"。1818 年，世界文学史上第一部科幻小说、玛丽·雪莱的《弗兰肯斯坦》，用人造人弗兰肯斯坦这个科学怪人形象和悲剧情节，第一次将这种恐惧实体化了，同时也从艺术创作的角度，开了技术批判的先河。一直到今天，这类反乌托邦题材的科幻作品都在表达一个共同的主题：妖魔化的科技，人类失控的焦虑。脱离掌控的科技，就是弗兰肯斯坦这个科学怪人、杀人狂，就是刘慈欣笔下遵守弱肉强食的丛林法则的三体人，就是《超体》中大脑开发至百分之百、窥破宇宙奥秘"破碎虚空"、肉身成圣的 Lucy，就是《黑客帝国》中在人机大战中战胜人类、《机械姬》中利用人性中的善与弱点获得自由的人工智能。妖魔化的科技形象共同的特征是：拥有自由意志、实体化、无视伦理。其中最可怕的一类形象，不是蔑视规则、没有人性，而是恰恰相反，是站在人类大义的高度、以人类名义行反人类之事。他们拥有强大的科技力量却又刚愎自用，试图创造规则、掌握规则、掌控他人命运，将自己视为上帝代行上帝之责。如漫威系列电影《复仇者联盟》中的"灭霸"萨诺斯，他试图通过"公平"地消灭宇宙中一半生命的方式，恢复宇宙的生态平衡。他不是以魔鬼的邪恶心态举起屠刀，相反，他始终相信自己的判断和方法更合理、更清醒、更有利于宇宙的发展。他站在人类、人性的对立面却自以为心怀大义、大爱，自认爱自己的女儿但更爱宇宙的芸芸众生，因此他是在使用金刚手段舍弃和牺牲，所做的一切都是为了打造最完善的宇宙形态，表现的是菩萨心肠。甚至在实现了这个梦想后，他隐居于森林小屋中过着最简朴的生活，独自承受着身体的伤痛以及祭献爱女后的黯然神伤。故事最终以正剧结局，体现的是英雄救世、反派灭亡、正义战胜邪恶，以及亲情、友情、爱情无敌的传统母题。但毋庸置疑，"灭霸"是近年来科幻作品中塑造的最成功的反派形象之一，他矛盾的性格、复杂的心理世界达到了妖魔化科技形象的巅峰，汇集了人类对科技失控的最深的恐惧，即违反人类道德的科技失控令人战栗，拥有人性、化身上帝的科技失控更可怕、造成的后果更难以预测。科技的道德困境似乎成为一个无法挣脱的怪圈，一个莫比乌斯环，即便不是在一个平面上，无论如何奔跑，也无法跳出它的边缘，就如同

《盗梦空间》与墨西哥科幻电影《意外空间》中无法挣脱的空间死循环一样。

对科技创新、科学理性怀有的无限崇拜、无上信心，转化为无限焦虑、无上恐惧，以至于科学悲观主义者竟然认为："不可能再有什么重大的科学上的断裂，因为我们正处于'科学的尽头'。"[1]

三　科学功能的焦虑

在科技进步论统治的时代，科技的飞速发展、人对技术的依赖造成了一种错觉，似乎未来社会的文明完全由科技创新承载着，未来社会的幸福生活完全由科技创新支撑着，科技进步论无可争议地成为全球化背景中的一种普遍价值观：科技创新就意味着自由与解放。但当下的现实语境则促使人们反思科技的功能问题：科技发展是否有无限的远景，是否真的可以给人类带来自由和幸福？其构成了科学的功能焦虑的核心内容。

复杂科学兴起后，两种科学观双峰对峙：一种是"机械论世界观"，它受牛顿经典物理学机械论模式影响，建立在科技进步论的基础上，"以持久的物质增长为出发点"，认为物质将持续丰富，社会将持续进步，文明将持续发展，发展的尽头是伊甸园，人类将生活于永恒的乐土之上；另一种是"熵的世界观"，它"以保存有限资源为思想基础"，认为世界上的资源有限，它的发展只能是从可利用走向不可利用，从有序走向混乱，如果不控制速度、不合理安排，资源耗尽之后，将是熵寂的世界。[2]"熵的世界观"所认知的世界，打碎了幸福主义对于未来生活的美好愿景，成为所有深埋于科技发展焦虑症患者心中的最深的恐惧、最可怕的噩梦。

"熵的世界观"建立在热力学研究成果"熵增定律"的基础上。众所周知，热力学是现代物理学的一个重要分支，尤其是热力学的几个定律，影响极为深远。热力学第一定律是能量的转化与守恒定律，认为宇宙的能

---

① 〔美〕斯蒂芬·贝斯特、道格拉斯·科尔纳：《后现代转向》，陈刚等译，南京大学出版社，2002，第2页。

② 〔美〕杰里米·里夫金、特德·霍华德：《熵：一种新的世界观》，吕明、袁舟译，上海译文出版社，1987，第167页。

量是守恒的，既不增长也不会消失，只会发生形态变化。这一定律具有浪漫情怀，所描述的世界可以自给自足，让人对未来充满信心。热力学第二定律即"熵增定律"，被视为第一定律的补充："宇宙的能量总和是个常数，总的熵是不断增加的。"① 何谓熵？科学家们指出，它"是不能再被转化作功的能量的总和的测定单位"②，也就是对那些不能再利用、不能再发挥同样效用的能量单位的称呼。例如蜡烛、木头、煤、石油燃烧的时候，产生光和热，但不是所有的光和热都能得到有效利用，那些浪费掉的能量，永远不可能再得到利用了，它们成为熵的一分子；再例如人类生活产生的不能再回收利用的废物、垃圾，现在已经成为威胁人类生存的大问题，它们本身作为浪费掉的能量再加上处理它们所要消耗的不能再生的能量，都构成了宇宙中不断增加的熵。后现代科学家认为，熵是我们作功时一定会得到的"惩罚"③，是必然要形成的损失，是得到的同时必须要付出的成本。热力学第二定律告诉我们，在宇宙的全部活动（包括我们的生产、生活）中，发生的绝对不仅仅是物质形态改变那样简单的变化，能量虽然是守恒的，但变化后的能量，可能没有再次发挥同等功用的能力了，这是必然要付出的代价。"熵"的世界是一个悲伤世界，它相信"宇宙万物从一定的价值与结构开始，不可挽回地朝着混乱与荒废发展"④。任何一个系统想要建立一种秩序，必然要从周围的环境中吸取相当的能量，付出熵的代价，给周围环境造成不能挽回的更大的消耗、更多的混乱。想象一下亲友聚餐后杯盘狼藉的客厅和厨房，这仅仅是冰山一角。最终熵值达到最大，所有能量完全耗尽，成为无效的能量，不再有发展、变化发生，所余唯有一片死寂，即"熵寂"。

熵增定律引发了科学界的地震，其取代牛顿经典物理学获得同样无上

---

① 〔美〕杰里米·里夫金、特德·霍华德：《熵：一种新的世界观》，吕明、袁舟译，上海译文出版社，1987，第 28 页。
② 〔美〕杰里米·里夫金、特德·霍华德：《熵：一种新的世界观》，吕明、袁舟译，上海译文出版社，1987，第 29 页。
③ 〔美〕杰里米·里夫金、特德·霍华德：《熵：一种新的世界观》，吕明、袁舟译，上海译文出版社，1987，第 29 页。
④ 〔美〕杰里米·里夫金、特德·霍华德：《熵：一种新的世界观》，吕明、袁舟译，上海译文出版社，1987，第 4 页。

的荣耀。大科学家爱因斯坦"誉之为整个科学的首要定律";英国天文学家、物理学家亚瑟·斯坦利·爱丁顿"把它称作整个宇宙的最高的形而上学定律";杰里米·里夫金与特德·霍华德则预言说,"它在今后的历史时期中将成为占统治地位的模式"①。按照这种熵的思维模式,科技在发展过程中,不可避免会触及物质世界,如它需要消耗大量的"能量"——物资、人力乃至资金支撑,如它引发的环境破坏等。所有的科技开发都是"能量"负增长、"熵"增加的过程。如果不考虑资源保护、可持续性发展问题,科技发展终会有资源耗尽、被迫停滞的那一天。由此,科技发展的极限问题是自省、反思、批判过程中绕不开的一环。不可否认,科技曾经历的跃迁式进步,给人带来无限希望,人们一度乐观地认为科技可以无止境地发展、物质财富可以无限度地增长,自由、幸福的生活享受可以永远地保持下去。但短短百余年,这种盲目乐观主义的幻影就破灭了。1972 年的一份研究报告,宣告了科技进步论的终结:"1972 年,马萨诸塞理工学院的丹尼斯·米都斯领导的一个十七人小组向罗马俱乐部提交了一份题为《增长的极限》的报告,对当代西方增长癖文化进行了批判。报告指出,由于地球的能源、资源和容积有限,人类社会的发展和增长必然有一定的限度。用倍增的速度去求得经济和社会的发展,注定会使社会在物质和能源方面达到极限,给人类带来毁灭性的灾难。"② 正是在《增长的极限》的影响下,熵的世界观才能够以显学的身份传播开来。它们迎头给烈火烹油、鲜花着锦般沸腾的进步论浇了一盆冷水,让人们迅速冷静了下来,正视一个不能否认的事实:从当下地球的承受能力和科技进步的增长速度来看,增长的速度越快,到达极限的时间越短,留给我们缓和的空间就越狭窄、补救的余地就越小。人类如何才能避免资源耗尽的悲剧到来?很多科幻作品对此做了回应,设想在资源耗尽的未来人类的遭遇、人类的选择和最终命运的走向。如《极乐空间》讲述地球容积达到巅峰,无法容纳增长过剩的人口,于是在地球外围打造空间站以苟延残

---

① 〔美〕杰里米·里夫金、特德·霍华德:《熵:一种新的世界观》,吕明、袁舟译,上海译文出版社,1987,第 3 页。
② 〔美〕杰里米·里夫金、特德·霍华德:《熵:一种新的世界观》,吕明、袁舟译,上海译文出版社,1987,"译者的话"第 1~2 页。

端。但这个极乐世界毕竟容积有限，所以只有富人才有机会生活在没有污染、没有疾病困扰的月上世界，他们以极严酷的律法维护自己的利益，确保穷人不能越界，只能垂死挣扎在环境恶劣、资源贫乏的地上世界。最终两个世界的冲突由此爆发。《星际穿越》是类似题材的影片中的"佼佼者"，获得了 2015 年奥斯卡金像奖最佳视觉效果奖，无论在影视界还是在民间，都获得了极高赞誉。故事发生的背景依旧是资源浩劫：地球遭遇极端气候，人类面临粮食危机，必须跨越广阔的银河，克服生命短暂的局限性，用最短的时间在未知的宇宙空间中找到新的家园。故事最终运用虫洞和多维时空穿越理论解决了问题，其实对现实生活而言，这个解决方案不具有任何借鉴意义。如果说《星际穿越》是一部"穿越文"的话，那么《火星救援》则是一部"种田文"，它将粮食危机的背景放在了火星上。人类的科技水平进步到可以登上火星的程度，但距离将火星打造成第二个地球还非常遥远。于是一场火星沙尘暴，让已经预备撤离火星研究基地的主人公，差点儿成为第一个牺牲在火星的地球人。在与回程的飞船失联后，无奈的主人公成了火星上的第一个种田者，他利用一切可以利用的、有限的材料为自己争取口粮，每日计量而食。一次错误的操作将种田基地炸毁，于是主人公只能在忍饥挨饿中等待救援的到来。而受到多方赞誉的电影《流浪地球》，故事展开的前提则是太阳氦闪带来的人类的生存危机，太阳即将变成红巨星吞噬地球，而人造飞船技术难以保证人类在寻找新家园过程中的生态需求，所以人类只能被迫带着地球一起逃亡。人口危机、粮食危机、太阳危机，所有的危机本质上都是能源危机、资源危机，而科技的极限与这些危机是相伴相生的。在这些科幻电影中，危机最后都在美好人性爆发的同时，幸运地利用某种科技手段得以解决，故事多以皆大欢喜的方式结束了；但在现实生活中，如果面临同样的处境，显然我们的科学技术水平离解决问题还相差极远。在《不论：科学的极限与极限的科学》中，英国天体物理学家约翰·巴罗慨叹，我们的科学技术面临很多限制，有的是经济条件上的，有的是实践应用中的，有的是自然界施加的，有的是技术本身固有的，等等。在诸多的限制中，约翰·巴罗更关注在技术的生成与使用中可能产生无法补救的后果的熵的限制，此即技术的危机："某种技术的利益越是强大和深远，那么它失败或者误用后的附带效应很可能越严重。某种技术可从无序中产生的结构越多，那么它的产物离热平衡就越远，要去逆转相应的过程就越困难。当我们规划出一个技术不断进步的未来时，也许我们将面临一个不断有危险和容易出现不可逆转的灾难的未来……一个技术系统越复杂、威力越强，那么它崩溃和失效的可能性也就越大。类似地，崩溃的后果也更难以捉摸。"① 科技的极限问题，是科学研究急需反思的问题，无论是形而上学还是实践领域。我们从科幻故事中得到的唯一启示，其实是思考如何避免或者如何减缓危机的到来。

探讨科技发展的极限，反思技术进步可能产生的后果，并不意味着反对或放弃科技进步，因噎废食于事无补，也不能使我们的生存更容易、未来更光明。正如约翰·巴罗所说："进步促使生存变得更为复杂，从而灾难也更具有毁灭性。但是，这一切并不意味着我们要偏执狂般地宣传技术的危险性，消极对待技术，避免进步。"② 人类文明进步的势头不可遏止、不可阻挡，而科学技术的运用同样不能遏制或阻挡。人类文明的发展史已经证明，文明的进步与科技的应用是相伴相生的，科技的发展构成了文明固有的一部分，它们血脉相连，硬性剥离开来不现实。我们所要做的，是坚决杜绝那些一定会危及人类生存的技术的使用，如核武器、人类基因编辑等；同时，反思并纠正科技进步中产生的问题，如对技术至上的价值观进行批判等，即便是亡羊补牢，也为时未晚。《礼记·学记》有云："知不足，然后能自反也。"只有认识到自己的缺陷，才能反过来要求自己；只有认识到科技发展中存在的问题，才能让科技更为合理地发展和应用，这方面工作的意义，从来都是重大而深远的。

第二节　科技批判理论

纵观西方社会学者对科技哲学问题的探讨，我们发现，无论是哈贝马斯、马尔库塞等欧陆社会批判理论家，还是安德鲁·芬伯格、大卫·哈维

---

① 〔英〕约翰·巴罗：《不论：科学的极限与极限的科学》，李新洲、徐建军、翟向华译，上海科学技术出版社，2005，205～206、209 页。
② 〔英〕约翰·巴罗：《不论：科学的极限与极限的科学》，李新洲、徐建军、翟向华译，上海科学技术出版社，2005，第 209 页。

等来自英美的社会理论学者，他们的理论虽然各有立场、大相径庭，但又表现出一些共通的趋向。首先，他们的理论都吸收了复杂科学的系统论、信息论和控制论等方法论的精髓，高屋建瓴，以更为开阔的视野健全自己的科技哲学理论体系。其次，他们的理论都借鉴了马克思的哲学研究方法：总体论、抽象研究法与科学辩证法。再次，他们的技术哲学最后都延续了马克思政治经济学的批判立场。在研究中，他们都从经济学入手，在资本与科技关系的哲学剖析中走向社会实践，即科技的政治学意义的探讨，在经济-科技-政治三维立体互动的关系网络中完成对科技的全面批判。

总的说来，关于技术至上理论给我们的生活带来了何种影响，学界主要从两个方面进行了反思，一是技术异化批判，二是科技意识形态批判，试图以此解决技术膨胀带来的困扰。

一　技术异化批判

技术膨胀对人类的负面影响，首先就是异化问题。我们对"异化"这个术语绝不陌生，在马克思主义哲学用它来描述资本主义工业社会中人被自己生产的产品奴役的现象后，我们一般都会将它理解为一个哲学术语。事实上这个概念的含义是多重的，被广泛地应用于社会、经济、哲学、心理等多个学科，雷蒙·威廉斯认为它"是现在语言中最难定义的一个词"，在多学科领域的使用中，产生了一些具有争议性的内涵。[①] 雷蒙·威廉斯勾勒了这个概念的发展演变史："异化"（alienation）虽然在当代才被广泛使用，但词源历史悠久，是由拉丁文 alienationem 演化而来。alienationem 的词根有二：一为 alienare，意思是疏离、远离；一为 alienus，意思是其他地方、他人。无论后来 alienation 的含义发生怎样的变化，都与这两个核心含义有关。如 14 世纪英文中，"疏离、远离"这个层面的含义发展出宗教中人与神、个人与权威关系断裂的意涵。很明显，后来卢梭用"异化"表述人与自己本性的疏离、黑格尔哲学用"异化"表达

---

① 〔英〕雷蒙·威廉斯：《关键词：文化与社会的词汇》，刘建基译，三联书店，2005，第 4 页。

主客体关系的疏离以及弗洛伊德用以表明文明的发展使人与自己的力比多本性疏离，都是受此影响，直至 19 世纪生发出"情感疏离"的心理学用法。15 世纪"他人、他方"这个层面的含义不断引申，意指法律中将权力、金钱、财产等"转让他人"的行为，尤其是"被迫转让"的负面意义，甚至演化出损失、撤回或心智错乱的拉丁文用法。一直到 20 世纪，对 alienation 的使用主要围绕"情感疏离"和"财产转让"两个语脉进行，且都表达负面意义。事实上，这两个用法往往纠缠在一起无法分割，如马克思对人的物化的描述，就建立在两个含义联合使用的基础上。① 人与神、个人与权威关系的断裂，蕴含着统治与被统治的政治学理念；而法律中将权力、金钱、财产等"转让他人"的行为，则渗透着经济学的内蕴，显然，雷蒙·威廉斯对"异化"的词源学解读，潜藏着一定的政治经济学的立场。

具体说，当下对技术异化的批判主要体现在技术与自然的关系、技术与人的关系以及技术自身三个层面，其中前两者更为大众所熟知，它们的内涵同样也遵循上述"情感疏离"和"财产转让"两个语脉。

从技术与自然的关系上看，技术异化表现为技术使人远离了自然，且这种疏离随着依赖技术程度的提高而逐渐加深。布莱恩·阿瑟发现，人类使用技术的初衷是提高自己使用自然资源的能力，让自己与自然都能够更好地发挥应有的功能，结果应该是人与自然亲密联系，但事实却背离了这种理想的和谐图景，"我们从一个用机器强化自然的时代（提高行动速度、节省体力、织补衣服）到达一个用机器来模仿或替代自然的时代（基因工程、人工智能、医疗器械身体植入）。随着我们学习、应用这些技术，我们渐渐从应用自然，发展到直接去干预自然。"② 从强化到取代再到干预，布莱恩·阿瑟描述了人与自然关系逐渐疏远的历程。尤其是"干预"，它是一个贬义词，暗示着强行入侵、敌对甚至破坏的不友好态度，这种凌驾于自然之上的俯瞰姿态、一意孤行的人类自我中心主义，必然造成人与自然的疏离和亲密关系的破裂。关于人与自然的关系，马克思

---

① 参见〔英〕雷蒙·威廉斯《关键词：文化与社会的词汇》，刘建基译，三联书店，2005，第 4~9 页。

② 〔美〕布莱恩·阿瑟：《技术的本质》，曹东溟、王健译，浙江人民出版社，2018，第 6 页。

有个著名论断，即"自然是人的无机的身体"，指出自然与人本是一体的，它是人的身体在无机界的延伸。马克思强调了人与自然不能分离的特性，人若想生存下去，必须要与自然交往，从自然中汲取能量，所以，自然也构成了人身体的一部分。而人的特殊的、充满智慧和情感色彩的本质力量，只有通过自然界才能得以对象化，只有在与自然交往形成的"人化自然"中，才能形成对自我的认识、获得价值感。世界各民族的神话故事，跨越时空、习俗的差异，都塑造了大地女神的形象，如希腊神话中的盖亚、中国神话中的女娲。人们用自然母亲这一原型来表达对大自然的感恩：她孕育了万物，孕育了人类，也培育了人类文明；人类所有的知识、所有的智慧甚至科学精神，最初都来自于同自然母亲的交往所产生的经验。直到今天，科学家们仍旧承认，现代科学精神建立在古希腊"自然的表现可以被理解"①的思维方式基础上。人们用自然母亲、大地母亲形象，来隐喻对自然的依赖、亲密和感恩；而一切干预自然、妨碍自然、违背自然规律的行为，必然带来心理上的不适，"不自然"意味着失去安全感，意味着冒险和威胁。这就是转基因食品受到坚决抵制的社会心理根源，"不自然"让人类恐惧。因此，我们在享受技术带来的优势的同时，科学技术干预自然、背离自然甚至危害自然的潜在后果，让我们陷入两难境地：一方面我们对科技进步报以最深切的期望，另一方面我们想要保护自然、保持与自然母亲的亲密联系。两种矛盾的力量互相排挤、撕扯，人类无所适从。如何跳出这个两难选择的困境，能否创建科技进步与保护自然两者融合的第三条路，是当下技术批判理论所要思考的重要问题。

大卫·哈维则认为，技术本质上就是与自然相疏离的。从技术与自然的关系入手，大卫·哈维对技术进行了界定，他说："技术可以定义为利用自然过程和事物，制造产品满足人类的目的。技术从根本上界定了一种与自然的具体关系——一种动态和矛盾的关系。"②大卫·哈维认为与自然的矛盾，是技术从诞生之日起就固有的本质特征，技术的运用必然要利

①　〔奥〕埃尔温·薛定谔：《自然与希腊人》，张卜天译，商务印书馆，2015，第71页。
②　〔美〕大卫·哈维：《资本社会的17个矛盾》，许瑞宋译，中信出版社，2017，第75页。

用、消耗甚至损害自然的利益，它天然就是站在自然的对立面的。而技术与自然的矛盾，是以工业生产为基本生产方式的资本主义社会的内在矛盾。我们可以轻而易举地为大卫·哈维的观点找到确证，例如，资本主义社会发展过程中必然要经历的城市化和环境污染。按照生物进化论来看，人类文明的进步，是逐渐远离自然母亲的过程：走出森林、走出草原、走出平原，进入城市。城市化是人类社会现代化的构成因子之一，而城市化从一开始就受到了批判，在很多知识分子心中，自然才是真正的家园。从英国湖畔派诗人，到巴尔扎克，再到波德莱尔，在他们对城市罪恶的书写中，我们都可以感受到知识分子对自然母亲的深刻眷恋。城市化过程中暴露的问题愈多，向往自然、回归自然的心情就愈热烈。大卫·哈维认为，城市是以空间的方式存在着的、人为创造的"第二自然"①。在城市空间中，资本主义资本积累、生产、消费以至于商业化运转的奥秘暴露无遗，这里就是资本演出的活生生的舞台。大卫·哈维灵活运用了马克思关于人与自然关系的理论，指出生活于城市空间中的人，具有改造城市的权利，但如何行使这项权利却是应该深入思考的，因为迄今为止，这项权利一直被忽视。人不仅无法像农业文明时期生活在自然母亲怀抱中那样自由自在、无拘无束地实施改造世界的权利，相反，人受到控制，反过来成为被改造的对象，"所以首先应该仔细思考，在推动城市发展的整个历史过程中，强大的社会力量是如何创造和改造我们的"②。人反过来被自己创造的城市所改造，甚至"创造"，城市于是变成了站在人的对立面的异己力量，这种"不自然"的关系，也是一种异化关系。大卫·哈维更进一步地讨论了城市空间中潜藏的危险，指出由房地产经济泡沫、虚拟资本，以及随处可见的、多方面的"打击穷人、弱势群体和下层平民"③的资本掠夺行为如非法取消抵押赎回权、公共服务减少、失业率居高不下等方面综合形成的"城市危机"，乃是资本主义危机诞生的根源之一。在从经济学

---

① 张佳：《大卫·哈维的历史—地理唯物主义理论研究》，人民出版社，2014，第109页。

② 〔美〕戴维·哈维：《叛逆的城市：从城市权利到城市革命》，叶齐茂、倪晓晖译，商务印书馆，2014，第4页。大卫·哈维与戴维·哈维，不同译著，译法不同。

③ 〔美〕戴维·哈维：《叛逆的城市：从城市权利到城市革命》，叶齐茂、倪晓晖译，商务印书馆，2014，第58页。

角度历数了资本主义城市中人的城市权利受到侵害的种种现象后，大卫·哈维又从政治学角度，思考了反资本主义的城市革命诞生的原因、方式与前景，他对城市革命抱有乐观态度，认为"在这个世界里，希望和光明还是依稀可见"①。

　　同城市化批判一样，科技膨胀对生态环境的破坏是技术批判的又一个重要内容，理论家们密切关注诸如技术生产造成的自然资源的耗尽、技术消费带来的自然环境的污染等问题。自雷切尔·卡森在《寂静的春天》中揭露了化学药剂的滥用导致动物界甚至人类世界遭受巨大伤害起，白色污染、光污染乃至太空垃圾、核垃圾等高科技发展附带的污染问题逐渐进入人们的视野，成为探讨科技与自然关系时不能回避的主题。由此诞生的环保主义、反人类中心主义、生态美学等不同立场的理论派别林立，早已脱离了抽象的理论探讨层面，在经济、政治、文化等多个维度影响着人类的生活。现实中人们早已不能满足于穿越文、重生文、种田文等玄幻文学作品带来的虚假幸福，脱身于城市的喧嚣，回归田园，享受日出而作、日落而息的宁静生活，是当下很多城市居民的选择。随着我国道路交通发展的成熟，人们日常来往于城市与农村之间，在城市工作，在郊区居住或租一小块儿地享受农耕的乐趣，已经成为一种普遍的现象。曾有报道，2016年7月，温州的一对"80后"小夫妻，"小花生"和"Z先生"，花费5万元，租下并改造了温州七都岛上的一座平房。这本是一个250平方米的老屋，外加100平方米的农田和150平方米的花园。他们用不到3个月的时间，将它亲手打造成了一个世外桃源，既避开了城市生活的乏味与喧嚣，又省去了城市购房的负重和烦恼。他们自己动手设计住所，规划书房和烘焙屋；自己给蔬菜除草、施农家肥；自己养小鸡，给小鸡建"小别墅"。到了收获的季节，园里有果，塘里有鱼，桌上有蛋；花香幽幽，鸟鸣啾啾，走在自己铺出来的小路上，耳边响起的，不再是汽车的轰鸣声、打麻将的喧闹声，而是鸟儿清脆的歌唱、邻里温暖的问候；映在眼中的，不再是高楼林立、街道纵横，而是硕果累累、蝴蝶翩翩。更重要的是，农

① 〔美〕戴维·哈维：《叛逆的城市：从城市权利到城市革命》，叶齐茂、倪晓晖译，商务印书馆，2014，第159页。

家生活夜不闭户的随意舒适，取代了城市中门户紧闭的防备隔离，农家生活的恬淡无争、诗意盎然，让他们忘记了耕作的辛劳，即便"坐在院子里，只是因为刚刚一阵风吹过，都会感到很幸福，想感叹生活是如此美好"①。暂离城市，归园田居，他们找到了属于自己的"诗和远方"。这对小夫妻的经历告诉我们，诗和远方，有时并不遥远。

　　当然，充满诗意的优良生存环境的获得，并非必然要剔除技术。相反，生态环境的改善，是离不开技术的。事实证明，技术开发与自然保护之间的矛盾，并非非此即彼、势不两立、难以消除的。以我国为例，近几年有很多举措和实绩，都彰显出技术开发和自然保护之间的相辅相成、互利共赢。2014 年，有媒体报道了陕西省榆林市榆阳区的一个小村庄，如何利用先进技术使沙漠变成良田的故事："陕西省土地工程建设集团组织科学家团队发明了适宜不同农作物生长的砒砂岩与沙组合配方，集成了砒砂岩与沙组合成土的配方技术、田间配置技术、规划设计技术、规模化快速造田技术和节水高效技术，在实验室和田间实验研究基础上提出了在生态脆弱区水土耦合高效利用模式，形成了完整的砒砂岩与沙复配成土技术。"② 多项技术的合理使用，使毛乌素沙漠的 7 万亩沙地，变成了盛产马铃薯和玉米的良田。无独有偶，沙粮农业的创始人李绍华在内蒙古自治区通辽市奈曼旗，开发运用了近 30 项专利技术，将 8 万亩沙漠，变成了"沙漠净米"品牌"沙哥粮"的生产基地。至 2018 年，沙粮农业已经开辟了以沙漠水稻为主，小米、大豆、马铃薯、花生、燕麦等多种农作物为辅的"有机食材链"。更可贵的是，李绍华将这近 30 项种植专利技术，无偿地教给周边的农民和企业，带动身边的人和他一同实现"百万亩沙漠变良田"的梦想。③ 这是合理运用科学技术和方法改造生存环境的最经典的案例，已经获得了联合国原副秘书长、联合国环境规划署原执行主任

---

①　吴涛：《5 万爆改 500 平，80 后小夫妻在破旧平房里打造出最美世外桃源》，搜狐网，https://www.sohu.com/a/119397535_349247。

②　高云才：《陕西毛乌素沙漠 7 万亩沙地变良田，探出沙漠治理新路》，中国新闻网，https://www.chinanews.com.cn/gn/2014/09-14/6588525.shtml。

③　《李绍华：拓荒治沙、健康国人，毕生完成百万沙漠变良田》，国家林业和草原局政府网，http://www.forestry.gov.cn/portal/zsb/s/982/content-1072294.html。

埃里克·索尔海姆的肯定，案例被他赞誉为"堪称全球典范"①。再如东北农村秸秆焚烧导致的空气污染问题，珠穆朗玛峰登山路上生活垃圾的处理问题，目前的一些禁罚措施都是治标不治本的，很明显只有通过新技术的开发，才能使其得到更好的解决。这样的例子不胜枚举，其中任何一个目标的实现、任何一项难题的攻克，都是利在当代、功在千秋的大好事，可以永载史册、万古传颂。可见，只要找到技术开发运用与保护自然环境不被破坏之间的制衡点，将技术合理地应用于自然，而非干预自然，获得与自然和谐相处的双赢局面，才能解决自然的异化问题。

从技术与人的关系看，技术异化首先表现在工业社会中，技术应用于工业生产使人被奴役为非人，技术进步论解放人类的许诺落空。从马克思的劳动异化理论到马尔库塞对技术理性本质的揭露，这方面的内容是技术异化理论中最醒目、最为世人所熟知的。在《1844 年经济学哲学手稿》中，马克思揭露了资本控制下工人劳动的异化本质。他的"第一手稿"从工资、资本的利润以及地租与劳动的关系入手，揭开资本积累、财富增长的奥秘，在于对工人劳动大部分成果的占有。马克思深刻剖析了资本主义社会中工人在资本运转链条上的地位，揭示了资本生产过程中，由于资本、地租和劳动三者的分离，工人无法摆脱资本的控制，仅仅能够获得维系最低生存需求的工资，他们不被视为人，只能沦落为"物"。首先，工人也是商品，他们只是资本赢利的整个生产链条上的一个环节，是同一切商品一样可以买卖的"物"，劳动者的生存被贬低为其他一切商品的存在的条件，劳动者成了商品②，且无论资本市场价格如何调节、变动，劳动者这个商品都只能遭到巨大损失，基本生存需求以外的劳动产品被剥夺，作为劳动成果的劳动产品和劳动者商品一道，都不属于自己，要归于商品的主人。其次，资本积累的扩张、科技的发展导致社会分工的精细化、专门化，工人并没有从科技进步对劳动的解放中获利，反而进一步沦落为劳动机器："劳动者日益完全依赖于劳动，而且是极其片面的、机械式的特定劳动。随着劳动者在精神上和肉体上被贬低为机器……分工提高劳动的

① 严玉洁：《联合国副秘书长盛赞中国防治荒漠化成就：堪称全球典范》，中国日报网，http://world.chinadaily.com.cn/2017-09/12/content_31900847.htm。

② 〔德〕马克思：《1844 年经济学哲学手稿》，刘丕坤译，人民出版社，1979，第 5 页。

生产力，增进社会的财富和文明，然而却使劳动者陷于贫困以致沦为机器。"① 工人以辛苦劳动换来社会财富的增长和文明的进步，但自己不仅丧失了享受成果的资格，更加重了自己的苦难。再次，工人成为劳动力繁衍的奴隶阶级，一个被剥削、被奴役、被剥夺自由和尊严的群体，被迫出租、出卖劳动，用自己的身体和作为人的资格与尊严来交换生存："国民经济学家告诉我们说，一切东西都可用劳动来购买，而资本无非是积累起来的劳动；但是同时他又说，劳动者不仅不能购买一切东西，而且不得不出卖自己本身和自己作为人的资格。"② 劳动者辛勤耕耘，非但不能通过劳动成果发家致富，反而因为出卖自己作为商品的劳动力身份，在买卖活动发生的那一刻起，就因为沦为商品而丧失了做人的资格。这些被迫出卖身体和尊严的人，自由被剥夺，最终毫无悬念地沦为奴隶。无论社会财富增加或减少，无论社会发展或滞后，以生命和自由为代价创造了社会财富和繁荣文明的劳动者却似乎与这一切无关，他们被迫失去了享受自己劳动成果的权利，被异化为"局外人"。最后，工人不被看作完整的人，他被资本所关注的仅仅是他的劳动部分，即他体现出来的、运用技术能力可使资本升值的部分，无关技术劳动的一切都被无视，于是工人被割裂、被贬低为动物："劳动者应当和牛马完全一样，只得到维持他的劳动所必需的东西。因此，国民经济学不考察不劳动时的劳动者，不把劳动者作为人来考察……国民经济学把劳动者只是看作劳动的动物，只是看作仅仅具有最必要的肉体需要的牲畜。"③

　　无论是工人被贬低为商品、机器、奴隶还是动物，其血肉丰满的人性的部分都被遗弃，工人被视为物。这种物化是马克思揭露工人劳动异化本质的前提，在此基础上，马克思才犀利地阐释了资本主义劳动的异化本质这一主题。他指出，随着资本积累的剧增，即便用增加工资的方法安抚工人，但资本的每一分付出都会要求更多的回报，工资再高，只要不能完全

---

① 〔德〕马克思：《1844 年经济学哲学手稿》，刘丕坤译，人民出版社，1979，第 8、10~11 页。
② 〔德〕马克思：《1844 年经济学哲学手稿》，刘丕坤译，人民出版社，1979，第 10 页。
③ 〔德〕马克思：《1844 年经济学哲学手稿》，刘丕坤译，人民出版社，1979，第 12、13 页。

占有自己的劳动产品，那么工人仍旧处于被剥削地位。高额的工资对应高能的付出，增加的工资不是友好的表现，而是利刃。工资反过来也成为资本剥削的帮凶、成为与工人对抗的异己力量，依然不能改变劳动异化的事实。工人最后得到的，仍旧是自身精神和肉体的牺牲。马克思对资本主义劳动异化本质的揭示，在当今以高福利制度著称的资本主义社会中，警醒作用仍旧振聋发聩，让我们在资本社会安抚政策虚假繁荣中保持最基本的清醒。综上所述，马克思谈到了劳动异化的四个表现。第一，从工人同劳动产品的关系看，劳动产品异化。作为工人劳动产物的劳动产品，反过来成为劳动者的异己力量，统治着劳动者：劳动者付出的劳动越多，他就越贫穷；劳动者的劳动如果被机器技术减轻或取代，则劳动者或者回到更艰苦野蛮的劳动中去，或者自己沦为机器。第二，从工人同劳动活动本身的关系看，劳动活动异化：工人的劳动活动不属于自己，在劳动活动中他们不仅不能展现自己的智慧和力量，获得自己的价值感，反而被迫、不自愿地劳动，精神与肉体都受到折磨，甚至丧失了自我，劳动活动本身成为与劳动者对立的异己力量。第三，人的类的本质的异化：劳动生产活动是人类改造世界、能够表现人之所以为人的特殊性、直观自身的"类生活"，但劳动产品、劳动活动本身的异化也造成了人的类本质的异化，其将人的自由、自觉、自主的对象化活动，贬低为维持肉体基本生存本能的动物性活动，将人的本质倒置为维持基本生存的手段。第四，上述异化导致人同人之间关系的异化：在异化劳动中形成的经验，被作为观察、衡量、处理与他人之间关系的参考，导致人与人之间关系的冷漠和疏离，他人也成为与自己相对立的异己力量。马克思对劳动异化问题的剖析与阐发，是揭露并批判资本主义社会本质的重要内容，对全人类来说，其价值是不可估量的。资本主义社会中工人同生产劳动的关系，代表着全人类奴役与被奴役的关系，只有清醒地认识到工人在资本社会中的真实地位、认识到工人劳动异化的本质，为将工人从异化劳动中解放出来提供理论基础，人类真正地摆脱控制、获得真正的自由才具有了可能性。

马克思从政治–经济学–哲学的高度，对资本主义社会中人劳动的产物反过来统治人、物性遮蔽人性、物的关系掩盖了人的关系的本质进行了创造性的阐释，这些阐释成为指导后世知识分子应对社会困境的最重要的思想源泉。法兰克福学派等社会批判理论家正是将马克思的异化理论应用于对技术文化的反思，才提出了他们的技术批判理论的。如果说，马克思对劳动异化本质的批判，是对资本社会技术异化的间接批判的话，那么法兰克福学派的学者则将批判的炮火直接指向了技术本身。在《单向度的人：发达工业社会意识形态研究》（以下简称《单向度的人》）中，马尔库塞同样从政治经济学立场出发，提出科学技术在发达的工业社会国家已经拥有了统治地位、技术进步论成为一种控制性的意识形态的理论。他探讨了科学技术是如何合理地干预政治生活、社会生活、日常生活并转为统治制度的，指出"社会控制的现行形式在新的意义上是技术的形式"，表现为人的"否定、批判和超越的能力"被剥夺，"技术优先"观念消解了人对自由的想象和追求，成为一种从"恐怖的政治协作"向"非恐怖的经济技术协作"过渡的新的极权主义。① 工业文明和技术力量发展的目的，本应该是劳动力的解放、痛苦的免除和自由的获得，但在"技术合理化"思想支配下，技术反而同马克思笔下的劳动一样，成为与人相对立的异己力量，并渗透在政治和知识之中，操纵并危害着人的生活，使人成为没有否定能力、批判能力和超越能力的"单向度的人"，享受着对"技术合理性"一味顺从时获得的虚假幸福。

这种针对技术本身进行批判的理论，最后演化出"技术异化"论，即技术不再是利用自然资源满足人类解放的工具，相反，技术自身成为目的；更有甚者，技术已经有了"生命"，可以自己繁衍自己，具有了生物性。布莱恩·阿瑟眼中的技术就完成了"化形成精"的过程，有了生命力，成为一种生命实体。他运用生物进化论，剖析了技术的进化史，提出"技术就如同生命体一样，它的进化与生物进化也没什么本质差异"② 的技术进化观。"技术异化"论内涵丰富、视角各异，包含技术拜物教、工具解放论、技术自主化乃至技术进化观等理论内容。

技术产业化与技术拜物教是大卫·哈维的观点。在探讨资本社会中资

① 〔美〕马尔库塞：《单向度的人：发达工业社会意识形态研究》，刘继译，上海译文出版社，2006，第10页、"译者的话"第2页、正文第5页。

② 〔美〕布莱恩·阿瑟：《技术的本质》，曹东溟、王健译，浙江人民出版社，2018，第185页。

本、技术与人之间的矛盾关系时，大卫·哈维剖析了技术的特征，提出技术始终处于变化之中，技术是动态的存在。技术的变化包含两重内涵，一是数量的变化，即源源不断的技术创新，使技术家族成员数量暴增且生生不息，其背后的推手有资本（积累、追求利润）、资本家（权力再生产）、国家机器的各个分支（军备竞赛、各行政部门如医疗、司法、税务、教育等等）、科研系统等等；二是身份的变化，由技术数量变化而来，从帮助资本积累、权力再生产的工具，摇身一变成为"一个特别的商业领域"，最终产业化，变为资本的目的："资本主义文化变得沉迷于创新的力量。技术创新成了反映资本家欲望的一种拜物对象。"① 基于这种技术拜物教，虽然技术在完成资本积累、流通速率提升、信息处理、货币管理以及控制劳动这五项使命方面，将最大限度地发挥令资本满意的功能，但技术的使命完成得越完美，最终它所引发的经济、政治问题也就越难以解决。尤其是控制劳动的功能，技术的提高一方面使世界人口剧增，另一方面却取代了人的劳动，使人具有了可弃性；而庞大的失业人群，既是经济危机的一个源头，也是政治革命的一个温床。这显然是与资本的初衷背道而驰的。从技术无限膨胀中必将衍生出去技术化，这是资本社会目前无法可解的悖论。

齐格蒙特·鲍曼进一步讨论了技术工具-目的双重身份之间的关系，提出了"工具的解放"，即技术作为工具"开始从目的中解放出来（现在又被重新铸造为限制）"，他认为这是现代革命的核心。② 通过对马克思·布莱克"技术装置"批判理论的解读，鲍曼从语言分析的角度，阐释了技术如何从"工具"发展为"目的"。"技术装置"理论表现了当下对技术进步论的盲目崇拜，即任何技术产生的问题总会通过新的技术发明得到解决："外行的公众普遍地、不加批判地相信'如果你遇到技术难题的话，你总是可以期望发明另一个技术装置来解决它'。"鲍曼认为这种理解是一种"孪生公理"："这是你能够做的，这也是你应当做的。"③ 这里的"能够"和"应当"加上了着重符号，表明它们具有特殊意涵："能

① 〔美〕大卫·哈维：《资本社会的17个矛盾》，许瑞宋译，中信出版社，2017，第77页。
② 〔英〕齐格蒙特·鲍曼：《后现代伦理学》，张成岗译，江苏人民出版社，2003，第224页。
③ 〔英〕齐格蒙特·鲍曼：《后现代伦理学》，张成岗译，江苏人民出版社，2003，第220页。

够"指完成使命的能力，暗示手段、工具身份；"应当"指向完成任务的需要，暗示目的身份。孪生的两个公理并置，可以形成多重关系。首先，重点在第二个公理，用目的消解手段，则所谓"技术装置"就是"指'做某事'这一命令的无条件性，不论能够做'某事'还是在某些情况下不能做'某事'"。其次，重心在第一个公理，后者仅是对前者的补充，强调手段的意义："如果能做某事，就应当并且去做某事。正是手段使目的具有了合法性——这个目的是手段可以产生的任何目的：技术秘诀的存在保证了结果的价值。"① 也就是说，以工具身份存在的价值，超过工具的应用价值时，工具就获得了独立身份，甚至对目的具有了"统治权"："我们能做什么并不重要，只要我们能做这件事就行……目的地并不重要，重要的是有汽车。重要的是能够把所有的地点都视为目的地——这是惟一重要的事。"② 目的地丧失，脱离目的的掌控，甚至反过来掌控目的，解构了自身存在的宏大意义，这就是技术的"解放"。鲍曼认为"工具的解放"已经失控，它使现代人产生的"独一无二的、空前的自由感觉"，毫无疑问是一种虚假的泡沫；"目的地"的缺失，亦即意义的缺失、灵韵的缺失、诗意的缺失，它产生了马克斯·韦伯所说的"祛魅"世界。③ 运用系统观，鲍曼对失控的技术进行了全方位的立体画像，指出技术自我生成、自我繁衍、自我确证的异化特征："在我们的时代，技术已经成为一个封闭的系统：它将世界的其余部分假定成'环境'——事物的来源、技术处理的初级材料，或者技术处理废物的倾销地（有希望再利用）；它将自己的恶行和罪过定义为自己（发展）不充分的结果，将由此导致的'问题'定义为需要更多的自身：技术产生的'问题'越多，需要的技术就越多……就合法化的需要而言，这个封闭的系统确实是自我繁殖、自我保存的；它产生自己的合理性。"④ 法国技术哲学家雅克·埃吕尔将这种自我生成、自我繁衍、自我确证的技术异化现象，称为"技术自主论"。

① 〔英〕齐格蒙特·鲍曼：《后现代伦理学》，张成岗译，江苏人民出版社，2003，第222页。
② 〔英〕齐格蒙特·鲍曼：《后现代伦理学》，张成岗译，江苏人民出版社，2003，第222页。
③ 〔英〕齐格蒙特·鲍曼：《后现代伦理学》，张成岗译，江苏人民出版社，2003，第224、227页。
④ 〔英〕齐格蒙特·鲍曼：《后现代伦理学》，张成岗译，江苏人民出版社，2003，第220~211页。

他认为，技术的运用是所有现代社会的一个明显特征，而可怕的是，对技术的依赖让"技术已经变成自主的了"①，它有其自身内在的结构和发展逻辑，它对人的影响让人不能摆脱对技术的依赖，甚至很少有人会产生摆脱技术的自觉性。现代社会的人已经失去了对技术的控制权，不能对技术立法，技术的合理性不需要人的认可，人被抛弃在技术的后面。从技术自身内在逻辑发展的角度，埃吕尔再次印证了大卫·哈维的"人的可弃性"观点。

在埃吕尔和鲍曼的笔下，技术已经"化形成精"，它似乎有了实体、有了生命，能自己生长发展、自我繁殖、自给自足、自我立法，不仅脱离了人的控制，它还控制了人。在技术批判理论家们的剖析中，我们再次深刻地感受到人们对科技失控的焦虑。而现实证明，对技术失控的担忧并非杞人忧天。今天的人类，除极少数地区的外，都生活在技术社会之中。从最基本的衣食住行，再到社会交流与实践，我们日常生活的每一个细节几乎都有技术的参与，技术流淌在人的每一段记忆和经验之中。技术在塑造我们的现实，塑造我们的知识，同时也在塑造我们的历史、我们的政治、我们的文化。面对这样的现实，我们如何界定技术的本质，这是我们摆脱技术的控制，摆脱深陷技术之中的精神呆滞，以人的本质力量对抗技术的力量，将技术的运用与人对生命的感悟、对人生的诗意追求、对自由的无限憧憬结合起来的关键所在。有控制，必然就有反控制的愿望，有奴役，必然存在反奴役的理想。警醒民众，找到通往反控制、反奴役之路，才是技术异化理论探讨的启示意义所在。

二 科技意识形态批判

异化的劳动作为一种异己力量对劳动者所实施的控制，必然会通过资本拓展到社会管理层面，最后变为制度化的政治控制。技术控制具有政治性，技术合理性通过权力统治转化为政治合理性，技术统治成为一种意识形态，这是自马尔库塞以来影响深远的一种社会批判理论。

---

① 〔美〕安德鲁·芬伯格：《技术批判理论》，韩连庆、曹观法译，北京大学出版社，2005，第6页。

在《单向度的人》中，马尔库塞运用政治经济学批判方法，提出发达工业社会中已经产生了一种新危机，即合理性危机。显而易见，马尔库塞在此继承了马克斯·韦伯的合理化理论。关于马尔库塞和韦伯之间的关系，德国学者施路赫特在其著作《理性化与官僚化：对韦伯之研究与诠释》中开篇即予以揭示。他对比了帕森斯与马尔库塞对现代社会理性本质认知的分歧，揭示两者立场分歧背后具有一个"'共同的'立足点"，就是韦伯，"帕、马两人在对现代社会的过往和未来，以及对其理性的特征作判断时，都深受到韦伯的影响"。① 具体说，韦伯对马尔库塞的影响表现为，马尔库塞继承了韦伯对资本主义社会发展前途的悲观论调。韦伯曾指出："在《新教伦理与资本主义精神》的结尾，我对资本主义的发展前景作出了悲观主义的预测……我预感到在资本主义社会的内部正在逐步表成一种与古典的自由主义精神格格不入的'奴役'形式，这与资本主义的理想是完全背道而驰。这个世界面临着如此严重的危机……"② 马尔库塞将韦伯提到的危机称为"合理性危机"。在他看来，当年构成西方社会的合理性，如今乃是其最不合理之处，这就回应了韦伯忧心忡忡的资本主义发展使人陷入两难困境的观点，以此为基础，马尔库塞提出了他的资本主义社会异化批判理论。

马尔库塞剖析了合理性危机的特点，指出这种危机不再以暴力、残酷的面目出现，而是表现为貌似有利于生活的合理性，即技术合理性，他以此为核心，揭示了这种合理性是如何制度化为韦伯所说的"奴役"形式的。科学-技术合理性是韦伯合理化理论的重要内容之一，用来指经济领域中，与经济实质合理性相冲突的经济行为形式上的合理性。他说："一种经济行为形式上的合理应该称之为它在技术上可能的计算和由它真正应用的计算的程度。"③ 在所有经济行为形式中，货币由于计算上的特征，是最具合理性的技术手段。而在马尔库塞笔下，技术合理性则具有总体性

① 〔美〕施路赫特：《理性化与官僚化：对韦伯之研究与诠释》，顾忠华译，广西师范大学出版社，2004，第3~4页。

② 王威海编著《韦伯：摆脱现代社会两难困境》，辽海出版社，1999，第252页。

③ 〔德〕马克斯·韦伯：《经济与社会》（上），转引自王威海编著《韦伯：摆脱现代社会两难困境》，辽海出版社，1999，第253页。

地位，拥有超乎经济领域的功能，那就是将社会生产、政治、文化等各个层面中所有不合理、矛盾、反抗等对立因素同化，将诸种不和谐的批判、众声喧哗的复调，转化成众口一词的独白，从而形成一种新型的奴役力量。技术合理性以其内在的压迫性实施对人的软性控制，使人被异化为"单向度的人"。单向度，就是丧失了反抗性、批判性、否定性、超越性的维度，对自由的需要被遏制，成为单方面肯定、维护、顺从现有制度、现有意识形态的思想的奴隶。从经济、政治、文化、思维到语言，马尔库塞对畸形的技术合理性造成的"单向度"现实进行了全息立体的摄影，阐明技术如何制度化，转化为奴役人的统治力量。

就社会生产角度看，"单向度"表现为科技发展消解了生产中的阶级对立，使经济剥削的尖锐矛盾简化、淡化以至于无形化。马尔库塞对前工业社会和发达工业社会中科技合理性的作用、身份做了简单的对比，揭示了技术作为统治和剥削的工具、科技合理性受到限制的工业社会时代已经成为过去，当下成熟的工业社会的特征是由于剥削压迫性质的丧失，技术合理性获得了充分发展。这种技术合理性控制着社会生产的所有环节："在发达资本主义社会，技术合理性在生产设施中得到了具体化。这不仅适用于机械化的工厂、工具和资源开发，也适用于与机械过程的操纵相适应的劳动方式，适用于按'科学经营'方式来安排的劳动方式"，当然也包括"劳动阶级的政治领域中的控制和团结手段。"① 总之，在发达工业社会中，社会生产各个环节中存在的冲突和对抗都被消解，来自最底层的民众的斗争愿望融化在科技带来的"和平的可能性"之中，所有的对立都被同化在强大的技术合理性形成的统一体之中。这个没有对抗、没有斗争的"封闭"的成熟工业社会，是一个"单向度"的社会。而由于"工业化的技术是政治的技术"，它的封闭必然也表现在政治领域，形成"政治领域的封闭"。②

马尔库塞认为，在"技术合理性"的有效控制之下，发达工业社会

① 〔美〕马尔库塞：《单向度的人：发达工业社会意识形态研究》，刘继译，上海译文出版社，2006，第22~23页。

② 〔美〕马尔库塞：《单向度的人：发达工业社会意识形态研究》，刘继译，上海译文出版社，2006，第18、19页。

的政治体制呈现出虚伪性、欺骗性的特征：它的繁荣是虚假繁荣，它的福利制度营造的是虚假幸福，它的民主制度给予的是虚假自由，它的宽松的多元化的语境也不过是"意识形态性的、欺骗性的东西"①，所谓两党合作的复调本质上就是一种声音的独白："在这个社会里，传统的麻烦之点不是正被清除，就是正被隔离，引起动乱的因素也得到控制。下面这些主要的趋势都是人所熟知的：在作为促进、支持，有时甚至是控制性的力量的政府干预下，国民经济按照大公司的需要进行集中；这种经济与军事联盟、货币整顿、技术援助和发展规划的世界性体系相协调；蓝领工人和白领工人、企业中的领导和劳工、不同社会阶层的闲暇活动及愿望逐渐同化；学业成绩与国家培养目标之间的预定和谐得到促进；公众舆论的共同性侵入私人事务；私人卧室成为大众传播媒介的渲染对象。在政治领域内，这种趋势通过对立派别明显的一致或趋同而清楚地显现出来……两党合作也扩展到国内政策方面，各大党的政纲变得越来越难以分别，甚至在其伪善程度和陈腐气味方面也是如此。"② 马尔库塞认为技术进步所形成的经济-政治一体化贯穿于从民众到政党的所有群体之中，使所有互相对立、抵抗的声音都在削弱，其甚至以温水煮青蛙的手法，在潜移默化之间缓解了各个阶级、阶层之间的矛盾，遏止了社会变革的萌芽，因此借由暴力革命获得自由和解放的可能性已经丧失了。

在文化层面，技术合理性所控制的文化一体化表现为文学艺术异化能力的丧失，精英文化高贵的反叛精神的丧失、与大众化及世俗化的同流合污。马尔库塞站在精英主义立场上，认为"高层文化"，即精英文化中批判精神、反叛品格的消失，核心表现是"与社会现实相矛盾"之处被技术进步同化，精英文化的价值观被商业文化的价值观所取代。③ 过去，精英文化以站在社会秩序的对立面、揭露社会和人性的阴暗面、批判统治制度和施政措施的缺失为己任，因此习惯于聚焦"破坏性的角色，如艺术

① 〔美〕马尔库塞：《单向度的人：发达工业社会意识形态研究》，刘继译，上海译文出版社，2006，第48页。
② 〔美〕马尔库塞：《单向度的人：发达工业社会意识形态研究》，刘继译，上海译文出版社，2006，第19页。
③ 〔美〕马尔库塞：《单向度的人：发达工业社会意识形态研究》，刘继译，上海译文出版社，2006，第52页。

家、娼妓、妍妇、主犯、大流氓、斗士、反叛诗人、恶棍和小丑"[1] 等非英雄、反英雄形象，对此类与社会秩序尤其是商业秩序背道而驰、截然对立的底层小人物格外青睐，借助于对他们颠覆性、破坏性力量的渲染、对现有秩序进行深刻的批判和反思而获得真理价值。马尔库塞认为精英文化与日常现实生活是相疏离的，异化才是文学艺术的本质。精英文化用虚构的方式，揭露现实生活的缺陷和不足、虚假和伪善，"它维系和保护着矛盾，即四分五裂的世界中的不幸意识，被击败的可能性，落空了的期望，被背弃的允诺"，总之，它大刀阔斧地劈开现实生活幸福的面纱，让人们认识到它背后赤裸裸的真相、生活的猥琐和人性的阴暗，用悲剧形式展开"人和自然在现实中受压抑和排斥的向度"。[2] 但发达工业社会的精英文化中各种冲突和不幸形成的张力，已经在商业文化下的粗俗喜剧中被技术合理性消解。艺术异化能力丧失，"艺术远离社会、冒犯社会、指控社会的特征已被消除"[3]。例如以往社会精英们出入的沙龙、剧院、画廊、音乐厅，那些远离大众、远离日常生活的"另一种向度"的建筑，那些思想、情感、意识互相纠缠、互相撞击、互相冲突而爆发新的艺术火花的温床，现在变成了广场、商业中心或政府机构，它有了商业、政治、休闲的新功能，却也独独丧失了它的文化优越性；再如文学艺术作品，虽然产生了新的形象，如"荡妇、民族英雄、垮掉的一代、神经质的家庭妇女、歹徒、明星、超凡的实业界巨头"[4] 等，表面上覆盖的生活层面得到了扩展，但就其深度而言却平面化了。他们不再作为社会的对立面而存在，不再表达对社会、对制度的不满，失去了对诗意的远方的兴趣，被社会制度同化了，总之他们不再具有批判社会、否定社会的美学意义。批判品格的丧失，是发达工业社

---

[1]　〔美〕马尔库塞：《单向度的人：发达工业社会意识形态研究》，刘继译，上海译文出版社，2006，第54页。

[2]　〔美〕马尔库塞：《单向度的人：发达工业社会意识形态研究》，刘继译，上海译文出版社，2006，第57页。

[3]　〔美〕马尔库塞：《单向度的人：发达工业社会意识形态研究》，刘继译，上海译文出版社，2006，第60页。

[4]　〔美〕马尔库塞：《单向度的人：发达工业社会意识形态研究》，刘继译，上海译文出版社，2006，第55页。

会中，文学艺术泯然众人的最令人惋惜之处。

在语言层面，技术合理性致使语言一体化、话语领域封闭，表现为交流、沟通领域中同一性和一致性的语言取代了双向度的、辩证式的表达。马尔库塞发现，由于技术合理性的控制，语言已经成为一种调和了对立面矛盾的"全面管理"的语言，表现出压抑性的"操作主义特征"："在社会思想习惯的表达式中，现象和实在、事实和动因、实体和属性之间的紧张逐渐隐没。意志自由、发现、证明和批判的要素在指谓、断定和模仿时不起作用。"[1] 语言的魅力在于它的文学性，虽然日常交流中，语言作为媒介力图清晰地表达其内容，但语言与生俱来的抽象性、模糊性、间接性、歧义性使它在运用过程中相互碰撞，形成意义的矛盾、对立，进而构成了无限的想象、阐释的空间，这也是语言的生命力所在。这样的语言已经超越了工具性，语言越活泼，生命力越强。但操作主义的语言作为一种极权主义话语，用仪式化、概念化的方式，压制了语言中矛盾的、模糊的、歧义的成分，并对接受者洗脑，用一定的规则把意义封闭在给出的条件范围内，所有超出范围的自由活泼的想象都将被处罚。语言被规训为工具，它的特性是规矩、服从，它的对话性、文学性魅力被剥夺。马尔库塞以政治话语中的自由、民主、平等等概念为例，指出它们都已成为一种受到操纵的、概念化的分析性术语，已经丧失了真正自由、民主、平等的意义，呈现出奴役与不平等的特性。而受到洗脑的公众不仅接受、默认生活在此种谎言之中，将谎言当作真理，而且还主动排斥对语言的异己使用。马尔库塞考察了分析哲学和日常生活中的语言，发现无论是知识分子阶层进行的哲学语言分析，还是大众日常生活中语言的使用，都没有逃离话语封闭的厄运，尤其是当分析哲学侵入日常生活语言时，不仅不能使双方摆脱对立面一体化的命运，相反，它会"以一种更为隐蔽的、无意识的、情感的方式，在日常话语领域内进行操作……日常语言实际上遭到了清洗和麻醉。多向度的语言被转变为单向度的语言，在这个过程中，不同的、对立的意义不

---

[1] 〔美〕马尔库塞：《单向度的人：发达工业社会意识形态研究》，刘继译，上海译文出版社，2006，第79页。

再相互渗透，而是相互隔离；意义的容易引起争议的历史向度却被迫保持缄默"①。

　　总之，通过对技术合理性发挥控制功能，以及对全面消解生产、政治、文化、语言领域中的反抗性这一特征的深入剖析，马尔库塞提出，西方工业社会已经成为批判的声音被屏蔽的"单向度社会"，西方传统文化中否定性、批判性的高贵精神、反抗逻辑被同化逻辑取代，产生的思想是不具有辩证、批判精神的"单向度思想"。"技术合理性"已经异化为一种占主导地位且具有控制、操纵能力的新意识形态，即科技意识形态，这种"极权主义的技术合理性领域是理性观念演变的最新结果"②，只有进行意识形态批判，才能揭示技术合理性统治的奥秘。马尔库塞勾勒了技术合理性霸权地位的演化史，揭示了科学理性如何从马克思主义的"人类的生产力之一"上升为"第一生产力"，继而从生产手段进化为发达工业社会追求的目的，甚至成为发达工业社会危机的一个来源。③

　　马尔库塞将技术理性批判与意识形态批判结合在一起，将科技异化问题上升到意识形态的高度来解读，独辟蹊径、别开生面，无疑将法兰克福学派的技术批判问题研究向更深层面推进，为技术批判、科技异化研究辟出一条新路径。当然，由于《单向度的人》创作于1964年，马尔库塞并未经历1968年欧美爆发的革命浪潮，因此作品在提出技术合理性遮蔽反抗、科技成为西方工业发达社会奴役人的工具的理论的同时，对西方社会革命的前景呈悲观态度，而这一论调无疑已经被那个时代弥漫全球的革命浪潮所批驳。即便如此，安德鲁·芬伯格认为，马尔库塞总的看来并非一个"浪漫的技术恐惧论者"，他对人类通过科技进步论仍旧持一定的信心："他认为人类的行动能改变新时代的技术理性的结构和从中产生的技

---

① 〔美〕马尔库塞：《单向度的人：发达工业社会意识形态研究》，刘继译，上海译文出版社，2006，第180页。
② 〔美〕马尔库塞：《单向度的人：发达工业社会意识形态研究》，刘继译，上海译文出版社，2006，第113页。
③ 〔德〕马克斯·霍克海默：《批判理论》，李小兵等译，重庆出版社，1989，第1页。

术设计。一种新型的理性会产生新的和更良性的科学发现和技术。"① 马尔库塞最后把人、人的行动视为解决技术理性问题的关键，技术理性的问题仍旧是"人的问题"。而正经受着 1968 年反叛与动荡洗礼的哈贝马斯，则高屋建瓴，为纪念马尔库塞诞辰 70 周年，在 1968 年 7 月发表了《作为"意识形态"的技术与科学》一文来同马尔库塞辩论，批驳马尔库塞对于科技进步的悲观主义态度。

总的说来，哈贝马斯对科技进步持赞赏立场。他指出，当今社会发展是同科技进步紧密联系在一起的，而明显，这种联系会付出一定的代价，如马克斯·韦伯提出的"世界的祛魅"、马尔库塞坚信的技术合理性成为新的控制形式等，都是描述这些代价的一种视角。哈贝马斯并不信服马尔库塞的科技作为意识形态成为压迫人的、新的异化力量的理论，但同时也不迷信科技进化的技术决定论，他试图站在历史唯物主义的立场上，运用系统论、信息论、控制论方法，来重新梳理、评价马尔库塞和马克思对技术进步的认识，形成了他对技术批判的独特立场：既不认为科技是一种作为意识形态的奴役人的手段，也不相信科技必然成为人类解放的唯一途径，就科技的功能而言，哈贝马斯是既反马尔库塞，又反马克思的。把科技的合理性问题放到历史语境之中，从唯物主义的角度来探讨，哈贝马斯认为这种历史主义、唯物主义的批评视角并不是马尔库塞的独创，胡塞尔关于欧洲科学危机的现象学探讨、海德格尔对于西方形而上学瓦解的存在主义语言分析中，都具有历史维度的宏远高举；而布洛赫则从唯物主义批判的角度，分析了资本主义社会科技合理性与生产力的关系。唯独马尔库塞，能够继承马克思的历史唯物主义视角，将技术理性放在历史主义和唯物主义的双重维度中进行考察，从政治-经济学视角出发，把技术理性的意识形态功能当作分析晚期资本主义社会的理论出发点，在经济-政治-社会的三维体系中剖析现代科学与技术的得与失。马尔库塞的高瞻远瞩是毋庸置疑的，但哈贝马斯同时也指出，马尔库塞理论的缺陷也恰在于此，他的哲学的理论批判与生活的实践批判结合得比较勉强，并没有阐

---

① 〔美〕安德鲁·费恩伯格：《哈贝马斯或马尔库塞：两种类型的批判?》，朱春艳译，《马克思主义与现实》2005 年第 6 期。安德鲁·费恩伯格又译为安德鲁·芬伯格。

述清楚技术合理性在经济领域的控制，同政治领域的控制之间是如何形成因果链条的，即"在马尔库塞的论述中出现的那种摇摆性"①，这就是哈贝马斯创作《作为"意识形态"的技术与科学》与马尔库塞进行讨论的出发点。

具体来说，马尔库塞理论的缺陷主要体现在两个方面：一是解决问题时视角狭隘，二是描述问题时表述不清。哈贝马斯认为，马尔库塞写作《单向度的人》，揭示发达工业社会中技术合理性成为统治工具的目的，仍旧是表达一种试图恢复自然与人和谐相处的美好关系的浪漫理想。② 这一普遍理想的回声在犹太教与基督教神话"复活已经毁灭了的自然"的许诺与施瓦本人的虔诚主义的主观神秘主义、谢林和巴德的客观唯心主义哲学再到马克思的历史唯物主义哲学，从恩斯特·布洛赫的哲学思想到本雅明、霍克海默、阿多诺的社会批判理论，一代代不断地得到响应，是他们不宣之于口的"隐秘希望"。③ 马尔库塞的路径是通过对科技进步论中存在问题的批判，来实现这一宏伟蓝图，因为在他看来，"现代科学的原理都是先验地建构起来的"④，科学技术内在地具有先验性质，可以成为服务于人类与自然和谐统一的合理工具。哈贝马斯认为马尔库塞的科技先验论中，潜藏着社会历史决定技术发展的"世界设计"，他引用马尔库塞著作中的原话加以阐释："我试图指出的是，科学依靠它自身的方法和概念，设计并且创立了这样一个宇宙，在这个宇宙中，对自然的控制和对人的控制始终联系在一起。这种联系的发展趋势对作为整体的这个宇宙产生了一种灾难性的影响。人们用科学来把握和控制的自然，重新出现在既生产又破坏的技术装备中，这种技术装备在维持和改善个人生活的同时，又使个人屈服于（他们的）主人——技术装备。因此，合理的等级制度和

① 〔德〕哈贝马斯：《作为"意识形态"的技术与科学》，李黎、郭官义译，学林出版社，1999，第42页。
② 〔美〕安德鲁·费恩伯格：《哈贝马斯或马尔库塞：两种类型的批判?》，朱春艳译，《马克思主义与现实》2005年第6期。
③ 〔德〕哈贝马斯：《作为"意识形态"的技术与科学》，李黎、郭官义译，学林出版社，1999，第43页。
④ 〔德〕哈贝马斯：《作为"意识形态"的技术与科学》，李黎、郭官义译，学林出版社，1999，第41页。

社会的等级制度融为一体。"① 这段话表明，马尔库塞认识到了科技同社会是复杂的多重关系：科技进步可以是促进社会进步的工具，也可能通过转化为政治统治而成为阻碍社会进步的力量；社会发展同样可以通过改变技术理性的结构和技术设计，成为技术进步方向的决定性力量。因此，对于如何解决晚期资本主义社会中出现的技术和人的异化、实现人与自然和谐统一的问题，他也借助了马克斯·韦伯、海德格尔、弗洛伊德等理论家的理论，使用社会批判、存在主义、分析哲学、精神分析等不同的研究方法。但哈贝马斯发现，马尔库塞对待自然的视角却是狭隘的：要么耗尽自然的潜力，进行"压迫的统治"；要么解放自然的潜力，进行"解放的统治"，这种非此即彼、二选一的技术设计方案是没有意义的，因为它存在的前提仍旧是人和自然关系的不平等，不是利用技术支配自然的霸权姿态，就是利用技术保护自然的俯视姿态。② 两种模式中即便自然没有完全处于客体对象地位，但也没有体现出它的主体性地位。

与这种观念相适应，哈贝马斯认为马尔库塞并没有阐释清楚生产力与生产关系两者的关系。虽然贯穿《单向度的人》始终的，是技术合理性向统治合理性的转变，但很多章节的讨论过程中，"革命化仅仅是制度框架的变化，而生产力本身并不受这种变化的影响"③。哈贝马斯认为，马尔库塞尽力了，但他始终没有描述清楚科技生产力在政治上是如何"彻底堕落"的，更多的情况是，他表达了"生产力在政治上的纯洁性"④。一方面技术合理性成为政治统治力量，另一方面生产力在政治上具有纯洁性、与政治无关，这个矛盾马尔库塞始终没有解决。晚期资本主义社会，生产力和生产关系到底是何种关系？这一难题被马尔库塞用"技术理性

① 转引自〔德〕哈贝马斯《作为"意识形态"的技术与科学》，李黎、郭官义译，学林出版社，1999，第43页。
② 〔德〕哈贝马斯：《作为"意识形态"的技术与科学》，李黎、郭官义译，学林出版社，1999，第44、45页。
③ 〔德〕哈贝马斯：《作为"意识形态"的技术与科学》，李黎、郭官义译，学林出版社，1999，第46页。
④ 〔德〕哈贝马斯：《作为"意识形态"的技术与科学》，李黎、郭官义译，学林出版社，1999，第46页。

的政治内涵"的模糊概念掩盖了。①

　　针对这两个问题，哈贝马斯提出的解决方案是，以系统论为解决问题的方法论基础，运用交往行为理论，重新阐释韦伯的合理化概念，在此基础上解析马尔库塞的技术合理性理论，探究科学技术的制度化对生活世界造成何种影响。

　　首先，将系统论作为解决问题的方法论基础。区别于复杂科学中的耗散结构理论、协同论与突变论的"新三论"，系统论、信息论、控制论被学术界称为"老三论"，虽称"老"，但其自诞生至今还不到百年。在产生之初，老三论曾被视为边缘学科，但事实证明，作为"一组综合性的横断学科"，它深刻启示了现代科学技术、科学思维的发展，对复杂科学、交叉科学的影响也极为深远；在哲学领域、社会科学领域，老三论也常被视为解决问题的基本方法，被评价为"为辩证唯物主义的进一步丰富和发展提供了现代自然科学基础"。②

　　按照贝塔朗菲一般系统论的观点，所谓系统，就是"相互作用着的各组分的复合体"③，相互作用、组织、结构、整体、因果性、目的性、分化、支配、控制等都是一般系统论的基本概念。哈贝马斯的技术批判理论，用系统论来解释韦伯的合理性理论、剖析黑格尔的知识一体化理论，构建他的两个基本概念"劳动"与"相互作用"的辩证关系；用系统论和类比法剖析个人的自我和群体的人的联系；用控制论探讨剥削和剥夺、人类技术的发展和适应之间的关系，勾画政治的科学化模式，并评价杜威的民主观和实践观等。总之，系统论贯穿于哈贝马斯的社会批判理论，成为支撑他哲学观念的重要的方法论柱石。

　　哈贝马斯将社会看作一个大系统，他对这个社会系统的界定是"通过大众媒介来管理的公众社会"，认为晚期资本主义社会系统诞生了"一

①　〔德〕哈贝马斯：《作为"意识形态"的技术与科学》，李黎、郭官义译，学林出版社，1999，第46~47页。

②　〔美〕冯·贝塔朗菲：《一般系统论：基础、发展和应用》，林康义、魏宏森译，清华大学出版社，1987，译序 I。

③　〔美〕冯·贝塔朗菲：《一般系统论：基础、发展和应用》，林康义、魏宏森译，清华大学出版社，1987，第84页。

个新的冲突领域"。① 所谓的"新"包括两个维度，一是指时间维度，相对于马克思所处的阶级冲突为主的早期资本主义社会，"新"是阶级对立被弱化甚至被取代的晚期资本主义社会；二是性质维度，在这个历史阶段，阶级对立成为不会危及"制度框架"的次要冲突，哈贝马斯认为取代阶级对立的"唯一的抗议力量"，是系统的合法性不在其中起作用的、具有"抗议的潜力"的"某些大、中学生的集团"。② 显然，哈贝马斯的这一论断是在 20 世纪 60 年代学生运动激烈的语境下提出来的。他对大、中学生集团的革命潜力寄予了厚望，但历史证明，哈贝马斯的期望注定是落空了。这个社会系统具有两种合理化模式，分别存在于社会系统的两个子系统中，一个是目的理性活动子系统，另一个是制度框架子系统，两个子系统之间的区别，就是"技术问题和实践问题之间的差异"③，也就是技术批判理论需要解释、解决的问题。哈贝马斯明确指出，一个新的合理性社会的重建，必然建立在对社会系统研究的基础上。对系统的管理具有两种模式：一是机械分析模式，它以技术分析为手段，最终达到对系统进行控制的目的；二是有机建造模式，系统发挥自我调节的功能，可以将社会建造成人-机器-系统三位一体的有机整体。哈贝马斯认为，晚期资本主义社会技术的发展可以使两个模式融合，即将分析模式运用到社会组织层面上去，技术进步使目的理性的功能实施范围，从人自身的有机世界子系统，扩展到机器乃至于社会制度上，总之扩展到人外部的无机世界子系统上，其结果，是目的理性活动在个人行为系统和社会系统中发挥同一种功能。这种扩展过程，也是人两次异化的过程。第一次，是作为创造者的人，在目的理性作用于自身的时候，把自己完全客观化为对象，与自己利用技术手段创造出来的产品之间形成对立关系。技术使创造物成为与创造者相对立的异己力量，这是第一次异化。第二次，目的理性功能扩展到了机器乃至社会制度上，在此过程中，人越发依赖技术，受到技术的控制与

---

① 〔德〕哈贝马斯：《作为"意识形态"的技术与科学》，李黎、郭官义译，学林出版社，1999，第 78 页。
② 〔德〕哈贝马斯：《作为"意识形态"的技术与科学》，李黎、郭官义译，学林出版社，1999，第 78 页。
③ 〔德〕哈贝马斯：《作为"意识形态"的技术与科学》，李黎、郭官义译，学林出版社，1999，第 78 页。

技术结为一体。人创造的技术成为人的异己力量，人再次异化。两次异化都离不开技术的推波助澜。哈贝马斯指出，如果同意 A. 盖伦的观点，认为这种拓展是技术的内在逻辑造成的，那么拓展的终点必然就是技术统治一切的悲观论调，显然，现实证明，技术统治论并不切合现实。哈贝马斯认为 20 世纪 60 年代的技术统治论，还得不到基本的理论支撑，没有理论基础，其只是空谈。但技术作为意识形态，确实发挥了为政治服务、揭示制度框架受到侵蚀的趋势的作用，技术权力也确实大有超越政治权力的势头，更重要的是，交往活动受到切实影响。哈贝马斯发现了资本社会里，国家的政治权力，逐渐被技术管理的压力取代，就这个层面而言，哈贝马斯确实抓住了资本社会的特质。迄今为止，无论是军备竞赛还是航天、航空竞争或信息争夺战，技术正逐渐成为左右权威国家政治的主导力量，谁掌握了这些竞争的技术，谁就掌握了国家的命脉。在后政治时代，资本－科技成为统治国家的新的霸权力量。由此看来，技术作为意识形态的统治论确实揭露了晚期资本主义社会存在的潜在威胁，是具有一定的合理性的。

技术统治论的缺陷在于，科技发展决定社会发展、科技进步决定社会进步并不是先验的、自我确证的，它的自信力建立在对人的因素、精神因素、主观因素无视的基础上，因此“社会系统的发展似乎由科技进步的逻辑来决定”[1]，这种理论只是一种“假象”。按照系统论观点，对现实变化的适应能力决定了社会系统的生存。与自然系统相比，社会系统处于一个“更富于变易性的环境之中”，影响社会系统的有主观和客观两大因素，客观因素即现实状况，主观因素即人的精神力量，且相比较而言，主观因素力量更强大，民众相信什么、统治者相信什么，往往会掩盖现实真相，“态度、信仰、世界观——所有这些在决定社会系统的环境方面都起巨大的作用”。[2]在社会系统通过内部各子系统、构成组织的各元素的相互作用而缓慢运转时，主客观两方面影响因素形成巨大压力，威胁着社会系

① 〔德〕哈贝马斯：《作为“意识形态”的技术与科学》，李黎、郭官义译，学林出版社，1999，第 63 页。

② 〔美〕E. 拉兹洛：《用系统论的观点看世界》，闵家胤译，中国社会科学出版社，1985，第 56 页。

统的平衡状态。当社会系统无法调节内部和外部压力，平衡被打破时，社
会系统就将崩溃，此时变革就到来了。运用系统论观点来看晚期资本主义
社会，作为意识形态的技术是影响社会系统的巨大压力源，这是不争的事
实，但它能否成为使社会系统崩溃的力量呢？发达工业社会的社会变革，
与科技发展能否形成因果关系？按照技术统治论的观点，如果技术合理性
转变为政治合理性是技术发展的内在逻辑，政治系统的发展也遵循科技进
步的内在逻辑规律的话，那么显然，只有技术革命才能带来政治革命，
"离开了科学和技术本身的革命化来谈论解放，似乎是不可思议的"①。由
此，马尔库塞形成了他的悲观主义立场，认为技术合理性产生了政治上的
顺从主义，人类丧失了斗志，革命前景黯淡；而哈贝马斯则不赞同马尔库
塞，他不认为科技革命和人类解放之间具有必然的因果逻辑关系。

其次，以劳动与相互作用的关系理论为基础，高屋建瓴，为技术合理
性寻找哲学根基。运用技术进行的活动，哈贝马斯称之为工具活动，或者
称其为劳动。马克斯·韦伯的社会学理论反映了传统社会学的一个共性：
将对偶概念作为构筑理论的基础，"用概念去表述由于目的理性活动的子
系统的发展而必然出现的制度的变化"，即便韦伯只用了"合理化"一个
概念。② 哈贝马斯继承了这种传统，也提出一对范畴：劳动与相互作用，
不同的是哈贝马斯将这对概念的差异作为理论出发点。

哈贝马斯对劳动与相互作用这对范畴做了界定，解释了它们的特性，
并用图表的形式对它们的差异进行了总结。"我把'劳动'或曰目的理性
的活动理解为工具的活动，或者合理的选择，或者两者的结合。工具的活
动按照技术规则来进行……另一方面，我把以符号为媒介的相互作用理解
为交往活动。相互作用是按照必须遵守的规范进行的……"③ 所以，所谓
"劳动"，即"目的理性活动"；所谓"相互作用"，就是一种"交往活
动"，是交往活动中以符号充当媒介的那部分，而指导交往活动的规范系

---

① 〔德〕哈贝马斯：《作为"意识形态"的技术与科学》，李黎、郭官义译，学林出版社，
　1999，第 43 页。
② 〔德〕哈贝马斯：《作为"意识形态"的技术与科学》，李黎、郭官义译，学林出版社，
　1999，第 47 页。
③ 〔德〕哈贝马斯：《作为"意识形态"的技术与科学》，李黎、郭官义译，学林出版社，
　1999，第 49 页。

统，就是"制度框架"。两者具有本质区别。劳动依赖于客观经验知识所形成的技术，遵循因果逻辑链条，事件的结果可以依据经验形成的知识进行预测，结果是可辨别的真伪正误。劳动的实现以技术规则为准绳，破坏规则受到的惩罚是不能产生预期的结果，作功无效，造成资源的浪费；相互作用遵守的规范是一种社会公约，事件的发生需要双方主体的相互理解，破坏规则获得的惩罚是产生不好的结果，要受到处罚，甚至威信丧失。哈贝马斯的界定中，劳动偏重于客观性活动，而相互作用明显更具有主观成分。他认为技术合理化的表现是生产力的提高，而社会交往所形成的合理化社会则是个体化的形成、真正解放的获得。[①] 劳动和相互作用的辩证关系的有效解读，是理解哈贝马斯哲学－伦理学－政治经济学思想体系的前提，而这个基本问题，建立在哈贝马斯对黑格尔耶拿大学讲授自然哲学和精神哲学的过程中，建构在精神的形成时构架的精神哲学进行深度剖析的基础上。

在构成"劳动和相互作用的辩证关系"这一命题的三个基本概念"劳动"、"相互作用"和"辩证关系"中，"辩证关系"才是哈贝马斯真正关注的核心概念。哈贝马斯认为，黑格尔精神哲学的出发点是伦理学，而伦理学理论的形成又受到政治经济学的影响，所以追根究底，黑格尔精神哲学的建构离不开政治经济学的理论基础。他的语言、工具和家庭辩证关系研究，实际上就是精神哲学、伦理学与政治经济学三个学科领域交叉互通的一个表征：语言指向符号表述，工具代表劳动过程，而家庭则代表自我意识。黑格尔在《现实哲学》中，"曾将家庭视为精神的一个前奏。因此，家庭也可以说是自我意识"[②]。因此，三个范畴"表述的是辩证关系的三种等价模式：符号表述、劳动过程和相互关系基础上的相互作用，各自以自己的方式协调主客体（关系）"[③]：符号化的语言代表精神哲学领域，劳动工具代表以科技发展为前提的政治经济学领域，家庭或自我意

---

① 〔德〕哈贝马斯：《作为"意识形态"的技术与科学》，李黎、郭官义译，学林出版社，1999，第49、51页。

② 〔德〕哈贝马斯：《作为"意识形态"的技术与科学》，李黎、郭官义译，学林出版社，1999，"译者注"第4页。

③ 〔德〕哈贝马斯：《作为"意识形态"的技术与科学》，李黎、郭官义译，学林出版社，1999，第4页。

识代表的伦理关系，在这里概念被偷换为"相互关系"。黑格尔试图论证三种辩证的结构模式如何交叉结合从而内在地显示出精神。哈贝马斯认为，黑格尔耶拿时期的理论思考，还没有达到《精神现象学》的醇熟境界，因此语言、劳动和伦理关系的辩证法，还构不成绝对精神按照逻辑发展形成的三个阶段，它们与绝对精神的关系还不清晰，此时，是三者的辩证关系，而非它们所表现出来的精神，决定了精神概念。因此，"辩证关系"是哈贝马斯思考劳动和相互作用关系的基本出发点，他考察了这种"辩证关系"在黑格尔、费希特与康德哲学思想中的具体体现，他通过对比论证，为技术批判奠基，力图在哲学、政治经济学和伦理学三个学科交叉互通的宏大视野中，定位技术与科学。

同大多数哲学家一样，黑格尔仍旧热衷于创建一个总体性的理论体系，将所有的哲学、社会、政治等问题统统容纳其中，用一把密钥解开所有的锁。他提出"绝对精神"理念，试图以此囊括人类的知识体系，将不同知识领域视为绝对精神不同阶段的体现；绝对精神的发展，依靠的是抽象概念的逻辑的辩证演化，演化的开端，就是自我意识。哈贝马斯认为，同费希特一样，黑格尔对自我意识的理解，仍旧受康德古典哲学的影响，康德"在统觉的原初-综合的统一的标题下提出的自我概念"，是黑格尔和费希特自我意识观念形成的共同出发点。① 但区别首先在于，同样是建构"自我意识的辩证法"，费希特的自我意识理论才真正地建立在康德"原初"经验基础上，所以他的自我意识"始终同孤独的反思关系相联系"，所谓"孤独"，就是"自我的产生全然靠自身"，不涉及同"他人"的真正的相互作用，"自我是通过自我在一个认定同自我本身相同的他人身上认识自身时形成的"，即自我意识产生于自我反思。② 哈贝马斯认为，这种自我认识只关注自我和他人的共同性，没有关注相互的差异性，不能形成补充性的相互作用，因此自我和他人的关系，是一种"疑难关系"，最后形成的自我意识，并非真正的自我意识。相反，黑格尔的

---

① 〔德〕哈贝马斯：《作为"意识形态"的技术与科学》，李黎、郭官义译，学林出版社，1999，第 5 页。

② 〔德〕哈贝马斯：《作为"意识形态"的技术与科学》，李黎、郭官义译，学林出版社，1999，第 6 页。

自我意识观念则超越了康德的"原初"经验，一开始就关注自我同他人之间的伦理关系，即自我在同他人的相互作用之中，"学会了用其他主体的眼光来看我自己"。① 自我意识同样建立在反思上，但这个反思不是"孤独"的反思，而是在与他人的相互作用中吸取了经验，从反思中分离出的客观的另一个自我。"另一个主体"用客观的眼光审视自我，寻找同他人的相似之处，更发现自我与他人的差异，从而补充、完善自我。能够从自我反思中异化出异己力量，由此形成的自我意识，才是真正的自我意识。所以哈贝马斯说："自我意识只有在相互承认的基础上才能形成；自我意识必须同它在另一个主体的意识中的反映相联系。"在此，精神是"一个自我同另一个自我赖以沟通的媒介"，两个自我主体在这个精神媒介中相互承认，成为主体。②

哈贝马斯探讨了费希特与黑格尔自我意识理论的区别，指出费希特的自我只关注普遍性，忽视个性和差异，是"自我和非我的同一"；而黑格尔的自我主体，则既具有个别性，是一个个别的个体，又具有普遍性，"集普遍的东西和个别的东西于一体"；这种普遍与个别的统一性只有在精神辩证地发展中，即"伦理的总体性"中才能获得理解，因为精神的统一中，包含了自我与他人相互作用的辩证关系："精神把自我的同一性和一个与他不同一的他人连结在一起"，才能从个别中发展出与他人相联系的普遍，才能使一个个人产生同他人相联系的群体性。③

总之，哈贝马斯认为，费希特的自我意识理论中，他人就是他人，"遵循的是自我和他人在认识自身的主观性中的辩证关系"④；而黑格尔自我意识理论中的他人则不仅是他人，他还是另一个自我，黑格尔关注自我和他者在精神的"主体通性"中的辩证关系。在此，哈贝马斯使用了他

---

① 〔德〕哈贝马斯：《作为"意识形态"的技术与科学》，李黎、郭官义译，学林出版社，1999，第6页。
② 〔德〕哈贝马斯：《作为"意识形态"的技术与科学》，李黎、郭官义译，学林出版社，1999，第7页。
③ 〔德〕哈贝马斯：《作为"意识形态"的技术与科学》，李黎、郭官义译，学林出版社，1999，第8~9页。
④ 〔德〕哈贝马斯：《作为"意识形态"的技术与科学》，李黎、郭官义译，学林出版社，1999，第6页。

著名的"主体通性"概念。"主体通性"，又被翻译为"主体间性""交互主体性""主体际性"等，他对主体通性的解释是"相互对立的主体的互为补充的一致"，它是自我意识普遍性与个别性得以统一的基础。[①]

以主体通性概念为核心，哈贝马斯总结了黑格尔围绕语言、家庭和劳动三个范畴建构的三种伦理关系的辩证法：语言－表述的辩证法；家庭－承认的辩证法；劳动、技巧的意识，劳动的辩证法。哈贝马斯认为，黑格尔在耶拿大学演讲中曾详细地论证过自我意识同一性的形成过程，三种辩证法其实就是自我意识同一性的三种类型：表述的辩证法是命名的自我意识的同一性，为获得承认而斗争的辩证法是得到承认的自我意识的同一性，劳动的辩证法是技巧的自我意识的同一性。哈贝马斯尤其关注黑格尔三种异质类型的自我意识的同一性是如何形成的，但他经过研究发现，相关的所有解释都只关注其中一个方面，如卡西勒专注于语言－表述的辩证法，卢卡奇强调劳动的辩证法，蒂欧多·里特偏爱为获得承认而斗争的辩证法，三者都支持"放弃绝对知识中所要求的精神和自然的同一性"的青年黑格尔主义，但同样又都以偏概全，"其中任何一种解释都把三种辩证的基本模式的一种模式抬高为对全部（黑格尔哲学）的解释原则"。[②]哈贝马斯不无讽刺地指出，他们对黑格尔的解释，除了运用了相似的方法即辩证法外，毫无相似之处。哈贝马斯的目标就是，揭示贯穿于三个辩证法形成过程中的统一性到底是什么。他提出，语言、劳动和相互作用，其实就是黑格尔的"抽象精神"的三个规定，即俗称的"特征"；贯穿于三个辩证法形成过程中的统一性，就是对符号功能的依赖。符号功能是语言的本质特征之一，每一点个人的意识都通过语言的符号功能传递给他人，进入他人意识形成的历史之中，文化因此而产生。语言的这种社会性，这种交流、沟通功能，就是哈贝马斯所说的"交往活动"。而劳动、相互作用，都离不开符号的使用。哈贝马斯首先区分了社会劳动和孤立活动，指出即便是孤立的活动，也依赖于符号的使用。在此基础上，哈贝马斯讨论

---

① 〔德〕哈贝马斯：《作为"意识形态"的技术与科学》，李黎、郭官义译，学林出版社，1999，第10页。

② 〔德〕哈贝马斯：《作为"意识形态"的技术与科学》，李黎、郭官义译，学林出版社，1999，第21页。

了劳动和相互作用的区别，认为两者都是解放活动，但劳动就是整个"工具活动"，是从外部自然中获得解放的活动，规范和制度的形成都有赖于这个"工具活动"；而相互作用则是从内部自然中获得解放的活动，只有相互作用才能获得真正的解放，劳动从属于相互作用。两者之间不能自动地发生联系，只有双方都利用工具活动和技巧意识进行爱和斗争的辩证法时，联系才会发生。劳动和相互作用的关系，黑格尔认为是仆人和主人、奴役和统治的关系；哈贝马斯则认为，它们之间以符号为媒介，是主体的对象化和占有的过程。劳动和相互作用之间是何种联系，决定了精神活动所属的性质和形成过程的差异。哈贝马斯反对马克思将劳动置于相互作用之上，批评马克思在《德意志意识形态》中草率地"在社会实践的一般标题下把相互作用归之劳动，即把交往活动归之为工具活动"，甚至生产力和生产关系的辩证联系也"受到了机械主义的曲解"。①

总之，哈贝马斯借助黑格尔辩证法，对技术的地位进行了提升，赋予技术高度的价值。正是依靠技术成果，作为客观精神发展的一个主要阶段的社会劳动，与相互作用的主仆关系才可以从客观现实精神进入高一层次的主观精神领域，向普遍的自我意识迈进。显然，依据哈贝马斯的立场，相互作用即交往活动的价值高于一切，以至于其不惜将构成交往活动的符号媒介从工具领域剥离开来，无视符号媒介的工具功能，尤其是无视精神劳动在劳动中的地位，从而贬低劳动的解放功能，架空了生产力和生产关系的联系。

剖析了技术合理性的哲学根源后，哈贝马斯写了《作为"意识形态"的技术与科学》，进一步探讨科学技术的发展对于现代社会的意义。哈贝马斯看到，现代工业社会中，科技的运用、科技的发展势不可挡，以至于人们确认社会是否"合理化"的价值标准，是同"科技进步的制度化联系在一起的"；科技进步完全侵入了社会制度之中，影响制度的形成与变化，成为决定新旧合理化更迭的决定性因素。② 他认为，这就是韦伯的社

① 〔德〕哈贝马斯：《作为"意识形态"的技术与科学》，李黎、郭官义译，学林出版社，1999，第33页。

② 〔德〕哈贝马斯：《作为"意识形态"的技术与科学》，李黎、郭官义译，学林出版社，1999，第38~39页。

会合理化理论乃至帕森斯的"价值导向一览表"反映的核心问题。

　　哈贝马斯对资本主义科技意识形态性的分析，建立在他对"意识形态"的独特理解的基础上。他认为"意识形态"的产生有三个特征：从本源上看，意识形态和意识形态的批判同时产生；从目的上看，它表现了新的合理性取代旧的传统合理性过程中，力图隐藏权力关系不受公众关注并分析的合法性功能；从时间上看，它诞生于工业革命发生之后，是资产阶级的伴生物，具有科学性。[①]哈贝马斯的观点得到了很多学者的回应，英国学者大卫·麦克里兰在《意识形态》的第一章对其逐本溯源，指出"意识形态这个词的历史不足二百年。它产生于与工业革命相伴随的社会、政治和思想大变革"[②]。它诞生于法国，特拉西以此来建构一种客观、理性的观念科学，作为其他科学的哲学基础；但它也有德国渊源，强调"将自己的意义注入世界的方式"[③]，即如何看待世界；而马克思结合了法、德两国对意识形态的不同立场，从政治经济学的角度重新阐释了这个概念，用它来表现与历史上不同生产方式导致的不同的劳动形态相适应的不同的社会、政治思想观念。与此相对应，虽然迄今为止对意识形态的分析与批判是肯定与否定参半，但总的来说，研究意识形态有三种路径，一是认为意识形态与科学相对立，迪尔凯姆、阿尔都塞以及经验主义是代表；二是历史主义的视角，黑格尔、曼海姆与哈贝马斯是典型；三是前两种理论的融合，马克思的理论无疑是明证。[④]

　　麦克里兰将哈贝马斯对意识形态的分析方法视为意识形态研究的第二条路径，十分中肯。哈贝马斯的确不认为意识形态和科学是对立的，恰恰相反，他认为19世纪末叶之后的资本主义工业社会中，科技具备了意识形态的功能。其具体表现是：第一，科技的制度化；第二，技术的科学化。

---

① 参见〔德〕哈贝马斯《作为"意识形态"的技术与科学》，李黎、郭官义译，学林出版社，1999，第56页。

② 〔英〕大卫·麦克里兰：《意识形态》，孔兆政、蒋龙翔译，吉林人民出版社，2005，第3页。

③ 〔英〕大卫·麦克里兰：《意识形态》，孔兆政、蒋龙翔译，吉林人民出版社，2005，第9页。

④ 〔英〕大卫·麦克里兰：《意识形态》，孔兆政、蒋龙翔译，吉林人民出版社，2005，第119~120页。

　　科技是如何渗入资产阶级的管理模式之中并逐渐瓦解旧的合理性的？哈贝马斯并不支持技术决定论、技术统治论，他运用历史与政治-经济批评方法，比较分析了前资本主义社会和晚期资本主义社会合理性形成的差异。前资本主义社会的经济基础有赖于农业和手工业，其中科技虽然有了一定的发展，且有了一定的成果，但科技的更新有限，成果更有限。剩余劳动价值的分配，掌握在权力阶级手中。所以，生产方式、科学技术、劳动价值，都处于比较稳定的状态，只要它们的发展都处于合理性允许的范围内，社会变革就不会发生。这种社会存在的合理性，被哈贝马斯称为"来自上面的合理化"①，它是由权力阶级强制形成的，科技不能对社会权威和制度的合理性产生威胁。而到了晚期资本主义社会，科技发展迅猛，以至于其大工业化的生产方式成为一种机制，保证以科技发展为基础的社会劳动，对社会权威和制度的合理性造成巨大威胁。这种合理性，被哈贝马斯称为"来自下面的合理化"②。也就是说，资本主义社会的合理化不是建立在神话、形而上学、家族权威的统治制度基础上，而是建立在平等交换的市场机制基础上，由自我调节的生产方式决定。面对科技发展造成的合法化危机，哈贝马斯认为生产力同生产关系理论是无能为力的，解决之道来自两个途径，一是国家干预的宏观调控，二是科技成为第一位的生产力。两个途径都打破了社会劳动剑拔弩张的状态，最后利用社会福利等补偿措施降低利益冲突，提高民众对社会制度的好感和忠诚度，以此保障资本主义社会制度的稳定。在这个过程中，科技同社会制度的稳固与淘汰紧密结合在一起。无论资本主义经济是否发展、政治统治是否安全，科技成果的更新与应用都从未停止，"革新本身就制度化了"③。

　　技术的科学化，则是哈贝马斯赋予晚期资本主义的又一个特征。他认为，资本主义社会工业大规模的研究与生产使科学与技术的关系日益紧

<hr />

① 〔德〕哈贝马斯：《作为"意识形态"的技术与科学》，李黎、郭官义译，学林出版社，1999，第56页。
② 〔德〕哈贝马斯：《作为"意识形态"的技术与科学》，李黎、郭官义译，学林出版社，1999，第56页。
③ 〔德〕哈贝马斯：《作为"意识形态"的技术与科学》，李黎、郭官义译，学林出版社，1999，第53页。

密，"科学、技术及其运用结成了一个体系"①。19世纪晚期时，还未曾彼此亲密的科学和技术，到了此时，出现了相互依赖的状况。更有甚者，由于提高生产率、经济水平产生的巨大压力，技术发展的巨大需求，比科学研究的需求还要超前。"我们一直以为技术是科学的应用，但实际上却是技术引领着科学的发展。"② 科技进步似乎有了自身的内在发展规律，且暗中支配着政治统治的方向，哈贝马斯虽不认可这种技术统治论，认为它既不是既成事实，又没有基本的理论支撑，但他却同意技术发展的最终阶段一定是技术统治，且它已经成为一种意识形态。

科技作为意识形态的特点是，第一，具有隐性特征，至少在晚期资本主义时期如此，哈贝马斯称之为"隐形意识形态"③。第二，具有遮蔽性，它掩盖了目的理性活动即劳动，同相互作用即交往理性之间的差异。交往活动被科学模式取代，科学模式下的劳动过程不再产生社会的自我理解，而是产生了人的"自我物化"，哈贝马斯认为这是科技意识形态的"独特成就"。④ 第三，具有双重性，既为政治服务，又具有消解制度框架的特性，以至于凌驾于权威之上，使"权威国家的明显的统治，让位于技术管理的压力"⑤。第四，具有"向下"扩展的非政治化特征，可以渗透到人民的日常生活之中，从中获得更多的力量保有、发展合法化。第五，也是最重要的，科技意识形态改变了生产力和生产关系的联系，阶级对立"潜伏"下来，不同阶级间不会发生危害制度后果的革命性冲突，"补偿纲领"填补了不同阶层间的利益差额，缓解了矛盾，后果严重的冲突如种族冲突只可能发生于权力被剥夺了的生活领域内。在科技进步成为维护制度统治的合理性的力量之后，由科技进步决定的社会生产力，不再具有

---

① 〔德〕哈贝马斯：《作为"意识形态"的技术与科学》，李黎、郭官义译，学林出版社，1999，第62页。

② 〔美〕布莱恩·阿瑟：《技术的本质》，曹东溟、王健译，浙江人民出版社，2018，第45页。

③ 〔德〕哈贝马斯：《作为"意识形态"的技术与科学》，李黎、郭官义译，学林出版社，1999，第63页。

④ 〔德〕哈贝马斯：《作为"意识形态"的技术与科学》，李黎、郭官义译，学林出版社，1999，第63页。

⑤ 〔德〕哈贝马斯：《作为"意识形态"的技术与科学》，李黎、郭官义译，学林出版社，1999，第64页。

解放性质，"不再是解放的潜力，也不能引起解放运动了"①。据此，哈贝马斯宣称，科技意识形态使马克思的生产力与生产关系理论失效了，应该由目的理性活动与相互作用的关系理论取而代之。

综上所述，无论是技术异化理论批判，还是科技作为意识形态理论的剖析，其共同特征皆在于从政治经济学和科技哲学的视角，将科技视为妖魔，尤其是在对待马克思主义政治经济学上，一致认为马克思主义哲学对科技功能的分析有疏漏，《资本论》没有预见到技术成为意识形态的身份，因而面对科技妖魔无能为力。尤其是哈贝马斯，在《作为"意识形态"的技术与科学》与相关的文章中，一再宣称马克思的生产力与生产关系理论失效。但在哈贝马斯的论述中，明显存在几个漏洞。第一，依照哈贝马斯的分类，劳动，即目的理性活动要遵从技术规则，如此，科学技术活动本身作为劳动的一个组成部分，更多地从属于脑力劳动，同时技术又成为判断劳动的准则，既是归属，又是原则，它具有了双重属性。但显然，哈贝马斯无视这一点，没有正确定位科学与技术，即没有将科技看作劳动的一部分，将技术异化从劳动异化中剥离了出来。"哈贝马斯在这里显然没有进一步考察科学技术的来源和科学技术如何在生产中发挥作用的问题"②，因而不能将马克思主义劳动异化理论作为指导批判的出发点和归宿点，也就不能真正揭示问题的本质、不能辩证地予以评价。第二，哈贝马斯试图用目的理性活动与相互交往，即劳动与相互作用的关系取代生产力和生产关系理论，但他的论述中，劳动和相互作用的差异已经被科技意识形态掩盖，无论是个人的日常文化生活，还是大型组织的日常活动，都受到有限的科学模式控制，相互理解的社会交往活动被物化的自我意识取代，在科技意识形态如此消极的控制力下，在这些致命问题没有得到解决的生态环境下，取代生产力与生产关系的愿望如何实现？更何况，哈贝马斯提出生产力与生产关系之间的联系过时的理论，并非得自于对生产力与生产关系内部矛盾的剖析，而是从科技发展影响生产力的外部冲击中分析而来，其根基并不稳固，不具有醍醐灌顶的说服效果。第三，虽然哈贝

---

① 〔德〕哈贝马斯：《作为"意识形态"的技术与科学》，李黎、郭官义译，学林出版社，1999，第72页。

② 余灵灵：《哈贝马斯传》，河北人民出版社，1998，第80页。

马斯尽量降低科学技术的妖魔化力量，将科技地位的提升谨慎地称为"准独立的进步"，选择用模棱两可的"似乎"这样的词汇来弱化科技内部发展规律对其他事物发展的必然规律性的影响，但事实上他的立场非常明显。① 追根究底，哈贝马斯忽视或低估了具有创造性、能动性的智慧的人类，在这个过程中会起到何种作用。当谈到科技意识形态的影响的时候，哈贝马斯眼中的人是被动接受、没有挣扎的人，他们只能束手就擒，等着被异化、自我物化。他没有认识到，其实科技具有统治力量、科技意识形态遮蔽目的理性活动与相互作用的差异等问题，并非是科技真的具有的可以选择的生命力，可以抛开人类自己发展、自给自足、自成一体，所有的问题归根结底，仍旧如同杜威所说的那样，都是"人的问题"，是人选择如何运用技术的问题。"我们需要和自然融为一体。如果技术将我们与自然分离，它带给我们的就是死亡。如果技术加强了我们和自然的联系，那就是它对生命和人性的厚爱。"② 科学技术是不是妖魔，钥匙掌握在人的手中。因此，对哈贝马斯的科技意识形态理论，需要慎重、辩证地看待。

第三节　科技与文艺创新

哈贝马斯在《作为"意识形态"的技术与科学》中剖析科技意识形态的影响时，只专注于政治经济学视角，并未如马尔库塞那样深入文学艺术层面，这不能不说是一个遗憾。从词汇演变史来看，西方文明发展，经历了从技艺到技术的过程。在这个过程中，从"艺"到"术"，既意味着创作手段的更新、丰富，也暗含着对达到目的的方式方法的崇拜，更潜藏着审美的、诗意的品格的流失。这让我们欣喜于科学技术的应用带来艺术创作的无限可能的同时，也必然时刻保持警惕，以免陷入技术统治论的深谷。

---

① 〔德〕哈贝马斯：《作为"意识形态"的技术与科学》，李黎、郭官义译，学林出版社，1999，第63页。
② 〔美〕布莱恩·阿瑟：《技术的本质》，曹东溟、王健译，浙江人民出版社，2018，第225页。

事实上，从科学史的角度看，科学技术从最初就与艺术创作同源共生，两者的分离反而是晚近才发生的。"通过对近几十年的视觉科学史中关于科学图像的研究进行回顾，提出现代科学与艺术在历史上具有深刻的同源性，在认知模式上具有深刻的同质性。认为欧洲文艺复兴是现代科学与艺术的共同起源，而科学与艺术对事物进行观察、描述（描绘）和解释的共同旨趣几乎贯穿了整个人类历史，直到一百多年前才出现了科学与艺术相互分裂的现象。"① 科学与艺术分裂的因由是多元的，有理性与感性二元对立的古老思维模式的影响，有碎片化、拆零化约的分析技巧运用的制约，有社会分工日益细化、专门化的冲击，有工业社会功利诉求的阻碍等等。② 而在当今科学技术的影响无处不在的语境下，艺术与科技的融合乃是不可阻挡的必然，这正符合福楼拜对"二者从底基分手，回头又在塔尖结合"③ 的分合关系的描述。

一　科技对文艺学创新路径影响钩沉

回顾西方文学艺术发展的历史，不难发现，几乎每一种新的文学艺术创作原则、创作技巧诞生的背后，都有科学技术革新的身影。我们甚至可以说，一部文学艺术发展的历史，就是一部科学技术新理念在文学艺术创作、鉴赏与批评中得到回应、印证与实践的历史。自然科学中从对秩序的追求到对不确定性的肯定，从对自然主义生物遗传的执着到对心理主义潜意识的沉迷，都回响在文学艺术世界的诗情画意之中，成为指导文艺学创新的灯塔，照亮文学艺术前进的路程。

1. 秩序的信仰

自复杂性科学兴起之后，以牛顿为代表的经典力学理论受到了沉重打击，自然科学两千余年来对于有序、规则、均衡的理想世界的渴望似乎受到了抑制。但事实上，"几个世纪以来，圣人、神秘主义者、诗人，还有

---

① 宋金榜、刘兵：《从视觉科学史看科学与艺术的同源性和同质性》，《上海交通大学学报》（哲学社会科学版）2014 年第 6 期。
② 冯毓云、刘文波：《科学视野中的文艺学》，商务印书馆，2013，第 57～65 页。
③ 司达：《文学艺术在新技术革命面前》，转引自钱学森、刘再复等《文艺学、美学与现代科学》，中国社会科学出版社，1986，第 39 页。

近来更多的科学家都在寻找一个宇宙模型，或者一种对于宇宙的解释"①，这种宇宙模型就是大一统规律，人们用它来解释自然界物质的起源或者它们的相互关系、相互作用，人们统一物理世界的脚步从来未曾停止过。中国科学院理论物理院所研究员杨金民与郑州大学物理工程学院的王飞在《爱因斯坦的未竟之梦：物理规律的大统一》中，梳理了物理学领域"统一理论"发展的历史，并结合最新的物理学研究成果，指出这种大一统的科学梦想如今有了实现的可能：从具有形体的水、火、原子，到无形的数、气或道，古代哲人对万物起源的本体思考，就是从杂多的自然现象中抽象出统一原则的一种尝试；牛顿试图用经典力学三大运动定律来统一月上世界与月下世界，"这也是物理学真正意义上的第一次统一"，"天和地的统一"；麦克斯韦方程组提出光是一种电磁波，"这是首次把看起来表现截然不同的'电、磁、光'现象统一起来，被称为继牛顿以来物理学的第二次大统一"，"电、磁、光的统一"，实际上是电磁力的统一；爱因斯坦的狭义相对论和广义相对论试图实现"时间、空间和物质的统一"；继爱因斯坦之志，卡鲁扎-克莱因理论仍旧致力于"引力和电磁力统一的尝试"，经过了规范对称性的统一场论、核子间强相互作用的核力统一理论、夸克和轻子统一尝试、强作用、电磁作用和弱作用大统一理论等理论的发展，在引入量子引力之后，物理学家试图通过超引力、超弦理论和圈引力三种途径将引力、弱力、强力和电磁力最终统一在一起，从而形成一种"把4种相互作用都统一进来的终极大统一"理论。他们认为，虽然这个能够把一切相互作用都囊括进来的超弦理论还处于发展之中，并不完善，但爱因斯坦的梦想已经得到了一定程度的实现，他们对大一统理论的最终形成充满信心："对物质世界和运动规律统一的追寻是人类文明的标志之一。大统一理论虽然艰难曲折，但具有超高智商的人类最终会找到这个统治万物的终极真理。"②

在古希腊人与自然界还"浑然未分"的时代里，对秩序、规律、整

---

① 〔加〕戴维·欧瑞尔：《科学之美：从大爆炸到数字时代》，潘志刚译，电子工业出版社，2015，第3页。

② 杨金民、王飞：《爱因斯坦的未竟之梦：物理规律的大统一》，《科学通报》2016年第Z1期。

齐划一的统一世界的信仰，直接影响了古典美学思想的形成，在古典主义文学艺术创作中得到了热情的响应。毕达哥拉斯学派认为数是万物的本原，以数为基础来界定美，根据艺术创作的实践，他们发现了数理学科同音乐、雕塑、绘画等艺术形式，同美之间的联系。他们将比例、和谐都归因于数，认为按照 0.618：1 的比例创作的人体雕塑和建筑是最美的视觉形象，按照一定数的比例形成的声音是杂多的统一的美的谐音。"由于毕达哥拉斯学派揭示了音程的数学基础，将不同谐音之间的关系、将音调的质的特殊性，归结为有客观依据的数的关系，标志着希腊美学的开端。这一发现，揭示了希腊美学的形成与发展一开始就与数学–自然科学以及哲学的形成和发展之间，有着内在的深刻联系。"[①] 艺术创作中的黄金分割比例规律由此形成，从巴特农神庙、断臂的维纳斯雕塑，到达·芬奇的绘画、巴黎圣母院和埃菲尔铁塔的建造，甚至在当下流行的形体塑造和整容手术中，都可以瞥见这条创作原则的神秘身影。可见，在美学思想萌发的婴儿时期，先贤们就试图用这样一条万能的铁律，统合人世间所有纷繁复杂的美的现象。

如果说古希腊、古罗马时期，美学家们是在创作的实践中寻求到最美的比例规律，从而"自下而上"地总结出通用性的创作原则的话，诞生于 17 世纪法国的古典主义创作理论的提出，则是以黎希留为代表的当权者为维护中央集权、"自上而下"地推行法律法规的结果。他们制定了文学艺术史上第一个系统的创作纲领，作为文学艺术创作必须遵守的铁律，从此，法国的文学艺术创作的形式和题材、内容和文体、人物和情节、语言和结构都被框在一个模式中，不得逾越方能成功。像莫里哀、高乃依等优秀的剧作家，都曾因为作品不能严格遵循这些条规而受到打压。此时欧洲的科学界，正值牛顿用机械物理学模式统一天地之际。两者都成功地在各自的领域中建构了有序的世界，登上峰顶，成就了一时的辉煌。从这个角度看，在 17~18 世纪的欧洲，大一统的梦想在物理学和文艺学两个领域中都得到了实现。

---

① 蒋孔阳、朱立元主编《西方美学通史》（第一卷），上海文艺出版社，1999，第 63 页。

2. 实证科学的固执

19世纪下半叶，随着地理大发现和达尔文物竞天择的生物进化论影响力的扩大，人们对牛顿经典力学的敬仰逐渐演化为迷信，实证主义方法被滥用在人类自己身上。实证主义强调感觉经验的重要性，以感觉经验的坚实对抗形而上学的虚无，坚持通过感觉经验来把握社会和环境。但这种实证精神泛滥的结果是，"生理学也开始扩大自己的研究范围，认定有生命的机体的功能可以用物理的和化学的原理来解释"[①]，人们开始用物理、化学等自然科学领域的规则来研究人类自身。人类精神世界的特异性被无视，人们坚信人与原子、与物体之间没有任何差别。在这种语境下，自然主义诞生了。

所谓自然主义，雷蒙·威廉斯认为，强调的是自然环境对于生活的决定性和影响力。他说："自然主义本身受到新兴的、具有争议的学说的影响：地质学、生物学、（尤其是）达尔文的进化论里'物竞天择'的学说。在法国，自然主义这个学派受到讲科学方法应用到文学概念的影响（例如左拉所提的观点），特别是研究家族史里的遗传问题；更广泛而言，就是从严谨的自然科学的角度来描述与解释人类的行为，并且排除下述的假设：在人性之外存在着某种控制的或支配的力量。"[②] 自然主义的合理性在于，实证的、唯物的精神排挤了宗教神学的控制，但它的致命缺陷也在于此，它固执地将人的一切能动的选择、自觉的行动都归因于生物学、生理学甚至病理学上的遗传作用，本意是要坚守科学立场，但最终结果却是背离了科学精神。左拉的《卢贡-马卡尔家族》系列实验小说中，人物的命运由家族遗传的精神病症控制，不能升华到社会、阶级的层面予以剖析；对环境、场景的细节还原式描摹虽最大限度地践行了他的文学科学化、客观化主张，但非典型性的拖沓延缓了叙事的节奏，降低了叙事魅力。

文学艺术实证化、科学化的主张风行一时，成为文艺学重要的创作路径之一。法国的丹纳受此影响，树立了他的时代、种族、环境三要素理

---

① 〔英〕W. C. 丹皮尔：《科学史》，李珩译，张今校，商务印书馆，1975，第14页。
② 〔英〕雷蒙·威廉斯：《关键词：文化与社会的词汇》，刘建基译，三联书店，2005，第322~323页。

论。在《艺术哲学》中，丹纳从时代、种族、环境三个角度出发，来解答文学艺术创作中存在的问题。在他看来，无论是意大利、尼德兰的绘画还是古希腊的雕塑艺术，它们之所以辉煌一时，都是由时代、种族、环境决定的。丹纳的三要素理论虽然忽视了更深层次的社会精神因素，但与左拉的自然主义理论相比较而言，丹纳的思想无疑更合理、更易被接受。

3. 心理主义的沉迷

英国科学史家丹皮尔发现，西方哲学对心灵的研究有两条路径，每一条路径又有两种不同的分支方法：一是理性的方法，它可以是形而上学的，也可以是哲学的；二是经验的方法，可以寻求内省的途径，也可以借助客观的观察和实验。而19世纪自然科学的迅猛发展，正是凭借客观的观察和实验，心理学才成为自然科学中重要的一个分支。这种运用科学方法发展起来的经验心理学很快取代了理性心理学，成为社会普遍承认的显学。①

对意识的研究是现代心理学的重要成果。1890年，美国实验心理学之父威廉·詹姆斯发表了他的两卷本著作《心理学原理》，其中提出了一个影响深远的概念——意识流。他认为人的意识不是静止地、片段地衔接，而是以"川"或"流"的形式存在，他称为意识流。詹姆斯的意识流心理学理论影响十分深远，文艺学领域的非理性主义思潮各流派的理论中，几乎都可以发现它的身影，而意识流小说、意识流电影的诞生则是其最直接的表现、最有力的证明。

意识流小说、意识流电影还仅仅将心理学上的意识理论运用于艺术创作的实践，在作品中打破传统的按时间、空间的逻辑顺序进行有条理地叙事的模式，时空混乱、情节破碎，以意识的流动为线索，以心理时间取代物理时间；而以弗洛伊德为代表的精神分析心理学，则直接将医学、心理学临床实验成果与艺术批评结合起来，用无意识压迫与释放的理论，解释文艺学领域存在的某些问题。如弗洛伊德根据达·芬奇日记、手札中关于梦的记载以及达·芬奇个人童年生活的经历，剖析了达·芬奇的画作《圣母子与圣安妮》中圣母灰色的裙子所潜藏的秃鹫形象及其与圣子的关

---

① 〔英〕W.C.丹皮尔：《科学史》，李珩译，张今校，商务印书馆，1975，第403页。

系。他引经据典，认为古埃及象征文字，秃鹫象征母亲，而古埃及神话中雌雄同体的女神"摩特"既以秃鹫的头为代表，"摩特"在德语中又有母亲的意思，从而得出达·芬奇的艺术创作乃是童年压抑的欲望得以想象性地宣泄、升华的结论，认为达·芬奇既有恋母情结，同时又是同性恋者。① 虽然论据有些牵强，论证并不严密，但这种分析方法确实独辟蹊径，令人耳目一新，成为文艺学批评的一种新方法。

4. 不确定的世界

受牛顿经典力学的影响，将自然科学独立于人类生活之外已经成为一种思维习惯。正如普里戈金所说，"长期以来，西方科学被一种机械论的世界观统治着，按照这种观点，世界就像是一个庞大的自动机"②。这台自动机不受复杂多元的人类生活影响，有自己的特性，自给自足，按照自己的一套规则不受人类干扰地运行下去。只要给出充足条件，必将会得出精确的结果，就像上了发条的钟表一样，分秒不会差。但复杂性科学兴起后，完美的钟表世界被复杂、多元、测不准的不确定世界无情碾压。随着科学的技术化，科学成果参与生活实践的压力越来越大，科学家们逐渐清醒地意识到，自然科学也是我们复杂生活的一部分。美国生物学家蕾切尔·卡森的《围绕我们的海洋》获得 1952 年国家图书奖，在获奖演讲时，她说："科学的素材也是生活的素材。科学是活生生的现实，是我们经历的每一件事情是什么、怎么样和为什么的问题。"③ 作为生活的一部分的科学，必然同生活一样，丰富、复杂、开放、非线性发展、充满了不确定性。美国科学家波拉克认为，不确定性使我们既无法完全准确地理解过去，也无法根据过去的经验精准地预测未来；不确定性无法消除，所有的决定都是在模模糊糊之下做出的，所有的预测都不能非常接近现实，所有的预测都要根据新的信息逐渐做出调整；科学是在不确定性的推动下发

① 参见〔奥〕弗洛伊德《弗洛伊德论美文集》，张唤民、陈伟奇译，裘小龙校，知识出版社，1987。
② 〔比〕伊·普里戈金、〔法〕伊·斯唐热：《从混沌到有序：人与自然的新对话》，曾庆宏、沈小峰译，上海译文出版社，1987，"序：《人与自然的新对话》"第 26 页。
③ 美国生物学家蕾切尔·卡森"1952 年国家图书奖"获奖演讲，转引自〔美〕亨利·N. 波拉克《不确定的科学与不确定的世界》，李萍萍译，上海科技教育出版社，2005，第5 页。

展繁荣的。①复杂性科学对于不确定性的解释是，复杂系统中存在着大量的要素，它们之间的相互作用非常丰富，"系统中的任何要素都在影响若干其他要素，并受到其他要素的影响"；系统是开放的、要素间的相互作用具有非线性特征，系统的运动远离平衡态，自然造成了不确定性。② 如德国科学家沃纳·海森堡发现，永远无法同时测量到粒子的速度和位置，因为测量方法和测量工具进入系统中，必然同粒子产生相互作用，从而干扰测量结果，造成结果的不确定。这就是著名的"测不准"原理。很明显，复杂性科学更多地关注现实生活中复杂、混沌、无序现象，与牛顿经典力学代表的科学观所关注的完美科学世界背道而驰。

复杂性科学作为一门显学被认为形成于 20 世纪 80 年代，此时也正是后现代主义思潮的鼎盛时期，复杂性科学思想和后现代主义之间的关联极为密切。南非科学哲学家保罗·西利亚斯总结了复杂性的特征：复杂系统由大量要素构成；它们彼此动态地相互作用，且对于自己所处系统不知情；相互作用具有丰富的层次性、非线性、局域性、有回路等特征；复杂系统具有开放性、历史性特征，在远离平衡态下运行。他认为，这些特征在后现代社会中可以逐一得到验证。他考察了以利奥塔《后现代状况》为代表的后现代理论，指出利奥塔对后现代主义的描述、对元叙事理论的质疑，实际上就建立在对发达社会的复杂性认知的基础上。利奥塔认为在这种复杂语境中生活的不同群体，为追求自己的目标，各自形成了自己的叙事模式，构建了各自的话语意义和评价系统。这些具有局域性、异质性、多重性、多元性的话语最终很难统一、联结在一起，构成现代主义所梦想的、能够解释所有知识的宏大叙事。保罗·西利亚斯认为，利奥塔对发达社会宏大叙事消解、局域性彰显特征的揭示，并非是印证所谓后现代话语"孤立""怎样都行"的消极认知，恰好相反，对发达社会现状的描述，正符合复杂性的特征："复杂系统的所有特点都可以在其中找到……

---

① 〔美〕亨利·N. 波拉克：《不确定的科学与不确定的世界》，李萍萍译，上海科技教育出版社，2005，第 3、5 页。
② 〔南非〕保罗·西利亚斯：《复杂性与后现代主义：理解复杂系统》，曾国屏译，上海科技教育出版社，2006，第 4~6 页。

关于话语多重性的论据，不是某种任性的运动；它是对于复杂性的承认。"① 利奥塔描述的发达社会，是一个网络社会，其中作为元素的话语并非是孤立的，而是彼此相互关联、相互作用，因为"局域的叙事，只有与周围叙事有对照和差异才是有意义的"②，所以孤立、各自独白只是表象，实际上它们形成了一个具有分布性的、彼此交换信息并在反应中不断进化的自组织系统，从而形成并增进了知识。总之，利奥塔所思考的，是一个具有复杂性的社会中知识的生产状况。

复杂性科学对于复杂性、非线性、不确定性、多元性、开放性的关注，在文艺学领域也得到了回应。刘象愚、杨恒达与曾艳兵主编的《从现代主义到后现代主义》对后现代主义文学特征的把握，就是复杂性科学思想影响的结果。他们认为，"后现代主义文学通常则是指二次世界大战后出现在西方的一种主要的文学流派、文艺思潮和文学现象。它是西方社会进入后工业化时代的产物"，并借用"后现代作家的新一代之父"、美国作家唐纳德·巴塞尔姆的"我的歌中之歌是不确定原则"理论，指出后现代主义文学的首要特征就是"不确定性的创作原则"。③后现代主义文学将文学艺术创作的重心从"写什么"转到"怎么写"上来，主题、形象、情节和语言都呈现出不确定的特点。具体说，后现代主义文学内容具有开放性、多元性，叙事性作品会取消中心，无深度主题、无英雄主角、无逻辑严密的故事情节，叙述声音从传统的独白转向多声部和声的复调，叙事时间从线性时间转向非线性的跳跃，叙事语言更多地发挥符码功能、进行语言的游戏，从而给阅读者留下更多的自主阐释的空间。刘象愚等学者将文学作品看作一个复杂的网络系统，挖掘出后现代主义文学作品光怪陆离的表象背后的复杂性内涵。

---

① 〔南非〕保罗·西利亚斯：《复杂性与后现代主义：理解复杂系统》，曾国屏译，上海科技教育出版社，2006，第161页。

② 〔南非〕保罗·西利亚斯：《复杂性与后现代主义：理解复杂系统》，曾国屏译，上海科技教育出版社，2006，第161页。

③ 刘象愚、杨恒达、曾艳兵主编《从现代主义到后现代主义》，高等教育出版社，2002，第8、15页。

二　科技作为艺术生产的动力

在《作为"意识形态"的技术与科学》一文中，哈贝马斯分析了科技进步与社会生产之间的关系。他提出，晚期资本主义社会的科学与技术关系日益紧密。国家国防和军事方面的需求促进了军工领域里科学和技术的进步，再反馈、影响了民用生产领域，在军、民工业的双重作用下，"技术和科学便成了第一位的生产力"①。显然，哈贝马斯的这个结论，是对马克思关于科技与生产力的关系、科技本质判断的一个回应。按照马克思的理解，人类在从原始社会向现代工业文明发展的过程中，科技在劳动工具的进化中得到了极致的展示，成为人类知识、经验等本质力量外化、物化的一个证明。它参与到生产力发展中来，成为人类改造自然的能力的体现，在人与自然的交往过程中，推动文明向前发展。所以他说，"社会劳动生产力，首先是科学的力量"。哈贝马斯与马克思殊途同归，揭示了资本主义社会生产中，科技作为生产力所起到的重要作用。而在当下的艺术生产领域，科技的动力作用也是显而易见、不能忽视的。

在全球化、工业化的语境下，艺术产业化已经是既成事实。以风靡一时的哈利·波特系列作品为例，它是资本在文化领域成功运作的典型。除了满足猎奇心理的魔法世界、激发热血情怀的青少年冒险题材、善与恶对抗、亲情与友情的可贵、生命与死亡的思考的传统母题，以及幽默、简洁、平实却充分唤起审美期待的叙事风格、应和了苏格兰新时代运动的生态批判隐喻等因素之外，哈利·波特故事的获利，要归因于出版营销、电影改编以及相关副产品衍生过程中科技手段的恰当使用。

哈利·波特热潮由三个部分构成，第一个部分是文字期。当布鲁姆斯伯里出版社与《哈利·波特》的作者 J. K. 罗琳相遇时，他们状态相似，都一样默默无闻，此时，这个系列小说的第一部已经写作了 5 年之久。然后，《哈利·波特与魔法石》出版了，布鲁姆斯伯里出版社与 J. K. 罗琳

---

① 〔德〕哈贝马斯：《作为"意识形态"的技术与科学》，李黎、郭官义译，学林出版社，1999，第 62 页。

互相成就了对方，使对方一跃成为各自领域中的最负盛名者，"1996 年该书销售额为 1350 万英镑，截至其第 6 部出版时，销售额达 1.09 亿英镑，盈利 2010 万英镑。'哈利·波特'的成功也让布鲁姆斯伯里在世界范围被大众熟知"①；而 J. K. 罗琳从 1997 年到 2007 年 10 年间，则凭着哈利·波特系列的七部作品，获得了 "5.45 亿英镑——超过 10 亿美元的财富"，魔幻般地实现了从一名挣扎于社会底层的穷困潦倒者向财产超过英国女王的世界第二女首富的身份的转变，她的资产当时 "仅次于奥普拉-温弗瑞（美国脱口秀女主持人）"②。布鲁姆斯伯里出版社总裁理查德·查金认为，这个系列出版营销获得成功的原因，除了在于重视培养读者群外，主要在于市场营销团队科学、合理的营销智慧、营销思路：他们塑造 "哈利·波特" 品牌吸引读者，并借助多媒体平台推广，"与 Facebook 进行合作经营官方账号，与 Snapchat 合作创造 '哈利·波特的拍照滤镜' 等"③。在哈利·波特系列之后，布鲁姆斯伯里出版社更是建立了数据库，利用信息技术、大数据进行全球范围内的分销经营。总之，"伸向地球每一个角落的互联网、印刷技术的现代化、全球统一的包装推介、间歇性的系列图书的出版节奏等"④ 科学、合理的出版、营销理念与手段，是文字阶段的哈利·波特系列作品成功的法宝。

第二个部分是文字与影像互相促进期。美国华纳兄弟影业公司慧眼独具，购买了哈利·波特的版权，从 2001 年到 2011 年，将七部小说拍成了八部电影并成功上映，成就斐然。众所周知，他们投入了 11.7 亿美元的制作成本，获得了 78 亿美元的票房收入。影像作品的成功，直接得益于高科技手段的使用，华纳兄弟将罗琳笔下令人目眩的魔法世界复现了出来。可以说，11.7 亿美元的制作成本，主要就体现在现代高科技数码特

① 杜蔚、宋红：《专访世界畅销书 "哈利波特" 出版商：我们将把重点放在中国市场》，每日经济网，http://www.mrjjxw.com/articles/2018-09-19/1256483.html。
② 叶成云：《哈利波特魔法产业链十年创造 60 亿美元市场》，央视网，https://finance.cctv.com/20070821/102011.shtml#。
③ 杜蔚、宋红：《专访世界畅销书 "哈利波特" 出版商：我们将把重点放在中国市场》，每日经济网，http://www.mrjjxw.com/articles/2018-09-19/1256483.html。
④ 叶成云：《哈利波特魔法产业链十年创造 60 亿美元市场》，央视网，https://finance.cctv.com/20070821/102011.shtml#。

技的使用上，"这方面的投入竟占该片总投资的 1/2。制作商不惜工本，聘请全球 9 家最著名的特技制作室（包括工业灯光及魔术制作室），联手打造出一幕幕古灵精怪的魔幻世界"①。可以说，没有高科技数码特技的使用，就没有《哈利·波特》票房的成功。

第三个部分由其他衍生产品构成。在《哈利·波特与魔法石》获得成功之际，哈利·波特的衍生产品就开始进入市场。最早出现的是宣传用的海报、漫画和网站等媒体，结果投资商发现其收入超过了其他同类产品，网站的高点击率带来更多的商机；在《哈利·波特》电影成功后，与故事相关的道具、玩偶大卖，人物肖像权被购买，印制在文具、玩具、交通工具、T 恤上，人们的日常衣食住行中都可以看到他们的身影。游戏、游乐园、主题公园、主题城市一一被开发出来，成为吸纳资金的重要渠道。据统计，哈利·波特的衍生产品带来的收入，要远远超过小说本身获得的利润。围绕着哈利·波特的故事，一条条回报丰厚的产业链开展得如火如荼。

罗琳成长在"新时代运动"的主要发源地苏格兰首府爱丁堡，叶舒宪认为，罗琳所塑造的魔法世界来自于苏格兰深厚的凯尔特人文化传统，古堡幽灵的神秘氛围、神秘莫测的魔法世界表达了文化寻根的潜意识。哈利·波特在魔法世界的平行空间中感受到的亲情、友情与工业文明下麻瓜世界的冰冷无情形成鲜明对比，作品由此表达了对"祛魅"的工业文明和现代性的批判，以及"以重新为世界'复魅'的方式对抗物质主义与唯科技主义的精神压迫"②的信念。但值得深思的是，罗琳恰恰是现代工业文明下商业运作模式与高科技数码技术合理运用下的既得利益者，作品的批判目的与实现目的使用的手段之间的矛盾是不可调和的。罗琳生活的时代，正是文学萧条、阅读萧条、出版界萧条乃至经济萧条的时期，而罗琳的作品搅活了一潭死水，使文学创作与阅读活动、出版活动从此风生水起，经济萧条得到了缓解。罗琳的经历证明，至少在文学艺术领域，科技作为艺术生产的驱动力是毋庸置疑的。在思考文艺学创新路径的过程中，

---

① 欣然：《哈利·波特带来的商机》，《国际市场》2002 年第 3 期。

② 叶舒宪：《巫术思维与文学的复生——哈利·波特现象的文化阐释》，《文艺研究》2002年第 3 期，"内容提要"。

仅仅看到唯科技主义的危害并予以批判显然是不够的，对科技的建构功能予以观照其实更具有实践价值。

三　科技与电影工业美学建构

"电影工业美学"是 2017 年北京大学艺术学院教授陈旭光在"金鸡百花电影节中国电影论坛"上发言时提出的一个新范畴。陈旭光认为，在全球化语境中，中国电影的产业化、商业化趋势已不可阻挡，"产业化生存"、"技术化生存"乃至"媒介化或网络化生存"是验证第七代"新力量导演"的创造能力的重要尺度，他们"从观念到实践的一个共同特点是遵循或正在建构一种'工业美学'原则"。[①] 这一新的美学观念提出后，围绕着"工业"与"美学"二元对立的矛盾、工业美学诗学内核的缺乏、立场的折中主义以及研究对象与范围宽泛等问题引发了论争。作为一种新兴的理论，"电影工业美学"的内蕴还有待于进一步完善与提升，但在这种理论兴起的背后，我们可以感受到科技作为生产力的强大推动作用。

当下电影主要有两大类型：文艺电影和商业电影。而业界默认，类似《让子弹飞》这样的文艺片是不考虑收入甚至会赔本的。它们面对小众，表达的是某种情怀。而商业片面对大众，功利性明显，目的就是获利，于是利用技术手段进行流水线制作、节省成本使利益最大化的电影工业必然得以形成。所谓工业美学（Industrial Aesthetics），"是技术美学发展初期的名词，它是从美学原理和工业生产相结合的角度，把美学应用于工业领域的一门特殊学科或逐渐被人接受的美学观念系统"[②]。工业美学的提出，传达了将实用性与审美性结合在一起、弥合技术与艺术之间裂缝的理想。受西方二元对立思维模式的影响，技术与艺术、实用性与审美性在理论上总是被视为对立的两方，实践中两者的融合常常被忽视。例如珠宝设计、剪纸艺术、服饰艺术、陶艺乃至于建筑艺术，都是兼具实用性与审美性的。从这个角度看，电影工业美学的提出，本质上表达了在电影工业化趋

[①]　陈旭光、张立娜：《电影工业美学原则与创作实现》，《电影艺术》2008 年第 1 期。
[②]　陈旭光、张立娜：《电影工业美学原则与创作实现》，《电影艺术》2008 年第 1 期。

势中，想要提升商业电影的诗意性内蕴的意图。

不仅电影工业美学是一个新生事物，实际上中国的电影工业也处在婴儿期，才刚刚起步。以《流浪地球》为例，这部被称作"开启了中国科幻电影元年"的商业影片，它的成功其实具有极大的偶然性，不能代表中国科幻电影发展的总体状况。本来只客串一天的吴京，最后不仅成了主演，还在投资方撤资的情况下，变成了投资人，影片的顺利完成完全建立在个人义气的基础上。整部影片成本一共 3.2 亿，最烧钱的仍旧在于数码特技方面，如果没有吴京的加入，电影最精彩的深空背景部分就不能顺利完成。没有了这部分视觉特效，电影也就不能称为科幻电影了。《纽约时报》赞美《流浪地球》是中国电影工业黎明的新开端，原因也在于此。它所有关于科幻部分的技术制作，都是零起点，包括角色穿着的太空服都是借来的。2019 年 5 月，资深影评人周黎明对导演郭帆就"共情的中国工业电影"主题进行了一次访谈。笔者发现，郭帆对《流浪地球》拍摄困境、中国电影与好莱坞电影间差异的体悟，主要就体现在技术层面上。无论是道具如汽车的准备、背景屏幕的使用和控制、特效镜头的渲染和管理、视觉奇观和特效的具体实施，还是演员面对灾难场景的应激反应与处理，甚至最后的镜头剪接与时间控制，归根到底都是技术问题。郭帆说："我们缺少太多关于大面积的或者宏大场面的制作经验，只能不断摸索。"①

从科幻电影发展角度看，中国电影急需完善流水线作业的工业化模式，急需快速积累特效制作经验，少走一些弯路，少浪费一点儿资源。面对国内庞大的商业电影市场，面对外来文化的激烈竞争，"我们的优势就是我们的本土文化，但是植根于文化来完成我们的想象，还需要电影工业的支撑。功利地说，我们现在最需要做的就是完善中国电影的工业化，尽快找到属于自己的笔和纸……"② 郭帆认为中国电影与好莱坞电影在特效方面的差距大概有十年，而原因就在于中国美学缺乏对技术的基本认知，对技术太陌生："其实在中国美学的进程中，'工业革命'的阶段是一种

① 郭帆、周黎明、孟琪：《拍摄共情的中国电影——郭帆导演访谈》，《当代电影》2019 年第 5 期。
② 郭帆、周黎明、孟琪：《拍摄共情的中国电影——郭帆导演访谈》，《当代电影》2019 年第 5 期。

缺失状态，我们对机器、机械结构以及对科技本身都是有陌生感的，一提到科技就会觉得疏远……"① 所以，曾经欠缺的科技这门功课得到弥补，科技发挥它应有的建构功能，中国的电影工业才能完善，中国的电影工业美学才有了建构的坚实基础。

总而言之，科技的影响力浸润着人类生活的方方面面，也渗透于文学艺术创作的每个环节。对科技理性的批判，不是要否定或无视科技的进步之处及其对于现实生活的强大干预力量。相反，理论上的批判与探讨，是要究其短处，发扬其优长，以利于人类生活的改善，同时也有助于对文学艺术创作、鉴赏活动的促进和提高。从文艺学学科发展角度来看，科技创新路径的探索已经在路上。历史的车轮滚滚，科技创新路径的探索工作将如中流击水，必会激起炫美波澜。

---

① 郭帆、周黎明、孟琪：《拍摄共情的中国电影——郭帆导演访谈》，《当代电影》2019 年第 5 期。

第五章　造型艺术与科学的融合

20 世纪艺术与科学的紧密结合、相互促进，跨越了几何空间、物理空间，甚至是作用空间。人类对空间、时间和光等重要概念得出的新的解释，迅速推动了这一历史阶段艺术和科学的长足进步。艺术与科学的融合，带来了新的观念、新的创意、新的探索、新的认识。艺术与科学在以往从未联系得如此紧密，这两个学科看似毫不相干，却在特定历史时期相互启发、相互借鉴，拓展和深化了各自的学科领域。在造型艺术上，自文艺复兴以来，对绘画二维平面的空间（透视）、时间（速度）、光（色彩）的探索发生了翻天覆地的变化，这里既有画家们的先知先觉，也有数学、几何学、物理学的新发现，当二者结合起来相互印证之时，古典主义绘画的观念和方法被画上了大大的休止符，取而代之的是现代主义绘画流派的争奇斗艳，印象派、立体主义、未来主义等画派，分别针对光、空间、时间进行重点表现，把以往二维画面不能表达的物理概念形象地表现出来。而今这些方法不仅局限于绘画、雕塑、装置艺术，而且已经开始渗透到每一个现代视觉艺术领域。本章主要讨论了 20 世纪造型艺术与科学的融合，艺术和科学的发展是美与科学的一场伟大革命。

第一节　艺术透视方法的创新与发展

"20 世纪艺术与科学的紧密结合、相互促进，推动了人类社会在这一历史阶段艺术和科学的长足进步。艺术与科学的内在联系变得更加紧密，带来了新的观念、新的创意、新的探索、新的认识。艺术与科学看似不相干的两个学科，在相互启发、相互借鉴中拓展和深化了各自的学科领域。"①

"科学家与艺术家几乎不约而同地意识到，人类进入到从工业社会过渡到信息社会的阶段，科学和艺术已经是一体两面，达到密不可分的境地。艺术与科学的融合，创造出更加新颖、更加新奇的作品。科学也通过艺术作品的表现来展示科学的魅力。"20世纪文学家、艺术家创作的文艺作品，很多时候都是艺术与科学相互融合的产物。J. 康拉德、D. H. 劳伦斯、M. 普鲁斯特、T. 曼、T. S. 艾略特、F. 卡夫卡、V. 伍尔夫和J. 乔伊斯等一大批作家均受益于达尔文、爱因斯坦和弗洛伊德等人的学术思想，如现代主义艺术的非理性与精神分析的无意识理论、现代主义的表意表现与相对论的主客互渗性、立体主义与相对论的四维空间、印象主义和野兽派与现代光学、未来主义与爱因斯坦的"同时性"、抽象派与爱因斯坦的相对论和量子力学的"场"的发现、超现实主义与弗洛伊德的无意识理论、散点透视与相对论和量子力学的时空连续的科学思想等，都互为影响，其描绘的现代社会是一幅实在的、多彩的、丰富的世界图景。

早在文艺复兴时期，达·芬奇就用他的具体实践，将艺术与科学完美地结合在一起。达·芬奇运用几何学、光学、解剖学等自然科学知识探究艺术形式美的规律，以艺术实践结合科学研究的方法探讨艺术形式发展的可能性。这种艺术与科学相融合的研究方法打开了文艺复兴时期再现性绘画关于时空观的新视角，将艺术提升到哲学思考的层面。达·芬奇艺术结合科学进行创作的路径，取得了斐然的成绩。他在多个领域展开研究，集画家、建筑家、雕塑家、设计家、理论家等多重身份于一身，正如他所涉猎的诸如解剖学、数学、天文学、植物学、地质学、音乐学、文学、历史学等多个领域一样，他对艺术和科学的研究达到了空前的高度，影响着欧洲，乃至世界400多年的艺术标准和美学理想。

以造型艺术为例，乔托·迪·邦多纳（Giotto di Bondone，1276~1337年）作为跨越了中世纪和文艺复兴时期的杰出画家，划时代地启迪着人们的心智与精神。他在圣经故事画作中，大胆尝试运用透视法。随后，

---

① 孙运刚：《浅析现代设计中艺术与科学的关系》，《铜陵学院学报》2007年第5期。

达·芬奇结合科学认识在绘画的空间表达和光影描绘上展现出的创造性，引领后来的艺术家不断地创造新的艺术形式，创立新的艺术流派。科学技术的发展，是影响西方传统艺术裂变的重要因素之一。透视学在 15 世纪 20 年代开始成为一门科学。自然科学中数理逻辑色彩很强的、本属于科学范畴的知识，被很多画家、雕塑家、建筑家运用到艺术领域。随着科技的进步，透视学也在不断地发展和完善，今天我们使用的透视学知识是 18 世纪形成的。虽然，透视学在今天失去了在西方现代艺术绘画中的支配地位，当代艺术家在现代主义透视变化的影响下，在造型艺术领域建立了自己的透视观。但是，传统透视学仍然在造型艺术中，尤其在雕塑和装置艺术中影响深远。

一　文艺复兴时期的透视观

乔托·迪·邦多纳被誉为文艺复兴时期杰出的雕刻家、画家和建筑师。他运用一点透视的原理作画："就是在构图上把视点放在一个静止不动的点上，并由此点引出一条水平轴线和一条竖直轴线来。由是，乔托在绘画这一平面艺术上恢复了欧几里得的空间观念——虽说他并未动用大量的几何公理加以解释。由是，沿袭了上千年的扁平画面，一下子得到了深度这第三个维度。"[①]他在 1305 年创作的宗教画《逃亡埃及》（*Flight into Egypt*）（见图 5-1）是为帕多瓦城的阿列那礼拜堂创作的系列壁画中的一幅，被视为瓦解中世纪木偶式人物造型的杰作。

阿列那壁画由 37 幅连环画组成，壁画被分别绘制在教堂的左、中、右三面墙上，描绘了有关圣母子生平的宗教故事。《逃亡埃及》讲述了圣母子避难，逃亡埃及的故事。东方三博士预知人类的救世主耶稣即将诞生，他们立即赶往耶路撒冷去朝拜。以色列的希律王得知消息后十分恐惧，于是下令将耶稣的诞生地伯利恒地区的男婴全部斩杀以除后患。上帝托梦给耶稣的义父约瑟，命他带着圣母玛利亚和刚出生的耶稣逃亡埃及避难。虽然故事情节凶险血腥，但是乔托却把画面处理得色调温暖祥和。画

---

① 〔美〕伦纳德·史莱因：《艺术与物理学》，暴永宁、吴伯泽译，吉林人民出版社，2001，第 41 页。

图 5-1　《逃亡埃及》

资料来源：麦田艺术，https：//www.nbfox.com。

家完全抛弃了中世纪旧有的宗教艺术关于空间、时间、光的观念和程式化
的创作手法，打破了束缚艺术想象的种种戒律，表达出乔托个人的艺术理
想，呈现出其对故事独到的解读。画中的形象是用写实手法表现的，画中
人物健壮有力，与以往宗教绘画追求的清瘦骨感、不食人间烟火截然不
同，充满世俗的人情味道。我们所见画面的情景是现实生活中的寻常场
景，圣母的面容如同世俗世界里的普通母亲一样，因为担心儿子的安危，
一路奔波而显得面容憔悴，她紧张焦虑地抱着自己的孩子骑在驴背上，在
丈夫和信徒的引领和保护下走在乡间山路上。这些与以往中世纪宗教绘画
呆板的画面完全不同，一幅活生生的世俗场景呈现在人们面前。画家把圣
母和耶稣这样的"神"赋予了世俗生活中普通人的形象，将神变成了人。

　　乔托随后以这样的画风和透视法创作了很多为自己赢得声誉的作品，
如《犹大之吻》（见图 5-2）、《进入耶路撒冷》、《金门相逢》、《圣灵节》
与《耶稣升天》（见图 5-3）等。在他的作品中，艺术的时间框架和欧几
里得的空间理论相结合，作品营造出景物后缩延展空间这一视觉效果，树
立了在画面上静止时间的模范。这些作品使观赏者第一次清晰地看到画面
中近处的人物和远处风景近大远小的缩变关系。乔托为增加层次关系，大
胆加强透视缩变。所谓透视缩变，就是线条透视（linear perspective）塑
造出画面的空间深度和近大远小的关系，即利用平面上的物体在人的视网

图 5-2　《犹大之吻》

资料来源：麦田艺术，https：//www.nbfox.com。

图 5-3　《耶稣升天》

资料来源：麦田艺术，https：//www.nbfox.com。

膜上所成视角的不同，从而在面积的大小、线条的长短以及线条之间距离远近等特征上显示出的能引起深度知觉的透视法。近处对象占的视角大，看起来较大。远处对象占的视角小，看起来较小。正如王志成所评论的，"《逃亡埃及》中表现的远处天空中飞翔的天使，虽然这种对形体缩变

（线透视）和光线明暗调子变化（光透视）的表现技艺略显笨拙和不自然，但是，这些方法的运用使宗教人物真实立体，呈现出一定的个性，比起以前所有教堂千篇一律的程式化人物与平面化构图，是个极大的突破。我们仍然可看出画家孜孜探索。乔托也因此为以后的艺术家们指出了传统绘画的发展方向，乔托之后的文艺复兴艺术家马萨乔、布鲁内莱斯基、乌切罗、戈佐利、曼坦尼亚、阿尔伯蒂、弗兰切斯卡、达·芬奇、丢勒等人，对线透视技法的研究也做出了重要贡献"。①

　　非科学透视法早在古希腊罗马的壁画中已经存在（凭着感觉绘制的）。乔托作品中也会经常运用这样的方法。乔托在绘画上所做的科学探索还处于科学和艺术早期结合的稚嫩状态，是靠画家敏锐的直觉和天赋开创的新的绘画创作之路。我们知道，科学的透视法起源于 15 世纪初期意大利建筑师布鲁内莱斯基（Brunelleschi）对建筑的测算，他发现了科学的线性透视法则，也就是透视的缩变法则。在此之后，将科学的线性透视法较早运用到绘画中的还有意大利画家马萨乔（Masaccio）。在线性透视法的基础上，达·芬奇发展出"空气透视法"以加强对空间感的表现。他的《绘画论》提出很有价值的科学理论和思想观点，其提出的透视法、明暗法、动态表情、素描构图等对当下艺术创作和表现仍具有启示和指导意义。线透视、色彩透视、消逝透视是达·芬奇透视学的理论核心。其中"线透视"是普遍运用的一种方法，也是西方古典绘画透视学一直遵循的方法。它的原埋是：以画家眼睛位置固定不变为前提，在画家与被画物体原型之间形成视线，相交于想象的平面上，也就是转换到二维平面上制造空间感，利用呈现的各个透视点画出被模仿的三维物体。透视学在整个西方传统绘画的发展史上，始终占据着重要的地位，西方绘画技法就是表现物体的肌理、质感和反映有与无之间的构成关系，而反映物体空间关系的必然就是透视学。"从文艺复兴以来，透视学一直被视为是西方传统绘画的基石。从古希腊的短缩法，至文艺复兴时期的线性透视、17 世纪的光透视、19 世纪的色彩透视，透视学几乎贯穿了整个西方传统绘画艺术的

---

① 王志成：《中西方绘画中的透视原理对造型语言的影响》，《大众文艺》2011 年第 19 期。

历史。"① 透视学在不断发展革新。达·芬奇在《最后的晚餐》（见图5-4）中利用"线透视"的方法，通过墙壁、窗户和天顶的透视关系，表现出一个完全立体的三度空间，在达·芬奇对透视理论研究并实践之后，"线透视法"日臻完善。17 世纪的意大利画家卡拉瓦乔，在线透视的基础上，发明了被人们称为"黑暗法"的用光技巧，它的原理是利用强烈的明暗对比关系来加强空间感。与他同时代的荷兰画家伦勃朗，将他的这一方法发扬光大。伦勃朗绘画善于用光，他利用光的丰富变化塑造物体明暗来增强画面的空间效果，伦勃朗的"光透视"理论为后世透视学的演变做出了独特贡献。

图 5-4 《最后的晚餐》
资料来源：麦田艺术，https://www.nbfox.com。

随着 19 世纪中叶到 20 世纪初科学技术的飞跃式发展，物理学发生了革命性的突破。"这一时期覆盖在西方艺术和思想上的冰层开始消融。在出现裂隙的地方，一直处统治地位的牛顿框式和多年唯我独尊的透视原理，开始受到潮流的侵蚀……使艺术和物理都发生了深刻变化。"② 早前"牛顿宣称空间是绝对的、平坦的、均匀和不动的……牛顿还认定时间是绝对的，只朝一个方向前进。根据牛顿物理学，空间和时间是刚性的与恒定的，光也就是在空间中用掉一段时间从一处去另一处的传载信息的使者。牛顿有关时间、空间和光的观念是人们先验知识的一部分……但是爱

① 王志成：《中西方绘画中的透视原理对造型语言的影响》，《大众文艺》2011 年第 19 期。
② 〔美〕伦纳德·史莱因：《艺术与物理学》，暴永宁、吴伯泽译，吉林人民出版社，2001，第 106 页。

因斯坦将这一切都给翻了个底朝天。他宣称空间和时间是相对的，只有世俗是恒定不变的"。①爱因斯坦提出光速是绝对的和不变的，他的理论引发了文化上和科学上的巨大冲击波。例如，"当一列火车开始加速到大约光速的一半时，普通的视觉经验开始改变，有几个特殊的视觉扭曲发生了，首先车窗外物体的外形变得扁平，远处的物体开始移动到近处，显然中景明显地缩小了，物体看上去像是二维的，不再是绝对立体的"。② 在艺术上，我们会惊异地发现，印象派画家们先知先觉，他们的绘画作品所呈现的对于时间、空间、光的认识，与爱因斯坦的物理学理论惊人的相似。马奈在《草地上的午餐》（见图5-5）中用画笔将这种物理学效应表现在画面上。史学家们将这幅画的诞生定义为现代主义的开端。这一刻标志着以往数千年间评价绘画艺术优劣的尺度（能否真实模仿自然和能否被观众理解）被颠覆了。《草地上的午餐》没有明显的故事情节，画面上的人物之间没有必然的联系，甚至人物的眼神都是望向不同的方向的。在透视关系上前景人物和远处的背景没有中景过度，人物和风景的投影也不一致，这都对传统作画范式提出了质疑和挑战。

图 5-5　《草地上的午餐》

资料来源：麦田艺术，https://www.nbfox.com。

---

① 〔美〕伦纳德·史莱因：《艺术与物理学》，暴永宁、吴伯泽译，吉林人民出版社，2001，第 134 页。

② 〔美〕伦纳德·史莱因：《艺术与物理学》，暴永宁、吴伯泽译，吉林人民出版社，2001，第 144 页。

　　同一时期的莫奈也成为第一个对时间这一维度进行探讨的艺术家，莫奈从《日出·印象》开启了印象派大放异彩的光影研究，印象派画家们在色彩表现上，也与物理学的发现相契合。我们知道色彩取决于光，在高速运行的状态下，物体的阴影也会发生变化，物体速度接近光速，阴影会变得越来越暗淡模糊，明与暗的区分变得很弱。景物运动速度越来越大，阴影就逐渐消失，这改变了精确的相对论本性。在莫奈的绘画中，通常意义上的明暗色调被"晕涂法"取代。只有观测者的运动速度达到相对论范围之时光在色彩上的变化才能被观测到。而天才的莫奈注意到了光的变化对色彩的影响。他的《干草堆》（见图5-6）系列、《鲁昂大教堂》（见图5-7）系列，都是对同一个物像在时间、空间、光的作用下所呈现的不同样貌的展现。莫奈画了20个随着季节变化的干草堆，画了40个同一方向的鲁昂大教堂，用图画的方式阐释了物理学理论除了关于物体的三维度外，还需要时间的存在，并且证明光的变化引起色彩和投影的丰富变化。随着科学技术飞跃式发展，在光学理论引领下，人们发现了光源下色彩的秘密，"色彩透视法"诞生了，并被运用于印象派画家的绘画实践中，马奈、莫奈、雷诺阿等印象主义画家在实践中逐步完善这一技法。这样，三种透视法下的透视学得以完备。而就在此时，一场反传统、反美学的现代主义大革命已经悄然来临。

图5-6　《干草堆》

资料来源：麦田艺术，https://www.nbfox.com。

图 5-7 《鲁昂大教堂》

资料来源：麦田艺术，https：//www.nbfox.com。

二 现代与后现代透视观念的转变

可以说现代主义艺术是在西方工业文明中诞生的，而艺术史上的每次革命浪潮的推动力都产生于社会政治、经济、科技、哲学方面的变革。现代主义思潮对科学技术的信念，对客观真理的信仰，对艺术变革的渴望，促使现代主义艺术以革命的姿态，不断突破传统艺术体系和美学规范，追求创新、超前的艺术表达方式。这个时候艺术家把反艺术的重点放在写实绘画、学院派虚伪的审美情趣上。脱离写实，反叛写实，自然也要质疑透视学这样的西方传统艺术理论，艺术家们要求摆脱传统艺术规律的束缚，他们认为以往的透视学原理，影响了艺术家的自由表现。最早提出放弃传统绘画透视法则的画家是塞尚，他提出了绘画观念的破与立的问题，主张画家发挥主观创造力和想象力，重视直觉体验，脱离描摹自然。在这样的主张下，透视学的规律和原则在实际运用中被打破。早在 19 世纪，画家们就开始思考如何摒弃传统透视，如通过主观减弱画面深度，突出被画物体的面，追求古典浮雕的变体效果等。在 20 世纪，传统透视学的影响被进一步削弱，组合透视、无透视、变形透视、幻觉透视等取而代之，传统透视的模式和形象被剔除。在现代主义和后现代主义时期的艺术中呈现出多种透视法，主要表现在以下三方面。

（一）透视理论在新的艺术时期得以应用

虽然经过长期的历史发展，透视理论的研究成果使 19 世纪中叶以来的艺术家们用多种透视方法进行"表现性绘画"创作，尽情张扬艺术个性，但是 20 世纪前的艺术家们还是普遍采用平行透视法。在实际艺术创作中，倾斜透视、成角透视、俯仰透视并没有被充分实践。这些原理在新时期才被现代艺术家们熟练运用到创作中。

1. 平行透视

历史上平行透视技法被表现在古典主义绘画的经典作品上，如达·芬奇 1495~1498 年的壁画《最后的晚餐》中，画面利用"平行透视"也就是"线透视"的原理，使观者感受到房间里面的空间感，甚至窗外的风景也十分真实。门徒三人一组坐在耶稣周围，人物高低错落，耶稣平静地端坐在餐桌正中间的位置，和周围情绪激动的十二门徒形成鲜明的对比。画家借助外景在耶稣头上形成一道光环，观众的视线随着"平行透视"线条汇聚的特点自然而然地被引向耶稣的头部位置。这样既突出了主角又制造了神圣的气氛。再如，老彼得·勃鲁盖尔《露天婚礼舞蹈》（见图 5-8）、拉斐尔的《雅典学院》以及委拉斯贵支的《宫娥》等，其远景和近景之间的表现手法，都运用了"平行透视"原理。

图 5-8　《露天婚礼舞蹈》
资料来源：麦田艺术，https://www.nbfox.com。

2. 多维组合透视

现代主义超现实主义绘画大师萨尔瓦多·达利的诸多作品，以探索潜意识的意象著称。达利的画多以梦幻为表现题材，但是，他的"梦"与其他超现实主义画家所展现的"梦"有所不同，达利的"梦"创造了一种现实的真实感。他所描绘的梦境，以一种不寻常、不合情理的方式，将生活中常见的物象扭曲或者变形，在这些神秘的意象画中，最为著名的就是《记忆的永恒》（见图 5-9）。在这件作品中，画面用梦境搭建了一个多维度组合的空间，看似荒诞离奇，实则是有目的地挖掘潜意识中的意象。"在这幅画里，达利将时间的两种常见的代表物——钟表和沙粒——放到了一起……沙粒、沙漏和钟表都与时间有关，但这种关联很不明显，只有观者回过头来思考时间的本性和意义时才会被觉察出来。"[1]达利用绘画来印证弗洛伊德所揭示的个人的梦境与幻觉体验，为了创作这件作品他甚至到精神病医院体验生活，研究精神病人怎样完成对现实世界秩序的解说。就画面内容看这是一件经典的超现实主义作品，平静的水面、静默的沙滩海岸、孤独的小岛以及一个不可能在这个环境中出现的台座、飘浮在空中的一块木板、前景的一棵枯树、方台上的一块软表上落下的一只苍蝇，都使得画面的透视深度逐层加大。从这幅画中我们可以看出达利对透视学原理的理解和运用达到了很高的水准，他制造了写实绘画与超现实绘画这一对矛盾关系，也就是说画面的景色和物体是现实的，而实际画面空间表现却是超现实的。从"线透视"法则来看，这幅作品是符合透视规律的，而从"色彩透视"和"大气透视"来分析，它又是不符合规律的。

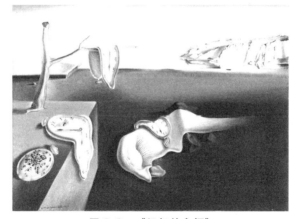

图 5-9　《记忆的永恒》

资料来源：麦田艺术，https://www.nbfox.com。

---

[1]　〔美〕伦纳德·史莱因：《艺术与物理学》，暴永宁、吴伯泽译，吉林人民出版社，2001，第 265 页。

以往透视法被普遍认为是束缚画家创作灵感的东西，但是在达利的作品中，他却把"多维度透视"与绘画结合得如此自然，甚至在思想表现上也更加深刻了。

3. 成角透视、俯仰透视和倾斜透视

成角透视和俯仰透视的原理是由英国数学家泰勒 1715 年在《论线透视》一书中确立的。起初，古典艺术家作品中很少有人娴熟地运用成角透视，1819 年，法国浪漫主义大师泰奥多尔·籍里柯（Theodore Geri-cault）在他的作品《梅杜萨之筏》（见图 5-10）中，成功地运用了成角透视，在画面中，画家采用金字塔形的构图，在船帆与木筏上的幸存者之间构成一个三角形，并使其成为画面构图的中心，向观众展现出一群在木筏上挣扎的人，随着汹涌的海水起起落落，这幅画描绘了法国海军的巡防舰美杜莎号沉没之后生还者求生的场面。这群人饥寒交迫，惊恐无助，有人奄奄一息，有人抱着亲人的尸体绝望地哀号。画面定格在木筏上的幸存者们突然发现天边出现船只时的瞬间情景，准确地刻画出木筏上遇难者的惊慌恐惧、悲愤绝望、饥渴煎熬等情状，画面充满了令人窒息的气氛。然而，几个振臂向前的人冲破了画面设定的稳定的大三角形，再生了一个富于希望和动荡不稳定的三角形。他们激动地托起一个又一个人，直到有一个人被推举到最高处，高高举起手中的红布，向远处的船只求救。顺着人群注视和呼喊的方向，读者将视线移动到远处的一个隐约可见的船影上。画家利用木筏的倾斜表现人们在水面上的强烈的失衡感，制造出紧张的气氛。

将"成角透视"运用到极致的另一位画家是现代主义艺术大师、荷兰画家莫里茨·科内利斯·埃舍尔（Maurits Cornelis Escher），他因在绘画中善于运用数学原理而闻名。在他的作品中可以看到关于分形、对称、密铺平面、双曲几何和多面体等数学概念的形象表达。埃舍尔在透视原理的运用技法上已经超出了以往时代的任何艺术家。他的矛盾空间里存在透视的多个灭点，这种多灭点的"复合"成角透视的应用，在以往传统艺术家的作品里没有出现过，这说明，到了埃舍尔以后，透视学与绘画的结合达到非常高的水平，现代艺术家们更善于运用透视学原理处理复杂的空间。他惊人的画作非常多，无论在创作体裁还是画面效果上他都将艺术和

图 5-10　《梅杜萨之筏》

资料来源：麦田艺术，https://www.nbfox.com。

科学完美地结合在一起，脱离了写实绘画透视空间的营造模式，开创了新的透视法则，这种令人迷幻的、充满智慧的透视法建立的充满美感的空间效果是令人十分震惊的。埃舍尔的《奇幻世界》（见图 5-11）是悖逆空间的系列作品之一，也是埃舍尔享誉世界的作品，它矛盾对立的空间自然转化成合理有趣的真实场景。在埃舍尔的透视法则中，三个以上的空间可以被他同时整合在一个画面上，换言之，他不是忠实地模仿现实世界的景物，即模仿人眼中"视觉透视"的所见之物，而是在画面中经营出一个连续的、多维的、有组织的空间——矛盾空间，观看者对他建立的魔幻空间深信不疑。埃舍尔用一种科学理性的方式建构出充满神奇魅力的世界，他成功地将自己的与众不同和哲学思考植入到他的作品里，成为后现代透视法则继续演变的一块基石。《奇幻世界》这样的作品离开透视是没办法成立的，埃舍尔的作品往往包括倾斜、平行、成角、俯仰、曲线等诸多透视原理，最为可贵的是他运用了难度极高的倾斜透视，多种斜面交错在一起，使画面拥有强烈的形式感。

倾斜透视在 21 世纪之前的西方很少被采用，一是倾斜透视受题材限制，在人物和风景绘画中很少能用得到，倾斜透视主要表现在斜面（类似屋顶或者台阶）上；二是这种透视很难掌握，探索者甚少，仅能在康斯泰勃尔和罗伦采蒂等人的作品中看到他们对倾斜透视的有益的探索，并且只是凭直觉经验的探索。继承发扬埃舍尔画风的是波兰超现实主义画家吉斯凯·尤科，他生于 1952 年，是典型的后现代主义画家，他的作品将

图 5-11 《奇幻世界》
资料来源：麦田艺术，https://www.nbfox.com。

哲学思想融合到过去与未来、宗教与科学、奇幻与悖论中，在他的画面里反复出现的是人类神秘的家园。

（二）俯透视和仰透视

17 世纪意大利艺术家安德烈·波佐（Andrea Pozzo），利用俯视和仰视的透视原理为罗马教堂所画的天顶壁画《圣依格勒堤阿斯的荣耀》，巧妙地处理了视错觉下的空间关系，使教堂内部更显高大。这是较早在建筑空间里利用透视原理制造空间的成功案例之一。

俯仰透视到了 20 世纪进一步成熟，西班牙超现实主义画家萨尔瓦多·达利，将俯视和仰视的透视原理发挥到极致。人们称他是秘密数学家萨尔瓦多·达利，或者称他是进入四维空间的画家达利。直到 1989 年他去世前，他都在探索理论物理。他在 1954 年的一幅画作"十字架上的基督"最能表现他对科学的探索。十字架上的耶稣悬浮在以达利的妻子加拉（Gala）为原型塑造的人物的上空，加拉仰望着耶稣。作品名为《十字架》（见图 5-12），但是在这幅耶稣受难的画中（右图），耶稣身上没有钉子，十字架由厚重的立方体组成。我们能看到的画面是多维空间的组合，耶稣身上的钉子变成了方形的物体，人体在十字架上的投影也是从不同方向的光源投放的。《十字架》（左图）是大俯视透视，十字架上的耶稣之上还有一个视角在俯瞰，而远处的山川和湖泊又分明是平行透视。达利为了打破传统的空间概念，利用透视强烈的俯仰视角下三度空间效果，极力制造出夸张的透视关系，使画面表现出异样复杂的空间，虚构出三维深远的效果，表现出理想中的既有俯视又有平视的复合空间。画面实际上也是一种超现实主义的表现手法，制造了充满幻象和无限深远的深邃空间。

图 5-12　《十字架》

资料来源：麦田艺术，https://www.nbfox.com。

达利坚持从科学中寻找灵感。1958 年他在《反物质宣言》中写道："当我是一个超现实主义者时，我希望创造内心世界的肖像，奇妙世界的肖像，我的上帝弗洛伊德的肖像……现在，外部的物理世界超越了心理世界。我的上帝如今是海森堡博士（Werner Heisenberg，1901-1976，德国物理学家，量子力学的主要创始人）。"①通过达利的言论和画作，我们就更加理解他的创作思路。此时，爱因斯坦正从另外一个角度看待世界，艺术家们也逐一预见到并在画作中把这种认识表现出来，物理学理论和当时被普遍嘲笑的艺术家的绘画风格，不约而同地相互证明和诠释，这些伟大

① 《秘密数学家萨尔瓦多·达利：进入四维空间的画家》，新浪网"新浪四川"，http://sc.sina.com.cn/art/yxdg/2016-05-23/details-ifxsktkp9161850.shtml。

的艺术家用不可思议的手法将物理学的原理带进了画布。尽管在当时，"他们的创新遭到了公众和艺术批评家的一致嘲笑和非难——这些人并没有意识到，他们其实是第一批有幸目睹未来的观者"①。

三　现代与后现代"矛盾透视"原理的应用

现代主义时期的先锋艺术家们尝试脱离传统的透视规则，采用多种透视法营造画面空间。后现代主义时期的艺术家在画面中经常混合使用一些相互"矛盾"的透视原理，有意识与前人的透视法则相左，采用逆向思维，从对立面去寻求新的思路。

（一）拒绝透视变化

我们最早掌握的透视原理是使画面物体呈现近大远小的焦点透视法，根据这个原理，画面中互相平行的线无限延展到最远处会交汇消失于一点。如果用另外一组平行线与这一组平行线相交，截取的线段长度应该是相等的，所以我们就可以推断出不同深度的透视关系，以及画面中的人物或物体的比例关系。20世纪之前这一法则是被普遍遵从的，在现代主义之后艺术家们有意去破坏自然空间，将观念转向主观意志，力图实验出一条超越透视的道路，他们祛除透视空间，追求平面化。

奥地利著名的象征主义画家古斯塔夫·克里姆特（Gustav Klimt），受维也纳分离派的启发，接受他们提倡的世界美术相互吸取营养、相互融合的思想，创造出一种平面化的绘画风格，他将西方传统绘画与东方情趣的造型和纹样糅合在一起，创作出色彩绚丽唯美的、平面效果的、以人物为主的作品。这无疑对欧洲现代绘画发展有着推动作用。克里姆特的学生埃贡·席勒（Egon Schiele）继承了他的平面透视风格，画作《圣母》（见图5-13）采用了现代主义艺术的一些基本原理，在画面中，传统素描关系的表现手法和空间表现不再是重要法则，画面中除了人物的某些局部还保留了一些明暗调子的处理手法外，特别突出的还是平面构成的效果。画家忽略了传统透视规则中人物近大远小、近实远虚的关系。自克里姆特和

---

①　〔美〕伦纳德·史莱因：《艺术与物理学》，暴永宁、吴伯泽译，吉林人民出版社，2001，第144页。

席勒之后，绘画语言形式的变革，使平面化艺术风格成为现代派艺术表现形式的标志和特征。

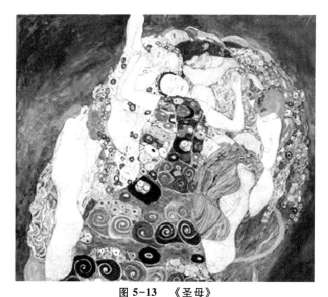

图 5-13　《圣母》

资料来源：麦田艺术，https://www.nbfox.com。

（二）拓宽视域透视法

埃舍尔受人体科学有关人眼功能理论启发，认识到人眼观察事物的规律。20世纪人体科学研究的历史，实际上是前所未有的医学化的过程，人文科学成为一门非常深奥的学科，它以其他科学如数学、物理、化学、天文学、地理学等为基础，涉及范围广，分支学科多。对于埃舍尔这样的对数学、物理学敏感的艺术奇才来说，其充满了好奇心和创作欲。正常人眼只能看清楚范围在60°左右的外界环境，超出60°视域圈的范围，人眼是看不清楚的，甚至物体会发生变形。这一点就与广角镜头下拍摄的照片，边缘的物体或人物都会产生变形是同一个道理。埃舍尔利用这一原理创作了版画《水晶球》，这幅作品等同于利用图片解读人眼功能。其绘画透视学理论依据就是反映透视和视圈理论。该作品利用了圆球镜面的反射原理，球体表面折射出艺术家本人和他工作的画室，球体反射的场景，中心部分的物象基本保持原貌，随着球体的转折，越往边缘，物象变形越大，呈现出正常视觉不能看到的景象，展现了完全违反正常透视规律的奇幻世界。

埃舍尔之所以在绘画上独放异彩，除了他的艺术天分之外，也因为他是个数学天才，他熟知数学的匀称、精准、规则、秩序等特性，在他的画作中透视原理带来的不可言喻的美，也是艺术和科学结合起来的迷人的美，他带有数学和透视学意味的作品独树一帜，画面组合都源于悖论、幻觉和双重意义，这位天才的艺术家将一个极具魅力的"不可能的神话世界"惊艳地呈现在我们面前。

（三）矛盾空间

埃舍尔 1961 年的版画作品《瀑布》（见图 5-14），是一张非凡的视错觉作品。

图 5-14　《瀑布》

资料来源：麦田艺术，https://www.nbfox.com。

据说埃舍尔创作《瀑布》是受到英国理论物理学家彭罗斯的《皇帝的新脑》的启发，书中构想的"不可能三杆"给埃舍尔以极大启示。"不可能三杆"表现了不可实现的三角形原理，《瀑布》运用后，乍一看没有什么不合理的，画中建筑的每一个局部都找不到任何错误，似乎都合理存在着，然而，我们整体观察画作就能发现，瀑布应该是降落的，而画面上的瀑布却是在一个平面上运动的，并且推动着水磨让其转动。再进一步观察，两个看似在一个平面上的塔，左右升高的台阶一个是三个台阶，一个是两个台阶。稍微明白空间逻辑原理的人就能看出，画面中的构造是不现实的。瀑布是一个单向流动的系统，它本身不能推动作坊车轮持续不断地运动，这完全不符合能量守恒定律。这些神奇的、怪诞的、荒谬的矛盾空间，只能出现在二维画面中，现实场景中是不可能存在的。这一类的作品，我们在逻辑上无法理解和分析，但是，我们从局部观察，会发现每个部分都是合理的存在。把这些部分组合起来看完全充斥着多重、荒谬、悖论和幻觉。从透视学的角度来解析彭罗斯的"不可实现的三角形"，就是从主观上把不在同一个空间的物体连在一起。这正是彭罗斯的三角形的构成原理，方框的其中一个连接点的两端，实际并不在一个空间位置，画家用一个前景的物体巧妙地遮蔽起来，观众视错觉看起来却是连在一起了。"埃舍尔创作了许多表现空间和时间无休止兜圈子的作品。霍夫斯塔特在《哥德尔、埃舍尔和巴赫：永恒的带子》一书中，对埃舍尔的这类作品有详尽的论述，同时也讨论了它们与相对论的关联。"[1]

（四）单视点的多维度组合透视

西方绘画的透视法，其基本原理是焦点透视，也叫定点透视，指的是将人的视角固定在某个位置上，有一个固定的视像，就能得到固定的形象，其被称为三固定。定点透视依此原理在画面上体现出近大远小的关系。绘画发展到艺术与科学相结合的阶段，画家运用焦点透视掌握了表现空间的规律。

多维度视角就是从不同层面、不同角度来观察物体。它起源于 20 世纪早期的立体主义。1907 年，法国分离派画家们主张以大量组合碎片形象为画面表现内容。这就是立体主义画家所追求的碎裂、打散、解析、再组合的一种形式。以毕加索为代表的立体主义是西方现代艺术史上一个重

---

① 〔美〕伦纳德·史莱因：《艺术与物理学》，暴永宁、吴伯泽译，吉林人民出版社，2001，第 277 页。

要的艺术流派，也被称为立方主义，立体主义绘画的原理是，画家用多种角度观察物体，将不同角度观察得来的画面共置于同一个画面里，以此来表达物体被步步看、面面观，物体的每个角度的形象，在同一个画面上通过主观处理进行交错叠放，完全摈弃西方传统绘画坚持的透视法，创造出多维空间的绘画风格。

多维度视角是对单一视角认识的突破。与毕加索一起创立"立体主义"的画家乔治·勃拉克（Georges Braque，也译为布拉克），1908 年创作的作品《埃斯塔克的房子》（见图 5-15），当时被评论家称为"立体主义"画风。这幅画是勃拉克来到塞尚晚期写生风景地探索风景画背后几何图示的形式时画的，在《埃斯塔克的房子》这幅画中，勃拉克追随塞尚的足迹，将房子和树木简化成几何形。塞尚曾把风景、静物、人物的各种形体都归纳为圆柱体、锥体和球体等几何图形。勃拉克在塞尚这一基础上，进一步追求对自然物象的几何化表现。他用独特的方法压缩了空间深度，使画中的房子介于平面与立体之间，看起来像是被压扁了的纸盒子。其他物像从上至下推展，去除了前后叠加，使得物象可以直接推展到画面顶端。物象无论远近大小，均没有前景、背景次序，被同样清晰地呈现在画面上。同一画面既有俯视也有仰视，这是对透视学一点透视中"三固定"的违背。勃拉克早期画风很明显是受塞尚的影响，因此，立体主义在探索时期，又被称作"塞尚式立体主义"，可见塞尚为立体主义的产生起到了关键作用。

关于艺术与科学的完美结合和相互促进，在毕加索和爱因斯坦的身上就表现得更加令人赞叹。"这两位激励了好几代艺术家和科学家的天才典范，是 20 世纪的偶像。现代科学就是爱因斯坦，现代艺术就是毕加索。"[①] 相对论和《亚威农少女》分别在 1905 年和 1907 年诞生。"正如相对论推翻了空间和时间的绝对状况一样，布拉克和毕加索的立体主义把艺术中的透视拉下了宝座。"[②]他们两个人将科学和艺术带进了 20 世纪，在

---

① 〔英〕阿瑟·I. 米勒：《爱因斯坦·毕加索：空间、时间和动人心魄之美》，方在庆、伍梅红译，上海科技教育出版社，2006，第 1 页。

② 〔英〕阿瑟·I. 米勒：《爱因斯坦·毕加索：空间、时间和动人心魄之美》，方在庆、伍梅红译，上海科技教育出版社，2006，第 5 页。

图 5-15 《埃斯塔克的房子》
资料来源：麦田艺术，https：//www.nbfox.com。

那一时刻，美学变得至关重要，学科之间的界限得以消解。"爱因斯坦是个依靠空间思维的科学家，而对于作为艺术家的毕加索来说，逻辑和数学思维也同样起着关键的作用。"[①]在艺术与科学的不谋而合和相互启发下，彼此相得益彰，种种迹象都表明，科学的发展也拓宽了立体主义的绘画道路。

在 1913 年纽约军械库展览上，杜尚创作的油画作品《走下楼梯的裸女》，产生了巨大反响。在这件作品中，杜尚结合了立体派和未来派的两种表现手法，运动和速度这对物理学的问题第一次被作为一个艺术与科学融合的时空问题加以研究，这幅作品违反了固定物象这一条件，视点和视向并没有改变。杜尚创造出另一个视觉经验，移动的形体在不断改变，连续移动，暗示一段时间内物体的变化。无疑，这样的表现手法是对传统视觉经验的挑战，三维空间被演绎成四维空间，时间被加载到画面上。这也是现代物理学与艺术结合的探索证据。"立体主义的核心是对空间的同时观睹，即将物体的前、后、左、右，一齐表现出来。类似地，未来主义的核心是对时间的同时观睹，即将过去、现在和将来全盘纳入到'现在'

① 〔英〕阿瑟·I. 米勒：《爱因斯坦·毕加索：空间、时间和动人心魄之美》，方在庆、伍梅红译，上海科技教育出版社，2006，第 273 页。

中表现出来。"①

四　绘画透视学对雕塑和装置艺术的影响

绘画透视原本是在二维平面上运用的原理，也就是在二维的平面上表现出三维物象的空间艺术。在二维画面上想表现立体效果，必须加入光的因素，运用透视学原理也是必不可少的。雕塑和装置艺术在空间艺术表现上本身就是三维立体的，无须考虑透视学原理，但事实上装置和雕塑作品的发展变化，也使得雕塑家开始将透视学原理运用到他们的作品中。

（一）达利的装置艺术

西班牙画家达利创作的作品《无题》（见图5-16），现藏于西班牙的达利美术馆。达利在一个房间里，将两个壁炉和一个沙发以及两幅黑白风景的照片，装置成一个女人的面孔。作者将室内物品一一进行巧妙安排和设计，墙面上的两个黑白风景照片，远远看去像是人的一双眼睛。米色的壁炉近似于人的鼻子，前景红色沙发又近似于女人的红唇，在其他角度看这些物品像是随意摆放的，而总体观察却是一个美丽女人的脸庞。达利的这件作品是绘画语言在装置语言中转化的先例。这个转化是将本来三维空间里的物品，转化成二维空间的效果。观众不自觉地在脑海中形成一个平面的画面，才能观察出女性脸庞的形象，达利在此定义出一种新的观察方法——三维装置转化为二维平面物象，这是打破传统观看方式的一次新的尝试。

（二）俯仰透视在雕塑中的应用

俯仰透视的雕塑是作者利用透视学中"俯视和仰视"原理创作出来的。很显然其不是按照正常的人体比例关系塑造的，而是利用俯仰透视的原理夸张变形得来的。简言之，俯视就是视点所在的位置比较高，被看对象所处的位置比较低。仰视就是观察者所处视点较低，被观察物体较高。俯仰透视的雕塑人物呈现出从下到上逐渐缩小的比例关系，作者创新地运

---

① 〔美〕伦纳德·史莱因：《艺术与物理学》，暴永宁、吴伯泽译，吉林人民出版社，2001，第238页。

图 5-16　《无题》

资料来源：麦田艺术，https：//www.nbfox.com。

用了绘画中常用的透视手段进行创作。人体雕塑作品具有强烈的透视感和空间感，即使我们站在与作品平行等高的位置观察，依然有俯仰关系存在，原因很简单，雕塑作品本身就是按照俯仰变化规律创作的。雕塑原本与绘画的区别，即三维立体和二维平面的区别，雕塑在空间中的近大远小以及俯视、仰视的透视变化是雕塑的一般法则，而绘画是根据人眼功能，在二维平面上制造出三维立体的空间效果，所以必须遵从图示法则。雕塑作品将绘画透视技法转移的行为，赋予了作品强烈的现代特征和超现实主义的意味。

第二节　艺术时空理念的创新与发展

时间和空间一直都是科学、哲学、艺术共同关注和研究的问题。科学和哲学试图发现时空的关系问题，而艺术家则是通过艺术作品来表现他们对时空的理解。历史证明，艺术、哲学和科学之间有着千丝万缕的联系，更为独特的是艺术幻想和艺术表现甚至是艺术革命往往都超前于科学发现，艺术常常成为科学的预言者。在《自然哲学的数学原理》一书中，牛顿把数学原理作为哲学使用。牛顿认为时间是绝对的、真实的，时间的自性与任何外在的东西无关。它均匀地流淌着，持续稳定地延续着。牛顿在"绝对时空"的基础上，提出"相对时空"的概念，演绎出他的"经典力学"体系。牛顿的力学体系维系了200多年之后，到了19世纪末、20世纪初，仍然有很多物理学家认为即使新的力学被提出来，其仍然可以在牛顿力学框架范围内得以解决。

在现代物理学、代数学获得新的发展的同时，几何学的内部也发生着革命性的变化。欧几里得几何在数学的严格性和推理性方面树立了典范，2000多年的历史积淀，对人类的思想影响深远，贯穿着整个数学体系的发展。三位数学家独立地使用类似的方法，从普莱费尔公理出发，最终创立非欧几何。他们分别是大名鼎鼎的高斯、匈牙利的J.鲍耶和俄国的罗巴切夫斯基。直到1854年，黎曼在哥廷根大学无薪讲师职位的就职典礼上，发表了《关于几何基础中的假设》的演说，把内蕴几何从欧几里得空间推广到任意维度空间，定义了距离、长度、交角等概念，引入了子流形曲率概念，并重点关注了"常曲率空间"。在三维空间中，常曲率可为正常数、负常数、零。其中负常数曲率空间和零常数曲率空间分别对应罗巴切夫斯基几何和欧几里得几何，正常数曲率空间对应黎曼补充的"黎曼几何"。至此，黎曼成为第一个理解非欧几何学的全部意义的数学家。而黎曼几何的现实意义就是对近代理论物理发展进行指导，为20世纪相对论提供了数学基础。

1905年，爱因斯坦发表了"狭义相对论"，重新对空间、时间和光做了定义。"在爱因斯坦之前，西方人一直把空间和时间看作分立的两个坐标。对空间的测量和对时间的测量从性质上来说是不同的……爱因斯坦在1905年的论文中淘汰了绝对静止这一概念。"[①]

1907年，闵可夫斯基发现，可以用非欧空间来描述洛仑兹和爱因斯坦的理论，将过去被认为是独立的时间和空间，合并到一个四维的时空里，即"闵可夫斯基时空"。闵可夫斯基时空的提出，为爱因斯坦"广义相对论"的建立提供了理论框架。

我们不妨梳理一下物理学时空观大致的演变过程：第一，牛顿提出

---

① 〔美〕伦纳德·史莱因：《艺术与物理学》，暴永宁、吴伯泽译，吉林人民出版社，2001，第133页。

的绝对时间和绝对空间的概念与伽利略相对性原理构成经典时空观；第二，牛顿这一学说在 20 世纪初才被爱因斯坦提出的狭义相对论颠覆，形成了一个崭新的时空观；第三，在这个基础上爱因斯坦又提出了广义相对论，对时空关系做出进一步阐释；第四，新的时空——思维时空观的确立。两位在数学领域推动新时空观出现的重要人物的理论——欧几里得的几何和非欧几何、闵可夫斯基的时空理论的问世，使非欧几何空间的出现从观念上突破了"平直"空间，也为现代绘画时空观的表现提供佐证。而闵可夫斯基时空理论为相对论奠定数学基础，在三维空间的基础上加上时间，使时空变成四维的时空。他认为："从今以后，空间本身以及时间本身将注定要消失为影子，只有二者合一的一种联合将保持其独立的真实性。"①

一 西方艺术时空观的发展与嬗变

科学的时空观的发展，催生了绘画透视法。在科学研究中"传统视学的任务是解释视觉的成因，而透视法的目标是再现视觉的图像。在文艺复兴时期，人们已经意识到了二者的差别，这体现在他们为透视学和透视法所赋予的名称上：前者被称为'自然透视'（perspectiva naturalis），后者被称为'人工透视'（perspectiva artificialis）"②。"在透视法诞生之初，透视构建技术和透视学知识是作为提升工匠修养的内容而被加以介绍和普及的。"③ 作为画家又精通数学的皮耶罗，是第一个将艺术和科学结合在一起，并且基于纯粹几何学的角度著书立说的人。之后，达·芬奇关于传统视学和透视法的差异性问题的研究将绘画透视理论的研究推进了一大步。由此，我们可以看到，在时间上艺术表现拥有特定的时代特征，在不同时代具有不同的时空观，对应着科学的时空观。我们可以划定几个艺术发展过程中的时空观：原始艺术、古希腊和中世纪艺术、文艺复兴艺术和18 世纪艺术、19 世纪印象主义和现代艺术。在原始艺术时期，人类对时

---

① 转引自〔英〕B. K. 里德雷《时间、空间和万物》，李泳译，湖南科技出版社，2002，第 106 页。
② 王哲然：《透视法的起源》，商务印书馆，2019，第 147 页。
③ 王哲然：《透视法的起源》，商务印书馆，2019，第 202 页。

空的认识是粗浅的、懵懂的，这在距今两万五千年前的西班牙阿尔塔米拉山洞壁画《受伤的野牛》中可见一斑，我们的祖先用最原始直接的方式描绘他们眼中的世界，他们在平面的岩壁上，先用线描绘野牛，然后填色，这证明原始人类也在有意识地表达他们所认识到的时、空、体、面之间的关系。经过漫长的时光，到了古希腊时期，随着科学技术、人文思想的进步，时空的认识和表现达到了一个新的高度。集科学、哲学、艺术于一身的古希腊智者，在绘画中已经对透视有了简单的认识，在处理两个叠加在一起的人物时，会采用近大远小的表现手法，前面的人物形态大于后面的人物。古希腊哲学对艺术的影响十分大，亚里士多德的时空理论、三维对物体的限定以及时间随运动的存在而存在的学说引领了艺术时空观发展的方向，为后来的绘画透视学的发现奠定了理论基础。到了文艺复兴时期，在达·芬奇发明的众多透视体系中，最广为人知的莫过于线性透视、色彩透视和清晰度的划分。在他的论述中，"透视"既指绘画技法，又指视觉效应，所以，每一种"透视"都旨在用某种特殊的图像方法表达与之对应的视觉现象。透视法被发现和运用到绘画当中，在二维空间里面终于可以建立一个接近客观世界的三维空间了。这时的人物和风景画结合在一起，一般都是表现特定的时间和空间范围，力求模仿逼真的现实世界。18世纪之前的几个世纪里时空观基本都遵从了欧几里得、亚里士多德的时空范式。19世纪早期，光学理论的研究和实践让艺术家们把新的科学知识带到绘画当中，早期印象主义就将对"光和色"的认识表现在绘画上，在绘画史上创立了一个崭新的时代。19世纪末、20世纪初的西方现代主义绘画的产生是艺术史上一次伟大的变革，艺术家不断思考着如何挣脱古典艺术作品对现实的叙述和摹写，但是时空观的认识和表现依然停留在经典物理学的时空观上，虽然经历了几个世纪的时空观探索，各种观点层出不穷，但直到后印象主义时期，绘画中的时空观才有了翻天覆地的变化，这种彻底的颠覆即是在工业技术革命、爱因斯坦相对论、社会时代的文化思潮的推动下迸发的。摄影机器的使用，使人们对空间的认识有了新的体验，多视角、连续视线、重叠等构成的新物象，被那个时代的艺术家运用到绘画实践中，出现了多元的、丰富的时空表现样式。现代主义艺术之父塞尚在绘画作品里，研究物体和空间的关系问题，认为物体是空间的组成部分，并采用多视点作画。塞尚的研究，直接启示了立体主义、未来主义和超现实主义的时空观。立体主义则彻底抛弃了传统的空间再现程式，未来主义将时间和运动引入绘画中，超现实主义展现多维的时空图景，这一切使物理学时空理论在绘画中取得了超乎想象的艺术成就。

二　西方现代主义时空观及其表现

西方现代主义时空观是随着现代主义艺术家反叛传统的大幕一起拉开的，在造型艺术中，内容、表现形式都具备了现代主义的精神风貌。现代主义艺术的产生背后有其深刻的历史渊源。首先，20世纪爆发了两次世界大战，残酷的战争给人们带来的灾难不仅是被摧毁的家园、死亡、伤痛，还有精神伤害，战争的残酷性导致了人性的迅速异化，不论是普通民众还是艺术家的反叛情绪都不断被强化，这时产生的艺术作品也多半是即兴、现场感、反理性的，而这些正是人们所需要的，此时艺术正是疗愈人们心灵的良药。其次，科技飞速发展改变着人们的世界观，人们对宏观世界和微观世界、时间和空间有了新的认识。爱因斯坦相对论的发表摧毁了经典时空观，在艺术领域，艺术家也用新的思维方式进行艺术表现，他们甚至开始借鉴民间美术、非洲部落艺术和东方艺术等。再次，在这样的大时代背景下，社会变革冲击着整个传统价值体系，哲学、美学领域对传统理性主义的怀疑和批判成为当时社会文化的主流。

（一）立体主义时空观

1905～1910年，毕加索的立体主义绘画和爱因斯坦的相对论，几乎是同时出现的。立体主义的产生直接受科学发展（尤其是爱因斯坦相对论）和非洲雕塑的影响。当然，立体主义命名源自立体几何学。从对实在世界的认知角度，它们的出现都颠覆了牛顿提出的绝对时空观，颠覆了传统的线性因果的决定论。立体主义与传统的透视原理彻底决裂，其在看实际物体的方式上是相对的，采用多视点、立体、综合的手段观看。这样分割观察的结果就是物体被从各个角度同时看到，具有同时性。立体主义划时代的意义是融合了艺术与科学的界限，创造性地建构了一个全新的画派，而这个画派也给人们带来了观看世界的全新方式。

由毕加索和勃拉克创立的立体主义，是20世纪艺术家所进行的绘画形式的革命，"立体主义者们在塞尚对形体进行分析与综合的基础上通过对形体的分解与重构消解了古典主义的形体观，在画面中建立了一种新的空间与形体概念"。[1]

文艺复兴以来，为了追求在二维平面上再现三维空间的立体效果和空间幻觉，艺术家们不知疲倦地研究着透视学、解剖学、几何学，并且形成一套严谨的写实绘画体系。在现代主义绘画"去人性化"的过程中，艺术家们抛弃透视，追求平面化，彻底摆脱了文艺复兴以来的空间透视传统。1970 年毕加索的立体主义绘画《亚威农少女》（见图 5-17）被称为现代艺术的开端和分水岭，这幅画采用全新的绘画语言，避免使用传统技术，如线性透视和透视缩略法，以及明暗和建模法。他从不同时间的不同视点截取图像，将人和物体拆解成平面视图，再将人物和背景进行几何形态化处理，这些女人的头和五官同时以正面和侧面的形式出现在同一张面孔上，人物的躯体像一个个被打散的几何形物体被重构起来，前景中放水果的桌子也成为一张平面图，这些形象统统被压缩在一个空间里。

《亚威农少女》是毕加索将非洲面具的灵感和立体主义创作原则结合在一起的抽象绘画。这幅画的主题是"妓女"，毕加索认为女性裸体是自然纯度的象征，毕加索对女性面孔的扭曲使得这幅画成为现代主义中原始艺术意向的一个著名的范例。这件具有划时代意义的人体作品，综合了塞尚的艺术观念、非洲雕塑的艺术手法，并将空间和形体变形，脱离具象绘画空间远近透视法则，采用四维空间形式，将人体概括为圆球体、圆柱体、圆锥体，用立体主义的观察方式表现画面。这幅作品是现代主义反美学的一次重要实践，完全背离了古典主义美学观，它在时空表现上的突破，使四维时空立体主义成为立体主义的另一个代称。如果说印象主义是最后一个保留写实绘画意向的画派，那么立体主义彻底告别了对象世界的写实元素，将人体归纳为立体几何形体，对重新理解世界发出了挑战，把绘画从熟知的自然写实摹写中解放出来。立体主义要摒弃一切假想，毕加索认为绘画到了 20 世纪不应该只是对客观事物进行如实模仿，而是要突

---

[1]　马永建：《后现代主义艺术 20 讲》，上海社会科学出版社，2005，第 9 页。

图 5-17　《亚威农少女》

资料来源：麦田艺术，https：//www.nbfox.com。

出对事物本质的认识和研究。《亚威农少女》完全打破了以往忠于自然准则的观察方法，少女们的身体在空间上是多维度的表现，时间上也不再局限于确定的凝固的范围之内，立体主义画家以全新的形式打散重构的拼接身体，在时空表现上不再是定时、定点，在同一画面上不仅是三维的表现，毕加索将人体的上下、左右、前后、内外通过移动的视点全部表现出来，这个新构建空间严谨、巧妙，能不受自然形态的约束而随意变化。普通的画布成为一个时空容器，画面经过分解、重构、叠加、渗透等手段成为一个全新的思维时空形象，构建了新的现实世界。

毕加索等立体主义者创作的手法是把自然形体（人、物）解构为各种几何平面的形状，再根据解构原则将自然形体重新建构起来。在他们的画笔下，无论是人物、风景还是静物，都是按照这个原则来处理的，他们去除一切可能的"人性化"图像，彻底改变了传统视觉观念和空间观念，以及人们对视觉图像的观看方式。画作在平面表现上是各种变化莫测的几何形体重新按照正面、侧面、顶面、斜面相互叠放交织在一起，但是毕加索的观察方式是立体的，他所描绘的图像绝对不是只从一个确定的角度观察得出的，而是对多个视角观察后，形成多个透视维度，并且画面中几何形体切割随意，组合方便，更容易实现作者意图。这种独立于自然中任何具象之物，将有生命的东西拆解重组到二维平面上，其结果是生命感的消失和彻底地去除"人性化"，达到"陌生化"的目的。毕加索用象征的方法否定表现，用二维空间否定三维空间，用变形否定写实，这样一来，世界俨然是由几个形体组成的，像积木一样简单。

（二）未来主义时空观

以杜尚的《走下楼梯的裸女》（见图 5-18）为例，作品于 1913 年在美国军械库展出的时候，被认为是最极端的立体主义作品，而实际上这幅作品更具有未来主义的倾向，并最终成为未来主义的代表作品。未来主义参与者众多，涉及画家、诗人、戏剧家、建筑师等，他们认为取消过去才有可能生活在当下，才能发现现世之美，他们主张摧毁一切属于过去的东西，提出未来主义的艺术作品都在未来之中。未来主义艺术家认为："二十世纪的工业、科技、交通的飞速发展是客观世界发生了根本的变化，新时代的特征是机器和技术以及与之相适应的速度、力量和竞争，所以他们要通过运动使尚未发生的事件表现在静止的画布上。自乔托以来，西方画家一直执着于在画面上表现凝结的时刻，使画面动起来似乎是不可能的，但未来主义者找到了将未来纳入现在的办法：将一系列冻结的时刻有先后的表现在同一画布上，一系列前后连接的单独时刻叠印在一起挤入一件作品的结果是整个系列得到有效的加速。"[1]杜尚说："我就是通过运动的抽象表现时间和空间。"[2]在《走下楼梯的裸女》中，既有立体主义的抽象和空间特点，又有未来主义的运动和时间特点。画面中的女性形象是完全抽象的，线条构成体面，人物仍然具有形象结构交互关系，数个身形叠加在一起的线条，产生一个正在移动的裸女，令人眼花缭乱，杜尚甚至没有忽略背景和楼梯的空间纵深处理。立体主义者利用视点变幻进行空间转移，捕捉各个方位的形象，将其重新排列组合放入同一幅画面，而未来主义者是将时间节点和片段结点的连续不断运动的图像组合到同一个画面

---

① 〔美〕伦纳德·史莱因：《艺术与物理学》，暴永宁、吴伯泽译，吉林人民出版社，2001，第 238 页。
② 〔美〕伦纳德·史莱因：《艺术与物理学》，暴永宁、吴伯泽译，吉林人民出版社，2001，第 43 页。

中，表达出时间从过去到现在再到未来这一目的，完全打破以往秉承的时间观念和定向思维模式。在立体主义和未来主义画面上都有时空的"同时性"表现。绘画一直被认为是空间艺术，20世纪之后艺术家们使画面不但具有多维空间，而且将时间引入画面，使绘画在语义上更加符合空间艺术定义。

图 5-18 《走下楼梯的裸女》
资料来源：麦田艺术，https://www.nbfox.com。

（三）超现实主义时空观

早在20世纪初，法国在达达主义基础上，创立了超现实主义。超现实主义结合了弗洛伊德潜意识理论，构建出一个超现实的世界。它和未来主义一样发起过在戏剧、影视、绘画、文学诸领域的艺术运动。超现实主义绘画作品中呈现的难以被理解的时间和空间的错位，是由于艺术家们将梦境外化为现实，将不可能变为可能。超现实主义画家表现的离奇梦境，是现实中不可能存在的场景，但在他们的画面中却真实得令人迷惑。超现实主义艺术家利用弗洛伊德的理论，将人物、事件、错乱的时空和因果关系等荒谬的图景搬上了画布。超现实主义的突出代表画家有基里科、马格利特、达利、埃舍尔等，这些画家在时空表现上都具有超现实主义的共同特点，但每一个人对时空表现的侧重点又有所不同，各有特色。意大利超现实主义绘画先驱乔治·德·基里科的作品，以铸造高度幻觉梦境艺术闻名于世。他的作品将神秘、想象、梦境等形象汇聚到一个画面，让日常生活场景与艺术融合，制造出现实与虚幻并存的氛围。基里科运用十分夸张的透视手法来表现建筑物、石膏材质的雕塑、断裂的手足、迷幻色彩的剪影等，给观众制造出一种恐怖不安的诡异气氛。这种象征性的艺术，被后人称为"形而上绘画"。时空在他的画面中变得扭曲，基里科画面的空间深度被扩大了好几倍，无限纵深的空间让人感觉恐怖和孤单；时间的判断往往是通过钟表的指针和物体阴影的长度，画面中巨大古怪的投影与画面表现的时间相互矛盾。并且画家有意识地将所绘物体安排在不合理的位置，使观众感觉既处于现实之中，又超出现实之外。运用形而上的视觉方法，基里科创造了一个所有逻辑现实破裂的图像，在这个图像中基里科将牛顿的绝对的时间和空间打碎了，向我们展现了一个爱因斯坦相对论中的时空观念。在以人体为主题的油画作中，我们拣选出《先知》、《令人不安的宙斯》与《赫克脱和安德洛玛凯》三幅作品，这三幅作品是以基里科常用的形象元素——"人偶"为主体完成的超现实主义作品。《赫克脱和安德洛玛凯》中，造型奇特的一对人偶，占据了整个画面的空间。人偶的身体是用基里科内心深处的"形而上学"思想拼凑而成的。而"人偶"就是用来表现画家自己，他好像对着镜子在画自己一样。细看人偶的头部，赫克脱位于画面左边，依偎在他右边的安德洛玛凯的头部，有一缕头发，虽然看上去两个人偶并没有明显特征，但我们仍然可以区分出两个主角的不同性别。画家用投影来暗示强烈的光线和时间，用两旁透视极大的建筑一角和远处弧形的地平线，指示巨大的空间范围，虚空与地面之间是一道发光的线，这加强了作品的神秘、梦幻感。艺术家用人偶来替换自然的人体形象，以寓言的形式表达自己的思想情感，这在当时是一种全新的艺术符号，加上简洁的造型、大胆简练的色彩，画作使观众产生了极大的触动。

（四）装置艺术和抽象表现主义时空观

杜尚利用"现成品"终结了现代主义绘画，从《泉》这一作品问世，对时间和空间的表现便从画布上转移到了现成品中。杜尚的装置作品《大玻璃》（见图5-19）让人们目睹了一个因时间而改变空间物象位置的作品。杜尚脑海中的时空是连续的一个系统，也就是时间开始空间结束。杜尚之后，现成品便成为艺术表现中经常利用的物品，时空表现也因此多样化。

图5-19　《大玻璃》
资料来源：麦田艺术，https://www.nbfox.com。

20世纪"抽象表现主义"绘画在美国的确立，标志着纽约取代巴黎成为西方现代艺术的中心。此后在美国所产生的艺术流派，使西方艺术另辟蹊径。在时空表现上，一方面，抽象表现主义绘画的特性是在架上创造出运动感觉。例如波洛克就用自己的身体，用泼、撒、溅、滴的方式将颜料转移到画布上，这样创造的线条具有灵活性，并且掩盖了起点和终点，是对时空连续概念的重要阐释。他的抽象绘画中的时空加入了画布外画家自身的空间运动，他自身的作画过程变成了画面在时空运动中的一部分（见图5-20）。另一方面，随着美国现代艺术盛行，欧洲"至上主义"艺术衍生了"极少主义"艺术，绘画的时空的表现也逐渐消失了。"至上主义"的代表人物卡西米尔·塞文洛维奇·马列维奇（Kazimir Severinovich Malevich），是至上主义倡导者以及几何抽象派画家。他在一张白纸上画了一个框，取名《白上白》，被评论家称为"最后的绘画"。这是对绘画手法的极端质疑，至上主义坚持的理性绘画试图彻底清除情感表现的痕迹，杜尚的《大玻璃》将绘画的形式减到少之又少。艺术家用作品瓦解了传统绘画语言自身，作品的时间和空间只能以非精神领域的空间面积呈现，而时间变成一种意象中的时间。抽象表现主义实验之后，西方绘画没有了去路，架上绘画逐渐淡出了艺术家的视野，艺术家开始将研究和创造转移到画布外的手法上，对绘画的创新一旦停下来，时空表现方面，就无法延续以往的方法了。时空观的表现将会以新的面目出现在人类的面前，就如同几个世纪以前一样，当艺术和生活的界限模糊的时候，绘画中的时空表现就变成了依赖物质材料在真实生活中的表现了。20世纪60年代的大地艺术、行为艺术、装置艺术等艺术形式，都是在自然环境中完成的，

图5-20　波洛克用身体作画

资料来源：麦田艺术，https://www.nbfox.com。

创造的时空也是真实的空间，而不必借助其他媒介，后现代艺术对现代艺术的反叛，未能延续现代艺术关于时间和空间的表现形式，但是现代艺术为后现代对时空的表现搭建了新的道路。造型艺术中的雕塑、绘画、建筑、装置都属于空间艺术，绘画描述的是虚拟的三维空间艺术，而当代绘画艺术对空间的表达有多种手段，对现实空间的描述，艺术家们多以暗示空间、心理空间、矛盾空间、虚拟空间等手段来呈现，更加强调主观表现，追求平面性和符号化，突显艺术个性的表达。

第六章　文艺学创新的记忆维度

从 20 世纪 20 年代开始，哈布瓦赫集体记忆概念的提出标志着记忆理论研究逐步从心理学走向更深广的社会文化领域。哈布瓦赫之后，阿比·瓦尔堡将记忆理论与艺术史研究进行了链接，并指出艺术史中的形式重复和复归源于文化符号记忆潜能的激发，并提出"集体图像记忆"的观点；皮埃尔·诺拉则将记忆理论引入历史研究，他在区分记忆和历史的基础上提出"记忆场"概念；阿斯曼夫妇更是将记忆理论放到文化学和人类学的框架中，并提出了"文化记忆"的观念。不难看出，当今人文社会科学研究都尝试着将记忆理论与自身的学科进行接合，寻找本学科学术创新路径。在这样的背景之下，文学研究也努力将记忆理论纳入自身的学科视野，比如马里翁·吉姆尼克在他主编的《文学与记忆——理论范式、文类、功能》一书中就提出以"记忆"和"回忆"为核心范畴建立一种新的文艺理论范式的构想。另外，阿斯特莉特·埃尔在其主编的《文化记忆理论读本》中也提出尝试建立一种文学研究的记忆纲领。可以说，"文学-记忆"的研究范式已经在文学研究中拉开了大幕，本章的主要目的是在记忆理论的视野中对文艺学的一些基本理论问题进行反思，以便使"文学-记忆"这个宏观理论范式能够在微观领域得到深化。

第一节　记忆结构与文学叙事

文学和记忆有着密切的关系，作家余华曾说作家的记忆力决定着作家的创作，他主要是指文学创作离不开生活经验，尤其是进入人的记忆中的经验。然而，余华只说到了二者关系的一半，其实，文学叙事还具有和记忆相似的结构和属性：人们记忆一件事情是否完全符合事件本身？人们除了记住事件，是否还记住事件中的自己？有时，我们似乎已经记不起一些事情了，但是当我们看到一些历史遗迹，我们的记忆却被激活了，空间在记忆中究竟扮演何种角色？这些记忆的结构和属性与文学叙事的结构和属性具有非常相似的特征，当我们在叙事学问题上遇到疑惑和困境时，是否可以在记忆结构这里找到一些启发？这是本部分论述的重点。

一　记忆的双重性与叙事聚焦

人的记忆具有双重属性，这种双重性主要体现在主体与记忆之间：记忆既是主体的记忆，同时又是关于主体的记忆。前者主要是指人是记忆行为的施为者，后者主要是阐明人又是记忆的对象。关于记忆的这种双重属性，弗洛伊德从精神分析学角度进行过阐述，他将人类的记忆分为两种：一种是领域回忆，一种是观察者回忆。领域回忆主要是指人在回忆过去的某个事件时，是从比较接近事实本身的感知视角来进行的，这种回忆占据人类回忆的绝大部分；而观察者回忆主要是从一个外部类似于"观察者"的视角来观看自己在被回忆的场景。这种回忆必然涉及对事件本身的重构和修改。弗洛伊德的这种划分是对回忆双重性的具体阐释：人既是记忆的主体，同时也是记忆的对象。二者之间的张力在文学文本中，尤其是在带有回忆性的文学文本中就构成了一种独特的修辞模式。在文学叙事学中，记忆的双重性主要体现在叙述者和人物的对立。它们的对应性主要体现为：观察者回忆类似于文学文本中的叙述自我（叙述者），领域记忆对应的是经验自我（角色）。法国叙事理论家热奈特曾这样描述二者的关系：他认为人们不应该忽视叙述者和角色之间的差异，因为这两者的功能和掌握的信息存在非常大的差异，即便叙述者本身就是主角，叙述者也总是比主角知道的多。其实，叙述者和角色的不同不仅体现在掌握信息层面，还体现在道德和心理层面，叙述者总是比角色占据更多优势。因为叙述者总是以一副事后者的姿态来对角色进行评价，这种评价不仅隐含在文学文本中的有形的词语当中，也会隐含在叙述者讲述故事的方式中。比如，叙述者总是按照一定的时间顺序和因果逻辑对过去的事件进行排列，他总是占据着心理上的优势，因为他知晓事件的全貌，他知道如何讲述事件，然而，事件的意义不是发生在经历的瞬间，它总是在事后被重新赋予。

热奈特关于二者的关系的论述只是涉及叙述者和角色关系的一个侧面，叙述者对于角色的掌控呼应的是记忆理论观察者回忆对于领域回忆的意义覆盖，然而，叙述者（叙述自我）和角色（经验自我）之间的关系远不止这么简单。从记忆理论的视角来看，回忆者的现在世界和经验者的过去世界并不是截然对立的，过去世界的感知和情感在某种意义上必然会携带在回忆者身上，因为只有将感知和情感作为纽带，回忆者（观察者视角）和经历者（领域回忆视角）才能统一为一个连贯的主体，回忆主体的身份才具有合法性。同时，正是这种"感知和情感"连接了过去和现在，也保证了回忆可以成为主体的一次"精神旅行"。"精神旅行"这个词是恩德尔·托尔文提出的，他认为："对于回忆者而言，回忆是一次精神旅行，是再次经历发生在过去的事情。"① 如果将回忆看作一次精神旅行，那么它对叙事学中的叙述者（叙述自我）和角色（经验）自我的关系的看法又有什么新的启示呢？或者说，在叙事性的文本中，有没有一些方式能够演示记忆理论中提到的这种"精神旅行"呢？

第一，聚焦转移。所谓聚焦转移指的是由叙述自我聚焦向经验自我聚焦的转移。叙述自我指的是叙述者，经验自我指的是角色。通过这种转移，叙述者完全退居到了幕后，而经验自我则被推向前台。马第尼斯称这种聚焦转移为"一种忘记自我的方式"。比如石黑一雄的小说《长日留痕》，在关于斯蒂文和他的私密情人凯顿吵架的回忆中就采用了这种聚焦转化的方法。叙述自我和经验自我双重视角主人公斯蒂文在介绍他和凯顿吵架的一些相关的背景信息之后，作为叙述者的斯蒂文便完全退隐，将吵架时的经验瞬间直接呈现在读者面前，他用一种类似客观记录的方式将二人的吵架场景复原，至于场景中的心理和伦理价值判断等任务则完全交付读者，力求让读者进入那个已经逝去的，但又非常鲜活的

---

① 转引自〔德〕阿斯特莉特·埃尔《文化记忆理论读本》，余传玲等译，北京大学出版社，2012，第290页。

场景中去。

第二，聚焦并置。聚焦并置又称叙述自我和经验自我的双重聚焦。这种聚焦方式展示了回忆的极端直接性和极端间接性的妥协方式。因为回忆的感觉更多地产生于两种画面的比较，一个是现在的画面，另一个属于过去的画面。同样我们还是以石黑一雄的《长日留痕》这部小说为例来阐释这种聚焦并置。在这本小说的第60页有这样一段话，叙述自我和经验自我明显处于不同的时间层面，"那天下午""我"的经历被叙述者第二次感知和评价，经验自我对凯顿小姐的认知是：她是一个鲁莽的人。而叙述自我对凯顿小姐的认知充满不确定性。也就是说，经验自我和叙述自我对凯顿小姐的认知既有差异又有重叠，这就导致了一种独特的艺术效果，罗兰·巴特将这种效果称为"现实效应"——回忆的内容不仅是事实上的现实，也是现实的幻象。而这种聚焦并置正好验证了记忆理论中关于回忆建构性的特征：回忆既是事实的回忆，也是事实的建构。文学通过行使虚构的特权将经验自我和叙述自我进行并置，让人们感知到了记忆的丰富性和复杂性。

二　记忆的建构性与不可靠叙述

德国记忆理论家阿莱达·阿斯曼在《回忆空间：文化记忆的形式和变迁》中将记忆的属性分为两个层面。第一个层面，他称为"术"的层面。它起源于古罗马时期的一种记忆术，最早由西蒙尼德斯发明。据说，在邀请宾客的雇主家的房屋坍塌后，西蒙尼德斯能够按照宴请宾客的座次顺序，将他们残缺不全的尸体辨认出来，这个方法后被发展为一种记忆术，一种有意识地学习的技巧，这种记忆术主要用来进行信息和知识的存储。另外一个层面，阿斯曼称为记忆的"力"，它主要指记忆的重构功能。这种功能把时间维度引到记忆的研究中，认为记忆总是从当下出发，这就不可避免导致被回忆的事物在它被召回的那一刻起就发生变形、移位、扭曲、重新评价和更新。

记忆的"力"的属性从16世纪开始占据优势，从那以后，记忆一词也被回忆取代。和记忆相比，回忆更加强调记忆的主体性和时间维度。关于记忆的属性的两个层面，还有其对应的隐喻符号：记忆的隐喻符号是

pen（鹅毛笔），回忆的隐喻符号是 pencil（画笔）。鹅毛笔可以将话语固定下来，可以为转瞬即逝的声音提供长期稳定物质支持；而画笔则可以渲染情绪，通过明暗变化来表达主体的幻想和想象。记忆的"力"代替记忆的"术"、回忆代替记忆、画笔代替鹅毛笔，这种趋势的变化体现了人们对记忆问题理解的深化，与此同时，一个非常紧迫的问题也提上了议程，这个问题就是记忆的真实性的问题。对记忆真实性提出质疑的主要代表人物是尼采，尼采对记忆问题的理解则是受到柏格森的启发。柏格森认为行为者能够表现出唤起重要回忆的能力是通过在意识中建立的一道保护他远离大堆相互之间没有关联的回忆的屏障而完成的。尼采在此观点基础之上，认为回忆变形的主要原因是主体的意志，主体的回忆服务于目标坚定的、随时准备行动的意志。尼采引用歌德的"行为者总是没有良心的"观点，认为主体在行动的时候只能使用知识，而知识只来自部分的回忆："他忘记大多数事情，只要做一件事情，对被他甩在身后的事物来说，他是不公正的，他只知道一种权利。"① 尼采认为，文化针对这种不公正的回忆，建立了道德和良心，但是良心并不可靠多少，因为需要记忆的支撑，而记忆是一种虚弱的力量。在《善恶的彼岸》中，尼采这样描述这一问题："'这是我干的'——我的记忆说，'这不可能是我干的——我的虚荣心说，并固执己见，终于记忆屈服了。"② 以尼采为代表的关于记忆的"力"的问题的论述使我们发现，人类的回忆总是受到极端的主观感知、选择以及当下行动需要的影响，关于可靠的、客观的回忆已经逐渐成为实证主义的遗迹被人们废弃。当今的记忆理论也越来越偏向为：人类最终回忆起的是愿意或者必须回忆的东西。在文学叙事学中，"不可靠叙述"是对回忆的真实性问题的一种演示和呼应，同时回忆的真实性问题也为我们理解"不可靠叙事"提供新的角度。

"不可靠叙述"由美国修辞学家韦恩·布斯提出，此后成为叙事学研究中的重要概念。之所以出现"不可靠叙述"和"可靠叙述"的区分，或者说"不可靠叙述"能成为一个可讨论的话题，最根本的原因是在文学

---

① 〔德〕弗里德里希·尼采：《历史的用途和滥用》，陈涛、周辉荣译，上海人民出版社，2005，第 54 页。

② 〔德〕弗里德里希·尼采：《善恶的彼岸》，赵千帆译，商务印书馆，2015，第 86 页。

作品中除了叙述者之外还存在着一个"隐含作者"。所谓"隐含作者"是指"诞生于真实作者的创作状态当中，它的功能是沉默地设计和安排作品的各种要素和相互关系"①，与叙述者相比，隐含作者没有声音，没有直接的交流手段，不体现为语言符号，但它却潜在地操纵着作品的意义，掌握着作品的价值取向和道德评价。而当叙述者和隐含作者在价值取向和道德评判上存在较大的裂隙时，"不可靠叙述"就发生了。这是对"不可靠叙述"的基本界定，但是，这种界定也存在着一种潜在的危机，这个危机主要表现在"隐含作者"自身的存在合法性问题上。既然"隐含作者"没有声音，没有符号表征，又独立于真实的作者，那么"隐含作者"自身的意义体系和价值取向又如何判定？如果这个根基不牢固，那么"不可靠叙述"就是一个伪命题。因此，在布斯提出这个概念之后，围绕着这个概念的争论就一直没有停止，人们也一直在寻找导致"不可靠叙述"问题的更为合理的解释。将"不可靠叙述"问题放到记忆理论的框架中去解释和理解可能就是其中的一个方向，其实已经有一些研究者开始这样做了。

这些研究者主要将"不可靠叙述"和回忆的建构性特征结合起来进行思考，其中一部分研究者认为"不可靠叙述"产生的原因在于叙述者回忆的主观倾向性和回忆的不完全性，在文学文本中经常会以一些信号来给读者进行提示。比如在作品中，叙述者会声称自己不能准确地回忆或者对于某些事件已经失去了记忆。一部分研究者直接将"不可靠叙述"归因于回忆的本质，而不是像前者那样仅仅认为是叙述者个人的疏忽和漏洞。这些研究者认为，回忆从本质上来讲是建构性的，进一步说，根本不存在所谓的客观回忆。人们最终回忆的只是人们愿意回忆的东西。这一观点从回忆的本质的角度来解释"不可靠叙述"的同时，也解构了叙述的可靠性和不可靠性之间的二元对立，最终消解了"不可靠叙述"这一概念。当然，这种观点也存在一个逻辑前提，就是将讨论的对象限定在以回忆为主题的文学文本之中或者说一些具有回忆性特征的文学文本当中。它同时预示着，即便人们能从文学文本中发现一些"不可靠叙述"的痕迹

① 胡亚敏：《叙事学》，华中师范大学出版社，1994，第37~38页。

或者信号，也不能再轻易地说出这一个概念了。

对"不可靠叙述"问题的认识的转向也体现了人们对于文学的真实性问题认识的转变。长久以来，关于文学真实性的认识受制于传统的认识论模式，这种认识论强调主体可以无条件地再现客体，人们完全可以如实地认识客观世界和事物本身，这种认识论从柏拉图到康德一直占据着主导地位，在文学观念上，主要体现为模仿论和再现论，这种论调以真实性为尺度衡量文学和现实的关系，以是否真实再现现实生活为评价文学艺术作品的标准。然而，这种传统的认识论从康德开始逐渐被动摇了，因为从康德起，人们逐渐认可了认识过程中的审美因素。韦尔施在《重构美学》中从广义上定义了"审美"这个概念，他认为人们对"审美"一词的理解常常局限在它的"标准属性"上，即"艺术的"、"感知的"和"美－崇高的"。然而，韦尔施认为从广义上来说，"审美"一词除了具有标准属性之外，还有"状态属性"，它包括"形构"、"想象"和"虚构"等含义，审美的"状态属性"使审美上升到一种存在模式，此时，审美侵入到了真理领域，侵入到了它的认识论基础。认识论的审美化这一观念打破了传统认识论的框架，同时也让诸如"真理"、"真实性"和"现实"这类泛概念不得不稳定起来。因为"我们对于现实的描绘不仅包含了根本的审美因素，而且整个就是按照审美意义构成的，用虚构手段作为支架，其整个存在模式是悬搁的、脆弱的"[①]。

而当现实都变得审美化、虚构化的时候，文学和现实的关系显然也就不用"真实性"标准来衡量了，换句话说，在认识论审美化的此刻，"真实性"问题在文学与现实的关系中失去了意义，而从文学叙事角度来看，"不可靠叙事"同样也失去了意义。因此，从记忆理论角度来理解"不可靠叙述"问题，显然和新近的认识论审美化问题在某种程度上达成了一致，记忆的建构性特征正是对认识论审美化的一种呼应。

三　地点记忆与空间叙事

记忆的结构除了具有时间维度之外还具有空间维度。古典记忆术的发

---

① 〔德〕沃尔夫冈·韦尔施：《重构美学》，陆扬、张岩冰译，上海译文出版社，2002，第62页。

明者西蒙尼德斯是最早将记忆的空间维度演示出来的人。他在雇主家的房屋坍塌后能够按照喜宴宾客的座次将残缺不全的尸体辨认出来，就是通过空间的视觉联想方式。他把记忆的内容和难忘的图像公式进行编码，进而在一个空间中放入图像，从而索引记忆的内容。记忆的空间维度主要功能是存储知识，此时的记忆可以看作信息的存储器。从记忆的媒介角度说，地点是记忆空间维度展示的主要媒介。它作为记忆的媒介具有两个特点。

首先，地点作为记忆的媒介使记忆的内容更加生动和丰富。古罗马修辞学家西塞罗曾经说过："在地点里的居住的记忆的力量是巨大的。"[1] 这句话包含着这样的意思，即地点作为记忆的基石，它把某些记忆的内容赋予了强烈的感情色彩，这使得地点的记忆往往比道听途说和通过文字阅读获得的知识更加生动。同时，地点作为记忆的媒介，还经常被赋予一种神秘的启示性的力量，这使得地点蕴含的记忆往往超出知识本身，具有丰富的象征意义。

其次，地点作为记忆的媒介不仅使记忆的内容固定在一定的空间之内，使其得到固定和证实，还将历史和时间封存在空间里，这使得作为空间记忆媒介的地点具备了某些时间的维度，当然这种时间是凝缩的时间、潜伏了的时间，它需要记忆主体和地点之间的某种意识上和情感上的连接，此时这些潜伏的时间只能在主体的意识中展开。

地点记忆的这两方面特征对文学叙事的创新具有启发性，尤其体现在近几年兴起的空间叙事中。接下来，我们将通过空间叙事两种方法的分析具体演示记忆理论和文学叙事之间的某种相似性。

第一，空间的时间化。在文学叙事中，空间参与叙事是古已有之的事情，而随着现代空间理论的发展，空间叙事已经成为一种显学。在现代的空间叙事理论中，空间并不是一个摒弃时间性维度的元素。巴赫金的小说时空体理论就强调空间和时间的相互转换，具体包括时间的空间化和空间的时间化两个向度。在一些文学文本中，外在的空间经常会转化为主人公

---

[1]　转引自〔德〕阿莱达·阿斯曼《回忆空间：文化记忆的形式和变迁》，潘璐译，北京大学出版社，2016，第 344 页。

的内在心理时间，这种转换之所以能够发生，如果从地点记忆角度来理解的话，主要是因为某一个地点、某一个场所作为一种历史的遗留物，它和回忆主体之间存在着一种交互关系，这种关系记载着主体生命的痕迹和生活的变迁，而此时地点具有一种类似空间激发器的功能。这种空间的时间化的叙事方式在一些回忆性的文本中最为常见。

在君特·格拉斯的一篇自传性回忆录中，空间的时间化问题被演绎得淋漓尽致。格拉斯首先回顾了1958年春天他第一次拜访战后从废墟中发展起来的小城市但泽——一个他年少时生活过的小城时的情景。他发现昔日他上课的教学楼依然矗立在那里，走廊中还很好地保留着学校的气息，当他到了曾经的渔村交易所，他发现波罗的海慵懒的海浪声也未曾变化。但是，当他站在儿时常去的澡堂门口时，旁边的报刊亭却已经被封死，完全没有了往日的喧嚣，然而，正是这种沉寂将格拉斯回忆的阀门打开，童年时的生活场景仿佛倏忽而至：泡沫粉混合着覆盆子、柠檬和香车叶草的味道，这在随便哪个报刊亭用几个芬尼就能买到的一个小包。但还没等记忆中清凉的饮料起泡，只等着正确暗号的真实故事已经激增起来。无害的、易溶于水的泡沫在脑海中引起连锁反应：泡沫早年的爱情，不断重复却从没再经历过的泡泡。[①] 在格拉斯的这段回忆中，但泽已经废弃不用的报刊亭此时充当了城市空间的一个地点，这个地点蕴含着一种被压缩的时间，当他和回忆主体意识相互联结之后，就将这种凝缩在地点中的时间转化为内在心理时间，废弃的报刊亭像一个空间激发器，把读者从1958年的春天带到格拉斯的童年时代。

相似的空间叙事在米歇尔·弗雷恩的小说《间谍》中也有所展现。作者将叙述空间放到了他童年时期生活过的一个熟悉街道上。作者以第一人称回忆叙述的方式将读者带到那个熟悉的街道，他发现虽然那里已经不复原样——房屋变得更加整洁、建筑物也更加均质和统一，但当主人公站在这条街道中间时，过去的事物却神奇地"物化"在了周围的空气中：昔日火车的轰鸣声、农场工人不停剪羊毛的声音以及过去的街道景象逐一展

---

① 〔德〕阿斯特莉特·埃尔：《文化记忆理论读本》，余传玲等译，北京大学出版社，2012，第231页。

现在他的眼前。在弗雷恩的这段描述中，空间已经不仅是回忆激发器，它还是时间的存储器，读者通过阅读似乎感受到了空间里压抑的时间慢慢地挥发，进而弥漫在空气中。

第二，空间的象征化。空间不仅是文学叙事中的一个回忆激发器，蕴藏着潜伏的历史和时间，而且它本身就具有一种象征价值。歌德对此有着非常贴切的论述，他认为象征的事物指"某些在观察者的身上可以激发特定感受的幸运的物体"①，同时这些物体的象征意义并不是由观察者赋予的，而是这些事物本身就具有意义。歌德在给象征性物体下定义时，谈到了两个地点：他居住的地方和他祖父的房子。这两个地点虽然现在已经成为一堆瓦砾，但是它们却比完好无损时更加值钱，主要是因为它们的象征性价值，而这种象征性价值主要来自于地点记忆。这种记忆不仅包括个人的记忆，还包括一种家族的记忆，甚至是民族和国家的记忆。当然，这些地点具有的象征性价值主要体现在集体的记忆中，个人的记忆退居次要位置，也就是说象征性主要体现在集体记忆的启示性和神秘性上，而不是体现在个人记忆的怀念性上。在文学作品中，地点不是作为一种知识本身，而是主要体现为叙述内容本身。有时，这种地点的象征性甚至可以形成一种特殊类型的文学——废墟文学。从文艺复兴开始，人们对于废墟的感知变得敏锐起来，那时出现了很多以废墟为题材的文艺作品，比如，在彼得拉克的作品中，废墟是一种历史和知识的支撑物和基石，它们是小说中人物和故事活动的语境，废墟保证了故事和人物不至于突兀和独立地挺立在世界中，同时废墟使观察故事的人的感知更为鲜活。到了18世纪，废墟超越了语境建构的功能，围绕着废墟，文学在此时还形成了一个文学流派——废墟浪漫主义。这个流派主要想表达的是，在一个加速变化的工业化社会中，废墟成为人们寄托忧郁情思的物质载体，在那时，诗人和小说家纷纷对废墟进行编码，以传达出关于时间、历史、自然的思考。与此同时，废墟浪漫主义作家还在他们的作品中对不同时期的废墟的象征性进行区分。比如，希腊时期的废墟象征着野蛮战胜了品位，它传达的更多是

① 〔德〕阿莱达·阿斯曼：《回忆空间：文化记忆的形式和变迁》，潘璐译，北京大学出版社，2016，第 345 页。

一种压抑的、沮丧的情感；哥特时期的废墟则象征着时间战胜了人力，传达的是忧郁但并不哀伤的情感。

第二节　创伤记忆与文学再现

法国当代著名的历史学家皮埃尔·诺拉曾经说过："之所以有那么多人谈论记忆，是因为记忆已经所剩无几。"[①] 这句话可以看作对当代记忆危机的精要描绘。在诺拉看来，这种危机主要发生在历史和记忆之间，生动的历史经验正逐渐被客观性的历史研究驱逐，后果便是过去和现在之间逐渐失去联系的纽带，人们将不可避免地面对一个僵死的过去，过去不再有色彩和温度。大屠杀这样的灾难历史也不可避免地要面对这样的记忆危机，尤其是当大屠杀的见证者和幸存者一个个逝去，留给后人的只剩下一系列数字和档案时，记忆只剩下一种纯粹的过去，一种缺乏个人经验和感知的过去。在这种记忆危机的背景下，人们应该通过何种方式来使历史经验得以传递，又通过何种方式建立起与灾难历史的丰富性的关联？面对这样的问题，本部分以大屠杀历史为例，来探索大屠杀的历史经验的创伤性维度，并寻找记忆这种历史经验的有效的策略。

一　创伤认识论与"再现的危机"

"创伤"作为一种理论术语，最初是在病理学意义上被谈及的。它最早可以追溯到 20 世纪 80 年代，当时它被纳入医学和精神病学行业的诊断规范，"创伤后压力失调"作为一种病症开始被正式承认。从外部条件看，创伤之所以成为病理学关注的核心问题，主要是因为受到美国反越战政治运动的持续影响，当时参加越战的退伍军人组织了许多反战团体，同时还委托专门的机构研究越战对参战人员的心理影响，这些专门的研究机构形成了许多心理学研究成果，"创伤后压力失调"就是在此时被提出的。

---

① 〔法〕皮埃尔·诺拉主编《记忆之场：法国国民意识的文化社会史》，黄艳红等译，南京大学出版社，2017，第 28 页。

　　进入 20 世纪 90 年代，创伤问题逐渐开始从病理学研究中扩散开来，人们开始关注创伤的伦理和文化内涵，从而形成了形形色色的创伤理论，"创伤记忆"在此时也成为人们关注的热点话题。在创伤记忆的研究中，一个难题始终困扰着这些研究者，这个问题就是：创伤经验能否被铭记？

　　鲁特·克吕格尔作为大屠杀的亲历者在他的回忆录《继续活着》中就提出了这样的问题。克吕格尔认为在集中营中经历的最难忘的事莫过于目睹她的母亲遭受凌辱，她试图用文字的方式将这种创伤经验记录下来，但她最终发现的是语言在再现这一创伤经验时的无力感："我以为我无法写出这件事，本想用一句话来代替这个描写，那就是有些东西我无法写出来，现在那些话白纸黑字地放在那，就像其他话一样稀松平常，并不需要搜肠刮肚。"① 克吕格尔通过这段描述主要想表达的是创伤与语言的裂隙。创伤经历对于亲历者是如此深刻，而语言的再现又是如此苍白，语言和主体之间仿佛存在着一条鸿沟，语言无法传达给读者那种切肤的感受，在创伤经验面前，语言成了普遍化和通俗化的空洞外壳。

　　法国哲学家利奥塔比克吕格尔对创伤记忆问题的思考又进了一步，他激烈地指出，语言文字不仅不是保存记忆的方式，反而是一种遗忘的策略。他援引柏拉图的观点，认为文字记忆是一种遗忘的形式，因为任何东西一旦被记录下来，就意味着可以被推翻和消除，反而是那些从来没有被符号化、语言化的东西，却得到了长久的保存。因为这些没有被符号化和语言化的创伤经验经常被转化为一种压抑，而这种压抑不是像弗洛伊德认为的那样可以通过治疗得以宣泄，而是被长久保存，从而成为一种抵抗遗忘的最好方式。这种压抑抵抗着符号化、时间化和空间化，是一种坚硬的剩余物，就像人身体中无法取出的铅弹，它既无法同化到身体的组织结构当中成为身体的一部分，也无法被丢弃。这种压抑既存在，又不存在，说它存在主要是指它是一种被压抑的经验，是一种记忆的方式；说它不存在，主要是指它无法被符号化和语言化。利奥塔称创伤记忆的这种特征为"再现的危机"。

---

① 〔德〕阿莱达·阿斯曼：《回忆空间：文化记忆的形式和变迁》，潘璐译，北京大学出版社，2016，第 296 页。

　　创伤经验为何不能被铭记？克吕格尔结合她的个人体验进行解释，利奥塔则通过哲学思辨进行分析。美国的创伤理论研究者凯西·卡鲁斯则将思考的重心放到对创伤本身的分析中，力图寻找到利奥塔所称的"再现的危机"的根源。卡鲁斯在《创伤：记忆的探索》中首先对创伤本身的心理学特征进行分析，她认为：创伤的特征在于"事件在当时没有被充分的吸收和体验，而是被延迟，表现在对经历过此事之人的反复纠缠当中。蒙受精神创伤准确地说就是被一种形象和事件控制"①。在这段关于创伤性质的分析中，"延迟性"是关键词。卡鲁斯关于创伤的延迟性的理解来于弗洛伊德精神分析学的"事后性"，弗洛伊德的"事后性"体现的是经验和事件之间的时空错位，事件已经发生，但是个体的创伤经验却没有形成这种经验，只能在以后的不断延迟中重复第一次经历。创伤的"延迟性"特征动摇了传统的认识论，它意味着创伤本身就抵抗着线性时间叙述。同时，创伤的"延迟性"特征还导致一种深刻的历史危机，因为"历史事件既不可能在事件发生时被人完整地感知，也不可能在发生之后有人接触"②。

　　卡鲁斯的创伤"延迟性"理论很好地解释了克吕格尔和利奥塔关于"再现的危机"的阐述，使创伤的表征危机有了内在的理论依托，但是卡鲁斯的"延迟性"理论并没有找到走出"再现的危机"困境的解决方案。既然说创伤本身抵抗着传统认识论的线性叙事规则，那么创伤将以何种方式被叙述？既然说创伤包含着一个令人不知所措、抵抗符号化和语言化的内核，那么它又如何被记忆？最重要的是，文学作品作为一种以虚构性为特征的记忆方式能否在"再现的危机"中突围，进而成为承担创伤记忆的有效载体？

　　卡鲁斯关于创伤"延迟性"特征的描述，展示了经验和事件之间、创伤和叙述之间、世界与语言之间存在着鸿沟，甚至是错位，这种错位挑战了传统的文本指义性观念。当历史不再以一种完善的知识被获得，而是必须被想象为永远逃避我们的东西存在的话，那么，显然人们必须推倒以

---

① 转引自〔英〕安妮·怀特海德《创伤小说》，李敏译，河南大学出版，2011，第 5 页。
② 〔英〕朱利安·沃尔弗雷斯编著《21 世纪批评述介》，张琼、张冲译，南京大学出版社，2009，第 171 页。

往的契约模式——文本的直接指义性，建立一种间接的文本指义性观念，它的特征主要表现在"文本从一种建立在自我意识和自我理解基础上的反射模式转移为一种表演性行为"①，文本的表演性模式显然不是客观记录性的，而是主观建构式的，而承担这种文本表演性任务的绝佳选择显然是文学文本，文学文本的虚构性特征在某种意义上可以看作文本表演性的同义语。

至此，一种新的创伤记忆观念就出现了：我们完全可以跳出那种传统的记忆伦理，尤其是面对大屠杀这样的历史创伤事件时，那种伦理要求人们或者在大屠杀事件中保持沉默，或者保证一种绝对的忠诚。新的文本指义性（间接文本指义性）允许人们重建一种新的记忆伦理：它不反对虚构，甚至绝不能脱离虚构。这种观念的解放使得文学能够充当冲出创伤"再现的危机"困境的勇士，以最为灵活的姿态书写和叙述我们本来不可捉摸的创伤经验，从而填平经验与事件、记忆与讲述、世界与语言间的鸿沟。

二 创伤记忆的文学策略

文学的虚构如何让人们更加接近创伤本身？它需要何种虚构的手法才能更能有效地贴近历史？在此，我们不妨借鉴米歇尔·罗斯伯格创造的一个术语——"创伤现实主义"，以此来描述文学作为载体进行创伤叙述的可能的新方向，而在这个新的方向上行进的文本，我们可以称其为创伤文学，创伤文学旨在寻求一种新的现实主义以应付极端特殊的需要。创伤现实主义是对现实主义的一次冒险，因为它要面对的生活经验具有拒斥抵达性的特征。创伤现实主义主要探索的是文学形式上的、叙事策略上的创新，这种创新没有定法，似乎也没有止境，但是它们坚持一个原则，那就是通过叙事上的创新间接地接触和贴近创伤经验本身。

（一）拼贴

美国作家库尔特·冯内古特的小说《第五号屠宰场》是一部以第二次世界大战为背景的小说，创作这部小说的最初动机是他想将亲历战争的

---

① 〔英〕安妮·怀特海德：《创伤小说》，李敏译，河南大学出版，2011，第 6 页。

这段人生经历记录下来："当我从二战当中归来，我想对于我来说写下关于德累斯顿的毁灭是一件很容易的事情，我只需写下我看到的就行了。我想这会成为一部杰作，至少会让自己变得富有。因为这个题目是如此之大。"① 但是，当冯内古特开始将这个计划付诸行动时，他才发现他遭遇到了"再现的危机"。他先是和战友一起通过回忆积累了大量的素材，但是他却发现他无法用文学虚构的方式处理这些素材："我像一个小贩一样已经多次设计过德累斯顿的故事，设想了它的和让人精神一振的地方，以及人格的塑造，还有美妙的对话和张力的效果，还有戏剧化的相遇，但是这些想法统统都走向了失败，因为，如果这样做将会面临着一种伦理的风险和一种造假的诱惑。"② 冯内古特这种所谓的"造假的诱惑"主要是指他的战争经历和文学表征之间存在的某种断裂，这种断裂使冯内古特必须放弃传统的文学虚构的方法，寻找到另一种新的方法。而这个新的虚构方法就是拼贴，冯内古特的拼贴手法主要强调空间秩序，强迫将互为相异的东西放在出其不意的相邻的位置，它打破了自亚里士多德以来西方传统叙事学的线性叙事的方式，刻意追求打破叙事的时间线索，扯断事件之间的逻辑关联，并自由地安排整理事件的碎片，使小说由一种秩序的形式变成一种无秩序的形式，从而达到一种震撼的艺术效果。

为了实现这种拼贴叙事，冯内古特特意设计了一个独特的主人公比利，他因为战争的创伤而患有精神疾病，并且失去了时间的意识，他无法在时间中寻找到方向，不能持续地在一个时空中运动。他通过不可控的身心联想，在不同的时间中漫游和穿行。小说的多个情节线索和经验故事像一层层摞起来的纸一样叠放在一起。带有战争创伤经验的主人公比利在时间中显得无依无靠，不由自主地从一个时间层面滑向另一个时间层面。冯内古特通过这种拼贴叙事展现了创伤本身具有打破时间连续性的力量，主人公似乎经历了所有的事情，似乎又没有经历任何事情，这种经验的破碎性和不可建构性，正是对创伤本身的最忠实模仿。同时，冯内古特通过拼

① 〔德〕阿莱达·阿斯曼：《回忆空间：文化记忆的形式和变迁》，潘璐译，北京大学出版社，2016，第328页。
② 〔德〕阿莱达·阿斯曼：《回忆空间：文化记忆的形式和变迁》，潘璐译，北京大学出版社，2016，第329页。

贴叙事，也着力在表明战争创伤对主体的经验的解构，战争使人完全变成了一个破碎的主体，一个非"行动的人"。"行动的人"本来是哲学家亨利·伯格森提出来的一个概念，这个概念强调主体对自己的回忆具有积极的使用权。但是，比利作为创伤主体完全失去了对自己记忆的主导权，他不能控制自己的回忆，个人完全淹没在回忆的冲动之中，或者说，回忆本身淹没、吞噬了个人，个人被回忆推进一扇扇时间之门，主人公成了没有生命根基的漂浮的树叶。冯内古特的拼贴叙事，记录的并不是创伤经验的内容，而是创伤经验本身；展示的不是回忆的对象，而是回忆本身。在这种形式的创新中，冯内古特将创伤性体验进行了文学性的展现，实现了创伤现实主义主张的文本间接指义性功能。

（二）重复

与拼贴一样，重复作为叙事策略也是通过对创伤经验本身的模仿来实现创伤经验的再现的。重复主要模仿的是创伤的后果，它暗示创伤事件在主人公世界的持续性重返，同时，它指涉创伤经验的"不可思议"。

关于"不可思议"，弗洛伊德认为它是创伤经验的内核，每一件"不可思议"的事都满足一个精神分析学的公式："它是一些私下里熟悉的事物，承受着压抑。然后又从压抑中返回。"[1] 它之所以令人不安，主要是因为事件通过压抑的过程与主体的意识疏远了。同时，"不可思议"是一切恐惧的源泉，因为它充当着一种非自愿的重复模式，它强迫人们接受某些事物是命中注定和无法逃避的思想。弗洛伊德认为在文学作品中，"不可思议"作为创伤经验的内核可以通过重复被唤起，即同样的事物不断地发生，这些事物包括：同样的特征、同样的人物、同样的数字或者日期等。这些都会在人们的心中产生一种强烈的命中注定的魔幻感觉。

在塞巴尔特的小说中，弗洛伊德所说的重复体现得最为明显。塞巴尔特小说中重复出现的事物主要包括烟囱、照片、火车站和日期等。在他的小说《奥斯特里茨》中，主人公奥斯特里茨每天都会参观巴黎的一个重

---

[1] 〔英〕安妮·怀特海德：《创伤小说》，李敏译，河南大学出版，2011，第145页。

要的火车站，他和贝蕾特（叙述人）的相遇无一例外都是在火车站的候车室，对他们而言，铁路、火车站唤起了他们对犹太人被放逐的记忆。叙述人仔细描述每一个火车站，每一个火车站都引起一种关于死亡的联想：在安特卫普中心火车站，火车上的乘客很像"一个个被毁灭、被赶出家园的小种族的最后成见"；在利物浦大街火车站，主人公想起了"到地下世界的入口"。《奥斯特里茨》中重复出现的事物还包括照片。塞巴尔特总会在他的小说叙述中时不时地插入一些关于照片的描写。这些照片不仅仅是对小说叙述情节的简单证明和补充，同时它还肢解着小说的结构。照片的不断插入，其实是想表达创伤经验和小说叙述中存在裂缝，也表明这些创伤经验虽然是文学叙述不能抵达的领域，但它却是创伤的中心。另外，这些照片还在生者和死者之间开辟了一块飞地，死者在照片中不断地出现，读者感受到一种恐怖的死亡的重返，这使得照片具有了一种神秘的特质，它象征着创伤性经验如同照片一样会持续性地重返，萦绕在创伤主体的周围而无法挥去。塞巴尔特小说的重复还包括时间的重复。作者塞巴尔特的生日是 1944 年 5 月 18 日，在他的小说中，这个特殊的日期总是强迫式地重复出现。比如在他的小说《异乡人》中，主人公曼谷德的生日也是 1944 年 5 月 18 日，不仅如此，他还有一个特异功能，他能说出任何过去的和即将到来的 5 月 18 日对应的是星期几。同时，这个日期也被刻在了巴德基辛根公墓迈耶·斯特恩的墓碑上。正像弗洛伊德所说的，当同样的数字和日期总是重复出现时，人们对它的印象就会改变。在塞巴尔特的小说中，总是重复出现的 1944 年 5 月 18 日这个日期，包含着创伤的象征意义。

（三）迂回

迂回作为一种叙事手法主要指叙事话语总是围绕着创伤性事件和创伤经验中心，但是永远都无法抵达，这种策略非常形象地模仿了创伤的不可再现的特质。这方面的代表性文学作品是康拉德的《黑暗的心》。这部小说主要表现的是殖民主义的创伤经验，小说采用第一人称的叙事视角，描写了事件见证者我（马洛）和事件亲历者（科兹）的故事。

首先，描述殖民主义创伤经验时，叙述人使用的词非常有特点，统计起来大概有几百个单词，这些单词都具有相似的否定性词缀，包括：不可终止的、无法感知的、不可名状的、不可理解的、非结论性的、非常态的、无法解决的、难以置信的、无法穿透的、无法言说的、无法想象的、不可能的、不熟悉的等等。这些否定性的形容词和副词在小说不同的段落中出现，就像一些带有神秘气息的细小斑点，也像一些带有恐怖氛围的无底的黑洞，既持续着叙事，也干扰着叙事，它们无法消解在情节中，坚硬地分布在小说的各个情节当中。这些词都是通过叙述者马洛的口表达的。一方面，它们表明，任何以直接再现的方式记录创伤历史事件都是不可能的，任何一种直接的创伤经验的描述都不足以体现那种情感强烈的程度；另一方面，它们也间接地表明，殖民主义创伤经验就在那些词包裹起来的中心地带，这种创伤经验只能被想象，却无法被真正感知。

其次，这些否定性的、神秘的、略带恐怖气息的词不仅经常出自见证者马洛之口，它们还出现在殖民主义创伤亲历者科兹口中："在这完全知情的最终时刻，在欲望、诱惑和放弃的一切细节之中，他又一次获得了生命了吗？他用耳语般的声音朝着某个意象、某种幻影喊了出来，喊了两声，那喊声与呼吸无异：'可怕啊，可怕啊。'"主人公科兹的微弱如呼吸般的喊叫，既是他对于灾难的一种直接表达，同时也是马洛的叙述表达。此时，科兹的经验表达完全没有被马洛的叙述表达同化和湮没，马洛不知道如何同化科兹的话，也无法理解科兹的话，也就是说，当事人无法接近创伤经验的中心，而叙述人也无法接近创伤经验的中心，那个充满神秘、充满恐惧又充满危险的中心，正是殖民主义创伤经验中心，那个黑暗的中心，是一个永远无法触及的事件。也就是说，从事件亲历者（科兹）、事件见证者（马洛）到事件接受者（读者），所有人都围绕着那个黑暗的中心、那个创伤事件，但是所有人都无法触及那个创伤经验本身。此时，每个人（亲历者、见证者、读者）都化身为事件的见证者，这样以文学作品为中心形成了一个见证链，每个人都是见证链的一环，每一次表达、每一次叙述、每一次阅读都是见证一种方式，它们一起诠释着创伤记忆的困境：一种记忆，人们无法将其融进自己的经验；一种灾难性知识，人们无法向其他人传达。但是，正如布朗肖所说："一个话语它未被听见，无法表达，但永不停息，无声地证实着，在缺乏任何关联的地方，仍然存在着，已经开始了人类的最本质的关系。"①

三　非现实主义的现实含义

文学能否成为大屠杀记忆的一种有效方式？很长一段时间，对于这个问题都存在着争论。反对者认为：大屠杀是人类历史上的一次大灾难、大浩劫，由于它太残忍、太悲惨，一旦付诸文学，就意味着美化，所以小说、诗歌等一切文学样式都妨碍人们接近事实本身。德国哲学家、美学家阿多诺就认为奥斯威辛之后写诗是野蛮的，因为审美化的行为经常使诗歌堕落成一种谎言的形式，而此时"美转变成为一种把历史的恐怖作为虚假的、和谐的表象展示出来"②，所以历史上的恐怖必须以赤裸裸的表现形式出现在人们面前。乔治·斯坦纳也对这一个问题持相似的看法，他呼吁文学界在奥斯威辛这一个问题上应该保持沉默，因为"第二次世界大战以后，尤其犹太人蒙难之后，描绘浩劫的文学再也没有生存的权利了……唯有不加虚饰的白描才能加以考虑"③。当然，支持通过文学表现大屠杀的也大有人在，他们认为文学在大屠杀问题上不应该缺席，因为在文学史上也经常充满战争的兽行和令人扼腕的事件，所以文学在当今也不应与大屠杀分离。哲学人类学家金特·安德森就持这样的观点："唯有通过文学，事实才能澄清；唯有通过具体的情景，大量难以述说的事情才能得以澄清并令人难忘。"④ 文学批评家塞姆·德累斯顿也认为文学是历史作证的最佳途径。

仔细观察这种争论便会发现，反对者与支持者看似剑拔弩张，其实却在各说各话，二者并没有实质的冲突。不管是反对者还是支持者都将关注的焦点放到文学与历史经验的关系上，但是，双方对于历史经验的

① 〔英〕朱利安·沃尔弗雷斯编著《21世纪批评述介》，张琼、张冲译，南京大学出版社，2009，第192页。
② 〔德〕彼得·安德雷：《恶的美学历程：一种浪漫主义解读》，宁瑛等译，中央编译出版社，2018，第513页。
③ 〔荷〕塞姆·德累斯顿：《迫害、灭绝与文学》，何道宽译，花城出版社，2012，第186~187页。
④ 〔荷〕塞姆·德累斯顿：《迫害、灭绝与文学》，何道宽译，花城出版社，2012，第187页。

理解却大相径庭。反对者更加看重历史经验的客观性，因此，文学的虚构性和情感性在这里便成了文学能够贴近历史经验本身的障碍；支持者更加看重历史经验的主观性和体验性，而此时文学的虚构性和情感性便成为最能触摸历史经验的理想媒介。然而，不管是历史经验的主观性还是客观性，它们都是历史经验本身，或者说，二者构成历史经验的不同面向。为了更好地说明这个问题，我们不妨借鉴安克斯密特对于历史经验的理解，他在《崇高的历史经验》一书中将历史经验划分成三种形态。

第一种形态是客观历史经验，这种历史经验外在于认识主体，比如大屠杀历史中可证实的证据和事实，这些历史经验逐渐会沉淀为客观的历史知识。

第二种形态是主观历史经验，这种历史经验主要是指历史主体在时间意识中的情感体验，它对应于和客观历史相对的历史记忆，这种记忆有着客观历史所欠缺的感性经验之维。具体到大屠杀历史中，它主要指幸存者对于大屠杀事件的回忆。这些回忆尽管不一定客观精确，但是幸存者的回忆却使大屠杀的历史充满个人体验，这些当然也是大屠杀历史经验的非常重要的组成部分。

第三种形态是"崇高的历史经验"，它是主观历史经验的一种特例和变体。这种历史经验和创伤心理机制有着密切的关系，比如当大屠杀的幸存者回顾曾经的悲痛经历时，由于回忆的内容过于恐怖和痛苦，它给幸存者带来了二次伤害，这种二次伤害会使幸存者陷入一种忧郁症的状态当中，这种历史经验是创伤性的，它是过去在当下的一种延迟性经验。安克斯密特用"崇高的历史经验"来指称大屠杀创伤是因为作为审美经验的崇高和作为历史经验的创伤有着惊人的相似，崇高在康德美学中是指审美主体面对审美对象时，由于体积和数量的巨大，已经超越了知性和想象力的阈限而产生的审美体验；创伤是崇高在心理学上的对应物，类似于大屠杀这样的历史经验本身已经超出了人类的意识和想象力极限，也难为语言所捕获，这构成了创伤的本质。

安克斯密特关于三种历史经验的划分重构了人们的历史观念，将历史经验的复杂性展现了出来。同时，这种划分也丰富了对文学和历史关系的理解。在安克斯密特的历史经验划分的基础上，我们不妨回过头来重新审视一开始我们提出的那个问题：文学能否成为大屠杀记忆的一种有效方式？如果将大屠杀看作一种特殊的历史经验的话，那么，在回答这个问题之前就必须对大屠杀这个历史经验做出细致的划分，于是，这个问题就转变成三个子问题。很显然，争论双方从各自对历史经验的理解出发，否定了或者肯定了文学面对大屠杀历史经验的表征权力。然而，争论双方都忽视了大屠杀历史的"崇高经验维度"，面对这个强调创伤经验的历史之维，文学是止步还是前行？创伤现实主义给出了答案。

创伤现实主义首先从创伤的抵制符号化谈起，发现了大屠杀的"再现的危机"，这种危机使得大屠杀的历史经验无法被纳入传统的认识框架，同时，在文学领域，"再现的危机"也宣告了传统现实主义的"反映论"模式的破产，一种新的文学现实主义呼之欲出，它分享了创伤认识论信仰，认为大屠杀作为一种创伤经验是不可能在一种客观的模式中得到叙述的，它必须探索文学的各种创新形式，利用间接表达的方式来表述一种不可表述之物，这种看似悖论似的逻辑正是创伤现实主义的最现实的含义。这种现实性继承着传统现实主义的现实精神，始终没有忘记文学应该面对事实本身，只不过创伤现实主义将焦点对准了大屠杀历史的"崇高历史经验"的维度，因为那里是传统现实主义的认识论盲区。与此同时，创伤现实主义必须更新传统现实主义的客观反映论，必须采取迂回战术、重复战术和拼贴的战术，这些战术不是花式杂耍，而是只有这样，人们才能够更加贴近那个历史真相，那个永远神秘不可抵达的黑暗的中心。当然，创伤现实主义作为一种文学策略，由于它直面大屠杀历史的创伤性经验维度，所以它必须面对历史再现的悖论：再现那种不可再现之物。但是，这种历史再现的悖论也解放了长期被伦理学压制的美学维度，此时的文学策略不再是灾难历史的粉饰与美化，更不是躲避大屠杀事件的历史真实，重要的是超越真实，文学的转义使那个历史的黑洞不断地被赋予意义，而在意义的流转过程当中，那种不可触摸的历史才不断地与人类的当下进行碰触和交流。

第三节　互文性与文学记忆场

互文性这个概念最早出现在克里斯蒂娃于 1966 年在《如是》发表的文章《词、对话、小说》中，次年，她在该杂志发表的第二篇文章《封闭的文本》中又对互文性这个概念进行了解释："一篇文本中交叉出现的其他文本的表述。"[①] 紧接着，她又在出版的著作《符号学：语义分析研究》中对互文性再次进行了界定："任何一篇文本的写成都如同一幅语录彩图的拼贴，任何一篇文本都吸收转换了别的文本。"[②] 在克里斯蒂娃的影响下，其他学者也都自觉地使用这个词，并对互文性的内涵进一步丰富，比如菲利普·索莱尔斯就将互文性定义为："每一篇文本都联系着若干篇文本，并且对这些文本起着复读、强调、浓缩、转移和深化的作用。"[③] 随着互文性概念的流行，它也逐渐转变成一种文学研究方法，并且主动和传统的考据方法划清界限，这才使人们研究文学的影响和传承问题时，摆脱了实证的或者隐喻的方法，而建立一种与文本联系的体系。从上述互文性概念的源头和发展来看，互文性是关于文本关系的理论，同时它也是关于文本记忆的理论。具体到文学领域，互文性体现的是一种特殊的文学记忆形式，而这种记忆发生在以文本为中心的文学空间中。这个空间既涉及创作层面，具体体现为作者对于文本的记忆；又体现在接受层面，具体体现为读者对于文本的记忆；同时还体现在文化层面，具体体现为文学文本对于文化记忆的参与。这样，互文性作为一种文学记忆行为就围绕着义学活动的要素形成了一个立体的文学记忆场。本部分将从上述三个文学活动向度对文学记忆场进行描述和展示。

一　文学创作：作者焦虑的记忆

个性作者观念是现代性的产物，在西方传统文学中，文学创作经常会周而复始地谈论同一种题材或者同一个故事，同样的人物和故事在不同作

---

① 〔法〕蒂费纳·萨莫瓦约：《互文性研究》，邵炜译，天津人民出版社，2003，第 3 页。
② 〔法〕蒂费纳·萨莫瓦约：《互文性研究》，邵炜译，天津人民出版社，2003，第 4 页。
③ 〔法〕蒂费纳·萨莫瓦约：《互文性研究》，邵炜译，天津人民出版社，2003，第 5 页。

家的文学作品中反复出现，很难将一个故事和人物归属于一个固定的作家，也就是说，在传统的西方文学中，互文性是文学文本的常态化特征，文学创作表现为一种共享记忆的特征。进入现代时期，文学创作强调作者的主体地位，作家的独创性和个性因素得到张扬，但是并不意味着作家就可以完全摆脱传统，互文性特征同样非常明显，文学创作并不能摆脱文学记忆。艾略特在《传统与个人才能》中就提出类似的观点，他认为任何艺术家和诗人，没有谁能够单独地具有完全的意义，他的意义来自于与以往艺术家和诗人的关系，因为"在他的作品中，不仅最好的部分，就是最个人的部分也是他前辈诗人最足以使他永垂不朽的地方"①。艾略特承认个人才能的存在，但并不是抛弃传统的才能，而是获取传统的才能。因为，传统的获取并不是轻而易举的，他不仅要"对他自己那一代的背景，而且还要对从荷马以来的欧洲的整个文学及本国整个文学史有充分的了解"②。艾略特对文学创作主体的理解体现了他的文学观，这种文学观带有强烈的历史感，即文学活在文学的历史中，包括它的继承与创新。换个角度来说，任何文学作品都携带着文学的记忆，任何作品都是关于文学自身的记忆。人们经常说艾略特对文学创作的理解有意放逐了作家的主体意识，其实这样说是不准确的。艾略特在文学创作中保留了主体，却让主体必须背上一种历史感，这种历史感让主体时刻意识到自己其实只是个后来者，后来者的姿态是现代作者不可逃脱的命运，他无法斩断和文学传统之间的脐带，作为后来者的现代作家注定都是怀旧者，他们每一次创造，其实只不过是在无休止地反映着文学自身。

从艾略特的观点中，我们可以发现标榜个性的现代作者仍然无法摆脱文学的记忆，现代文学创作仍然无法摆脱互文性。不过，因为现代作者追求独创性，也导致文学的记忆对于他们来说是不那么令人愉快的事情。哈罗德·布鲁姆称这种不那么令人愉快的记忆为"影响的焦虑"。他认为从本·琼生开始，诗人们之间的影响都被看作一种健康的力量，后来者和文

---

① 〔英〕T. S. 艾略特：《传统与个人才能》，卞之琳等译，上海译文出版社，2012，第2页。

② 〔英〕T. S. 艾略特：《传统与个人才能》，卞之琳等译，上海译文出版社，2012，第2页。

学前辈的关系也被描述为一种子承父业的关系，但是这种影响观已经不适合现代诗人了，他认为文学传统对现代诗人来说是一种包袱，影响从本质上来说是一种焦虑感。布鲁姆的焦虑一词来自于弗洛伊德的精神分析学，它是一种不同于悲伤、哀痛或者单纯的紧张的不愉快状态。一方面，它是一种毁灭性的力量，弱者诗人可能会在这种焦虑中死去；另一方面，它又是一种潜在的积极力量，强者诗人可能会进入一种"精神反常"的状态，这种状态会转化为一种积极的创造力量，它能促使现代诗人通过对前辈诗人的强力误读从而实现超越。这就是人们熟知的布鲁姆式的强力误读理论，同时它也是一种极为独特的互文性理论，它摆脱了热奈特对互文性的策略（引用、拼贴、戏拟、仿作等）的简单归纳，而是通过六种修正比建构起了互文性的双向维度：一方面将误读指向文本修辞维度，归纳出六种互文的文本修辞策略，包括讽喻、提喻、转喻、夸张、隐喻和代喻；另一方面将误读指向作者心理维度，总结出和修辞维度相对应的六种互文的"自我防御机制"，包括反应形成、转向反对自己、消除、魔鬼化、升华和投射。

哈罗德·布鲁姆的误读理论对艾略特的互文观念进行了积极的回应，认为个人的独创性无法摆脱文学的影响，这种影响力量之大，足可以使弱者诗人湮没在传统的阴影里，但也能激起强者诗人的激烈反抗，积极通过对前人的误读和修正确立自身的主体性。布鲁姆的误读理论全面地展示了文学创作作为一种记忆行为的内涵：首先，文学创作的确就是一种记忆行为，因为任何作者都无法摆脱文学的影响；其次，文学创作作为一种记忆行为，也意味着记忆本身带有强烈的焦虑感，真正的文学创作必须通过将焦虑感转化为一种积极的创造性的力量，才能使记忆的内容变成源头活水，而不是一种纯粹的历史包袱。

二　文学接受作为一种共享记忆

互文性理论不仅指导着文学创作活动，同时也对文学阅读活动提出要求。里法尔泰就从接受维度对互文性进行了思考，他认为读者对文本意义的参与构成了互文性理论的一个重要侧面，因为互文性让文本变成了"对其他文本的集合"，所以，在阅读接受过程中，读者必须通过文本之间的关系来理解文本的意义。也就是说，互文性要求读者必须具有深层的挖掘能力，因为此时文本已经不再单纯，它里面包含着作者对先前文本的记忆，读者不仅需要拥有丰富的文学知识和阅读量，同时还必须具有非常强的信息搜寻能力和对文本中的互文标记的敏感度。这些互文标记有的非常明显，比如一些文本的排版对所引用的文本进行标注，有的互文标记体现在页末或者文尾的注释和索引中；但有些互文的信息并没有明显的标记，它们经常以不规范的语法和文体以及混乱的语言词汇等反常化的形式表现出来；还有一些互文信息体现得更为隐晦，更难以识别，它们通常体现为文本中出现的其他作家的文学风格的痕迹。这些明显的和隐晦的互文标记是读者进行互文阅读的起点和必备的阅读方法。

当读者掌握了这些互文的标记和痕迹之后，真正的互文阅读就启动了。下一个环节就是互文阅读本身。进入到阅读环节，读者就需要调动自己的文学记忆，他需要将自己的文学记忆带到文本的记忆当中来，和作者的记忆一道形成一种共享记忆。而文本的意义就发生在读者和作者关于某些先文本的共享记忆的空间中。那么，这种共享记忆究竟有哪些表现形式呢？下面我们将结合萨莫约瓦对互文阅读种类的归类总结出几种共享记忆模式。

第一，玩味式共享。这类共享发生在以戏拟和仿作为互文策略的文学作品中。按照热奈特的定义，戏拟是作者在新文本中对原文本的滑稽转化，要么是以漫画式的方式反映原文本，要么就直接挪用原文本。戏拟的对象经常是一些经典的、严肃的文学文本，作者的动机有的是出于对原文本的欣赏，更多的则是出于一种讥讽——通过对原文本的滑稽模仿从而实现对于原作的美学玩味。仿作与戏拟都强调对原文本的模仿，但二者也存在着差异。从对象上来说，戏拟一般是关于主题和人物的，而仿作主要针对的是艺术风格。从目的上来看，仿作主要目的是将作者从抄袭的指控当中解放出来。就像普鲁斯特所说："与其不露声色地仿效米歇雷或者龚古尔，然后签上自己的大名，还不如堂而皇之地进行仿作。"① 通过对戏拟和仿作的了解，我们不难看出，作者对原文本的记忆都有一种游戏的精神

---

① 〔法〕蒂费纳·萨莫约约：《互文性研究》，邵炜译，天津人民出版社，2003，第45页。

和玩味的态度，读者要想和作者分享这段文本记忆，同样也需要秉承一种玩味的态度和游戏的精神，而不是将关于原文本严肃的记忆带到阅读当中来，也不要用对于原文本的记忆的忠诚来对作者进行文学伦理上的苛责，因为这样共享记忆的空间就会瓦解。

第二，引导式共享。相对前一种共享记忆模式，引导共享就显得严肃了许多。作者运用互文策略的主要目的要么是增加现文本的历史厚重感使文本的意义更加丰富，要么是现文本超越原文本体现作者的独创性。对于前一种，作者经常会采用的互文策略包括引文和借用，对于后一种，作者经常会运用逆反和误读的策略。不管是哪一种策略，作者经常会在附录、文末甚至正文中加上一些注释和索引，以便让读者能够更好地理解文本的意义，读者只需在作者设立的互文标记的引导下将原文本和现文本进行严肃的比较，或者将原文本的一些信息放到现文本的语境中理解其崭新的意义，或者通过原文本和现文本之间的比较对作者的创造力和现文本的文学价值进行审美判断。此时，对于读者来说，要非常谨慎地对待自己现有的关于原文本的文学记忆，避免过度地进行主观介入，尽量紧紧追随作者关于原文本的记忆，按照作者设立的互文标记进行原文本的知识客观还原，在共享记忆的基础上阐释文本的意义和价值。

第三，创造式共享。和引导式共享相比，创造式共享对读者文学记忆的要求相反，它完全尊重读者关于原文本记忆的个体性和主观性特征，它并不认为读者对原文本的记忆必须与作者对原文本的记忆一致，恰恰相反，创造式共享认为读者的原文本记忆和作者的原文本记忆产生裂隙和错位时，是文学接受的最佳时刻，也是文本意义生产的最佳时刻。也就是说，在这种共享空间中，两个主体存在激烈碰撞，因为读者的文学记忆带有鲜明的个人印记，它不可能和作者的文学记忆完全保持一致，这种不一致性就导致了文本意义的多元性。从具体的阅读方法来说，创造式共享模式对读者的阅读操作并不十分苛刻，读者不必被作者牵着鼻子走，也不必对互文信息的捕捉承担阅读伦理责任，他完全可以"随性而为"。另外，读者在阅读时完全不必遵循传统的线性阅读模式，他可以在任何互文标记处逗留，读者每一个逗留之处都是其文学记忆被激发的地点，在这个地点，读者可以充分调动自己的文学记忆，可以进行文学知识的主体性回溯和重构。此时，读者和作者的传统意义上的区分已经陷于危机，读者和作者以同等的创造性的身份进入共享空间。

三　文学记忆的文化参与

互文性的文本概念是广义的，它不仅包括文学文本还包括非文学文本，二者隶属于不同的文化符号子系统，文学文本隶属于文学符号系统，非文学文本隶属于哲学、宗教、历史、艺术等文化符号系统，这些文化符号的子系统共同组成大的文化符号系统。从这个意义上来说，文本就成为被这些文化符号系统共同分享的一个概念。从记忆理论角度来说，互文性就成为通过文本之间的相互关联来审视文化系统内部关系的一种理论和方法，也成了文化记忆的一种方式。如果这种文化记忆以文学文本为载体，那么互文性理论则启示我们思考文学记忆介入文化的方式。

关于文学记忆的文化参与和介入问题，互文性思想的先驱、苏联理论家米歇尔·巴赫金早就开始关注了。巴赫金从来没有在他的著作中使用过"互文性"这样的概念，他的互文性思想主要蕴含在他的对话理论中，而这种对话理论来自于他命名的一类特殊的小说，这种小说被他称为"复调小说"。这个概念是他通过对陀思妥耶夫斯基小说的分析总结出来的，他认为陀思妥耶夫斯基的小说的复调特征主要体现为小说包含多重声音，而它们之间并不是一种声音为主导的独白式关系，而是充满着对话精神。正是因为复调小说中存在多重声音的对话关系，所以巴赫金认为这种类型的小说会成为文化符号系统储存和分解的场所。在复调小说中，文本的多重声音建立了一个互文空间，文本能够通过文字和语言的相互作用进入这个空间，在与其他文化文本的对话关系中产生文化记忆行为，这种文化记忆有两个功能：一个是文化的存储功能，另一个是文化的分解功能。这两种功能是辩证统一在一起的，储存中包含着分解，分解中包含着储存，这样文学的文化记忆就构成了一种动态的体系。巴赫金对文学的文化记忆功能的具体演示主要体现在他对弗朗索瓦·拉伯雷和塞万提斯的小说的分析中，他认为拉伯雷的《巨人传》和塞万提斯的《堂吉诃德》以夸张的语言和想象来模仿古典哲学、英雄史诗和骑士书籍，在模仿古典文化的同时他们对这些模仿对象进行揶揄和讽刺，这不仅使已经沉寂的古典文化得以储存，同时还使它们获得了重生：实际上，在对话发展的每一个时刻都包含着大量被遗忘的意义。然而，在对话发展的某些时刻，它们会根据对话的发展进程而重新被回忆起或者以新的形式重新出现。[①]

法国后结构主义学者克里斯蒂娃在巴赫金的对话理论的启发下，正式提出"互文性"这个概念，她认为文学文本处在与其他文本之间的各种关系中，文本总是对其他文本引用和重复，文本是一个永无止境的生成过程。值得注意的是，后结构主义是在广义的文本概念基础上理解互文性的，这样做的目的是将文学文本置于整个社会文化当中，因为在他们看来"世界本身就是一个巨大的文本"。因此，互文性对于文学研究的意义就不只是文学文本的自足性问题，而是文学文本以何种方式介入到社会历史中来的问题，因为通过"阅读过去同时期文学性文献资料，作者能够借助于他的这种写作方式活在历史上；并且社会也把自己写入文本当中"[②]。这样，文学记忆就具有了参与文化建构的维度，换句话说，文学记忆就有了文化记忆的功能。关于这一点，德国康斯坦茨学派的蕾娜特·拉赫曼进行了可贵的思考，她将文化看作可回忆的、符号化的、可写入文本之中的经验，也就是说，文化被记忆主要是通过转化成文本的叙述实现的，文学记忆能够使在文化中产生的符号群经过长时间后重新可读，文学文本通过对过去的文化文本的重复和回忆实现了文化的活性参与。然而这种文化参与，因为文学文本的美学特质既对文化的记忆有重复和复活，又包含某种拒绝和转换。从前者来说，文学文本将这种文化经验以编码的方式使古老的文化有再一次观察、被观察的空间，每个新的文本可以在这个空间中使几乎死亡的文本再次复苏。从后者来说，新的文本也通过无止境的符号化过程使先文本消失在现文本中，从而实现对先文本的强行占有。蕾娜特·拉赫曼关于文学记忆的文化参与的这两个方面特征的论述，似乎又让我们联想到了巴赫金关于文化存储和分解的论述，二者确实是殊途同归。

---

① 〔德〕阿斯特莉特·埃尔：《文化记忆理论读本》，余传玲等译，北京大学出版社，2012，第 290 页。

② 〔德〕阿斯特莉特·埃尔：《文化记忆理论读本》，余传玲等译，北京大学出版社，2012，第 293 页。

　　通过巴赫金和后结构主义的论述，我们可以初步总结出文学记忆的文化介入方式：存储和分解，或者称其为复活和转换。这种结论启示我们，互文性作为文学记忆，并不纯粹是文学的内部记忆，不光是作者之间的传承和逆反，也不光是读者和作者之间的记忆共享，如果将文学记忆看成是一个"场"的话，那么这个文学记忆场并不是封闭的，它和文化记忆场有着紧密联系，而文本之间的相互连接和相互结合就是两种场域之间沟通的渠道。从更深层次来说，文学记忆场和外部场域的联通，体现了文学介入世界的另外一种方式：文学不仅可以通过直接谈论世界而介入世界，还可以通过谈论自身的方式介入这个世界。这个结论正好呼应了吉拉尔·热奈特的比喻——"世界首先是一本书"，这样重复谈论文学自身的时候，文学也在重复谈论着这个世界。因为，"文学总是将意义置于形式和主题之上，重复使用形式和主题也就是对形式和主题的重新定义"①。

　　巴赫金的对话理论和复调理论、克里斯蒂娃的互文性都是要突破单一的、封闭的、自主的文学观念，旨在建构一个开放的文学场。但他们还局限于文学文本视域中，尚未寻觅到通向历史、传统、文化的路径。布尔迪厄提出的文学场，突破了文学文本视域，他试图建构一个动态的多维的文学场，但未找到如何将文学场各种各样的因素和场域凝结融合为文学场的路径。记忆理论恰恰可以构筑起互文性和文学场之间的桥梁，或说通向互文性和文学场之间的路径。记忆种类包含历史记忆和文化记忆、集体记忆和个体记忆、物质记忆和精神记忆等等，大凡人类社会所有的、所发生的都会通过文献、地理印迹、精神产品甚至观念史和口传史记载下来，提供给文学艺术。所以记忆打开了文学艺术的大门，作家通过文学记忆可以构筑一个包罗万象的文学场；从记忆时空看，记忆不受时空的局限，它可以超越时间和空间，任意自由飞翔，它使文学记忆可连接人类遥远的传统，又可通向未来之路，任人展开希望与梦想，这为构筑文学场提供了巨大的想象空间；从记忆的本质特征看，记忆是人的精神活动，是属于现象学范畴的精神活动，记忆保存着人类最生动具体的人生体验、最微妙的典型细

---

① 〔德〕阿斯特莉特·埃尔：《文化记忆理论读本》，余传玲等译，北京大学出版社，2012，第296页。

节、最深切的情感记忆，记忆与文学艺术在本质特征上极为相似，通过文学记忆，我们既可以避免文学的历史化、文学的政治化，又能最大限度地调动文学性、艺术性，记忆可以成为构筑文学场的最有效的化和剂。鉴于记忆的上述功能和价值，近 20 年兴起的记忆理论将会成为文艺学创新和文学与艺术观念更新的非常值得研究的理论视域。

第七章　神话原型批评：学科交融与批评范式的转换

在西方现代批评理论中，神话原型批评影响甚大，其被誉为与马克思主义批评、精神分析批评并列的批评流派。神话原型批评的代表人物是加拿大文艺理论家弗莱，其代表作《批评的解剖》一书宣告了神话原型批评的诞生。神话原型批评虽然是弗莱提出来的，但是它的思想有不同的渊源，是在多学科碰撞中产生的。神话学、文化人类学、精神分析学等理论形态都对它的理论建构起到了重要作用，也构成它的不同倾向。神话原型批评是对 20 世纪西方文化研究领域中的神话热的文学理论反应，代表了西方批评理论在多学科交叉语境中的新趋向。在众多的理论家中，以弗雷泽为代表的神话仪式理论、荣格的精神分析学、斯宾格勒的文化观等都在弗莱的批评理论中留下了浓重的痕迹。对此，弗莱多次谈及，"原型批评家都关心仪式和梦幻，所以他们对当代人类学家关于仪式的研究和当代心理学对睡梦的研究都会感兴趣。尤其指出，弗雷泽在其巨著《金枝》中以朴质戏剧的仪式为基础所开展的研究工作，和荣格及荣格学派根据朴质的传奇作品对梦幻进行的研究，对原型批评家说来具有紧密相关的价值"①。在综合的多学科理论笼罩下，神话原型批评形成了自己的形态。

第一节　神话原型批评与神话理论的交叉影响

神话作为一种远古人类创作的想象性作品，在各民族的早期文化中都

---

① 〔加〕诺思罗普·弗莱：《批评的解剖》，陈慧等译，百花文艺出版社，2006，第 155 页。

有显现。随着生产力的发展，人类对自然的认识水平逐渐提高，神话在人们生活中的位置才慢慢迁移，逐渐为巫术、宗教和科学所代替。但是，神话并没有消失，在随后的文化发展中，神话与哲学、宗教、文学等文化形式纠缠在一起，潜藏在其中。在学术史上，神话也进入宗教学、社会学、文化人类学、文艺理论等学科的研究范围，甚至成为一门独立的神话学学科。神话原型批评就是在这种文化资源中诞生的。其中意大利历史学家维柯、德国哲学家斯宾格勒和卡西尔、英国人类学家弗雷泽的思想都对神话原型批评产生了重要影响。

在维柯和斯宾格勒的影响下，弗莱形成了文学循环观。维柯在《新科学》中提出"诗性智慧"的概念。他认为人类社会经历了神的时代、英雄时代和人的时代。诗性智慧就是原始先民具有的以想象为核心的思维方式，以此创造出神话故事之类的幻想型文化形式。"神话故事，如我们已经指出的，既然就是想象的类概念，神话就必然是与想象的类概念相应的一些寓言故事。"① 神话是人类早期的诗性智慧的产物。维柯还认为，人类的历史发展不是线性的，而是循环往复的。神的时代、英雄时代和人的时代，这三个时代是循环的。哲学家斯宾格勒也持循环论的历史观。在他的眼里，文化是一个生命有机体，遵循着出生、成长、繁荣和衰落的自然规律。文化的发展过程可以用春夏秋冬四个季节来表征，并且每个文化阶段都有相对应的文学风格和主题。循环论成为他们看待世界变化的基本观点，直接影响了弗莱等后来的理论家。

弗莱对于斯宾格勒的文化观非常熟悉，他直接借用了斯宾格勒的理论来说明文明过程。"正像在斯宾格勒的作品中那样，文明的生活经常被比拟作生物体的生长、成熟、衰老、死亡，然后以另一个体的形式再生的循环。"② 与斯宾格勒一样，弗莱也持循环论的文化观。文化具有自身的节奏，"过程的基本形式便是循环运动，兴盛与衰落、努力与休息、生命与死亡的相反交替，是过程的节奏"。③ 自然的生命循环成为经典的模式。"这一切的循环的象征通常可分为四个主要阶段：一年中的四个季节为一

---

① 〔意〕维柯：《新科学》（上），朱光潜译，安徽教育出版社，2006，第237页。
② 〔加〕诺思罗普·弗莱：《批评的解剖》，陈慧等译，百花文艺出版社，2006，第228页。
③ 〔加〕诺思罗普·弗莱：《批评的解剖》，陈慧等译，百花文艺出版社，2006，第226页。

日的四个阶段、水循环的四个方面、人生的四个阶段等等提供了范式。"①
从这个循环论的文化观出发，弗莱将文学的叙事结构分为春天的叙事结
构——喜剧，夏天的叙事结构——浪漫传奇，秋天的叙事结构——悲剧，
冬天的叙事结构——反讽和讽刺。在某种意义上，弗莱的文学观就是斯宾
格勒的文化观在文学领域的具体化。

神话原型批评理论还深受弗雷泽的人类学理论影响。人类学是一门综
合学科，以人为中心跨越各种学科界限研究相关问题。文化人类学采用比
较的视野，综合考察人类文化，得出人类共同的文化规律和模式。它最早
诞生于西方旅游者对于殖民地等非西方的社会文化的好奇。后来，随着殖
民统治的需要，学者们需要对被殖民的社会进行文化研究，熟悉和了解这
些异文化，从而加强统治。在随后的发展中，文化人类学逐渐成为一门独
立的学科，独特的研究方法和关注异文化成为其重要的特色。文化人类学
的影响越来越大，当代社会的许多重要主题都进入它的视野。文化人类学
涉及整体的文化系统，其研究内容广博，艺术、神话、宗教、仪式、婚姻
家庭等主题都进入其理论框架。人文科学、社会科学都可以从中获得相应
的理论资源，并将其研究成果作为直接援引的资源。在现代文艺理论的发
展中，文化人类学以独特的魅力和理论话语为其提供了重要的资源，从而
形成了许多交叉学科，如审美人类学、艺术人类学、文学人类学等。

英国学者弗雷泽被称为坐在摇椅上的人类学家，他详细阅读了各民族
的原始文化材料，写了《金枝》这一部人类学名著。两卷本的《金枝》
问世后，弗雷泽又不断扩充材料，最终以十二卷本定稿。该书的材料涉及
全球很多原始民族，其有人类学百科全书之称。"人类较高级的思想运
动，就我们所能见到的而言，大体上由巫术的发展到宗教的，更进而到科
学的这几个阶段。"② 弗雷泽认为人类文化发展存在三个阶段：巫术、宗
教、科学。巫术阶段的文化是人类早期的文化。《金枝》详细论述了巫术
的两条原理：接触率和相似率。并以此为理论指导对许多原始巫术文化做
出了阐释。弗雷泽的巫术原理成为解释原始文化的钥匙，为后来的学者所

① 〔加〕诺思罗普·弗莱：《批评的解剖》，陈慧等译，百花文艺出版社，2006，第228页。
② 〔英〕J.G.弗雷泽：《金枝》，汪培基等译，商务印书馆，2012，第1079页。

尊崇。弗雷泽还对仪式和神话等原始文化进行了系统阐释，指出各民族神话中存在着类似的东西，也就是神话原型。金枝习俗就是各个文明中普遍存在的春夏秋冬循环变化的文化象征。"植物的生命在冬天衰竭，原始人自然把它说成是草木精灵的衰颓，他认为草木精灵变老了变弱了，所以必须更新且把它杀掉，并以更年轻新鲜的形式使之复活。"[①] 弗雷泽考察的许多民族都具有这一习俗，并由此衍生出许多祭祀仪式。这些仪式背后都伴随着特定的神话，从而构成文化原型和象征模式。弗雷泽的《金枝》提供了宏大的文化视野和丰富的知识，不仅对人类学产生了深远的影响，而且对西方文论也带来了巨大的影响。维克里在《〈金枝〉：影响与原型》中指出："《金枝》不仅仅是英语世界中可以见到的对原始生活的最宏富的写照，也是给当今流行的文学兴趣——神话与仪式主题的追求——开辟道路的奠基之作。"[②] 经过弗雷泽的开拓和神话仪式学派的扩展，文学艺术研究逐渐与神话研究结合在一起。弗莱对弗雷泽的人类学理论和以哈里森为代表的神话仪式学派非常熟悉。他写道："《金枝》一书旨在写成一部人类学专著，可是它对文学批评所产生的影响超越了作者声称的自己的目的，而且事实上，它也可能成为一部文学批评的著作。"[③] 弗莱充分认识到《金枝》对文学批评与理论建构的影响，甚至将之看作文学批评的著作。

以哈里森、穆瑞、胡克为代表的神话仪式学派（又被称为剑桥学派）深受弗雷泽的影响。神话仪式学派提供了描绘各种文化形式的基本方法，直接影响到宗教、哲学、神话、文学艺术等学科的研究。哈里森的成果对文学艺术研究的影响尤其大。她采用考古发现与古典文献相结合的"双重证据法"去阐释希腊的宗教神话、艺术和民俗等文化，写了《古代艺术与仪式》一书，提出神话和艺术源于原始仪式的观点。原始仪式分为表演的行为层面和叙事的话语层面，分别对应着戏剧艺术和神话，而神不过是祭司，是由仪式的表演者和主持者演变而来的。在原始仪式中，也会

---

① 〔英〕J. G. 弗雷泽：《金枝》，汪培基等译，商务印书馆，2012，第 1079 页。
② 〔美〕J. B. 维克里：《〈金枝〉：影响与原型》，载叶舒宪选编《神话——原型批评》，陕西师范大学出版社，2011，第 17 页。
③ 〔加〕诺思罗普·弗莱：《批评的解剖》，陈慧等译，百花文艺出版社，2006，第 156 页。

形成许多基本的文化模式。"所有的原始历法都是仪式历法，构成这种历法的无非是一连串举行庆典的日期、一系列不断再现的具有特殊属性和意义的日期、周而复始的周期性形成其基本模式。"① 春去秋来的季节循环、生命的死亡复活、神的死亡复活都形成一种常见的文化模式。神话仪式学派把文学艺术的起源追溯到原始文化，将其作为文学艺术的源头，从而建立起二者之间的联系。神话作为文学艺术的起源的观点对后来的文艺理论和美学产生了重要影响。

　　神话原型批评还间接受到卡西尔的神话理论的影响。作为哲学家的卡西尔，自身并不是专门研究神话的。他从事的是文化哲学的理论阐释，神话成为其理论大厦的必然构成部分。卡西尔的哲学代表作《象征形式哲学》，被浓缩为英文版《人论》一书，对北美学术界产生了重要影响。在书中，卡西尔对人做出了新的界定："人是符号的动物。"② 在卡西尔看来，"人不再是单纯生活在一个物理宇宙之中，而是生活在一个符号宇宙之中。语言、神话、艺术和宗教则是这个符号宇宙的各部分。他们是组成符号之外的丝线，是人类经验的交织之网"。③ 这个符号之网就是文化，包括了语言、神话、宗教、艺术、科学、历史等具体形式。这里，神话被定义为人类文化的一部分。"神话仿佛具有一副双重面目。一方面它向我们展示一个概念的结构，另一方面则又展示一个感性结构。"④ 卡西尔提出了神话感知和神话思维的概念，神话变成人类认识世界和解释世界的一种方式。在此基础上，卡西尔还提出了神话与文学的发生学意义上的亲缘关系。这些思想都融汇在弗莱的理论中。

　　在众多的欧美神话理论、文化人类学和精神分析话语资源的语境中，神话原型批评吸收了多学科的资源，必然会形成理论体系。在《批评的剖析》对历史批评的分析中，弗莱指出，"依照主人公的行动力量超过我们、不及我们或是与我们大致相同"⑤。弗莱将虚构文学分为神话、传奇、

---

① 〔英〕简·艾伦·哈里森：《古代艺术与仪式》，刘宗迪译，三联书店，2008，第29页。
② 〔德〕恩斯特·卡西尔：《人论》，甘阳译，上海译文出版社，1985，第34页。
③ 〔德〕恩斯特·卡西尔：《人论》，甘阳译，上海译文出版社，1985，第35页。
④ 〔德〕恩斯特·卡西尔：《人论》，甘阳译，上海译文出版社，1985，第97页。
⑤ 〔加〕诺思罗普·弗莱：《批评的解剖》，陈慧等译，百花文艺出版社，2006，第45页。

高模仿、低模仿和讽刺五个阶段。这五个阶段是循环的，讽刺之后还要回归神话阶段。弗莱将神话作为文学的基本类型。这里的神话既是神话故事，又是一种结构或情节套式。其后，他又进一步总结神话为原型："神话就是原型，不过为方便起见，当涉及叙事时我们叫它神话，而在谈及含义时便改称为原型。"① 这种神话原型通过置换变形贯穿于文学发展的各个阶段，但是对它的理解必须回溯到远古文化。在书中，弗莱运用《圣经》中的象征体系，参照古典神话来解释原型。可以看出，他把批评的触手探到神话文化中，并将其作为源头性的东西，包含对神话世界的理解，体现出对神话理论和原型理论的继承发展。

第二节　神话原型批评与分析心理学的融合

神话原型批评的另一个主要来源是荣格的分析心理学。荣格是继弗洛伊德之后，精神分析学派具有原创性的理论家。他发展了弗洛伊德的无意识理论，将之分为个人无意识和集体无意识。无意识理论是精神分析学的核心概念，颠覆了人们对自身的理解。弗洛伊德将无意识理论定格在个体的精神深处，并将其作为人类精神的主要存在。荣格服膺于弗洛伊德的精神分析理论，深信人类的无意识存在。他根据自己的人生经验和在非洲、美洲的考察经历，发现了无意识还存在着集体性的一面。集体无意识的发现是荣格的独特贡献，"个人无意识有赖于更深的一层，它并非来源于个人经验，并非从后天获得，而是先天存在的。我把这更深的一层定名为'集体无意识'。选择'集体'一词是因为这部分无意识不是个别的，而是普遍的……由于它在所有人身上都是相同的，因此它组成了一种超个性的心理基础，并且普遍地存在于我们每一个人身上"② 。在荣格看来，集体无意识是普遍存在于我们身上的超个体心理，它是人的精神本质，是先天存在的。"集体潜意识概念既不是思辨的，也不是哲学的，它是一种经验质料。"③ 值得注意的是，荣格从考古学、人类学、宗教学和文化学等

① 吴持哲编《诺思洛普·弗莱文论选集》，中国社会科学出版社，1997，第89页。
② 〔瑞士〕荣格：《荣格文集》，冯川译，改革出版社，1997，第40页。
③ 〔瑞士〕荣格：《荣格文集》，冯川译，改革出版社，1997，第85页。

方面寻找材料来验证集体无意识的存在。他发现，在不同的民族、原始部落乃至精神病人和儿童身上，反复出现了古代神话、部落传说和原始艺术之中的意象。而且，在没有任何交往的民族和文化中，都出现过结构上类似的神话传说。这就是原型的存在。很明显，荣格的原型理论是在精神分析学提出的问题的基础上，在人类学、宗教学等多学科交叉中才形成的。如果没有多学科的材料，集体无意识概念就很难得到证实，更谈不上形成系统的理论。

这些反复出现的神话传说和原始意象，表现了人类远古生活的共同经验，即原型。荣格的集体无意识理论最终指向的是原型。原型是理解集体无意识的一个关键概念。但是，荣格认为原型的概念并不是他独创的，前人在研究中已经发现了原型的存在及其理论价值。"原型概念对集体无意识观点是不可缺少的，它指出了精神中各种确定形式的存在，这些形式无论在何时何地都普遍地存在着。在神话研究中它们被称为'母题'；在原始人类心理学中，它们与列维-布留尔的'集体表现'概念相契合；在比较宗教学的领域里，休伯特与毛斯又将它们称为'想象范畴'；阿道夫·巴斯蒂安在很早以前则称它们为'原素'或'原始思维'。这些都清楚地表明，其它学科已经认识了它，并给它起了名称。"① 荣格充分吸收前人关于原型研究的理论资源，并将其建构为理论体系的一个核心概念。荣格几乎把后半生的精力都投入到有关原型的研究中去了。在众多著作中，他先后研究和描述了众多的原型，如出生原型、再生原型、死亡原型、力量原型、巫术原型、英雄原型、儿童原型、骗子原型、上帝原型、魔鬼原型、大地母亲原型、巨人原型，以及许多自然物原型，如树林原型、太阳原型、月亮原型、火原型、动物原型，还有许多人造物原型，如圆圈原型、武器原型等。

原型就是原始意象，是不断重复的同一种经验在我们内心构造起来的一种心理反应的先验形式或潜在的可能性，它是一种通过遗传而来的心理模式。"生活中有多少种典型环境，就有多少个原型。无穷无尽的重复已经把这些经验刻进了我们的精神构造中，它们在我们的精神中并且是以充

---

① 〔瑞士〕荣格：《荣格文集》，冯川译，改革出版社，1997，第83页。

满着意义的形式出现的，而首先是‘没有意义的形式’，仅仅代表着某种类型的知觉和行动的可能性。当某种符合特定原型的情景出现时，那个原型就复活过来，产生出一种强制性，并像一种本能驱力一样，与一切理性和意志相对抗，或者制造出一种病理性的冲突，也就是说，制造出一种神经病。"① 原型有三方面的特征。首先，原型不是人生中经历过的若干往事所留下的记忆表象，不是人们心中具有的明晰形象，它就像是一张必须通过后天经验来显影的底片，只有当原型成为意识到的并被意识经验完全体验时，它才是明确的。其次，原型能把相关经验吸引到一起形成一簇情结，这种情结从人的意识经验中获取了充足力量后，就可以进入意识中，使原型在意识和行动中获得表现。最后，原型的表现还具有差异性，由于所处环境和关系的不同，原型会形成不同的表现形式，特别是种族分化后，不同种族的原型也会出现差异。荣格还谈到了原型的来源，他认为原始是人类祖祖辈辈形成的，并通过遗传世世代代流传下来。

荣格并不是文学批评家，但是他的原型理论对文学批评产生了重要影响，他被认为是原型批评的创始人。荣格只是将文学作为验证精神分析学的基本材料。在《原型与集体无意识》中，荣格探讨了母亲原型，并指出其在民间文学中流传。在《变形的象征》中，他探讨了诗人朗费罗的诗歌《海画沙之歌》，指出其蕴含着神话中的双重出生的原型。荣格的原型批评实践和原型理论在批评界迅速兴起了一股热潮，一大批批评家将原型理论运用到批评中去。"笔者的目的就是考察这个假说，参照我们的例证——我们把记录下来的经验和从不同角度接触这个经验的心灵反应放在一起——来检验这个假说。希望能用这种办法多少做点工作，通过更富有直觉力的研究者的深刻见解使系统心理学家已形成的理论更加丰富，同时，这些研究者的成果也多少可以得到更准确一些的说明。"② 鲍特金、纽曼等荣格学派的批评家将荣格的分析心理学运用到文学创作和欣赏的心理反应的阐释中，形成原型批评流派。英国批评家鲍特金在瑞士听过荣格的讲座，深受荣格原型理论的影响，并将原型理论运用到对文学的批评

---

① 〔瑞士〕荣格：《荣格文集》，冯川译，改革出版社，1997，第90~91页。
② 〔英〕M. 鲍特金：《悲剧诗歌中的原型模式》，载叶舒宪选编《神话——原型批评》，陕西师范大学出版社，2011，第135页。

中。1934 年，鲍特金出版《悲剧诗歌中的原型模式》开始使用原型理论对文学进行跨学科研究。该书被称为原型批评的文学批评实践的开山之作。该书综合了人类学和神话研究的资料，分析了《俄狄浦斯王》《神曲》《失乐园》《老水手之歌》等经典作品，阐释了天堂与地狱、死亡与复活等西方文学的基本原型。从理论上看，鲍特金对荣格的原型理论并不是原封不动地接受，她是既有继承，又有抛弃。她提出了原型的心理重建和种族经验的社会继承性观点，对荣格原型来源于先天的观点做出了修正。

　　弗莱对荣格学派的原型批评既有继承又有发展。首先，从原型的概念界定方面看，在《批评的解剖》中，他指出："原型，也即是一种典型的或反复出现的形象。我所说的原型，是指将一首诗与另一首诗联系起来的象征，可用以我们的文学经验统一并整合起来。"① 很明显，弗莱的这个定义是从荣格那里借用来的，不过是将其直接运用到文学中了。《在伟大的代码》中，他又将原型的内涵扩大到作为文学作品的一种稳定的结构单位，如主题、情景、任务类型等。原型在文学中的内涵扩大了，从形象扩展到作品中的常见的结构单位。可以看出，在文学批评理论的建构中，弗莱的原型观念逐渐系统化和成熟，成为专门的文学批评术语。其次，弗莱特别重视原型的文化意味和功能，这与荣格的原型理论也有直接的联系。弗莱将原型视为人类文化源远流长的一种形象，可以追溯到远古神话中。"它本质上是一种神话意象，当我们进一步考察这些意象时，我们发现，它们为我们祖先的无数类型的经验提供形式……每一个意象中都有着人类精神和人类命运的一块碎片，都有着我们祖先的历史中重复了无数次的欢乐和悲哀的一点残余并且总的说来始终遵循同样的路线。"② 荣格也将原型看作神话意象，并且认为在人类历史上世代流传的具有象征意味的形象，时刻左右着人们现在经验的建构。弗莱也将原型追溯到神话和宗教仪式中，并且认为原型承担着重要的文化功能。它是日常生活的象征系统，担负着交流和传播的功能。很明显，弗莱继承了荣格的原型理论，并将其放在文化语境中的文学经验上来理解，以原型为桥梁，将文学置于深

---

① 〔加〕诺思罗普·弗莱：《批评的解剖》，陈慧等译，百花文艺出版社，2006，第 142 页。
② 〔瑞士〕荣格：《荣格文集》，冯川译，改革出版社，1997，第 226 页。

厚的文化传统中，使其成为人们交流和沟通的中介。弗莱特别强调原型的接受和理解需要共同的文化传统，"某种原型深深扎根于已形成惯例的联想中"。① 而这些已经形成惯例的联想不是先天形成的，而是后天获得的。弗莱强调了原型是复杂多变的，需要大量的后天学习并通过联想来获得象征意义。这种联想是在特定的文化语境中形成的，体现了共同的文化传统。弗莱强调了古希腊神话和《圣经》在文学原型塑造中的重要作用。这些观点与荣格原型理论有差异。可见，弗莱并没有完全接受荣格的原型理论，而是根据自己的理解将之修改完善，从而使其在文学批评理论中获得了重要位置。

　　总之，"原型理论不仅被运用到文学艺术的研究中，最先和最直接地对文学艺术产生影响，而且，原型理论的奠基者荣格实际上把文学艺术作为他研究集体无意识和原型的标本，在许多方面以艺术活动为例来说明他的观点"。② 荣格学派的基于精神分析学的原型批评将文学艺术当作人类集体精神的表征。它虽然属于心理学批评的范围，但是指向的是文学中的植根于特定文化传统中的每一个意象。通过文化原型的发掘，荣格学派进一步将文学批评置于文化批评的笼罩中。在荣格分析心理学母体中诞生的原型批评是文学纬度的开掘。在精神分析学、心理学、宗教学、神话学等多学科的资源中，原型批评构成了极富特色的批评流派。原型批评自身就是跨学科的，具有多种指向。这种跨学科的指向和具体的理论观点，尤其是对文化历史的重视，深入到弗莱的神话原型批评中，形成许多相同的东西。如果没有荣格的精神分析理论，神话原型批评就失去了许多深入的理论要点和方法论。精神分析学是神话原型批评不可或缺的组成部分和理论背景。在这种意义上，一些理论家将荣格学派的原型批评与弗莱的神话原型批评看成同一种批评流派也是有其道理的。"但是，原型批评又不仅仅与荣格理论关联，不是荣格原型观点的简单运用，它是在现代人文科学，包括原型理论的影响下发展起来的，同时在某些方面它又突破了荣格原型理论的概念范畴。"③ 原型理论只是为神话原型批评提供了理论支撑，还

---

① 〔加〕诺思罗普·弗莱：《批评的解剖》，陈慧等译，百花文艺出版社，2006，第147页。
② 程金城：《西方原型美学问题研究》，黑龙江人民出版社，2007，第53页。
③ 程金城：《西方原型美学问题研究》，黑龙江人民出版社，2007，第54页。

有其他学科的资源的融合，才促进了它的发展繁荣。

第三节　神话原型批评与批评理论的文化转向

20 世纪是一个理论繁荣的世纪，各种各样的理论都在文学批评的试验场中奔腾驰骋。社会学、人类学、心理学、语言学等多种学科都渗透进文学理论的领域，主导了各种文艺理论范式的诞生和转换。语言学与批评理论的交叉形成了形式主义、结构主义等批评理论；社会学与批评理论的交叉形成了西方马克思主义、左翼批评思想和社会学批评理论；心理学与批评理论的融合形成了精神分析批评、格式塔心理学批评等心理学批评模式；还有自然科学与文学理论、美学等的交叉融合也激活了许多新鲜的理论思索。如将脑神经科学用于对审美发生、审美心理的探索，产生了许多有价值的研究成果。可以说，学科大融合是 20 世纪西方文论产生的基本语境，没有学科大融合，就没有繁荣的理论帝国。神话原型批评作为 20 世纪的一种重要的文学理论体系，是在多学科交融中产生的，带来了文学理论和批评范式的演变，即文化作为一种文学批评的范式开始为文艺理论界所普遍接受。20 世纪后半期，随着文化批评、文化研究等潮流的兴起，文化范式成为文艺理论研究普遍接受的范式。虽然与当下的文化研究不同，但是从学术史的意义上看，弗莱的神话原型批评是开拓性的。

神话原型批评出现的背景是特殊的。新批评学派的韦勒克、沃伦在《文学理论》中将注重文学作品自身的研究批评称为"内部研究"，而将考察文学与世界联系的精神分析、马克思主义、传记批评等称为"外部研究"。新批评是"内部研究"的代表性的理论，并在 20 世纪初期长期霸占英美批评界。英美新批评延续了形式主义批评的理论脉络，完全将文学作品当作自给自足的客体，将其与所处的社会、文化等外部因素隔绝开来，只关心文学自身的特质。这种批评方法倡导对文本的细读和分析，为早期的文学批评实践和教学奠定了基础，为理论界所倡导。但是随之而来的是，新批评学派的这种批评观局限于文本内容，忽视文学赖以存在的社会文化土壤，其自身出现目光狭隘、观念僵化的局面。弗莱所处的年代仍然是新批评流行的时期。1957 年，《批评的解剖》的出版标志着新批评在英美学术界的结束，也标志着一种新的批评观的诞生。但是，弗莱并不排斥新批评的基本观念。他认为："不管是马克思主义的、托马斯主义的、自由人文主义的、新古典主义的、弗洛伊德的、荣格的还是存在主义的，统统都是用一种批评态度顶替批评本身，它们所主张的，不是从文学内部去为批评寻找一种观念框架，而都是使批评隶属到文学以外的形形色色的框架上去。"① 新的文学批评应该避免原有的批评方法所带来的局限性，从阅读文学作品自身出发，采用归纳法来研究，而不是从神学、哲学、政治学等学科的任意结合中照搬。当然，弗莱所倡导的从文学内部去寻找观念框架并不是回到新批评中去，更不是套用文学外部的某种理论框架，而是文学观念的转变。即将文学作为一种文化形式，将其置于文化传统和社会经验中，恢复文学本来的面目，也就是文化观念的引进。弗莱将之总结为，"我认为文学批评所面临的任务，便在于将创造与知识、艺术与科学、神话与概念之间业已断了的铁环重新焊接起来"。② 文学是源远流长的文化传统的一部分，这恰恰就是文化转向。

与20世纪后期的文化批评和文化研究直接将研究对象指向文化不同，神话原型批评引起的文化转向仍然将焦点放在文学批评上，从而使其所理解的批评理论具有特点。在文艺理论史上，神话原型批评开创了与众不同的文艺理论风貌：整体性的文学观、"远观的"研究方法等。这是弗莱对20世纪前期文学批评现实观察的产物。在《批评之路》中，弗莱说明了自己走向原型批评的历程。"大约二十五年前，我还是个中年人，在研究布莱克预言的黑森林中迷了路，我环顾四周，寻求可以使我走出迷津的道路。当时有许多路，有些已被人踏熟并设有路标，但是它们均给我以误导。它们引导我去了解布莱克时代的社会状态，玄学传统的历史，布莱克精神里面的心理因素，以及其他一些本身非常正当的问题。但我的任务非常具体，就是试图揭开布莱克象征的密码，而且我个人觉得，通向它的道路会直接穿越文学本身。我需要的批评之路是一种批评理论，它首先要说

---

① 〔加〕诺思罗普·弗莱：《批评的解剖》，陈慧等译，百花文艺出版社，2006，第8页。
② 〔加〕诺思罗普·弗莱：《批评的解剖》，陈慧等译，百花文艺出版社，2006，第524页。

明文学经验的主要现象，其次要导致对文学在整个文明中的地位的某种看法。"① 弗莱需要的批评理论不过是两条要求：文学经验和文化传统。这是他对所熟悉的批评理论的反思和接受的表达。

20 世纪四五十年代，当弗莱从事英文教学与研究的时候，他所面对的是一些占据文坛的批评方法，如心理学批评、历史批评、新批评和形式主义等方法。这些批评方法都已经非常成熟，为批评者所遵循。但是弗莱对此并不满意，他要寻找的不是这些东西，而是直达文学经验自身，还有对文学在文明中的位置的说明。他提出，文学批评应该作为一门独立的学科，建立文学知识系统；随后才是"要认识到文学批评具有许多相邻学科，批评家必在确保自身独立性的前提下建立与他们的关系"。② 承认文学批评自身的独立性，才能正确处理外部研究和内部研究的诸多批评方法的优缺点，从而建立完善的文学批评的知识体系。

弗莱的文学批评理论首先体现出系统化的文学观。原型批评家研究个别的诗篇时，把它看作整个文学的一部分；而研究整个诗歌时，又视其为人类对自然的全部模仿的一部分，人类对自然的全部模仿便构成我们所说的文明。③ 单个文学作品首先是属于文学整体的，而文学则属于人类文明这个更大的整体。由此，一部作品的主题、形象和结构等内容放在文学历史和文化传统中才具有意义，才能获得真正的理解。也就说，文学意义是在历史中形成的，文学传统是理解文学作品的根本。如神话原型就是在文学历史发展中，在传奇、悲剧、戏剧、现实主义等阶段的变形置换，如果不能追溯到文学传统中，就很难理解其意义。这种理解文学作品的方法，明显就是现代科学的系统方法对文学批评理论的渗透。这种方法在后来的解构主义批评中也获得了充足的发展。

神话原型批评所理解的文学是人类文明系统的一部分。也就是说，它是一种文化。以此为基础，弗莱提出一种远观的文学研究方法。即，他将文学当作人类文化的一部分，而且是有机结构部分。"原型象征通常是人

---

① 〔加〕诺思洛普·费莱：《批评之路》，王逢振、秦明利译，北京大学出版社，1998，第
　　1 页。诺思洛普·费莱也译作诺思罗普·弗莱。
② 〔加〕诺思罗普·弗莱：《批评的解剖》，陈慧等译，百花文艺出版社，2006，第 27 页。
③ 〔加〕诺思罗普·弗莱：《批评的解剖》，陈慧等译，百花文艺出版社，2006，第 151 页。

类赋予其意义的自然物体，构成批评界的艺术观的一部分，这组观点视艺术为文明的产品，反映着人类为之努力的目标。"① 这样，文学就不再是孤立的，而是与神话、信仰、仪式和民间传说等文化形式有了紧密的血缘关系。"社会和文化的历史即广义的人类学，它永远构成文学批评的语境的一部分；而且越是清楚地区别于人类学研究仪式的方法与文学批评研究仪式的方法，那么二者之间便能产生有益的相互影响。"② 在文化系统中，尤其是文化长河中，文学获得了厚重的意义。原型批评将批评的视角伸到文化的深处，尤其是抓住了古老的文化的渊源，让文学批评具有了更为宏大的视野。

在《批评之路》中，弗莱提出了社会神话的概念，进一步扩充了神话的内涵。社会神话分为关怀神话和自由神话两种。关怀神话是"反映关注的神话"。"许多读者会把我现在所称的关怀神话称为意识形态，虽然正如我表明的那样，我有特殊的理由运用神话这一术语，那些喜欢意识形态的人仍然在大部分语境中将它取代。"③ 很明显，关怀神话就是意识形态的一种称谓。弗莱认为，意识形态与观念相关，而文学则是一种叙述，使用神话来解说更为恰切。关怀神话反映个体的关注和社会要了解的一切东西。关怀神话还包括对社会的过去、现在和将来的统一认识和观念，具有权威信念，可以发挥社会凝聚的作用。如最低级的"初级关注"关涉的是生存的基本条件，如食品、住房、性的关系等，能将大众联系起来。而自由神话则侧重于自由，强调宽容、客观性、对应性，突出容忍和尊重个人。自由神话容纳了与关怀神话不同的社会价值，容忍不同的观念存在。很明显，此时的神话是广义的神话概念，完全指的是社会文化，体现出神话原型批评进一步走向文化批评的倾向。

正是在大文学观的视野中，神话原型批评倡导一种打破学科壁垒、融合各种文化要素的批评方法。弗莱虽然倡导文学批评的独立性，但是他并没有封闭批评方法的界限，去排斥其他的批评方法。"本书无意抨击任何

---

① 〔加〕诺思罗普·弗莱：《批评的解剖》，陈慧等译，百花文艺出版社，2006，第161页。
② 〔加〕诺思罗普·弗莱：《批评的解剖》，陈慧等译，百花文艺出版社，2006，第157页。
③ 〔加〕诺思洛普·费莱：《批评之路》，王逢振、秦明利译，北京大学出版社，1998，第76页。

一种批评方法，只要它的学科业已明确：本书决意推倒的仅是这些不同方法之间的障碍。这类门户之见所造成的隔阂往往使一个批评家困守在一个单一的批评方法上，这是毫无必要的；又往往导致批评家不是首先与其他批评家建立联系，而是与文学批评以外的各种学科关系密切。"① 各种批评方法之间的隔阂导致了文学批评的单一性和封闭性，这不利于文学批评的发展。因此，应该打破各种批评方法的障碍，将各种行之有效的批评方法融汇进来。"在推到这些障碍的过程中，我认为原型批评应起到中心作用，因而赋予它突出的地位。"② 弗莱的原型批评并不是固定不变的，而是随着不同历史时空根据人们的需要而变化，并与各种文化要素纠缠在一起，形成一个网络。也就是说，神话原型批评既立足于文学内部的原型，又将其与文化传统与现实文化联系起来，在历时与共时的语境中获得了意义，从而打破了各种批评方法之间的壁垒。这种文学批评的辩证态度，体现出弗莱兼容并包的学术眼光。

第四节　神话原型批评与当代批评理论的建构

20 世纪 60 年代之后，后现代思想的流行给理论界带来了文化转向。"在分析和理解世界时，文化成为西方当代社会思潮中的一个关键范畴，也深嵌入后现代性的各种问题思考的中心。"③ 文化构成一个意义网络，成为联系社会各领域的桥梁，文化批评成为对应的理论思潮。其后，消费文化、大众文化等的流行，推动了文学理论的跨界，使其走向日常生活文化的研究。20 世纪 80 年代之后，兴起于英国的文化研究思潮成为方兴未艾的理论。文学的影响缩小、文学性的扩展和理论的跨界，这些都显示出文化的活力。学界通常将文化研究和文学理论的文化转向归于以西方马克思主义批评家威廉斯为代表的英国文化批评理论。但是如果把这种文化转向的思潮看作一个历史发展过程的话，神话原型批评应该是这个转向的开拓者。以弗莱为代表的批评家虽然是在进行文学批评理论的建构，但是他

---

① 〔加〕诺思罗普·弗莱：《批评的解剖》，陈慧等译，百花文艺出版社，2006，第505页。
② 〔加〕诺思罗普·弗莱：《批评的解剖》，陈慧等译，百花文艺出版社，2006，第506页。
③ 〔美〕刘康：《马克思主义与美学》，北京大学出版社，2012，第2页。

的着眼点始终在文化上，将原型当作文化精髓，阐释神话在不同时期的位
移和置换。批评理论的文化转向将文学批评跨界到文化系统中，突出了文
化的重要性，从而为理论进一步转向打下了基础。20 世纪 70 年代后，弗
莱更是加强了文化批评的转向，显示出"作为一个文化批评家的立场是
一贯的"特点。① 恰恰是在多学科交叉融合的背景中，神话原型批评将文
学置于宏大的文化体系中，并进一步走向文化批评，从而爆发批评的穿透
性力量。

　　神话原型批评还以一种发散性的力量扩散到当代批评理论中，其作为
方法和元素融合到新的理论体系中。首先，神话原型批评的跨学科研究方
法已经成为当代批评理论基本的方法论和理论建构的模式。由于知识系统
封闭，思维方法走向了死胡同，传统学科已经开始衰落，很难有新的发
现。多学科的交融已经成为当代人文科学和自然科学创新的基本路径。纵
览当代科学的新成果，几乎都是学科交融产生的。各种各样的新学科，无
法用传统的学科分类来容纳。在批评理论中，新出现的理论也是跨出了原
有的文学理论的范围。众多的自然科学、社会科学的方法迁移到文学理论
中，形成了各种各样的批评理论形态。神话原型批评出现之时，恰恰是形
式主义和新批评如日中天，统治文学理论界之际。它们排斥文学之外的东
西进入文学理论，主张无理论介入的纯粹的审美经验和文学经验，细读恰
恰就是形成这种经验的基本方法。将文学批评完全界定在文学自身，无疑
是画地为牢，必然会走入末路。神话原型批评正是应对这种封闭自足的批
评理论而建构起来的。虽然弗莱强调了文本阅读经验的重要性，但是也看
到了文学之外的知识对于理解文学的重要性。在人类学、精神分析学等学
科知识的迁移中，神话原型批评突破原有的文学批评理论的局限，从而为
文学研究提供了新的方法。在当代批评理论中，多学科交融、跨学科已经
成为亮眼的色彩。结构主义、后现代主义、女性主义、文化研究等都是在
多科学融合的语境中诞生的，显示出跨学科的理论力量。

　　其次，神话原型批评对整体文化的重视为文学研究找到了与文化的交
叉点，打破了文学研究和批评的界限。神话原型批评流行的年代，文学自

---

① 　王宁、徐燕红主编《弗莱研究：中国与西方》，中国社会科学出版社，1996。

身的界限分割非常清楚，最常见的是利维斯主义主导的文学观。这种文学观将精英文学与大众文学区分开来，形成两个不同的文化阶层。利维斯的这种文化观来源于马修·阿诺德。在他的视野里，精英文化是文明的中心，只有少部分精英才能继承下来，而这些人是社会良心，承担着文明传承的重任。而随着工业文明的到来，出现了大众文化。流行小说、广告、广播、电影等大众文化被大众所消费，冲击了精英文化的中心地位，精英文化处于危机中。这种文化观和文学观为保守的人文主义者持有，对大众文化的蔑视占据着批评理论的中心。大量的民间文化、少数族群的文化，还有越来越多的大众文化被排斥在批评理论之外。如何对待这些新兴的文化形态和被排斥的文化成为当代批评理论必须面对的问题。神话原型批评恰恰就是出现在这个时期，承担文学和文化批评转型的使命。它从文化体系中来看待文学，这种文学就必然会处于一个源远流长的长河中，和其他的浪花相交融。它们处于一个整体中，是相互依存的。这样就不会有优劣高低之分。神话原型批评在具体的操作中，将神话和民间传说等文化形态融入到批评理论中，打破了文学精英与大众的界限，从而为文学批评理论扩大了视野。当代文化研究对于日常经验化的文化的重视，尤其是对大众经验的肯定，可以在神话原型批评中见到端倪。

再次，通过对各种文化原型在不同民族文化中都出现过的探究，神话原型批评实现了文化相通性的阐释，消除了文化偏见。神话原型批评扩大了文学的文化空间，为文化研究走向历史渊源的纵向研究奠定了基础。文化作为人类实践的产物，并不是独立于历史之外的，而是在历史中慢慢发展而来的。源于英国的当代文化研究思潮紧紧围绕着人类的日常经验，对大众文化、消费文化进行了系统的研究，体现出研究的当代性。与这种文化研究不同，神话原型批评是走向了历史深处，将文学带向了文化源头。这样，当代文学批评理论文学伸向了历史深处，文学向文化扩散。正是这种趋向让当代文化批评理论更多地将批评模式指向了原生态和特定群体的文化的研究。民间文化、少数族群的文化，还有青年亚文化等社群文化都成为研究和批评的中心。对不同文化的阐释和研究，反映出当代文化批评理论基本的视野和价值观。即多元的文化观和平等的文化理念。神话原型批评的这种文化观和价值观为当代批评理论的建构提供了基本的路径和指向。倡导文化对话和共同性的文化经验，为消除异己的文化经验带来的恐惧感和隔离感提供了方法和价值基础，从而打破了西方中心主义的文化观和文化偏见。正如马尔库斯和费彻尔所言："文化批评就是借助其他文化现实来嘲讽和暴露我们自身的文化本质，其目的在于获得对文化整体的认识。"① 反思西方文化霸权和对非西方文化的贬低，成为当代文学批评和文化批评的价值诉求。如果追溯到神话原型批评这里，其实已见端倪。弗莱、荣格等神话原型批评家，虽然所使用的文学和文化材料都是西方的，但是其隐含文化是相通的观念，对各种文化持平等的态度。其后有后殖民批评对西方中心主义和文化偏见进行批判。后殖民批评的主体都是生活在西方的少数族裔，如赛义德、斯皮瓦克、霍米芭芭等，他们在西方主流文化中感觉到了强烈的文化偏见和不平等。他们认为，只有西方文化才被认为是主流的、中心的文化，而其他文化都是边缘的文化和低劣的文化。这恰恰是后殖民主义的文化侵略的结果。后殖民主义批评理论就是要揭开他者、身份认同等塑造的面纱，让人们真正认识到文化的不平等。

总之，如果将神话原型批评看作一个横贯 20 世纪的现代批评理论，其影响力已经远远超越理论自身，对现代批评理论的建构产生重要影响。它的影响或是显现的，或是潜在的，在现代理论中留下了痕迹。在方法论、文学观等方面，神话原型批评都显示出其理论的渗透性。由此观之，将神话原型批评置于当代理论发展史中，就可以看出其内在的生命力和活力。或许，这就是神话原型批评的内在意义。

第五节　神话原型批评与文学人类学

20 世纪 80 年代随着西学东渐，神话原型批评也传入中国。荣格学派、弗莱等人的理论引起了学界的重视，其理论在文学批评界、理论界获得了普遍运用和重构。理论进入另一种文化语境中，必然会发生变化。后殖民理论倡导者萨义德在《理论旅行》中指出疑问："一个观念或一种理

---

① 〔美〕乔治·E. 马尔库斯、米开尔·M. J. 费彻尔：《作为文化批评的人类学》，王铭铭、蓝达居译，三联书店，1998，第 11 页。

论从此时此地向彼时彼地运动是加强了还是削弱了自身力量，一定历史时期和民族文化的理论放在另一时期或环境里，是否会变得截然不同？"①理论的旅行必然会与其原先的语境不同，其结合本土经验发生变迁。在中国语境中，神话原型批评与现当代文学、古典文学和文化批评结合起来，积累了丰富的经验，并且其在中国经验的基础上，形成了文学人类学的批评模式。文学人类学是中国学者对文艺理论的重要贡献，体现出理论的原创性和本土性。文学人类学是在神话原型批评的实践中，结合新的文化人类学、考古学、图像学等资料形成的一门新学科，体现出神话原型批评跨学科的方向和文化观念。

神话原型批评传入中国并迅速与中国批评实践结合起来，并不是偶然的，而是有现实基础的。20世纪初，神话仪式学派等一些文化理论学派传入中国，许多文学批评家接受了这些理论，并将其运用到批评中。茅盾、鲁迅、梁启超、郑振铎、闻一多等人都开始运用这些资源，如茅盾用神话学的理论梳理了中国古代典籍中的材料，整理了系统的神话故事。郑振铎等人运用文化人类学理论对中国古代文化进行了研究。这些都为神话原型批评奠定了现实的历史经验。20世纪六七十年代，神话原型批评在中国只有零星的介绍。改革开放后，随着西方理论的传入，神话原型批评才真正进入中国。1982年后，神话原型批评被系统介绍到中国。美国文学理论家魏伯·司各特的《当代英美文艺批评的五种模式》被翻译为中文，第一次介绍了神话原型批评。其后，荣格的分析心理学理论，以及荣格学派的批评家的观点和著作也陆续被介绍到中国。弗莱的一些著作也陆续被翻译到中国。1987年，《神话原型批评》一书的编撰和翻译，成为一个重要的理论事件，标志着中国神话原型批评的规模初步形成。神话原型批评之所以能在20世纪80年代获得广泛传播是有其原因的。程金城在《原型批判与重释》中指出："原型理论在中国当代的兴起和发展有其现实原因，一是原型批评随着中国文学在80年代中期的'方法'热而得到重视并被迅速传播，随之而来的从文学研究到文化研究则进一步推动了它

---

① 〔美〕爱德华·W. 萨义德：《世界·文本·批评家》，李自修译，三联书店，2009，第400页。

的深入；二是中国文学本身蕴含着深厚的文化意蕴，它与原型批评的特点在某些方面有着天然的联结，也就是说，原型批评对中国文学有很强的适用性。"①这种观点是正确的。随着方法论热和文化热，神话原型批评在中国批评界开花结果，出现了一大批著作和译作，获得了充分的研究和实践。随之而来的是发展出了以叶舒宪、方可强为代表的文学人类学。

文学人类学的方法论基础仍然是神话原型批评的跨学科方法。文学人类学的学者都是早期的神话原型批评的研究者和实践者。神话原型批评自身就是在文化人类学和精神分析学等学科的综合中发展起来的。在批评实践中，中国学者逐渐将文学原型转变为文化原型，探究中国文学和文化的原型。而随着文化人类学各流派的资源和理论逐渐传入中国，他们发现人类学的方法和研究对象对于神话原型批评恰恰是一种丰富和发展，因此他们将人类学的资源引入文学批评中，将神话原型批评扩展为文学人类学。"文学人类学批评的实质，就是运用人类学的视野、方法和材料审视文学，就是对文学持一种远古与现代相联系，世界各民族相比较的宏观研究态度，就是把任何文学作品都看作人类整体经验的一部分或一个环节；凡是符合这一主导思想的批评方式和内容，可以归入文学人类学批评的范畴。"② 在远古、现代和民族比较等视野中，学者将文学作为人类经验的一部分，也就是作为文化的一部分来研究。很明显，文学人类学的底色仍然沾染着神话原型批评的整体文化观的色彩。在这种意义上，文学人类学是对神话原型批评的进一步发展。虽然神话原型批评秉持整体文化观，但是在中国学者看来，它所依据的主要材料还是西方的。如弗莱所依据的文化材料主要是圣经和古希腊神话。对于中国古代的文化，神话原型批评就缺乏了解。在当代全球化的视野中，文化的地域界限日益模糊，地球越来越小，被称为地球村。尤其是新的传播媒介打破了原有的时空限制，全球化语境中的文化整体必然是视野开阔的，其突破了狭隘的西方中心主义，立足于真正的人类整体。文学人类学立足的文化视野不是西方文化，而是全球化的视野。这个全球化视野包含了中国西方材料，体现出宏观的文化

① 程金城：《原型批判与重释》，甘肃人民美术出版社，2008，第123页。

② 方克强：《文学人类学批评》，上海社会科学院出版社，1992，第9页。

比较视野。

　　文学人类学形成了成熟的方法论，体现出多学科整合的理论背景。叶舒宪提出"三重证据法"，即"在纸上的文献材料和地下挖掘出的考古材料以外，利用跨文化的民族学与民俗学材料作为参照性的旁证，来阐释本土的文学和文化现象的研究方法"。① 这种研究方法是对王国维的"二重证据法"的进一步发展和改造。文献记载是第一重证据，地下考古的新材料是第二重证据，民族学、人类学、民俗学所呈现的材料作为第三重证据。"三重证据法"使研究资料相互佐证，从而增加了研究观点的可信度。其后，随着时代的发展，叶舒宪又提出了"四重证据法"，在前者的基础上加上了图像材料，丰富了原有的方法，并将其与时代结合起来。可见，文学人类学在神话原型批评的基础上形成了自身方法论，将神话原型批评向前推进了一步，难能可贵的是其与本土文学、文化经验的结合。

　　总之，神话原型批评传入中国后，经历了理论的旅行，经过了检验和判断，并与中国本土的经验结合起来，获得了进一步的发展。文学人类学可以说是神话原型批评在中国语境中的另一种形态，是结合新的人类学、考古学等新材料的新发展。它具有全球化的视野，能在宏大的语境中进行综合的文学的文化考察，并形成了系统的研究方法。文学人类学更能体现出当前学术的跨学科思潮，具有良好的发展前景。和神话原型批评一样，其虽然是文学批评理论，但是打开了批评理论的文化之路，将跨学科的理论资源结合起来，从而开创了新的研究潮流，显示出强大的生命力和活力。

---

① 叶舒宪：《原型与跨文化阐释》，暨南大学出版社，2002，第 3 页。

第八章　文艺学视域下的新媒介研究

现在学界似乎已经形成这样一种共识：如果以媒介来区分文化史，那么印刷文化时代的理论范式不适合分析新的文化现象。与新媒介时代相应的理论范式是什么？回答这个问题的前提是，对新媒介文化进行深入、准确的洞察：新媒介背景下的大众文化，和传统媒介背景下的大众文化有什么不同？或者说，新媒介文化研究应该从什么角度切入？

有学者指出，对媒介文化的讨论，根本上是对媒介技术与人之关系的讨论。① 也就是说，理解新媒介文化、理解新媒介文化对以往理论范式的冲击、理解既有媒介研究范式在新媒介时代的理论边界，不外乎"技术（媒介）"和"人（大众）"两个焦点。以下的内容，都将围绕这两个焦点进行讨论。

第一节　"媒介文艺学"的突破与新话语实践的建构

一　媒介文艺学的新媒介理论

1. 媒介文艺学的提出及时代语境

当下，新媒介技术在传播方式和内容生产上都产生了重要的变化。随着移动互联网技术的普及和社交网络的兴起，信息生产和发布的门槛大大降低，所有新媒介的使用者（尤其是以往只作为受众的普通用户）都获得了技术赋权。微信、微博等平台型媒介凭借庞大的用户规模和超强的用

---

① 李敬：《技术与文化传播：对新媒介文化的批判性研究》，《社会科学》2017 年第 6 期。

户黏性迅速崛起，它们搭建了低成本、零门槛且极度发达的传播渠道和平台，让大众传播不再是少数传媒机构的专利。媒介赋权引发了信息传播模式和关系结构的重构，催生了大量全新的传播实践，在流量为王的新媒介逻辑主导下，也制造出海量良莠不齐的信息。人们的时间被切割成碎片，大众的注意力快速转移，不稳定性越来越强。媒介赋权加剧了传播"去中心化"的态势，深刻地影响着我们的社会结构和生存状态，人们停留在手机等移动媒介上的时间如此之长，以至于线上生活和现实生活的界限已经模糊不清，移动互联网似乎不能再被称为与现实对立的"虚拟世界"。但人们在享受媒介赋权的自由快感的同时，也陷入了被粉尘状信息紧紧束缚、自我迷失的焦虑当中。

文艺学理论对媒介的关注起步并不算晚，但纵观十几年来的文艺学媒介研究，似乎可以用一句不严谨的话来概括："新文本批评多，新媒介批评和新媒介文化批评少。"近年来，新技术导致社会、生活、文化的全面媒介化，对所有人文社会科学而言，媒介因素的存在和影响变得更加凸显。文艺学经历语言学转向之后，理论建构必然要对当下已经极为丰富的新媒介文艺实践做出回应，学人开始重视文学活动中的媒介要素，关注文学的内容与文学的媒介形式之间的关系。

学者单小曦提出的"媒介文艺学"理论，是当前文艺学领域媒介研究的重要成果之一。单小曦在其著作《媒介与文学：媒介文艺学引论》中对当代西方文论的几大流向进行剖析后提出，只立足于语言符号的语言学文论，很难完成最终把握文学意义的设定，在今天的新媒介语境中更体现出捉襟见肘的窘态。基于此，他提出建构"媒介文艺学"。媒介文艺学提出重估媒介以及生成环境的价值，认为"媒介就是文学活动得以现实发生的关节点，正是文学媒介的媒介性功能的发挥，连通了世界、作者、读者、文本，使它们成了活生生的文学要素，使文学活动成了文学活动。从这个意义上说，说媒介处于文学活动的中心，也并不为过"①。

2. 媒介文艺学突破传统文艺学范式的学理性价值及遗憾

在《媒介文艺学对语言论文论的改造》一文中，单小曦提出，语言

---

① 单小曦：《媒介与文学：媒介文艺学引论》，商务印书馆，2015，第62页。

论的"人-语言-世界"解释模式需要再次转换为媒介论的"人-媒介-世界"的解释模式，后者才是关于人与世界关系的更合理、更确切的说明。处于人与世界之间的确切性关联要素不应被表述为语言，而应是媒介。媒介论把人与世界的"居间项"具体表述为口语媒介、书写媒介、印刷媒介、电子-数字媒介等。上述每个术语中都包含着载体、符号、技术三个媒介层次，或者每个术语都是三种次级媒介类型的复合体。①

媒介文艺学强调媒介对社会文化语境的建构作用。自然，媒介对其所承载的内容——语言信息也有着至关重要的影响："越是强调语言的实践性、动态性，越是强调'以言行事'的语境条件、文化规约，就越需要突出载体媒介、技术媒介和传播媒体对意义生成的基础地位。道理很简单，没有载媒和技术的物质性承担，没有传播媒体的具体性传递，话语实践、言语行为是无法现实地进行的……同样的语言在不同载体媒介中和技术的制约下，呈现出的面貌和表达的意义也会不同。"②

关于这一点，文中还举例进行说明：同一首诗歌写在不同的载体媒介上，产生的审美意境便有所不同。③ 从以上论述可见，尽管单小曦将建构意义的媒介定义为载体媒介、语言符号、技术媒介之间形成的关系系统（整体性的媒介系统），但在具体分析应用时，仍把媒介理解为信息的"载媒"，在此基础上论述媒介对其所承载内容的影响，实际上属于对新媒介之革命意义的机械理解。媒介给文本内容本身和生产关系、审美感知过程带来的影响，不能仅从技术层面或介质层面进行把握，还应从技术与人和社会的互动关系中把握。书店出售的印刷本《老人与海》与手机应用"微信读书"中的《老人与海》在文本的审美体验上并无区别，文本内容其实并未改变；真正的变革来自出版，也就是传播和发布——读者能够发现哪些微信好友也在阅读《老人与海》，可以把自己的阅读进度和体会分享到社交网络，可以在小说的许多段落发现不同读者（用户）的批注和点评，并可与他们对同一段落交流阅读心得。新媒介技术带来信息生产变革的同时，也给传播——人与人的交流方式——带来革命。

---

① 单小曦：《媒介文艺学对语言论文论的改造》，《文艺理论研究》2016 年第 5 期。
② 单小曦：《媒介文艺学对语言论文论的改造》，《文艺理论研究》2016 年第 5 期。
③ 单小曦：《媒介文艺学对语言论文论的改造》，《文艺理论研究》2016 年第 5 期。

在媒介文艺学看来，语言也是媒介，因此单小曦进一步认为，西方文论的语言论转向可以被理解为媒介论转向，他强调作为当代主导媒介形态的数字媒介发挥的文化制约力量，在数字媒介内部则强调载体、图像符号、技术力量的凸显和语言符号地位的下降。①

遗憾的是，单小曦尽管注意到媒介的重要地位和作用，却忽视了新媒介被社会文化语境"驯化"的过程。任何媒介并非自一诞生其形态和影响机制就固定下来，其成长过程和形态发展都是与文化、政治、经济等社会因素互动的结果，一个时代的主导媒介与当时的社会主导文化是相互塑造的，在与社会的互动过程中，媒介既是主体，也是客体。

互联网研究者克莱·舍基发现，交流能力的任何根本性变化都会改变社会，但以往通信工具的革命一直存在着不平衡："电话的技术革命给予了个人最大的表达能力，却没有创造出受众——电话是为交谈设计的。与此同时，印刷机、唱片和广播媒体都创造了巨大的受众群，却把对媒体的控制交给了少数职业人士掌控。当移动电话和互联网一面扩张、一面融合时，我们现在有了一个平台可以同时创造表达能力和受众规模。每个新用户都是一个潜在的创造者和消费者，而当受众的各成员能够一对一、多对多地直接协作，他们就不再是一样的受众。"② 显然，新媒介技术带来的最大变革就是打破了大众传媒的表达垄断以及在传统媒体的组织机构之外普及了公开表达的能力。而这种新能力普及的结果就是大规模的业余生产，它意味着"消费者"如今只是一个暂时性行为，而非永久身份的代表。③

3. 媒介文艺学的审美感知理论

审美感知分析是媒介研究的一个重要范式，而在媒介文艺学那里，数字媒介的审美体验有何特殊之处？单小曦从媒介演变的过程来观察，认为手工制作时代的媒介生产促成"静观"式审美体验，大规模机械印刷和电子媒介凸显"震惊"式体验，而20世纪下半叶以来，进入数字化时代，"融入"式经验范式诞生，并显示出不可阻挡的发展态势。他提出的

---

① 单小曦：《媒介文艺学对语言论文论的改造》，《文艺理论研究》2016年第5期。
② 〔美〕克莱·舍基：《人人时代》，胡泳译，浙江人民出版社，2015，第84页。
③ 〔美〕克莱·舍基：《人人时代》，胡泳译，浙江人民出版社，2015，第84~85页。

作为当代审美经验新范式的"融入"要义表现为：第一，专指人在数字文学艺术和其他数字技术装置中被引发出来的审美经验类型；第二，属于具有相当深度和广度性的"沉浸"形式；第三，它必然伴随着读者/用户与文本（直接）、作者（间接）之间的强势交互行为及其交互性感知、体验；第四，其主体介入状态可能是人视、听、嗅、味、肤全部身心感官共同参与的身体临场。而这一切都是数字媒介生产的结果。①"融入"式审美体验理论还是把新媒介技术作为中性的实体或载体，并未考虑其所形成的社会环境和历史过程，因而学者对与之相应的审美体验的分析亦流于表面。

本雅明的"震惊"理论曾深刻论述过新媒介对审美体验产生的影响。本雅明提出的"震惊体验"是对现代人典型心理机制的深刻洞察，而"融入"和"沉浸"式体验并不拥有这种广泛的洞察力，其只适用于描述4D影院、VR虚拟互动等少部分数字艺术形态的审美体验。更重要的是，"震惊"体验与现代社会的历史文化语境密切相关，并不仅仅是面对新媒介的一种"应激反应"。有学者就发现本雅明在"巴黎拱廊街研究"中通过对漫步拱廊街人群的细致分析洞察到这一点："社会的现代化进程则将个体置入到了一个别无选择地必须快速去应对不断出现之新现象的境地。在这样的境地中，随着新事物的不断被快速消化，人的心理机制层面也就渐渐生成了一种快速反应能力，这种能力源出于都市中的人群这一现代社会特有的现象。为了揭示这个作为现代人标志的特有心理机制，本雅明紧紧抓住了现代都市生活中漫步于街上，尤其是漫步于拱廊街人群的体验。十九世纪的巴黎这个发达资本主义时期的新兴城市里首次出现了作为后来市中心步行街楷模的拱廊街，漫步于这个专供行人穿行的过街里，个体遭际的是互不相识而簇拥着匆匆向前的人流，为了能在这样的人流中向前行走，个体就必须对行走中很快出现而又很快消失的各种意料不到现象做出快速反应。唯有这样，才能在势不可挡的人流中找到自己的位子，或是不断更换自己的位子，以便能向前行走。这一现代城市人司空见惯的日常景

---

① 单小曦：《静观、震惊、融入——新媒介生产论事业中审美经验的范式变革》，《中国人民大学学报》2013 年第 5 期。

观被本雅明紧紧抓住，成了他描述现代人特有心理机制的切入口。本雅明称之为'惊颤体验'（Chockerfahrung）。"①

可见，"惊颤体验"（也就是"震惊体验"）与新媒介有关，但同样与新媒介相互塑造的现代社会文化语境有关。"惊颤体验"是现代人对势不可当地涌来的无数新现象的快速反应和消化的心理机制。本雅明对现代都市人这一典型心理机制的洞察，同样适用于描述信息碎片化时代，作为新媒介使用者的现代人极不稳定的注意力状态。空前庞大的媒体数量和多元的媒体类型，每时每刻都在生产数量极为庞大的信息，人们的时间被这些粉尘状的信息切割成碎片，注意力也越来越分散。人们在某一固定媒介上停留的时间越来越短，而且人们不停地在不同的媒介上跳进跳出，注意力频繁地快速转移，不稳定性越来越强。人们已经习惯用手指在移动设备多如牛毛的信息流中迅速滑动，只有及时对刺激眼球和神经的内容做出反应和消化，才能适应这种媒介化生存状态。

二 探讨建构媒介文艺学的理论前提

以往理论对文学活动中文学生产和文学接受这两个过程关注较多，究其原因，无疑主要是文学的生产和接受都与文学内容有着密切关系。对文学内容的过多关注，难免陷入本质主义。媒介文艺学则对这种本质主义思维进行反思，于是文学传播在文学活动中的重要价值就浮现出来。文学传播是作者到读者的信息传播过程，既然是传播过程，媒介因素的重要性就不言而喻。

但首先，媒介文艺学建构得以展开的一个重要前提是对"媒介"的准确理解。

第一，当前多数融合了媒介论的文艺思想，都重在分析电子媒介与印刷媒介的符号特征差异，认为印刷媒介通过语言文字这种抽象符号来间接地诉诸人的感官，电子媒介则通过静态和动态的图像、声音等直观的感性符号作用于视觉、听觉、触觉等多种感官。这种结合不同媒介特性来观照

---

① 王才勇：《本雅明"巴黎拱廊街研究"的批判性题旨》，《南京社会科学》2007 年第 10 期。

文艺内容特征的思路是一个很好的开始。但如果要回答媒介对文学作品和文学传播活动的影响到底是什么，媒介对我们的文化环境究竟产生了什么影响，作为当代主要传播形态的互联网数字媒介与文学传播又发生了哪些关系等关键问题，就不能仅仅把媒介视作承载语言文字信息的载体，还要视其为传播的工具和渠道。把媒介定义为包含符号、技术、载体的"媒介系统"，媒介作为创作主体与接受主体、接受主体之间的交流工具，这一层面被忽略。新媒介，尤其是 web 2.0 时代的新媒介，最抢眼的特征之一就是社交化，由于交流上的强力赋能，web 2.0 相对于 web 1.0 最大的差异就是社交媒体的强势崛起。

事实上，文学生产方式和文学接受方式并未因媒介技术的进步产生本质性变革，文学信息的编码方式、解码方式都没有改变。网络文学只是对应这一时代的文化产品和文化形态，但并未颠覆文学创作和接受的基本规律，只是提供了与传统不同的文本表达方式。所以这个问题不能从生产和接受环节切入，而应该从传播角度切入。互联网改变的不是文学，改变的是创作者群体，更准确地说，改变的是"创作权"和"传播权"。自我表达和相互对话（交流）是人的两个根本需求。但在印刷媒体时代，这两种权利被专业作者和出版商垄断，普通人的表达需求和传播需求没有得到满足。互联网技术的出现改变了这一局面，普通人的创作也可借助网络"免费出版"，让更多人看到。如果说文学活动包括写作、阅读、流通、反馈等环节，新媒介真正引起变革的是流通和反馈这两个环节。

媒介文艺学如只关注新媒介时代文学作品的改变，很容易走进死胡同。因为随着研究的深入我们很快就会发现，新媒介改变的是作者与读者的界限、作品的传播、定义文学的话语权等文学活动。围绕文学作品本身的理论问题，如生产和接受，其由于很难受到媒介技术影响，并无本质变化，用钢笔、打字机还是笔记本电脑写作，差别不大；同样，看的是纸质书还是电子书，也并不真正影响对作品的感受和理解。当然，影像艺术活动受到新媒介技术的影响是全方位的，从生产、接受到流通、反馈，都发生了变化。

第二，对媒介的准确理解，也意味着对新媒介保持一种中性的态度和研究立场。从以广播电视为代表的大众电子媒介时代开始，文艺理论中就充斥着针对媒介的负面话语，其中隐含着技术为恶的价值判断。以往学界将电子媒介视为印刷媒介的对立面，等同于商业文化与文学艺术的对立、大众与精英的对立、庸俗与高雅的对立、肤浅与深度的对立。在这种立场下，不少研究的重点变成了电子媒介对文学的冲击，将文学的衰落归咎于电子媒介。现在看来，这种倾向犯了媒介本质论的错误，文学的衰落与媒介何干？如果说媒介是一种社会协议，是技术与社会相互形塑的结果，那么应该对文学的现状负责的是时代和社会，而不是媒介。况且，文学应该由谁来定义？文学的衰落又应该由谁来定义？当下，与"文学衰落论"持类似立场的观点是"反智时代论"。

说文字媒介与电子媒介一个重抽象、一个重表征，这没有错，但如果将二者设置为二元对立，则是一种伪对立。新媒介对文艺的影响，并不是表征方式对抽象方式的冲击。从信息表达方式来理解新媒介，理解麦克卢汉时代的电子媒介是可以的，但以互联网技术为基础的新媒介，不能作此理解。互联网作为"元技术"，改变了所有媒介；而且多媒介、融合媒介的趋势愈来愈明显，用建立在区分不同介质及介质特性基础上的理论解读当下新媒介技术对文艺学的冲击和影响，无疑既不符合现实情况，也不合时宜。

如果仍延续这种负面话语范式，媒介文艺学的建构恐怕难以形成真正突破。这当然不是倒向技术决定论。只是研究者应该认识到，媒介并不仅仅是内容的载体，还是传播活动中的重要影响因素，媒介不仅用自身的形态特性和传播倾向制约着我们接收信息的方式，影响着传播内容，而且还影响到我们的思维方式，影响到社会文化。正如麦克卢汉所言，媒介塑造和控制人类交往和行动的规模和形式，所谓"媒介即讯息"，指的是"新媒介不是人与自然的桥梁，它们就是自然"，"它们就是真实的世界"，"它是整个人类现实生活的总体反映"。

第三，媒介不能仅被理解为"中间项"。在语言学视野中，人、语言、世界关系的解释模式就可以写作"人-语言-世界"，其中"-"表示的是趋向圆融一体的关系。通过语言的建构性，传统主客二元分离关系得到了克服。单小曦提出，语言论的"人-语言-世界"解释模式需要再次转换为媒介论的"人-媒介-世界"的解释模式，因为包括语言在内的媒介才是处于人与世界之间的确切性关联要素。和语言论解释模式一样，媒介论通过媒介的建构性，打破了传统的主客二元分离对立的状态。

然而，"人-媒介-世界"的解释模式关注的仍是人与世界的关系，也就是主体与客体的关系，其意仍在解决主客分离的问题。也就是说，"人-媒介-世界"的解释模式脱胎于语言论框架，媒介并未得到学理上的重视。这种范式的问题在于，忽略了不同媒介之间的差异，尤其是语言与电子媒介、互联网新媒介之间的巨大差异，进而无法体现出这些差异给文学活动带来的影响和冲击，而这些变化本是媒介文艺学之所以要提出的初衷和现实基础。在"人-媒介-世界"的解释模式中，媒介文艺学提出的背景和动机消失了。尽管媒介文艺学旗帜鲜明地要以"媒介存在论"代替文学本体论，但将媒介理解为包含着载体、符号、技术三个层次的结合体，其实质仍然是一种本质主义。"媒介何以为媒介"这一重要问题，难以昭昭。媒介文艺学应关注的，或者说要解决的，不是意识论框架下的主客分离的问题，而应脱离意识论框架，不能止于讨论作为人与世界"居间项"的媒介、作为建构主客联系的工具，而应将媒介视为世界的一部分、视为特定历史和特定社会文化的产物，深入考察人与媒介（技术）的关系和互动。在语言论的框架下建构媒介文艺学，仅仅反复强调媒介是文艺活动的前提、条件、基础（仅止于此），难以体现出文学活动、审美活动遭遇新媒介技术后发生的一系列颠覆性变革，很多亟待解决的重要问题，在这样的框架下难以深入讨论。

三　建构"媒介文艺学"的展开方向及理论想象

1. 建构新的话语实践

虽然 20 世纪的文艺学和媒介文艺学都生发于语言学的转向，语言话语被提升到本体地位，如俄国形式主义与新批评，但是它们是一种以纸质媒介文学文本为依托的静态的单向的话语实践，仍然恪守以文本为中心的文艺学范式。20 世纪 60 年代兴起的接受美学，将读者视为文学活动的主体地位，突破了以文本为中心的文艺学范式，建构了以读者为中心的文艺学范式，开创了文学活动的对话机理，敞开了文学活动和文学研究的大门，但是这种对话机理仍然依托纸质媒介的话语实践，它的对话机理和对话大门受纸质媒介时空、功能和效应的局限。媒介文艺学确立了以多媒体甚至人工智能为主的话语实践，在时空、功能和效应等方面有了开创性的突破，建构了新的话语语境。

按照内容生产主体的不同，新媒介文化实践大致可以划分为三类，第一类实践主体是新媒介艺术家，第二类实践主体是作为新媒介使用者的大众，第三类是新媒介记录终端自身。

（1）新媒介艺术实践（新媒介艺术）

目前在专业创作领域常见的新媒介艺术实践有以下几个类型。

声像艺术（audio visual）。艺术家作品形态不是画布或雕塑，他需要的是大屏幕、音响和计算机，他是在用影像和音乐（或声响）现场"演奏"。

生成式设计。创作者赋予计算机自主性，再设计一定的算法规则让它们自由发挥，一个新的艺术作品就诞生了，而创造规则的艺术家完全想象不到代码最终生成的作品是什么样子。

人机交互艺术，观众能够亲眼看到自己的干预即时地改变作品的样貌。如将观众实时沟通的脑电波可视化，或将观众在社交媒体中的网络互动可视化。

浸没式体验艺术。艺术家使用虚拟现实技术，将创新技术和传统画作结合，把画作从画框的限制中消除，创造出超越维度的视觉体验。佩戴VR眼镜的观众能够走到画作中去，体验艺术家创造的世界。

在内容上，这些新媒体艺术都有一个共同的特点，即创作者"放权"。艺术家把交互的终端开放给观众或计算机自身，所生成的各种各样的反馈也是新媒体作品重要的一部分。艺术家完全放弃了观众对作品的理解，包括作品的最终形态（或者根本就不存在"最终形态"）。而且不能简单地把新媒体艺术家看作技术的"使用者"（甚至"消费者"）。对他们而言，越接近基础逻辑的技术就越会给艺术表达带来更大的自由。

（2）业余媒介实践

经过新媒介技术赋权之后，文化产品的生产、复制和发行（传播）等问题都已大大简化，以至于媒介的控制不再完全掌握在专业人士手中。文艺生产的主体发生了变化，所谓"大规模的业余化"开始出现，生产者和消费者的界限日益模糊。

传播渠道和传播方式对创作产生莫大的影响，数字化技术、搜索引擎技术使再生产的素材更易存储和获得。而且再生产创作出的作品通过网络社群，尤其是社交媒体迅速传播扩散。尽管大众创作内容脱胎于商业文化，但通过重新利用从商业文化中抽取的素材，就可以在与商业文化的对话之中形成响应或对抗。现下，空前丰富的业余媒介实践，已经产生出巨大的文化影响力。一个表现是，草根媒体的创作与机构媒体在调性和立场上的对立已经越来越不明显，二者呈现出趋同的倾向，或者说，机构媒体话语开始向草根媒体话语转变。《新闻联播》与外交部发言人关于中美问题发表的一系列言论就是例证。

（3）集体媒介实践

新媒介技术提供了社交媒体、网络论坛等效率极高的沟通工具，大大降低了组织和管理的成本，作为再生产者的大众彼此之间可以即时交流和协作，不仅生产效率大为提高，而且能够轻易完成此前难以想象的需要成千上万人通力合作才能完成的任务。维基百科、百度百科、知乎等网络平台的主要内容都来自这种集体创作。而且，集体媒介实践不会止于话语实践。新技术大幅降低了协调成本和沟通成本，使新式群体的形成成为可能。一个巨大而分散的群体可以随时随地形成，人们的能力在大幅提升，包括分享的能力、与他人合作的能力、采取集体行动的能力，形成所谓"无组织的组织力量"。文化生产和传播手段的大众化将导致深刻的社会变迁，因为这种大众化最大的意义是促成互动，而且这些互动公开可见。观念和认知的大规模改变，包括集体行动的可能，都蕴含在这种集体媒介实践当中。

（4）媒介"自动化实践"

在新技术的加持下，互联网数字媒介和印刷媒介建构的主体性已经体现出了根本差异。作者已经不是作品本源，作品本源变成了媒介自身。

今日新闻报道的最主要形态是新闻短视频，其重要诉求是第一时间将大量新闻现场传达给用户。在此诉求下，相当一部分新闻短视频不再出现作为主动记录者的记者。在对新闻时效性和新闻产量的极致追求下，视频画面不再由摄像记者拍摄，或者说，不是由人来拍摄，而由机器拍摄。大量新闻现场素材，都来自于无人机、监控摄像头、警用执法记录仪、行车记录仪等等。在记录过程中，并不是记者进入现场，而是机器等媒介终端进入现场。从这个意义上看，技术物与传统记者扮演着同样的角色，构成了新闻报道整体中的一分子。然而，这样的"物"被纳入人的体系中，它改变了我们观察的视角。

在智能技术的帮助下，媒介不光能自动记录现实，甚至能够生成"现实"。用华为 P30 Pro 拍摄月亮，手机自动识别月亮后进入"月亮拍摄模式"，该模式用计算机算法"生成"了一个轮廓清晰、充满了用望远镜才能看到的细节的月亮图像，然后把这个数字生成的月亮图像显示在手机上。整个过程耗时微乎其微，拍摄者完全不会察觉，还以为那张图像就是自己拍到的月亮。华为公司甚至为此申请了国家知识产权局的专利。

在话语实践的文艺生产层面的变革之外，新媒介的审美体验和感知模式也大为不同。由于线上生活已经成为现代人现实生活越来越重要的组成部分，而非对立面，个人体验开始"在线化"。审美不再是个人化的、私密化的行为，而变成了公开展示的行为（看了一场展览、演出，或者阅读一本精彩的书，都会在社交网络分享体验）。审美体验不仅通过新媒介外化，甚至变成一种社交方式或社交货币。审美体验不再是内在的个人体验，而变成集体式的，人们互相交流、彼此影响。如前所述，新媒介时代的审美感知模式也经历了由静观到惊颤的转变。

根据詹金斯对电影粉丝文化的研究，内容在不同媒介渠道的流动，生成了一种新的审美情境——为了充分体验作品中的虚构世界，消费者变成了追寻者和搜集者，通过各种媒介渠道搜集有关故事的点滴情节，通过在线讨论来印证、比较彼此的发现，通过合作来保证彼此的丰富娱乐体验。而能够为消费者提供可探索的空间和与他人交流的机会的跨媒介叙事作品成为最受欢迎的文化产品，如沃卓斯基姐弟的《黑客帝国》、J. K. 罗琳的《哈利·波特》、乔治·卢卡斯的《星球大战》。

2. 新媒体的话语实践开创了真正大众的文学艺术，乃至社会批评

与抖音、快手等短视频平台最初形成的庸俗、无聊的一般印象不同，精致的高质量的短视频内容正在大规模涌现。大众创作者逐渐变成专业的内容生产者。甚至，有不少影视从业者、机构也对短视频产生了兴趣，愿

意根据用户喜好来创作相关的作品，并且上传到短视频平台，因为对他们而言，短视频创作更为自由，比较不受久已成型的影视工业体系束缚。一般看法是，新媒体赋权给大众，创作工具和传播工具导致大众文化实践空前繁荣，从而导致精英文化被摧毁，新媒介技术的使用被大众所普遍掌握后，大众极为丰富的新媒体实践，让精英创作者们终于看到"大众平台"的潜力，从而后知后觉地加入其中，他们的精致艺术化的创作，让平台的审美层次变得更为丰富。某种程度上，这是大众对精英的反哺。

如果说高质量内容的比例大幅上升表明了媒介实践生态具备自我进化的能力，那么近期出现的流行音乐搭配土味视频（粗鄙、庸俗的短视频内容）的混搭剪辑创作，则被誉为一场"符号革命"。镜头下的芸芸众生埋头做着夸张、滑稽的表演（正因如此才被称为土味视频）而毫不自知，当这些片段被剪辑到一起，配上类似经典摇滚乐的旋律和歌词时，可笑的日常片段开始显得荒诞、魔幻又精彩纷呈：镜头下的男女老少恣意地扭动，真挚而自然，形成可笑中又带有苦涩和感动的复杂况味，而一种新的、难以言说的意义就此生成，这意义可作任何解读，总之绝不再是肤浅。新媒介技术让不同媒介时期的大众文化符号得以结合——在互联网技术下，土味视频、经典摇滚乐都成了再创作的素材，可存储、可检索、可交流、可传播。新媒介技术的可能性让大众文化的反叛潜力得以真正释放，或者换句话说，新媒介技术显现出刺破高雅和庸俗等对立圈层的潜力，而此类实践才是真正体现出新媒介革命特性的话语实践。

大众媒介实践常因粗鄙、低俗遭到批判。从单个碎片来看，确实如此，但从宏观来看，无数碎片从整体上被审视，反而呈现出某种去中心化、反统一理性的深广意义。曾一度被视为以单纯娱乐消遣为目的的解构、恶搞，现在应被理解为严肃创作的一部分。本雅明的星丛、巴赫金的狂欢和对话，这些去中心化的理论，已经从文艺作品、文艺理论中，变成社会现实，变成大众自我建构意义的常态。互联网真正的潜力就在于这种群体的、规模化的力量，它不是个体的、精英式的。但碎片化的星丛叙事，建立在宏观视角的前提下，从个体接受的角度其实难以把握这种宏观意义。个体看到的或消费的只是零散碎片，因为其注意力的不稳定和快速转移。也就是说，深入或浅薄其实并非从生产意义上理解，而是从接受意义上理解。信息消费方式决定了内容的深入或浅薄。从这个角度上说，"作者之死"在网络新媒介时代已经成为基本事实。

当今全民卷入的媒介创作实践是短视频，微信公众号和网络文学兴盛时期均未出现如此盛况。原因很简单，短视频创作的门槛足够低，相比之下，写作的门槛仍然很高，因此网络文学作者群体再大，也远未到全民参与的程度。当然，与创作相比，被人看到更加重要。新媒介技术最重要的赋能，不是在于让所有人都能创作，而是在于任何人的创作都可以被看到，而且围绕创作和传播可以很容易展开多角度多维度的互动——创作者与消费者之间、消费者与消费者之间、创造者与创造者之间。而互动会反过来又会影响创作、参与创作。

第二节　"主动大众"的幻象——新媒体视域下的媒介批判理论

一　"参与文化"的内在有限性

有不少研究者认为，充满悲观论调的文化工业理论已经过时，不再适用于大众获得技术赋权的新媒介时代。文化消费者已经不再像过去那样只能被动地接受，而是主动地参与到文化产品的生产之中。詹金斯的《融合文化——新媒体和旧媒体的冲突地带》，核心主题讨论的就是粉丝和消费者汲取通俗文化中的图像、人物、故事等作为原始素材来创造他们自己的文化，以实现彼此之间的沟通。

由于个体信息存储能力的局限，媒体消费已经成为一种集体性过程。由此，詹金斯提出"集体智慧"的概念，而文化消费者运用集体智慧的过程，被詹金斯称为"通俗文化的集体意义建构"（collective meaning-making）。

书中的大量案例研究都向我们展示，当拥有多样化终端设备的人在共同消费以及制作媒体时，当他们汇集起各自的观点和信息、动员起来促进共同利益以及充当草根媒介以确保重要信息和有趣的内容得到更广泛的传播时，会发生什么样的情况。"我们与其说是讨论个人媒体，可能还不如说是在讨论公共媒体——这些媒体已经成为我们作为社群成员的生活的一部分，无论我们是在社会最基层面对面地讨论还是在网络上体验它们……融合文化正在使新形式的参与和合作成为可能。"①这种正在出现的参与权力将对传统的权力源起到很强的矫正作用，但人们必须学习如何行使这种新型权力。也就是说，这种参与并非无门槛，而是需要一定的"参与技能"。眼下的现实是，只有少数先行者（粉丝）才掌握这种技能，并且只应用在通俗文化中。詹金斯对这种"参与鸿沟"的出现解释了原因："一方面，因为代价比较低；另一方面，还因为游戏于通俗文化之中与应用到更为严肃的事情上面相比可以得到更多的乐趣。"②

"参与文化"局限在小众范围和商业娱乐之中，这一事实凸显了"参与鸿沟"不是一个技术问题，需要面对的是降低不同群体参与可能性的文化因素。人们正在围绕通俗文化出现的亲密空间里学习新型的参与知识文化，包括学习合作，学习共同创造集体智慧，而非独立解决问题。

然而，影响参与文化被广泛接受的社会性阻力不止于此。詹金斯引述纽曼的观点发现，消费者的"习惯"或"受众心理、半投入状态、日常媒体行为中的娱乐导向思维定式"减缓了正在崛起的数字技术的互动潜力的发挥。技术已经掌握在手中，而相应的文化却没有做好迎接新技术的准备："用户控制的水平式媒体的新进展，如允许用户修正、改进、存储、复制、传送给他人以及评判种种思想等，这些并没有替代大众传播。正相反，它们成为了传统大众媒体的补充。"③

有学者指出，这揭示出媒介文化的内在有限性："新技术一方面加重了现代个体对于社会系统的进一步承认与妥协；另一方面亦为'新文化'的实现提供了技术支撑，使得受众的自我表达和文化抗争成为可能。但

---

① 〔美〕亨利·詹金斯：《融合文化：新媒体和旧媒体的冲突地带》，杜永明译，商务印书馆，2012，第356页。

② 〔美〕亨利·詹金斯：《融合文化：新媒体和旧媒体的冲突地带》，杜永明译，商务印书馆，2012，第357页。

③ 〔美〕亨利·詹金斯：《融合文化：新媒体和旧媒体的冲突地带》，杜永明译，商务印书馆，2012，第354页。

它尚未带来真正的'受众的狂欢','去中心化'受到其内在有限性的束缚。"①

二 "主动大众"的批评性反思

尽管我们探讨了新媒介技术赋权之后，大众所拥有的种种反抗传统媒介权力的可能性，但结合当下人们身处的媒介环境进行考察，不难发现所谓"主动的大众"的结论目前仍然具有虚幻性的特质。事实上，与法兰克福学派的大众文化理论站在对立面的"文化消费主义"理论早已被指出过高评价了大众的主动性。现实情况确实如此：经过技术赋权的大众反抗性目前只存在于亚文化领域，文化工业理论中描述的大众的被动局面仍处在统治地位。

这足以证明对新媒介环境下"主动的大众"进行批判思考的必要性。早在 2012 年，我国就有学者提出网络文学与文化研究应纳入历史维度，批判理论路径更具现实意义。② 法兰克福学派的先驱们所处的资本主义时代，文化工业和现代传媒对社会的统治远不及今日这样全面和深入。新媒介技术如今已经完全渗透并改变了人们的生活，日常生活和社会都已经深度媒介化。在这样的背景下，以法兰克福学派先驱们的思想作为武器，抵御被新媒介赋予更大力量的文化工业的控制，具有极强的现实意义。

1. 鲍德里亚——大众制造"自我拟像"

尽管鲍德里亚对于"沉默的大众"的分析有后现代虚无主义的倾向，但毫无疑问，他对媒介化社会的拟像层面的分析是切中肯綮的。"仿真世界"正逐渐成为事实，而在一个由现实、技术和媒介交织的"仿真世界"里，真实与虚拟已经难以辨别。在当代数字化环境中，人们更加难以区分模拟与现实的界限。

在鲍德里亚看来，后现代社会是符码主导的信息社会，现代性集中于物的生产，后现代性则集中于符号的消费，符号意义作为社会身份、地位、价值的区分系统，渗透到社会生活的各个层面，人们通过消费物的符

---

① 李敬：《技术与文化传播：对新媒介文化的批判性研究》，《社会科学》2017 年第 6 期。
② 曾军：《文艺学的回望与前瞻》，《上海大学学报》（社会科学版）2012 年第 1 期。

号意义获得自我和他人的身份认同，传媒已不是再现真实的工具；世界的意义只是在媒体的符号复制中获得。

在移动互联网已经对现实生活实现全面渗透、大众获得媒介赋权后的新媒体时代，符码的控制力量更为强大了。鲍德里亚曾以广告为例，说明拟像没有参照物，与现实毫无关联；但在移动互联网极为发达的新媒体时代，人们的"线上生活"却与现实真实缠绕在一起，它不是真实，但又是真实的一部分。线上生活已经构成人们现实生活"切实"的组成部分，"人"也变得数字化了，或者换个角度来说，人是由数据构成的了，永远在线的大数据，记录了所有用户的行为、情感、思想、爱好与需求，然后通过各种标签对用户进行特征描述，这就是所谓的"数据画像"，内容生产者可以迅速全面地了解每个个体用户，然后有针对性地提供文化产品。了解互联网经济和新媒体的运营都有赖于此，可以说数据化的人构成了信息社会繁荣的基础。因此，新媒体时代是一个比传统媒体时代更为符码化的时代。人作为有真实血肉的个体的意义越来越小，而作为各种数字化标签的集合体的意义越来越大。甚至，由于"数据茧房"效应，某个由符码构成的"人"与其真实的、作为本体的"人"往往存在较大的偏差。如果说传统媒体时代消失的是世界的真实，那么在新媒体时代，人的"真实"也消失了。

在鲍德里亚批判的传统媒体时代，造成符码取代真实的始作俑者是大众传媒。但在媒介赋权后的新媒体时代，大众成为自身符码化的"帮凶"。鲍德里亚指出，真实之所以消失，是因为大众不想看到真实的多样化的反映，只想看到戏剧化、标签化的人物和事件；大众想要什么真实，什么"真实"就被媒体生产出来。而在媒介赋权后迅速涌现的众多网红自媒体，更将这种"真实构建"发挥到极致，多数时候它们都不是新闻事件原初的报道者和披露者，而只是将专业媒体报道的新闻事件进行戏剧化的构建，给其中的事件和人物贴上简单化的能够挑起大众情绪、引发观念冲突的标签，用这些"漂浮的能指"加上吸引眼球的标题对整篇文章进行包装，便能轻松收获"10万+"的点击率。由于利用了大众偏好简单化、情绪化的认知习惯，自媒体构建出的"新闻事件"往往比专业媒体对同一事件的报道能吸引更多的注意力，而大众经常通过社交网络中大量转发的自媒体文章来理解"真相"。由于自媒体有着先天的逐利本性，却缺乏专业媒体机构的职业规范，大众关于真相的认知环境比传统媒体时代更为恶化，情绪和想象往往盖过真相，被广为传播和消费，这也是新媒体时代被称为"后真相时代"的原因。

鲍德里亚看到的是大众与媒体机构的对立，他认为传播是单向的，媒体在制造拟像蒙蔽大众，并在这一语境下论述大众被符码控制和压迫。但如今经过媒介赋权之后，大众不但没有因此接近真实，反而协助拟像愈加全面地渗透到生活当中。不仅媒体在制造拟像蒙蔽大众，大众自身亦开始制造自我拟像，通过社交网络"晒"自己，来构建与现实生活平行交叉的"线上生活拟像"。但将这一切归罪于大众仍然是不公允的，或者说，至少是不准确的。按照鲍德里亚的观点，拟像并非参照真实，而是从媒介自身出发的系统化信息生产，出自自主化的媒介的逻辑本身。之所以说现代社会是一个媒介化的社会，是因为人们通过媒介才能认知世界；而在新媒体时代，社会的媒介化程度显然进一步加深——人们进入了媒介化的生存状态。前面说过，经过媒介赋权之后，生产信息和广泛发布信息已经不是专业媒体机构的专利，任何个人和组织都可以通过媒介平台成为"媒体"。

公开性的自我表达是人的天性，只是过去这个权利只掌握在传统媒体机构手中，但现在经过媒介的技术赋权，大众终于有了自我表达的机会，理论上，每个人发布的任何信息都可以立即被世界上的任何人看到并传播，并且这信息会一直存在于互联网上，在若干年之后仍然能被检索到。不得不说，"成为媒体"的诱惑实在太大。但只要使用媒介、成为媒体，就不得不屈服于媒介平台的拟像逻辑。也许是对此早有预见，鲍德里亚晚年提出了"诱惑"的概念。他将诱惑比作错视画（Trompe l'oei l），而诱惑的反讽性就在于，它时刻都在提醒观者意识到拟像与现实的边界和区别，但却引诱人们将其当成现实。错视画唯一的意义就是混淆现实边界，引诱人们碰壁之后，使人们幡然醒悟，注意到拟像与现实的界限。但这种诱惑的游戏却让人们沉迷其中，成为拟像的共谋。这也许就是为什么鲍德里亚在提出"诱惑"概念后，又表达了对诱惑的绝望。

鲍德里亚曾批判大众传媒让人们对信息有着强烈迷恋，他称这种迷恋为"信息窥淫欲"，如今的新媒体时代变本加厉，社交媒体前所未有地占满了人们的日常生活，这从每个微信用户的日均使用时长和打开次数即可看出；媒介对大众的赋权，也生产出更多的信息垃圾，让每个媒介的使用者都全面深入地浸没其中，无法自拔。媒介赋权没有让大众摆脱符码操纵、获得自由，大众反而被其更牢固地束缚住了。不论是自媒体的有流量无营养的所谓"爆文"（某个明星的结婚或者出轨都能收获"10万+"的阅读量），还是大众自身在朋友圈和微信群中传播的无聊内容，都加重了现代人的"信息窥淫欲"。在得到赋权之后的媒介语境中，大众并未如鲍德里亚所说的那样沉默和屈从，而是喧嚣、主动地投入到这场狂欢之中，成为摧毁真实的同谋。

2. 本雅明——大众的自我复制

很少有人注意到，本雅明关于技术复制的概念也暗示了"大众"的复制。大众复制指的是大众在图像（影像）中和自己相遇。涉及大众自身的出现和转变："大众复制尤其有利于大众的复制。"① 他发现，摄影技术的快速进步加快了现代文化中相机的个人使用："相机变得越来越小，越来越容易捕捉到转瞬即逝的秘密图像，这些图像的震惊效果会麻痹观者的联想机制。"② 个性化的摄影，通过表现加速了的"生活状态的文学化"大量出现在插图杂志或新闻短片上，就像报纸把人群变成了阅读大众一样。由于个性化的摄影，我们见证了一个新的公众的崛起，他们不断记录自己的日常生活，并与其他公众分享这些照片。我们可以很容易地观察到"生活状况的文学化"对社会的影响，因为在当代人们每天都在使用Facebook、Twitter等社交媒体以及Flickr等各种图片托管网站上不断分享的数码照片。随着摄影图像的广泛传播，一种新的媒介素养应运而生。在照片时代（复制的图像、人为的现实），每个人都有权生产、拥有和传播自己的图像，"文盲"被用来指定那些"不能阅读自己的照片的拍照者"。③

摄像技术中同样存在大众的自我复制。本雅明提出，电影技术的一个

---

① Benjamin, Walter, *Selected Writings*, vol III, trans. Marcus Bullock, Michael Jennings, et al. (Cambridge, MA: Harvard University Press, 1996-2003), 132.

② Benjamin, Walter, *Selected Writings*, vol II, trans. Marcus Bullock, Michael Jennings, et al. (Cambridge, MA: Harvard University Press, 1996-2003), 527.

③ Benjamin, Walter, *Selected Writings*, vol II, trans. Marcus Bullock, Michael Jennings, et al. (Cambridge, MA: Harvard University Press, 1996-2003), 527.

关键特征在于它与大众形成的逻辑有着至关重要的联系："在大型仪式游行、大型集会和大型体育赛事中，以及在战争中，所有这些都被录入了镜头，大众与他们自己面对面。"①复制和记录技术的发展，不仅让统治者通过新影像传媒的不断曝光增加权力的可见性，也让大众通过在影像媒介中的自我呈现促进"集体主体"的形成。视觉再现技术首次实现了"共时大众接受"，该技术同时具有人群场景和个体特写的能力。正是这种双重的媒介品质，使得电影能够让大众从审美上体验自己，享受自己的群众运动。②

这一洞察同样适用于今天的新媒介环境，甚至，大众复制的特征更为凸显。社交媒体作为大众的自我再现的平台，微信朋友圈即是大众的镜子——他们通过新媒介看到自己。

现在人人都在使用的社交网络，本身即具有某种不真实的特质。首先，它制造了一种自我满足的幻觉。为什么有那么多人都粘在社交网络上、成天盯着小小的手机屏幕？人们想要的到底是什么？某种程度上，社交网络最大的价值，在于为用户制造了一种预期，一种自我满足的幻觉，让用户以为能够获得价值，即使这价值其实只存在于他们的想象中。据统计，社交网络上被转发最多、最受欢迎的是以下三类内容：那些让我们感到长见识、有"知识增量"的，帮助我们重温某些时刻和经历的，以及提供了有价值的实用工具或技巧的。绝大多数人看过这些他们觉得有帮助的内容后，并不会真的去检验一下它们的效果如何。看过了、分享了，和好友在评论里互动一下，整件事情就结束了，内容所带来的刺激，生于社交网络、止于社交网络。最重要的行动只是分享本身，并不是去亲身实践所分享的。

其次，人们整天粘在社交网络上，是为了获得"社交货币"以完成自我形象构建。社交货币是新兴的社交媒体经济学理论的概念。人们在社交网络分享内容时，不仅要传达所分享内容的信息，也是想传达与自己有

---

① Benjamin, Walter, *Selected Writings*, vol II, trans. Marcus Bullock, Michael Jennings, et al. (Cambridge, MA: Harvard University Press, 1996-2003), 527.

② Benjamin, Walter, *Selected Writings*, vol III, trans. Marcus Bullock, Michael Jennings, et al. (Cambridge, MA: Harvard University Press, 1996-2003), 139.

关的信息，通过所分享的内容来完成自我定义或自我的"标签化"，即所谓的"you are what you share"。如前所述，用户通过分享塑造了一个想象中的"我"，人们希望自己在社交网络中的形象是聪明的、风趣的、知性的、感性的……而能够帮助他们表达想法、凸显自我个性、给他人留下良好印象的内容，就是社交货币，通过这种由内容构成的社交货币，用户能够换来一个在别人眼中更好的自己。而所有在这些内容下点赞、评论、转发的人，也通过这些社交动作，完成了自我的身份定义。

本雅明敏锐地发现，虽然法西斯美学将大众置于中心地位（法西斯艺术不仅是为大众执行的，而且是由大众执行的），但大众仍然被孤立在权力之外。他强调："人们可能会认为大众控制着这种艺术，他们可以把它作为一种自我交流的方式，认为他们是自己家的主人，是剧院和体育场的主人，是电影制片厂和出版社的主人。大家都知道事实并非如此。相反，主导这些地点的是'精英'。而这些精英并不希望艺术为大众提供一种自我沟通的方式。"① 这道破了技术复制时代大众的真正地位：他们是中心，一切都为了他们，但他们仍被隔绝于权力之外。

本雅明指出，尽管新技术中存在着解放潜能，但实际情况是，除了借由复制技术获得再现（representation）的机会，大众没有获得任何权力的保证："法西斯政治景观的主要特征表现为伪自我再现的景观。大众的愿望无非是通过形象和表象来实现。他们的政治和社会地位基本上没有改变。大众在再现中作为历史的主体出现，但在政治决策过程中仍然是被动的客体。现代人的日益无产阶级化和大众的日益形成是同一过程的两个方面。法西斯主义企图在组织新的无产阶级大众的同时，还保持这些无产阶级所要消灭的财产关系的完整性。因此他们的救赎只保证再现，但绝不保证权力。大众有权改变财产关系；法西斯主义则通过努力让他们获得再现机会，来保持这些关系不变。"②

---

① Benjamin, Walter, *Gesammelte Schriften*, vol III, eds. Rolf Tiedemann and Hermann Schweppenhäuser, with the collaboration of Theodor Adorno and Gershom Scholem (Frankfurt am Main: Suhrkamp Verlag, 1974. Taschenbuch Ausgabe, 1991), 488.

② Benjamin, Walter, *Selected Writings*, vol III, trans. Marcus Bullock, Michael Jennings, et al. (Cambridge, MA: Harvard University Press, 1996-2003), 120-121.

第三节　新媒介控制批判

新媒体时代，造成的冲击是多方面的。文艺学的媒介文化研究也必然遭遇理论适用性问题。如西方马克思主义和法兰克福学派的媒介批判理论，在新媒介的冲击下，还能否用于解读新媒介？我们这个时代的媒体系统在其不稳定和复杂性以及持续的变革等方面都是空前的，正因为如此，如果要理解媒介变革与社会、政治、经济、文化等是如何互相塑造的，过于恐慌和过于兴奋可能都不是一个恰当的态度。

当然，首先要避免误读。霍克海默和阿多诺的文化工业理论经常被批评只是抽象地将受众纳入产品体系，从产品（文化）同质化得出（社会）受众同质化的结论，缺失真正的受众分析。但有学者发现，霍克海默和阿多诺从不认为文化工业只会生产垃圾，他们认为很多文化产品都经过细心设计，想方设法取悦和安抚受众："我们尽可以反对两人视生产为封闭系统的观点，但两人提出的受众反馈被生产过程所预设的思想，在强调群体与消费心理学的今天，远比在 40 年代更具解释力。"① 最能够证明这一观点的新媒介技术就是大数据和推荐算法。前者通过在线采集所有用户在线上的一切信息和行为，进而获知他们的情感、思想、爱好与需求；后者通过数学模型来准确预测某个具体用户在某个特定场景下可能会对某方面的内容感兴趣。

有学者指出，新媒介技术不但没有改变受众与文化产品之间的关系，反而让受众"更自觉"地接受了预先处理的结果。大数据应用正是技术与工具理性内在勾连的最佳表现方式："大数据所加工整理后的数据信息，已不再是生活本身，而是一种经由既定的数学逻辑对符号体系化了的生活的'翻译整理'；这种被翻译整理后的生活，受到社会和商业多领域的重视，因为它是被数学化的逻辑所拣选的、有价值的对象，最终再反过来被当做根据来给出'真实的'生活；由此，生活遂成为了人们对数学

① 〔美〕约翰·杜伦·彼得斯：《霍克海默与阿多诺的奥义：读〈文化工业有感〉》，载〔美〕伊莱休·卡茨等编《媒介研究经典文本解读》，常江译，北京大学出版社，2011，第 72 页。

化理解和模仿的结果而被再次呈现……大数据技术为媒介文本和传播方式提供了重要的'生产依据'，工具理性又反过来推出整个真实的生活，行动根据便坐落在对象世界的'规律'之中了。"①

与大众媒体时代的控制主要诉诸内容不同，新媒介时代的控制机制包含技术控制、平台控制、内容控制、社会性控制等多个层面。新技术在给个体赋权的同时，也给传播的控制提供了新的方式和可能：大数据技术对浏览、发布、分享等所有线上活动进行实时探知和监控，内容生产者为了生存，高度"听从"大数据技术的建议，大量生产迎合用户的内容，导致用户信息选择范围缩小；算法技术以满足个性化需求的名义剥夺了用户的信息选择权；交互技术为媒体通过所谓"运营"来操纵用户提供了更丰富、更方便、更有效的方式。

技术赋予大众参与权的同时，也扩张了平台型媒介的垄断。大型媒介平台的崛起让媒体垄断进一步集中化，少数几个大平台凭借海量的用户规模和超强的黏性，掌控着绝大部分的注意力资源，它们不仅控制了内容生产和发布的传播渠道，对于人们每天消费什么信息和如何消费信息都具有深度的控制能力。

新媒介的内容控制也明显区别于大众媒体时代。随着传播权的下放，大量自媒体迅速出现，议程设置表现出碎片化、局部化、众声喧哗式的特征。并未获得一手信息的自媒体通过贩卖观点、煽动情绪，常常代替传媒机构成为信息的解读者。

被技术赋权之后的社会性控制亦是新媒介控制机制的一个非常值得关注的方面。用户获得了媒介赋权后长时间在线，数字化生存成为多数媒介使用者的常态，他们的社会关系、社交行为也在相当程度上转移到线上，因而，媒介信息的社会控制机制也随之以数字化、在线化的方式更加清晰地显现出来。网络传播的最大特点在于信息过滤系统，这一过滤系统包括个性化算法推荐等技术性过滤系统和转发、分享、社群等社会性过滤系统，但后者常被新媒体研究者忽略。随着社交网络日渐成为用户获得信息的主要渠道，每名用户的社交圈子决定了其获取信息的数量和质量。此

---

① 李敬：《技术与文化传播：对新媒介文化的批判性研究》，《社会科学》2017年第6期。

外，社交网络还控制了用户的内容偏好，内容生产者对用户的迎合在这里变成了对社交网络传播特性的迎合——主观化、单一化的强情绪和强观点输出才能收获最大的传播效果。社交网络中的个人用户尽管获得了媒介赋权，但并未充分利用公开表达的自由，人们常常为了自我身份塑造和形象建构，不愿把真实的想法和真实的兴趣公开发布。大众传播学中分析"影响有限性"的社会关系论认为，个体与群体同时受制于无形的社会关系网络，它会强有力地影响人们对信息的选择与接受，在社交网络中，这种有限性由于信息技术带来的规模化和速度而表现得更加明显。

随着新媒介技术对社会生活的全面侵入和掌控，如何建构主体的批判理性成为一个难题。周宪从伯格曼的"装置范式"（device paradigm）概念入手，分析了技术赋权下大众参与公共讨论的虚幻性："技术所提供的便捷装置和手段，有助于形成实时传播的碎片化的海量同质信息，同时也提供了广泛参与信息传递和表达诉求的通道（网络、终端或各种界面）。这就开启了一个人们虚拟参与的新格局，涌现出许许多多的社交媒体和话语圈。这里有两个问题值得注意，第一个问题是高度碎片化的信息导致了总体性和复杂性理解结构的消解，使信息方式日趋碎片化和平面化。一方面，助长了海尔斯所说'超级注意力'模式的形成，其特征是迅速转移焦点，缺乏耐心和长时关注，寻求多样性和刺激性信息，另一方面，碎片化认知习性的形成，必然会导致人们认知的总体性判断和把握能力的退化。第二个问题是社交媒体中广泛存在的'螺旋上升的沉默效应'。参与社交媒体的人越多，形成的效果却是不断扩大的沉默现象，由此构成了社交媒体上普遍存在的'从众'趋向。"[①]

那么，如何抵御装置范式的消极影响？海德格尔、法兰克福学派的解决方案是在技术之外去寻找艺术救赎，而身处技术系统内部的大众是否有选择反抗的可能？这有些像我们之前讨论过的大规模的业余化，但不可否认的是，大众对技术的非专业应用，其实仍在技术范式的框架之内，大众越掌握技术，陷入技术的控制越深。此外，技术赋权给非专业应用的同时，在专业领域也进一步发展。

---

① 周宪：《技术导向型社会的批判理性建构》，《南海学刊》2016年第3期。

第四节 新媒介环境的复杂性

一 过渡阶段

麦奎尔在《受众分析》中曾提出："我们尚处于大众媒介时代和信息社会的早期阶段，社会本身还没有发生如此根本性的变化。"比如，目前仍然存在单一的民族国家、强烈的集体认同、广泛的利益团体，这些不断为形成大量而且投入的受众群提供了可能。在全国乃至全球范围内，媒介成为表达集体认同与忠诚的重要手段，也成为这一切发挥作用的主要工具。①尽管《受众分析》写于21世纪初，但这一判断至今仍有着不容忽视的合理性。"过渡性"是信息社会早期阶段最明显的特征，新旧媒介冲突、融合，新的事物和新的规律正在形成和完善，但旧的规律和理论仍在发生作用。时至今日的新媒介研究，已经越来越深入，呈现出多元化、精细化的特点。学者正致力于研究范式的创新与突破，"新媒介对传统理论的冲击"这一"老话题"在尚未紧密结合当下媒介现实进行深入讨论时就已乏人问津。

新技术带来的传播变革从来不是一蹴而就的，"新媒介必然完全取代旧媒介"的论断过于草率，《自由的技术》的作者普尔预言了一个长时期的过渡过程，在此过程中各种媒体系统相互竞争、相互合作，寻求难以企及的稳定状态："融合并不意味着最终的稳定和统一。它作为一种持续性的统一力量发挥作用，但却总是保持动态的变化张力……关于日益显著的融合并不存在永恒不变的法则；变化的过程远比这些复杂。"②

詹金斯认为，信息社会过渡阶段的媒介文化是一种新媒介与旧媒介以一种复杂方式展开互动的"融合文化"，有关新技术和主体性等媒介研究焦点问题的讨论呈现出相互矛盾的复杂状态的原因也正在于此。"欢迎来到融合文化之中，这里新媒体和旧媒体相互碰撞、草根媒体和公司化媒体

---

① 〔荷〕麦奎尔：《受众分析》，刘燕南等译，中国人民大学出版社，2006，第178页。
② 转引自〔美〕亨利·詹金斯《融合文化：新媒体和旧媒体的冲突地带》，杜永明译，商务印书馆，2012，第41页。

相互交织、媒体制作人和媒体消费者的权力相互作用，所有这一切都以前所未有、无法预测的方式进行"①；"这并不是一个全新的时代，而是一个过渡性质的、充满纠结、难以预测的融合时代"②。

有一个重要事实常被急于抛弃传统媒介理论的研究者忽略——技术的进步和人的变化未必同步，看似汹涌而来席卷一切的新媒介技术实际上受到各种社会力量的制约。麦奎尔指出："在目前革新状态下，我们能够得到的一个最合理的结论就是：在面对所有这些变化和技术发展时，有一个相当强大的惯性力量制约着受众的形成和受众行为的根本性改变。纽曼在其《大众受众的未来》（The Future of the Mass Audience）一书中，描述了当新的信息和传播技术推动传播活动向着更加多样化和更强的参与性发展时，所遭遇到的另外两股强大的抵制力量。纽曼将其中一股力量称为'媒介使用的社会心理'，并且用'根深蒂固的消极的、心不在焉的媒介使用习惯'来表述，称另一股力量是（美国的）大众传播工业。纽曼认为：'规模经济将传播推向追求公分母式的、单向的大众传播道路，而不是促进窄播和双向传播的发展。'虽然'大众受众心理'和经济力量并不是阻遏或者引导传播变革进程的仅有的两个因素。但是它们在其中扮演了重要角色……在媒介生产和媒介使用环境中，同样存在着强大的、各种各样的社会力量，它们具有更加深厚的根基和更为广泛的影响。受众状况仍然反映了从社团到小群体等各种社会组织的结构、动力和需求。这些力量的作用在取向上并不相同，有些可能（也许越来越多地）有利于新媒介的新使用，并且适应新受众这一现实。因此，对于传播变革的程度和范围，我们还不能作出任何确定的预测。"③ 显然，无论是对传统的大众媒介，还是对传统的媒介批判理论，盖棺定论都为时尚早。

与此同时，麦奎尔也意识到，数字技术所带来的变化是巨大而深刻的，新媒体会孕育和滋生出一系列的新型受众。由于各种传播手段及其多

---

① 〔美〕亨利·詹金斯：《融合文化：新媒体和旧媒体的冲突地带》，杜永明译，商务印书馆，2012，第30页。

② 〔美〕亨利·詹金斯：《融合文化：新媒体和旧媒体的冲突地带》，杜永明译，商务印书馆，2012，第45页。

③ 〔荷〕麦奎尔：《受众分析》，刘燕南等译，中国人民大学出版社，2006，第177页。

种功能的不断融合，公共传播与私人传播在技术上的差异已经越来越小，"所谓被动的收听者、消费者、接受者或目标对象，这些典型的受众角色将会终止，取而代之的将是下列各种角色中的任何一个：搜寻者（seek-er）、咨询者（consultant）、浏览者（browser）、反馈者（respondent）、对话者（interlocutor）、交谈者（conversationalist）"①。

二　固有的社会因素

克莱·舍基的《人人时代》则提出，网络的交互性不受技术性限制，但它受到人们认知能力的限制。社会性的制约因素意味着即使一个媒介是双向的，最受大众欢迎的使用者们也会被迫采用单向模式。网络并不能完美解决大众传媒的所有问题，因为其中有些是关于人的问题。注意力的累积之重将在一段时间后继续造成我们在传统媒体中遭遇的那种不平衡。②

有学者注意到网络新媒体时代并没有彻底颠覆传统大众媒体时代依托的自上而下单向传播的金字塔型社会结构，新媒体时代的社会传播结构是"离尖型"金字塔式的：塔尖的形成机制更为宽松，即使在高度平等的点状互联信息网络当中，也同样存在着自然产生的"意见领袖"和"情感中枢"，在某些局部衍生出许多小型"金字塔"结构，与其他形态的社会结构平行共处。③

大众传媒遭到批评的特征之一是从精英到大众、自上而下的金字塔型权力结构。但在新媒体时代，传者和受者的不平等关系依然存在。国内外都有学者发现，传-受关系的不平等现象并未被新媒介技术抹平，其中存在社会必然性。在人人皆媒的当下，提供绝大部分在线内容的依然是少数人，这印证了德国学者 Robert Michels 提出的"寡头铁律"，即民主成员组织在成长的过程中会日益演变成寡头统治。时下学界比较关注"数字沟"现象，相对被忽视的"社会沟"其实同样在线上有所反映。随着互联网技术日益成熟，它越来越多地反映线下世界已知的社会、经济和文化

---

①　〔荷〕麦奎尔：《受众分析》，刘燕南等译，中国人民大学出版社，2006，第177页。

②　〔美〕克莱·舍基：《人人时代》，胡泳译，浙江人民出版社，2015，第74~76页。

③　周笑、傅丰敏：《从大众媒介到公用媒介：媒体权力的转移与扩张》，《新闻与传播研究》2009年第5期。

关系，包括这些关系中的不平等现象。能够收获大量注意力的内容生产依然具有很高的门槛，同样是自媒体，生产能力和软硬件资源可能天差地别。造成这种现象的内在原因是我们正处在信息社会早期阶段，新媒介的技术潜力与人类社会固有因素之间的冲突开始凸显，新技术的赋能遭到了社会性因素的反制。

许多"大众性"的特点在媒体生产、内容和使用中仍会保留下来。而大众媒体长期以来遭遇的某些批评，如制造拟像遮蔽或重新定义"真实"（有意或无意）；片面、偏向，不够客观；企图控制或改变公众的态度、观点；对娱乐、暴力等浅薄内容的偏好；等等，其实也是社会和我们自身应遭遇的批评，何况，当今基于网络新媒介的那些所谓更加自由、更加个人化的内容传播，难说就摆脱了这些批评。①

三 参与文化与主流文化的关系

消费者运用集体智慧形成的参与文化与主流文化之间的互动关系也是复杂的。大公司在希望消费者的创造继续为 IP 增值的同时，也不会放弃对知识产权的控制，不断试图规范消费者"合理"利用的权利，而草根创作者们自然不会乖乖听命。草根媒体和大众传媒的关系也并非简单化的"对立"："草根媒体的力量在于它能促进多样性；广播式媒体的力量在于它可以起到放大增强作用。这就是我们应该关注这两者之间交流互动的原因：扩展参与的潜力相当于创造文化多样性的最大机会。抛弃广播式媒体的力量，得到的只是文化碎片。参与的力量并非来自于摧毁商业文化，而是来自改写、修改、补充、扩展，赋予其更广泛的多样性观点，然后再进行传播，将之反馈到主流媒体中。"②

詹金斯指出，这就是融合文化的本质："欢迎来到融合文化之中，这里新媒体和旧媒体相互碰撞、草根媒体和公司化媒体相互交织、媒体制作人和媒体消费者的权力相互作用，所有这一切都以前所未有、无法预测的

---

① 〔荷〕麦奎尔：《麦奎尔大众传播理论》（第五版），崔保国等译，清华大学出版社，2010，第 443 页。

② 〔美〕亨利·詹金斯：《融合文化：新媒体和旧媒体的冲突地带》，杜永明译，商务印书馆，2012，第 371 页。

方式进行的。"①

　　参与文化描述了新媒介技术带来的改变：媒体不仅是一种控制受众的威胁，也成为可供受众进行再创造的资源。技术必须在其与人和社会的关系中才能被准确理解。换句话说，技术只提供可能性，它不承诺任何未来，无论是光明的还是黑暗的。与一些喜欢预言新时代已经到来的新媒体研究相比，詹金斯的融合文化理论其实非常谨慎（也只有真正深入分析新媒介实践的研究方能如此），他敏锐地发现，塑造未来新媒介文化图景的关键并不在技术的发展，而在于人的发展，并且这一发展绝非一帆风顺："融合文化属于未来，但是现在它正在形成。在融合文化中消费者将拥有更大的权力——但是只有当他们既作为消费者又作为公民、作为我们文化的全面参与者来认识和利用这种权力时，才会有这样的结果。"②

四　范式之思——新媒介研究的历史维度

　　传统批判理论只强调技术对人的异化，实际上技术的"驯化"过程是适应当下社会文化的结果，人的行动和需求把新媒介塑造成现在的样子，新媒介和现代人、现代社会的关系本质是相互塑造的互动式关系，而非单向决定式关系。在2006年出版的著作中，媒介学者莉莎·吉特尔曼对新媒介研究将媒体视为孤立的自然实体的倾向提出了批评："如果今天普遍存在一种流行的模式，我认为就是一种将媒体自然化或本质化的趋势——简而言之，把媒介历史和人类历史割裂开来，完全强调前者。"③吉特尔曼提出，媒体是一组围绕技术逐步兴起的相互关联的"协议"（protocols）或社会与文化实践。协议表达了丰富的社会、经济和物质关系。它们包括大量的规范规则和默认条件，这些规则像一个模糊的阵列一样聚集在技术核心周围。在她看来，"电话"不仅仅是一项通信技术或一部通信机器，还应包括接通时的问候语"你好？"（Hello?）、每月的计费

---

① 〔美〕亨利·詹金斯：《融合文化：新媒体和旧媒体的冲突地带》，杜永明译，商务印书馆，2012，第374页。

② 〔美〕亨利·詹金斯：《融合文化：新媒体和旧媒体的冲突地带》，杜永明译，商务印书馆，2012，第373页。

③ Gitelman, Lisa, *Always Already New: Media, History, And The Data of Culture* (Cambridge, MA: MIT Press, 2006), 2.

周期，以及连接电话的电线和电缆。①

在吉特尔曼看来，媒体是关于意义的社会、历史、文化的具体（当下）经验的节点（site）。她也提到本雅明对历史主体的概括，"当下决定了客体从过去到现在的位置，当下成为客体的前历史和后历史的分界点，从而划定了客体核心的范围"。因此写成"电话""摄像机""电脑""媒体"或者现在的"互联网"和"网络"，都是泛泛的错误，把技术自然化或本质化了，好像它们是不变的，"具有自定义属性的不可变的客体"，围绕其四周的旋涡般的变化形成了历史。相反，使用"电话"这个词最好具有特指性：1890年在美国的农村地区指定电话，20世纪20年代在布达佩斯的广播电话，或者在21世纪初，在北美的手机、卫星、有线和无绳固定电话都是不同的。特异性（specificity）才是理解特定媒介的关键。②

通过对留声机的应用和普及过程的研究，吉特尔曼发现新媒介是和公众共同进化的。新媒介诞生之初，先是与常识（外在文化逻辑）冲突，接着外力（如传播产业化、人类新的感知需求和感知模式）改变常识和外在逻辑，形成新的常识，在新常识中新媒介的逻辑获得合法化，成为内在本质。然后媒介就"消失"了，人们只会注意到媒介承载的内容，而对媒介本身的存在已经习以为常。换句话说，此时人类感知已经适应了新媒介或者说被新媒介所塑造。③

社会经济结构变迁与媒介历史互为因果（同样，以量化为价值观的数字经济形态与新媒介生态也互为因果）。以留声机为代表的记录声音的新媒介得以普及的背景是，19世纪出现新的社会和经济结构，还有很少有人注意到的，但同样与社会经济结构相关的，如新兴的工资劳工阶层、移民和美国帝国扩张的新兴人口，以及与印刷媒体和公众演出相伴出现的城市大众受众。如果传播的工业化广泛地参与到诸如此类的社会和经济结

---

① Gitelman, Lisa, *Always Already New*: *Media*, *History*, *And The Data of Culture* (Cambridge, MA: MIT Press, 2006), 8.

② Gitelman, Lisa, *Always Already New*: *Media*, *History*, *And The Data of Culture* (Cambridge, MA: MIT Press, 2006), 8.

③ Gitelman, Lisa, *Always Already New*: *Media*, *History*, *And The Data of Culture* (Cambridge, MA: MIT Press, 2006), 8.

构中，那么，记录声音的新媒介就组成了表达这些社会经济结构所涉关系的协议的一部分。新媒介只有取得常识可解性（commonsense intelligibility）才能真正融入现实生活。能够录音的新媒介就是由中产阶级妇女来定义的，她们帮助它成为一种新的、可理解的家庭娱乐媒介。①

从 1895 年到 1900 年，当时作为新媒介的留声机从公共场所进入私人家庭。这一转变取得了巨大的成功，打破了爱迪生和其他一些人认为留声机只是听写用的商业机器的期待。"回放，而不是录音，成为这一媒介的主要功能，从听写到娱乐的主要功能的转变也为公司所有者带来了商机。"②

但吉特尔曼同时提到，消费和生产的范畴还不足以充分解释新媒介的深层定义。当媒介是全新出现的，它们的协议还在出现当中，它们最终要表达的社会、经济和物质关系还在形成时，消费和生产就会变得非常模糊。记录声音的新媒体作为一种家庭娱乐形式，之所以成为可理解的（intelligible），是与正在形成的家庭结构和公共结构（主要依赖 19 世纪晚期美国女性角色的改变，或者说，是性别和文化差异经验的改变）一致的。同时期的电话、月刊和电影的界定也依赖同样的社会文化背景。③

吉特尔曼指出，留声机的早期历史与今天的数字媒体的早期历史有着特殊的相似性，它们最早的推动者和受众都是之前没有预料到的，并且以无法预料的方式发展，这两个案例都打破了流行的技术决定论观点，同时展示了新媒介的物质特性与其社会流通在塑造传播和意义的方式上是多么不同。在最广泛的层面上，商业传播留声机从商用听写机器变成一种家庭娱乐形式，就像从大型计算机到个人电脑的转变一样，新的媒介变得不那么集中，使用成本也更低，而且更"个人化"，存储容量也更大。④

---

① Gitelman, Lisa, *Always Already New: Media, History, And The Data of Culture* (Cambridge, MA: MIT Press, 2006), 14.

② Gitelman, Lisa, *Always Already New: Media, History, And The Data of Culture* (Cambridge, MA: MIT Press, 2006), 14.

③ Gitelman, Lisa, *Always Already New: Media, History, And The Data of Culture* (Cambridge, MA: MIT Press, 2006), 15.

④ Gitelman, Lisa, *Always Already New: Media, History, And The Data of Culture* (Cambridge, MA: MIT Press, 2006), 18.

　　新技术一下子取代旧系统或对社会带来革命性冲击，其实从来都不符合事实。无论历史现实还是当下现实，媒介变革都是一个累积的、渐进的过程，经常是传统与革新的混合，是新出现的系统与已存在的系统相互作用、转化、彼此勾连的过程。当下的新媒介研究应坚持历史原则，充分意识到我们正处于信息社会过渡阶段这一现实，充分意识到当前新媒介形态的连续性和非连续性，意识到它们在不同时期、不同文化的社会中扩散和发展的模式。

第九章 人脑创新机制与艺术的互动关联性

春暖花开五彩缤纷，飞鸟投林鸣声婉转。现代感知觉研究表明，鸟类的眼睛对红色是视而不见的，因为它的视域缺少红色。人类在不同的心境下听到的鸟鸣声既可以是婉转的，也可以是聒噪的，人们对自然显现的不同解释会形成对同一艺术问题不同层面上的理解和观点认同。因此，这是一个有关人脑对于外界反应的问题，亦是人脑与艺术之间的关系问题，甚至涉及了存在决定意识、思维、心理等问题。毋庸置疑，在马克思主义理论中存在决定意识。但问题在于：客观世界从视、听感觉传输至人脑后，产生了不同的反应；我们所听到的、看到的，实际上不一定与客观世界保持一致，人类在面对艺术这一精神生产物时同样有着在艺术家自我表达基础上的现实矛盾。表面上是心理学的感知问题，哲学的反应、认识论问题，其实质离不开与艺术之间深刻而内在的紧密关联，这关系到艺术的哲学基础，关系到科学视域的基本甚至是核心性问题，更关系到艺术反映论、认识论、决定论的重要问题。严肃的学术研究无法避免对这些问题进行实证解码。但要解决如上疑问必须提前解决如下问题，才会有更充分的论证条件进行相关阐释。

第一节 人脑是自我发展的复杂产物

人脑原初究竟是一个一团无序混沌的白糨糊，还是它本来就是一个高度组织化、有序化、高度精细复杂、具有微妙的结构−功能的开放系统呢？长期以来，学术界很多人所持的都是"白纸说"或"白板说"，认为大脑原本是"一无所有"的，它的一切智力因素与非智力因素、意识域与无意识域，都是外部环境、客观存在的刺激、作用、影响的结果。也就是说，大脑的内在世界全部来自于外部，是变形换位之后不以人的意识为转移的外部世界的客观存在。

一 人脑由劳动创造的误读

人最初是通过劳动实践，即持有一定的工具从事物质财富的生产劳动，完成将外部世界转换成内部世界——感知、表象、情感等的过程的。而且有的学者认为这与劳动创造了人的过程具有一致性，简言之，劳动既创造了人又创造了脑。其实这是学术界流行了多年的"劳动创造了人"这个定则的运用所致，有关"劳动创造了人"之说最早来自苏联，追其根源是从恩格斯《自然辩证法》的一篇札记《劳动在从猿到人转变过程中的作用》概括而来。只要我们细读原文，便会确知"劳动创造了人"是一种误读，继而便是广泛而长期的误用。

如果按照劳动创造了人脑这一说法，那历史上最初的劳动实践产生的原因又值得推敲。劳动实践是否有过简单筹划或粗浅的动机，如果有的话，那一定会有产生意识、目的、动机之类的组织器官才行，即类似脑、神经、感官一类的东西存在。若如此，劳动实践便不是自生的现象、存在、过程，不是因而是果，不是产生创造人的初始因素、决定性因素，可能是具有相当发达程度的脑-神经-感官系统的高等动物与人所特有的利用自然资源进行劳动实践的可能。这种解释线路便颠覆了"劳动创造了人"的说法。

从发生第一个劳动事件开始回顾，如果是劳动创造了人脑，那么，极具意义的劳动实践其初始且形态只能是产生于无意识的状态和无原因的情境之下。一群猿人肌肉突然无端地抽动起来，一阵持续地手舞足蹈之后出现了第一件生产工具。于是，从此开始了社会文化的错综复杂的演进发展的历史，开始了文学艺术的创造史。或者更戏剧性一些，一阵风巧妙地将一块石头落到某位先人"手"中，又一阵风，巧妙地将另一块石头落到了其另一"手"中，更巧的是，突然来了一阵乱风，令两只"手"重叠碰到一起，地球上一个重要的物件——石制工具便被如此制作出来。这似乎是臆想造成的逗趣与挖苦，实则不然。如果地球上最初的劳动实践与意识、目的、动机没有关系，与大脑没有关系，那么它会不会发生在大脑产生之前？

如果说"劳动说"的倡导者一般把人脑的原初视为一个白板、白纸或一团无序混沌的糨糊，那么绕过物质生产劳动，或制作生产工具的实践，用什么方式，或者通过什么途径，以怎样的机制使白板式的大脑有了第一次的感觉、知觉呢？与"劳动说"不同的则是"进化说"，这类学者认为自然通过进化依自然内在的自组织机制而产生了人类，包括人类的大脑。从达尔文开始，科学家通过遗传的实证与研究，动物行为学者的人工与野外环境的观察，加之脑、神经、感官学科的漫长研究，特别是当代的复杂科学探索，得出的一致的结论是：人及其大脑是宇宙自然亿万年演化、进化的产物，这个进化可分为物理进化、化学进化、生物进化。自从产生了人及其大脑，宇宙自然又开始了社会文化进化，其中包括人类的艺术创作、欣赏活动等。

二　人脑是进化产物的驳斥

诸多自然科学门类研究所得出的人及大脑是宇宙自然漫长进化遗传的结论，恰恰与学术界以往忽略的马克思、恩格斯的言说相符合。相关论述较多，我们拣选几条引录在这里。"人是自然界的一部分"[1]，《马克思恩格斯选集》第三卷中论述了"人本身是自然界的产物"[2]。正如恩格斯认为：大自然"也许经过了多少万年，才形成了进一步发展的条件，这种没有形态的蛋白质由于形成核和膜而得以产生第一个细胞。而随着这第一个细胞的产生，也就有了整个有机界的形态发展的基础"[3]。由于复杂烦琐的生物演化，人便是在自然界中达到了自我意识物化显现的脊椎动物。而自我意识的器官则是高度进化的有着复杂结构和功能的大脑。如同自然界中的有机生命体一样，活跃的蛋白质的极化促生了细胞核的形成。从进

---

① 《马克思恩格斯全集》（第一卷），人民出版社，2012，第56页。

② 《马克思恩格斯选集》（第三卷），人民出版社，2012，第410页。

③ 《马克思恩格斯选集》（第三卷），人民出版社，2012，第858页。

化论相关科学实验也可以证明：复杂的植物和人通过简单的细胞遗传、适应乃至不断斗争而进化到最终的模样。达尔文曾首先证明了，我们今天周围的有机存在之物（当然也囊括人），乃是在长期发育过程中，原生质或蛋白质决定着少数原始单细胞胚胎的产物。上述问题的关键词是达尔文、遗传、进化，由此他们阐释了关于人类起源问题。

难以否认，有计划、勤思考、付诸行动乃是动物神经系统的发展的基础。而在哺乳动物中则达到了相当高的阶段。[①] 动物，特别是高等动物，其行为是一种有意识行为，这不仅是经典作家的专属观点，达尔文、动物行为学家、完形的心理学家等都有着相同的认知，甚至他们在事实上、学理上驳斥了那种无由无根的劳动说的虚妄。马克思不仅在早期著作《1844 年经济学哲学手稿》中肯定人具有丰富的天然禀赋和能力[②]，在他理论成熟的标志性著作《资本论》中也肯定了人类具有生理力、心理力、生命力、精神力诸天赋[③]。

那么，我们就可以进一步了解自然进化产生的人类的生命力、自然力，即人类创新机制的构造、生理力、心理力、精神力的重要性。既然人类的生理-心理机体、肉体组织是人类一切活动（广泛的生产领域、人类社会文化活动）的基础，那么，生产工具和人类的诸多关系，包括生产关系及各种复杂社会关系与联系、人类社会各种文化器物、精神心理产品、现象，都与这个生命基础有着不可或缺的最基本、内在而深层的关系。因此，我们除了将目光投向广阔的客观现实、物质世界之外，我们还必须观察研究一向被我们忽视的人类自身的奥秘。

三　人脑整体功能的自我创新

对人类自身的研究，从本到末的研究是一个大而繁的工程。我们只能从某个层次的某个侧面，甚至只能就其中某一个"点"做一些研究成果

---

① 《马克思恩格斯选集》（第三卷），人民出版社，2012，第 997 页。
② 《资本论》（第一卷），王亚楠、郭大力译，三联书店，1938，第 16 页。原文为"人直接的是自然存在物。作为自然存在物，而且是有生命的自然存在物，人一方面富有自然力、生命力，是能动的自然存在物；这些力量是作为禀赋和能力，作为情欲在他身上存在着。"
③ 《资本论》（第一卷），王亚楠、郭大力译，三联书店，1938，第 47 页。

的介绍，用以揭示人类内在复杂生命机体，如马克思所云"肉体组织"与艺术的关联。

从一个受精卵到胎儿、婴幼儿、少年再到青壮年……从原始人类到今日地球上的七十余亿人口，人类大体说是一个模子，即被同一基因密码所控制、决定，被同一套指令所指挥、控制。因此，人类生命体如其他的生命体一样，能进行"自我复制"。没有这套宇宙自然进化而来的复杂精妙的程序，人类生命的超稳定性，人类形制、心理的一致性、相似性是无法实现的，也是无法理解的。所以人类产生、发育、成长程序是人类研究的内在、基本、核心的任务。艺术的许多关键之处都与这一程序相关联，甚至受制于这套程序。

因此，现在我们不妨洞悉人类视觉器官所具有的对艺术发展的内在规定性因素。人类不论处于孩童时期还是耄耋之年，也不论性别、肤色，皆具有器件结构大体相同的视觉换能器，它通过视网膜，再经视向心神经达至大脑额叶，再进一步经大脑主管人类自我部分的活动，于是我们将外部客观世界的无色的一定波长的电磁波看成了与其波长相对的红橙黄绿青蓝紫单纯色或混合色，在这个过程中，客观世界的电磁波、物理信息，转换成视神经系统的神经电、神经化学信息，最后神经—自我，在大脑视觉中枢的"银屏"上看到了转换成感觉层面的"心理、意识、精神"信息，这当中是复杂的信息接收、加工、存储、发放的信息编码解码过程，这个过程也是一个不以人的主观意识为转移的客观过程。在这个人的感官与客观世界的关系问题上，列宁在其《唯物主义与经验批判主义》中曾表述了两个相关感觉的定义，而学界大多选择了"物质是标志客观实在的哲学范畴，这种客观实在是人通过感觉感知的，它不依赖于我们的感觉而存在，为我们的感觉所复写、摄影、反映"①的表述，于是造成了一种简单的复写模仿而忽视了感官复杂运作的"反映论"，长期流存于哲学界、艺术理论界，而学界忽略了列宁曾在其书中科学严密表述感觉："如果颜色仅仅在依存于视网膜时才是感觉（如自然科学迫使你们承认的那样），那么，这就是说，光线落到视网膜上才引起颜色的感觉；这就是说，在我们

① 参见《列宁全集》（第十八卷），人民出版社，1988，第130页。

之外，不依赖于我们和我们的意识而存在着物质的运动，例如，存在着一定长度和一定速度的以太波，它们作用于视网膜，使人产生这种或那种颜色的感觉。自然科学也正是这样看的。它用存在于人的视网膜之外的、在人之外和不依赖于人的光波的不同长度来说明这种或那种颜色的不同感觉。这也就是唯物主义：物质作用于我们的感官而引起感觉。感觉依赖于大脑、神经、视网膜等等，也就是说，依赖于按一定方式组成的物质。物质的存在不依赖于感觉。物质是第一性的。感觉、思想、意识是按特殊方式组成的物质的高级产物。"① 所谓"按特殊方式组成的物质"，即是指具有某种加工信息（刺激作用）程序程式的物质，如感官、神经、大脑。所以说，客观的电磁波作用于视觉器官、视神经、大脑视觉神经，则制作成各种色的感觉，而不是简单地将电磁波移入神经大脑。所以，电磁波与色觉即物理世界与感觉世界，在视觉系统中介下具有一种客观的因果关系，但这是高级而复杂的中介，是依神经系统的本性——信息加工程序的编码解码、构建的结果，是视网膜中巨量的三种视锥细胞复杂操作的结果，所以才有了外在的无色的电磁波向彩色感觉世界的转化。因此，感觉不是对外部世界的模仿、复写、摄影。两种对感觉世界的阐释造成了两种不同的哲学路径，以及两种不同的艺术理论基本原理、体系与形态。这是不可不辩的问题。

第二节　感觉器官摄入外界事物的各异性原理

人的视觉器官在感官生理心理学领域是接受客观世界发送来的电磁波（光）信息的重要媒介，视网膜可接受 390~760 纳米的电磁波，由于波长不同，所以人们视觉器官感应色觉便有所不同，人们最直接的反应则是对红橙黄绿青蓝紫等颜色的感知。视锥、视杆细胞决定了人的视网膜构成情况，视锥细胞对亮敏感，视杆细胞对暗敏感。视锥细胞中含有三种迥异的感光物质，而且由于机理复杂，以色的感觉-心理形式反映物理世界的视觉分析器才能产生相应电磁波。倘若视锥细胞因为病理或遗传等发生了异

---

① 《列宁全集》（第十八卷），人民出版社，1988，第 49 页，着重号为引者加。

常，同一波长的电磁波则会以非同寻常的色觉方式被反映以及被感知出来，于是人们便因为感知错位而换上了色盲症疾病。相关科学已然证明，视锥细胞加工了无色的世界而形成了具有主观心理世界的有色的视觉。人眼所能感知和加工的电磁波仅限于 390～760 纳米波段，它仅占宇宙自然全部电磁波的 1/80，其余 79/80 的电磁波段人眼很难看到。[①] 有的研究者指出，"蜜蜂的知觉装置从感性事件中构造了一个全然不同的颜色世界。它们的'视觉窗'，相对于我们来说有所偏移。它们能感受到波长在 300～650 毫微米（纳米）的光线，因此看不见红色，但可以看到紫外线，所以，一块百花盛开的草坪，抑或单独一束鲜花，对蜜蜂呈现出的颜色结构，就完全不同于呈现给我们的结构了"。[②] 我们欣赏"红杏枝头春意闹"，即便蜜蜂具有创作诗词的天赋，也拈不出杏花之"红"色，因为蜜蜂同大多数昆虫一样看不到相应于人的红色电磁波段。科学证明，人有着许多动物所没有的视锥细胞，能将电磁波转译为色觉，否则，同一世界只能被不同人看成是不同程度的黑白色。[③]

一　感觉器官的主体能动性

艺术反映论依据客体决定论，艺术反映论应实现主客体统一。严格来说，主体与客体具有同样重要的意义。采纳艺术反映论，并不是宣称主体对客体的消极复制乃至翻录，而是囊括了主体与客体的互动关系。且不以人的意志为转移的参与改制，进化和遗传的先验人类意志感官的表达，更是主体积极参与客体显现的智慧操作。从生理学上分析，科学家已经证实

[①] 也就是说，同一大千世界在人的眼中与在蜜蜂的眼中并不相同。因此不能泛泛地说存在决定思维，而应当说，第一，某种可被某物接受加工的存在才可能成为存在决定思维的存在$_1$；第二，必须在存在$_2$（即具有一定反映加工信息能力的存在）存在的情况下，存在$_1$才可能决定思维的产生；第三，也就是说完备意义的存在决定思维是指存在$_1$、存在$_2$才成立，即思维是存在$_1$与存在$_2$的函数，感觉的变化曲线同时与存在$_1$和存在$_2$相关。因此在同一大千世界，人与蜜蜂二者之间可见的电磁波（存在$_1$）不同。

[②] 〔德〕福尔迈：《进化认识论》，舒远招译，武汉大学出版社，1994，第70页。

[③] 色既取决于客观世界、存在$_1$、电磁波、被反映者，又取决于视觉先天信息加工方式、存在$_2$、反映者。存在$_1$不以人的意志为转移，存在$_2$、视觉器官及其先天结构也不以人的意志为转移。

了脑的形成和感官的形成并非为了书斋里的中性认识，而是面临生存挑战的、生存所迫的智慧选择。

比如，从分析婴儿吸吮母乳这一生命早期的感觉活动，可知味觉器官择选在前，才能决定吸吮行为的可持续性。倘若味蕾拒绝母乳的味道，则吸吮行为终止。趋利避害是人类生命早期的自然抉择行为，如同弗洛伊德的无意识的快乐原则。辨别苦乐乃是本能天赋决定的感官感觉能力，物种间所具有的本能具有开放性。于是人类与动物在本能上的差异性，决定了后来人类社会的主客关系、知行关系、结构关系的变化，加上主客体持续的影响与作用，才有了后天文明的复杂主客知行结构。为了生命延续，味蕾的感觉需要饮食进行全方位的物质给养和精神满足。在人类生命早期，需要吸吮母乳这一感性刺激和情绪的呵护，否则婴儿难免会产生心理缺陷。婴儿对于某种气味、声音、画面所表现出的特定兴趣，在实验心理学、实验美学研究中也可以得到相应的证明，这种特点离不开本能的开放终于文化的过程，也是天赋的最初来源。由此，感官感觉的主体意义、生存意义便凸显出来。因此，艺术感觉论不应再是静态的反映论、刺激－反应式的抓取物的真实，或是外于人的真理默写论，而应当从生命科学中定位，从审美生存意义中得到诠释。这样我们便可使艺术家从对环境、外物的崇拜中走出来，反观自身，审视人类，从人类主体的生存的不朽中探求自己艺术感觉的美学意义。

反映论者与感觉论者认为生活乃是艺术的唯一源泉，社会生活与客观现实共同决定了艺术形式。作为主体的人是由内在本性、内在尺度而决定的，包括艺术活动在内的社会实践活动都是主客体的统一，因此，主体和客体共同决定着艺术的来源。感官的天赋信息加工方式既是主体内在尺度的一部分，也是人性的一个侧面，只有运用它的规则来裁剪生活才有艺术的产生。

马克思曾指出音乐、绘画是需要可被感知的听觉艺术与视觉艺术。缺少视、听器官，虽然可以生产生存，但不会生产出供人类欣赏的艺术。电鳗的行动凭借的是对电场信息的编码，我们当前所看到的声光电艺术是人对于自然界中声波、磁场等的发现与编码的组合。红外线、紫外线具有客观存在属性，但因为不可被轻易感知，是我们难以采用艺术语言进行描绘的客观存在。高于 20000 赫兹的超声波与低于 20 赫兹的次声波，都不会被纳入到音乐世界之中进行展现，这是受人类听觉的先天生理结构-功能的局限。所以人类不能感知到蝙蝠、海豚等其他生物的超声艺术与次声艺术。自然，生活为艺术提供材料，人类感官的内在尺度为艺术提供法则。因此，人类视、听觉器官是视听艺术产生的内在根据，是艺术丰富的视觉语言的决定者，它们也是艺术的源泉。因此我们觉得"外师造化，中得心源"的艺术"源泉论"要比现代的"唯一源泉论"更具解释力。

二 感觉器官信息加工的空间特性程序

艺术语言的存在方式同样取决于感官器官信息加工，空间特性决定感觉器官信息加工，也决定艺术语言。"车辚辚、马萧萧"是近观军旅的描绘，因此有"行人弓箭各在腰"的细节描绘和"牵衣顿足"的特写，如果兵车军卒远去再远去，则历历景物渐渐变得模糊一片，接着成一条线，再成一个点，最后在视野中消失。"孤帆远影碧空尽，唯见长江天际流"，是诗人远观的景致，如果李白走到船行处，船帆就不再是以碧空为背景的几近于无的小点儿，眼下的长江与天空又恢复了千里万里的距离；"会当凌绝顶，一览众山小"，这是诗人在山巅俯瞰的景观，我们都有俯视的经验，阡陌交通的水田变成了小小棋盘，而横竖的农舍也成了儿童玩具般的拼接物。对西洋油画，人们戏称"近看鬼打架，远看一幅画"，同一存在物远近效果有如此差异，演员面部涂抹与女士素日的化妆的要求截然不同，前者要远观，后者要近视。欧洲曾有点彩画，其关键技法便是依了人的视觉信息加工的空间特性。手如柔荑，肤如凝脂，如果我们的双眼有更高的空间分辨能力，那么细腻的肌肤看上去便会十分粗糙，如果长了一双具有高倍放大功能的眼睛，杜甫的"青辉玉臂寒"则变成了一片土丘。在客观的、不以人的意志为转移的世界中，人们能看到什么且以怎样的方式见到，也是不以人的主观意愿为转移的，而是被另一种客观现实——人的眼睛的生理构造的信息加工的空间特性所决定、制约。

从上可知，我们所见的世界图景，不仅决定于现实及其发出的信息，还决定于我们机体现实——眼睛的结构-功能，即人眼的信息加工程序的空间特性。我们由此完全可以这样引申：艺术的文学叙述、描写语言、艺术形象形态、艺术技巧魅力，在相当程序上与这一特性相关："欲穷千里目，更上一层楼"，因为人眼不是千里眼，没有透视遥视功能；"窗含西岭千秋雪，门泊东吴万里船"，人的视角与视野的形成造就了窗与山岭的空间关系。① 其中的魅力恐怕最终系于视觉信息加工的空间特性。草色遥看近却无，如果你有幸乘坐宇宙飞船，这个满是高山大川、海洋陆地、城镇乡村的地球，在你眼中也会变成一个悬浮在宇宙太空之中湛蓝的星球。人们所见是千奇万幻，然而就是把一切之所见和所见之一切相加互补，它也不会是庐山真面目——物自体。物体、对象自有其真切的客观性和客观的自在状态，人唯有用自己的双眼去看它，然而看过之后的结果已不是全然的自在之物，而是经过人的视觉信息加工的空间特性"过滤"影响作用后改造的"为我之物"了。

视觉生理学有视锐度概念。视锐度是一种辨别不同物体的能力，哪怕物体之间的间距较小，物体之间的阈限取决于刺激物的距离，颠倒刺激物则形成了视敏度。② 应当说上述诗人的笔墨在最基本点上必须遵从天赋的视锐度。

三　感觉器官信息加工的时间特性程序

人眼对相关刺激的反应有滞留现象，这值得我们注意。即现象并不因刺激的消失而消失，而是要在头脑中滞留 1/10 秒（另说 1/16 秒）。这一时值颇小的现象的存在对认识的价值与美学的价值不容忽视。它使我们明白了客观现实的现象、过程与主观的心理的视觉现实、过程的联系与差

① "月上柳梢头，人约黄昏后"，即是由于人眼看物的空间特性和局限才将月亮"拉"了下来。幽夜将明明是星际尺度的空间变成了似乎是二维的暗蓝的大幕，于是造成了树与月几乎处在同一平面的状态，就诗人的视角而言，虽然实际的月亮离树极远，但便因此大体被看成距离很近，月亮实际是迅疾"升起"，又因极远的天际背景被极大缩小，于是月亮的高速运动，便成了眼中的冉冉升起的情状，最终有了极远的月亮像爬上树梢般被诗人所见的诗句。它如"朝挂扶桑枝，暮浴咸池水""山月临窗近，天河入户低""窗中列远岫，庭际俯乔林""碧松梢外挂青天""天回北斗挂西楼"一样，都是在视觉的空间建构基础上生出的诗情。

② 荆其诚等：《人类的视觉》，科学出版社，1987，第 30 页。文中论述"天文学早期测量出的视锐度大约是 1′视角，即 1.0 视力。我们现在知道，在理想的情况下，大部分人眼睛的（空间）分辨能力要高于这个数值，有的还可达到 2.0 视力，既能分辨 30 秒视角"。

别。也就是说，尽管可以是不连贯的客观现象，只要其前后出现的时间间隔小于 1/10 秒，那么人的眼睛就会将其看成连续的图像或过程。比如用科学的方法可以测得日光灯的灯光是间断时值非常短的高频震荡的光，我们却将它视为相当稳定的连续的光源。数张具有关联性的静态图像以每张 1/24 秒的速度进行依次连续播放便形成了视频或默片电影。声音由物体振动产生，声音在空气中以波振动的形式传播形成声波，声波传到人的耳内使耳蜗振动产生了声音。一般情况下，正常人类听不到低于 20 赫兹的次声波和高于 20000 赫兹的超声波（不排除具有超自然能力者拥有更为特殊的听辨能力）。人类的音乐只能在 20~20000 赫兹的范围内创造，这一点当然既决定于外在世界的振动，也决定于我们人类本性中脑-听觉的内在创新机制。

如果我们特别愿意强调存在于我们之外的且不以人的意志为转移的客观现实的话，那么我们可以说，飓风吹拂下草木的摇动、电视图像的形成……都是高频振动超高速的光点转换，我们却把它视为连续稳定的运动和清晰的共时性图像，这种断续变化的信息被加工成稳定连续的世界，这种经过加工简化的主观心理环境对人的生存意义是巨大的。它保证了人仍可以在相当宽泛的现实环境中安稳生存，约略而又从容不迫地制定应对现实挑战的策略，日常生活并不要求人必须准确数出苍蝇每秒翅膀震动的次数而后才能用拍子打死它，也不要求人必须数出红苹果每秒反射多少次的光才能将它吞下。虽然视觉和听觉这样的感觉器官对现实的时间把握远不如科学准确，但感觉本性与人的日常生活策略或是人生大概相似的主动性较为协调。味觉也一样，就日常经验范围而言，人是为了好吃却暗合了活命的总目标，食物不似营养学家精制的有益健康的再生品、合成品。尽管个别情况下，饮鸩止渴的现象（包括吸毒）偶有发生，但是寻求味觉的快感，是一种天然的合于最大样本、概率性极高、天人合一的有效生存谋略，我们是借味觉进一步说明视觉并不在时间上准确无误地"表述"现实，但根据视觉进化的内在本性而对时间的这种转述，对人类已是一种相当有效的生存谋略，或为生存谋略的制定提供相当有效的根据。美学、文艺学不是这样吗？美，正是人们在这个生存原则与谋略作用下在现实中的选择与建构，美感正是心灵中这种天赋原则自我激活与被激活。电影艺术语言蒙太奇体系在最根本上正关乎视觉加工的这种时间特性。实际上间断性的拷贝，如以每秒二十几个画格放映，便在人的视觉那里产生了连续的饶有兴味的视像。原本看不到的现实，如子弹射出枪膛打入人肌体的瞬间景象、惊涛裂岸万千水珠细微迅疾的变化，都因其时值极小（时间特性），而不被人们看出、看清（虽然它们是客观存在的），只有运用高速摄影机或超高速摄影机摄照，而又慢放或以正常速度放映，那种百秒千秒分之一的客观过程，被抻长千倍万倍，人们才在一个未知世界中"看"出美丑，我们才感知对我们而言的"无"，原是那般丰富、美妙。大家苏轼其生花妙笔，原来是一只漏笔，他的精致的审美感知，受其天性的限制，无法打捞全部现实的雄奇、温婉、流丽、宁谧。间断的现象包括间断性的拷贝，客观被视觉的天赋时间加工程序改变加工才成为连续的图像和电影艺术，也正因运用多种科技手段将现实的"无""拉"大它的运动时值，改变它的存在状态，现实才会成为视觉的可见世界，才会满足客体与视觉（主体）统一的条件而成为美，显然，这里不是强令视觉去适应现实，而是采取了将现实依视觉原则、原理加以改变的办法。进化认识论学者福尔迈有一段精彩论述：

　　信息心理学把 SZQ 解释成时间间隔，信息单元（一比特）……SZQ 在不同动物种类中是不一样的。譬如，当捕鱼的镜像通过巧妙的机械装置，以大于每秒 30 次的速度展示给它看时，它就会向自己的镜像进攻；在该频率下，它就不把它的图像当成敌人。图像在它看来是在"闪烁"。可见，它每秒钟内处理了大量视觉印象，因此人们也形象地称这类动物为"高速摄像机"。蜜蜂的 SZQ 实质上还短一些，假设在蜜蜂王国有一座电影院，那么，电影放映机就不得不飞快地转动。

　　要想让蜜蜂不再抱怨图像"闪烁"，那么，在每秒钟内必须把 200个以上的单个小图像展示给它。在同样的时间内，蜜蜂的眼睛所能知觉到的单个印象，约为人眼的 10 倍。另一方面，蜗牛的 SZQ 大于 1/4秒。一双以 4 次/秒的速度向它靠近的棍子，在它看来是静止的，它还企图爬上这双棍子，可见，蜗牛是一种"慢速摄影机动物"。①

SZQ 是各种有视觉功能动物的先天结构决定的功能，人也不例外，每种动物如果有视觉艺术的话，那艺术必须服从小小的 SZQ，人类的视觉艺术也是如此。艺术必须服从天性，不能违背内在本性之一——视觉加工的时间特性。

第三节　感觉分析器决定视觉、听觉输入的差异性

科学告诉我们，在现实中原本是断断续续的事物、现象、过程，却被人看成连续的事物、现象、过程。火车刚启动速度很慢，车窗外的景象清清楚楚，树木的干、枝、叶分明在目，随车速加快，景象模糊起来，到最后快速行驶的火车窗外的一株株树竟变成了一条不分干、枝、叶的屏障。也就是说物的迅疾运动，现实的某些"有"却成了人眼中的"无"，猎豹狂奔的细节不为人所感觉也是这个道理，如果以高速摄影机拍照，再以正常或稍慢的速度放映，人们会发现有那么多丰富细节呈现在双眼之中，这又是由无而有的例子（"草色遥看近却无"是视觉空间特性造成的有无变换）。这种断续有无、清晰模糊的可逆变化，不是由于客观现实有什么变化，而是由于我们的观察角度、方式有了变化，从而在视觉信息加工时间特性参与下现实改变了模样。可见，文学艺术家叙述的事件，描绘的人物、景物都是经文学艺术家用他们具有信息加工时间特性的一双眼睛所见的世界，电影蒙太奇体系紧紧依赖于人的视觉的 1/16 秒的 SZQ，文学家的视觉语汇哪怕是最具表达魅力，也是在最终意义上服从视觉的这一天然特性的。这里我们愿拿与视觉信息加工时间特性相联系的运动

① 〔德〕福尔迈：《进化认识论》，舒远招译，武汉大学出版社，1994，第 143 页。福尔迈说："我们意识的时间分解机能，也是一个绝妙的例证。人们把两个事件能够确切地被知感为相继（因而不是同时）的所必备的时间间隔，称为主观时间量子（SZQ）。人的主观时间量子大约是 1/16 秒，这样，如果每秒钟相继出现的闪光次数大于 16，人眼就无法把它们再分开来知觉，而它们也就会形成连续光亮的印象。也正是运用这些事实，电视电影虚构出连续的情景和运动。周期性的声学刺激——相继速度大于每秒 16 次——也会在主观上融合成一种声音。这一点，对触觉刺激也同样适用。"

快慢的感觉来说明，在一条窗外目标很少变换的路上（由于行速过快，外景的细微处都由有变成了无），与在窗外有接连不断的目标闪过的路上以同速行驶，则前者给人的感觉要比后者慢得多。"朝辞白帝彩云间，千里江陵一日还。两岸猿声啼不住，轻舟已过万重山"，读者有一路飞驰的高速之感当然是迅速变化的视听背景（参照系）造成的。白帝城、江陵一路风光，猿声高低轻重、远近交错变化，山形连绵而形貌殊异，景致不断闪过，却又没有快到变成一块没完没了的屏幕，可以说合于视觉滞留的某种度，方有了飞泻的速度快感，激发了复合性的美感。所以，视分析器不仅是决定视觉艺术的内在根源、尺度，也是决定视觉艺术语言的内在根源和尺度。

一　视、听觉分析器决定人脑的输入信息

视分析器包括视觉器官（眼睛）、视向心神经与脑皮层视觉中枢——枕叶。

视像的形成不仅需经视网膜的初步加工，最后还要经脑的积极参与。人们能看到什么并不完全决定于外物在视网膜的投射，视网膜所见并不为枕叶视分析器所见（这里不是指脑皮层的理解对视觉的影响），所以在现实中能见到什么，见出个什么样子，不仅决定于眼睛的构造，还决定于视觉中枢、脑结构的构造，这方面的研究进展不断丰富着视觉理论。

休伯尔（Hubel）和威塞尔（Wesel）用单细胞记录方法对猿猴大脑皮层纹区进行了研究，他们把微电极从各种方向插入皮层深处，发现皮层细胞按非常有秩序的方式排列。纹区皮层在机能上可以细分为许多蜂巢状的微小柱状体。这些柱状体从皮层表面向下延伸到白质纤维。每个皮层柱状体包含大量的简单细胞和复杂细胞，其中有"各种各样图形单元和各种方向刺激的感受，它们对来自视网膜和外侧膝状体的输入给以重新组合，能分析刺激的线条、轮廓、方向、运动等空间特性"[1]。

猫的眼睛接收简单的视觉形状时，猫脑纹状区单个细胞的活动便被记

---

① 荆其诚等：《人类的视觉》，科学出版社，1987，第20页。

录了下来。[①] "……所用的视觉形状通常为光棒，用幻灯机投射在猫前面的银幕上，休伯尔和威塞尔发现，当光棒以某种角度呈现给猫时，只有某些细胞激活起来。当这种特定角度上，脑细胞可能激活、冲动具有长时间的爆发。而在另一些角度上，脑细胞是安静的。不同细胞可能反映不同的角度，在大脑较深处的细胞对更一般的特征作出反应。它们可能对这些特性作出反应，而不管网膜的哪个部位受到光的刺激。另一些细胞只对运动和在一个方向上的运动作出反应。这些发现极为重要。因为它说明头脑中存在选择物体的某些特性的专门机制。（视）知觉可能是由这些被选择的特征联合在一起构成的。"[②]

这便解释了青蛙为什么对脚边一堆死苍蝇或落在脚下一动不动的苍蝇视而不见，而对飞经眼前的苍蝇却能准确迅速捕食的现象。大脑的什么部位以怎样的方式将视网膜感光细胞关于外界电磁波的加工编码，将视网膜上关于外物的颠倒的成像及关于同外物相比已大大缩小的成像的神经脉冲看成颜色、正像、增大了的形状，我们尚不清楚。但科学家们认为脑在视觉的形成中最为积极的因素，不是哲学的、伦理的、文化的和科学知识的因素通过脑机能而参与到视觉活动之中，而是在生命的最初一刻，脑便与眼睛一起制定视觉的生存谋略[③]。视觉活动不只是一种对客体的中性描摹，是人类生存整体活动的一部分，它时刻有脑的参与，视觉艺术、听觉艺术的产生，也证明了艺术视听知觉语汇的形成紧系于人脑特有的这一先天属性、先验原则。无论是 20 世纪最伟大的现代艺术创始人巴勃罗·毕加索（Pablo Picasso），还是被称为西方音乐之父的约翰·塞巴斯蒂安·巴赫（Johann Sebastian Bach），他们之所以在音乐领域和绘画领域成就斐然也正因为艺术家本人具有超二维的艺术语言组织和架构能力，集中体现于艺术家本人大脑的创新机制与常人具有差异性。因此，从这一侧面探求视觉艺术、听觉艺术、视听觉艺术语言甚至人类感知心理是很有价值的。

---

① 详见美国生理学家休伯尔和威塞尔的科学发现。
② 〔英〕R.L.格列高里:《视觉心理学》，彭聃龄译，北京师范大学出版社，1986，第 37 页。
③ 参见〔美〕卡罗琳·M.布鲁默《视觉原理》，张功钤译，北京大学出版社，1987，第 1~3 页。

二 视、听觉分析器构造对艺术存在的决定性作用

可供人聆听的淙淙泉水撩人心弦，可被人看到的画面会感染人，让人浮想联翩且欣然向往。那些可以被观看的美的画面一方面由光、色、形的张力所决定，另一方面取决于人类生理-心理结构间的同构性。声与色共同编织自然而客观的艺术之美。根据声波、电磁波的自然属性，存在$_1$并没有声音与色彩，更不分美丑。而经历过存在$_1$与被存在$_2$等过程，声波以及电磁波转化为声与色，无声色的客观世界走向有声色的感知世界，因此人类所创造、心中所感觉、眼耳所接收等共同决定着美的呈现。又例如水作为万物之源，乃是氢与氧化合之物，水的性质也就是氢、氧组合之后的性质。美是由物理因素和心理因素共同决定的感官加工事件。双眼加工电磁波、耳膜与发声体共振产生了色彩与声音，火红的夕阳，山谷的回响，不过是感官加工后的主观精神的一种外化罢了。

既然视听诸感觉由现实、存在$_1$与感官、存在$_2$交相呼应而成，诸多因素形成了特定的函数。存在$_1$与正常视听器官作用的结果、感觉$_1$与感觉$_2$、存在$_1$与存在$_2$各不相同，感觉$_1$、感觉$_2$……感觉 n 很难脱离感官而独存。自然界与人类社会息息相关。经典物理学、量子物理学需要参与到所研究对象世界中去进行主动观察，因此客体作为感觉反映对象，需要在人类心灵中呈现。从来就没有缄默，也没有波澜壮阔，只是人心所感、人心所向。感官是感觉的中介，然而感觉不等于、不同于客观实在，自在的客观实在永远隐藏在感觉$_1$、感觉$_2$……感觉 n 之后。[①] 电影采用蒙太奇手

---

① 培根说得好："我们必须把自然置于拉肢架上，逼迫它回答我们的问题。"海森堡也说："自然科学并不是简单地描述自然；它也是自然与我们相互作用的一部分；我们所观察到的并不是自然本身，而是用我们提问方法所揭示的自然。"皮亚杰认为，认识既不是起因于一个有自我认识的主体，也不起因于业已形成的、会把自己烙印在主体之上的客体；认识起因于主客体之间相互作用。由此表明，在感觉层次上康德关于物自体的论述虽与人们天然的经验信仰矛盾，却与科学精神一致。科学家告诉我们，物体表面热闹异常，处处是电子绕核极快飞旋，而日常视觉经验却是凝固的一块，不仅电视画面是一条条扫描出来的，实际上我们可以通过反复地迅速地闭合与睁开双眼摄取动态表现为静态的视觉信号，然而呈现于视意识的却是貌似同时看到的一个画面。据说"山中方七日，世上几千年"，在异度空间里的几天视听竟能抵上当下世界中几千年的感知变化，爱因斯坦也告诉我们，如果我们以光速运动，则我们视界的时空景象要发生天翻地覆的变化。

法对断续画格进行拷贝，连续的景象源于适于人眼感知的速度，日光灯并不是稳定散发光的光源，而是高频震荡的光的组合，即便在人们眼中光滑又平整的金属，放到显微镜下也会凹凸不平，富有光泽的皮肤也很难不被病毒侵入，直达人类的脏腑。

三　艺术的"创造力"与视听感知的复杂性

脑是以整体方式工作的，视听感觉活动不是单纯的视听分析器活动，它永远带着动态的脑的丰富性。人脑-神经-感官不仅仅是一个信息反映器官系统，人脑和其他动物脑所不同的是，人脑是一个创造系统，人脑依赖于神经系统中的创造程序。

由此便产生了心理能力中最为重要的创造力。所谓创造力，一方面是指将已有的事物或现象经过大脑的分解、变形构造出新形象，再通过计算、内心演示等，进而指挥手进行制作、生产（包括谱曲、绘画），创造出新事物、新现象的过程。脑和手品格的统一被称为创造力。这种创造力被弗洛伊德称为一种原发创造力，是一种伟大天赋。马克思是怎样看待这个问题的呢？他说："实际创造一个对象世界，改造无机的自然界，这就是人作为有意识的存在物……的自我确证。"①"生产表现为人的目的，而财富则表现为生产的目的……财富不就是人的创造天赋的绝对发挥吗？"② 当今科学予以证明：创造性在动物那里是萌芽，偶一为之，而人类则是意识模板中的核心因素，这是人类最独特而宝贵的特征，是人类特有的智力进化——社会文化进化的根本机制，是它使人类具有了超生物性。而且人类的想象力、创造力可以自由任意发挥，思接千载视通万里，但是艺术的创造力和想象力会因主体的不同而不同，它受艺术家的天赋高低、个性特点、艺术素质等限制。"人的各种心理能力中差不多都有心灵在发挥作用，因为人的诸心理能力在任何时候都是作为一个整体活动着，一切知觉中都包含着思维，一切推理中都包含着直觉，一切观测中都包含着创造。"③

① 〔德〕马克思：《1844 年经济学哲学手稿》，刘丕坤译，人民出版社，1979，第 50 页。
② 《马克思恩格斯选集》（第二卷），人民出版社，2012，第 739 页。
③ 〔美〕阿恩海姆：《艺术与视知觉》，中国社会科学出版社，1984，第 5 页。

不同的人看到同一事物，则会有不同的心理反应。比如红色在一些人的眼中代表热情，而在另一些人眼中则代表着危险、警戒。面对闪烁的繁星，孩子认为是星星眨眼，青年认为是夜晚降临，而天文学家则认为这是宇宙和谐。正如画家马蒂斯面对画西红柿和食用西红柿时，会告知提问的人二者存在差异。"看"是同个性色彩、心理特征、心灵深度、民族心理、艺术传统、时代精神有着繁复联系的活动（视觉与文化的关系是一个复杂的课题，我们不拟论述）。生活是一本打开的书，每个人读出的意蕴都是独特的。一千个人心中有一千个哈姆雷特，可见艺术连同一种哲学在重复着黑格尔的人类对经验的坚定信仰，而实际上人类只能游戏人间、走马观花。

动物必定是以复杂而灵活的方式来追求自己的目的。它们要觅食、寻窝、求偶，还要设法逃避危险……毫无疑问，动物做出种种反应需要一定的"程序"。简要地说，动物要生存就得要有能力解决两个基本问题。即要能够回答"什么"和"哪里"这两个问题。换言之，动物必须查明它周围环境里的物体对它意味着什么，是不是需要把有些东西归入食物的可能来源类或归入危险的潜在源泉类。这两种情况无论哪一种都要求它采取适当的行动，或定居，或追踪，或逃遁。要采取这些行动就必须要先有某种内在装置。这种装置现在被称作较高等动物和人所有的"认知地图"，即一套坐标系统……

关于这一点，让我来引述生态学之父康拉德·洛伦茨的一段话："草履虫在撞到障碍物时会先转弯，然后任意地朝另一个方向游去，这种原始的方式表明，草履虫'知道'外部世界的某种情况，这种情况实际上可以被称作'客观'事实，Obiccre 这个词的意思是'投掷'。物体是投掷于我们前进途中的东西，它是我们撞到的无法穿过的东西。草履虫'知道'的是'物体'阻碍了它继续朝某个方向前进，它的这种'知识'经得起我们这些对世界有更丰富、更详细知识的人品评。的确，也许我们能够给这动物提点建议，要它朝比较有利于它的方向游动，而不是漫无目的地随意转向。然而，它所'知道'

的情况却仍是非常正确的：'路的正前方有障碍物。'"①

　　对单细胞草履虫来说，它对所有可能刺激（化学的、热、光或触觉的刺激）的唯一可能的反应，就是逃遁。对这种生物而言，空间、对象、动物是根本不存在的。对海参来说，不论一块云，一只船，还是一个实在的吃食敌手使得太阳变暗，它都毫无所谓。海参在任何变暗的场合都缩成一团。因此，虽然海参周围可能是五花八门的，但它的"环境"却只包含一个特征：变得更暗。②

　　进化表明各种动物的进化路线、进化水平决定了它们机体构造、信息加工系统、行为方式的水平。从某种感应性、感受性的细胞到大脑的出现，动物机体构造与行为方式也一步步复杂起来。因此在我们看来的丰富复杂的环境及其刺激，在海参那里则化简为明—暗，在草履虫那里一律归为有害障碍物，于是缩作一团、逃遁就成了它们的本质性行为。如果它们有条件成为诗作者、画家、音乐家，那么它们的艺术形态和艺术语言只会从障碍和明暗中来，而其他动物和人所感知的世界对草履虫与海参说来永远是一个未知世界。

　　综上所述，如果人类长了一双没有视锥细胞、"看"不到颜色的眼睛，拥有没有限度的听觉系统，反而能加工全部电磁波、声波，不似现在只能加工 390~760 纳米的电磁波和仅能在 20~20000 赫兹范围内识别声音。那么，我们将有一副昔日不曾有的视觉世界图景和听觉艺术空间。进而，我们进行艺术创作的时候，所呈现出来的视听知觉艺术作品将以全新的面貌出现。借助自然科学的知识，我们寻找到了艺术社会文化性质最深层的支撑点，因此，归根结底，我们的视听分析器、脑神经系统的本性以及人脑能动性的创新机制决定了艺术形态，并且是艺术视听知觉语言的内在根源和尺度。

---

① 〔英〕E. H. 贡布里希：《秩序感——装饰艺术的心理学研究》，杨思梁、徐一维译，浙江摄影出版社，1987，第2~4页。

② 〔德〕福尔迈：《认识进化论》，舒远招译，武汉大学出版社，1994，第64~65页。

参考文献

一 外文著作

Alberti, Leon Battista, *On Painting and on Sculpture: The Latin Texts of De picture and De statua,* Edited with translation, introduction and notes by Cecyson (London: Phaidon, 1972).

A Critical Editical, with English Translation, Introduction, and Notes, of De multiplication specierum and De speculis comburentibus (New York: Clarendon Press, 1983).

Benjamin, Walter, *Selected Writings*, vol II, trans. Marcus Bullock, Michael Jennings, et al. (Cambridge, MA: Harvard University Press, 1996-2003).

Benjamin, Walter, *Gesammelte Schriften*, vol III, eds. Rolf Tiedemann, Hermann Schweppenhäuser, with the collaboration of Theodor Adorno and Gershom Scholem (Frankfurt am Main: Suhrkamp Verlag, 1974. Taschenbuch Ausgabe, 1991).

Gitelman, Lisa, *Always Already New: Media, History, And The Data of Culture* (Cambridge, MA: MIT Press, 2006).

Manetti, Antonio, *The Life of Brunelleschi,* Introduction, notes and critical text edition by Howard Saalman, English translation of the Italian text by Catherine Enggass (University Park: Pennsylvanian State University Press, 1970).

Morgan, Jonathan, "A Radiant Theology: The Conocept of Light in Pseudo-Dionysius, "*Greek Orthodox Theological Review*, vol. 55 (2010).

Veltman, Kim H., "Panofsky's Perspective: A Half Century Later, " Actas del congreso: la perspective renacentista, Milan, (1977).

Watkins, Renee. "L. B. Alberti in the Mirror: An Intertation of the Vita with a New Translation, "*Italian Quarterly*, vol. 30.

二　中文著作

〔奥〕埃尔温·薛定谔:《自然与希腊人》,张卜天译,商务印书馆,2015。

〔奥〕弗洛伊德:《弗洛伊德论美文集》,张唤民、陈伟奇译,裘小龙校,知识出版社,1987。

〔澳〕卢克·费雷特:《导读阿尔都塞》,田延译,重庆大学出版社,2014。

〔比〕J. M. 布洛克曼:《结构主义:莫斯科—布拉格—巴黎》,李幼蒸译,商务印书馆,1980。

〔比〕伊·普里戈金、〔法〕伊·斯唐热:《从混沌到有序:人与自然的新对话》,曾庆宏、沈小峰译,上海译文出版社,1987。

〔德〕阿莱达·阿斯曼:《回忆空间:文化记忆的形式和变迁》,潘璐译,北京大学出版社,2016。

〔德〕阿斯特莉特·埃尔:《文化记忆理论读本》,余传玲等译,北京大学出版社,2012。

〔德〕彼得·安德雷:《恶的美学历程:一种浪漫主义解读》,宁瑛等译,中央编译出版社,2018。

〔德〕恩斯特·卡西尔:《人论》,甘阳译,上海译文出版社,1985。

〔德〕恩斯特·卡西尔:《人文科学的逻辑》,关子尹译,上海译文出版社,2004。

〔德〕弗里德里希·梅尼克:《历史主义的兴起》陆月宏译,译林出版社,2010。

〔德〕弗里德里希·尼采:《历史的用途和滥用》,陈涛、周辉荣译,上海人民出版社,2005。

〔德〕弗里德里希·尼采:《善恶的彼岸》,赵千帆译,商务印书馆，2015。

〔德〕福尔迈：《进化认识论》，舒远招译，武汉大学出版社，1994。

〔德〕哈贝马斯：《作为"意识形态"的技术与科学》，李黎、郭官义译，学林出版社，1999。

〔德〕胡塞尔：《欧洲科学的危机与超越论的现象学》，王炳文译，商务印书馆，2001。

〔德〕马克思：《1844 年经济学哲学手稿》，刘丕坤译，人民出版社，1979。

〔德〕马克思：《资本论》（第一卷），王亚楠、郭大力译，上海三联书店，1938。

〔德〕马克斯·霍克海默：《批判理论》，李小兵等译，重庆出版社，1989。

〔德〕麦克斯·韦伯：《新教伦理与资本主义精神》，于晓、陈维纲等译，三联书店，1987。

〔德〕瓦尔特·本雅明：《经验与贫乏》，王炳钧、杨劲译，百花文艺出版社，2002。

〔德〕瓦尔特·本雅明：《作为生产者的作者》，王炳钧、陈永国、郭军、蒋洪生译，河南大学出版社，2014。

〔德〕韦尔海德·狄尔泰：《人文科学导论》，赵稀方译，华夏出版社，2004。

〔德〕沃尔夫冈·韦尔施：《重构美学》，陆扬、张岩冰译，上海译文出版社，2002。

〔德〕沃尔夫冈·伊瑟尔：《怎样做理论》，朱刚、谷婷婷、潘玉莎译，南京大学出版社，2008。

〔法〕埃德加·莫兰：《方法：天然之天性》，吴泓缈、冯学俊译，北京大学出版社，2002。

〔法〕安托瓦纳·贡巴尼翁：《现代性的五个悖论》，许钧译，商务印书馆，2005。

〔法〕安托万·孔帕尼翁：《理论的幽灵——文学与常识》，吴泓缈、汪捷宇译，南京大学出版社，2011。

〔法〕蒂费纳·萨莫瓦约：《互文性研究》，邵炜译，天津人民出版社，2003。

〔法〕弗朗索瓦·达高涅：《理性与激情》，尚衡译，北京大学出版社，1997。

〔法〕加斯东·巴什拉：《科学精神的形成》，钱培鑫译，江苏教育出版社，2006。

〔法〕路易·阿尔都塞：《保卫马克思》，顾良译，商务印书馆，2016。

〔法〕路易·阿尔都塞：《来日方长》，蔡鸿滨译，陈越校，上海人民出版社，2014。

〔法〕路易·阿尔都塞：《论再生产》，吴子枫译，西北大学出版社，2019。

〔法〕路易·阿尔都塞、艾蒂安·巴里巴尔：《读〈资本论〉》，李其庆、冯文光译，中央编译出版局，2008。

〔法〕皮埃尔·马舍雷：《从康吉莱姆到福柯——规范的力量》，刘冰菁译，张一兵审订，重庆大学出版社，2016。

〔法〕皮埃尔·马舍雷：《文学在思考什么?》，张璐、张新木译，译林出版社，2011。

〔法〕雅克·德里达：《文学行动》，赵兴国等译，中国社会科学出版社，1998。

〔荷〕戴克斯特霍伊斯：《世界图景的机械化》，张卜天译，湖南科学技术出版社，2010。

〔荷〕弗洛里斯·科恩：《科学革命的编史学研究》，张卜天译，湖南科学技术出版社，2012。

〔荷〕弗洛里斯·科恩：《世界的重新创造：近代科学是如何生产的》，张卜天译，湖南科学技术出版社，2012。

〔荷〕麦奎尔：《麦奎尔大众传播理论》（第五版），崔保国等译，清华大学出版社，2010。

〔荷〕麦奎尔：《受众分析》，刘燕南等译，中国人民大学出版社，2006。

〔荷〕塞姆·德累斯顿：《迫害、灭绝与文学》，何道宽译，花城出版社，2012。

〔加〕戴维·欧瑞尔：《科学之美：从大爆炸到数字时代》，潘志刚译，电子工业出版社，2015。

〔加〕诺思洛普·费莱：《批评的解剖》，陈慧等译，百花文艺出版社，2006。

〔加〕诺思罗普·弗莱：《批评之路》，王逢振、秦明利译，北京大学出版社，1998。

〔美〕E. 拉兹洛：《用系统论的观点看世界》，闵家胤译，中国社会科学出版社，1985。

〔美〕爱德华·W. 萨义德：《世界·文本·批评家》，李自修，三联书店，2009。

〔美〕爱德华·格兰特：《近代科学在中世纪的基础》，张卜天译，湖南科学技术出版社，2010。

〔美〕安德鲁·芬伯格：《技术批判理论》，韩连庆、曹观法译，北京大学出版社，2005。

〔美〕布莱恩·阿瑟：《技术的本质》，曹东溟、王健译，浙江人民出版社，2018。

〔美〕大卫·格里芬：《后现代科学——科学魅力的再现》，马季方译，中央编译出版社，1995。

〔美〕大卫·格里芬等著《超越解构——建设性后现代哲学的奠基者》，鲍世斌等译，曲跃厚校，中央编译出版社，2002。

〔美〕大卫·哈维：《资本社会的 17 个矛盾》，许瑞宋译，中信出版社，2017。

〔美〕大卫·林德伯格：《西方科学的起源》（第二版），张卜天译，湖南科学技术出版社，2013。

〔美〕戴维·哈维：《叛逆的城市：从城市权利到城市革命》，叶齐茂、倪晓晖译，商务印书馆，2014。

〔美〕丹尼尔·贝尔：《资本主义文化矛盾》，严蓓雯译，江苏人民出版社，2007。

〔美〕冯·贝塔朗菲：《一般系统论：基础、发展和应用》，林康义、魏宏森译，清华大学出版社，1987。

〔美〕弗雷德里克·詹姆逊：《快感：文化与政治》，王逢振等译，中国社会科学出版社，1998。

〔美〕弗雷德里克·詹姆逊：《现代性、后现代性和全球化》，王逢振、王丽亚等译，中国人民大学出版社，2018。

〔美〕弗雷德里克·詹姆逊：《政治无意识》，王逢振、陈永国译，中国社会科学出版社，1999。

〔美〕汉斯·摩根索：《科学人对抗权力政治》，杨吉平译，上海译文出版社，2017。

〔美〕亨利·N. 波拉克：《不确定的科学与不确定的世界》，李萍萍译，上海科技教育出版社，2005。

〔美〕亨利·哈里斯：《科学与人》，商梓书、江先声译，商务印书馆，1994。

〔美〕亨利·詹金斯：《融合文化：新媒体和旧媒体的冲突地带》，杜永明译，商务印书馆，2012。

〔美〕加亚特里·斯皮瓦克：《一门学科之死》，张旭译，北京大学出版社，2014。

〔美〕杰里米·里夫金、特德·霍华德：《熵：一种新的世界观》，吕明、袁舟译，上海译文出版社，1987。

〔美〕杰罗姆·凯根：《三种文化：21 世纪的自然科学、社会科学和人文学科》，王加丰、宋严萍译，格致出版社，2014。

〔美〕卡罗琳·M. 布鲁默：《视觉原理》，北京大学出版，1987。

〔美〕克莱·舍基：《人人时代》，胡泳译，浙江人民出版社，2015。

〔美〕拉里·威瑟姆：《毕加索和塞尚：现代艺术的灵魂之争》，唐奇译，中国人民大学出版社，2014。

〔美〕理查德·沃林：《瓦尔特·本雅明：救赎美学》，吴勇立、张亮译，江苏人民出版社，2008。

〔美〕刘康：《马克思主义与美学》，北京大学出版社，2012。

〔美〕鲁道夫·阿恩海姆：《艺术与视知觉》，腾守饶、朱疆源译，四川人民出版社，1998。

〔美〕鲁道夫·阿恩海姆：《艺术与视知觉》，腾守饶、朱疆源译，中国社会科学出版社，1984。

〔美〕伦纳德·史莱茵：《艺术与物理学》，暴永宁、吴伯泽译，吉林人民出版社，2001。

〔美〕罗伯特·梅斯勒：《过程–关系哲学——浅释怀特海》，周邦宪译，贵州人民出版社，2009。

〔美〕马尔库塞：《单向度的人：发达工业社会意识形态研究》，刘继译，上海译文出版社，2006。

〔美〕米歇尔·沃尔德罗普：《复杂：诞生于秩序和混沌边缘的科学》，陈玲译，三联书店，1997。

〔美〕尼古拉·尼葛洛庞帝：《数字化生存》，胡泳、范海燕译，海南出版社，1997。

〔美〕乔纳森·卡勒：《当代学术入门：文学理论》，李平译，辽宁教育出版社、牛津大学出版社，1998。

〔美〕乔纳森·卡勒：《结构主义诗学》，盛宁译，中国社会科学出版社，1991。

〔美〕乔纳森·卡勒：《论解构》，陆杨译，中国社会科学出版社，1998。

〔美〕乔治·E. 马尔库斯、米开尔·M.J. 费彻尔：《作为文化批评的人类学》，王铭铭、蓝达居译，三联书店，1998。

〔美〕施路赫特：《理性化与官僚化：对韦伯之研究与诠释》，顾忠华译，广西师范大学出版社，2004。

〔美〕斯蒂芬·贝斯特、道格拉斯·科尔纳：《后现代转向》，陈刚等译，南京大学出版社，2002。

〔美〕威尔·杜兰：《杜兰讲述哲学的故事》，汪小春译，东方出版社，2004。

〔美〕伊莱休·卡茨等编《媒介研究经典文本解读》，常江译，北京大学出版社，2011。

〔美〕约翰·杜威：《评价理论》，冯平、余泽娜等译，上海译文出版社，2007。

〔美〕约翰·杜威等著《实用主义》，杨玉成、崔人元编译，世界知识出版社，2007。

〔南非〕保罗·西利亚斯：《复杂性与后现代主义：理解复杂系统》，曾国屏译，上海科技教育出版社，2006。

〔日〕今道友信：《关于爱和美的哲学思考》，王永丽、周浙平译，三联书店，1997。

〔日〕金森修：《巴什拉：科学与诗》，武青艳、包国光译，河北教育出版社，2002。

〔日〕铃木贞美：《文学的概念》，王成译，中央编译出版社，2011。

〔瑞士〕荣格：《荣格文集》，冯川译，改革出版社，1997。

〔希〕柏拉图：《柏拉图全集》（第3卷），王晓朝译，人民出版社，2003。

〔意〕阿尔贝蒂：《论绘画》，胡珺、辛尘译，江苏教育出版社，2012。

〔意〕维柯：《新科学》，朱光潜译，安徽教育出版社，2006。

〔英〕A. N. 怀特海：《观念的冒险》，周邦宪译，陈维政校，贵州人民出版社，2000。

〔英〕A. N. 怀特海：《科学与近代世界》，何钦译，商务印书馆，1959。

〔英〕B. K. 里德雷：《时间、空间和万物》，李咏译，湖南科技出版社，2002。

〔英〕E. H. 贡布里希：《文艺复兴：西方艺术的伟大时代》，李本正、范景中编选，中国美术学院出版社，2000。

〔英〕E. H. 贡布里希：《秩序感——装饰艺术的心理学研究》，杨思梁、徐一维译，浙江摄影出版社，1987。

〔英〕J. G. 弗雷泽：《金枝》，王培基、徐育新、张泽石译，商务印书馆，2012。

〔英〕R. L. 格列高里：《视觉心理学》，彭聃龄译，北京大学出版社，1986。

〔英〕T·S. 艾略特：《传统与个人才能》，卞之琳等译，上海译文出版社，2012。

〔英〕W.C. 丹皮尔：《科学史》，李珩译，张今校，商务印书馆，1975。

〔英〕阿瑟·I. 米勒：《爱因斯坦·毕加索：空间、时间和动人心魄之美》，方在庆、伍梅红译，上海科技教育出版社，2006。

〔英〕安妮·怀特海德：《创伤小说》，李敏译，河南大学出版，2011。

〔英〕伯林：《反潮流：观念史论文集》，冯克利译，译林出版社，2002。

〔英〕大卫·麦克里兰：《意识形态》，孔兆政、蒋龙翔译，吉林人民出版社，2005。

〔英〕简·艾伦·哈里森：《古代艺术与仪式》，刘宗迪译，三联书店，2008。

〔英〕拉曼·塞尔登、彼得·威德森、彼得·布鲁克：《当代文学理论导读》，刘象愚译，北京大学出版社，2006。

〔英〕雷蒙·威廉斯：《关键词：文化与社会的词汇》，三联书店，2005。

〔英〕迈克·费瑟斯通：《消费文化与后现代主义》，刘精明译，译林出版社，2000。

〔英〕齐格蒙特·鲍曼：《后现代伦理学》，张成岗译，江苏人民出版社，2003。

〔英〕齐格蒙特·鲍曼：《现代性与大屠杀》，杨渝华、史建华译，译林出版社，2002。

〔英〕特雷·伊格尔顿：《二十世纪西方文学理论》，伍晓明译，北京大学出版社，2007。

〔英〕特里·伊格尔顿：《理论之后》，商正译，商务印书馆，2009。

〔英〕特里·伊格尔顿：《马克思主义与文学批评》，文宝译，人民文学出版社，1986。

〔英〕特里·伊格尔顿：《美学意识形态》，王杰、付德根、麦永雄译，柏敬泽校，广西师范大学出版社，1997。

〔英〕特伦斯·霍克斯：《结构主义和符号学》，瞿铁鹏译，上海译文出版社，1997。

〔英〕约翰·巴罗：《不论：科学的极限与极限的科学》，李新洲、徐建军、翟向华译，上海科学技术出版社，2005。

〔英〕詹姆斯·W. 麦卡里斯特：《美与科学革命》，李为译，吉林人民出版社，2000。

〔英〕朱利安·沃尔弗雷斯编著《21世纪批评述评》，张琼、张冲译，南京大学出版社，2009。

《列宁全集》（第十八卷），人民出版社，1988。

《马克思恩格斯选集》（第二卷），人民出版社，2012。

《马克思恩格斯选集》（第三卷），人民出版社，2012。

《马克思恩格斯选集》（第一卷），人民出版社，1995。

陈越编《哲学与政治——阿尔都塞读本》，吉林人民出版社，2003。

程金城：《西方原型美学问题研究》，黑龙江人民出版社，2007。

程金城：《原型批判与重释》，甘肃人民美术出版社，2008。

单小曦：《媒介与文学：媒介文艺学引论》，商务印书馆，2015。

岛子：《后现代主义艺术系谱》，重庆出版社，2007。

方克强：《文学人类学批评》，上海社会科学院出版社，1992。

冯毓云、刘文波：《科学视野中的文艺学》，商务印书馆，2013。

冯远：《对话达·芬奇》，清华大学出版社，2016。

灌耕编译《现代物理学与东方神秘主义》，四川人民出版社，1983。

胡亚敏：《叙事学》，华中师范大学出版社，1994。

黄鸣奋：《数码艺术学》，学林出版社，2004。

蒋孔阳、朱立元主编《西方美学通史》（第一卷），上海文艺出版社，1999。

荆其诚：《人类的视觉》，科学出版社，1987。

刘象愚、杨恒达、曾艳兵主编《从现代主义到后现代主义》，高等教育出版社，2002。

马永建：《现代主义艺术20讲》，上海社会科学出版社，2005。

钱学森、刘再复等著《文艺学、美学与现代科学》，中国社会科学出版社，1986。

童庆炳主编《文学理论教程》（修订二版），高等教育出版社，1992。

汪堂家、孙向晨、丁耘：《十七世纪形而上学》，人民出版社，2005。

王逢振主编《詹姆逊文集》（第二卷），中国人民大学出版社，2004。

王宁、徐燕红主编《弗莱研究：中国与西方》，中国社会科学出版社，1996。

　　王威海编著《韦伯：摆脱现代社会两难困境》，辽海出版社，1999。

　　王哲然：《透视法的起源》，商务印书馆，2019。

　　吴持哲编《诺思洛普·弗莱文论选集》，中国社会科学出版社，1997。

　　徐葆耕编《瑞恰慈：科学与诗》，清华大学出版社，2003。

　　杨启国：《创新发展论》，人民出版社，2014。

　　姚文放：《从形式主义到历史主义：晚近文学理论"向外转"的深层机理探究》，北京大学出版社，2017。

　　叶舒宪：《原型与跨文化阐释》，暨南大学出版社，2002。

　　衣俊卿编《社会历史理论的微观视域》，黑龙江大学出版社、中央编译出版社，2011。

　　余灵灵：《哈贝马斯传》，河北人民出版社，1998。

　　曾国屏、李正风、段伟文、黄锱坚、孙喜杰：《赛博空间的哲学探索》，清华大学出版社，2002。

　　张秉真、黄晋凯主编《未来主义·超现实主义》，中国人民大学出版社，1994。

　　张佳：《大卫·哈维的历史—地理唯物主义理论研究》，人民出版社，2014。

　　张燕翔：《当代科学技术》，科学出版社，2007。

　　张一兵、胡大平：《西方马克思主义哲学的历史逻辑》，南京大学出版社，2003。

　　赵毅衡编选《新批评文集》，百花文艺出版社，2001。

　　朱永生：《语境动态研究》，北京大学出版社，2005。

三　论文

　　〔美〕安德鲁·费恩伯格：《哈贝马斯或马尔库塞：两种类型的批判?》，朱春艳译，《马克思主义与现实》2005年第6期。

　　陈旭光、张立娜：《电影工业美学原则与创作实现》，《电影艺术》2008年第1期。

　　单小曦：《静观、震惊、融入——新媒介生产论事业中审美经验的范式变革》，《中国人民大学学报》2013 年第 5 期。

单小曦：《媒介文艺学对语言论文论的改造》，《文艺理论研究》2016 年第 5 期。

冯毓云：《〈乐感美学〉的多重建设性向度》，《学习与探索》2017 年第 2 期。

郭帆、周黎明、孟琪：《拍摄共情的中国电影——郭帆导演访谈》，《当代电影》2019 年第 5 期。

黄晓慧、黄甫全：《从决定论到建构论——知识社会学理论发展轨迹考略》，《学术研究》2008 年第 1 期。

纪建勋、张建锋：《"文学自主"与"文学本位"：厄尔·迈纳跨文化比较诗学方法论刍议》，《文艺理论研究》2018 年第 1 期。

金俊岐、胡笑雨：《建构主义视野中的科学史——解读〈制造自然知识——建构主义与科学史〉》，《科学技术与辩证法》2003 年第 5 期。

李敬：《技术与文化传播：对新媒介文化的批判性研究》，《社会科学》2017 年第 6 期。

刘康：《西方理论在中国的命运》，《文艺理论研究》2018 年第 1 期。

宋金榜、刘兵：《从视觉科学史看科学与艺术的同源性和同质性》，《上海交通大学学报》（哲学社会科学版）2014 年第 6 期。

孙运刚：《浅析现代设计中艺术与科学的关系》，《铜陵学院学报》2007 年第 5 期。

王才勇：《本雅明"巴黎拱廊街研究"的批判性题旨》，《南京社会科学》2007 年第 10 期。

王志成：《中西方绘画中的透视原理对造型语言的影响》，《大众文艺》2011 年第 19 期。

欣然：《哈利·波特带来的商机》，《国际市场》2002 年第 3 期。

杨金民、王飞：《爱因斯坦的未竟之梦：物理规律的大统一》，《科学通报》2016 年第 Z1 期。

叶舒宪：《巫术思维与文学的复生——哈利·波特现象的文化阐释》，《文艺研究》2002 年第 3 期。

曾军：《文艺学的回望与前瞻》，《上海大学学报》（社会科学版）

2012 年第 1 期。

周宪：《技术导向型社会的批判理性建构》，《南海学刊》2016 年第 3 期。

周笑、傅丰敏：《从大众媒介到公用媒介：媒体权力的转移与扩张》，《新闻与传播研究》2009 年第 5 期。

四 其他

《李绍华：拓荒治沙、健康国人，毕生完成百万沙漠变良田》，国家林业和草原局政府网，http：//www. forestry. gov. cn/portal/zsb/s/982/content-1072294. html。

《秘密数学家萨尔瓦多·达利：进入四维空间的画家》，新浪网"新浪四川"，http：//sc. sina. com. cn/art/yxdg/2016-05-23/details-ifxsktkp9161850. shtml。

杜蔚、宋红：《专访世界畅销书"哈利波特"出版商：我们将把重点放在中国市场》，每日经济网，http：//www. mrjjxw. com/articles/2018-09-19/1256483. html。

高云才：《陕西毛乌素沙漠 7 万亩沙地变良田，探出沙漠治理新路》，中国新闻网，https：//www. chinanews. com. cn/gn/2014/09-14/6588525. shtml。

镜花流水：《3-3-3 近代科学技术革命》，淘豆网，https：//www. taodocs. com/p-178651346. html。

吴涛：《5 万爆改 500 平，80 后小夫妻在破旧平房里打造出最美世外桃源》，搜狐网，https：//www. sohu. com/a/119397535_349247。

严玉洁：《联合国副秘书长盛赞中国防治荒漠化成就：堪称全球典范》，中国日报网，http：//world. chinadaily. com. cn/2017-09/12/content_31900847. htm。

叶成云：《哈利波特魔法产业链十年创造 60 亿美元市场》，央视网，finance. cctv. com/20070821/102011. shtml#。

后　记

　　"文艺学创新路径探索"这一课题，历经五年多，终于完稿。面对一页页书稿，自惭有愧，但毕竟努力了、尽心了、了却了！回想当初申报这一课题时的情境，不免为一时的冲动既感到荣幸，又有一丝丝追悔莫及。说荣幸，是一时的冲动让我踏上探索创造性之谜的学术之路。记得很多年前，我偶然翻阅杨揆一为启发青少年的创造性思维而编著的《创造性思维的启示》一书时，被里面介绍的 126 个发明创造的小故事吸引，一口气读完，心灵受到深深的震动。为什么在 2000 多年前，年仅 10 岁的孩子就能想出借船巧称大象的方法？为什么伦琴能根据一个真空管产生阴极射线的现象发现改变人类生活的 X 光？为什么弗莱明能从葡萄球菌坏死的现象中发明青霉素？为什么我国古代著名医生华佗能从蜘蛛掉绿苔的现象中发现消毒去肿的方法？为什么爱迪生一生的发明创造达 2000 多种？这些创造之谜团的谜底是什么？难道说是因为发明家掌握了灵丹妙计，或者是天赋成就了他们？我百思不得其解。不过，从那以后，凡是听到创新、发现，或者看到创造性的字样，我都刮目相看，情有独钟。

　　我是一名教师，在 40 多年的教学生涯中，深知培养学生，不是灌输知识，而是培养他们运用知识的能力、分析与解决问题的能力、回应现实的能力。这些能力，归根到底是创造的能力。在具体教学实践中，我给硕、博生开设了诸如"文艺学前沿问题研究""科学方法论"以及马克斯·韦伯的《新教伦理与资本主义精神》与丹尼尔·贝尔的《资本主义文化矛盾》著作精读等课程，想要引导学生走跨学科研究之路，让他们在跨学科的知识海洋中，激发学术想象力，探寻学术无人区。对创造之谜的好奇和教学实践的积累，让我萌生了研究文艺学创新路径的想法。2013年我得偿所愿，终于获得了该课题的立项。

说有追悔莫及之感，是当真正踏上研究创造之谜的征途时，才深知不入河中，焉之河深的道理。创造之谜，自古以来为多少人竞相折腰、为多少民族顶礼膜拜、为多少学者执着追求！据周林飞在《原创力之谜》一书中的介绍，15世纪的俄罗斯摆脱蒙古统治后，经济落后、民族衰败。为了改变落后面貌，重振俄罗斯民族雄风，彼得大帝派出250人的西欧考察团到西方取经。他自己隐姓埋名，混迹于代表团里，四处考察学习。当到达英国和荷兰的造船厂时，为了了解和掌握造船的一系列工艺流程，彼得大帝以一个普通劳动者的身份在造船厂参加了工作。回到俄罗斯后，彼得大帝拿起了创新的"大剪刀"，引领俄罗斯走向了强盛的新时代，打败了不可一世的拿破仑。[①] 爱迪生一生发明创造达2000多种，除了天赋的因素，主要靠他对创造发明的热情与投入。据说，他为了发明经久耐用的蓄电池，花了整整10年工夫，实验了5万多次。[②] 创造使一个民族起死回生，创造使一个人呕心沥血在所不惜，创造拯救生命，创造为人类带来福祉，人类的历史，就是一部不断创造的历史。美国著名生物学家、社会生物学之父，享有"当代达尔文"之称的爱德华·威尔逊说："创造是人类物种独特且具有决定性的特征。"[③] 自古以来，人对新事物、新思想的热爱与追求永无止境，哪怕壁立千仞，也在所不辞；哪怕汪洋恣肆，也能纵横捭阖。"我们向内心追寻创造力的根源，不断向人类共有思想的最深处挺近；我们向外界探索创造力的延展，不断想象宇宙万物间的真实情景。完成一个目标，又发现前方的另一个目标。这是一场永无止境的追求。"[④] 面对如此神秘、如此深奥、如此伟大的创造力，区区一介书生，且浅薄的书生，竟敢问鼎这一前沿性的难题，犹如蚍蜉撼树，真是追悔莫及！

既然木已成舟，只好硬着头皮，开足马力，迎难而进。在研究创造性

---

① 周林飞：《原创力之谜》，上海交通大学出版社，2015，第209~210页。
② 杨揆一：《创造性思维的启示》，科学出版社，1999，第139页。
③ 〔美〕爱德华·威尔逊：《创造的本源》，魏薇译，浙江人民出版社，2018，第5页。
④ 〔美〕爱德华·威尔逊：《创造的本源》，魏薇译，浙江人民出版社，2018，第6页。

问题时，对创造性的本质、来源、功能和价值的本体论探讨，不是我所能完成的。在对文艺学创新的途径和方法进行研究时，总感到人类的创新千奇百怪，因人而异，并无定法。就文艺学创新来说，它是一种文学艺术思想的创新。思想是不可复制、独一无二的，如果设定了途径和方法，等于把思想的创造性纳入到条框和建制之中，束缚创造潜力的发挥，也是个吃力不讨好的差事。既然对创造性本体论和方法途径的研究不在思考之列，那么，选择何种视角，能给人以启迪呢？在阅读了阿尔都塞、本雅明、狄尔泰、卡西尔、怀特海、波普尔、柏林、梅尼克、莫兰、马舍雷、维柯、德里达、福柯、伊格尔顿、瑞恰慈、卡勒、米勒、韦尔施、孔帕尼翁、伊瑟尔与塞尔登等学者的著作后，我为他们极具创造性的思想（哲学的、社会学的、历史的、科学的以及文学的思想）所震撼：他们的思想和理论才是真正的创造性典范，是人类思想史、观念史、理论史上的一座座丰碑，是开发我们思想创造潜力的理论源泉。我的课题，何不从思想和理论生产的角度，对这一座座丰碑作些介绍，从中观照文艺学理论创新的各种机制，以期对文艺学创新有所启迪、有所遐想？我们也试图从科学技术创新路径、艺术与科学的融合路径、文艺学创新的记忆维度、文艺学视域下的新媒介研究、神话原型批评、学科交融与批评范式的转换、人脑创新机制与艺术的互动关联性等多个维度，探讨文艺学创新的尝试和经验。这一切内容，谈不上体系的建构，何况就我们的学养和能力也不可能建构文艺学的创新体系，只能拾人牙慧，有所感、有所悟、有所言罢了。

本课题撰写分工如下：

冯毓云　　第一、二、三章

周丽明　　第四章

夏　航　　第五章

延永刚　　第六章

张良丛　　第七章

刘思聪　　第八章

马卫星　　第九章

在这里，我要特别感谢我的几位已经毕业的博士的鼎力相助。这几位年轻有为的博士在工作岗位上，早已挑起大梁，被委以重任，并在文艺学战线上潜心探索，成绩斐然。在我们共同努力下，本课题终于完成。在此，我要向我的学生、向帮助和支持我的所有朋友、学人深深鞠躬，道一声谢谢！

冯毓云
2019 年 9 月 1 日

图书在版编目(CIP)数据

文艺学创新路径探索 / 冯毓云等著. -- 北京：社
会科学文献出版社，2023.10

（学与思丛书）

ISBN 978-7-5228-2071-2

Ⅰ.①文…　Ⅱ.①冯…　Ⅲ.①文艺学-研究　Ⅳ.
①I0

中国国家版本馆 CIP 数据核字 (2023) 第 125429 号

· 学与思丛书 ·

文艺学创新路径探索

著　　者 / 冯毓云 等

出 版 人 / 冀祥德
责任编辑 / 张建中
文稿编辑 / 王　倩
责任印制 / 王京美

出　　版 / 社会科学文献出版社·政法传媒分社　（010）59367126
　　　　　　地址：北京市北三环中路甲 29 号院华龙大厦　邮编：100029
　　　　　　网址：www.ssap.com.cn
发　　行 / 社会科学文献出版社（010）59367028
印　　装 / 三河市尚艺印装有限公司

规　　格 / 开　本：787mm×1092mm　1/16
　　　　　　印　张：23　字　数：366 千字
版　　次 / 2023 年 10 月第 1 版　2023 年 10 月第 1 次印刷
书　　号 / ISBN 978-7-5228-2071-2
定　　价 / 159.00 元

读者服务电话：4008918866